W0335592

Fantasy

Herausgegeben von Friedel Wahren

Von **Tom Holt** erschienen in der Reihe
HEYNE SCIENCE FICTION & FANTASY:

Wer hat Angst vor Beowulf? · 06/5059
Der Fliegende Holländer · 06/5079
Wir haben Sie irgendwie größer erwartet · 06/5107
Der Ziegenchor · 06/5191
Der Garten hinter der Mauer · 06/5192
Liebling der Götter · 06/5193 (in Vorb.)

Weitere Romane in Vorbereitung

TOM HOLT

Der Garten hinter der Mauer

Roman

Übersetzung aus dem Englischen
von
KALLA WEFEL

Deutsche Erstausgabe

WILHELM HEYNE VERLAG
MÜNCHEN

HEYNE SCIENCE FICTION & FANTASY
Band 06/5192

Titel der Originalausgabe
THE WALLED ORCHARD
Übersetzung aus dem Englischen von
Kalla Wefel
Umschlagbild: Andreas Reiner

Redaktion: Friedel Wahren

Die Originalausgabe erschien bei Macmillan London Limited

Printed in Germany 1994
Umschlaggestaltung: Atelier Ingrid Schütz, München
Technische Betreuung: Manfred Spinola
Satz: Schaber Satz- und Datentechnik, Wels
Druck und Bindung: Elsnerdruck, Berlin

ISBN 3-453-07800-4

Mit Dank für Theo Zinn
und Denis Moylan

ANMERKUNG DER ÜBERSETZER

Leser, die den ersten Teil dieses Werks nicht kennen, das seit dem römischen Zeitalter als *Ungenaue Historien* bekannt ist und Eupolis von Pallene zugeschrieben wird (in dieser Reihe unter dem Titel *Goatsong/Der Ziegenchor* übersetzt), wird möglicherweise das folgende kurze Personenverzeichnis von Nutzen sein:

Eupolis, Sohn des Euchoros, (relativ) erfolgreicher Komödiendichter und Angehöriger der (einigermaßen) wohlhabenden Steuerklasse der Reiter der athenischen Bürger. Nach dem Verlust des Vaters im Kindesalter sowie des Großvaters und des Großteils der übrigen Familie kurz nach der großen Pest in Athen, die er selbst – bis auf eine Schädigung der Gesichtsmuskeln und die Einbuße eines Fingers – ohne nachteilige Folgen überlebt, zieht er zu seinem Onkel

Philodemos, Sohn des Daimon, eines rechtschaffenen und sympathischen Manns, der der Klasse der schwerbewaffneten Fußsoldaten angehört und der Eupolis zusammen mit seinem einzigen Sohn aufzieht, dem bewundernswerten

Kallikrates, Sohn des Philodemos, der Eupolis während der Pest aus dem großväterlichen Haus rettete, ihm wie ein älterer Bruder ans Herz wächst und zu seinem Schutzengel wird. Trotz der Liebe und der Ratschlage des Onkels und des Vetters ist Eupolis so unbesonnen, eine junge Frau zu ehelichen, die er zuvor vor einem Schicksal schlimmer als der Tod bewahrte (Entführung durch Aristophanes nach einem feuchtfröhlichen Fest, q.v.), nämlich

Phaidra, Tochter des Theokrates, eine außergewöhnlich schöne, aber unverbesserlich übellaunige junge Frau, deren gute Meinung von ihrem Gatten die Hochzeitsnacht nicht überdauert; und als Eupolis von seiner ersten Kostprobe des Heeresdiensts zurückkehrt (einem routinemäßigen Einsatz zum Eintreiben der Steuer auf der Insel Samos, bei dem ihm das – wenn auch unabsichtliche – Töten eines feindlichen Kriegers und die Rettung des Lebens des von ihm abhängigen kleinen Zeus [q.v.] einen Lorbeerkranz einbringen), stellt er fest, daß Phaidra große Summen seines Geldes für ein riesiges und schreckliches Haus in der Stadt ausgegeben hat, in dem zu wohnen er sich weigert. Seine unbefriedigende Ehe veranlaßt Eupolis, sich in die Bodenverbesserung seiner Ländereien und die Verfolgung seiner Laufbahn als Dramatiker zu stürzen; und das bringt ihn bald in Konflikt mit

Aristophanes, Sohn des Philippos, dem führenden Komödiendichter seiner Zeit. Ihre berufliche Rivalität weitet sich schnell zu äußerstem Haß aus, den weder Phaidras' Verführung durch Aristophanes noch der Erfolg von Eupolis' zweitem Stück *Marikas* nach dem gründlichen Mißerfolg seines ersten Stücks *Der Heerführer* lindert. Inzwischen haben

Kleon, Nikias, Demosthenes und *Alkibiades,* die Führer des athenischen Staates, den großen Peloponnesischen Krieg gegen Sparta fortgesetzt, der den größten Teil von Eupolis' Leben über andauerte. Durch Kleons frühen Tod vor den Toren von Amphipolis erhält der äußerst gescheite, aber nicht ganz vertrauenswürdige

Alkibiades die Gelegenheit, nach der Gesamtherrschaft über Athen zu greifen, und während eines Waffenstillstands mit Sparta stellt er den Antrag auf die Einverleibung der sagenhaft reichen Insel Sizilien. Zu diesem Zweck wird eine gewaltige Land- und Seestreitmacht bereitgestellt, doch am Vorabend des Auslaufens werden die vielen kleinen Statuen des Gottes Hermes, die die Straßen von Athen säumen, mutwillig von Betrunkenen aus der Oberschicht zerstört (zu denen auch Aristophanes gehört; der einzige Augenzeuge ist Eupolis). In einer Woge abergläubischen Entsetzens stimmen die Athener dafür, Alkibiades (dem sie fälschlicherweise die Schuld zuschieben) wegen Schändung von Heiligtümern vor Gericht zu stellen, sobald er als Führer der Sizilien-Expedition zurückgekehrt ist.

Weiterhin wirken mit:

Euripides, der große avantgardistische Tragödiendichter,

Sokrates, der Philosoph und hauptberufliche Rhetoriklehrer,

der *›kleine‹ Zeus,* Sohn des Diogenides, Eupolis' anhänglicher Begleiter von hünenhafter Statur; als Nachkomme einer vornehmen, aber verarmten Familie fühlt er sich aufgrund von Eupolis' nachbarschaftlicher Hilfe (ihm die Urbarmachung und Erschließung seines äußerst kleinen Landbesitzes zu ermöglichen) für immer in dessen Schuld;

Alexander und Jason, Prinzen eines halbbarbarischen Königreichs in Thessalien, deren ganze Leidenschaft der Liebe zum athenischen Theater gilt und die als Eupolis' Gastgeber fungierten, als dieser vom Staat in diplomatischer Mission zu ihnen geschickt wurde;

Perikleidas, ein sizilianischer Trockenfischmagnat, der während der Aufführung des *Heerführers* im Theater neben Eupolis saß (q.v.).

Schauplatz: Athen und Sizilien im fünften Jahrhundert vor Christus. Der Peloponnesische Krieg befindet sich im zehnten Jahr, und Eupolis ist Anfang Zwanzig – nach athenischen Maßstäben an der Schwelle zum mittleren Alter. Obwohl sie keineswegs miteinander ausgesöhnt sind, haben Eupolis und Phaidra in ihrer Ehe eine Art Waffenstillstand geschlossen, der wie beim richtigen Waffenstillstand im Krieg durch die totale Erschöpfung der beteiligten Parteien herbeigeführt wurde.

Die Übersetzer folgten durchweg dem von Dickson und Mayerbeer (1917) herausgegebenen Oxford-Text, mit Ausnahme der Stellen, die durch die Budé-Ausgabe von Follett und Lascariot (1963) verbessert worden sind. Zum Schluß möchten wir der Professorin Lise-Ellen Pentangeli für ihre glänzenden Einblicke in die bekanntermaßen schwerverständliche Episode des Veteranen von Himera *danken, wollen aber nachdrücklich betonen, daß sämtliche verbliebenen Fehler oder Unzulänglichkeiten ganz und gar unserer eigenen Verantwortung unterliegen.*

S. Sigmundarsen
J. Casimir
Universität von Chicopee Falls, Iowa
1989

1. KAPITEL

Zwar verachten wir Athener Optimisten, aber hin und wieder verfallen wir im heiligen Namen der Schläue selbst ungewollt in Optimismus. Ein Beispiel: Dexitheos, der Buchhändler, beauftragte mich, für dreihundert Drachmen die Geschichte meiner Epoche niederzuschreiben, und das zu einer Zeit, als Geschichte anscheinend im Kommen und Papyros billig war. Also machte ich mich an die Arbeit und schrieb gerade fröhlich vor mich hin, als er mich besuchte und die Ansicht äußerte, es sei eine gute Idee, meine Erinnerungen in zwei Bänden zu veröffentlichen, da mein Leben ganz offensichtlich sehr aufregend und ereignisreich verlaufen sei. Durch dieses lange und aufregende Leben ein wenig übermißtrauisch geworden, nahm ich an, daß er lieber zwei Bände zu je einer Drachme verkaufen wollte als einen langen für eine Drachme drei Obolen, und stimmte zu. Schließlich kam es mir gelegen, weil ich vorhersah, daß Dexitheos auf einem Haufen Exemplare meines ersten Bandes sitzenbleiben und den Plan zu einem zweiten aufgeben würde, so daß ich dreihundert Drachmen für die halbe Arbeit bekommen hätte.

Letztendlich hat er sich diesbezüglich nie eindeutig geäußert, aber ich glaube, Dexitheos hat immer noch jede Menge Exemplare des ersten Bands vorrätig, die in seiner Scheune in Cholleidai nichts als Platz kosten und von Mäusen angenagt werden. Trotzdem ist er gerade wieder auf einen Sprung vorbeigekommen, um mich zu fragen, wie weit ich mit Band zwei sei, und als er jetzt hört, daß ich noch gar nicht angefangen habe, macht er vage Andeutungen von Vertragsbruch und dergleichen. Wenn genügend Leute den zweiten Band kaufen, so sagt ihm nämlich seine schlaue kleine Krämerseele, werden sie sich auch Band eins besorgen wollen, um den ersten Teil der Geschichte nachzuholen, und dann hätte er in seinen Scheunen wieder etwas mehr Platz zum Lagern der Wintergerste, sobald diese erst einmal geschnitten ist.

Ich persönlich halte Dexitheos' Gedankengang für etwas gewagt, möchte mich aber auf keinen Fall mit einem geradezu erschütternd prozeßsüchtigen Mann wie Dexitheos von Cholleidai streiten. Diese unerfreuliche Einzelheit erwähne ich nur, um das athenische Wesen zu veranschaulichen – und insbesondere die Besessenheit meiner Mitbürger, schlau zu sein.

Die Bedeutung dieser Anmerkung werden Sie verstehen, wenn Sie gerade den ersten Band ausgelesen haben und sich in Erinnerung rufen, daß ich meine Erzählung an der Stelle unterbrach, als die große Expedition nach Sizilien im Begriff stand, in See zu stechen. Da ich jedoch kaum glaube, daß Sie ihn gelesen haben, werde ich Ihnen, um meiner Pflicht gegenüber Dexitheos und der Muse der Geschichte Genüge zu tun, eine knappe Inhaltsangabe der ersten Schriftrolle geben. Haben Sie die erst einmal gelesen, werden Sie sich sogleich in den ersten Teil vertiefen wollen, und darum muß ich Ihnen, bevor ich beginne, noch schnell mitteilen, daß sich Dexitheos' Marktstand gleich links von den Buden der Schildmacher befindet, wenn man von der Akropolis an der Münzanstalt vorbei auf den Marktplatz kommt. Sagen Sie ihm, Eupolis schicke Sie.

Ich, Eupolis von Pallene, der Komödiendichter, wurde achtunddreißig Jahre nach der Niederlage der persischen Flotte bei Salamis und elf Jahre vor dem Ausbruch des großen Peloponnesischen Kriegs zwischen Athen und Sparta geboren. Ich erlebte die Pest mit, an der auch der berühmte Perikles starb, und steckte mich selbst mit der Seuche an, von der mich jedoch der Gott Dionysos heilte. In meinem zwanzigsten Lebensjahr führte ich auf den Theaterfestspielen meine erste Komödie auf, die den dritten und somit letzten Platz belegte. Davon ließ ich mich aber nicht aus der Bahn werfen und gewann schließlich mit *Marikas,* der zweifellos besten Komödie aller Zeiten, den ersten Preis. Zu diesem Zeitpunkt war ich bereits mit einer gewissen Phaidra verheiratet, der Tochter des Theokrates, die einen so schrecklichen Charakter hatte, daß Medusa dagegen wie ein Kätzchen wirkt. Anfangs kamen wir nicht gerade prächtig miteinander aus, doch kurz vor Beginn dieses Bandes war ihr das äußerst hübsche Gesicht von einem Maulesel eingetreten worden. Seither hört sie sich nicht nur wie Medusa an, sondern sieht auch noch so aus; nichtsdestotrotz ist ihr Verhalten mir gegenüber um einiges weniger boshaft geworden.

Während sich dies alles zutrug, hatte sich Athen immer tiefer in den großen Peloponnesischen Krieg verstrickt und war nach der kurzen, glänzenden und tragischen Laufbahn des berühmten Kleon in den Bann des wohlbekannten Alkibiades gezogen worden. Dieser Alkibiades war auf die Idee gekommen, die sagenhaft reiche Insel Sizilien zu erobern, um unsere geleerte Staatskasse wieder aufzufüllen, und hatte mit diesem Einfall die Gedanken seiner athenischen Mitbürger so gefangengenommen, daß alle, sogar ich, daran teilnehmen wollten. Man bereitete eine große Expedition vor und stellte ein gewaltiges Heer auf, zu dem bis auf mich und einige Einbeinige anscheinend jeder Athener eingezogen wurde. Ich war wütend darüber, nicht mitziehen zu dürfen, was unsere Führer aber im großen und ganzen nicht sonderlich zu stören schien. In der Nacht vor dem geplanten Auslaufen der Flotte zertrümmerte eine Gruppe Betrunkener (zu der auch mein Rivale in der Komödiendichtung gehörte, der Ungeist Aristophanes, Sohn des Philippos) sämtliche kleinen Hermesstatuen in der Stadt und rief damit eine Welle abergläubischer Hysterie hervor. Übrigens war ich so ziemlich der einzige Augenzeuge dieses Vorfalls. Aus irgendeinem sich logischer Deutung widersetzenden Grund gelangten die Athener zu der Überzeugung, hinter diesem Frevel müsse Alkibiades stecken; weil sie sich aber ihr Vergnügen nicht nehmen lassen wollten, beschlossen sie, Alkibiades solle weiterhin die Expedition nach Sizilien leiten, vorausgesetzt, er kehre nach Athen zurück, nachdem alles vorüber sei, um sich wegen Gotteslästerung gerechterweise verurteilen und hinrichten zu lassen.

Auch wenn das keine vollständige Zusammenfassung des ersten Bandes ist, genügt es, einfach mit der Geschichte fortzufahren; ich nehme an, Sie haben eine gewisse Vorstellung davon, wer die einzelnen Mitwirkenden sind. Verschiedene andere zu erwähnende Punkte, wie etwa die Tatsache, daß Aristophanes und ich uns seit der Kindheit gegenseitig in die Quere gekommen und ständig auf die Nerven gegangen sind und er ein Verhältnis mit meiner Frau hatte, bevor ihr das Gesicht entstellt wurde, werden sich ohne Zweifel aus dem Zusammenhang ergeben. Außerdem werden Sie ahnen, ohne daß ich es Ihnen eigens erzählen muß, daß es sich bei dem von Zeit zu Zeit auftauchenden Kallikrates um den Sohn meines Onkels Philodemos (der sich um mich kümmerte, seit ich als Junge durch die Pest zur Waise geworden war) und meinen allgemeinen Schutzengel handelt und bei dem wunderlichen Menschen namens der kleine Zeus um einen Bewunderer und Anhänger, den ich in meiner Jugend mit dem voreiligen Versprechen gewann, ihm gleich nach Kriegsende seinen winzigen und ertragsarmen Landbesitz mit Weinstöcken zu bepflanzen. Um Ihr Schlußfolgerungsvermögen und Ihr Allgemeinwissen in athenischer Geschichte nicht zu beleidigen, erspare ich es mir an dieser Stelle, Ihnen zu schildern, wer Nikias und Demosthenes sind oder wie es dazu kam, daß es mir recht gutging und ich durch den Vorzug, Land von an der Pest gestorbenen Verwandten zu erben, Angehöriger der Steuerklasse der Reiterei wurde. Also schön, kommen wir zu Alkibiades.

2. KAPITEL

Alkibiades war kein Dummkopf. Er schiffte sich so schnell wie möglich ein und begab sich in Windeseile nach Sparta, wo man sich freute, ihn zu sehen. Die Athener trösteten sich über seinen Verlust hinweg, indem sie ihm *in Abwesenheit* den Prozeß machten, was fast genauso viel Spaß machte, als wäre er anwesend gewesen. Natürlich bekam man ihn nicht zu hören, was schade war, aber andererseits konnte man ihn für schuldig erklären (was in seiner Gegenwart möglicherweise schwierig gewesen wäre) und damit endgültig beweisen, daß tatsächlich er es gewesen war, der die Statuen verstümmelt hatte.

Die Flotte zog weiter, jetzt mit Nikias als Oberbefehlshaber, und wir zu Hause warteten begierig auf die Nachricht vom Untergang Syrakus'. Doch Wochen verstrichen, und keine Nachricht traf ein, also dachten wir nicht mehr an Sizilien und beklagten uns statt dessen darüber, wie ausgestorben die Stadt heutzutage sei und daß man bereits Probleme habe, genügend Leute für eine Abendgesellschaft zusammenzubekommen. Aus Wochen wurden Monate, und immer noch traf keine Nachricht ein, bis jedermann auf dem Marktplatz überzeugt davon war, daß Nikias seinen Auftrag in Sizilien längst erfüllt hatte und gleich zu den Goldenen Inseln oder den Inseln des immerwährenden Regens weitergefahren sei.

Das Geld, das uns unsere treuen sizilianischen Verbündeten versprochen hatten, traf ebenfalls nicht ein, und bald fanden wir auch heraus, warum. Sie erinnern sich, daß Alkibiades' Boten in Privathäusern aufgenommen worden waren, wo alles aus Silber bestanden hatte; nun ja, in dem Fall waren die Sizilianer schlau gewesen. Etwa eine Woche vor dem Eintreffen der Boten hatten sie überall in der Stadt jeden Gegenstand aus Silber, den sie finden konnten, und jede einzelne Münze beschlagnahmt und damit für ihre athenischen Gäste ein besonderes Schauspiel aufgezogen. Sobald die Boten zur nächsten Stadt weiterzogen, eilte ihnen dann das Silber voraus, und die Sizilianer beteten, daß sich die Athener nicht fragten, warum die Silberwaren in Segesta so große Ähnlichkeit mit den Silberwaren in Catina hatten. Was die städtischen Schatzkammern anbetraf, hatten die Sizilianer den Boden bis auf die Bereiche an den Türen mit Feigen und Steinen bedeckt und darüber eine hauchdünne Schicht Münzen verteilt.

Nachdem wir unsere anfängliche Wut über die Überlistung durch die Sizilianer überwunden hatten, beschlossen wir, die ganze Angelegenheit kolonialem Übermut zuzuschreiben und sie einfach zu vergessen. Schließlich war die Schatzkammer der Athena auf der Akropolis bis obenhin mit Silbermünzen gefüllt, und wir verschwendeten das Geld ja nicht; vielmehr legten wir es an, und ein paar hundert Talente waren für die Weltherrschaft und die Vernichtung Spartas ein geringer Preis. Aber dieser Vorfall gab den Leuten – zusammen mit dem Fall Alkibiades und dem Mangel an Meldungen über glänzende Erfolge – Anlaß, sich über das Sizilienprojekt Gedanken zu machen, die ihnen vorher nicht gekommen waren. Doch niemand, nicht einmal der Verrückteste von uns, dachte auch nur für einen Augenblick daran, die Expedition lieber zurückzurufen; es herrschte lediglich die allgemeine Ansicht, irgendwann müsse irgendwer irgendwo für irgend etwas bestraft werden. Das kam unserem normalen Geisteszustand so nahe, daß wir bald wieder aufhörten, darüber zu sprechen. Dann traf eine Nachricht von Nikias ein, die sich von seinen früheren Eilbotschaften gänzlich unterschied, die allesamt ohne jeglichen Informationsgehalt gewesen waren.

Ich nehme an, es gibt eine Kunst der Abfassung von Kriegsbotschaften; meine Lieblingsbotschaft stammt vermutlich von einem spartanischen Offizier, die von ihm in einer späteren Phase des Kriegs abgeschickt worden ist und ungefähr folgendermaßen lautete: ›Alle Schiffe gesunken. Heerführer gefallen. Soldaten verhungern. Habe nicht die leiseste Ahnung, was als nächstes zu tun ist. Bitte um Rat.‹ Nikias' Brief war zwar länger, aber nicht viel erfreulicher.

Seinem Brief zufolge hatte er die Zeit seit seiner Landung auf Sizilien mit dem Errichten von Mauern verbracht. Aus meinen eigenen Erfahrungen auf Samos wußte ich, wie sehr das militärische Gemüt eine gute Mauer zu schätzen weiß, insbesondere dann, wenn man nichts damit anfangen kann und sie der Fußtruppe nur im Weg steht. Aber es gibt einem Mann das Gefühl, etwas geleistet zu haben, wenn er auf eine Mauer zeigen und sagen kann: ›Die habe ich gebaut‹; und da sich Nikias (seinem Brief zufolge) keine Hoffnungen machen konnte, noch etwas anderes in Sizilien zu erreichen, verstand ich nur zu gut, daß er die Zeit auf diese ganz bestimmte Weise verbracht hatte.

Die hinter Nikias' Brief verborgene Wahrheit war, daß er in hoffnungslosen Schwierigkeiten steckte. Da er wie immer Vorsicht hatte walten lassen und gewissenhaft gewesen war, hatte er den Syrakusern jede Menge Zeit zur Lösung ihrer innenpolitischen Probleme zugestanden (ich glaube, sie brachten ein paar Leute um, wodurch anscheinend alles bereinigt wurde) und es ihnen somit ermöglicht, dem einfallenden Heer eine geschlossene und zielstrebige Kampflinie entgegenzustellen. Überdies hatten sie Hilfszusagen von unseren Feinden in Griechenland erhalten, und die Spartaner schickten ihnen gerade einen Heerführer. Das schlimmste an der ganzen Sache war, daß es viel mehr Syrakuser gab, als man uns weisgemacht hatte, und diese erwiesen sich keineswegs als unfähig, wenn es um die Kunst der Kriegsführung zu Wasser und zu Lande ging. Nikias' einziger umsichtiger Gefährte, ein tapferer und recht vertrauenswürdiger Mann namens Lamachos, war gefallen, und der Heerführer sah nunmehr keine Möglichkeit, seinen Auftrag ohne massives göttliches Eingreifen zu erfüllen – wie zum Beispiel durch eine Seuche oder ein ausgedehntes Erdbeben. Offensichtlich wäre es das vernünftigste gewesen, Schluß zu machen und die Heimreise anzutreten; hätte Nikias das jedoch versucht, wäre er, noch bevor er Zeit gehabt hätte, seinen Helm abzunehmen, wegen eines Kapitalverbrechens vor Gericht gestellt worden. Seine einzige Möglichkeit, noch an der Probe des nächsten Weinjahrgangs teilzunehmen, bestand darin, sich augenblicklich zurückbeordern zu lassen; dann hätte er (bei seinem Prozeß) wenigstens behaupten können, er habe gerade vorgehabt, die Türme von Syrakus in Grund und Boden zu stampfen, als die *Paralia* mit seinem Abberufungsbefehl am Strand gelandet sei.

Da er nun einmal Nikias war, versuchte er es mit der Taktik, die er das erstemal in der Volksversammlung angewandt hatte und die auf so verhängnisvolle Weise fehlgeschlagen war: Er bat, den Athenern mitzuteilen, daß er zur Ausführung des Auftrags, mit dem man ihn ausgesandt hatte, doppelt so viele Schiffe und doppelt so viele Männer sowie jedes Vier-Drachmen-Stück aus Attika und dem ganzen Reich benötige, außerdem einen oder zwei Gefährten zu seiner Unterstützung beim Oberbefehl. Des weiteren erkundigte er sich danach, ob er jetzt bitte nach Hause kommen dürfe, da es ihm sein Nierenleiden unmöglich mache, seine Mission anständig zu erfüllen. Ihm war klar, daß Athen, wenn man ihm die erbetenen Streitkräfte schicken würde, von Männern leergefegt wäre, fast keinen größeren Schiffstyp als ein Hummerfangboot mehr hätte und bankrott wäre; aber wenn die Athener Sizilien haben wollten, dann war das eben der Preis, den man dafür zu bezahlen hatte.

Oh, meine geliebte Stadt! Du hast der Verlesung von Nikias' Brief zugehört, du hast ein paar Reden gehalten, du hast einige gescheite Phrasen gedroschen, und du hast Nikias alles geschickt, worum er gebeten hatte, nur nicht seine Abberufung. Ich glaube, erst in dem Augenblick ist mir das wahre Ausmaß deiner Macht, deines Reichtums und deines Potentials an Schiffen und Männern sowie das Ausmaß deiner unvergänglichen Dummheit klargeworden. Eine Expedition wie die erste Flotte auf die Beine zu stellen, überstiege heutzutage die Möglichkeiten sämtlicher Städte oder Städtebünde; doch eine Flotte aufzustellen und zu bemannen, die sogar noch größer war, und sie auf einen einzigen Brief von einem Schwachkopf hin auszusenden – das war ein Akt von solch über alles erhabener Dummheit, daß man dir deshalb niemals einen Vorwurf machen kann. Das übertrifft selbst den Irrsinn der Perser. Und um diesen Krieg gründlich zu führen, bis zum Tod, bis zum letzten Blutstropfen, hast du den glänzenden Demosthenes berufen, deinen fähigsten Heerführer, und hast Eupolis ausgesandt, Sohn des Euchoros, aus dem Demos von Pallene – gemeinsam mit ungefähr fünftausend anderen –, um ihm zum Erfolg zu verhelfen.

»Um Himmels willen, Frau! Jetzt hör endlich mit diesem Theater auf!« ermahnte ich Phaidra, während ich die Vorbereitungen für meinen Aufbruch nach Piräus traf. »Und mach dir bitte keine Sorgen. Wir werden wieder zurück sein, bevor du überhaupt mitbekommen hast, daß wir fortgegangen sind.«

»Dauernd sagst du, daß ich mir keine Sorgen machen soll«, entgegnete sie, wobei sie den Proviantbeutel fest in meinen Schild stopfte, »dabei mache ich mir überhaupt keine Sorgen. Wenn sich jemand Sorgen macht, dann du. Also, bist du dir sicher, daß du alles dabei hast?«

»Natürlich habe ich alles.«

»Ersatzdecken?«

»Ja.«

»Sauberen Chiton?«

»Ja.«

»Nadel und Faden?«

»Ja.«

»Ersatzpolster für den Helm?«

»O verdammt, nein! Ich wußte doch, daß ich etwas vergessen hatte.«

Sie lächelte triumphierend. »Ich habe es zusammen mit deinem Essen eingepackt. Es wird ganz schön nach Käse riechen, aber das dürfte dir nichts ausmachen.«

»Du Miststück! Das hast du mit Absicht getan.«

Ich blickte zur Tür hinaus. Der Himmel färbte sich allmählich rosarot, bald bräche der Morgen an.

»Als Hektor in den Kampf zog, hat er seine Frau nicht als Miststück bezeichnet«, beschwerte sich Phaidra.

»Aber Andromache war eine entzückende, liebende und gute Ehefrau, und du bist ein Miststück.«

»Das erklärt natürlich alles«, murmelte sie.

Ich runzelte die Stirn. »Willst du nicht das letzte Wort haben, Phaidra?« fragte ich. »Das sieht dir gar nicht ähnlich.«

»Das werde ich haben, wenn du nach Hause kommst«, antwortete sie lächelnd. »Ich werde die Zeit damit verbringen, mir Gehässigkeiten auszudenken, die ich dir bei deiner Rückkehr an den Kopf werfen kann. Du meine Güte, Eupolis! Siehst du in deiner Rüstung albern aus …«

»Ich komme mir auch albern vor«, pflichtete ich ihr bei und schüttelte den Kopf, um meinen Helmbusch zum Wippen zu bringen. »Wer immer als erster auf die Idee gekommen ist, oben auf den Helm Pferdehaarbüschel zu stecken, hat eine Menge auf dem Gewissen. Also, sei artig.«

»Das werde ich sein, dann kann ich wenigstens unartig sein, wenn du nach Hause kommst. Du kommst doch wieder nach Hause, oder?«

»Jetzt sage ich ›ja‹, und du sagst ›schade‹?«

»Genau.« Sie gab mir einen Kuß und zog mir den Helm nach unten übers Gesicht. »Jetzt beeil dich, sonst kommst du zu spät, und ich würde mich furchtbar schämen, wenn mein Mann der einzige in Athen wäre, der das Schiff verpaßt.«

Dann schob sie mich zur Tür hinaus und knallte sie zu, und ich ging so schnell wie möglich davon, ohne einen Blick zurückzuwerfen.

Auf dem Weg zum Piräus stieß ich auf Kallikrates – und das im wortwörtlichen Sinne, denn der Helm war mir über die Augen gerutscht, und ich sah nicht, wohin ich ging. Im ersten Augenblick erkannte ich den Mann nicht, auf dessen Umhangsaum ich gerade getreten war, da er wie ich eine Rüstung trug; doch kaum nannte er mich einen ungeschickten Trottel, da erkannte ich ihn an seiner Stimme.

»Kallikrates! Was tust du denn in diesem Aufzug?« rief ich erstaunt.

»Steckt unter diesem Nachttopf etwa Eupolis?« Er schob mir den Helm hoch. »Ich war gerade auf dem Weg, um dich abzuholen. Ich dachte, wir könnten zusammen zum Piräus marschieren.«

Ich starrte ihn erstaunt an. »Kommst du etwa auch mit nach Sizilien?«

»Richtig. Letzter Nachtrag auf der Liste heute morgen. Die wollten eine runde Zahl haben.«

Ich war so begeistert, daß ich kaum wußte, was ich sagen sollte. »Also, das ist ja phantastisch! Ich freue mich riesig!«

Kallikrates betrachtete mich stirnrunzelnd, genau wie er es immer getan hatte, wenn ich als Junge irgendeine Dummheit begangen hatte. »Wieso? Habe ich dir jemals etwas Böses angetan?«

»Aber Kallikrates, willst du denn nicht in den Krieg ziehen?« fragte ich verblüfft. Doch er schüttelte nur den Kopf, wobei der Busch auf seinem Helm hin und her wippte.

Je näher wir den Hafenanlagen kamen, desto bevölkerter wurden die Straßen. Noch nie zuvor hatte ich solch ein seltsames Schauspiel gesehen; es war wie eine Mischung aus Festzug und Begräbnis. Tänzer und Flötenspieler waren da und Frauen, die Kränze verteilten, und neben ihnen in Trauer gekleidete Ehefrauen und Mütter, die heulend und kreischend nach den Umhangsäumen ihrer Männer griffen, die sich ihrerseits von ihnen loszureißen versuchten. Es waren Wurstverkäufer und Auftragsdichter da und Maler mit Zeichentischen, die für eine Drachme anboten, in fünf Minuten das Porträt des abfahrenden Helden auf einer Weinamphore oder einem Ölkrug anzufertigen, und neben ihnen alte Frauen vom Land, die Talismane zur Abwendung des Bösen verkauften; und Speerschleifer und Helmbuschmacher und Sofort-Schildflicker und Wahrsager und Sprottenverkäufer (falls jemand vergessen hatte, sich Verpflegung mitzunehmen); und Gläubiger, die auf ihre Schuldner warteten, und Geldverleiher und Männer, die anboten, für kurze Zeit Land zu pachten, und Grundbesitzer, die ihren Pachtzins haben wollten, und Kaufleute, die Bezugsoptionen auf Anteile an der Kriegsbeute erwarben, und alte Soldaten, die versprachen, einem für einen Obolos alles Wissenswerte über Sizilien zu erzählen. Und unter dem prachtvollsten Helmbusch, den ich je im Leben gesehen hatte, befand sich Aristophanes, Sohn des Philippos, der seinem Chorlehrer in letzter Minute Anweisungen zu den beiden Stücken gab, die er ihm anvertraut hatte, falls er nicht rechtzeitig zurückkehren sollte, um sich selbst darum zu kümmern.

Kallikrates und ich taten alles, damit er uns nicht entdeckte – er gehörte zu einer anderen Truppe, die auf einem anderen Schiff fuhr –, und stellten uns in der Schlange an, um unsere Namen eintragen zu lassen. Während ich dort stand, erblickte ich einen Kopf, der alle anderen überragte. Er war von einem zerbeulten grünen Helm bedeckt, der wahrscheinlich sein letztes Gefecht gesehen hatte, als Themistokles noch Heerführer gewesen war, und trug einer etwas unruhig wirkenden Zuhörerschaft einen Abschnitt aus *Sieben gegen Theben* vor.

Ich bat Kallikrates, mir meinen Platz freizuhalten, da ich mir den Kerl genauer ansehen wollte. Tatsächlich, da stand der kleine Zeus, sehr gut bei Stimme und in einer Rüstung, die ihm viel zu klein war. Kaum erblickte er mich, brach er mitten in der Strophe ab und rief meinen Namen mit einer Lautstärke, daß selbst die Bäume auf dem Parnes noch geschüttelt worden sein mußten.

»Was treibst du denn hier?« fragte ich ihn. »Ich dachte, du wärst mit der ersten Flotte ausgelaufen.«

»Ach, diese Blödmänner!« fluchte er inbrünstig. »Diese elenden, niederträchtigen Dummköpfe im Büro des Polemarchs wollten mich nicht mitfahren lassen. Die haben ernsthaft gemeint, meine Rüstung sei nicht gut genug, kannst du dir so etwas vorstellen?«

»Nun ja, sie ist nicht gerade in allerbestem Zustand, muß ich sagen.«

»Das hier ist meine neue Rüstung«, antwortete er betont kühl. »Die hat mich zwanzig Drachmen und eine einjährige Ziege gekostet, das letzte Geld, das ich besaß. Totale Geldverschwendung, könnte man sagen – an meiner alten Rüstung gab es nämlich überhaupt nichts auszusetzen, absolut nichts. Der Helm hat meinem Ururgroßvater gehört, der ihn schon getragen hat, noch bevor die Perser kamen.«

Mir fiel nichts ein, was ich darauf hätte erwidern können, aber glücklicherweise bot sich mir zu einer Entgegnung auch gar keine Gelegenheit.

»Aber ich betrachte sie als Kapitalanlage«, fuhr der kleine Zeus unbeirrt fort. »Ich verspreche dir, am Ende werde ich in der Lage sein, dir meine Schulden zurückzuzahlen. Mein Ehrenwort.«

»Wenn du dieses Thema doch endlich einmal vergessen würdest, dann ...«, setzte ich an.

»Und du kommst wirklich auch mit?« unterbrach er mich. »Du fährst mit uns mit?«

»Ja, ich ...«

»Das ist die beste Nachricht, die ich diesen Monat gehört habe«, freute sich der kleine Zeus. »Jetzt weiß ich, daß alles gut wird. Und natürlich sind wir in der gleichen Truppe; warum bin ich bloß nicht vorher darauf gekommen? Das wird genau wie damals auf Samos, als du den feindlichen Kämpfer getötet und mir das Leben gerettet hast.«

Die Leute blickten sich um und zeigten mit den Fingern auf mich, und ich spürte, wie mir das Gesicht vor Verlegenheit brannte. »Sprich leiser!« murmelte ich, aber es war zu spät.

»Was hast du eben gesagt?« wollte einer der Männer neben uns wissen. »Dann ist dieser Bursche also so etwas wie ein Held?«

»War das während des Feldzugs von Perikles?« erkundigte sich ein zweiter.

»Wer ist das überhaupt?« fragte ein dritter. »Hallo, Kriton, komm mal zu uns rüber! Hier ist ein Mann, der auf Samos einen Heerführer getötet und die gesamte Flotte gerettet hat.«

Ich unternahm den Versuch, mich davonzuschleichen, aber es war zu spät. Der kleine Zeus beantwortete gewissenhaft sämtliche Fragen, die von allen Seiten auf ihn einprasselten, wobei er bekräftigte, daß ich wirklich ein Held sei und sie sich alle glücklich schätzen dürften, zur gleichen Truppe zu gehören. Ich sollte mehrere Wochen brauchen, um darüber hinwegzukommen.

Falls jemand von Ihnen meinen früheren ausgezeichneten Rat in den Wind geschlagen und sich noch kein Exemplar der ersten Hälfte meiner Lebenserinnerungen gesichert hat (Dexitheos teilt mir übrigens gerade mit, daß er vor lauter Exemplaren des ersten Bandes den Boden seiner Scheune immer noch nicht sehen könne, die Mäuse daran jedoch außerordentliches Vergnügen fänden – was übrigens mit das Netteste ist, was man jemals über meine Niederschriften gesagt hat), dann sollte ich klarstellen, daß ich in Wirklichkeit keinen Heerführer auf Samos umgebracht habe. Tatsächlich tötete ich unter Umständen, die ohne das Blutvergießen und den Verlust von Leben sehr komisch gewesen wären, irgendeinen Samier, und jeder Mensch mit der Feinfühligkeit eines dieser dickhäutigen ägyptischen Tiere, die in Flüssen leben und deren Name mir im Augenblick entfallen ist, hätte mit besonderer Sorgfalt darauf geachtet, daß dieses Thema nie wieder in meiner Gegenwart zur Sprache kam. Aber so war der kleine Zeus nun einmal.

Jedenfalls begaben wir uns schließlich auf die Schiffe, verstauten so gut wie möglich unsere Ausrüstung und winkten und riefen den Menschen am Hafendamm Abschiedsgrüße zu; dann liefen wir aus. Wir waren unterwegs nach Sizilien.

Allerdings machten wir einen weiten Umweg. Zunächst mußten wir zu Demosthenes stoßen, der mit der Einsatzflotte um Lakonien herum einige Verfolgungsjagden auf fremde Schiffe unternahm; da Demosthenes nun einmal Demosthenes war, konnte er der einen oder anderen Abwechslung nicht widerstehen.

Unser Auftrag lautete, hier und da ein paar Truppen

auszuheben, nach dem Grundsatz, daß man nie genügend Männer haben kann; deshalb rekrutierten wir ein paar Argiver, die eigentlich nicht die Absicht hatten mitzukommen, sich aber auch nicht weigern wollten. Danach machten wir, zumal wir dort sowieso vorbeikamen, in Lakonien Zwischenstation und verbrachten ein paar vergnügliche Tage damit, Ölbäume zu fällen, Weinstöcke herauszureißen und den Spartanern ganz allgemein das heimzuzahlen, was sie uns seit unserer Kindheit angetan hatten. Weinstöcke und Bäume zu vernichten, ist für einen Bauern ein merkwürdiges Gefühl. Zuerst macht es einem überhaupt keinen Spaß, aber nach einer Weile kommt man auf den Geschmack, und das Ganze wird ungemein kurzweilig. Dabei bekam ich immer mehr das Gefühl, meine Wut nicht nur an den Spartanern, sondern auch an dem widerspenstigen, launischen und unbegreiflichen Geist der Natur auszulassen, der jeden quält, der vom Anbau lebt. »Und das für dich!«, hörte ich mich knurren, während ich die Axt in einen Feigenbaum trieb. »Das treibt dir die Lust aus, ohne ersichtlichen Grund Fruchtfäule und Blattbräune zu bekommen.«

Während unseres Aufenthalts befestigten wir auch eine kleine Landenge als sicheren Hafen für aus Sparta entflohene Heloten und fuhren weiter in Richtung Kerkyra, unterbrachen unsere Fahrt, um vor Pheia ein korinthisches Schiff zu versenken, und nahmen auf Zakynthos und Kephallenia weitere schwerbewaffnete Fußtruppen an Bord, während Demosthenes aufbrach, um in Akarnanien leichte Fußtruppen zu sammeln. Klingt das übrigens so, als ob ich wüßte, wo alle diese Orte liegen? Das wäre irreführend. Die Tatsache, daß ich irgendwo gewesen bin, bedeutet nicht unbedingt, daß mir die Lage oder überhaupt irgend etwas über den Ort bekannt ist. In Wahrheit sind wir Athener keine großen Geographen, obwohl wir das gern behaupten. In der Volksversammlung lauschen wir ernst den großen Männern, die den strategischen Nutzen von Kaulonia oder die Auswirkungen der Zustände auf der Insel Syme auf den Schiffahrtsweg nach Knidos erörtern, und stimmen für denjenigen, der am besten gesprochen hat; wir haben nicht die leiseste Ahnung, wo Syme liegt, keiner von uns, aber das gäbe niemand auch nur andeutungsweise zu.

Von Kerkyra fuhren wir weiter zum Japygischen Vorgebirge, den Choiraden (einer Inselgruppe, die, wie man mich verläßlich unterrichtete, in der Nähe des Japygischen Vorgebirges liegt) und dann nach Metapont, einer griechischen Kolonie, die irgendwo in Italien liegt. Unterwegs sammelten wir eine große Schar fremdartig aussehender Menschen zusammen mit einer Anzahl italischer Barbaren ein, bevor wir in Thurioi vorbeischauten (ich habe nicht die leiseste Ahnung, wo Thurioi liegt). Dort – oder an einem ziemlich ähnlichen Ort – gingen wir an Land, hielten eine Parade ab und marschierten eine Zeitlang umher, bis uns die Einheimischen höflich zu verschwinden baten, worauf wir zu einer Stadt namens Petra fuhren. In jedem Ort, in dem wir Zwischenstation machten, nahmen wir jeweils noch mehr Verstärkung an Bord, bis sich niemand mehr so recht daran erinnern konnte, wen wir wo und wann an Bord genommen hatten, ganz zu schweigen von dem Warum. Doch als wir eines schönen Morgens Kurs auf Nikias' Lager außerhalb von Syrakus nahmen, hatten wir schließlich, soweit ich weiß, etwa siebenunddreißig Schiffe mit sieben- oder achttausend schwerbewaffneten Fußsoldaten (athenischen und ausländischen) und weiß der Himmel wie vielen leichtbewaffneten Truppen, sowohl Barbaren als auch Griechen. Nach unserer Reise, die mehr Ähnlichkeit mit Urlaub als mit einer Expedition gehabt hatte, waren wir äußerst zuversichtlich und von dem Gefühl beseelt, daß uns jetzt nicht einmal die Götter noch aufhalten konnten.

Der Strand war von Männern gesäumt, die darauf

warteten, uns zu begrüßen. Schon lange bevor wir Land sichteten, sahen wir das Blitzen ihrer Schilde und fingen sofort zu winken und zu rufen an. Einige der mit mir auf dem Deck stehenden Männer hielten nach Freunden und Verwandten Ausschau, andere suchten nach den Haufen erbeuteter Waffen und weiterer Kriegsbeute, die wir alle zu sehen erwarteten. Alle anderen blickten sich nach dem Rauch der Kochfeuerstellen um. Da wir in Italien und den vielen anderen Orten mehr Truppen als erwartet an Bord genommen hatten, war der Proviant allmählich etwas knapp geworden; und obwohl wir keineswegs Hunger hatten, hätte zu diesem Zeitpunkt keiner von uns ein opulentes Mahl ausgeschlagen. Und was wir vom Meer aus von Sizilien gesehen hatten – ein riesengroßes Weizenfeld, an den Rändern mit Weingärten ausstaffiert und gekrönt mit den Olivenhainen, die sich geradewegs die wenigen Berge hinaufziehen, die sie auf der Insel haben –, reichte aus, um jedem Menschen das Wasser im Munde zusammenlaufen zu lassen, erst recht Männern wie uns, die sonst an den Berghängen Attikas im Staub herumkratzen mußten. Die allgemein übereinstimmende Meinung war, daß wir mit randvollen Erbsensuppenterrinen empfangen werden würden, gefolgt von Hammelbraten mit Bergen von Weißbrot, riesigen Käsestücken und gehäuften Tellern mit Bohnen und zum Hinunterspülen unverdünnten Wein und Milch. Eine nicht unbeträchtliche Minderheit wollte dem Ganzen noch gebratene Drosseln, Thunfisch und Aale hinzufügen, aber trotz ihrer Redegewandtheit war der Rest von uns davon nicht zu überzeugen.

Doch als wir schließlich nahe genug heran waren, um die Männer am Strand genauer zu erkennen, machten wir uns allmählich Sorgen. Irgendwie sahen sie nicht wie ein siegreiches Heer aus; eher wie ein Haufen erschöpfter Sklaven, die gerade von der Arbeitsschicht in einer großen Werkstatt oder aus den Silberminen herausgekommen waren. Nur wenige kamen uns entgegengelaufen; die meisten standen teilnahmslos da und sahen zu, ohne sich zu rühren, als böten wir zwar ein halbwegs interessantes Schauspiel dar, mit dem sie aber nichts zu tun hatten. Und die, die angelaufen kamen, schienen etwas von Verpflegung zu rufen, auf welchen Schiffen diese transportiert werde und ob wir Hilfe beim Entladen bräuchten. Anstatt also sofort von Deck ins Meer zu springen und an Land zu waten oder zu schwimmen, hielten wir uns zurück, bis die Schiffe keine Fahrt mehr machten und uns die Taxiarchen befahlen, von Bord zu gehen.

Unter den am Ufer stehenden Männern erkannte ich ein Gesicht – es gehörte zu Kallippos, einem Mann aus Pallene, von dem ich mir einmal eine kranke Ziege geborgt hatte –, und gleich nachdem ich mich auf den Aufruf meines Namens gemeldet hatte, trat ich aus der Reihe hervor, um mit ihm zu sprechen. Ich grüßte ihn freundlich und fragte ihn, wie die Dinge stünden.

»Furchtbar«, antwortete er ohne sichtbare Gefühlsregung (er schien sich für das Geschehen nicht im geringsten zu interessieren), »besonders nach der gestrigen Seeschlacht.«

»Nach welcher Seeschlacht?«

»Ach ja, davon weißt du noch nichts. Jedenfalls haben die Syrakuser davon erfahren, daß ihr im Anmarsch seid, und uns angegriffen, zweimal. Das erstemal haben sie nicht besonders viel erreicht, aber gestern haben sie uns eine Schlappe beigebracht. Bei den Göttern!« schrie er plötzlich. »Die kämpfen nicht *sauber!*«

Ich starrte ihn verdutzt an. »Was meinst du damit?« fragte ich.

»Das wirst du nicht glauben«, erwiderte er, wobei er die Stimme senkte. »Die Syrakuser haben den ganzen Tag ununterbrochen ihre Spielchen mit uns getrieben, ihre Schiffe vorstoßen lassen und sie dann wieder zurückgezogen, bis es unsere Männer gründlich gelangweilt hat und sie zum Abendessen zurück zum Stützpunkt gefahren sind. Da kommen sie auf einmal angeschossen, diesmal im Ernst, und unsere Männer stürmen halbverhungert von den Feuerstellen auf die Schiffe – die Syrakuser hatten sich den Zeitpunkt wunderbar ausgewählt – und versuchen, so etwas wie Ordnung in ihren Haufen zu bringen. Es gibt ein furchtbares Durcheinander, und während die Schiffe in ordnungsgemäßer Weise gegeneinander kämpfen, schicken die Syrakuser Hunderte von kleinen Booten voller Speerwerfer und Bogenschützen los und schießen unsere Schiffsbesatzungen zusammen, während wir uns wie gestrandete Wale abstrampeln und überhaupt nichts dagegen unternehmen können. Die haben sieben Schiffe versenkt und ich weiß nicht wie viele weitere beschädigt. Es war das absolute Chaos. Hast du so etwas schon mal gehört, Eupolis? Man kann gegen diese Leute einfach nicht kämpfen, weder an Land noch auf dem Wasser. Die bleiben nicht an einer Stelle und kämpfen nicht *sauber;* die beschießen einen einfach und machen sich dann davon.«

»Keine Sorge, jetzt sind wir ja hier«, besänftigte ich ihn. »Du wirst sehen, Demosthenes wird sich so etwas schon nicht gefallen lassen.«

»Scheiß auf Demosthenes!« fluchte Kallippos. »Was kann der schon ausrichten? Diese Männer sind Barbaren. Die kämpfen nicht wie wir. Richtig heimtückisch sind die, das kann ich dir sagen. Die sind gar nicht daran interessiert, Schlachten zu gewinnen, sondern nur daran, Leute umzubringen, ohne selbst getötet zu werden. Das ist unmenschlich.«

»Demosthenes wird sie schon dazu zwingen, anständig zu kämpfen«, erwiderte ich, woraufhin Kallippos nur säuerlich lachte und den Kopf schüttelte.

»Habt ihr auf diesen Schiffen wenigstens irgendwelche Verpflegung mitgebracht?« fragte er. »Wir sind hier nämlich am Verhungern.«

»Das kann doch gar nicht sein!« widersprach ich heftig. »Um Himmels willen, ihr seid doch die Belagerer!«

»Dann erzähl das denen mal«, entgegnete er und winkte mit beiden Händen in Richtung Syrakus. Um Ihnen gegenüber ehrlich zu sein, ich hatte bis dahin wirklich noch keinen einzigen Blick auf die Stadt geworfen – das klingt zwar äußerst seltsam, aber so war es nun einmal. Jetzt sah ich hin und entdeckte nichts weiter als eine ganz normale Stadt mit Mauern und einem Tor. »Weißt du, daß die da drinnen regelmäßig Märkte abhalten? Mit Kaufleuten und Fischhändlern und Wurstverkäufern und allem? Wir hier draußen haben nur noch ein paar Kyathos Mehl pro Tag. Die werfen uns ihre Brotrinden über die Mauer, und wir gehen tatsächlich hin und sammeln sie auf.«

Ich hatte das Gefühl, als gäbe der Boden, auf dem ich stand, plötzlich nach. »Du übertreibst doch maßlos. So schlimm kann das alles gar nicht sein«, wandte ich ein.

»Jetzt, da ihr auch noch zu ernähren seid, wird alles noch viel schlimmer werden«, erwiderte Kallippos mit einem unangenehmen Lächeln auf den Lippen. »Ich nehme an, ihr habt keinerlei Proviant mitgebracht, stimmt's?«

»Wir dachten … Ach, verdammt noch mal! Schließlich ist das hier das reichste Land der Welt. Wo ist der ganze Weizen und Käse geblieben?«

»Gute Frage«, antwortete Kallippos schnippisch. »Aber irgendwie hat es Nikias geschafft, ganz Sizilien gegen uns aufzubringen.«

»Könnt ihr nichts über das Meer heranschaffen?« fragte ich.

»Natürlich tun wir das«, erwiderte Kallippos ungeduldig. »Wir bekommen Lebensmittel aus Catina und Naxos, gerade genug, um nicht zu verhungern. Kein Kyathos mehr.«

»Aber das ist ja furchtbar!«

»Ja.« Kallippos grinste erneut hämisch und entfernte

sich dann wie ein Mensch, der auf eine Beerdigung geht. Ich kehrte zum Schiff zurück und teilte meinen Freunden mit, was ich gehört hatte, aber ihnen war bereits viele Male hintereinander dasselbe erzählt worden. In der Zwischenzeit hatten Nikias' Männer jedoch das Interesse an uns verloren und sich zum größten Teil verdrückt, wodurch wir uns wie Trottel vorkamen.

Ich erinnere mich, daß einmal jemand das – jeder Grundlage entbehrende – Gerücht in die Welt gesetzt hat, der König von Sonstwo habe den Athenern ein Geschenk von einer Million vierhunderttausend Scheffel Weizen geschickt, der gerade auf dem Marktplatz an alle erwachsenen Bürger verteilt werde. Natürlich sprang ich in die Sandalen und rannte so schnell wie möglich los; und tatsächlich waren dort Menschenmassen, die mit großen Krügen auf den Schultern ziellos umherirrten. Das einzige, was nicht da war, war der Weizen, der (genauso wie der König von Sonstwo) überhaupt nicht existierte. Sogar als uns das Ganze klar wurde, blieben wir noch eine Zeitlang dort – die allgemeine Ansicht war, daß die Archonten die Kornspeicher öffnen sollten, um uns für unsere Enttäuschung zu entschädigen. Genauso war es jedenfalls auch an jenem Tag, als wir in Sizilien landeten.

Da ist man nun Befehlshaber eines riesigen und nutzlosen Heers – die eigenen Männer sind demoralisiert und haben nichts zu essen, der Feind befindet sich in einer starken Verteidigungsstellung, verspürt keinerlei Drang, herauszukommen und zu kämpfen, und hat einen gerade auf See geschlagen –, und was tut man? Natürlich angreifen.

Demosthenes hatte erkannt, daß die einzige Möglichkeit, in die Stadt Syrakus einzudringen, darin bestand, über die Hänge des Epipolai zu ziehen, eines großen felsigen, fast dreieckigen Hochplateaus auf der dem Meer abgewandten Seite der Stadt. Das schien allerdings nicht einfach; aber entweder würden wir die Stadt einnehmen oder den Beweis dafür erbringen, daß es sich hierbei um ein unmögliches Unterfangen handelte – und in beiden Fällen wären wir alle bald auf dem Weg nach Hause.

Also brachen wir nach einer Nacht gräßlichen Hungers am nächsten Morgen in aller Frühe auf, um unten am Fluß Anapos die Olivenbäume und Weinstöcke zu vernichten, die Nikias' Männer übersehen hatten; abgesehen von einigen wenigen gelangweilt wirkenden leichtbewaffneten Fußtruppen erblickten wir keine feindlichen Soldaten und hatten eine recht vergnügliche Zeit – wir fingen sogar ein paar abgemagerte Ziegen ein, die wir zu so etwas wie Essen verarbeiteten. Besonders beeindruckt war ich von der Einstellung des kleinen Zeus zur Vernichtung von Ernteerträgen, wenn ich an seine herkulischen Anstrengungen dachte, der Haut von Mutter Demeter seinen Lebensunterhalt abzuringen. Nach etwa einer Stunde schien er völlig durchzudrehen; irgendwoher hatte er eine große zweischneidige Axt in die Hände bekommen und fiel über eine kleine Feigenschonung her, wie einst der mit Wahnsinn geschlagene Aias über die Schafe Agamemnons. Seine Bemühungen waren so hartnäckig, daß er sich vollkommen verausgabte – und er zerbrach sogar die Axt, als er einen Baumstamm mit der Schneide verfehlte, das Holz statt dessen mit dem Stiel traf und diesen entzweischlug. Als ich ihn fragte, was eigentlich in ihn gefahren sei, gestand er, daß er Feigenbäume hasse; das habe er schon immer getan, und das werde sich auch niemals ändern.

In Anbetracht der Ziegen, des Zerstörens und des darauffolgenden Vertretens der Beine an Bord kamen wir zu dem Schluß, daß unter Demosthenes zu kämpfen viel besser sei als Arbeit. Im Grunde war der einzige Mann, der sich nicht zu amüsieren schien, Kallikrates, der schon immer ein viel zu vernünftiger und ausgeglichener Mensch gewesen war, um im Leben noch einmal ein gutes Ende zu finden.

Während wir auf diese Weise eifrig beschäftigt waren, hatte Demosthenes die äußeren Befestigungen der syrakusischen Stellung mit Rammböcken angegriffen, allerdings ohne jeden Erfolg. Vor Rammböcken haben die meisten Menschen schreckliche Angst; wegen des Lärms, den sie machen, der Art und Weise, wie sie den Erdboden zum Beben bringen, und der Tatsache, daß man sie, da es sich bei ihnen um Baumstämme handelt, nicht töten kann. Aber die Syrakuser ließ das alles ziemlich kalt. Sie warfen brennende Fackeln auf die Schutzverkleidungen, die den Männern am Rammbock Deckung bieten sollen, und schossen unsere Leute dann mit Pfeilen nieder, als sie flohen. Es war alles recht demütigend. Und als Demosthenes eine schwerbewaffnete Fußtruppe vorrücken ließ, um eine Rückeroberung der Rammböcke zu versuchen, bevor sie zu Asche verbrannt waren, beschossen die Syrakuser auch diese Soldaten mit Pfeilen, bis deren Schilde vom Gewicht der in ihnen steckenden Pfeilspitzen zu schwer zum Tragen geworden waren und die Truppe sich zurückziehen mußte. Zwar kamen ein paar Männer dabei um, aber sie stammten allesamt von Zakynthos und Kerkyra, und deshalb war darüber niemand übermäßig betrübt.

Im Grunde hatte Demosthenes diese Maßnahmen – die Verwüstung der Landschaft und den Angriff auf die Außenbefestigungen – nur ergriffen, um sich zu vergewissern, daß sie sinnlos waren, und um die Syrakuser glauben zu lassen, er sei genauso einfallslos wie Nikias. Was er tatsächlich beabsichtigte, war etwas in seiner Kühnheit, seiner Neuheit und seinem bloßen Ehrgeiz durch und durch Athenisches. Kaum hatte er zum erstenmal den Epipolai zu Gesicht bekommen und erfahren, daß dort oben von den Syrakusern drei große Lager errichtet worden waren, hatte er sich entschlossen, die Stellung nachts anzugreifen. Schließlich hatte noch nie zuvor jemand so etwas getan, so daß der Überfall völlig unerwartet käme. In der Dunkelheit wäre den Syrakusern ihre Ortskenntnis nicht nützlich – und vor allem auch ihre Pfeile, Speere und Schleudern nicht, von denen er schon soviel gehört hatte. Sobald wir uns erst einmal innerhalb der Stadtmauern befänden, so war die Überlegung, wäre der Feind zu Tode erschreckt und wüßte nicht, wo wir uns befänden oder was wir beabsichtigten, so wie es einst die Verteidiger in Troja gewesen waren, als die Griechen aus dem hölzernen Pferd herauskamen. Durch das Rufen geheimer Parolen sollten wir miteinander in Verbindung bleiben, was den Syrakusern noch mehr Angst einjagen würde.

Als uns dies mitgeteilt wurde, wußten wir nicht, was wir davon halten sollten; doch die bloße Klugheit des Ganzen nahm unsere Phantasie so gefangen, daß wir kaum den Einbruch der Nacht abwarten konnten. Obwohl die meisten von uns durch die tagsüber geleistete Arbeit vollkommen erledigt waren, konnten wir nicht stillsitzen, um auszuruhen; dazu waren wir alle viel zu aufgeregt. Eins war sicher: Dieser Einsatz unterschied sich gänzlich von allen anderen Feldzügen, an denen je einer von uns teilgenommen hatte. Kein Marschieren den lieben langen Tag mit einem schweren Sack auf dem Rücken, kein Errichten endloser Mauern aus unersichtlichem Grund und kein Auf- und Abgehen vor unüberwindlichen Bollwerken, wobei man sich stets wünschte, jemand anders zu sein. Es herrschte das allgemeine Gefühl vor, an etwas ganz Besonderem und Wichtigem beteiligt zu sein, und jeder unterhielt sich, sehr ruhig und eindringlich, mit jedem – nicht nur mit Freunden, Verwandten und Nachbarn, sondern mit Menschen vom anderen Ende Attikas, denen man noch nie begegnet war, oder sogar mit Ausländern. Wir alle spürten plötzlich, daß Demosthenes unser Freund war, jemand, den wir persönlich kannten – und der natürlich nach wie vor unser Führer war; er trug die Verantwortung und war irgendwie unfähig zu versagen. Es war so, als sei man wieder ein Kind und gehöre zu einer dieser Banden von Hirtenjungen, die einen König wählen und verwegene Überfälle auf anderer Leute Obstgärten machen; da war der gleiche Kitzel, an etwas Verwegenem und Aufregendem teilzunehmen, gewürzt mit einer kräftigen Prise Gefahr, aber keiner wirklichen Angst vor Tod oder Verwundung. Es ist nur schwer vorstellbar, daß sich erwachsene Männer so fühlen. Vielleicht war das so, weil ganz Athen zugegen zu sein schien; man hatte das Gefühl, eher an einem Festspiel oder an einer Urlaubsreise teilzunehmen als an einer militärischen Expedition, da so viele von den eigenen Freunden und Nachbarn um einen herum waren. Natürlich gab es auch eine Menge Fremde, aber man ahnte, daß man zwangsläufig jemanden kennen mußte, der auch ihnen bekannt war. Bei Einbruch der Dämmerung zündeten wir die Lagerfeuer an und verhielten uns wie Soldaten, die sich demnächst schlafen legen wollten. Während wir umherspazierten, stießen wir immer wieder zufällig auf Bekannte, Freunde, entfernte Vettern und dergleichen. Ich begegnete allein fünf oder sechs Männern, die in meinen Chören gewesen waren, vielen Nachbarn und (wie sollte es anders sein) Aristophanes, Sohn des Philippos. Er hielt etwas in den Armen, das wie ein Säugling aussah, und schlich gerade verstohlen um die Rückseite eines Zeltes herum, und als ich laut seinen Namen rief, tat er einen gewaltigen Satz in die Luft.

»Menschenskinder! Was soll das?« fauchte er mich an, als er mich erkannte.

»Was hältst du denn da unter deinem Umhang versteckt in den Armen, Aristophanes?« wollte ich wissen. »Du benimmst dich äußerst merkwürdig.«

»Seit wann hast du deiner Liste von Fertigkeiten das

Ausspionieren hinzugefügt?« murmelte er. »Komm, sei ein braver Junge, und geh mit den Syrakusern spielen.«

Plötzlich kam mir der Gedanke, daß es sich bei Aristophanes' Säugling um einen Weinschlauch handeln könnte. »Laß mich raten, was du unter deinem Umhang versteckst«, beharrte ich mit lauter Stimme.

»Wenn du es unbedingt wissen willst: Es ist ein todlangweiliges Theaterstück. Nach seinem Aussehen zu urteilen, ist es eins von dir. Du weißt schon, verkümmert, schlüpfrig, eins, von dem man nie erwartet hätte, daß es so lange durchhält. Ich werde es standesgemäß beerdigen, falls es in Sizilien irgendwo einen Komposthaufen gibt.«

»Gib mir einen Becher voll, und du kannst es in Frieden begraben«, bot ich an.

»Du Blutsauger«, zischte Aristophanes, woraufhin ich ihm meinen Becher hinhielt und er ihn füllte.

»Woher hast du den Wein?« wollte ich wissen.

»Aus Sizilien. Hast du eigentlich nichts Besseres zu tun?«

Ich trank den Wein und ließ Aristophanes stehen. Da kam Demosthenes höchstpersönlich in seinem roten Umhang und vergoldeten Panzer herangeeilt, und ich trat zur Seite, um ihn vorbeizulassen. Im Vorübergehen blickte er mich an und sagte nur: »Hallo, Eupolis«, genau wie an jenem Tag in Athen, als ich den Rat aufgesucht hatte. Bevor ich antworten konnte, war er fort, und ich stand da und beobachtete ihn im Schein der Lagerfeuer; ein Mann, der immer beschäftigt war, immer irgend etwas tat, sich immer bemühte, der Beste zu sein, wie es sich für einen wahren Helden gehört. »Wo sind, verdammt noch mal, diese Steinmetze?« hörte ich ihn schreien. »Und hat irgend jemand den ersten Zimmermann gesehen? Kommt schon, ich habe nicht die ganze Nacht lang Zeit!« Andere Männer eilten zu ihm hin, und ihre von Umhängen bedeckten Rücken entzogen ihn meinem Blick. Dann rief jemand aus einem der Zelte meinen Namen, und ich drehte mich um.

»Dachte ich es mir doch, daß ich dich wiedererkannt habe«, begrüßte mich Nikias. »Es ist lange her, seit wir uns das letztemal gesehen haben.«

Ich wußte nicht, was ich sagen sollte. Seit unserer Landung in Sizilien war Nikias so etwas wie ein schlechter Witz gewesen, dessen Wiederholung niemand widerstehen konnte, am wenigsten ich. Es war sehr merkwürdig, sich mit ihm zu unterhalten, einem der beiden Feldherrn dieses gewaltigen Unternehmens. Er sah sehr krank aus, und er trug keine Rüstung. Mit einem Stapel Wachstafeln auf dem Schoß saß er auf einem kleinen Zedernstuhl und bereinigte offensichtlich eine winzige Unstimmigkeit in der Vorratsliste, über die sich niemand außer ihm Gedanken gemacht hätte.

»Guten Abend, Heerführer«, sagte ich. »Kommst du nicht mit?« Das mußte geklungen haben, als handelte es sich um eine Feier, denn er schüttelte den Kopf und antwortete, man habe ihn nicht eingeladen.

»Ich muß mit der Reserve hierbleiben und aufs Lager aufpassen«, fuhr er fort, und zu meiner Überraschung klang Verbitterung in seiner Stimme mit. »Aber das ist schon in Ordnung – ich wäre ja doch nur im Weg. Demosthenes würde mich sicherlich in taktischen Fragen um Rat bitten, und was könnte ich ihm darauf schon antworten?«

In fast derselben Verlegenheit befand ich mich nun auch, deshalb schwieg ich lieber und fingerte an der Spange meines Schwertgehenks herum.

»Es wird nicht klappen«, sagte er schließlich. »Demosthenes ist ein Schwachkopf.«

Das war mehr, als ich ertragen konnte. »Du mußt es ja wissen!« fauchte ich ihn an – schließlich war ich Athener und ein Wähler, und ich konnte sagen, was ich wollte. »Es ist schon ganz in Ordnung, wenn du nicht mitkommst«, fuhr ich fort. »Für dich ist es bestimmt besser, wenn du dir von Demosthenes deine Haut retten läßt.«

Nikias war nicht böse, ja nicht einmal beleidigt, als er mich daraufhin fragte: »Wird das dein Chor von mir behaupten, wenn du nach Hause kommst? Ich meine, daß Nikias den Bullen aus dem Pferch gelassen hat und Demosthenes ihm das Tier zurückbringen mußte? Soll ich dir mal etwas sagen, junger Mann?«

»Wenn du unbedingt willst, Heerführer«, antwortete ich überheblich.

»Die Athener haben für einen nutzlosen Gang einen Nichtsnutz gewählt«, sagte Nikias langsam, »und dieser Nichtsnutz hat ihn verpatzt, weil er gar nichts anderes tun konnte. Daraufhin haben die Athener für den erneuten nutzlosen Gang einen schlauen Mann gewählt, und der wird sich als ein noch größerer Nichtsnutz herausstellen als der bekanntermaßen erwiesene Nichtsnutz, weil er nichts von dieser Arbeit versteht. Sie hätten den ersten Nichtsnutz zum Stolpern bringen sollen, auf daß er sich den Hals gebrochen hätte.«

Ich fühlte mich allmählich unbehaglich in meiner Haut. Wenn es Nikias dazu trieb, wie ein betrunkenes Orakel zu reden, schien mit ihm offenbar irgend etwas überhaupt nicht mehr zu stimmen, und ich wollte nicht wissen, was. Ich wich zurück und eilte mit einem Gefühl davon, als hätte ich gerade einen Geist gesehen. Kurz darauf liefen mir zufällig Kallikrates und der kleine Zeus über den Weg, und wir vertrieben uns die restliche Zeit bis zur ersten Nachtwache, die der Zeitpunkt unseres Aufbruchs sein sollte, mit der Suche nach Aristophanes' Weinschlauch. Wie es der Zufall wollte, entdeckten wir ihn zu guter Letzt, versteckt unter einem Dornbusch, aber zu der Zeit war es schon zu spät, um noch etwas damit anzufangen. Deshalb schütteten wir ihn aus, füllten ihn mit Wasser und legten ihn genau dorthin zurück, wo wir ihn gefunden hatten.

3. KAPITEL

Seltsamerweise habe ich inzwischen nur noch selten Alpträume vom Epipolai. Kurz nach meiner Rückkehr hatte ich sie ständig, aber nach etwa einem Jahr verschwanden sie und wurden durch einen buntgemischten Alptraum ersetzt, der sich um eine große Vielfalt von Problemen drehte. Solange die Träume jedoch auftraten, waren sie außerordentlich intensiv und gehörten zu den wenigen, an die ich mich nach dem Aufwachen jeweils erinnern konnte. Das ist für den Bericht, den ich gleich von jenem Abenteuer geben werde, von größter Wichtigkeit; denn nach all den Jahren kann ich nicht mit Sicherheit zwischen meinen wirklichen Erinnerungen an die geographische Beschaffenheit des Schauplatzes der Schlacht und der leicht veränderten und ausgeschmückten Darstellung im Alptraum unterscheiden. Sollte also jemand von Ihnen den Ort gut kennen und einwenden, ich hätte eine Schafhürde eingefügt, wo sich noch nie eine Schafhürde befunden habe, oder eine ansonsten kahle Böschung mit überflüssigen und völlig aus der Luft gegriffenen Olivenbäumen bepflanzt, muß ich Sie bitten, Ihr Wissen für sich zu behalten. Mein Epipolai steht zum echten Epipolai im gleichen Verhältnis wie, sagen wir mal, Homers Achilles zum echten Achilles, wer immer das auch war. Doch wird diese Einbuße an Genauigkeit mehr als genug durch die ausgezeichnete Behandlung des Themas durch den Verfasser ausgeglichen, und sämtliche Änderungen sind aufgrund berechtigter literarischer Absichten zwingend notwendig.

Kurz nach der ersten Nachtwache erhielten wir den Befehl zum Abmarsch und schleppten uns die steilen Hänge des Epipolai zur Festung Euryalos hinauf, wobei wir so wenig Lärm wie möglich zu machen versuchten. Ein so großes Heer, das mit in heller Aufregung befindlichen Soldaten so wenig Lärm wie möglich zu machen versucht, gibt Geräusche von sich, die an einem stillen Abend fast ohrenbetäubend sein können – besonders dann, wenn alle schreckliche Angst haben. Die Aussichten, solch eine enorme Menschenansammlung unbemerkt am Feind vorbeizuschleusen, schienen, gelinde gesagt, schlecht zu stehen. Aber irgendwie mußten wir es geschafft haben, denn ich entdeckte keinerlei Hinweise auf eine syrakusische Streitmacht. Allerdings hatte ich trotz des relativ hellen Mondlichts schon genug Schwierigkeiten, die eigenen Füße zu erkennen, und bin von daher kaum dazu berechtigt, mich in diesem Punkt für unfehlbar zu halten. Jedesmal, wenn ich einen lockeren Stein löste oder auf etwas anderes trat, das ein Geräusch machte, rechnete ich fest damit, um mich herum den Aufschrei feindlicher Stimmen zu hören, was aber nicht der Fall war. Ob ich trotz des Lärms mehrerer tausend Athener, die sich allesamt um Lautlosigkeit bemühten, einen feindlichen Angriff überhaupt gehört hätte, ist eine ganz andere Frage.

Dabei nahmen wir die syrakusische Festung, die unser Hauptangriffsziel war, nicht etwa im Sturm, sondern stolperten vielmehr über sie. Genaugenommen liefen wir auf der Suche danach zweimal daran vorbei und mußten wieder umkehren, und der Mann neben mir, der aus dem Norden Attikas stammte, wo er sich gelegentlich als Zimmermann verdingte, murmelte leise vor sich hin, man solle jemanden nach Syrakus hinunterschicken, damit er sich nach dem Weg erkundige, als die Festung plötzlich vor uns lag: ein ungefähr kreisförmiger Haufen übereinandergestapelter Steine, der sich wie eine übergroße Schafhürde gegen den dunkelblauen Himmel abzeichnete.

Offen gesagt, hatte ich etwas anderes erwartet, etwas Größeres und Erhabeneres, zumal der Taxiarchos von einer ›fast uneinnehmbaren Festung‹ gesprochen hatte. Deshalb hatte ich mir eine Miniaturausgabe von Persepolis vorgestellt, eine Festung mit burgartigen Mauern und Torwegen, flankiert von in Stein gemeißelten Löwen. Doch der Anblick dieses baufälligen Gemäuers erheiterte mich beträchtlich. Trotzdem freute sich Demosthenes nach all dem verzweifelten Suchen vermutlich so sehr darüber, dieses jämmerliche Bauwerk endlich gefunden zu haben, daß er seiner Belagerungskunst entsagte. (Wie Sie sich erinnern werden, war er der Fachmann für das Stürmen befestigter Stellungen.) Sinngemäß rief er: »Gut, schnappen wir uns diese Mistkerle!«, und rannte dann in die ungefähre Richtung der Mauer los. Wir folgten ihm so gut, wie wir konnten. Und da es jetzt anscheinend erlaubt war, Lärm zu schlagen, schrien und brüllten wir wie ein Chor Erinnyen.

Ich kann mir gut vorstellen, wie sich die Syrakuser gefühlt haben mußten. Höchstwahrscheinlich schliefen sie; und man weiß ja, wie es ist, wenn man unerwartet aus dem Schlaf gerissen wird und zu einer furchtbar wichtigen Entscheidung gezwungen ist. Der Verstand verweigert einem den Dienst; man steht da und versucht, bestimmte Vorüberlegungen anzustellen, beispielsweise wer man überhaupt ist und was eigentlich los ist. Sobald dann ein zusammenhängendes Handlungsmuster im Gehirn Gestalt annimmt, folgt man ihm, selbst wenn es sich als völlig ungeeignet erweist. Wie es der Zufall wollte, fiel die Reaktion der Syrakuser vollkommen logisch aus: Sie liefen, was die Beine hergaben. Zu ihrem Unglück rannten sie direkt in eine Abteilung unserer Truppe unter dem Heerführer Eurymedon, die vom Rest getrennt worden war und gerade auf der anderen Seite der Festung heraufkam, offenbar noch immer auf der Suche nach ihr.

Nach den Informationen, die ich in der Zwischenzeit gesammelt habe, nahmen die Syrakuser offenbar an, die Schar Soldaten, die am Hang unter ihnen umherirrte, sei ihre eigene Verstärkung aus der Stadt, und rannten deshalb los, um sich mit ihr zu vereinigen. Die Athener hielten ihrerseits die ihnen entgegenkommenden Männer für Athener, die man ausgesandt hatte, um sie aufzuspüren – zweifellos wußten sie nicht, daß es sich um Syrakuser handelte, da sie durch ihre ergebnislose Suche nach der Festung zu der Ansicht gelangt sein mußten, diese Menschengattung sei in jenen Gegenden ausgestorben. Beide Einheiten trotteten also erwartungsvoll aufeinander zu und befragten sich gegenseitig, was eigentlich los sei. Man hat mir erzählt, daß sie eine Zeitlang plauderten, bevor einer der Syrakuser merkte, daß sein Gesprächspartner mit einem komischen Akzent sprach, woraufhin er ihn glatt mit einem Speer durchbohrte.

Daraufhin kam es zu einem ungeordneten Kampf, in dem die Dinge durch die Tatsache, daß zu diesem Zeitpunkt niemand wußte, wer der andere war, nicht gerade vereinfacht wurden. Schließlich stahlen sich die meisten Syrakuser davon und liefen zu ihren Hauptlagern hinunter, um ihre Kampfgenossen aufzuwecken. Als es den Taxiarchen endlich gelungen war, die athenischen und kerkyrischen Soldaten voneinander zu trennen – die in der Vermutung, der jeweils andere sei der Feind, die ganze Zeit wild aufeinander eingeschlagen hatten –, eilte die Abteilung zur Festung hinauf, um nachzusehen, ob sich dort noch irgendwelche Syrakuser befanden. Bedauerlicherweise war in der Zwischenzeit Demosthenes in die Festung hineingelangt, hatte (nach mehreren verzweifelten Umrundungen) den Eingang entdeckt, die Festung verlassen vorgefunden und schließlich besetzt. Als nun die siegreichen Athener heraufgestürmt kamen und die Festung voller Menschen vorfanden, nahmen sie ganz selbstverständlich an, die Stellung werde immer noch energisch verteidigt, und griffen sie mit Pfeilen und Speeren an. Da wir Athener im Umgang mit derartigen Waffen nicht gerade mit Geschick gesegnet sind, richtete man nur wenig wirklichen Schaden an, und das Durcheinander wurde vom Heerführer Menander schnell wieder in Ordnung gebracht, der so ziemlich der einzige Mann auf unserer Seite war, der mit der Dunkelheit zurechtkam. In Friedenszeiten war er ein überragender Sportler, und eine seiner Lieblingsbeschäftigungen bestand darin, nachts Hasen mit dem Netz zu fangen, was einen Mann für solch eine Tätigkeit offenbar hervorragend schult.

Meine Rolle bei der ganzen Angelegenheit war recht unkompliziert – ich folgte einfach dem Mann vor mir, als wäre ich Eurydike, die von Orpheus aus der Unterwelt befreit wird. Gerade als Eurymedons Männer auf uns zugestürmt kamen, fand ich mich im Innern der Festung wieder und setzte mich unterhalb der Mauer mit über den Kopf gehaltenem Schild hin, bis mir jemand sagte, ich könne jetzt ohne Gefahr herauskommen. Da bis zu diesem Zeitpunkt bereits mehrere Speere sowie ein großer Stein über meinen Mauerabschnitt geflogen waren, bedurfte es dazu einer ganzen Menge Überzeugungskraft, die mir schließlich durch den Taxiarchos mit seiner Stiefelspitze vermittelt wurde.

Demosthenes hatte inzwischen begriffen, daß das Kämpfen bei Nacht etwas ganz anderes als das Kämpfen bei Tag war, und hielt eine sofortige Besprechung mit seinen Truppenführern ab. Es sei nicht gut (sagte er), nur blind umherzutappen und zu hoffen, den Feind an seinem dorischen Dialekt zu erkennen. Dieses Verfahren sei nicht nur zeitraubend und unsoldatisch, sondern auch unzuverlässig, da viele unserer Verbündeten ebenfalls dorischen Dialekt sprächen, wohingegen sich viele der syrakusischen Verbündeten wie wir des Ionischen bedienten. Was wir bräuchten, fuhr Demosthenes fort, sei eine Parole, und diese Parole laute *Sieg!*, es sei denn, jemand habe einen besseren Vorschlag. Die Truppenführer pflichteten ihm bei, daß *Sieg!* fürs erste genüge, und brachen auf, um ihre Männer zu unterrichten. Die Parole rief bei den Soldaten sehr viel Gelächter hervor, was für den Rest des Einsatzes nichts Gutes ahnen ließ. Schließlich traten wir wieder in Reihen an und marschierten los, um die syrakusischen Lager anzugreifen. Inzwischen hatte ich den kleinen Zeus und Kallikrates ausfindig gemacht, und zusammen übten wir das Rufen der Parole, bis wir das Wort bestens beherrschten.

Ich nehme an, Demosthenes' Plan sah vor, ohne Warnung über die Lager herzufallen und die Syrakuser in ihren Betten abzuschlachten. Das wäre eine gute Idee gewesen, wenn sie sich als durchführbar erwiesen hätte, aber unglücklicherweise war für den restlosen Erfolg die Anwesenheit der Syrakuser in ihren Lagern erforderlich. Die Lager waren jedoch inzwischen verlassen worden, da sich die Syrakuser nunmehr auf die Suche nach uns gemacht hatten, was allerdings zunächst nicht von Erfolg gekrönt war. Wir für unseren Teil hatten keinerlei Schwierigkeiten, das erste syrakusische Lager ausfindig zu machen, und griffen es in makelloser Aufstellung und mit außergewöhnlicher Geschlossenheit an, um letztendlich festzustellen, daß niemand mehr da war. Natürlich waren mir solche oder ähnliche Erlebnisse nicht ganz unbekannt – wenn ich zum Beispiel nach einer Abendgesellschaft spontan bei jemandem vorbeischauen wollte und niemanden im Haus antraf –, und ich war deshalb nicht übermäßig betrübt, zumal ich ganz genau wußte, daß wir uns später sowieso alle bei jemand anderem begegnen würden. Doch Demosthenes schien darüber ziemlich verärgert zu sein, und deshalb blieben wir, wo wir waren.

Ich vermute, die Syrakuser hatten irgendwann von der Suche nach uns die Nase voll, beschuldigten die Überlebenden aus der Festung, sich die ganze Geschichte nur aus den Fingern gesogen zu haben, und gingen nach Hause ins Bett. In der Zwischenzeit hatte sich Demosthenes zu dem Entschluß durchgerungen, erneut loszumarschieren und noch einmal zu versuchen, den Feind aufzuspüren. Ein kurzes Stück vom Lager entfernt trafen die beiden Heere schließlich aufeinander. Wir griffen an – was wir angriffen, darüber bin ich mir nicht ganz im klaren – und stießen auf überraschend wenig Widerstand. Wie sich allmählich herausstellte, hatten wir den Feind vollkommen verfehlt, und während unseres Rückzugs griffen uns die Syrakuser an. Zu ihrem Pech kannten sie die Parole nicht, und so waren wir in der Lage, die auf uns zulaufende Menge schwerbewaffneter und Speere werfender Männer als Feinde zu erkennen und sie abzuwehren. Wenn ich ›wir‹ sage, meine ich damit natürlich die Gesamtheit; der berühmte Eupolis war in der Mitte eines Trupps eingekeilt und sich der Vorgänge nur dunkel bewußt. Für einen kurzen Augenblick bekam ich furchtbare Angst, da ich die Schreie von verwundeten Soldaten hörte und solche Laute nie zuvor vernommen hatte. Abgesehen von meinem Erlebnis auf Samos (das ganz anders war) hatte ich keine Ahnung, wie es in einer ausgewachsenen Schlacht zuging, und erst jetzt wurde mir klar, daß sehr viele Menschen in der Gefahr schwebten, schwer verwundet zu werden. Das erinnerte mich an einen bösen Unfall auf einer Straße in Athen: Ein paar Männer rissen ein Haus ab, und einige Steine fielen auf eine Gruppe darunter vorbeigehender Menschen. Ein Mann wurde am Kopf getroffen und schrie ganz fürchterlich, bis man ihn endlich fortschaffte, und ich hatte noch tagelang damit zu kämpfen, dieses Erlebnis zu verdauen. Meine jetzige erste Erfahrung mit einem Fußtruppengefecht fand ich ähnlich erschreckend, und als sich der Feind zurückgezogen hatte, merkte ich, daß ich am ganzen Körper zitterte. Insbesondere erinnere ich mich daran, einen Mann gesehen zu haben, dem die Hand abgeschlagen worden war – versehentlich, von einem unserer eigenen Männer, was die Sache für ihn nicht erfreulicher gemacht haben dürfte –, und daß ich von der Unwirklichkeit des Ganzen wie vor den Kopf geschlagen war. Ohne Hand am Ende des Arms, wo eigentlich eine Hand hätte sein sollen, sah er unglaublich merkwürdig aus, und er schrie und stöhnte ganz furchtbar und jammerte, daß ihm das nicht hätte passieren dürfen, weil er einen Hof besitze und keine Hilfe habe. Ich verspürte so etwas wie einen unwiderstehlichen Drang, ihm entgegenzuhalten, daß er sich mittlerweile daran gewöhnt haben dürfte, seinen Hof mit zu wenig Händen führen zu müssen. Zwar bin ich heilfroh, das nicht laut gesagt zu haben, trotzdem fiel es mir irgendwie schwer, den Mund zu halten. Ich nehme an, der Schrecken schlug in meinem Kopf in Galgenhumor um, zumal mir das fast immer passiert, wenn ich Angst bekomme. In dieser Art von Humor sind natürlich die Spartaner ganz groß (auch wenn sie darin nicht sehr viel besser sind als ich), und jedermann sagt, die Tatsache, daß sie inmitten von Leid und Tod Witze reißen können, beweise, wie tapfer sie seien. Ich denke, das beweist genau das Gegenteil, aber natürlich kann ich mich in dieser Frage auch irren.

Als die Syrakuser jedenfalls verschwunden waren – sie hatten bei dem Gefecht ganz klar den kürzeren gezogen –, nahmen wir unsere letzte Kraft zusammen und stürmten hinter ihnen her. Unsere Truppenführer brüllten zahlreiche Befehle, aber selbst wenn es sich dabei um gute, vernünftige und konstruktive Befehle gehandelt haben mochte, drang durch das Polstermaterial meines Helms kein Wort zu meinen Ohren durch, und wie ich befürchte, erging es den anderen nicht besser. Außerdem waren wir nicht in der Lage, Kommandozeichen oder gar die anderen Abteilungen unseres Heers auszumachen, geschweige denn den Feind, und deshalb taten wir das einzig Logische und folgten den vor uns gehenden Männern. Wohl als Folge davon wurde die vorderste Linie unserer Reihen vorwärtsgeschoben und stolperte in unbestimmter Richtung voran, und bald machte sich in der Abteilung, in der ich mich befand, das schreckliche Gefühl breit, daß niemand eine Ahnung hatte, wo wir waren oder was genau wir tun sollten. Wir tappten blind drauflos, wobei wir aus vollem Hals die Parole brüllten; und ich nehme stark an, den Syrakusern mußte die Bedeutung des Wortes *Sieg!* aufgegangen sein, das von dem stets siegreichen athenischen Heer laut und ohne große Überzeugung gebrüllt wurde, da sie ebenfalls anfingen, es von allen Seiten zu schreien. Kaum hörten wir die Parole, waren wir natürlich hocherfreut und setzten uns in jene Richtung in Bewegung, um zu unseren eigenen Leuten aufzuschließen. Doch stießen wir ausschließlich auf kleine, aber wildentschlossene feindliche Gruppen, die auf unsere Flanken und unsere Nachhut losstürmten und uns das Leben ausgesprochen schwermachten. Nach diesem Vorfall faßten wir jedes Rufen der Parole als überzeugenden Beweis für die feindlichen Absichten des Rufenden auf und gingen unverzüglich zum Angriff über. Die Folge davon war ein äußerst erbittertes Gefecht zwischen Athenern und Athenern, das schließlich die Athener gewannen.

Wie man mir später berichtete, waren es die thebanischen Verbündeten des Feinds gewesen, die die Schlacht auf den Kopf gestellt hatten, indem sie sich einem starken athenischen Truppenverband mutig entgegengestellt und ihn zurückgeschlagen hatten. Wenn das stimmt, alle Achtung den Thebanern, die zwar im großen und ganzen nur ein Geschlecht mordlustiger Irrer sind, aber durchaus zu Heldentaten neigen. Ich persönlich glaube nicht, daß irgendeine Notwendigkeit zu Heldenmut seitens des Feindes bestand; sein Beitrag zu unserer Niederlage spielte, so scheint es, größtenteils eine untergeordnete Rolle. Zu der Parole und der Unmöglichkeit, Befehle zu verstehen, gesellte sich noch das unglaubliche Durcheinander mit der Siegeshymne. Wie Sie wissen, singt ein Heer stets die Siegeshymne, wenn es eine Kampfhandlung gewonnen hat (und ziemlich oft auch im gegenteiligen Fall), und alle griechischen Völker bedienen sich dabei mehr oder weniger desselben Texts und derselben Melodie. Doch dorischsprechende Völker wie die Syrakuser singen natürlich in Dorisch, und ionischsprechende wie die Athener in Ionisch. Nun waren unsere Verbündeten aus Argos und von Kerkyra Sprecher des dorischen Dialekts. Sie schlugen zu einem recht frühen Zeitpunkt vernichtend die sikelischen Verbündeten der Syrakuser – da die Sikeler ein ängstliches Volk sind, war das keineswegs schwierig – und verloren keine Zeit, die vertraute alte Melodie anzustimmen. Die Athener hinter ihnen (unter denen auch ich mich befand) hörten den Widerhall begeisterter, blutrünstiger Gesänge in dorischem Dialekt, vermuteten natürlich, die Syrakuser hätten einen vernichtenden Sieg über die Männer vor ihnen errungen, und nahmen sofort eine zum Fürchten angriffslustige Stellung ein. Die Kerkyrer hingegen, die jeglichen Widerstand vor sich gebrochen hatten, zogen sich ganz folgerichtig zu den eigenen Reihen zurück und wurden von den Athenern – das waren wir, allesamt entschlossen, wie Männer zu sterben – mit einem Angriff von beachtlicher Stärke empfangen, begleitet von der Siegeshymne im ionischen Dialekt und häufigen Wiederholungen der Parole. Die Siegeshymne verwirrte unsere tapferen Verbündeten zunächst, doch sobald sie die Parole hörten, wußten sie, daß die auf sie zukommenden Männer Feinde sein mußten, und schlugen mit ihrer ganzen noch vorhandenen Kraft zurück. Hinzu kommt, daß, nachdem es den Taxiarchen endlich gelungen war, die beiden Seiten voneinander zu trennen und sie zum Weitermarsch aufzustellen, es eine besondere Intelligenzbestie von Truppenführer fertigbrachte, seine Einheit über den Rand einer Klippe marschieren zu lassen, was für die meisten seiner Männer tödliche Folgen hatte.

Sowie die Nachricht von diesem Unglück durchsickerte, gelangte ein Großteil der Athener zu dem Schluß, daß die Expedition keine gute Idee mehr sei und es das vernünftigste wäre, so schnell wie möglich ins athenische Lager zurückzukehren. Leider stellte sich dieses Unterfangen als sehr viel schwieriger heraus, als alle gedacht hatten. Zunächst einmal hatte niemand die leiseste Ahnung, wo wir überhaupt waren, und nur wenige Männer waren gewillt, mitten in einer Schlacht blindlings umherzuirren und sich nach dem Rückweg zu erkundigen. Zudem gab es noch das geringfügige Problem mit dem syrakusischen Heer, das sich zwar in genauso großer Unordnung wie wir befunden hatte, sich aber irgendwie wieder gefangen haben mußte, da es jetzt eifrig mit dem Niedermetzeln von Athenern beschäftigt war. Soweit ich weiß, hatten sich die Syrakuser inzwischen eine eigene Parole einfallen lassen, sich jedoch klugerweise dazu entschlossen, sie nicht aus Leibeskräften auszuposaunen. Darum lebten die einzigen Athener, denen die Parole zu Ohren kam, nicht lange genug, um sie an ihre Kameraden weiterzugeben, und die Syrakuser vermochten nun zwischen Freund und Feind zu unterscheiden, zumindest bis zu einem gewissen Grad.

Die Einheit, der ich angehörte, war eine der ersten, die abzog, und zu unserem großen Glück brachen wir wenigstens ungefähr in die richtige Richtung auf. Wir marschierten in raschem Schritt davon, überhörten standhaft sämtliche menschlichen Stimmen aus jedweder Richtung und fanden uns schließlich auf dem Pfad wieder, den wir ursprünglich heraufgekommen waren. Unglücklicherweise wurde er von einer fest geschlossenen Reihe von Männern versperrt, und obwohl im Mondlicht schlechterdings nicht mehr als Umrisse auszumachen waren, stand fast außer Zweifel, daß jeder Trupp, der den einzigen Fluchtweg vom Schlachtfeld versperrte, mit an Sicherheit grenzender Wahrscheinlichkeit zu den Syrakusern gehörte.

In der Zwischenzeit war der unsere Einheit befehligende Taxiarchos (ein Mann von der Ostküste namens Philo) mit den Nerven vollkommen am Ende und weigerte sich, noch irgend etwas mit der Ausübung der Kommandogewalt im athenischen Heer zu tun zu haben. Das war der Mehrheit von uns, die von seinen bisherigen Leistungen nicht übermäßig beeindruckt gewesen war, nur recht, und wir hielten so etwas wie eine improvisierte Versammlung ab, auf der verschiedene Meinungen vorgebracht wurden. Dabei bildeten sich schnell zwei Hauptparteien: Die eine war für den Angriff, die andere schlug den Versuch vor, unbemerkt die Flanke der feindlichen Linie zu umgehen. Die Interessengruppe für den Angriff wies darauf hin, daß es *keine* Möglichkeit gebe, den Feind zu umgehen, weil er breitbeinig auf dem schmalen Grat zwischen zwei steilen und felsigen Abhängen stehe, und daß daher jeder, der ihn zu umgehen versuche, mit ziemlicher Sicherheit in den Tod stürzen werde. Die gegnerische Partei, deren eifriger Anhänger ich war, hielt dem entgegen, daß die Syrakuser mächtige Krieger und unverwundbar seien und uns alle bestimmt töten würden, wenn wir angriffen. Darüber hinaus könne es sich bei ihnen zu unserem Glück oder vielmehr zu unserem Unglück nicht um Syrakuser, sondern um Athener handeln, wie es schon die ganze Nacht über der Fall gewesen sei, und die eigenen Mitbürger umzubringen, wäre doch furchtbar. Sehr zu meinem Bedauern trug die Interessengruppe für den Angriff den Sieg davon, und wir marschierten trägen Schrittes los, um die feindliche Linie zu durchbrechen.

Letzten Endes fuhren wir durch die syrakusische Linie wie ein Stock durch weichen Ton und richteten die Dummköpfe, die uns aufzuhalten versuchten, ziemlich übel zu. Sicherlich wissen Sie, daß das Kämpfen zu jener Zeit eher eine Frage des Schiebens und Stoßens war als des geschickten Umgangs mit Verteidigungs- und Angriffswaffen, und abgesehen von unserer zahlenmäßigen Überlegenheit über die Syrakuser waren wir vor Angst und allgemeiner Unzufriedenheit so verzweifelt, daß schon beinahe ein Berg nötig gewesen wäre, um uns aufzuhalten. Der Großteil der feindlichen Linie sprengte auseinander, und die Soldaten flohen, bevor wir sie erreicht hatten, und diejenigen, die das nicht taten, wurden einfach überrannt und zu Tode getrampelt. Ich kann mich sogar erinnern, selbst auf einen Mann getreten zu sein – ich hoffe, es war ein Syrakuser, denn von unseren Männern gingen natürlich auch viele zu Boden, weil sie stolperten oder umgestoßen wurden, was ebenfalls ihren sicheren Tod bedeutete. Der Mann, auf den ich trat, hatte den Helm verloren, und kurz bevor ich ihn erreichte, sah ich nach unten und erblickte sein in panischer Angst zu mir heraufstarrendes Gesicht. Ich hatte keine Möglichkeit, ihm auszuweichen, ohne Gefahr zu laufen, selbst von der großen Menschenmenge hinter mir zu Boden getrampelt zu werden, deshalb schaute ich weg und drängte weiter voran. Als mein Fuß auf seinem Gesicht landete, hörte ich – sogar durch meinen Helm hindurch – ein lautes Knacken, das vermutlich seine Nase verursacht hatte. Ich glaube, er schrie sogar, es könnte aber auch jemand anders gewesen sein.

In der Mitte des Trupps fuhlte ich mich einigermaßen sicher und geborgen, und wenn ich auch von Kallikrates getrennt worden war, so befand sich doch – wie schon die ganze Nacht – der kleine Zeus neben mir. An ihm schien die ganze Angelegenheit vollkommen spurlos vorübergegangen zu sein, und er schien nur etwas geknickt zu sein, weil er bisher noch keine Gelegenheit gehabt hatte, das Leben seines Wohltäters zu retten und dadurch zumindest einen Teil der Schuld abzuzahlen, in der er bei mir tief zu stehen glaubte. Einen derart großen und kräftig gebauten Gefährten neben mir zu haben, hätte eigentlich beruhigend auf mich wirken müssen, aber aus irgendeinem Grund war es nicht so. Wir hatten jetzt den Pfad erreicht, der vom Epipolai hinunterführte und verflixt schmal war, und fühlten uns allmählich einigermaßen sicher, als unser Zug gegen irgend etwas zu stoßen schien und anzuhalten versuchte. Das war natürlich ein Ding der Unmöglichkeit, denn inzwischen hatten wir einen nicht unbeträchtlichen Schwung bekommen, und durch die Gefahr, umgerannt zu werden, wurde jede Bewegung, die unserem Vorwärtsdrang entgegenwirkte, äußerst riskant. Geschehen war folgendes: Wir waren in die Nachhut einer anderen athenischen Einheit gelaufen, aber das konnten wir natürlich nicht wissen, insbesondere nicht in der Mitte und am Ende des Zugs, wo man außer dem Nacken seines Vordermanns rein gar nichts sah. Wir gingen alle davon aus, daß die Spitze des Zugs vom Feind angegriffen worden war, und begannen mit aller Kraft zu schieben. Etwa zu diesem Zeitpunkt kam der wahre und eigentliche Feind – der sich nach unserem Durchbruch hinter uns neu formiert hatte und über die Enge des hinunterführenden Pfades natürlich bestens Bescheid wußte – von hinten auf uns zugeprescht und machte sich daran, das Ende des Zuges niederzumetzeln. Dagegen konnte keiner der Athener auch nur das geringste unternehmen, vor allem diejenigen nicht, die niedergemetzelt wurden; denn wir standen alle dicht zusammengepfercht da, ohne Hoffnung, uns umdrehen oder unsere Schilde und Waffen benutzen zu können. Statt dessen drängten wir unwillkürlich vorwärts gegen das, was immer sich vor uns befand, während uns die Wucht des feindlichen Angriffs im Rücken wie die Hammerschläge auf einen Amboß traf. Mein Vordermann verlor die Herrschaft über seinen Speer, und ich wurde so stark von hinten gegen die Schaftspitze gedrückt, daß diese mir glatt durch den Brustpanzer fuhr. Ich hatte keine Ahnung, ob sie auch durch meinen Körper glatt hindurchgegangen war oder nicht, und erst recht keine Möglichkeit, das herauszufinden, da ich die Arme nicht bewegen konnte. Hingegen wußte ich mit Sicherheit, daß ich – falls mich jemand von hinten nach vorn schubsen sollte – bestimmt wie eine Drossel aufgespießt werden würde, was mir bestimmt nicht gut bekäme. Da der einzige Körperteil, den ich noch bewegen konnte, mein Kopf war, schlug ich mit ihm gegen den Helm meines Vordermannes, um ihn auf mich aufmerksam zu machen und ihm den Schaden zu verdeutlichen, den sein Speer anrichtete, aber natürlich konnte ich mir bei ihm kein Gehör verschaffen. Gerade noch rechtzeitig schien der Narr dann von allein gemerkt zu haben, daß sein derart in die Gegend ragender Speer eine Gefährdung der öffentlichen Sicherheit darstellte, und zog ihn aus meinem Brustpanzer. Einen Augenblick später verspürte ich einen furchtbaren Schlag zwischen den Schulterblättern und wurde nach vorn geschleudert, so daß ich mit der Nase tief im Haar des Helmbuschs meines Vordermannes landete.

Ich verlor den Halt und ging zu Boden, wobei ich instinktiv versuchte, mich zu einer Kugel zusammenzurollen, und mir einbildete, das sei die Strafe dafür, vorhin auf das Gesicht des Mannes getreten zu sein. Doch mittlerweile war der gesamte Zug völlig zum Stillstand gekommen, und abgesehen von irgendeinem Trottel, der auf meinem Fuß stand, passierte mir nichts. Die

Männer unserer Nachhut hatten endlich gemerkt, daß sie von Syrakusern angegriffen wurden, und bemühten sich verzweifelt, sich umzudrehen. Den meisten gelang dies schließlich, aber nur durch das Wegwerfen ihrer Schilde und Speere (die in dem furchtbaren Gedränge sowieso nutzlos gewesen wären), und sie schafften es, sich die Feinde vom Leib zu halten, indem sie deren Speerschäfte ergriffen und sie zur Seite schoben. Zum Glück war kein Platz, um ein Schwert zu ziehen, geschweige denn eins davon der eigentlichen Bestimmung zuzuführen. Außerdem wurden die Syrakuser inzwischen sowieso durch den Haufen toter oder halbtoter Körper, den sie durch ihre eifrigen Bemühungen vor sich aufgetürmt hatten, am weiteren Vorrücken gehindert. Die gesamte ausgedehnte Kolonne – zwei athenische Einheiten und eine Abteilung Syrakuser – war ohne realistische Aussicht, jemals befreit zu werden, zum Stehen gekommen. Um das Durcheinander noch heilloser zu machen, war jetzt hinter den Syrakusern ein weiterer Trupp Athener, der sich vom Kampf zu entfernen versuchte, aufgetaucht und metzelte vergnügt die Syrakuser nieder, so wie sie uns vorher abgeschlachtet hatten.

Was uns alle zuvor zum Stehen gebracht hatte, war eine weitere, relativ kleine syrakusische Truppe, die schon früher ausgesandt worden war, um den Pfad zu versperren. In diese war die athenische Einheit vor uns hineingelaufen, und bislang hatte sie es aufgrund einer Anhäufung von Toten und Verwundeten gleich der, die jetzt die Nachhut meiner Einheit schützte, nicht geschafft, den Feind vor sich auszuschalten. Schließlich wurde dieser Damm jedoch durch den bloßen Druck der gegen ihn drängenden Menschen gebrochen, und der syrakusische Trupp schien entweder zurückgewichen und geflohen oder vom Pfad gedrängt und den Abhang hinuntergestoßen worden sein. Was immer auch geschehen war, die Kolonne setzte sich jedenfalls wieder in Bewegung. Das hatte natürlich das vollkommene Chaos zur Folge, da in der großen Eile, wieder auf ebenen Boden hinunterzugelangen, jeder über jeden kletterte. Ich hatte es gerade geschafft, mich hochzustemmen, als ich von einem Vorbeieilenden wieder umgestoßen wurde. Um den Sturz abzufangen, griff ich nach dem kleinen Zeus. Zum Glück war er ziemlich sicher auf den Beinen und konnte mich mit sich ein Stück weiterschleppen, bis ich wieder in der Lage war, die eigenen Füße zu gebrauchen. Natürlich ließ ich meinen Speer fallen, aber in jenem Augenblick konnte ich mir auf der ganzen Welt keinen nutzloseren Ausrüstungsgegenstand vorstellen und war von Herzen froh, ihn endlich los zu sein. An meinem Schild klammerte ich mich jedoch weiterhin fest, da ich das Gefühl hatte, daß er mir im weiteren Verlauf der Ereignisse noch von Nutzen sein könnte.

Was danach geschah, weiß ich nicht. Ein Teil der Kolonne vor uns kam plötzlich zum Stehen – ich glaube, der Pfad wurde ein Stück weiter unten etwas schmaler, wodurch ein Rückstau entstanden war –, während der Rest von uns weiterging. Als Folge davon blieben der kleine Zeus und ich stecken und waren unfähig, uns zu rühren, während die Männer aus den Trupps hinter uns den Hügel herab an uns vorbeiströmten. Mir war auf unangenehme Weise bewußt, daß sich der Feind nicht allzuweit dahinter befand, doch ich konnte nichts unternehmen, ohne Gefahr zu laufen, in den Bergabhang getreten zu werden, deshalb blieb ich lieber, wo ich war. Nach einer Weile erblickte ich den syrakusischen Feind zum erstenmal in großer Zahl aus der Nähe, was nur wenig zu meiner Aufmunterung beitrug. Diesmal war es möglich, die Syrakuser von den Athenern an der Art zu unterscheiden, wie die Athener unserer Einheit auf sie einschlugen und die Syrakuser ihrerseits parierten. Ich zog mein Schwert und versuchte, mich in ihre Richtung umzudrehen, aber ich gestehe, daß Kämpfen in diesem Augenblick das letzte war, was ich vorhatte.

Da geriet ein den Pfad herabrennender Athener ins Stolpern und prallte mit mir zusammen, wodurch ich beinahe erneut umgestoßen worden wäre. Um Halt zu finden, klammerte er sich an mir fest, und sein Helm fiel ihm vom Kopf. Es war Aristophanes, der Sohn des Philippos. Ich kann nicht behaupten, daß ich mich über das Wiedersehen freute, zumal ich durch den Zusammenstoß kaum noch Luft bekam und die Syrakuser, die von den Athenern im Rücken auf uns zugetrieben wurden, inzwischen fast direkt hinter uns waren. Ich versuchte, Aristophanes beiseite zu stoßen, doch er wollte den Rand meines Brustpanzers einfach nicht loslassen – das war nämlich die Stelle, wo er sich an mir festgeklammert hatte. Wir rangen kurz miteinander, wobei ich mich nach Leibeskräften bemühte, ihn mit meinem Schild abzuschütteln, und er alles daransetzte, sich nicht von mir abschütteln zu lassen. Er hielt mich mit beiden Händen fest – Schild und Speer hatte er weggeworfen – und betrachtete mich anscheinend als eine Art Opferstätte, bei der er Zuflucht nehmen konnte. Genau in diesem Augenblick starteten die Syrakuser eine Angriffswelle gegen uns, und einer von ihnen holte mit dem Schwert zu einem Schlag auf Aristophanes' kahlen und ungeschützten Schädel aus.

Wenn schon nicht aus anderen Gründen, dann wünschte ich mir zumindest um der Entwicklung der attischen Komödie willen oftmals, ich hätte mich in diesem Augenblick um meine eigenen Angelegenheiten gekümmert. Wäre Aristophanes von dem Syrakuser umgebracht worden, hätte er mich zwangsläufig losgelassen, und ich hätte ohne weitere Unterbrechungen mein Heil in der allgemeinen Flucht suchen können. Aber ich hob von allen guten Geistern verlassen das Schwert, um den Schlag zu parieren, dessen Wucht mir durch jede einzelne Muskelfaser des Körpers fuhr. Aristophanes bemerkte, was geschah, und stieß einen lauten, spitzen Schrei aus, der beim Syrakuser irgend etwas zu bewirken schien – denn ich glaube nicht, daß er sich noch weiter mit uns abgegeben hätte, wenn mein Dichterkollege den Mund gehalten hätte. So, wie die Dinge standen, holte der Syrakuser jedoch zu einem erneuten gewaltigen Streich aus, der diesmal mir galt, und es gelang ihm, mir den Helmbusch samt Sockel sauber vom Helm abzutrennen. Zwar versuchte ich zurückzuschlagen, kam aber nicht an ihn heran. Daraufhin fügte Aristophanes der großen Anzahl seiner Verbrechen noch ein weiteres hinzu, indem er mich einfach losließ und um sein Leben rannte. Ich verlor das Gleichgewicht, taumelte nach vorn, wurde von einem anderen fliehenden Athener mit dem Rand seines Schilds mit furchtbarer Wucht getroffen und sah, wie der Syrakuser einen dritten Schlag gegen mich vollzog, den ich in meiner Lage nicht abwehren konnte. Ich spürte, wie er an der Seite des Helms abprallte und mir dabei das Gehirn im Schädel durchrüttelte, bis es ins Schäumen zu geraten schien. Der Syrakuser merkte, daß ich immer noch am Leben war, und geriet wohl zu der Überzeugung, ich sei unsterblich, denn er unternahm keinen weiteren Versuch, Gewalt gegen mich anzuwenden. Dadurch war ich in der Lage, den Schild zwischen sein Schwert und meinen wie beschwipst dröhnenden Kopf zu halten. Soweit es uns beide betraf, war das Gefecht damit beendet.

Zu diesem Zeitpunkt entschloß sich der kleine Zeus zum Eingreifen. Ich glaube, er hatte genug mit eigenen Schwierigkeiten zu kämpfen gehabt und war gerade erst auf die Bedrohung seines geliebten Eupolis aufmerksam geworden. Jedenfalls bot sich ihm hier endlich die Gelegenheit, mein Leben zu retten, und die bloße Tatsache, daß mir gar keine Gefahr mehr drohte, war nicht dazu angetan, ihn von diesem Schritt abzuhalten. Wie ein Löwe sprang er mit Gebrüll auf den Syrakuser zu und stieß mit dem Speer nach ihm. Der Syrakuser versuchte noch, ihm auszuweichen, war aber nicht schnell genug. Die Speerspitze fuhr ihm in die Stirn und am Hinterkopf wieder hinaus, wobei ich mit einem nicht unerheblichen Teil seiner Gehirnmasse bespritzt wurde. Der kleine Zeus riß den Speer wieder heraus, schwenkte ihn triumphierend durch die Luft und stieß einen Siegesschrei aus, der sicherlich noch auf der anderen Seite Siziliens zu hören war. In seiner Begeisterung bemerkte er überhaupt nicht den anderen Syrakuser, der unmittelbar hinter ihm stand, wenigstens nicht, bis dieser ihm in den Hals stach. Der kleine Zeus verstummte mitten im Schrei – vermutlich war seine Luftröhre durchtrennt worden – und sackte zu Boden. Der Syrakuser ließ den Speer in der Wunde stecken und wurde den Pfad hinuntergerissen, bevor ich auch nur daran denken konnte, ihn anzugreifen.

Ich stand da, das Gesicht über und über mit fremdem Blut und Gehirnmasse bespritzt, und fragte mich, was in aller Welt los sei. Ich fühlte mich völlig benommen und unbeteiligt, als wäre ich unsichtbar wie einer der Götter bei Homer, die sich ungesehen durch das Schlachtgewühl hindurchbewegen. Jedermann weiß, daß er selbst wie auch seine Freunde und Bekannten früher oder später sterben wird, und nach einer Weile wird der Gedanke als ein Problem verdrängt, dem man sich erst stellen muß, wenn die Zeit gekommen ist. Dennoch glaubt man, zumindest das Recht auf eine Vorwarnung vor einem solchen Ereignis zu haben, damit man Zeit hat, sich seelisch darauf vorzubereiten. Im Laufe jener Nacht hatte ich zwar des öfteren an die Möglichkeit gedacht, selbst getötet zu werden, aber auf den Gedanken, daß jemand anders, also der kleine Zeus oder Kallikrates oder irgendeiner meiner übrigen Freunde, umkommen könnte, war ich überhaupt nicht gekommen, und durch diesen völlig überraschenden Vorfall war ich wie vom Donner gerührt. Ich habe ehrlich gesagt keine Ahnung, wie ich in dieser Nacht wieder vom Epipolai hinuntergekommen bin. Daß ich dabei irgendwelche Schwierigkeiten mit dem Feind hatte, glaube ich nicht, denn daran würde ich mich bestimmt erinnern. Ich nehme an, ich habe eine Zeitlang nur dagestanden und bin dann irgendwie den Pfad hinuntergelangt. Mein Gehirn hat überhaupt nicht mehr gearbeitet. Ich kann nicht behaupten, vor Schmerz überwältigt gewesen zu sein, ich bin mir nicht einmal sicher, besondere Erschütterung empfunden zu haben, obwohl ich keineswegs an solche außergewöhnlichen Vorfälle gewöhnt war. Ich habe schlichtweg keine Erinnerungen an meine damaligen Empfindungen. Es ist, als wäre der Inhalt meines Gehirns ausgelöscht worden, so wie man mit einem feuchten Tuch Flecken von einem Marmorboden wischt.

Anscheinend kehrte ich schließlich zu unserem Lager zurück. Ich erinnere mich noch, dort angekommen zu sein, und soweit ich weiß, befand ich mich in Begleitung anderer Leute. Jedenfalls stand Kallikrates mit einem tiefen Schnitt über dem linken Auge, ansonsten aber springlebendig, am Eingang. Ich erinnere mich auch noch, daß ich mich natürlich freute, ihn lebend wiederzusehen, doch hielt sich meine Freude in Grenzen, da mir in diesem Augenblick nichts von allzu großer Bedeutung zu sein schien. Es war genau dasselbe Gefühl, das ich während der Pest gehabt hatte, als ich den Stall verließ und feststellte, daß alle tot waren. Es muß wohl der Anblick des dastehenden Kallikrates gewesen sein, der mich daran erinnerte. Es kam mir beinahe so vor, als wäre die ganze Zeit zwischen der Pest und diesem Augenblick ein Traum gewesen, aus dem ich gerade aufgewacht war, und als wäre ich wieder auf mich selbst gestellt, da ich mich schon dadurch, daß ich überlebt hatte, unabänderlich von allen anderen unterschied.

Doch dann kam Kallikrates auf mich zugeeilt, um

mich zu begrüßen – wie ich mich erinnere, humpelte er, und es sah so aus, als bereitete ihm das Laufen starke Schmerzen; ich wünschte, er hätte es nicht getan –, und umarmte mich heftig. Ich erwiderte die Umarmung nicht. Ich stand bloß da und starrte ihn an.

»Eupolis!« rief er. »Geht es dir gut?«

Diese Frage erschien mir angesichts der Tatsache, daß meine Unsterblichkeit so klar auf der Hand lag, höchst eigenartig. »Natürlich geht es mir gut«, erwiderte ich. »Warum sollte es mir nicht gutgehen?«

»Du bist von oben bis unten mit Blut befleckt«, sagte er mit sorgenvoller Miene.

»Ach, das ist nicht meins«, winkte ich ab. »Das ist von jemandem, den der kleine Zeus getötet hat. Dabei fällt mir ein, der kleine Zeus ist tot. Jetzt wird er nie seine zwei Hektar genießen können, der arme Kerl.«

Kallikrates starrte mich entsetzt an. »Machst du Witze?«

»Natürlich nicht.«

»Du hast das eben so gesagt, als würdest du einen Scherz machen.«

»Er ist wirklich tot«, versicherte ich ihm. »Ich habe es mit eigenen Augen gesehen.«

Einen Augenblick lang nahm ich an, Kallikrates sei furchtbar wütend auf mich – weil ich mich so gleichgültig verhielt, vermute ich –, doch dann verstand er wohl, wie ich mich wirklich fühlte, obwohl ich nicht weiß, wie er dahinterkommen konnte. Auf jeden Fall sprachen wir beide danach nicht viel miteinander. Mir fiel lediglich auf, wie wunderschön der Sonnenaufgang war, und ich zitierte daraufhin die sich bei Homer wiederholende Zeile über die ›Morgendämmerung mit ihren Rosenfingern‹, die ich hasse und die mir jedesmal auf die Nerven geht, wenn ich sie höre. Dann wusch ich mir sehr gründlich Gesicht und Hände, als spülte ich zusammen mit dem getrockneten Blut noch etwas anderes ab, und benutzte einen Stein, um das schartige

Loch in der Mitte meines Brustpanzers, wo die Speerspitze durchgestoßen war, flachzuschlagen, damit ich mich daran nicht schneiden konnte. Natürlich war die Spitze nicht einmal bis zu meiner Haut vorgedrungen – wie sollte sie auch? Schließlich war ich unsterblich. Sodann machte ich mich auf den Weg, um meine Verpflegung zu holen, und hörte unterdessen, daß auch einige meiner anderen Freunde gefallen waren, aber diese Neuigkeit bedeutete mir nichts; sie war so aufregend wie die Nachricht, daß man dieses Jahr in Libyen eine recht gute Silphionernte gehabt habe, oder wie etwas ähnlich Aberwitziges und Bedeutungsloses.

Den ganzen Morgen über kehrte der Rest des Heers nach und nach zurück; wir hatten schwere Verluste erlitten, da viele unserer Männer in die falsche Richtung losgegangen und von der feindlichen Reiterei regelrecht niedergeritten worden waren, als es für deren Einsatz hell genug gewesen war. Ich erinnere mich, gehört zu haben, daß ein winziger Trupp Verbündeter aus einer nichtgriechischen Stadt irgendwo im fernen Süden Siziliens bis auf einen einzigen Mann vollkommen ausgelöscht worden war und daß dieser Mann noch Tage später mit vollkommen hilflosem Gesichtsausdruck im Lager umherlief, da niemand überlebt hatte, der seine Sprache verstand. Ich wußte, wie er sich fühlte.

4. KAPITEL

Am nächsten Tag kamen Boten von den Syrakusern und verkündeten einen Waffenstillstand, damit wir nach Kriegsbrauch ohne Behinderung unsere Toten einsammeln konnten. Zudem bedankten sie sich für die riesige Menge an Rüstungen und Waffen, mit denen wir ihre Kriegsanstrengungen während unserer Flucht belohnt hätten. Sollten wir noch mehr davon haben, ließen sie verlauten, nähmen sie diese mit Freuden entgegen, denn obwohl sie für den Eigenbedarf und selbst für den Bau von Siegesdenkmälern schon jetzt mehr als genug hätten, könnten sie den Überschuß jederzeit an ihre Verbündeten, die Spartaner, verkaufen.

Ich glaube, die Katastrophe auf dem Epipolai raubte Nikias für eine Weile den Verstand. Denn im Gegensatz zu ihm meinte Demosthenes, der kein Dummkopf war, daß für uns überhaupt keine Hoffnung mehr auf eine Eroberung Syrakus' bestehe und daß wir am besten nach Hause führen, solange dies noch möglich sei. Die Syrakuser, so Demosthenes, kämen sich nach ihrem Sieg ganz unerträglich groß vor und unternähmen womöglich sogar den Versuch, mit uns zur See zu kämpfen, wo wir theoretisch immer noch überlegen seien. Doch Nikias lehnte das alles ab. Er sagte, ohne Befehl aus Athen trete er keinesfalls die Heimfahrt an, da man ihn bestimmt vor Gericht stellen und hinrichten werde, sobald er die Stadt betrete, und zur Flucht nach Sparta sei er zu alt und zu müde. Überdies habe er verläßliche Informationen aus Syrakus, daß die dortige oligarchische Partei (die immer noch sehr stark war) über den zunehmenden Einfluß der Demokraten nach dem Sieg sehr beunruhigt und bereit sei, uns auf jede von uns gewünschte Art zu helfen. Woher Nikias das gehört haben wollte, zumal erst Stunden seit der Schlacht vergangen waren, wußte niemand. Aber er blieb eisern bei seinem Entschluß, sein Heer nicht zurückzuführen, obwohl er einräumte, daß Demosthenes natürlich tun könne, was ihm beliebe. Die beiden Befehlshaber stritten sich noch stundenlang, und ihre jüngeren Mitstreiter Menander und Eurymedon steuerten so hilfreiche Kommentare bei wie: »Gute Gründe haben beide Seiten« oder »Was fragt ihr mich? Das ist allein eure Sache.«

Wir blieben also, wo wir waren, und vertrieben uns die Zeit mit dem Einsammeln und Bestatten der Gefallenen. Das war, wie Sie sich vorstellen können, eine gräßliche Beschäftigung, die mich jedoch aus irgendeinem Grund weit weniger bedrückte als meine Kameraden. Zwar hielt ich mich ein gutes Stück von der Stelle fern, an der der kleine Zeus gefallen war, aber ansonsten erledigte ich einfach meine Arbeit, die sehr anstrengend war, wie jeder, der sie einmal verrichtet hat, bezeugen wird. Ich erinnere mich jedoch, daß wir statt der recht prächtigen und würdevollen Feier, die die Athener im allgemeinen bei der Bestattung gefallener Kameraden begehen, lediglich eine Reihe großer runder Vertiefungen in der Form von Korngruben aushoben und die Leichen dort hineinwarfen. Aber die Löcher waren nicht tief genug, und am Schluß hatten wir die Nase von der Sache so gestrichen voll, daß wir uns nicht einmal mehr dazu aufraffen konnten, eine zusätzliche Grube für die übriggebliebenen Leichen zu schaufeln. Deshalb stopften wir sie so gut wie möglich bei den anderen mit hinein und bedeckten sie mit Steinhaufen, um die Hunde davon fernzuhalten. Etliche Leute, darunter auch Kallikrates, waren über diese Vorgehensweise überhaupt nicht erfreut, aber was mich betrifft, war mir das vollkommen gleichgültig.

Als ich am darauffolgenden Tag Aristophanes begegnete, besaß ich nicht einmal den Mut, ihm den Kopf einzuschlagen, obwohl es eigentlich meine Pflicht gewesen wäre. Selbstredend hatte er sich stark für die Kampagne zur Anklage der Heerführer eingesetzt, die die Strafverfolgung und Verurteilung von Nikias, Demosthenes, Menander und Eurymedon für die Zeit nach unserer Rückkehr vorbereitete. Eine derartige Kampagne gibt es immer, wenn ein athenisches Heer ins Feld rückt. Häufig fängt sie schon an, noch bevor die erste Schlacht geschlagen ist, und in besonders schwerwiegenden Fällen hat sie ihren Vorsitzenden und den übrigen Vorstand bereits vor dem Auslaufen der Truppenschiffe aus dem Piräus ernannt. Jedenfalls war Aristophanes in seinem Element. Mit einigen in politischen Prozessen erfahrenen Leuten ging er die geplanten Anklagepunkte durch und feilte an seiner Rede. Wer wen vor Gericht bringen durfte, hatte man ausgelost, und Aristophanes war nur Eurymedon zugefallen, was für ihn wohl eine herbe Enttäuschung war. Ich nehme stark an, daß er sehr viel lieber Nikias oder Demosthenes angeklagt hätte, für die er seinerzeit im Theater noch so beherzt eingetreten war. Jedenfalls besaß Aristophanes jetzt die Frechheit abzustreiten, mich im Gefecht auch nur gesehen zu haben, ganz zu schweigen davon, durch mein Eingreifen vor dem Tod bewahrt worden zu sein.

Mehrere Tage vergingen, und ich glaube, Demosthenes gelang es schließlich, Nikias zur Heimkehr zu überreden, indem er ihm sagte, daß ihre Hauptverantwortung, was immer ihnen auch persönlich zustoße, den Männern unter ihrem Kommando gelte, deren Sicherheit an erster Stelle stehen müsse. Das war der Ton, in dem man mit Nikias reden mußte, und schon bald machte das heilsame Gerücht die Runde, daß wir uns demnächst wieder auf dem Nachhauseweg befänden. Wie Sie sich vorstellen können, herrschte darüber einhellige Freude. Das gesamte Heer hatte von Sizilien und sogar vom großen Peloponnesischen Krieg die Nase gestrichen voll, wobei ich glaube, daß aufgrund der großen Hoffnungen und Erwartungen, mit denen wir damals aufgebrochen waren und die sich jetzt in tiefste Verzweiflung verwandelt hatten, die Reaktion so heftig ausfiel. Plötzlich sprachen die Männer wieder über den Feind (den seit dem Kampf niemand mehr erwähnt hatte), und ein paar Hitzköpfe redeten sogar davon, den Barbaren beim nächstenmal einen Denkzettel zu verpassen. Als sich die Gerüchte über den bevorstehenden Abzug immer mehr verdichteten und ihnen nur noch die verstockten Schwarzseher nicht glauben wollten, erwachte das Lager langsam zum Leben und wurde wieder erkennbar athenisch. Überzeugt, bald zu Hause in Sicherheit zu sein, bezeichneten es die Männer als Schande, auf diese Art und Weise davonzulaufen. Was man statt dessen wirklich tun solle, sei, auszuharren und es noch einmal zu versuchen – vorzugsweise bei Tag und fraglos auf See, wo unsere Vormachtstellung noch nie bedroht gewesen sei. Diese Ansicht vertraten die meisten mit solcher (typisch athenischer) Wortgewandtheit, daß sich einige Leute tatsächlich davon überzeugen ließen und sie Nikias sinngemäß vortrugen. Dieser wiederum sah sich dadurch veranlaßt, die Sache noch einmal zu überdenken: War es seine Pflicht, einen letzten Versuch zu unternehmen, um den Stolz und guten Namen seiner Stadt zu retten? Durfte er bei einem derart kolossalen Akt von Feigheit mit von der Partie sein? Hatten die Schiffskapitäne die wöchentlichen Lebensmittelrationierungen schon eingeteilt? Und so weiter.

Doch vermutlich hätten wir uns auf den Heimweg gemacht, wäre da nicht die Sonnenfinsternis gewesen. Das war, glaube ich, einfach Pech. Da sich, wie ich

Ihnen berichtet habe, ziemlich viele Toren eingeredet hatten, wir sollten bleiben und zur See kämpfen, wurde die Finsternis allgemein als Zeichen der Götter gewertet, daß es unehrenhaft von uns sei, den Kampf nach einer einzigen Niederlage aufzugeben. Je länger die Finsternis anhielt, desto mehr Leute murrten, und Nikias (der sehr abergläubisch war) war mit den Nerven am Ende.

Zu Sonnenfinsternissen habe ich nun eine eigene Theorie, die folgendermaßen lautet: Selbstverständlich handelt es sich bei ihnen um ein Zeichen der Götter; mit blasphemischen Dummköpfen wie Sokrates, nach dessen Aussage eine Finsternis etwas Natürliches sei und nichts bedeute, habe ich nichts zu schaffen. Ich behaupte aber, daß es nur eine Sonne gibt, und wenn eine Finsternis eintritt, muß die Sonne über der ganzen Welt verdunkelt sein. Von daher ist es von jedem einzelnen Menschen, jeder Gruppe und jedem Volk äußerst anmaßend und überheblich, die Ansicht zu vertreten, diese bestimmte Finsternis sei von allen Menschen dieser Erde allein für sie ein Zeichen. Soviel wir wissen, könnte die Finsternis ein Zeichen von Hera an die Äthiopier sein oder eins von Poseidon, der damit die Odomanter vor einem drohenden Erdbeben warnt. Außerdem ist es nur vernünftig anzunehmen, daß sich die Götter, wenn sie schon beschließen, uns zu warnen, gleichzeitig mehrerer verschiedener Verfahren bedienen werden; etwa einer Finsternis und eines Vogelschwarms und vielleicht zusätzlich eines Wunders und eines mißgebildeten Opfertiers, um auf diese Weise den Empfängern der Botschaft zu verdeutlichen, daß die Warnung ausschließlich an sie gerichtet ist. Wäre es anders, bräche das System völlig zusammen: Menschen, die nichts zu fürchten haben, ließen sofort alles, womit sie zufällig gerade beschäftigt sind, stehen und liegen (was keinesfalls der Wille der Götter sein kann), während die eigentlichen Empfänger der Warnung keine Notiz nähmen, da sie aus Erfahrung wissen, daß für sie eine Sonnenfinsternis fast noch nie eine besondere Bedeutung gehabt hat. Sofern die Götter es nicht so einrichten, daß sämtliche Völker der Erde in Schwierigkeiten geraten und genau zur selben Zeit gewarnt werden müssen, halte ich meine Erklärung für die einzig vernünftige.

Wie dem auch sei, die Athener begriffen diese bestimmte Sonnenfinsternis jedenfalls als ausdrücklichen Befehl von Athena höchstpersönlich, die Expedition nicht abzubrechen, und deshalb wurde die Expedition auch nicht abgebrochen. Allerdings wurde sie auch nicht gerade mit einer Haltung fortgeführt, die auch nur im entferntesten an Begeisterung erinnerte. Zunächst ruhte sie einfach eine Zeitlang, während Nikias und Demosthenes erneut eine Dringlichkeitssitzung abhielten, um untereinander nicht nur die Lösung der dringenderen Probleme, sondern auch die Absichten der unsterblichen Götter zu klären.

Was die Syrakuser betraf, so hatten diese über die Bedeutung der Finsternis überhaupt keinen Zweifel. Sie sagte ihnen klar und deutlich, daß sie in nicht allzu ferner Zukunft in Schwierigkeiten geraten würden, wenn sie sich nicht beeilten und die Athener erledigten, solange sich diese noch nicht von der Niederlage erholt hatten. Es ist durchaus denkbar, daß diese Auslegung die richtige war. Die Syrakuser kreuzten absichtlich direkt vor den Augen unserer Streitmacht mit ihren Schiffen vor der Küste herum und führten dabei die verschiedenen Standardmanöver durch. Im athenischen Lager gingen die Meinungen über die Qualität der Seemacht unseres Feindes weit auseinander. Einige von uns, einschließlich mir, glaubten, daß die Syrakuser ein hohes Maß an Können und Fachkenntnis bewiesen, das uns letztlich davon abbringen sollte, uns weiterhin mit ihnen einzulassen, insbesondere auf See. Diejenigen von uns, die alles über den Seekrieg wußten oder zu wissen vorgaben, waren der Ansicht, die Syrakuser verstünden von der Kunst der Kriegsführung zur See sowohl theoretisch als auch praktisch so viel wie das eine oder andere Haustier aus ihrem Bekanntenkreis. Wie man es von einer solchen Zusammenkunft athenischer Bürger nicht anders erwarten konnte, wurde zwischen den Verfechtern der beiden Auslegungen ein entsprechend genialer Kompromiß erzielt, nämlich daß die Syrakuser sowohl zur See als auch zu Land ein beachtenswerter Gegner seien und uns durch die alberne Vorführung, die sie für uns abgezogen hatten, nur in trügerischer Überlegenheit wiegen wollten, um uns zu einer verhängnisvollen Schlacht zu verleiten.

Nach einem mehrtägigen Manöver versuchten sie es vom Meer aus mit einem kleineren Angriff auf einen Teil unserer Stellung an Land, und es gelang ihnen, einen Großteil der wenigen Pferde unserer Reiterei davonzujagen. Dadurch ermutigt, ließen sie sofort einen Großangriff zu Land und zu Wasser folgen. Als unsere Männer an Land den Befehl erhielten, sich zu formieren, drängelte ich mich in die vorderste Reihe, weil ich unbedingt meine Unsterblichkeitstheorie erproben wollte, die für mich seit dem nächtlichen Gefecht zur Zwangsvorstellung geworden war. Als erst einmal feststand, daß es zum Kampf kommen würde, war, das kann ich in aller Ehrlichkeit behaupten, meine Angst wie weggeblasen. Ich verspürte sogar eine unnatürliche Gelassenheit, und als wir aus dem Lager auf den Feind zumarschierten, begriff ich plötzlich auch, warum. Die Syrakuser konnten mich gar nicht umbringen: Ich war bereits tot. Seit Tagen war ich tot, schon seit der Zeit auf dem Epipolai. Im Grunde lebte ich seit der Pest nicht mehr; ich war damals noch zu jung gewesen, um das bereits begreifen zu können, und war seither nie lange genug bewegungslos geblieben, als daß die Leichenstarre richtig hätte einsetzen können. Diese Erkenntnis teilte ich sogleich Kallikrates mit, der mich mit einem höchst seltsamen Blick musterte und sich besorgt nach dem Schlag auf den Kopf erkundigte, den ich von jenem Syrakuser erhalten hatte, der schließlich vom kleinen Zeus getötet worden war, woraus ich entnahm, daß er mich offenbar nicht richtig verstand.

Der zur See ausgetragene Teil der Schlacht war für unsere Seite eine absolute Katastrophe, deren einzig versöhnender Zug im Tod unseres Heerführers Eurymedon bestand, den dieser seiner eigenen bodenlosen Dummheit zuzuschreiben hatte. Diese Niederlage wurde auch dadurch nicht unbedingt erträglicher, daß unsere Landstreitkräfte im Vergleich dazu einen Sieg errangen (bei dem ich übrigens überhaupt keine Rolle spielte, weil mein Truppenabschnitt nicht eingesetzt wurde), indem sie den Feind am Anzünden derjenigen unserer Schiffe hindern konnten, die von den Syrakusern zuvor nicht versenkt worden waren und die in den Schutz der Küste geflohen waren.

Ich denke, es war diese Niederlage, die schließlich den Mut unseres Heeres brach. Ein Athener glaubt an seine Flotte wie der Mensch an die Götter, und es war, als hätte gerade irgendein boshafter Mann – zum Beispiel Sokrates oder Diagoras der Melier – schlüssig und unwiderlegbar bewiesen, daß es die Götter nicht gibt. Nach dem Ende der Schlacht schien ein jeder im Lager völlig niedergeschlagen zu sein. Es herrschte keine Panik oder Hysterie, man nahm lediglich die Niederlage bedingungslos hin. Es war noch viel schlimmer als nach dem Kampf auf dem Epipolai, nach dem die Soldaten zwar auch Angst und Wut und erheblichen Kummer empfunden hatten, aber wenigstens damit beschäftigt gewesen waren, die Gefallenen zu begraben, Ränke gegen die Heerführer zu schmieden, sich um die Verwundeten zu kümmern und nachts schlecht zu träumen. Jetzt hingegen schien niemandem mehr an irgendeiner Form von Betätigung gelegen zu sein. Im Hafenwasser dümpelten die Leichen unserer Männer auf und ab, aber keiner hatte Lust, mit einem Boot hinauszufahren und sie aufzufischen. Über Nikias oder Demosthenes beschwerte sich niemand. Die Verwundeten waren sich selbst überlassen, und viele von ihnen starben – habe ich erwähnt, daß in unserem Lager Fieber ausgebrochen war? –, und Träume hatte überhaupt keiner mehr, nicht einmal von zu Hause. Ich versuchte, allen klarzumachen, das sei eigentlich etwas ganz Natürliches, weil sie jetzt ebenfalls alle tot seien. Aber die allgemeine Teilnahmslosigkeit war so groß, daß niemand mehr Lust zum Streiten hatte; und wenn Athener ein Streitgespräch ausschlagen, dann kann man sicher sein, daß irgend etwas nicht stimmt.

Etwa einen Tag später nahm ich gerade in stiller Zurückgezogenheit meine Mahlzeit (zehn Kyathos Gerstengrütze und vier Oliven) ein, als jemand, wild mit den Armen fuchtelnd und lauthals schreiend, in die Mitte des Lagers stürmte. Mehrere Leute baten ihn freundlich, mit dem Lärm aufzuhören, weil sie schlafen wollten, doch das schien ihn nur noch mehr anzuspornen. Schließlich kam jemand auf die Idee, ihn zu fragen, was eigentlich los sei, und er antwortete außer Atem, daß die Syrakuser die Hafeneinfahrt blockiert hätten.

Es verging etwa eine halbe Minute, bis man die Bedeutung dieser Nachricht begriffen hatte. Dann brach die ungewöhnlichste Panik aus, die ich je mit eigenen Augen erleben durfte. Vermutlich haben Sie schon einmal gesehen, was mit einem Ameisenhaufen passiert, wenn die Hausfrau kochendes Wasser darüberschüttet. Das ist jedenfalls der treffendste Vergleich, der mir zu dem Treiben einfällt, das nun im athenischen Lager einsetzte. Ich war von dem Anblick völlig gefangengenommen und schloß daraus, wie ich mich erinnere, alle Toten seien plötzlich wieder ins Leben zurückgerufen worden — was ich allerdings für ziemlich sinnlos hielt, weil sie schon bald alle wieder hätten sterben müssen, falls die Syrakuser den Hafen wirklich blockiert hätten. Wenn ich es mir recht überlege, bin ich selbst überhaupt nicht in Panik geraten. Ich saß einfach nur da und dachte darüber nach, welch gute Chorszene das ergeben würde – genau wie die Szene im *Agamemnon,* in der der Chor plötzlich seine einheitliche Stimme verliert und in eine Gruppe wild durcheinanderredender Individuen zerfällt. In einer Komödie hatte so etwas noch niemand gemacht; die Einstudierung wäre natürlich die Hölle auf Erden, aber die Wirkung um so umwerfender. Dann fiel mir ein, daß ich überhaupt nicht nach Athen zurückkehren und es keine Theaterstücke mehr geben würde, falls es den Syrakusern wirklich gelungen sein sollte, den Hafen abzuriegeln.

Der einzige Mensch, der außer mir offenbar nicht in panische Angst verfiel, war ein kugelrunder kleiner Mann, der an einem Feuer saß und gerade eine äußerst dünne Wurst verzehrte. Seine Gelassenheit und die Wurst zogen mich magisch an, und ich begab mich zu ihm ans Feuer und setzte mich neben ihn auf meinen Helm. Er würdigte mich nur eines kurzen Blicks und widmete sich dann wieder seiner Mahlzeit, und eine Zeitlang sprach keiner von uns beiden ein Wort.

»Du scheinst dir ja keine großen Sorgen zu machen«, sagte ich schließlich.

»Nein, mache ich mir nicht«, erwiderte er mit vollem Mund.

»Alle anderen tun es aber.«

»Du doch auch nicht.«

»Ja, aber ich bin tot.«

»Na also, siehst du? Dann haben deine Sorgen ja ein Ende.«

Er klang wie einer aus dem Hügelland, und ich fragte ihn, wo er wohne.

»Hier«, antwortete er.

»Nein, ich meine, wo du vorher gelebt hast«, berichtigte ich mich.

»Daran kann ich mich nicht erinnern«, entgegnete er. »Ich bin schon eine Ewigkeit hier« – er hielt kurz inne, um einen Knorpel hinunterzuschlucken –, »zu lange, als daß ich mich daran entsinnen kann.«

»Wie lange bist du denn schon hier in Sizilien?«

»Schon sehr lange.«

»Schmeckt gut die Wurst, wie?«

»Mit einem Tupfer Honig wäre sie noch besser. Hast du ein bißchen Honig?«

»Nein.«

Er hatte sehr kräftige Hände und Unterarme, und ich vermutete, daß er einst Schmied gewesen war. Er hatte diese Art an sich, mit jemandem zu reden, ohne ihn dabei anzusehen, die für diesen Berufsstand typisch ist.

»Du machst dir also wirklich keine Sorgen?« fragte ich erneut.

»Nein.«

»Wieso nicht?«

»Weil nichts passieren wird«, antwortete er.

»Wie kommst du denn darauf? Der Feind blockiert den Hafen. Das bedeutet, er wird uns nicht entwischen lassen. Die Syrakuser wollen uns bis auf den letzten Mann vernichten.«

»Das werden die nicht schaffen«, murmelte er.

»Da sei dir mal nicht zu sicher.«

»Die schaffen es niemals, uns alle zu töten«, entgegnete er. »Es gibt immer einen oder zwei, die entwischen. Wie es heißt, konnten selbst aus den Thermopylen zwei Mann entkommen.«

»Und du glaubst, du wirst einer der Überlebenden sein.«

»Richtig.«

»Warum gerade du?«

»Warum nicht?«

Tja, warum nicht? »Ich gebe dir eine Zwiebel für ein Stückchen von deiner Wurst.«

»Ich mag keine Zwiebeln. Habe ich noch nie gemocht. War das einzige, was dort wuchs, wo ich früher gewohnt habe.«

»Bevor du hierhergekommen bist?«

»Genau.«

Ich beugte mich vor und warf ein kleines Holzscheit ins Feuer. Überall um uns herum steigerte sich das athenische Heer in wachsende Panik hinein.

»Ich habe früher Theaterstücke geschrieben«, sagte ich. »Für die Festspiele.«

»Komödien oder Tragödien?«

»Komödien.«

Er blickte mich wieder an, kaute dabei kräftig und sagte mit vollem Mund: »Komödien habe ich schon immer gemocht. Auf Tragödien habe ich nie besonders gestanden. Ich konnte keinen Sinn darin sehen, sich traurige Geschichten auszudenken. Das zieht einen nur runter und so. Ich persönlich betrachte alles immer von der positiven Seite.«

»Das sehe ich schon.«

»Derjenige, der mir immer am besten gefallen hat«, fuhr er fort, »war dieser Eupolis. Der war richtig komisch. Den mochte ich wirklich.«

»Ehrlich?«

»Inzwischen ist der natürlich tot.«

»Natürlich.« Ich lächelte. Der Schmied fuhr fort, seine Wurst zu essen. »Bist du auch tot?« fragte ich.

»Red keinen Quatsch! Sehe ich so aus, als ob ich tot wäre?«

»War ja nur eine Frage.«

»Auf dieser Welt gibt es nichts, was mich töten könnte«, meinte er.

»Ach, wirklich?«

»Gar nichts.«

»Das Gefühl habe ich manchmal auch.«

»Ich habe nicht nur das Gefühl, mein Sohn«, stellte er in bestimmtem Ton fest, »ich weiß es.«

»Das muß sehr beruhigend für dich sein.«

Er brach ein ganz kleines Stückchen Wurst ab und bot es mir an. »Willst du wissen, wieso ich das weiß?«

»Wenn es dir nichts ausmacht.« Ich steckte mir das Stück Wurst schnell in den Mund und kaute eine Weile darauf herum; offenbar war sie selbstgemacht, wahrscheinlich aus Kormoranfleisch.

»Als ich noch ein Junge war, ging meine ganze Familie mit einem Schiff unter und ertrank«, begann der Schmied. »Bis auf mich, ich schwamm an Land. Das ist merkwürdig, weil ich gar nicht schwimmen kann. Danach ging ich bei einem Schmied in die Lehre, der aber zusammen mit seiner Frau und den Söhnen von Räubern umgebracht wurde. Bis auf mich. Ich versteckte mich hinter dem Amboß, bis sie wieder weg waren. Von da an war ich also Schmied mit einer eigenen Schmiede und einem Stückchen Land, in dem ich nach Belieben herumscharren konnte. Ich hatte gerade geheiratet und eine Familie gegründet, als die Pest kommt und die ganze Bande dahinrafft, bis auf mich. Na ja, das war natürlich schon ein Schlag, aber ich gehöre nun mal nicht zu denen, die ständig nur Trübsal blasen. Also arbeite ich in meinem Beruf weiter, besitze mittlerweile ein bißchen mehr Land, das von meiner Frau stammte, und fühle mich wirklich ziemlich wohl, nur wollen meine Nachbarn nichts mehr mit mir zu tun haben. Die sagen nämlich, ich sei ein Pechvogel, was ein ganz schöner Witz ist, denn inzwischen zähle ich mich zu den glücklichsten Menschen der Welt.

Und dann werde ich einberufen, um meine Pflicht als Soldat zu erfüllen. Man setzt mich auf ein Schiff, das Schiff sinkt, und ich bin der einzige Überlebende. Ich gelange an Land, schließe mich ein paar von unseren Männern an, und was passiert wohl? Der ganze Trupp wird vom Feind umgebracht – frag mich lieber nicht, welcher Feind das war, das habe ich nämlich vergessen. Jedenfalls stehe ich nun also mitten in einer verlassenen

Gegend und frage mich, was Gevatter Tod nur gegen mich haben könnte, als ich vom Feind aufgelesen und zum Sklavenmarkt gebracht werde, wo man mich an einen Phöniker verkauft und an Bord seines Schiff schafft. Aber auch das hat mir kein Kopfzerbrechen bereitet – ich wußte, daß das Schiff auf ein Riff laufen und sinken und ich der einzige Überlebende sein würde, womit ich auch recht behalten sollte. Du lachst? Ich habe mir selbst vor Lachen fast in den Chiton gemacht. Jedenfalls kehrte ich wohlbehalten nach Athen zurück, nahm wieder meinen Beruf auf und habe für mich auch etwas erreicht, bin in die Klasse der schwerbewaffneten Fußsoldaten gekommen und so was alles. Als dann der alte Demosthenes seine Flotte aufbaut, läßt er alle Schmiede kommen, die er kriegen kann, und sie holen auch mich ab, obwohl ich weit über der Altersgrenze liege, und deshalb bin ich jetzt hier. Ich sage dir eins, mein Sohn, ich kann gut auf das alles verzichten, was hier abläuft. Ich habe wirklich keine Lust, von diesem ganzen Haufen der einzige Überlebende zu sein.«

Er machte eine kreisende Handbewegung, mit der er das gesamte Lager einschloß. Ich schauderte leicht, weil ich ihn verstand.

»Du bist zur gleichen Zeit wie ich hergekommen«, sagte ich. »Ich dachte, du hättest gesagt, du wärst schon eine Ewigkeit hier.«

»Es kommt mir eben wie eine Ewigkeit vor, mein Sohn. War nett, mit dir geplaudert zu haben.«

Er stand auf, reckte die Arme und schlenderte davon. Ich spuckte ins Feuer, um den Nachgeschmack der Wurst loszuwerden, und saß schweigend da, ohne an etwas Besonderes zu denken. Soweit ich mich zurückerinnern konnte – das heißt, seit ich von Bord gegangen war –, fing ich dann zum erstenmal wieder an, im Kopf Verse zu schmieden. Sie waren, wie ich bemerkte, sogar gut, und ich schloß die Augen, damit die Worte ins Gedächtnis übergingen und nicht weggeblasen wurden.

Ich habe nämlich festgestellt, daß mein Gedächtnis wie ein Dreschboden ist: Wenn ich nicht die Pforten meiner Augen schließe, trägt der Wind zusammen mit der Spreu auch den Weizen davon.

Ich ertappte mich dabei, wie ich die Geschichte des alten Schmieds für ein Stück namens *Der Leidgeprüfte* oder etwas in der Richtung zur Rede einer der Hauptfiguren machte. Die Handlung selbst sollte erst später kommen, möglicherweise bedürfte es aber auch gar nicht der gewöhnlichen Form der Handlung mit den ganzen politischen Anspielungen und den üblichen Witzen. Darauf kam es nicht so an; es sollte einfach ein Stück über diesen außergewöhnlichen, zugleich glücklichen und unglücklichen Mann sein, wie er die Welt sah, wie unglaublich grausam sie zu allen anderen und wie unglaublich freundlich sie zu ihm gewesen war. Ich saß da und erstellte diese Rede, wie man eine Mauer hochzöge – zuerst eine Lage, dann die zweite obenauf. Man könnte das Ganze auch mit einem Haufen Äpfel vergleichen, der zu hoch aufgetürmt worden ist und auf den der Sklave immer noch mehr Äpfel legt, so daß man daneben steht und auf den Einsturz wartet, der aber nicht erfolgt. Die Rede war gut, so lustig wie alles andere, was ich je geschrieben habe, und während ich Unglück auf Unglück über meine außergewöhnliche Figur häufte, vergaß ich völlig, wo ich war und was gerade rings um mich geschah.

Dann stand plötzlich ein Taxiarchos über mir, brüllte irgend etwas und wollte nicht wieder weggehen. Also hob ich Helm und Schild auf, begab mich dorthin, wo ich seinem Befehl zufolge hingehen sollte, und schmiedete dabei fortwährend die Verse meiner Rede, so wie die Sklaven in der Münzanstalt die Münzen schlagen und in Krüge werfen. Ich reihte mich in eine lange, zu einem Schiff führende Menschenschlange ein und gewann den Eindruck, daß die Fußsoldaten für eine große Seeschlacht eingeschifft wurden, um nunmehr als Seesoldaten zu dienen. Doch gerade als ich bis an die Spitze der Schlange vorgerückt war, hieß es, es sei kein Platz mehr auf dem Schiff. Also setzte ich mich erneut auf meinen Helm und machte mich wieder an die Arbeit. Eine Zeitlang ließ man mich in Ruhe, aber dann schob mich irgend jemand in eine andere Reihe Soldaten. Nach einer Weile hob ich den Kopf und warf einen Blick über den Hafen, während ich mein Gehirn nach einem Kleidungsstück durchstöberte, das sich mit lang-lang-kurz ins richtige Versmaß bringen ließ, und sah, wie sich unsere Flotte von der Küste entfernte. Alle Schiffe lagen sehr tief im Wasser und waren bis zum Rand mit Soldaten vollgestopft. Ich wies mein Gedächtnis an, die Rede zu behalten, und zählte die Schiffe, da ich in meinem ganzen Leben noch nie eine solch große Flotte gesehen hatte. Sie bestand aus sage und schreibe einhundertundzehn Schiffen.

Von irgendwoher tauchte Nikias auf und hielt uns eine Rede. Er erläuterte kurz, was da draußen gerade vor sich ging; er habe so viele Männer wie möglich an Bord bringen lassen, und die würden jetzt versuchen, die Sperre zu durchbrechen, die die Syrakuser quer durch die Hafeneinfahrt gelegt hatten. Sollte ihnen ein Durchbruch gelingen, würden sie in Catina von Bord gehen. Danach sollten die Schiffe zurückkehren, um uns abzuholen, damit wir den anderen folgen könnten. Falls dieses Vorhaben fehlschlagen sollte, müßten wir eben zu Fuß nach Catina gehen.

Dann fing er an, über Ehre und unsere Stadt und über die Freiheit im allgemeinen und so weiter zu sprechen, und ich war kurz davor, mit den Gedanken zu meiner Rede zurückzukehren, als plötzlich jemand brüllte, daß die Syrakuser Segel setzten. Wir alle reckten die Hälse, um zu sehen, was los war. Draußen an der Hafeneinfahrt machten wir die feindliche Flotte aus, die beängstigend groß war und fächerförmig wie die Finger einer Hand ausschwärmte.

»Oh, um Himmels willen!« schrie jemand. »Die fahren mitten in die Syrakuser rein!«

Er hatte recht. Unsere Schiffe pflügten einfach weiter durchs Wasser, während sich die syrakusische Flotte auseinanderzog, um sie zu empfangen. Ich vermute, Demosthenes (der das Kommando führte) glaubte, er könnte den Feind in zwei Teile spalten, die Sperre durchbrechen und hinaus aufs offene Meer gelangen, wo er in der Lage wäre zu wenden. Falls die feindliche Flotte ihn verfolgte, hatte er vor, schneller zu wenden, als die Syrakuser erwarteten, und sie zu erreichen, bevor sie sich formiert hätten. Das war ein kühner, für Demosthenes typischer Plan, aber es war offensichtlich, daß er niemals gelingen würde. Die Syrakuser waren zu stark, um auf diese Weise beiseite gefegt zu werden, und außerdem hatte sich unsere Flotte zu spät in Bewegung gesetzt. Die feindlichen Schiffe umzingelten uns, wie sich Finger um einen Stein schließen, und drängten unsere Schiffe immer dichter zusammen. Von seiten der Syrakuser war das ausgezeichnete Arbeit. Wenigstens vierzig unserer Schiffe waren in der Mitte eines gewaltigen Blockaderings eingeschlossen und zu völliger Nutzlosigkeit verdammt, während sich sämtliche Schiffe des Feinds wie ein Netz ausgebreitet hatten. Mit neunzig Schiffen griff er unsere restlichen knapp siebzig an, die obendrein eingekeilt waren und sich nicht rühren konnten. Unsere Schiffe waren die Felsen und die Syrakuser die dagegen anspülenden Wellen. Auf diesem engbegrenzten Raum waren unser ganzes überragendes Können und unsere Seemannskunst natürlich nutzlos. Die Athener sind Spezialisten für den Kampf auf offener See und benötigen massenhaft Platz, um ihre verwirrenden Wende- und Durchbruchmanöver auszuführen. Aber was da im Hafen stattfand, war ein handfester Vernichtungskampf – eine Landschlacht auf See. Ich nehme jedoch an, Demosthenes hatte genau das vorhergesehen und deshalb den größeren

Teil seiner Landstreitkräfte in die Schiffe gestopft. Allerdings nutzte das jetzt natürlich auch nichts mehr, da der Großteil seiner Streitkräfte auf den Schiffen in der Mitte eingeschlossen war und nichts tun konnte. Doch das schlimmste war die Art und Weise, wie die Syrakuser diese Landschlacht zu Wasser führten. Normalerweise wird so etwas geregelt, indem sich die gegnerischen Schiffe durch Haken aneinander heranziehen und gegenseitig entern, damit die Fußsoldaten gegeneinander kämpfen können. Aber die Syrakuser hatten auf ihren Schiffen Schilde aus ungegerbtem Leder angebracht, so daß unsere Enterhaken einfach abrutschten. Sie zogen ihre Schiffe längsseits zu unseren, hielten dabei gerade so viel Abstand, daß unsere Soldaten nicht zu ihnen an Bord springen konnten, und ließen Hagel auf Hagel auf Hagel von Pfeilen, Wurfspießen und Steinen auf uns los. Unsere Männer hingegen waren zur Untätigkeit verdammt. Sie konnten nicht einmal irgendwo in Deckung gehen, da sie auf den Decks so dicht zusammengepfercht waren wie Pferde auf einem Transportschiff. So standen sie da, und die Syrakuser schossen sie ab und fegten unsere Schiffe eins nach dem anderen leer.

»Warum hält die denn niemand auf, um Himmels willen?« schrie ein Mann in meiner Nähe. »Das hat doch nichts mehr mit Kämpfen zu tun, das ist das reinste Gemetzel!«

Eine Zeitlang begriff ich gar nichts, dann ergab alles allmählich einen Sinn. In den Grundzügen bedienten sich die Syrakuser der Taktik, die von Kleon bei Pylos angewandt worden war, als seine leichtbewaffnete Fußtruppe mit Schleudern und Bogen die unbesiegbare schwerbewaffnete Fußtruppe der Spartaner bezwungen hatte, die keine Bogen besaß und darum nicht zurückschießen konnte. Ich mußte unwillkürlich laut lachen, weil es mir umwerfend komisch vorkam, daß man nun unsere eigene schlaue Taktik auf diese Weise gegen uns anwandte, bis irgend jemand sehr böse auf mich wurde und mir drohte, mich umzubringen, falls ich nicht sofort damit aufhören würde. Zu meiner Rechtfertigung versuchte ich zwar, ihm den Witz zu erklären, aber er begriff die Pointe nicht. In der Zwischenzeit war es Demosthenes und seinem Geschwader gelungen, ein Loch in den Ring feindlicher Schiffe zu sprengen, und jetzt fuhr er so schnell wie möglich auf die Küste zu. Die athenischen Schiffe in der Mitte folgten ihm, soweit es ihnen möglich war, und strömten aus der Lücke, die er geschlagen hatte, wie Wasser aus einem undichten Schlauch. Doch die syrakusischen Reserven warteten schon und griffen sie an, wodurch ein noch furchtbareres Durcheinander entstand, bis der syrakusische Ring an einer weiteren Stelle durchbrochen wurde und auch dort Schiffe hinausströmten. Da so wenig Platz zum Manövrieren war, insbesondere wegen der überall umhertreibenden unbemannten oder sinkenden Schiffe, war keine der beiden Parteien imstande, allzuviel auszurichten. Es war einfach ein schrecklich verworrenes Gewühl, bei dem sich mir der Vergleich mit einem Netz aufdrängte, das gerade eingeholt und auf dem Boden eines Boots ausgeschüttet wurde. Die Schiffe entsprachen dabei den ganzen Fischen, die übereinander auf einem Haufen lagen und sich wie wild hin und her wanden und um sich schlugen.

So schien das noch stundenlang weiterzugehen. Ich weiß nicht, als was Sie dieses Gemetzel bezeichnen würden – eine Seeschlacht war es jedenfalls nicht. Die Schiffe rammten sich nicht, sie stießen zusammen. Man hörte die Ruder wie die Äste eines umstürzenden Baums abbrechen. Überall erschollen die Schreie der Ruderer, wenn die Holme ihrer Ruder zurück- und durch ihre Körper gestoßen oder sie selbst gegen die Außenhaut des anderen Schiffs gequetscht wurden. Und dann brach hin und wieder eins unserer Schiffe aus und schoß, womöglich mit zur Hälfte gebrochenen Rudern oder einem großen Loch in der Seite, auf die Küste zu, und unsere Männer an Land feuerten es dann so verzweifelt an, daß man das Gefühl gewann, wir wären allesamt gerettet, wenn nur dieses eine Schiff entkäme. Manchmal schaffte es eins bis ans Land, und manchmal wurde es von einem syrakusischen Schiff eingeholt und mit einem Pfeilhagel eingedeckt, dem die Ruderer auf ihren Bänken zum Opfer fielen, so daß unsere Schiffe plötzlich Fahrt verloren, kläglich zum Stillstand kamen oder im Kreis umhertrieben und sich dabei wie ein Vogel mit einem gebrochenen Flügel abmühten. Einigen unserer Schiffe gelang es, selbst mit gebrochenen Rudern ihren Verfolgern zu entkommen und dorthin zu fahren, wo sie am Strand eine athenische Fußtruppe auszumachen glaubten, die sie schützen würde. Und dann schnellten sie, wie so mancher Thunfisch, vom seichten Wasser an den Strand, um dort feststellen, daß es sich bei den Männern, die sie gesehen hatten, nicht um Athener, sondern um Syrakuser handelte. Nach dieser Entdeckung machten sie sich nicht einmal mehr die Mühe zu kämpfen, sondern ließen sich einfach niederstrecken, wo sie gerade standen. Wann immer eins unserer Schiffe verlorenging, brüllten und schrien die Männer rings um mich und warfen sich voller Entsetzen zu Boden, als wären sie völlig verrückt geworden.

Schließlich zogen sich die Syrakuser zurück. Wie ich hinterher hörte, waren ihnen die Pfeile ausgegangen, und sie hatten das Gefühl gehabt, nicht mehr erreichen zu können. Unsere Schiffe waren in der Lage, sich aus eigener Kraft zurück an Land zu schleppen, und auf jedem einzelnen von ihnen befanden sich Tote. Doch gerade als die Schlacht langsam ihrem Ende entgegenging, erblickten wir ein syrakusisches Schiff, das von zwei athenischen Schiffen auf uns zu getrieben wurde. Irgendwie war es von seiner Flotte getrennt worden, und unsere beiden Schiffe waren in seinen Rücken gelangt. In Anbetracht des traurigen Zustands, in dem sich die drei Schiffe befanden, war das Gefecht zwischen ihnen ein ungewöhnlicher Anblick. Es erinnerte mich an einen Kampf, den ich einmal zwischen drei klapprigen alten Männern gesehen hatte, in denen gerade noch genug Leben gewesen war, damit sie nicht umfielen. Dennoch hatten sie mit ihren Stöcken wild aufeinander eingeschlagen und ihre schwächlichen Schläge ausgeteilt, als wären sie die Achaier vor Troja gewesen. Während sich uns die Schiffe näherten, wurden die Männer um mich herum ruhig und beobachteten die Versuche der Syrakuser, sich von ihren Verfolgern zu lösen. Ich muß gestehen, daß ich mir wünschte, sie würden es schaffen, denn als sie in die Nähe des Strands kamen und zu wenden versuchten, sah ich den Ausdruck auf ihren Gesichtern. Sie sahen so bemitleidenswert aus, daß ich jetzt, da alles so endgültig entschieden war, nicht mehr den geringsten Sinn in ihrem gewaltsamen Tod erkennen konnte. Doch ein einziges Mal an diesem Tag setzten sich die Athener durch, und das feindliche Schiff lief nach mehreren verzweifelten Wendeversuchen vor der Küste auf Grund und war somit manövrierunfähig. Kaum machte es keine Fahrt mehr, stießen die Männer um mich herum den wildesten Freudenschrei aus, den man sich vorstellen kann, und rannten planschend ins flache Wasser hinaus. Innerhalb weniger Minuten zerlegten sie sämtliche Männer an Bord des syrakusischen Schiffs, ob tot oder lebendig, in einzelne Stücke Schlachtfleisch. Zu den Opfern gehörten auch ein paar kerkyrische Verbündete, die bereits vorher von den Syrakusern aus dem Wasser gefischt worden waren. Ich hörte diese Männer ganz deutlich schreien, wer sie waren, aber niemand scherte sich darum. Der ganze Vorfall erinnerte mich an einen schlechten Tag in der Volksversammlung oder an den Gerichtshöfen, wenn die Wähler bereits eine feste Meinung gefaßt haben und sich die entgegengesetzte Ansicht nicht anhören wollen.

Nur noch eins. Ein paar Stunden nach der Schlacht ging ich hinunter zum Strand, um etwas Treibholz fürs Feuer zu sammeln, und entdeckte die Leiche eines Mannes, die ein paar Meter vom Ufer entfernt friedlich im Wasser trieb. Die Gestalt kam mir bekannt vor, und da ich neugierig war, watete ich hinaus und riskierte einen Blick – es war der gleichzeitig glückliche und unglückliche Schmied. In der Stirn hatte er eine Wunde von einer Pfeilspitze, und die Fische hatten sich auch schon über ihn hergemacht, aber es handelte sich ganz unverkennbar um ihn. Zwar mag es nur an der Erschlaffung der Muskeln gelegen haben, die nach dem Tod eintritt, doch hätte ich schwören können, daß er lächelte. Als ich mit dem Treibholz zum Lager zurückkehrte, versuchte ich verzweifelt, mich an die Rede zu erinnern, die ich mir unmittelbar vor Beginn der Schlacht hatte einfallen lassen, aber sie war mir völlig entfallen.

5. KAPITEL

Vor etwa einer Woche, kurz bevor ich damit anfing, diese Geschichte in Wachs zu kratzen – Wachs ist übrigens auch nicht mehr das, was es einmal war; in meiner Jugend zerbröckelte es nie und blätterte auch nicht so ab wie heutzutage, und man konnte es einschmelzen und immer wieder benutzen –, stellte ich fest, daß ich mich an die eine oder andere Einzelheit nicht mehr erinnern konnte, und entschloß mich, lieber Nachforschungen anzustellen. Also ging ich zum Marktplatz hinauf, wo ich Dexitheos' Stand aufsuchte, um nachzusehen, ob sich ein bestimmtes Buch in seinem Sortiment befand, das sich mit den mich interessierenden Themen befaßte. Ich entdeckte das gesuchte Werk tatsächlich und überredete Dexitheos, mich kostenlos einen Blick hineinwerfen zu lassen – Sie werden sich entsinnen, daß Dexitheos der glückliche Unternehmer ist, der sich das Vervielfältigungsrecht für dieses große Werk von mir gesichert hat, und ich überzeugte ihn davon, daß es in seinem eigenen Interesse sei, wenn alle Fakten darin stimmten. Da ich an jenem Morgen zum einen nichts anderes zu tun hatte und zum anderen Dexitheos ärgern wollte, blieb ich noch eine Weile stehen und schmökerte in einigen anderen Büchern, wozu auch eins über die Expedition nach Sizilien gehörte, an der ich gegenwärtig schreibe. Während ich so dastand und mir selbst aus dem Buch laut vorlas, schnappte ein kleiner alter Mann (ich würde sagen, er war ungefähr in meinem Alter, vielleicht ein oder zwei Jahre jünger, aber gichtbrüchig) offenbar ein paar von den Sätzen auf, die ich gerade rezitierte, und kam zu mir herüber.

»Was hast du da gesagt?« fragte er mich.

»Ich habe das nicht gesagt«, erwiderte ich, »das steht in diesem Buch. Es ist von« – ich sah auf dem Kopf der Rolle nach – »Pheidon von Lepkis, wer immer das ist.«

»Und was hast du da gerade vorgelesen?«

Ich überflog noch einmal die Seite. »Er sagt, daß in der großen Hafenschlacht zwischen Athenern und Syrakusern die Athener fünfzig Schiffe verloren, die entweder im Gefecht sanken oder unbrauchbar gemacht wurden, und die Syrakuser vierzig. Als Quelle gibt er Sikanos an, den syrakusischen Kommandanten, der die Wracks höchstpersönlich gezählt habe und von Freund und Feind für einen zuverlässigen Mann gehalten werde.«

»Also, jetzt bin ich platt!« staunte der alte Mann. »Haben wir von den Barbaren wirklich vierzig Schiffe versenkt? Damals sah das nicht danach aus.«

»Bist du denn auch dabeigewesen?« fragte ich. Und dann, ganz plötzlich, erkannte ich ihn und konnte ihn mit seinem Namen ansprechen: Jason, Sohn des Alexides von Cholleidai.

Danach stellte ich mich selbst vor, woraufhin er mir nur antwortete: »Du schuldest mir noch sieben Drachmen, Eupolis.«

Zum ersten- und gleichzeitig letztenmal hatte ich Jason am Abend nach dem Schiffsgefecht gesehen. Er saß vor einem übelriechenden Feuer, das hauptsächlich mit ausrangierten Helmbüschen gespeist wurde (was für die damaligen Umstände ganz bezeichnend ist), und spielte mit sich selbst das Knöchelspiel. Um ihn aufzumuntern, fragte ich ihn, ob er mit mir ein Spiel machen wolle. Er erkundigte sich, ob ich Geld habe, und ich antwortete, ja, ein bißchen, also schlug er einen Einsatz von zwei Obolen pro Runde vor. Das war zu jener Zeit ein ziemlich hoher Einsatz, aber da ich wenig

Sinn darin sah, reich zu sterben, stimmte ich seinem Vorschlag zu, und wir begannen mit dem Spiel. Natürlich gewann er jede Runde und zog mir auch noch den allerletzten Obolos, den ich besaß, aus der Tasche, zuzüglich der oben erwähnten sieben Drachmen. Als er feststellte, daß ich nicht den ganzen Betrag bezahlen konnte, war er äußerst aufgebracht, warf mir alle möglichen unflätigen Schimpfnamen an den Kopf und verlangte mein Schwert und die Rüstung als Sicherheit für meine Schulden. In jenem Moment hatte ich es ziemlich eilig, mich davonzuschleichen. Doch verfolgte er mich ständig durchs ganze Lager, wobei er unaufhörlich über seine lausigen sieben Drachmen jammerte, bis mir Kallikrates mit einigen Freunden zu Hilfe kam und ihn verjagte.

Diesen Vorfall erwähne ich aus drei Gründen: Erstens bildet er eine einigermaßen heitere Einleitung zu einem recht traurigen Teil meiner Geschichte; zweitens hoffe ich, daß Jason, Sohn des Alexides, eines Tages jemanden diese Stelle vorlesen hört und sich in Grund und Boden schämt; und drittens als eine Anmerkung zu dem abgrundtief schlechten Geschmack der Moiren, die Männer wie mich und diesen boshaften Jason lebend aus Sizilien herauskommen ließen, andererseits aber dort so viele gute Männer umbrachten.

Doch zurück zu meiner Geschichte. Nach der Schlacht im Hafen blieb als einzige Frage, wie wir, falls überhaupt, entkommen könnten. Auch wenn dem aufrichtigen Feldherrn Sikanos vielleicht bekannt war, daß die Syrakuser vierzig ihrer neunzig Schiffe verloren hatten – auf unserer Seite wußte das niemand. Und als Demosthenes unseren Schiffsbesatzungen gegenüber zu verstehen gab, daß man nicht abgeneigt sei, einen erneuten Durchbruchversuch ins Auge zu fassen, kam er nur knapp mit dem Leben davon. Wir beschlossen schließlich, unsere verbliebenen Schiffe zu verbrennen und auf dem Landweg nach Catina zu marschieren, das in diesem Augenblick für jeden einzelnen Mann unseres Heers eine Art Paradies auf Erden verkörperte. Zur Verbrennung unserer Schiffe kam es letztlich nie. Der Mann, der den Auftrag dazu erhalten hatte, dachte, es sei die Aufgabe von jemand anderem, und auf diese Weise blieben die Schiffe hübsch ordentlich nebeneinander aufgereiht für die Syrakuser liegen, die den Krieg somit beendeten, wie sie ihn angefangen hatten – nämlich mit genau neunzig Kriegsschiffen.

Das nächste Problem war, wann wir losmarschieren sollten. Demosthenes war für den sofortigen Aufbruch, denn im Gegensatz zu seinen Mitstreitern hatte ihm die Niederlage nicht den letzten Verstand geraubt. Er erkannte, daß bei einem sofortigen Aufbruch nicht nur der Feind keine Zeit hätte, Einheiten zum Sperren der Straßen auszusenden, sondern unsere Soldaten auch keine Gelegenheit hätten, sich mit dem ganzen nutzlosen Plunder zu beladen, auf dessen Mitnahme ein Heer zum großen Nachteil der durchschnittlichen Marschgeschwindigkeit besteht, wenn es die Möglichkeit dazu hat. Doch Nikias wollte sich nicht vom Fleck rühren, ohne zuvor eine gründliche Bestandsaufnahme unseres Proviants zu machen und ausführliche Berechnungen anzustellen, was wir bis nach Catina bräuchten, ohne darauf angewiesen zu sein, unterwegs etwas zu essen zu finden. Demosthenes erkannte, daß das einzige Mittel, das zur Beruhigung von Nikias' augenblicklichem, an Hysterie grenzenden Zustand führen könnte, ein fünfstündiger Gewaltmarsch durch schwere Buchführung wäre, und ließ ihm deshalb seinen Willen. Das war natürlich ein verhängnisvoller Fehler, aber ich vermute, Demosthenes hegte eine aufrichtige, wenn auch verfehlte Zuneigung zu Nikias, der unmittelbar nach der Schlacht die Qualen der Verdammten auszustehen hatte, und brachte es einfach nicht übers Herz, ihm irgend etwas auszuschlagen.

Darum verließen wir erst drei Tage nach dem Gefecht dieses grauenvolle Lager, das eher einem von Fieber geschüttelten Schlachthaus glich. Außer mir schien es im ganzen Heer nicht einen einzigen Mann zu geben, dem unser Aufbruch nicht das Herz brach. Zunächst einmal ließ ein Großteil verwundete Freunde zurück – es bestand keine Möglichkeit, die Verwundeten mitzunehmen –, und der Rest gefallene Verwandte und Bekannte, die noch nicht einmal begraben worden waren. Zudem verspürte man die natürliche und instinktive Angst, einen offenbar sicheren Ort zu verlassen und in eine eindeutig feindselige Welt hinauszuziehen, was durch den Umstand, daß wir auch unsere Schiffe zurückließen, noch unendlich viel schlimmer wurde. Ein athenischer Soldat betrachtet die Schiffe mit den gleichen Augen wie ein Kleinkind seine Mutter; solange sie da sind, kann er nicht restlos die Hoffnung verlieren, sind sie aber erst einmal außer Sichtweite, wird er in panischen Schrecken versetzt und verliert fast den Verstand.

Da ich gerade darüber nachdenke, fällt mir ein, daß es in der Flotte, mit der wir nach Sizilien gerudert waren, ein bestimmtes Schiff gab, das eine beinahe göttliche Ausstrahlung gewonnen hatte. Nach Form und Bauart zu urteilen, war es offenbar ziemlich alt, und im Lager war rasch die Legende entstanden, es handle sich dabei um eins der Schiffe, die der berühmte Themistokles vor sehr vielen Jahren, kurz vor Ausbruch der großen Perserkriege, gebaut hatte. Es habe schon beim unsterblichen Sieg bei Salamis in Dienst gestanden und damals das Schiff eines der persischen Admiräle versenkt. Obwohl dieser Gedanke zweifellos lächerlich war, glaubten doch die meisten von uns daran, und durch irgendeinen merkwürdigen Zufall war es tatsächlich das einzige unserer Schiffe, das in beiden Gefechten weder Schäden noch Opfer zu beklagen hatte. In der zweiten Schlacht hatte es sogar ein syrakusisches Schiff durch Rammen versenken können und war eine unserer letzten Flotteneinheiten, die sich vom Kampf zurückgezogen hatten. Aus diesem Grund glaubten wir an dieses Schiff, als wäre es unser Schutzgott, und der Gedanke, es zurückzulassen, war für einige unserer Männer der Tropfen, der das Faß zum Überlaufen brachte. Letztendlich legten wir vor unserem Aufbruch die am schwersten Verwundeten hinein, von denen seltsamerweise die meisten überlebten und nach Athen zurückkehrten, da sowohl das Schiff als auch sein Inhalt von einem reichen syrakusischen Sklavenhändler gekauft wurde, der insgeheim auf Seiten der Athener stand. Er ließ Ärzte kommen, die sich um die Männer kümmerten, und als der Krieg vorüber war und der athenische Staat für das Schiff keine weitere Verwendung hatte, ließ er es ins Landesinnere zu seinem attischen Gut ziehen und auf einem Fundament vor seinem Haus aufstellen, neben dem auf einer gemeißelten Säule ausführlich die ungewöhnliche Geschichte des Schiffs erzahlt wurde. Dort stand es noch gute zehn Jahre, bis es ein Sklave aus Versehen in Brand steckte und so beschädigte, daß es nicht mehr zu reparieren war. Daraufhin ließ man es auseinanderbrechen, und die noch brauchbaren Spanten wurden zum Bau eines Lagerhauses für Käse verwandt.

Das Heer (diesen Begriff gebrauche ich ziemlich frei), das aus dem Lager zog, war über vierzigtausend Mann stark und damit größer als die griechische Armee, die in den großen Perserkriegen eine Million Perser bei Platää besiegt hatte. Ein Großteil unserer Streitmacht bestand natürlich aus Verbündeten, aber ich hatte trotzdem den Eindruck, daß die gesamte männliche Bevölkerung Athens – vielmehr das, was noch davon übrig war – in diesem Heer vertreten war. Es erinnerte mich stark an das Ende des letzten Tages der Panhymettischen Festspiele, wenn alle Stücke entsetzlich schlecht gewesen waren.

Ich marschierte zusammen mit Kallikrates und seinen beiden engsten Freunden, Myronides (der ein entfernter Vetter von uns war) und Kyon, der einmal in einem meiner Chöre gesungen hatte. Wenn ich es mir im nachhinein recht überlege, haben wir fast tagelang kaum miteinander geredet. Schon seit der nächtlichen Schlacht auf dem Epipolai hatte es keine dieser übereifrigen Unterhaltungen oder angeregten Diskussionen mehr gegeben, die unter normalen Umständen ein sicheres Anzeichen für die Anwesenheit von mehr als einem Athener sind; das ganze Lager war damals unnatürlich ruhig gewesen. Doch Kyon, Kallikrates' Freund, gehörte zu jenen Menschen, die nie lange traurig sind und einen mit ihrer ständigen Fröhlichkeit fast zur Weißglut bringen können, und nach einer Weile fing er an, eins der Chorlieder aus meinem Stück zu summen, bei dem er seinerzeit mitgewirkt hatte. Kurz darauf fiel auch ich mit ein, da das Lied zu denen gehörte, auf die ich besonders stolz war. Zufällig handelte es ausschließlich von Demosthenes und einem äußerst anrüchigen Geschäft, in das er viele Jahre zuvor verwickelt gewesen war – es hatte etwas mit einer Schiffsladung abgelagertem Holz zu tun, die von irgendwoher aus dem Norden stammte und an der er interessiert gewesen war. Einige Teile des Lieds machten einen erstaunlich aktuellen Eindruck, zum Beispiel die Stelle, wo sich Demosthenes weigert, sein herrliches Schiff zu verlassen, das auf dem rotweindunklen Wasser des Hafens dümpelt. Jedenfalls nahmen die Soldaten um uns herum die Melodie auf, wie es marschierende Männer zu tun pflegen, und als wir zu Ende gesungen hatten, fingen wir wieder von vorn an. Beim Singen beschleunigten wir den Schritt, um mit der Musik im Takt zu bleiben, und bald schritten wir entschlossen voran und schmetterten dazu mein Lied über die geringfügige Unaufrichtigkeit unseres großen Heerführers, der mutig an der Spitze des Zugs marschierte, wie er es immer tat. Ich nehme an, die syrakusischen

Späher, die uns schon seit unserem Aufbruch aus dem Lager folgten, nahmen an, wir alle seien nun endgültig verrückt geworden.

Doch hielt diese Euphorie nicht lange an, und als das Lied verklang, schleppten wir uns bald wieder schweigend dahin. Einen erfreulichen Anblick bot sie nicht, diese Kolonne, was auch nicht durch das Eingreifen von Nikias, Sohn des Nikeratos, besser wurde. Da er die Mutlosigkeit seiner Soldaten bemerkte, fühlte er sich berufen, neben der Reihe hin- und herzuhumpeln, uns dabei aufzuheitern und in seinem unnachahmlich feierlichen und schwülstigen Stil mit vor Zuversicht triefenden Worten zu ermutigen. Natürlich empfanden das fast alle Soldaten als äußerst unangenehm; denn zum einen war Nikias' Krankheit seit der Schlacht viel schlimmer geworden, so daß er sich inzwischen nur noch unter starken Schmerzen bewegen konnte (was viele Männer für überaus lustig hielten), und darüber hinaus kann ich mir nicht vorstellen, daß es noch allzu viele Soldaten im Heer gab, die nach dem Verderben, in das uns Nikias alle getrieben hatte, freiwillig auch nur einen Obolos gegeben hätten, um sein Leben zu retten. Aber er war noch immer unser Heerführer, und deshalb schrien ihn nur wenige Männer an oder bewarfen ihn gar mit kleinen Steinen, wenn er vorbeikam. Man blickte einfach in die andere Richtung und unterhielt sich laut mit dem Nachbarn, um das, was er sagte, zu übertönen, bis Demosthenes von der Spitze des Zugs nach hinten gerannt kam, um seinen Freund vor dieser Selbsterniedrigung zu bewahren. Sobald die Soldaten Demosthenes erblickten, jubelten sie, was die ganze Sache für Nikias nur noch schlimmer machte. Mir tat er leid; auch wenn er ein Trottel war und wahrscheinlich für unser aller Tod verantwortlich sein würde, war er doch der Geldgeber für meinen *Heerführer* gewesen (eine weitere solche Katastrophe, fiel mir dabei ein), und deshalb empfand ich ihm gegenüber ein gewisses Maß an

Loyalität. Leider konnte ich nicht anders, als laut loszulachen, als er zu unserem Teil des Zuges schlurfte und eine seiner Tiraden losließ, zumal er fast Wort für Wort sein berühmtes Geschwätz wiederholte, daß es nicht Mauern und Schiffe seien, die eine Stadt ausmachten, sondern die Menschen – mit diesen und ähnlichen Floskeln hatte er uns schon damals während unserer Theaterproben ständig belästigt, bis fast alle die Lust an der Arbeit verloren hatten. Mit meinem Lachen steckte ich die Männer rings um mich an (die zwar den Witz nicht verstanden, aber verzweifelt über irgend etwas lachen wollten), und der arme Nikias warf mir einen derart haßerfüllten Blick zu, daß ich am liebsten auf der Stelle im Boden versunken wäre. Schließlich gab er es auf, die Truppe aufzumuntern, und man half ihm wieder an die Spitze des Zugs zurück. Jeder Mensch hat so etwas wie einen persönlichen Plagegeist – einen anderen Menschen, der aktiv oder passiv an den schlimmsten Mißgeschicken beteiligt zu sein scheint. Mein böser Geist war immer Aristophanes gewesen, und ich befürchte fast, daß ich für Nikias diese Rolle verkörpert habe.

Ich erinnere mich nicht daran, wann wir den Feind zum erstenmal erblickten. Wie ich vermutlich schon früher berichtete, waren wir seit unserem Aufbruch aus dem Lager von syrakusischen Reitern beobachtet worden, und ihre Zahl schien ständig zuzunehmen, obwohl niemand wußte, wo sie hergekommen waren. Ich weiß nur noch, wie ich irgendwann einmal aufschaute und vor mich hin murmelte: »Du meine Güte, das ist ja mittlerweile eine ganze Menge! Wo sind die bloß alle hergekommen?« Ich nehme an, Demosthenes hegte ähnliche Gedanken, denn er ordnete unsere Marschkolonne neu, indem er den Troß und die weniger beweglichen Teile des Heers in die Mitte und den Rest von uns in einer Art Karree darumherumstellte. Wenn ich heute darüber nachdenke, war das eine höchst intelligente Aufstellung, nur hätten wir von vornherein nie soviel Ballast mitnehmen sollen. Dabei wurde unsere Marschgeschwindigkeit nicht etwa durch das Mitschleppen von Proviant verringert – trotz Nikias' ganzem Wirbel über den Wachstafeln besaßen wir nämlich nicht einmal genügend Lebensmittel –, sondern durch solche Dinge wie Unmengen an Pfeilen und Schleuderbolzen für die Bogenschützen und Schleuderer (wobei beide Verbände praktisch nicht mehr existierten), dann Schaufeln, Kellen, Breitbeile und ähnliche für den Mauerbau und andere mit dem Belagerungshandwerk zusammenhängende Arbeiten erforderliche Werkzeuge, Ketten zum Fesseln von Kriegsgefangenen sowie sonstige lebenswichtige Güter wie Kriegsbeute (kein großer Posten) und die persönlichen Habseligkeiten der Gefallenen (ein sehr großer Posten).

Ich kann mich allerdings gut daran erinnern, daß uns die Syrakuser zwei Tage nach unserem Aufbruch aus dem Lager zum erstenmal angriffen. Mittlerweile hatten wir alle das Marschieren gründlich satt. Wir waren hungrig und müde, die Füße taten uns weh, und viele Männer hatten Fieber und waren an Ruhr erkrankt (in Gesellschaft von Männern zu marschieren, die Ruhr haben, ist als Zeitvertreib nicht unbedingt zu empfehlen). Ich hatte das Glück, bei relativ guter Gesundheit geblieben zu sein, bewies aber leider weniger Kraft und Mut als viele Männer, die wirklich krank waren, bis mich Kyon einmal so beschämte, daß ich mich von da an zusammenriß. Er hatte sehr starkes Fieber, beklagte sich aber nie, und als ich mal wieder stundenlang darüber gejammert hatte, wie durstig ich sei, verließ er wortlos die Kolonne, lief zum Fluß hinüber, der während der meisten Zeit des Marschs zu unserer Rechten lag, und brachte mir im Helm Wasser zurück. Ich trank alles aus und gab ihm den Helm zurück. Da schrie mich auf einmal Kallikrates an und belegte mich mit sämtlichen Schimpfnamen, die ihm gerade einfielen. Kyon sagte ihm, er solle mich in Ruhe lassen, aber

Kallikrates hatte von meinem Gehabe eindeutig die Nase voll und wollte mir seine Meinung sagen. Als ich eingesehen hatte, wie selbstsüchtig ich mich verhalten hatte, wollte ich mich natürlich entschuldigen, doch Kyon hörte einfach nicht hin.

Das alles spielte sich ab, kurz bevor wir den Fluß Anapos erreichten, wo wir von den Syrakusern bereits erwartet wurden. Zuerst waren wir zu Tode erschrocken, aber als wir uns umsahen, konnten wir keine schwerbewaffneten Fußtruppen entdecken, die zu einer Kampflinie zusammengezogen worden waren, sondern nur Scharen leichtbewaffneter Fußsoldaten und ein paar Reiter. Natürlich waren wir alle sehr erleichtert, da jeder Grieche weiß, daß leichtbewaffnete Fußtruppen, die sich aus Männern der unteren Gesellschaftsschichten zusammensetzen, für eine schwerbewaffnete Truppe weit weniger gefährlich ist als ein leichter Regenschauer. Folglich marschierten wir unbekümmert weiter und warteten darauf, daß die Feinde, wie wir uns sicher waren, Reißaus nähmen.

Das taten sie nicht. Sie wichen nicht von der Stelle, bis wir in Schußweite waren, und ließen dann einen Pfeil- und Speerhagel auf uns niederprasseln. Nun rechnet man zwar in einem Gefecht mit so etwas, aber es ist ein ungeschriebenes Gesetz, daß das Schießen von Pfeilen und das Werfen von Speeren in erster Linie dem eigenen Interesse des Bogenschützen oder Speerwerfers dient, damit sein Selbstwertgefühl gesteigert wird und er sich vom allgemeinen Vergnügen nicht so ausgeschlossen vorkommt. Auf keinen Fall jedoch sollen diese Geschosse ernsthaft zum Blutvergießen beitragen, und zwar aus dem einleuchtenden Grund, daß ein verirrter Pfeil genauso leicht einen tapferen Mann wie einen Feigling töten kann, und solch ein wahlloses Niedermetzeln ist schlichtweg unmoralisch. Darum hat es sich seit dem großen Lelantischen Krieg zwischen Chalkis und Eretria, in dem die Soldaten zum erstenmal zu

Fuß statt von Streitwagen aus kämpften, als unveränderlicher Brauch eingebürgert, daß die leichtbewaffneten Fußtruppen ihre Arbeit so oberflächlich wie möglich verrichten. Im allgemeinen steht zwar keine konkrete Strafe darauf, tatsächlich jemanden zu treffen, aber ein solches Vorgehen wird als schlimmstmögliche Form von Ungeschicklichkeit angesehen und ruft beim Täter normalerweise das Gefühl hervor, sich besonders dumm angestellt zu haben.

Etwa nach der dritten Salve dämmerte es uns, daß sich unsere Feinde augenscheinlich nicht an die Regeln hielten. In rollendem Einsatz schossen sie und zogen sich wieder zurück und fügten unseren schwerbewaffneten Fußtruppen schlimme Verluste zu. Demosthenes entschied sich daraufhin, rasch Ausfälle zu machen, um die Syrakuser zu verjagen, aber als er das tat, schossen sie einfach weiter. Sie rannten nicht etwa um ihr Leben, wie zuvor erwartet, sondern zogen sich nur so weit geordnet zurück, daß wir nicht mehr an sie herankamen und dadurch nach vorn gelockt wurden, bis unsere Linie in Unordnung geriet und fast niemand mehr durch den Schild des jeweiligen Nachbarn geschützt war. Daraufhin stürmten die Syrakuser vor, schickten uns eine erneute Salve entgegen und wiederholten das Ganze von vorn. Unsere Ausfälle ließen sich auf diese Weise nur unter größten Schwierigkeiten durchführen, und Demosthenes stellte sie schließlich ein. Doch hatte das lediglich zur Folge, die Syrakuser darin zu bestätigen, immer näher heranzurücken, bis einige unserer Soldaten endgültig die Geduld verloren und aus der Reihe stürmten, um den Feind direkt anzugreifen; und diese Männer kehrten nie zurück.

Das kalte Entsetzen, das dieser Vorfall bei uns allen auslöste, kann ich nicht einmal ansatzweise beschreiben. Etwas Derartiges hatten wir noch nie erlebt, zumal wir keinerlei Verteidigungsmöglichkeit sahen. Die Tatsache hinzunehmen und sich damit abzufinden, daß man wahrscheinlich sterben wird, ist eine Sache, aber es ist etwas völlig anderes, schon eine ganze Weile vorher gezeigt zu bekommen, auf welche Art und Weise man umgebracht werden wird – insbesondere wenn es sich dabei um eine sowohl neuartige als auch demütigende Form handelt und man überhaupt nichts dagegen tun kann. Ich glaube, einige von uns hatten als Ausgleich für die Schande, am schlimmsten militärischen Reinfall in der Geschichte der Stadt Athen beteiligt zu sein, auf einen Heldentod im Kampf gebaut, und der Anblick dieser sizilianischen Bauern, die mit Bogen in den Händen wie eine Horde Rotwildjäger vor- und zurückrannten, war mehr, als sie ertragen konnten. In ihrer Hilflosigkeit schrien unsere Männer die Syrakuser an, verfluchten sie und bewarfen sie mit allen möglichen Dingen. Zuerst warfen sie nur mit Steinen – die im allgemeinen ihr Ziel verfehlten –, dann mit Schwertern und schließlich mit Sandalen und Helmen und überhaupt allem, was ihnen in die Hände kam. Die gegnerischen Soldaten bogen sich daraufhin vor Lachen, wodurch alles nur noch schlimmer wurde, und einzelne oder kleine Gruppen von uns führten aus blindem Zorn heraus eine Reihe von selbstmörderischen Attacken durch.

Dann erblickten wir – es war fast wie eine Art freudige Erlösung – feindliche schwerbewaffnete Fußsoldaten, die sich auf der anderen Seite des Flusses zu einer Kampflinie formierten. Ich glaube nicht, daß sich in der Geschichte des Kriegs jemals ein Heer so gefreut hat, den Feind zu sehen. Auf Demosthenes' Wangen glitzerten Freudentränen, als er uns den Befehl zum Angreifen gab, und wir schossen durch den Fluß und die feindliche Linie, wie ein Pfeil durch ein Kaninchen fährt. Leider blieben nur wenige unserer Feinde stehen, um uns entgegenzutreten, doch diejenigen, die wir zu fassen bekamen, wurden nach allen Regeln der Kunst in so kleine Stücke zerhackt, daß man aus ihnen hätte

Würste machen können. Danach kamen allerdings die leichtbewaffneten Fußsoldaten zurück und begleiteten bis zum Einbruch der Dunkelheit jeden unserer Schritte.

Obwohl wir alle sehr erschöpft waren, schlief in jener Nacht keiner von uns. Am nächsten Morgen brachen wir sehr früh auf, vermutlich in der Hoffnung, die Feinde auf diese Weise abschütteln zu können. Aber schon am späten Morgen waren sie wieder bei uns und griffen uns auf die gleiche Weise wie tags zuvor an. Zum Schluß hatten sie uns sogar bis zur selben Stelle zurückgetrieben, wo wir die vorhergehende Nacht unser Lager aufgeschlagen hatten. Zu allem Überfluß war uns inzwischen der Proviant ausgegangen, und die feindliche Reiterei hinderte uns daran, auszuschwärmen und nach etwas Eßbarem zu suchen. Am nächsten Tag brachen wir noch früher auf und erreichten erneut den blockierten Paß, an dem wir gerade erst tags zuvor zurückgeschlagen worden waren. Dort wurden wir bereits von schwerbewaffneten Fußsoldaten erwartet, und wir stürmten mit Macht auf sie los. Doch hatten die Syrakuser zu beiden Seiten des Passes in großer Stärke Bogenschützen und Speerwerfer aufgestellt, die in der Lage waren, uns von oben herab aus nächster Nähe zu beschießen, ohne daß wir ihnen etwas hätten antun können, und ich fühlte mich an jene Situation auf Samos erinnert, als unsere Marschkolonne von einer Handvoll Hirtenjungen mit Schleudern außer Gefecht gesetzt worden war. Schließlich gaben wir den Versuch auf, den Paß zu erobern, und zogen uns über die Leichen unserer eigenen Männer zurück, wobei es sich um die Gefallenen des heutigen wie auch des gestrigen Tages handelte. Um das ganze Elend zu vergrößern, setzte dann auch noch ein heftiges Unwetter ein, und durch den Regen hindurch erkannten wir gerade noch, wie die Syrakuser auf der anderen Seite des Passes eine Mauer errichteten.

»Das ist schon wirklich komisch«, bemerkte Kyon neben mir. »Diese Burschen haben keine Lust mehr, ewig durch die Gegend zu rennen, und keilen uns jetzt einfach ein, um uns umzubringen.«

Doch damit wollte sich Demosthenes nicht abfinden. Er führte den Angriff höchstpersönlich an und riß die Mauer ein, und wir zogen erleichtert und betrübt zugleich zum zweitenmal zum Lagerplatz zurück. Am nächsten Tag machten wir uns in einer anderen Richtung durch offenes Gelände auf den Weg, aber dadurch änderte sich die Lage auch nicht sonderlich. Die Syrakuser fielen trotzdem über uns her (»Um Himmels willen, denen müssen doch bald mal die Pfeile ausgehen!« wunderte sich Kallikrates immer wieder. »Soviel Bronze gibt es doch auf der ganzen Welt nicht!«) und schienen mit jedem Tag zahlreicher zu werden. Ich glaube, sie hatten mittlerweile die schwerbewaffneten Fußsoldaten auf uns angesetzt, die uns Seite an Seite mit den Sklaven und Bauern beschossen und bewarfen, was zwar ein bemerkenswerter Beweis dafür war, daß die Kraft der Vaterlandsliebe sämtliche gesellschaftlichen Schranken zu überwinden vermochte, sich für uns jedoch nicht gerade als ein Vergnügen herausstellte. Den restlichen Tag kämpften wir wie vom Wahnsinn besessen und lagerten, wo wir konnten.

Doch Demosthenes war noch nicht am Ende. Mitten in der Nacht kam der Befehl, so viele Lagerfeuer anzuzünden, wie unser Brennmaterial erlaubte, und bis auf die Waffen alles zurückzulassen und aufzubrechen. Wie ich mich erinnere, wurde Kallikrates auf einmal sehr fröhlich, als wir feststellten, daß wir nun in eine andere Richtung marschierten; nicht mehr auf Camarina zu, sondern direkt nach Catina, was ja, wie ich damals schon fast vergessen hatte, unser ursprüngliches Ziel gewesen war.

»Die haben uns bloß aus Angst verfolgt, wir könnten uns nur deshalb zurückziehen, um uns neu zu formieren und erneut anzugreifen.« Mit diesen Worten machte sich Kallikrates immer wieder Mut. »Jetzt, da ganz offensichtlich ist, daß wir nur nach Hause wollen, werden die uns bestimmt in Ruhe lassen. Schließlich sind das zivilisierte Menschen, die uns nicht einfach nur so zum Spaß umbringen wollen. Was in aller Welt nutzen denen vierzigtausend tote Athener?«

So gesehen klang das sehr vernünftig, und ich fühlte mich ungemein erleichtert. Selbstverständlich war der nächtliche Marsch kein erfreuliches Erlebnis, wenn man bedenkt, was das letztemal passiert war, als wir in diesem Krieg nach Einbruch der Dunkelheit losgezogen waren. Doch diesmal hatte Demosthenes vorgesorgt und zum Zusammenhalt des Heeres ein einfaches, aber wirkungsvolles Nachrichtennetz aufgebaut, das auf Boten beruhte. Bedauerlicherweise verweigerte Nikias die Zusammenarbeit – allein die Götter wissen, warum –, was zur Folge hatte, daß sich seine Heeresabteilung von Demosthenes' Truppe trennte und auf eigene Verantwortung losmarschierte. Später hörte ich, Nikias sei der Überzeugung gewesen, es könne ihm, wenn er sich von Demosthenes trennte und sich beeilte, vielleicht gelingen, sich bis nach Catina durchzuschlagen, während die Syrakuser mit dem Niedermetzeln von Demosthenes' Abteilung beschäftigt wären; richtig daran ist sicherlich, daß Nikias' Männer einen beträchtlichen Vorsprung vor uns gewannen. Trotzdem weigere ich mich zu glauben, daß Nikias sich bewußt zu diesem Schritt entschieden hatte, und vermute vielmehr, daß es ein Ausdruck seines von Verwirrung und Unbeholfenheit geprägten Allgemeinzustands gewesen war.

Wie dem auch sei; das Heer war jetzt in zwei Teile getrennt, was uns ein wenig verwundbarer machte. Wir dachten, wir kämen ohne den ganzen Plunder, den wir vorher mitgeschleppt hatten, schneller voran, aber dafür hatten wir jetzt zahlreiche Verwundete dabei; denn durch die Pfeilattacken waren sehr viel mehr

Männer verletzt als getötet worden. Da der Tod der Verwundeten fast immer nur eine Frage der Zeit war, machte das allerdings kaum einen Unterschied, außer daß die unmittelbare Nähe so vieler Sterbender kaum zur Stärkung unserer Moral beitrug – trotzdem weigerten wir uns, sie zurückzulassen. Viele Männer führten nämlich unsere derzeit mißliche Lage darauf zurück, daß wir damals die Verwundeten im Lager bei Syrakus zurückgelassen hatten, und waren nun fest entschlossen, denselben Fehler kein zweites Mal zu begehen. Folglich kamen wir auch ohne den unnützen Ballast nicht wesentlich schneller voran.

Als es hell wurde und keine Spur vom Feind zu sehen war, geriet das Heer in einen derartigen Freudentaumel, daß man hätte glauben können, wir wären bereits wohlbehalten zu Hause in Attika angekommen. Bald erreichten wir das Meer, dessen Anblick uns noch mehr aufheiterte. Selbst wenn wir keine Schiffe mehr hatten, waren wir immer noch Athener, und durch den Anblick des vielen blauen Wassers fühlten wir uns der Heimat irgendwie ein Stück näher. Als wir auf eine ausgebaute Straße stießen, steigerte sich sogar allmählich unsere Marschgeschwindigkeit. Es herrschte die allgemeine Ansicht, daß Demosthenes diesem Weg folgen wollte, bis wir zu einem Fluß namens Kakysoundso kämen (wenn es darum geht, Namen mit mehr als zwei Silben zu behalten, bin ich ein hoffnungsloser Fall), um sich dann landeinwärts zu wenden, in der Hoffnung, dort auf die Barbaren zu stoßen, die auf unserer Seite waren. Offenbar besaßen sie Unmengen von Reitern und leichtbewaffneten Fußsoldaten, und mit ihrem Haß auf die Syrakuser würden sie diese bestimmt so gut wie im Handumdrehen verjagen.

Allein aus dem Hochgefühl heraus, nicht verfolgt oder beschossen zu werden, benahmen sich viele von uns so, als wären sie betrunken; schließlich hatten uns die Syrakuser vier Tage lang im Genick gesessen, und das hatte einen immer stärker werdenden Eindruck hinterlassen. Jetzt, da wir sie nicht mehr sahen, sangen wir und tollten umher wie kleine Kinder, und stellten uns vor, was sie gerade taten und ob sie uns schon vermißten. Wir wünschten uns nichts mehr, als die dummen Gesichter ihrer mächtigen Heerführer Hermokrates und dieses Spartaners Gylippos zu sehen, als sie heute morgen zum Spielen herauskamen und nichts als ein verlassenes Lager vorfanden – und keine Ahnung hatten, in welche Richtung wir verschwunden waren. Nach unserer Überzeugung hatten sie als Syrakuser bestimmt Gylippos beschuldigt, er habe uns absichtlich entkommen lassen (was, wie es der Zufall wollte, wirklich passiert war), und ihm den Kopf abgeschlagen (was nicht eintraf). Wir malten uns sogar aus, was sich die beiden Heerführer gerade zu sagen hatten, zum Beispiel:

Gylippos: Also, hör mal, schließlich hast du die Athener als letzter gehabt.

Hermokrates: Ich weiß genau, daß ich sie noch vor einer Minute gehabt habe. Verdammt, immer verliere ich was – Bindfadenstückchen, alte Ölkrüge, Schlachten …

Gylippos: Wo hattest du sie denn zuletzt gehabt? Hast du schon mal in deiner anderen Tasche nachgesehen? Ich bin sicher, daß ich sie dir gegeben habe, damit du auf sie aufpaßt.

Hermokrates: Wir könnten ja mal Sikanos fragen, vielleicht hat der sie gesehen. He! Sikanos …

Als wir zur Furt des Flusses Dingsda gelangten, stellten wir fest, daß es dort einen Kampf gegeben hatte. Die Syrakuser hatten an dieser Stelle quer über die Straße eine Mauer errichtet, und Nikias' Männer hatten sie offenbar schon überwunden, denn die Mauer war eingerissen worden und der Boden rings herum von Leichen übersät. Es war unmöglich festzustellen, ob es sich bei den Toten um Syrakuser oder Athener handelte, aber wir waren natürlich der Ansicht, daß es Syrakuser waren. Wir jubelten und schwenkten grölend die Speere in der Luft, als hätten wir diesen Sieg gerade selbst errungen, und plötzlich hatten wir das Gefühl, unsere Haut nun doch noch retten zu können. Von Nikias waren einige Männer zurückgelassen worden, die uns berichteten, daß ihr Feldherr in Richtung des Flusses Erineos vorgestoßen sei, der nur ein Stück weiter vor uns liege. Nikias habe mit ein paar uns freundlich gesinnten Einheimischen gesprochen, die ihm versichert hätten, es sei günstiger, am Fluß ins Landesinnere abzubiegen, weil dies der günstigere Weg in die Berge sei. Die Vorstellung, daß es uns freundlich gesinnte Einheimische gab, die solche Ratschläge erteilten, war unwahrscheinlich beruhigend, und wir brachen sofort zum Erineos auf.

Jetzt marschierten wir wieder langsamer, als würde uns nichts mehr drängen, und bemerkten, daß wir einen Bärenhunger hatten – und tatsächlich stießen wir auf einen großen Bauernhof mit fünf randvollen Scheunen. Bis auf eine verrückte alte Frau, die die Familie wahrscheinlich dagelassen hatte, um sie von uns umbringen zu lassen, war niemand zu Hause. Da es allmählich Zeit zum Mittagessen war, legten wir eine Rast ein und setzten uns, um zu essen. Ich erinnere mich noch gut an das Stimmengewirr, das sich damals zum erstenmal seit vielen Tagen im Heer erhob. Es klang wie ein Bienenschwarm, der nach einer langen regnerischen Zeit über die Wärme der Sonne in Aufregung geriet. Irgend jemand fand heraus, wo der Bauer seine Weinkrüge vergraben hatte, und wir bedienten uns. Es war fast wie einer dieser Ausflüge mit Essen im Freien, die die Stadtbewohner so gern in die Landschaft rings um Phyle unternehmen.

Und dann erblickten wir sie plötzlich hinter uns – die syrakusische Reiterei. Ich werde nie vergessen, wie still es auf einmal wurde, als alle – beinahe zwanzigtausend Mann – zu sprechen und zu essen aufhörten und nur noch die Reiter anstarrten. Es war so still, daß ich in weiter Ferne den Ruf eines Wiedehopfs und das Seufzen des Winds in den Bäumen vernahm. Ich habe zwar keine Ahnung, warum, aber in diesem Augenblick wußte ich, daß dies das Ende war. Ich schüttete den Rest Wein aus meinem Becher und klopfte mir den Staub ab.

Ich glaube, Demosthenes war genauso erschüttert wie wir anderen, aber er fing sich rasch und versuchte, uns in Gefechtsstellung zu bringen, da er an Ort und Stelle kämpfen wollte, um diesem elenden Treiben ein für allemal ein Ende zu setzen. Aber als er überall hin und her rannte und mit seiner beruhigenden, leicht angegriffenen Stimme die Befehle brüllte, rührte sich niemand; man hatte einfach keine Lust mehr und sah keinen Sinn darin. Schließlich standen wir doch noch mürrisch auf und formierten uns schlurfenden Schritts zur Aufstellung, allerdings eher um Demosthenes zufriedenzustellen, als mit der Absicht, in den Kampf zu ziehen. Inzwischen hatten die Syrakuser, bildlich gesprochen, ihren Chor auf die Bühne gebracht, dessen Mitglieder allesamt für die große Schlußnummer bereit waren. Es schienen mehr denn je zu sein, eine endlose Menschenkette, die von weitem wie eine undefinierbare graubraune Masse wirkte.

Demosthenes hatte neben dem Bauernhaus einen großen ummauerten Obstgarten entdeckt, dessen Mauern er für eine gute Deckung vor den feindlichen Pfeilen hielt. Ich weiß zwar nicht, wie er dort wieder herauszukommen beabsichtigte, aber vielleicht dachte er gar nicht so weit voraus. Als er uns in den Garten führte, bemühten sich die Syrakuser erst gar nicht, uns aufzuhalten, sondern marschierten nur parallel mit uns weiter und lauerten dabei auf uns wie ein Wolf auf seine Beute. Sie warteten, bis wir alle wohlbehalten im Garten angekommen waren, dann griffen sie an.

Ich weiß nicht, ob Sie schon einmal von einem wirklich schweren Regenschauer überrascht worden sind, bei dem die Wassermassen so heftig herabstürzen, daß einem davon das Gesicht schmerzt, und ob Sie sich dabei schon einmal unter einem Baum oder Felsen verkrochen haben, der Ihnen nur zur Hälfte Schutz geboten hat, wobei der Rest von Ihnen bis auf die Haut durchnäßt worden ist. Genauso war es hinter dieser Mauer, als die syrakusischen Pfeile und Schleuderbolzen stundenlang auf uns niederprasselten. Nicht, daß es sich nach den ersten paar Salven zu einem Regenguß ausgeweitet hätte; es war mehr eine Art Nieselregen, da die Syrakuser aufgehört hatten, ihre Pfeile an den Mauern und Bäumen zu vergeuden, und nur noch auf solche Ziele schossen, die sich ihnen wirklich darboten. Leider hatte sich Demosthenes, sowohl was die Größe des Obstgartens als auch die Höhe der Mauern anging, ein wenig verrechnet. Aufgrund dieses Versehens (ein Fehler, der jedem hätte unterlaufen können) waren wir so eng zusammengepfercht, daß wir uns kaum bewegen konnten, und die Mauern waren genau um das entscheidende Stückchen zu niedrig, um uns volle Deckung bieten zu können. Aus diesem Grund hatten die Syrakuser im Laufe des Tages Ziele in Hülle und Fülle, obwohl sie viel Zeit und Pfeile damit vergeudeten, auf bereits tote Männer zu schießen. Natürlich hielten wir alle unsere Schilde hoch, aber die waren im Handumdrehen derart von Löchern durchsiebt, daß sie praktisch keinen Nutzen mehr hatten. Außerdem waren wir zu müde und erschöpft, um ihr Gewicht zu tragen.

Mir war es gelungen, in der Nähe von Kallikrates und seinen Freunden zu bleiben, und wir drängten uns alle unmittelbar an der Mauer dicht nebeneinander zusammen. Da ich klein bin, konnte ich meinen Körper besser in Deckung bringen als die meisten anderen; Kallikrates war zum Beispiel relativ ungeschützt, da er für mich Platz gemacht hatte. Einmal sah ich einen Pfeil von seinem Helm abprallen und hatte furchtbare Angst um ihn, aber er fluchte nur lautstark, und da wußte ich, daß ihm nichts Ernsthaftes passiert war.

Während sich der Tag dahinschleppte, bekamen wir alle schmerzhafte Muskelkrämpfe, weil es praktisch kaum möglich war, sich von der Stelle zu rühren. Doch selbst wenn unsere Bewegungsfreiheit durch diese Umstände nicht so stark eingeschränkt gewesen wäre, hätte es vermutlich auch sonst niemand gewagt, sich zu rühren. Nachdem wir etwa drei Stunden lang hinter der Mauer gekauert hatten, stieß ich Kallikrates mit dem Ellbogen an.

»Kallikrates, ich möchte dich etwas fragen«, sagte ich.

»Ja, bitte?«

»Weißt du noch, als du mich das erstemal gesehen hast, ich meine, nach der Pest?«

»Ja.«

»Was hast du damals gedacht?«

Er blickte mich verdutzt an und antwortete: »Was für eine merkwürdige Frage. Um ehrlich zu sein, ich habe keine Ahnung. Falls du dich erinnerst, war ich gerade von meiner Pflichtdienstzeit beim Heer in Messenien zurückgekommen. Philodemos hat mich damals losgeschickt, um herauszufinden, was mit deiner Familie geschehen war, und ich mußte feststellen, daß bis auf dich alle tot waren. Ich glaube, ich war ganz schön erschüttert, die Stadt bot während der Pest wirklich einen grauenhaften Anblick.«

»So schlimm wie das hier?«

Ich hörte ihn schwach lachen. »Weiß ich nicht. Das hier ist für mich um einiges scheußlicher, aber hier sind es bloß erwachsene Männer, die sterben oder schon tot sind, damals war es gerade der Tod der Frauen und Kinder, der mir nahegegangen ist. Ich glaube, man wird dazu erzogen, sich damit abzufinden, daß Männer vielleicht frühzeitig sterben, aber Frauen und Kinder sollten vor solch einem Schicksal bewahrt werden. Ich halte die Pest für schlimmer, weil sie so willkürlich und sinnlos war. Für uns ist dies hier zwar ein Niederlage, aber für die Syrakuser ein Sieg. Also nützt das wenigstens irgend jemandem etwas. Aber die Pest …«

»Ich finde das hier schlimmer«, sagte ich. »Vielleicht weil ich jetzt alt genug bin, um das alles zu verstehen, und damals nur ein Kind war.«

Kallikrates seufzte. »Ich hätte nie gedacht, daß ich einmal Schwierigkeiten bei der Entscheidung haben sollte, was der schlimmste Anblick in meinem Leben war. Es ist furchtbar, überhaupt die Wahl zu haben.«

Ich lachte matt und sagte dann: »Ich weiß nicht. Ich meine, das scheint einfach alles so passiert zu sein. Kaum waren wir hier angekommen, um uns Sizilien einzuverleiben und dann weiter nach Karthago und den Zinninseln vorzustoßen, hatten wir schon eine Schlacht verloren, und das Schlimmste, was uns nach unserem Dafürhalten in diesem Augenblick hätte passieren können, war die Aussicht, wieder nach Hause zurückkehren zu müssen, ohne Syrakus noch dieses Jahr eingenommen zu haben. Dann kam das Seegefecht, und alle waren bedrückt, weil wir gezwungen waren, zu Fuß nach Catina zu gehen, aber niemand hegte auch nur den geringsten Zweifel daran, daß wir dort alle wohlbehalten ankommen würden. Und jetzt schau dir uns doch an. Was ist bloß passiert?«

Kallikrates überlegte kurz und antwortete: »Wir sind Glückspilze, wir beide. Wir erleben den Augenblick mit, in dem sich die Welt verändert.«

»Was soll das denn bedeuten?«

»Überleg doch mal«, fuhr er mit gedämpfter Stimme fort. »Da draußen ist ein Heer, das sich aus kleinen Leuten zusammensetzt, aus Bauern mit höchstens fünf, sechs Morgen Land oder aus Männern, die überhaupt nichts besitzen. Und hier drinnen befindet sich eine Armee, die aus Männern mit zwanzig oder mehr Morgen Grundbesitz besteht, aus reichen Leuten also. Die kleinen Leute dort draußen haben die reichen geschlagen – gut, vielleicht ist so etwas früher schon mal passiert, obwohl das kaum anzunehmen ist. Selbst wenn man dem entgegenhält, daß die Spartaner schließlich auch schon zwei-, dreimal von ihren Sklaven besiegt worden sind, läßt sich das mit unserer außergewöhnlichen Lage nicht vergleichen. Was in unserem Fall neu ist und was die Welt verändern wird, ist die Tatsache, daß sie uns nicht laufen lassen, nachdem sie uns bereits haben.« Er hielt kurz inne, um sich den Schweiß aus den Augen zu wischen, denn es wurde jetzt furchtbar heiß, dann fuhr er fort: »Sie werden dieses Heer vernichten, koste es, was es wolle. Darüber habe ich nachgedacht, seit man uns hier eingepfercht hat, und mir fällt kein einziges Beispiel dafür ein, daß so etwas früher schon einmal geschehen ist.«

Zwar konnte ich dieser Argumentationskette nicht ganz folgen, sagte aber nichts. Es war einfach schön, Kallikrates in diesem erläuterndem Tonfall reden zu hören, durch den er so intelligent und respekteinflößend klang. Es war wie in jenen alten Zeiten, als ich noch ein Kind war und er mir die politischen Zusammenhänge zu erklären pflegte.

»Das ist das Wesentliche an der ganzen Sache«, fuhr er fort. »Diese Männer wollen keine Schlacht gewinnen, um dann ein Siegesmal zu errichten und große Helden zu sein. Die wollen uns einfach umbringen, uns mit Stumpf und Stiel niedermachen. Sie wissen nämlich, daß sie niemals Helden sein werden, denn sie haben nicht genug Geld, um Helden zu sein, und können sich die Rüstung nicht leisten. Aber Haß, den haben sie. Ich habe noch nie ein Volk erlebt, das ein anderes so abgrundtief haßt. Zwischen Athenern und Syrakusern wird niemals Frieden herrschen, wie es ihn hin und wieder zwischen Athenern und Spartanern gibt, wenn die Spartaner ihre Streitkräfte mit unseren vereinigen, um die Perser zu verdreschen. Dann berichten die athenischen Gesandten nach ihrer Rückkehr aus Sparta jedesmal, daß die Spartaner eigentlich gar keine so schlechten Kerle sind, sich genauso wie wir betrinken und – für Ausländer – sogar einigermaßen singen können. Nein, hierherzukommen war ein Fehler. Nach dieser Katastrophe wird man nie mehr gefahrlos Kriege führen können. Und wenn die uns alle umbringen, dann wissen allein die Götter, was in Zukunft aus Athen wird.«

»Aber haben wir denn unsererseits nicht auch die Melier gehaßt, als wir sie alle umgebracht haben?« wandte ich ein. »Und was ist mit den Mytilenaiern? Damals haben wir alle dafür gestimmt, sie auszurotten, und es uns erst am nächsten Tag anders überlegt.«

Kallikrates antwortete nicht. Ich stieß ihn an, aber er rührte sich nicht, dann blickte ich ihn an – direkt in seiner Luftröhre steckte ein Pfeil, dessen Spitze auf der anderen Seite wieder ausgetreten war. Ich stieß ihn nochmals an, und der Kopf fiel ihm nach vorn auf die Brust. Wie schlaff ein toter Körper wird, ist schon merkwürdig. Ich weiß noch, wie lustig ich das fand; er war wie eine Stoffpuppe, die man durchschüttelt und deren Arme und Beine dabei hin- und herschlackern. Und es war so unglaublich seltsam, daß ich nicht einmal gehört hatte, wie er vom Pfeil getroffen worden war. Ich fragte mich, wie das geschehen konnte, und wollte Kallikrates danach fragen, weil er gerade zu Erklärungen so aufgelegt war. Er wußte stets auf alles eine Antwort.

Da ich niemanden mehr hatte, mit dem ich reden konnte, kauerte ich mich hinter meinem Schild zusammen und versuchte eine Zeitlang an nichts zu denken. Und erneut hörte ich diesen verdammten Wiedehopf –

der Vogel hatte offenbar vor gar nichts Angst. Vielleicht bat er uns auch nur in dieser für Tiere so typischen, entschiedenen Art, endlich hier zu verschwinden und ihn in Ruhe zu lassen. Wir hatten früher eine Katze, die einen immer anjaulte, sobald man einen Raum betrat, in dem sie gerade war, so als hätte man kein Recht, sich dort aufzuhalten. Diese Katze trieb mich manchmal bis zur Weißglut. Aber wenn ich den Wiedehopf hörte, wie kam es dann, daß ich nicht den Pfeil gehört hatte, von dem Kallikrates getötet worden war? Das war mal wieder ganz typisch für mich; die wichtigen Ereignisse, den Augenblick, wenn man die heilige Flamme entzündet oder bei den Frauenspielen den Speer so weit wie noch nie wirft, verpasse ich immer. Im Morgengrauen bin ich aufgestanden, bin den mühseligen Weg in die Stadt gegangen und habe stundenlang Schlange gestanden, um einen Platz zu ergattern, und wenn dann der große Augenblick kommt, blicke ich gerade in die andere Richtung oder öffne meine Weinamphore oder so etwas, und das erste, was ich vom Ereignis mitbekomme, ist der laute Aufschrei der Menge.

Ich erinnere mich nicht, wie lange ich danach noch im Obstgarten war. Zwar war mein Verstand zu jenem Zeitpunkt offenbar ungewöhnlich scharf und klar, aber es gab kein Thema, worüber ich hätte nachdenken können. Dann wandte sich mir der Mann auf meiner anderen Seite zu und blickte mich an, und ich erkannte sein Gesicht.

»Hallo, Eupolis«, begrüßte er mich, und ich hatte das Gefühl, als stünde meine ganze Haut in Flammen. »Ich habe dir ja gesagt, daß ich dich hier treffen werde.«

»Das stimmt«, antwortete ich. »Das hatte ich schon ganz vergessen.«

»Na ja, du hast damals andere Dinge im Kopf gehabt«, sagte der Gott Dionysos und lächelte. »Also, dies ist vermutlich unsere letzte Begegnung. Ich nehme an, du freust dich, mich zu sehen.«

»Ich weiß nicht recht«, erwiderte ich. »Das hier ist also der Garten hinter der Mauer, richtig? Im Laufe der Jahre habe ich immer wieder darüber nachgedacht.«

»Und? Hast du ihn dir so vorgestellt?« fragte der Gott. Wieder schien seine Stimme von überall um mich herum zu kommen. Sie hallte in der bronzenen Schale meines Helms nach, und ich nahm kaum meine eigenen Gedanken wahr.

»Nein«, gestand ich ein. »Aber du hattest ihn mir ja auch nicht richtig beschrieben, stimmt's? Du hast einfach ›der Garten hinter der Mauer‹ gesagt und es dabei belassen. Seitdem bin ich in vielen anderen ummauerten Obstgärten gewesen, in Attika und anderswo. Ich besitze sogar selbst einen auf meinem Grundstück in Phyle.«

»Hier liegt der Garten hinter der Mauer, in dem der alte Chor tanzend von der Bühne abgeht und der neue auftritt«, erklärte der Gott. »Es ist eine schöne Komödie, die ich dir zu inszenieren gegeben habe, obwohl dein Chor« – er machte mit dem rechten Arm eine ausladende Geste – »ganz so aussieht, als wolle er nicht mehr tanzen. Ich glaube, es ist an der Zeit, daß er die Bühne verläßt. Vermutlich haben die Chormitglieder zwar ihr Bestes gegeben, aber sie haben die Worte des von ihnen gesprochenen Textes nicht verstanden. Was kann man mit solch einem Chor anfangen?«

Trotz der Anwesenheit des Gottes wurde ich ein wenig wütend. »Sie haben so gut getanzt, wie sie es vermochten«, erwiderte ich. »Vielleicht ist der Dichter der eigentlich Schuldige, weil er ihnen so schwierige Zeilen gegeben hat. Wenn schon der Chor den Text nicht verstehen kann, was sollen dann erst die Zuschauer davon halten?«

Dionysos lachte, und ich dachte, mir zerspränge der Kopf. Sein Lachen fuhr über die Baumwipfel wie Donner und hallte in den Bergen über unseren Köpfen wider. »Wie dem auch sei, du mußt folgendes tun: Ich möchte nicht, daß mein bester Dichter hier in Sizilien umgebracht wird, deshalb wirst du gleich über diese Mauer springen und um dein Leben rennen. Catina liegt dort drüben.« Er deutete in die entsprechende Richtung. »Such den Fischhändler Perikleidas auf. Er wohnt in einem großen Haus gleich neben meinem Heiligtum beim kleinen Tor und wird sich um dich kümmern. Ich glaube fast, wir sehen uns eines Tages doch noch mal wieder, Eupolis, Sohn des Euchoros von Pallene. Einen Tag nachdem Anschovis für drei Drachmen pro halbe Mine auf dem Marktplatz verkauft werden, mußt du nach mir in einem Haus neben den Propyläen suchen. Und vergiß nicht, dich um meinen Lieblingskomödiendichter zu kümmern. Ich möchte nicht, daß ihm etwas zustößt, verstanden?«

Und dann verwandelte er sich in den Mann zurück, der vorher dort gewesen und jetzt ebenfalls tot war; ich sah in seinem Ohr einen Pfeil stecken. Er mußte getötet worden sein, während ich mich mit dem Gott unterhalten hatte.

Dann nahm ich mit den Fingerspitzen eine Prise Staub und streute sie anstelle einer Beerdigung auf Kallikrates' Haupt. Eine Münze, die ich ihm für den Fährmann in die Hand hätte drücken können, besaß ich nicht, da ich mein ganzes Geld bei diesem abscheulichen Jason verspielt hatte. Dann hob ich meinen Schild auf, vergewisserte mich, daß die Sandalen fest zugeschnürt waren, weil ich nicht hinfallen wollte, und kletterte über die niedrige Mauer.

Nachdem meine Beine den ganzen Tag lang eingezwängt gewesen waren, fühlten sie sich so steif an, daß ich zuerst kaum humpeln konnte. Doch als mich der erste Pfeil traf, an der Seite meines Helms abprallte und mir den Schrecken meines Lebens einjagte, stellte ich fest, daß ich auf einmal fast völlig ungehindert laufen konnte. Eigentlich hatte ich nicht die geringste Angst, umgebracht zu werden, aber ich hielt es dem Gott gegenüber für unhöflich, wie eine Zielscheibe einfach nur dazustehen und seine Nachsicht auf die Probe zu stellen, während die Pfeile und Schleuderbolzen der Syrakuser von mir abprallten.

Nicht allzuweit von der Mauer entfernt klaffte in der syrakusischen Stellung eine große Lücke (die Syrakuser waren im Laufe des Tages immer näher gerückt), und ich rannte direkt darauf zu. Im Laufen wurde ich zwar von mehreren Gegenständen getroffen, aber keiner verringerte meine Geschwindigkeit, und außerdem blieb ich hinter meinem Schild gut in Deckung. Als ich durch die Lücke preschte, hörte ich hinter mir ein Pferd herangaloppieren, und ich weiß noch, daß ich mich gefragt habe, wie mich Dionysos von hier wegbringen wollte. Als das Hufgetrampel so nahe war, daß ich den Reiter schon beinahe über mir vermutete, drehte ich mich um, fiel auf ein Knie (genau wie man es machen soll) und hielt den Schild schützend über mich. Das war eine Bewegungsabfolge, die ich auf dem Exerzierplatz nie hinbekommen hatte, doch ausgerechnet dieses eine Mal bereitete sie mir überhaupt keine Schwierigkeiten.

Der Reiter war schon da. Er riß den Kopf seines Pferds herum, um neben mich auf meine rechte Seite zu kommen, wo ich nicht vom Schild gedeckt war, aber das dumme Tier stolperte über irgend etwas, und der Reiter verlor kurz das Gleichgewicht. Wie ich entdeckte, waren seine linke Achselhöhle und die Rippen ungeschützt, da er scharf an den Zügeln riß, um das Pferd zu lenken. Ich stand auf und stieß kräftig mit meinem Speer nach ihm. Die Speerspitze drang bis zum Schaft ein, so, als wäre bereits ein Loch zum Einführen vorhanden gewesen, und erst als der Reiter vom Rücken des Pferds hinunterrutschte, ließ ich den Speer los. So einfach war das.

Es gab für mich keinen Grund, zu Fuß zu gehen, wenn ich reiten konnte, besonders da sich jetzt weitere Reiter näherten. Darum ergriff ich die Zügel des Pferds und versuchte, mich auf seinen Rücken zu schwingen. Aber ich bin nicht groß, und das Pferd war riesig und trippelte ständig hin und her. Zu guter Letzt mußte ich meinen Schild wegwerfen. Das soll für einen Mann eine große Schande sein, doch in diesem Augenblick war mir das herzlich gleichgültig. Als ich mich schon fast entschieden hatte, lieber auf das Pferd zu verzichten und weiterzulaufen, gelang es mir, die obere Hälfte meines Körpers über den Pferderücken zu schieben und mich in die richtige Position zu hieven.

In diesem Augenblick hätte ich es eigentlich sehr eilig haben müssen, da sich rings um mich die feindliche Reiterei und alle anderen Soldaten zusammenzogen; trotzdem nahm ich mir etwas Zeit, um noch einen Blick auf das Gesicht des Mannes werfen zu können, den ich gerade umgebracht hatte. Es lag ein Ausdruck solch vollkommener und äußerster Empörung darauf, daß ich einfach lachen mußte. »Ach, du liebe Güte«, schien der Mann zu sagen, »hier muß ein Irrtum vorliegen.« Ich wußte, wie sich der arme Kerl in seinem letzten Augenblick gefühlt haben mußte; er hatte wirklich verflixtes Pech gehabt. Aber wie hätte er auch gewußt haben sollen, daß er es hier mit dem Gott der Komödie zu tun gehabt hatte? Um ihm Glück zu bringen – verständlicherweise verspürte ich davon ein Übermaß in mir –, spuckte ich ihm ins Gesicht und riß das Pferd herum.

Dann gab ich dem Tier einen heftigen Tritt, und es schlug einen langsamen Trab an, der nicht annähernd ausreichte, also trat ich es nochmals und beschimpfte es mit diversen Bezeichnungen, die sich Komödiendichter normalerweise für ihre rivalisierenden Kollegen aufsparen. Das schien zu wirken, denn das Pferd nahm sofort einen federnden schnellen Galopp an. Wenn ich es mir heute recht überlege, hatte ich wahrscheinlich ein sehr gutes Pferd erwischt, obwohl ich damals keine besonders hohe Meinung von ihm hatte.

Hinter mir ritten zwar mindestens zwei Syrakuser, aber irgendwie kratzte mich das alles nichts. »Komm schon, Eupolis, du nimmst die ganze Sache nicht ernst genug«, ermahnte ich mich immer wieder, doch mein Herz weigerte sich zuzuhören. Wovor hätte ich mich auch fürchten sollen? Ich war völlig losgelöst, dem Irdischen entrückt.

Anscheinend wußte das Pferd, wohin es lief, und nach einer Jagd, die nach meinem Dafürhalten diesen Namen nicht verdient hatte, zügelten meine Verfolger die Pferde und kehrten um. Ich galoppierte noch eine Weile weiter und ließ mein Pferd dann im gemächlichen Handgalopp weiterlaufen. Als ich mich umsah, erkannte ich das Bauernhaus nicht mehr, nicht einmal die Wipfel der Olivenbäume im ummauerten Obstgarten. Außer mir befand sich niemand auf der Straße von Heloros, und inzwischen ging es auf den Abend des sechsten Tags nach dem Gefecht im Hafen zu.

Ich machte eine Pause, um das Pferd aus einem kleinen Bach trinken zu lassen, und stellte fest, daß mein Verstand nach wie vor scharf und klar war. Wo Catina lag, wußte ich ziemlich genau. Um dorthin zu gelangen, mußte ich von der Küste aus landeinwärts reiten und das Gebirge bei Akrai umgehen, das ich mich nicht zu durchqueren traute, weil direkt dahinter, am anderen Ende des Flusses Anapos also, Syrakus lag. Danach müßte ich Leontini zu meiner Rechten liegen lassen und den Symaithos überqueren, bevor ich durch das Flachland nach Catina käme. Diese Strecke mochte nicht weniger als hundert Meilen lang sein, und sämtliche großen Städte, an denen ich auf dem Weg dorthin vorbeireiten müßte, waren Verbündete von Syrakus. Als zweite Möglichkeit bot sich mir der Versuch an, mich Nikias' Männern anzuschließen, die sich vermutlich nicht allzuweit vor mir auf der Straße befanden. Doch an diesem Plan fand mein Herz keinen Gefallen. Wahrscheinlich war es zur Zeit an keinem Ort sicher, an dem sich in diesem Land Athener in beträchtlicher Zahl aufhielten.

Folglich war es für mich das beste, mich auf den Weg nach Catina zu machen. Ich schaute zu den Bergen rechts von mir hinauf und dankte Dionysos, daß ich zu Hause im attischen Bergland aufgewachsen war. Wenn man sich auskennt, kann man sich in den Bergen ganz mühelos davon ernähren, was das Land hergibt, und sich schwer auffindbar machen. In den flachen Ebenen und Tälern läßt es sich nicht verhindern, bemerkt zu werden – was vermutlich auch der Grund ist, weshalb die Bewohner des Flachlands so gesellig sind, während die Bergbewohner mehr dazu neigen, sich zurückzuziehen und mißtrauisch zu sein. Ich nahm Helm und Brustpanzer ab und warf sie unter einen Feigenbaum – beides war völlig verbogen und verbeult, und mir tat es nicht leid, das Zeug los zu sein. Selbst mein Schwert wollte ich anfangs wegwerfen, aber es war schon seit vielen Jahren in Familienbesitz, und außerdem brauchte ich etwas, um Holz zu schneiden und Stöcke anzuspitzen. Damit es nicht so leicht zu erkennen war, wickelte ich es in meinen Umhang und versuchte mich daran zu erinnern, wie man einen dorischen Akzent nachahmt. Diesbezüglich handelte es sich um einen weiteren Glücksfall, denn in der Vergangenheit hatte ich in meinen Komödien viele Dorier wie zum Beispiel Spartaner, Megarer und dergleichen auftreten lassen, und da ich nun einmal den Ehrgeiz besitze, die Dialekte in meinen Stücken richtig hinzubekommen, hatte ich mir die Mühe gemacht, so vielen Doriern wie möglich aufs Maul zu schauen, um dann zu Hause Dorischsprechen zu üben – was Phaidra übrigens regelmäßig zur Weißglut getrieben hatte. Natürlich hegte ich nicht die Hoffnung, als Syrakuser oder als irgendein anderer Sizilianer durchzugehen, aber wahrscheinlich als Korinther, und die Straßennamen von Korinth kannte ich aus den vielen Geschichten, die uns seinerzeit mein Großvater über seinen dortigen Besuch in diplomatischer Mission erzählt hatte.

Dieser durchaus angenehme und beruhigende Gedankengang wurde plötzlich durch den Anblick eines Mannes in der Rüstung eines Fußsoldaten unterbrochen, dem der Helm quer übers Gesicht gerutscht war und der so schnell, wie ihn seine Beine trugen, auf mich zugestürzt kam. Ihm auf den Fersen war eine Horde brüllender Hirtenjungen, die in den Händen Steine und Stöcke schwenkten. Ein oder zwei von ihnen besaßen sogar Schwerter, die sie vermutlich irgendwo gefallenen Athenern abgenommen hatten. Bei dem Fliehenden handelte es sich eindeutig um einen Athener, und die Hirtenjungen wollten ihm den Garaus machen. In gewisser Weise war das Ganze ziemlich komisch, da der größte Junge vielleicht zwölf Jahre alt war, aber es waren wenigstens zehn von der Sorte da, und ich hatte keinen Zweifel, daß sie den Soldaten umbringen konnten und das auch täten, wenn und falls sie ihn zu fassen bekämen. Zwar stellte ich bei mir einen gewaltigen Mangel an Begeisterung fest, mich in die Sache hineinziehen zu lassen, aber schließlich trat ich meinem Pferd in die Seiten und sprengte vorwärts.

»He!« rief ich mit meiner korinthischen Stimme. »Was geht hier vor?«

Der Athener blieb stehen und drehte sich um, und auch die Jungen hielten an. »Das da ist ein Athener, und wir werden ihm den Kopf abschneiden«, antwortete der größte Junge nach einer Weile.

»Das könnt ihr gern tun, wenn ihr wollt, obwohl das eine ganz schöne Geldverschwendung ist«, erwiderte ich so gleichgültig wie möglich.

»Was für eine Geldverschwendung denn?« wollte der größte Junge wissen.

»Dann streng doch mal deinen Kopf an, mein Sohn«, antwortete ich. »Die bringen gutes Geld, diese Athener.«

Der Junge runzelte die Stirn; darauf war er noch nicht gekommen. »Wirklich?«

»Mit Leichtigkeit vierzig oder fünfzig Statere«, fuhr ich fort. »Da es allerdings auf dieser Insel in ein oder zwei Tagen nur so von feilgebotenen Athenern wimmeln wird, werdet ihr nicht annähernd den vollen Preis erzielen. Aber vierzig Statere sind vierzig Statere. Das liegt an euch.«

»Willst du ihn kaufen?« fragte der Junge erwartungsvoll.

»Wenn ich vierzig Statere hätte, würde ich das sofort machen«, antwortete ich. »Ich habe nur keine.«

»Ich nehme auch dreißig«, feilschte der Junge entschlossen.

»Ich habe auch keine dreißig Statere«, entgegnete ich. »Ich habe nicht mal einen halben Stater« – ich hätte beinahe Obolos gesagt, besann mich aber gerade noch rechtzeitig eines Besseren – »für die Fähre. Alles, was ich dabeihabe, ist dieses Pferd. Ich habe lediglich dieses Pferd.«

»In Ordnung, dann nehme ich das Pferd«, willigte der Junge ein.

Daraufhin protestierten seine Kameraden heftig, aber er stopfte ihnen den Mund, indem er sie mit der flachen Schwertklinge schlug. »Also, was ist?« wiederholte er sein Angebot.

»Scher dich dahin, wo der Pfeffer wächst!« erwiderte ich. »Dieses Pferd ist zwanzig Athener wert. Und überhaupt, wer hat gesagt, daß ich daran interessiert bin, Athener zu kaufen? Wie würde ich ihn überhaupt nach Hause kriegen?«

»Wir fesseln ihn für dich«, schlug ein kleineres Kind vor.

»Und wie soll ich ihn dann transportieren, ohne das Pferd? Denk doch mal vernünftig nach.«

Der große Junge dachte kurz nach, und die anderen Kinder starrten ihn in freudiger Erwartung an. »Zwanzig Statere, das ist mein letztes Angebot.«

»Ich sag euch, was ich machen werde«, schlug ich müde vor. »Sein Panzer ist allein fünfzehn wert. Den nehmt ihr, und für den läppischen Rest gebe ich euch noch diesen Ring und das Armband dazu. Die haben ein Feinsilbergewicht von zehn Stateren, ganz zu schweigen von der Verarbeitung.«

»Also schön«, erwiderte der Junge mürrisch. »Los, Jungs, zieht ihm die Rüstung aus!«

Die anderen Kinder befolgten seine Anweisung mit dem größten Vergnügen, wobei sie keineswegs sanft vorgingen. Ich für meinen Teil streifte mir den Ring und das Armband ab – beides ein Geschenk von Kallikrates –, beugte mich nach vorn und übergab sie dem Jungen.

»Du stirbst eines Tages bestimmt nicht als armer Mensch, wie?« sagte er gehässig.

»Nein, aber du vielleicht«, erwiderte ich. »Falls du dich erinnerst, wolltest du ihm eben noch den Kopf abschneiden.«

Die Kinder wanden ein langes Band aus ungegerbtem Leder um die Hände und den Hals des Atheners und reichten es mir. Ich nahm es entgegen, schlang es mir ums Handgelenk und gab dem Pferd einen Tritt.

»Wohin willst du überhaupt?« fragte der Junge.

»Nach Akrai«, antwortete ich.

»Von hier aus ist der beste Weg über die Berge«, riet mir der Junge. »Immer geradeaus, dann gelangst du direkt zum Gipfel, und dort biegst du links bei der Gebirgsspalte ab, von dort aus geht's nach Akrai.«

»Danke, ich weiß«, antwortete ich. »Los, beweg dich, du Mistkerl!« schnauzte ich den Athener an. »Sonst kriegst du meinen Stiefel in den Arsch!«

»Was willst du denn in Akrai?« rief mir der Junge hinterher.

»Das möchtest du wohl gern wissen, wie?« schrie ich zurück und ritt von der Straße hinunter auf die Berge zu.

Kaum befanden sich die Kinder außer Sichtweite, sprang ich vom Pferd und machte mich daran, das Lederband aufzubinden. Es war das erstemal, daß ich das Gesicht des Mannes, dem ich das Leben gerettet hatte, zu sehen bekam, und ich erkannte es wieder.

»Du bist ein absolutes Arschloch, Eupolis, weißt du das?« fluchte er wütend. »Warum hast du denen nicht einfach das beschissene Pferd gegeben?«

Ich hätte es mir bereits denken können, als ich unter dem Helm die Glatze zum Vorschein kommen sah. Ich hätte es mir denken müssen, als mir der Gott aufgetragen hatte, mehr auf seinen ›Lieblingskomödiendichter‹ aufzupassen als auf mich selbst. Ich hätte wissen müssen, daß er damit nicht mich gemeint hatte.

Es war Aristophanes, Sohn des Philippos.

6. KAPITEL

Gib's zu, du hast dich verirrt«, sagte Aristophanes. »Wenn ich wirklich nicht wüßte, wo wir sind, was, nebenbei bemerkt, gar nicht der Fall ist«, antwortete ich, »dann allenfalls deshalb, weil ich deinem Vorschlag gefolgt bin und wir auf dem Berg nach rechts statt nach links abgebogen sind, wie es mir die Kinder geraten haben.«

»Wärst du nach links abgebogen, dann wären wir jetzt in Akrai«, sagte der Sohn des Philippos, als spräche er mit einem Volltrottel. »Wir wollen aber nicht nach Akrai, denn man brächte uns dort um. Wir wollen in die entgegengesetzte Richtung. Deshalb war es für uns notwendig, nach rechts abzubiegen, um zu vermeiden, in dieses verfluchte Akrai zu kommen.«

»Vielleicht hast du recht«, räumte ich ein, »obwohl ich dazu in der Lage wäre, sämtliche wesentlichen Behauptungen in deiner Beweisführung zu widerlegen, wenn ich nicht so einen verdammten Durst hätte. Aber gehen wir davon aus, du hast recht. Selbst dann heißt das noch lange nicht, daß wir uns verirrt haben.«

»Ich finde, allmählich bin ich mal an der Reihe, auf dem Pferd zu reiten.«

»Du kommst überhaupt nicht an die Reihe. Falls du dich erinnerst, habe ich dich gekauft. Allerdings hat man mich dabei ganz schön übers Ohr gehauen.«

Es war der Morgen des zweiten Tages seit meiner Flucht aus dem Garten hinter der Mauer, und schon hatte ich von Aristophanes die Nase mehr als gestrichen voll. Eins stand jedenfalls fest: Auf meinem Pferd sollte er nicht reiten; eher schnitte ich dem Tier die Kniesehnen durch.

Aristophanes war zuvor bei Nikias' Männern gewesen und hatte sich kurz nach der Trennung der beiden Truppen in der Dunkelheit verlaufen. Schließlich war es ihm zwar noch gelungen, die Straße von Heloros zu erreichen, doch hatte er sich ein wenig in der einzuschlagenden Richtung verschätzt. Darum war er schon eine ganze Zeit in Richtung Syrakus gewandert, bevor er schließlich auf diese blutrünstigen Jungen gestoßen war. Als ich ihn fragte, wie dankbar er mir für die Rettung aus den Händen der Kinder sei, blickte er mich höchst erstaunt an und fragte mich, was ich damit meine oder ob ich tatsächlich geglaubt hätte, daß er sich vor einem Haufen Kinder fürchte? Ich wies ihn darauf hin, daß er schließlich vor ihnen fortgelaufen sei. Oder ob ich womöglich einem Irrtum unterliege und er mit ihnen nur gespielt habe, fragte ich ihn. Er warf mir einen verächtlichen Blick zu und entgegnete, ihm sei als einzige Möglichkeit der Rückzug geblieben, da diese Kinder offensichtlich vorgehabt hätten, eine Schlägerei anzufangen, und er selbst zumindest noch ein Fünkchen Anstand besitze und deshalb kaum zwölfjährige Bengels zusammenschlagen könne, gleichgültig, wie bösartig diese sich aufführten. Dann erst sei ich aufgetaucht und hätte mich eingemischt. Da habe er natürlich nichts mehr unternehmen können, weil er fürchtete, meine Tarnung als schauspielernder Korinther fliege auf. Wenn überhaupt irgendwer jemandem das Leben gerettet habe, dann eigentlich er mir. Erst einmal wußte ich nicht, was ich darauf antworten sollte, aber dann fiel mir etwas Passendes ein. Ich sagte ihm, er könne leider nicht auf dem Pferd reiten, denn selbst wenn ich von dem Gott die Anweisung erhalten hätte, auf ihn, diesen Dreckskerl, aufzupassen, dächte ich doch nicht im Traum daran, mir dabei Blasen an den Füßen zu holen.

Für Aristophanes sprach, daß er das alles sehr gut wegsteckte; und abgesehen von seinen gelegentlichen Versuchen, mich vom Sattel hinunterzuziehen, fand er sich mit den Umständen schließlich wie ein ganzer Mann ab. Zum Glück war ich an diesem Morgen vor Aristophanes aufgewacht und aufgestanden und hatte bereits auf dem Pferd gesessen, noch bevor er die Augen geöffnet hatte. Wogegen er etwas einzuwenden gehabt hatte, war meine sehr vernünftige Absicht gewesen, weiterhin unsere Rollen als Herr und Sklave zu spielen. Er konnte sein Leben nicht selbst schützen, weil er keinen dorischen Akzent zu sprechen vermochte – ich hörte ihn mehrmals sehr sorgfältig ab, wobei er sich als völlig hoffnungsloser Fall erwies –, und deshalb brauchten wir dringend einen Grund, warum ein Korinther einen Athener nach Catina mitnahm. Die einzig mögliche Erklärung war, daß es sich bei ihm um meinen Sklaven handelte, den ich nach Leontini bringen wollte, um ihn auf dem dortigen Markt zu verkaufen, zumal es dort kein solch großes Überangebot an Athenern geben würde und ich vielleicht einen ansehnlichen Preis erzielen könnte. Und wenn wir vorhatten, Herr und Sklave zu spielen, lag es auf er Hand, daß der Herr auf dem Pferd reiten und der Sklave zu Fuß gehen mußte. Zwar fiel Aristophanes kein (vernünftiger) Einwand dagegen ein, aber er beklagte sich ständig darüber, das Lederband um den Hals tragen zu müssen. Das sei erniedrigend, jammerte er, und er bekomme davon Halsschmerzen. Außerdem, wandte er ein, was wäre, wenn ich mich in meine Rolle hineinsteigern und ihn in Leontini tatsächlich als Sklaven verkaufen würde? Das traute er mir glatt zu, und ich muß zugeben, daß ich wirklich kurz mit dem Gedanken gespielt hatte. Als uns ein syrakusischer Reitertrupp anhielt, wurde meine Idee mit der Tarnung jedoch auf triumphale Weise bestätigt, obwohl der Sohn des Philippos selbst das einfach nicht einsehen wollte.

»Die haben uns doch überhaupt nicht gefragt, was wir machen oder so«, protestierte er. »Die wollten nur wissen, ob wir irgendwelche Athener gesehen haben.«

»Siehst du?« entgegnete ich. »Wir waren so überzeugend, daß sie die Frage nicht für nötig hielten.«

»Wenn ich nach Hause komme, werde ich dich wegen Versklavung eines athenischen Bürgers anzeigen.«

»Wenn du nach Hause kommst, wirst du mir vierzig Statere bezahlen.«

»Du elender Wucherer!« fluchte er. »Du hast nur zehn für mich bezahlt.«

»Und was ist mit meinem wohlverdienten Gewinn?«

»Solche Witze reißt du auch nur, weil du auf dem Pferd sitzt.«

Indem wir uns dicht an den Bergabhängen und immer links von den Gipfeln hielten, konnten wir, wie ich wußte, nicht allzuweit vom Weg abkommen. Möglicherweise stellen Sie sich die berechtigte Frage, wie ich mich zu einem solchen Fachmann bezüglich der Geographie des südöstlichen Siziliens hatte entwickeln können. Nach der Seeschlacht war es mir gelungen, einen Blick auf eine riesige Karte zu werfen, die in eine Bronzeplatte gestochen und mit dem Namen des berühmten Geographen Histiaios versehen war. Ich fand die triefnasse Karte am Strand. Mit Sicherheit stammte sie von einem der versenkten syrakusischen Schiffe, denn ich wußte ganz genau, daß niemand in unserem Heer solch eine Karte besaß. Kallikrates hatte schließlich darauf bestanden, sie den Heerführern zu übergeben, aber erst nachdem wir sie uns in Gedanken eingeprägt hatten. Dank der Karte glaubte ich ziemlich sicher zu wissen, in welche Richtung wir gehen mußten, und wenn die von mir geschätzte Entfernung auch nur annähernd zutraf, rechnete ich damit, nicht mehr als eine Woche zu benötigen, falls nichts dazwischenkam. Mit dieser Seite des Problems war ich also alles in allem recht zufrieden. Was mir Sorgen machte, war die Art und Weise, wie wir dort hinkommen sollten. Wir hatten weder Proviant noch Wasser, kein Geld und nichts zum Tauschen, bis auf Aristophanes' Umhang und mein Schwert, Gegenstände also, die wir nicht anbieten konnten, ohne Verdacht zu erregen.

»Wir könnten das Pferd verkaufen«, schlug Aristophanes vor.

»Nein, das können wir nicht«, widersprach ich in entschiedenem Ton. Mir war das Pferd sehr ans Herz gewachsen. »Wenn es richtig schlimm wird, essen wir es vielleicht, aber ansonsten behalten wir es. Verstanden?«

»Nein.«

»Außerdem werden wir alles mögliche tun, außer irgendeine Siedlung, ein Dorf oder gar eine Stadt zu betreten«, fuhr ich fort. »Auf diese Weise würden wir Scherereien ja geradezu herausfordern.«

»Das hier macht dir richtig Spaß, was?«

Das war ein erstaunlicher Vorwurf, den ich mir da anhören mußte, und ich erwiderte nichts. Doch ein Fünkchen Wahrheit lag schon darin. Nach der vollkommenen Hilflosigkeit während der Seeschlacht und des Marschs war es geradezu berauschend, wieder mein eigener Herr zu sein, wieder frei zu sein. Es war beinahe ein Vergnügen, etwas zu wagen und Risiken einzugehen, solange diese Risiken einigermaßen theoretisch blieben.

»In den Bergen gibt es immer reichlich zu essen, wenn man die Augen offenhält«, sagte ich. »Damit dürften wir also keine Probleme haben.«

»Was denn zum Beispiel?«

»Beeren«, antwortete ich unbekümmert. Die Nacht zuvor hatten wir das Brot aus der Satteltasche des toten syrakusischen Reiters gegessen. Jetzt war keins mehr da. »Wilde Feigen, wilde Oliven und so was in der Richtung.«

»Berichtige mich bitte, wenn ich mich irre«, sagte Aristophanes, »aber wachsen Feigen, Oliven und Beeren nicht gewöhnlich auf Bäumen oder hohen Büschen?«

»Ja, aber sicher.«

»Und kannst du hier irgendwelche Bäume oder hohe Büsche entdecken? Irgendwo?«

»Genaugenommen, nein. Aber wir sind hier auch ein bißchen zu weit oben.«

»Warum gehen wir dann nicht ein kleines Stück weiter nach unten?«

»Weil der Boden hier oben so schön eben ist und ich reiten kann«, antwortete ich. »Außerdem ist das Land weiter unten wahrscheinlich bebaut, und das kann bedeuten, daß sich dort Menschen aufhalten.«

»Mit anderen Worten, wir werden verhungern.«

»Keine Sorge«, beruhigte ich ihn. »Hier oben in den Bergen gibt es auch noch Kaninchen, Hasen, Rotwild und Wildgänse. Wir werden schon nicht verhungern.«

Auch an dieser Behauptung äußerte Aristophanes starke Zweifel, doch gelang es mir, ihn davon zu überzeugen, im Recht zu sein, indem ich ziemlich scharf an dem Lederband riß und ihn fast erwürgte.

»Entschuldigung, das war aus Versehen«, sagte ich scheinheilig.

Als sich jedoch der Tag dahinzog und ich immer größeren Hunger bekam, fragte ich mich langsam selbst, ob meine Zuversicht angebracht war. In der Zwischenzeit waren wir zwar auf mehrere wilde Olivenbäume gestoßen, an denen aber keine Früchte mehr hingen; offenbar war gerade das Jahr, in dem sie nicht trugen. Wir entdeckten einen Bienenstock, den wir schließlich auch aufzubrechen verstanden, doch obwohl in ihm jede Menge Wachs war, enthielt er keinen

Tropfen Honig. Außerdem sahen wir einen Hasen, aber der Hase entdeckte uns zuerst.

»Na gut, und was schlägst du jetzt vor?« fragte ich.

»Ich schlage vor, den Berg hinunterzugehen«, antwortete Aristophanes.

Ich dachte darüber nach. »Schließen wir einen Kompromiß«, entgegnete ich. »Laß uns später den Berg hinuntergehen.«

»Wieviel später?«

»Heute abend, sobald es dunkel wird. Dann ist es vielleicht ein bißchen einfacher.«

An jenem Abend stiegen wir den Berg hinunter. Es war kein angenehmes Gefühl, von dem schönen unbewohnten Berghang, wo bis auf ein paar Ziegen niemand zu sehen gewesen war, auf Felder und Terrassen zu kommen, die womöglich von geschwätzigen Bauern überquollen. Soweit ich mich erinnere, begegneten wir letztendlich aber nur drei, vier Leuten, von denen uns nur einer direkt ansprach. Er erkundigte sich nach dem Weg nach Akrai. Dennoch war alles sehr nervenaufreibend, und als wir direkt vor uns ein Dorf auftauchen sahen, hatte ich ein ausgesprochen ungutes Gefühl und wollte wieder umkehren. Was Aristophanes anging, so war ihm die schreckliche Angst, die er hatte, deutlich anzusehen. Er schwitzte heftig und blickte sich bei jedem Geräusch aufgeregt nach allen Seiten um. Ich glaube, es war der Anblick dieser deutlich in die Augen springenden Furcht, die mich zu dem Entschluß brachte, doch weiterzureiten.

An den Namen des Dorfes erinnere ich mich beim besten Willen nicht mehr. Das ist merkwürdig, weil ich mir das Dorf selbst vor dem geistigen Auge so lebhaft vorstellen kann, daß man glauben könnte, ich hätte dort dreißig Jahre lang gewohnt. Das Dorf hatte etwas, das man wohl im weitesten Sinne als Straße bezeichnen könnte. Diese Straße war von einer Reihe eindrucksvoll gebauter, aber ziemlich heruntergekommener Häuser gesäumt, und am oberen Ende stand ein kleines strohgedecktes Heiligtum aus Stein. Aristophanes hatte mittlerweile die Selbstbeherrschung völlig verloren und bestand hartnäckig darauf, mit mir in dem Heiligtum Zuflucht zu suchen, doch war ich gegen diesen Vorschlag. Zunächst einmal bezweifelte ich stark, ob es uns gelänge, in diesem Nest Zuflucht zu finden, da es auf mich einen nicht ganz so vertrauenerweckenden Eindruck wie zum Beispiel Athen oder Sparta machte. Aber selbst wenn es geklappt hätte, sah ich darüber hinaus für uns keine Aussicht, jemals wieder aus dem Heiligtum herauszukommen, sobald wir erst einmal drinnen säßen, und ich verspürte keinerlei Verlangen danach, den Rest meines Lebens, das sich angesichts der Langlebigkeit meiner Familie noch über einen größeren Zeitraum erstrecken mochte, in einer strohgedeckten Hütte auf Sizilien zu verbringen. Deshalb schlug ich vor, statt dessen zur Schmiede zu gehen und zu sehen, ob wir dort einen Krug Wasser bekommen und das Pferd verkaufen könnten.

»Das Pferd verkaufen?« keuchte Aristophanes.

»Ach, du bist also doch nicht taub. Ich hatte schon gedacht, du hättest keine Löcher in den Ohren.«

Diese Bemerkung werden Sie zwar nicht verstehen, aber sie war außerordentlich witzig, denn damals wurden den Sklaven für gewöhnlich die Ohrläppchen durchstochen, um sie von den freien Menschen zu unterscheiden. Nun ja, zumindest ich fand das lustig. Aristophanes war anderer Ansicht, bat mich aber nur, nicht so laut zu reden. Offensichtlich freute er sich, daß wir das Pferd verkaufen wollten.

In der Schmiede befanden sich fünf, sechs Männer und davor die übliche Gruppe Jungen und Jugendliche, die eine Schwäche dafür haben, andere Leute arbeiten zu sehen, und sie alle drehten sich um und starrten uns an, als wir zaghaft in den Schein des Feuers traten. Eine Zeitlang – es kann nur etwa eine Minute gewesen sein (kam uns aber länger vor) – herrschte eine quälende Stille. Unterdessen band ich das Pferd mit den Zügeln an einem Pfahl fest. Dann versuchte ich, ein Gespräch in Gang zu setzen. Leider hatte irgendwer in meinem Hals klammheimlich einen Wall aus Schlamm aufgeschüttet, der die Worte am Herauskommen hinderte, und zunächst brachte ich nicht viel mehr als ein Gurgeln hervor. Schließlich zwang ich mich, etwas zu sagen wie: »Guten Abend, meine Freunde, mein Name ist Eupolidas von Korinth. Ich bin Kaufmann und befinde mich auf der Durchreise nach Leontini, zusammen mit diesem athenischen Sklaven, den ich auf dem dortigen Markt verkaufen will. Leider habe ich irgendwo in den Bergen meinen Lederbeutel mit dem ganzen Geld verloren und bin deshalb gezwungen, mein Pferd zu verkaufen.«

Erneut herrschte für eine ganze Weile dieses furchterregende Schweigen, während der Schmied seinen Hammer ablegte und sich gründlich die Hände am Chiton abwischte.

»Du bist also unterwegs nach Leontini, was?«

»Genau.«

»Das ließe ich an deiner Stelle lieber sein.«

»So?« Ich versuchte, einen gleichgültigen Eindruck zu machen. Wenn ich es mir im nachhinein recht überlege, glaube ich nicht, daß mir das damals sonderlich gut gelang.

»Ja.«

»Wieso?«

»Die mögen da keine Athener.«

»Du meinst, ich bekäme dort keinen guten Preis für meinen athenischen Sklaven?«

»Ich meine, du bekämst nicht mal einen Stater aus Blei für deinen athenischen Kopf.«

Daß er so etwas meinte, hatte ich befürchtet. In diesem Moment hätte ich schwungvoll mein Schwert ziehen und etwas Mutiges vollbringen sollen, doch statt dessen wurde ich weich wie ein großes Stück Käse, das man unachtsam vor dem Feuer hat liegenlassen.

»Jedenfalls nicht in Leontini«, fuhr der Schmied fort. »Und wir hier draußen könnten gar nichts geben.«

Ich glotzte ihn an, als wäre ihm gerade ein zusätzliches Ohr gewachsen, und antwortete nur mit »Aha« oder etwas ähnlich Gescheitem.

»Das hat nichts mit uns zu tun«, merkte ein riesiger Mann an, der auf einem dreibeinigen Hocker neben der Feuerstelle saß. »Ich meine, daß *du* nicht gefährlich bist, sieht doch jeder.«

Womöglich würden Sie sich durch eine solche Bemerkung beleidigt fühlen, doch gerade damals empfand ich sie als das Netteste, was man je über mich gesagt hatte, und ich entspannte mich ein wenig.

»Allerdings könnten wir wahrscheinlich so etwas wie einen annehmbaren Preis für euch beide zusammen erzielen«, fuhr der Schmied fort. »Natürlich nicht viel, aber ein bißchen was schon. Na ja, jedenfalls für den da.« Er deutete mit einer Zange auf Aristophanes.

Ich wies mit panikerfüllter und jeder Überzeugungskraft beraubter Stimme darauf hin, daß das nur wenig Sinn habe, da der Markt bald mit athenischen Sklaven einer viel höheren Güteklasse überschwemmt werde. Dann werde er höchstwahrscheinlich feststellen müssen, daß er auf uns sitzenbleibe, während wir uns auf seine Kosten den Bauch vollschlügen und dadurch praktisch unverkäuflich seien. Er sah mich mit einem eigenartigen Blick an, als hätte sich gerade das Stück Fleisch in seinem Suppenteller aufgerichtet und ihn von einem zu hohen Essiggehalt in der Marinade unterrichtet, und strich sich nachdenklich am Kinn.

Erneut trat ein bedrückendes Schweigen ein, und ich wurde langsam wieder nervös, als mich ein kleiner Glatzkopf mit einem Stock in die Seite stieß und fragte: »Du bist also Athener, nicht wahr?«

»Ja«, bestätigte ich.

»Schön«, sagte der Alte. »Dann unterhalt uns mal.«

Dabei dehnte er das Wort ›unterhalt‹, als handle es sich dabei um einen Klumpen Teig für einen Honigkuchen, und ich verstand beim besten Willen nicht, was er damit meinte, obwohl mir einige grauenhafte Möglichkeiten durch den Kopf schossen. Doch bei den übrigen Sizilianern fand die Idee anscheinend Anklang, und der Schmied, der in diesem Dorf dem führenden Bürger am nächsten kam, trug sämtlichen Jungen auf, sofort loszulaufen und ihre Eltern zu holen.

»Ich weiß, daß ihr Athener uns bloß für einen Haufen Tiere und Kyklopen haltet«, sagte der Schmied, »aber das sind wir nicht. Wir mögen die schönen Dinge des Lebens, wenn wir sie kriegen können. Ich sage dir, was wir tun werden: Ihr gebt uns eine gute Vorstellung, und wir geben euch« – er dachte einen Augenblick lang nach –, »wir geben euch jedem fünf Statere, einen Krug Weizenmehl und vielleicht ein paar Zwiebeln. Und wir lassen euch das Pferd. Gefallt ihr uns jedoch nicht, verkaufen wir euch an die Aufseher der Steinbrüche. Die sind, was die Qualität ihrer Arbeitskräfte angeht, nicht wählerisch, da ihnen die meisten sowieso nach etwa einer Woche urplötzlich wegsterben. Wir bekämen vielleicht dreißig Statere pro Kopf. Also, gebt ihr uns jetzt eine Vorstellung oder nicht?«

Ich verstand immer noch nicht, worauf er hinauswollte. »Was für eine Vorstellung denn?« erkundigte ich mich kleinlaut, und die Sizilianer lachten.

»Das ist uns egal, oder was meint ihr, Jungs?« grölte der Schmied. »Solange es von Euripides ist.«

Da erinnerte ich mich plötzlich, als wäre gerade die Sonne aufgegangen, an den fetten Sizilianer, der bei der Aufführung des *Heerführers*, meiner ersten (und schlechtesten) Komödie, im Theater neben mir gesessen hatte. Er hatte gesagt, die Sizilianer seien verrückt nach Dramen, und obwohl ich damals angenommen hatte, er habe wie die meisten Idioten übertrieben, hatte ich mich womöglich doch geirrt.

»Euripides?«

»Ja, natürlich Euripides. Wer sonst ist außer ihm auch nur einen Pfifferling wert?«

»Würdet ihr nicht lieber irgendeine Komödie hören?« erkundigte ich mich vorsichtig. »Ich kenne eine Menge von Eupolis.«

»Nie von ihm gehört«, wandte der Riese ein. »Aristophanes, ja, von dem habe ich mal was gehört, aber noch nie etwas von dem Kerl, den du da gerade erwähnt hast.«

Aristophanes trat vor. Bis zu diesem Moment hatte er den Mund nicht aufgemacht.

»Zufällig bin ich Aristophanes, der Dichter«, verkündete er feierlich.

»Du?«

»Ich.«

»Also, ich finde deine Stücke miserabel«, sagte der Riese. »Insbesondere die Art und Weise, in der du über Euripides herziehst. Euripides ist nämlich ein wirklicher Künstler.«

»Zufällig kenne ich Euripides ganz gut«, warf ich schnell ein. »Ich glaube, er ist unser größter lebender Bühnenautor, und ich trüge mit dem größten Vergnügen gern einige Verse aus seinem allerneuesten Stück vor.«

Das zu sagen, war dumm, weil ich bis auf die wirklich dümmlichen Abschnitte, die jedem Komödiendichter zu parodistischen Zwecken geläufig sein müssen, überhaupt nichts von Euripides kannte. Da ich jedoch ganz genau wußte, daß Aristophanes keine Rede auch nur für fünf Minuten behalten konnte (es sei denn eine seiner eigenen), beschloß ich, zum erstenmal in meinem Leben mein Glück als Tragödiendichter zu versuchen. Wie Sie wissen, kann ich aus dem Stegreif Verse machen, und außerdem sind die der Tragödienparodie einfacher als Komödienverse, falls man in diesem Zusammenhang überhaupt von einfach sprechen kann; gerät man jedenfalls in Schwierigkeiten, verfällt man einfach ins Wehklagen oder ruft die Götter an oder sagt, zu sterben sei zwar gut, aber gar nicht erst geboren worden zu sein, übertreffe alles. Solche Gedanken kommen einem für gewöhnlich erst bei der Arbeit an gebrauchsfertigen Stücken, und während man sie über die Lippen bringt, brütet der Kopf schon die nächsten Zeilen aus.

»Um welches Stück handelt es sich denn dabei?« wollte der Schmied wissen.

»*Thersites*«, antwortete ich. »Es wird euch gefallen, das Stück ist wirklich etwas ganz Besonderes.«

»Nie davon gehört«, meldete sich der Glatzkopf zu Wort. »Wann ist das denn aufgeführt worden?«

»Erst auf der letzten Lenaia«, log ich verzweifelt. »Das ist wohl auch der Grund dafür. Jedenfalls ist es das Beste, was er je gemacht hat.«

Aristophanes starrte mich entsetzt an, doch ich wich seinem Blick aus und versuchte, mir ein paar passende euripideische Gemeinplätze einfallen zu lassen. Mittlerweile war die Schmiede voller Menschen, und noch immer eilten auf der Straße welche herbei. Als nach meinem Dafürhalten kein Platz mehr für weitere Zuschauer war, bat ich mit einem Zeichen um Ruhe und stand auf.

»Werte Frauen und Männer, ich möchte euch jetzt den ...«, setzte ich an.

»Sprich gefälligst etwas lauter, ja?« schrie jemand von hinten.

»Werte Frauen und Männer«, brüllte ich, »ich möchte euch jetzt den Wortstreit zwischen Odysseus und Thersites aus Euripides' neuestem Stück *Thersites* darbieten, wie es vor kurzem im Dionysostheater in Athen aufgeführt wurde.«

Ich holte tief Luft und stürzte mich kopfüber hinein.

Mir war auf grausige Weise bewußt, daß ich um mein Leben dichtete (über die Steinbrüche von Syrakus hatte ich viele Gerüchte gehört, und ich hatte keine Lust herauszufinden, ob sie der Wahrheit entsprachen oder nicht), und mir wurde schnell klar, daß ich keineswegs die Fähigkeit besaß, den berühmten Euripides zu verkörpern. Um ein wenig göttlichen Beistand zu erhalten, den ich dringend zu benötigen glaubte, begann ich mit einer eindringlichen Anrufung des Gottes Dionysos durch Odysseus. Das war schwierig, denn in der Komödie hat man sich Dionysos gegenüber unverschämt zu verhalten, aber in der Tragödie muß man mit sämtlichen Göttern furchtbar nachsichtig und höflich umgehen. Darüber hinaus mußte ich mich davor hüten, geistesabwesend in eine Tragödienparodie zu geraten. Selbst eine Komödienzäsur oder ein unangebrachter Spondeus (ein aus zwei Längen bestehender Versfuß, den man niemals in eine Tragödienzeile hineinbekommt) hätte mich verraten; doch waren mir diese Strophenformen derart in Fleisch und Blut übergegangen, daß ich sie normalerweise anwende, ohne groß darüber nachzudenken.

Ich traute mich nicht, ins Publikum zu blicken. Falls ich durchfallen sollte, wollte ich erst dann etwas davon bemerken, wenn mir der Schmied Fußfesseln um die Knöchel legte. Ich machte einfach unbarmherzig weiter und versuchte, die Verse ebenso gut zu spielen wie vorzutragen (schließlich mußte ich das fiktive Werk eines anderen Dichters aufführen), indem ich ständig mit den Augen rollte und dauernd den Kopf bewegte, wie es die richtigen Schmierenkomödianten im Theater tun. Ich nahm an, daß das den Sizilianern gefallen werde.

Das Thema meines Wortstreits war Barmherzigkeit gegen Zweckdienlichkeit. Odysseus will eine Gruppe trojanischer Gefangener töten, um den Trojanern Angst einzujagen. Thersites erhebt dagegen Einwände; taktisch und politisch sei es möglicherweise keine schlechte Idee, seine Mitmenschen in Stücke zu zerhacken, doch erfreue man damit nicht gerade die Götter. Demgegenüber sei Barmherzigkeit bestimmt sehr viel zweckdienlicher, da die Götter unsere Angelegenheiten regeln und den Missetäter ganz schnell bestrafen würden. Woraufhin Odysseus entgegnet, daß sich die Trojaner durch den Raub Helenas selbst zu den Feinden der Götter gemacht hätten und man deshalb durch das Aufschlitzen von ein paar Trojanern die Götter ganz bestimmt nicht beleidigen werde. An diesem Punkt fängt Thersites wieder mit dem alten euripideischen Unsinn an, daß Helena gar nicht geraubt worden sei; in Wirklichkeit habe man sie nach Ägypten verschwinden lassen, und Paris sei von einem aus Wolken geformten Ebenbild Helenas nach Troja begleitet worden. Die Götter hätten die Trojaner bereits bestraft und sie die Schrecken des Kriegs für eine Handvoll Wasserdampf erdulden lassen; und auf dieselbe Weise würden die Götter jetzt auch die Griechen strafen, weil sie so kriegerisch seien, daß sie die riesigste Flotte zu Wasser gelassen hätten, die man je gesehen habe, und das alles nur unter dem Vorwand, Helena zurückzuholen, in Wirklichkeit jedoch, um sich ein eigenes Reich aufzubauen. Mittlerweile hätten sowohl die Griechen als auch die Trojaner eine schwere Zeit hinter sich gehabt, und deshalb müsse das Morden einfach ein Ende haben.

Wie Sie sehen, hatte das Ganze einen aufdringlich aktuellen Bezug und sollte Herz und Gemüt meines Publikums direkt ansprechen. Aber da kam mir der furchtbare Gedanke, daß ja dieser erfundene *Thersites* von Euripides zu einer Zeit geschrieben sein sollte, als der Feldzug nach Sizilien nicht mehr als eine verschrobene Idee in Alkibiades' Hinterkopf gewesen war. Deshalb änderte ich schnell die Richtung des Stücks und legte Odysseus einige geistreiche Worte über die Rechtschaffenheit der Götter (dramatische Ironie) und über das Wesen der Wahrheit in den Mund. Nach mehreren Fehlstarts gelang es mir schließlich, einen überzeugenden Weg zu finden, die Sache abzurunden und den Wortstreit zu beenden. Mein Mund war so trocken wie Papyros, und ich zitterte, als würde ich von Fieber geschüttelt.

Nun lieben alle Autoren den Beifall; es gibt auf der ganzen Welt nichts Vergleichbares. Die Wirkung, die er auf einen hat, ist schon etwas Merkwürdiges. Sie können ein waschechter Oligarch wie dieser Schwachkopf Peisandros sein und das Volk für den allerletzten Abschaum halten oder auch völlig unnahbar und intellektuell – wie beispielsweise Agathon oder Theognis – und behaupten, der Durchschnittsbürger besitze nicht die geringste Kultur und sei vollkommen unfähig, die geistige Größe Ihres Werks zu begreifen – doch Wert legen Sie einzig und allein auf das Lob und den Beifall, der Ihnen von allen diesen Ruderern, Wurstverkäufern, Bademeistern, Zimmermännern, Steinmetzen und umherziehenden Erntearbeitern und Olivenpflückern gespendet wird, die dicht an dicht auf den Theaterbänken sitzen. Sie haben keine Ahnung, was den Zuschauern gefallen hat, oder interessieren sich nicht einmal dafür; soweit Sie wissen, könnten es die Kostüme gewesen sein oder auch die Vortragsweise, in der die Schauspieler ihren Text gesprochen haben (wahrscheinlich nicht in einem meiner Stücke). Aber das einzige, worum sich wirklich alles dreht, ist dieser Beifall; der ist besser, als sämtliche Komplimente von den jungen Männern in den Bädern oder den alten Männern auf Feiern. Wenn sich Ihr ganz normaler Fischhändler oder Barbier oder Käfigvogelverkäufer als Theaterkritiker aufspielt, halten sie nicht viel davon; doch sobald seine Hände ins Klatschen einstimmen oder er über Ihren Witz über die Aale lacht, an dem Sie die ganze Nacht über herumgefeilt haben und den Sie immer noch nicht richtig gelungen finden, dann schätzen Sie seine Meinung höher als die von Kratinos höchstpersönlich. Worauf ich nun hinauswill, ist die Tatsache, daß diese einfachen sizilianischen Bauern klatschten – und wie die klatschten! –, und ich glaube nicht, jemals zuvor etwas so Herrliches erlebt zu haben. Sie sprangen begeistert in die Luft, sie pfiffen und sie schrien, und ich vergaß ganz und gar die Steinbrüche und strahlte einfach vor mich hin. Wenn man bedenkt, daß die Tragödie überhaupt nicht mein Fach ist und es sich bei meiner Aufführung nicht einmal um eine besonders gute Tragödie handelte, war das – wenn ich es mir heute überlege – schon sehr eigenartig.

Der Schmied schlug mehrmals wuchtig mit einem Hammer auf den Amboß, um die Ordnung wiederherzustellen, und in der Schmiede wurde es schnell still.

»Nicht schlecht«, sagte der Schmied. »Und jetzt zeig uns etwas von Euripides, sonst wanderst du mit deinem Freund in die Steinbrüche.«

Nie zuvor war ich einem scharfsinnigeren Mann als diesem Schmied begegnet. An seinem Gesichtsausdruck war abzulesen, daß man ihm nichts vormachen konnte, und da mir kein geeigneter Ausweg einfiel, räumte ich kleinlaut ein: »Tut mir leid, ich kenne nichts von Euripides.«

Aristophanes stieß eine Art Klagelaut aus und vergrub den Kopf in den Händen. »Du Narr«, fluchte er. »Aber du mußtest ja unbedingt ganz gerissen vorgehen, wie?«

»Na schön, dann spiel du ihnen was von Euripides vor, wenn du so verdammt schlau bist!« In diesem Moment dachte ich unwillkürlich an den kleinen Zeus, an seine *Perser* und seine weiteren Auszüge aus den Werken der großen Dichter. Wenn uns jemand hätte retten können, dann wäre er es gewesen. Zwar wurde meine Stimmung dadurch noch gedrückter, aber trotzdem mußte ich einfach lächeln, wie immer, wenn ich an diesen liebenswerten Dummkopf dachte.

»Worüber grinst du gerade so?« wollte der Schmied wissen, und da kam mir eine Idee. Ich straffte den Rücken und beschloß, einen letzten Versuch zu unternehmen.

»Über dich«, antwortete ich.

»Über mich?«

»Ja, über dich und über euch alle. Ihr wißt ja gar nicht, was für ein Glück ihr habt. Ein mehr als großzügiger Gott hat euch die beiden größten Komödiendichter ausgeliefert, die Athen je kannte …«

»Wer seid ihr beiden denn?« fragte der kleine Alte.

»Ich bin Eupolis«, antwortete ich. »Nun habt ihr, wie ich weiß, noch nicht von mir gehört, aber das kann einzig und allein daran liegen, daß ihr genügend Wachs in den Ohren habt, um daraus Kerzen für ganz Sizilien zu machen. Das kann ich sogar von hier erkennen. Wascht ihr euch eigentlich nie die Ohren?«

Damit erzielte ich einen guten Lacher, und ich bemerkte, daß sich mir jetzt eine günstige Gelegenheit bot. Ich holte erneut tief Luft und fuhr fort.

»Vor euch steht nicht nur der faselhafte – Entschuldigung, ich meine natürlich fabelhafte – Aristophanes«, sagte ich, »sondern auch der sehr viel fabelhaftere (und faselhaftere) Eupolis, dessen Name in Athen noch unvergessen sein wird, wenn die Werke von Euripides und Aischylos – und natürlich die von Aristophanes – schon lange vollständig vom Papyros abgekratzt worden sind, um daraus die Geschäftsbücher eines Fischhändlers zu machen. Diese zwei Giganten der Komödie stehen zu eurer Verfügung; ihr könnt ihnen befehlen, so komisch wie menschenmöglich zu sein, oder sie andernfalls in die Steinbrüche schicken. Und was verlangt ihr von ihnen? Ihr wollt, daß sie euch Tragödien darbieten. Werte Herren – diese Anrede gebrauche ich im weitesten Sinne –, würdet ihr etwa versuchen, aus einer Weintraube Öl zu pressen? Kämt ihr auf die Idee, einen Hengst zu melken? Erlaubt es uns, euch zum Lachen zu bringen.«

Daraufhin erhob sich ein einzigartiger Jubel, den man noch auf Naxos hätte hören können und den ich eine Weile fortdauern ließ. Dann bat ich mit erhobener Hand um Ruhe.

»Also, Schmied« fragte ich, »wie steht es damit?«

»Nur zu«, antwortete er ruhig. »Bring mich zum Lachen.«

»Kein Problem«, entgegnete ich und räusperte mich. Bedauerlicherweise hatte ich gerade in diesem Moment ein Brett vorm Kopf. Ich wäre beim besten Willen nicht imstande gewesen, einen richtigen Anapäst hinzubekommen. Vielleicht können Sie sich eine Vorstellung von meiner Verzweiflung machen, wenn ich Ihnen verrate, daß ich Aristophanes am Umhang packte und ihn auf die Füße zog.

Nun ist Aristophanes ein eingefleischter Wachs-und-Schreibgriffel-Dramatiker, das heißt, er denkt beim Schreiben und ist im Improvisieren ein hoffnungsloser Fall. Doch begriff er offensichtlich, daß dies für uns die allerletzte Gelegenheit war, denn er legte sogleich mit einer Dialogszene los, die ich als einen Abschnitt aus seinem Stück *Die beiden Blinden* wiedererkannte, bei dem es sich meiner Meinung nach um den größten Schund handelt, der je einem geduldigen Publikum vorgesetzt wurde. Doch immerhin wurde jetzt etwas vorgetragen, und allmählich nahm mein Gehirn wieder seine Tätigkeit auf. Als Aristophanes an eine Stelle kam, die ich für mein Stichwort hielt, konnte ich mit ein paar Zeilen einfallen, die einen Witz enthielten, und danach ungefähr das wiedergeben, was die Figur in diesem Stück meiner verschwommenen Erinnerung nach zu sagen hatte. Allerdings mußte ich mich vollkommen vertan haben, denn Aristophanes warf mir einen verdutzten Blick zu, und ich fürchtete schon, ihm seien die Ideen ausgegangen; aber dann gab er einen anderen Witz zurück, der mehr oder weniger das richtige Versmaß hatte, und ich merkte, daß er ebenfalls improvisierte. Ich hatte bereits zwei oder drei weitere Zeilen fertig, und allmählich kamen wir ein bißchen in Fahrt. Natürlich ergab sich ein kleines Problem, weil wir beide wollten, daß der jeweils andere nur den Stichwortgeber für die eigenen Witze spielte, und um die entscheidenden Stichworte entspann sich eine Art geistiger Ringkampf, den ich schließlich gewann.

Von diesem Dialog kann ich Ihnen noch heute jede Zeile Wort für Wort wiedergeben. Er spielte sich zwischen Aischylos und Euripides ab und drehte sich darum, wer von beiden der bessere Dichter sei. Die beiden Tragiker ersparen sich dabei keinen der uralten Witze über das Werk des anderen, und dann tragen sie den Kampf untereinander nach metrischen und prosodischen Punkten aus. Das war zu unser beider Vorteil, da wir flugs einen oder zwei Brocken aus den echten Tragödien zitieren konnten, wenn wir merkten, daß uns die Ideen ausgingen, wodurch wir Gelegenheit bekamen, uns inzwischen schon den nächsten Witz auszudenken. Zudem belustigte das auch die Zuschauer, weil sie sich dadurch unheimlich belesen vorkamen, und sie folgten der ganzen fachlichen Materie wie Schuljungen – was uns bewies, daß sie sich mit der Tragödie wirklich auskannten. Wie der gesamte Dialog war auch der Schluß meine Idee: Aischylos behauptet, Euripides' Jamben seien so ermüdend gleichmäßig geschrieben, daß man an jeder beliebigen Stelle alle möglichen abgedroschenen Phrasen, wie beispielsweise ›Verlor den Schuh‹, einschieben könne. Euripides ist daraufhin wütend und läßt seine bekanntesten zitierbaren Verse vom Stapel, jene Verse, die einem die Leute dann entgegenschleudern, wenn sie die These erhärten wollen, daß man sie heute so nicht mehr schreibt. Ich war Euripides, und Aristophanes spielte Aischylos, er brauchte also immer nur an der geeigneten Stelle sein ›Verlor den Schuh‹ einzusetzen. Meine Aufgabe war es, unvergängliche Verse von Euripides zu finden, die man dieser unwürdigen Behandlung unterziehen konnte, und das war nicht einfach, da der Vorwurf, diese Verse seien schludrig gemacht, vollkommen unbegründet war, beziehungsweise ist. Dennoch schaffte ich es irgendwie, und wir erzielten den größten Lacherfolg, der – außer bei einem Menschenopfer – jemals auf Sizilien gehört wurde.

Kommt Ihnen das übrigens bekannt vor? Nein? Es sollte Ihnen aber bekannt vorkommen. Diese Szene wurde von meinem lieben Freund Aristophanes, Sohn des Philippos, Wort für Wort als eigene, ohne fremde Hilfe zustande gekommene Leistung in seiner erfolgreichsten Komödie *Die Frösche* wiedergegeben, zusammen mit seinen wirren Erinnerungen an unsere (hauptsächlich meine) witzigen Bemerkungen zum Thema, wer auf dem Pferd reiten sollte, die er, kleingestückelt und zerhackt, als Wortwechsel zwischen Dionysos und Xanthias in seiner Anfangsszene auftischte. Unsere herrliche griechische Sprache hat viele gleichbedeutende Bezeichnungen für den Ausdruck ›diebischer Barbar‹, aber keine von ihnen scheint ganz treffend beschreiben zu können, wie tief dieser Mann sinken kann. Deshalb überlasse ich den Tatbestand Ihrer Beurteilung und stelle es Ihnen frei, ihre eigenen Worte für ein solch schäbiges Verhalten zu finden.

Als das Lachen verklungen war und man diejenigen fortgeführt hatte, die davon außer Gefecht gesetzt worden waren, um sie mit feurigem Wein und kaltem Wasser zu beruhigen, wandte ich mich an den Schmied und fragte ihn: »Nun, was ist?«

Er dachte kurz nach und antwortete dann: »Ich selbst hätte zwar lieber etwas von Euripides gehört, aber ich denke, das reicht.« Warum will bloß jeder Mensch mit aller Gewalt ein Witzbold sein?

Wir mußten Erfolg gehabt haben, denn unter diesen sizilianischen Bauern – die einem normalerweise nicht einmal die Haarschuppen von ihrem Kragen abgeben –

war ein richtiger Wettstreit darum entbrannt, wer uns ein Bett für die Nacht, eine anständige Mahlzeit, Futter für das Pferd, Proviant für den Marsch und sogar – unglaublich! – Geld geben durfte. Aristophanes betrank sich hochgradig und wurde der Tochter unseres Gastgebers ziemlich lästig, so daß wir schließlich um ein Haar umgebracht worden wären. Ich hingegen war zu erschöpft, um mehr zu tun, als zu essen und dankbar zu lächeln und schließlich zu schlafen. Auf jeden Fall war ich zu müde, um noch Angst zu haben – Steinbrüche hin, Steinbrüche her.

Kurz bevor ich schlafen ging, kam mein Gastgeber, um mit mir zu sprechen. Nachdem er anschaulich in allen Einzelheiten geschildert hatte, was er mit uns beiden anstellen werde, falls Aristophanes noch einmal seine Tochter anrühre, berichtete er mir, daß gerade einer seiner Nachbarn über die Straße von Heloros heimgekehrt und auf dem Weg an einem bestimmten Bauernhof mit einem großen Obstgarten vorbeigekommen sei. Dort habe er angehalten, um sich zu erkundigen, was los sei, und man habe ihm erzählt, daß es auf dem Hof einen gewaltigen Kampf zwischen Athenern und Syrakusern gegeben habe. Allerdings habe das Ganze nicht viel Ähnlichkeit mit einem Kampf gehabt, habe man ihm erzählt. Fast zwanzigtausend Athener seien in den Obstgarten geflüchtet, aber nur sechstausend seien auf eigenen Füßen wieder herausgekommen, und die lägen jetzt alle, zusammen mit ihrem Heerführer Demosthenes, in Ketten und warteten darauf, als Gefangene in die Schieferbrüche abgeführt zu werden, wo Demosthenes enthauptet und der Rest bis zum Verkauf oder Tod arbeiten werde. Man habe diesen Männern sämtliches Geld abgenommen und damit vier Schilde füllen können. Danach sei das syrakusische Heer weitergezogen, um mit dem zweiten athenischen Heer unter dem berühmten Nikias auf die gleiche Weise zu verfahren.

Ich dachte an Jason von Cholleidai und fragte mich, ob er noch lebte. Selbst wenn das der Fall war, hatte er es wenigstens nicht geschafft, mein Geld zu behalten. Dann fielen mir Kallikrates' Worte ein, die er unmittelbar vor seinem Tod gesagt hatte.

»Warum haben denn die Syrakuser das Beschießen des Obstgartens überhaupt eingestellt und Gefangene gemacht?« fragte ich. »Hat der Mann davon auch etwas gesagt?«

»Die Pfeile sind ihnen ausgegangen«, antwortete mein Gastgeber. »Sonst hätten sie alle umgebracht. Gute Nacht.«

7. KAPITEL

Am nächsten Morgen machten wir uns ziemlich früh wieder auf den Weg. Aristophanes sagte zwar, daß eigentlich er auf dem Pferd reiten müsse, weil er einen Kater habe und sich miserabel fühle, aber letztendlich konnte ich ihn davon überzeugen, daß dies keine gute Idee sei, indem ich ihm gegen den Kopf trat. Offenbar stellte ihn diese Antwort zufrieden, denn er sprach dieses Thema mindestens eine Stunde lang nicht mehr an.

Unser Gastgeber hatte mir geraten, auf halber Höhe an den Berghängen entlangzureiten (was wir schon vorher getan hatten), weil dies die beste Möglichkeit sei, nicht gesehen zu werden; auf diese Weise würden wir weder auf die Bauern auf den Feldern stoßen noch auf die Schäfer auf den Gipfeln, und solange wir uns stets von der Akrai zugewandten Gebirgsseite fernhielten, seien wir ziemlich sicher. Angesichts Aristophanes' Verhalten gegenüber der Tochter unseres Gastgebers war ich mit mir selbst nicht ganz einig, ob wir seinen Rat befolgen sollten oder nicht. Da mir jedoch keine andere Möglichkeit einfiel, taten wir es. Seinen Worten zufolge sollten wir es in drei Tagen nach Catina schaffen oder sogar noch schneller, wenn wir uns beeilten und nicht verirrten. Verpflegung hatten wir für mehr als drei Tage, und außerdem etwas über zwölf Statere in kleiner Münze bekommen, vor allem syrakusische Arethusen, mit denen man auf ganz Sizilien bezahlen kann. Irgendwie beunruhigte mich diese Glückssträhne; abgesehen von unserer flüchtigen Bekanntschaft mit dem

Steinbruchgewerbe liefen die Dinge viel zu glatt. Diese Furcht befiel mich etwa gegen Mittag und beschäftigte mich so, daß ich sie Aristophanes mitteilte. Das war dumm von mir.

»Du hast es gut«, maulte er. »Du kannst auf dem Pferd reiten.«

Ich sagte irgend etwas Abfälliges über das Pferd und gab mich wieder meinen Sorgen hin. Möglicherweise ruft Besorgnis vorbeugende Kräfte wach, ich weiß es nicht; jedenfalls gelang es uns, an diesem Tag eine ziemlich große Strecke zurückzulegen, ohne in irgendwelche Schwierigkeiten zu geraten. In der Bergwand entdeckten wir zum Übernachten eine kleine Höhle, und während sich Aristophanes die Sandalen auszog und mir ausführlich den Zustand seiner Füße beschrieb, packte ich die Satteltaschen aus, band das Pferd an und legte mich schlafen.

Gleich beim Aufwachen wußte ich, daß etwas nicht stimmte.

»Aristophanes, wo ist das Pferd?« wollte ich sofort von ihm wissen.

»Keine Ahnung«, antwortete der Sohn des Philippos. »Mittlerweile wird es schon lange sehr weit weg sein. Zwar könnte ich mir durchaus vorstellen, daß du es vielleicht noch findest, aber das bezweifle ich doch sehr stark. Wahrscheinlich ist es den Berg hinunter ins Dorf zurückgelaufen. Ich glaube, es hat sich dort sehr wohl gefühlt.«

Ich runzelte die Stirn. »Und wie hat es das deiner Meinung nach geschafft, wenn man bedenkt, daß ich es gestern abend fest an die Baumwurzel angebunden habe?«

»Ganz einfach«, erwiderte Aristophanes. »Ich habe es losgebunden, etwa eine Stunde vor Tagesanbruch.«

»Warum?«

Aristophanes zuckte die Achseln. »Weil ich das Pferd nehmen und vorausreiten wollte. Ich habe das Laufen satt. Aber dann bin ich im Dunkeln über irgendwas gestolpert, und das Pferd ist mir entwischt. Ich wollte es dir erst sagen, damit wir ihm hätten nachlaufen können, aber du hast so friedlich geschlafen, daß ich mich nicht traute, dich aufzuwecken.«

»Na, das war ja wirklich eine tolle Idee!« fluchte ich. »Jetzt kann keiner von uns beiden auf diesem verdammten Gaul reiten.«

»Siehst du, und das ist genau das, was ich lebendige Demokratie nenne«, rechtfertigte sich Aristophanes. »Wenn ich das Pferd nicht haben darf, dann sollst du's auch nicht haben.«

Ich warf einen Stein nach ihm, traf ihn aber nicht.

Da wir kein Pferd mehr hatten, über das wir uns streiten konnten, stritten wir uns jetzt darüber, wer was tragen sollte. Falls Sie schon einmal *Die Frösche* gesehen oder gelesen haben, kennen Sie unseren Wortwechsel längst, denn den hat Aristophanes ebenfalls geklaut, und deshalb werde ich ihn hier bestimmt nicht wiederholen.

Wir waren vielleicht drei Stunden lang marschiert, als sich Aristophanes beklagte, er fühle sich, als hätte er Fieber. Zunächst tat ich das lediglich als eine weitere Variante des Gepäckthemas ab und beachtete ihn nicht weiter; doch er beharrte so hartnäckig darauf, daß ich ihn mir ansah und tatsächlich besorgniserregende Fiebersymptome bei ihm feststellte. Das war nun das letzte, was wir brauchten, und ich gestehe, daß ich die Beherrschung verlor und ihn einfach anschrie, obwohl nicht einmal ein Aristophanes absichtlich Fieber bekommen hätte, nur um mir eins auszuwischen (jedenfalls nicht in Sizilien). Mehrmals fragte er mich, was ich dagegen zu unternehmen gedenke, und ich antwortete wahrheitsgemäß, ich könne absolut nichts tun, außer mich weit von ihm fernzuhalten, um mich nicht anzustecken. Das schien ihn schwer zu kränken, deshalb ließ ich ihn, um mich mit ihm zu versöhnen, die Handlung der Komödie erzählen, die er in Athen in den Händen eines Chorlehrers zurückgelassen hatte, mit der Bitte, die aktuellen Anspielungen auf den neuesten Stand zu bringen, falls diese zum Zeitpunkt der Aufführung überholt sein sollten. Die Komödie sei, wie er immer wieder beteuerte, sein Meisterwerk (ihm zufolge ist jedes Stück, das er schreibt, sein Meisterwerk), doch in meinen Ohren hörte sie sich eher bemitleidenswert an: Es geht um eine Stadt in himmlischen Gefilden und um die Blockierung des Luftwegs für die Götter. Aber ich verriet ihm nicht meine Meinung zu diesem Thema, weil sein Fieber mit jeder Stunde schlimmer wurde und er bereits unzusammenhängend redete. Trotzdem sprach er weiter, verlor immer wieder den Faden und fing dann stets von vorn an, bis ich ihm am liebsten mit einem Stein den Schädel eingeschlagen hätte, um ihn zum Schweigen zu bringen. Schließlich blieb uns nichts anderes übrig, als eine Pause einzulegen, damit er sich etwas ausruhen konnte.

Als er wieder bei klarem Verstand war, gab ich ihm einen Becher Wasser (wir hatten nur noch sehr wenig davon und waren seit langer Zeit nicht mehr an einer Quelle oder einem Teich vorbeigekommen). Er trank ihn hastig aus und verschüttete dabei eine ganze Menge, woraufhin ich ihm noch etwas mehr gab.

Schließlich sagte ich zu ihm: »Aristophanes, da du es offensichtlich nicht bis Catina schaffst und es keinen Sinn hat, daß wir beide an diesem lausigen Ort sterben, wirst du mir früher oder später bestimmt vorschlagen, daß ich dich zurücklassen und lieber versuchen sollte, mich auf eigene Faust durchzuschlagen.«

»Du kannst mich mal!« fauchte er mich an. »Wenn du mich sterben läßt, bringe ich dich um.«

»Diese Antwort habe ich erwartet, schließlich ist das ein Zitat aus einer deiner Komödien«, entgegnete ich. »In dem Fall haben wir zwei Möglichkeiten. Ich habe nämlich keine blasse Ahnung, was man tun muß, wenn jemand Fieber bekommt. Wir können entweder versuchen, weiterzugehen und dich nach Catina zu bringen, solange du noch zu heilen bist, oder hier warten und darauf hoffen, daß das Fieber zurückgeht. Was hältst du davon?«

»Ich halte gar nichts davon, aber dich halte ich für ein richtiges Arschloch«, zischte Aristophanes mit Überzeugung. »Bring mich einfach heil nach Catina, ja?«

»Also willst du weitergehen, oder was?«

»Nein«, antwortete er in bestimmtem Ton. »Bring mich von diesem götterverlassenen Berghang runter, und zwar irgendwohin, wo es einigermaßen sicher ist. Wenn ich sterben sollte, werden meine Erben jeden Obolos von dir einklagen, den du besitzt.«

Kurz darauf verlor er erneut den Verstand, und ich erkannte deutlich, daß er in miserabler Verfassung war. Natürlich hatte das Ganze auch eine komische Seite: Wir hatten beide das athenische Lager überlebt, in dem die Soldaten überall vom Fieber befallen worden waren, um es nun hier draußen im sauberen und gesunden Bergland zu bekommen.

Plötzlich merkte ich, daß sich Regen ankündigte, was verheerende Folgen haben konnte. Deshalb schlang ich die Proviantbeutel um Aristophanes' Hals, hob ihn mir auf den Rücken – er war so schwer, daß ich kaum gehen konnte – und marschierte in der Hoffnung los, irgendwo so etwas wie einen Unterschlupf zu finden. Es war schon fast dunkel, als ich ein kleines Steinhaus entdeckte, aus dem Licht drang und das von den kümmerlichsten Weinstöcken umringt war, die man sich vorstellen kann. Ich taumelte so schnell wie möglich dorthin und trat heftig gegen die Tür.

»Verschwinde«, forderte mich von innen die Stimme eines alten Mannes auf.

»Mach die verdammte Tür auf, oder ich trete sie ein!« drohte ich mit süßlicher Stimme, und nach einer Weile wurde die Tür einen Spaltbreit geöffnet, und eine lange spitze Nase kam zum Vorschein.

»Was willst du?« fragte die Nase.

»Dieser Mann stirbt an Fieber«, antwortete ich. »Im Namen von Zeus, dem Gott der Gäste und der Gastfreundschaft, erbitte ich den Schutz deines Herdes.«

»Wir haben keinen Herd, nur einen Dreifuß und ein Loch im Dach«, entgegnete die Nase unwirsch. »Für wen hältst du uns eigentlich? Für Millionäre?«

Das war ganz durchtrieben, denn bei dem Gott, der mit Dreifüßen in Verbindung gebracht wird, handelt es sich um Apollon, und dem sind Gäste und Gastfreundschaft vollkommen schnuppe. Ich konnte meine Gedanken aber gerade noch rechtzeitig von diesen theologischen Spitzfindigkeiten losreißen, um meinen Fuß in die Tür zu stellen.

»Wir sind zwei verzweifelte athenische Krieger, die von einer Schlacht geflohen sind«, sagte ich. »Wenn du mich nicht reinläßt, reiße ich dir sämtliche Weinstöcke aus dem Boden.«

Die Nase entgegnete irgend etwas Unliebenswürdiges und öffnete schließlich die Tür. Jetzt, da ich auch den restlichen Körper sah, stellte sich heraus, daß sie zu einem uralten Mann gehörte, der früher einmal sehr groß gewesen sein mochte, inzwischen jedoch durch Alter und Rheumatismus kaum mehr über den Tisch gucken konnte. Ich kam mir furchtbar schlecht vor, weil ich ihm gegenüber meinen Eintritt so brutal erzwungen hatte, doch diese Gewissensbisse verflogen rasch, weil sich der alte Mann als ein außerordentlich boshafter Mensch erwies.

»Was zu essen gibt es nicht, ich habe nämlich sämtliche Vorräte *vergraben*«, beeilte er sich zu sagen, wobei er das letzte Wort triumphierend hervorstieß, als hätte er mit Hilfe irgendwelcher geheimnisvoller Kräfte mein Kommen vorausgesehen. »Da mußt du mich erst umbringen.«

»Ich habe selbst was zu essen«, antwortete ich. »Ich brauche nur einen Platz, an dem sich mein Freund ausruhen kann, bis das Fieber nachläßt. Ich bezahle dich auch dafür«, fügte ich geschickterweise hinzu.

»Mich bezahlen?« Seine kleinen runden Augen leuchteten auf. »Mit Silbergeld?«

»Mit echtem Silbergeld.«

»Laß sehen.«

»Dürfte ich erst mal meinen Freund hinlegen?«

Er nickte gereizt, als mache er mir damit ein großes Zugeständnis. Ich legte Aristophanes auf einen Haufen Ziegenfelle auf dem Boden und streckte meinen Rücken gerade, was die reinste Wohltat war.

»Zeig mir das Geld!« verlangte der alte Mann.

Ich zog den Geldbeutel aus Leinen hervor, den ich im Dorf bekommen hatte, drehte dem Alten den Rücken zu und holte eine syrakusische Zweistatermünze heraus. Sie war nicht übermäßig abgegriffen und wies auch keine Löcher oder Zahlungskerben auf; kurz, sie war ein durch und durch überzeugendes Geldstück. Ich zeigte die Münze dem alten Mann, und er starrte sie verdutzt an.

»Ach, so sehen diese Dinger also aus!« staunte er. »Kommende Weinernte werde ich dreiundsiebzig, und ich habe noch nie eine dieser Münzen gesehen.«

Ich wartete kurz, um ihm die Möglichkeit zu geben, ihrer Faszination zu erliegen, und bot ihm dann an: »Wenn mein Freund wieder gesund wird, kannst du sie haben. Ganz für dich allein.«

Das schien auf den alten Mann eine beträchtliche Wirkung zu haben. Er begann damit, in atemberaubender Geschwindigkeit im Haus herumzulaufen, den Inhalt von Krügen auszuschütten und das Feuer auf dem kleinen Dreifuß zu schüren, bis es prasselte. In einem Tonmörser mischte er irgend etwas zusammen und sang dabei ein Lied in einer Sprache, die ich nicht verstand. Da erst wurde mir klar, daß er gar kein Landsmann war, sondern ein Sikeler, einer jener Barbaren also, die auf Sizilien gelebt hatten, bevor die Griechen kamen. In meinem Leben hatte ich wenig mit Nichtgriechen zu tun gehabt (außer mit Orientalen und Skythen, und an die gewöhnt man sich schnell), und von diesem Moment an war ich von dem Alten fasziniert.

Schließlich schien er davon überzeugt zu sein, daß sein merkwürdiges Gebräu fertig war. Um es zum Schluß noch zu verfeinern, packte er die Ziege, die friedlich in der Ecke des Raums stand, und preßte aus ihrem Euter ein paar Tropfen Milch in den Mörser, den er dann zum Durchwärmen oben auf den Rost des Dreifußes stellte. »Deinen Freund haben wir im Handumdrehen wieder auf den Beinen«, keuchte er (durch das ganze Herumlaufen war er völlig erschöpft). »Laß mich nur noch mal die Münze sehen.«

»Später«, sagte ich, woraufhin er mir einen furchtbar finsteren Blick zuwarf. Dann nahm er den Mörser vom Dreifuß, beugte sich tief über Aristophanes und rieb ihm nun mit der klebrigen Masse das ganze Gesicht ein. Zum Glück war der Sohn des Philippos kaum bei Bewußtsein und schien nichts davon zu bemerken.

»Laß ihm ein paar Stunden Zeit, dann ist er wieder so gut wie neu«, sagte der alte Mann.

»Das will nicht viel heißen.«

»Wie bitte?«

»Schon gut.«

Der Alte runzelte die Stirn und schüttelte den Kopf. »Ich weiß alles, was es über Fieber zu wissen gibt«, erklärte er stolz. »Schließlich kriege ich es selbst jedes Jahr. Da ist nichts dabei.«

»Das ist gut zu wissen«, sagte ich. »Ich werde übrigens ein Pferd oder einen Esel oder so etwas Ähnliches brauchen.« Ich klingelte mit den Münzen im Geldbeutel. »Kannst du mir dabei überhaupt helfen?«

Offenbar stand der alte Mann schwerste innere Qualen aus. Er schien die Stimmen der kleinen Münzen zu hören, die ihn anflehten, sie zu erwerben und sich um sie zu kümmern; aber einen Esel hatte er natürlich nicht und auch keine Möglichkeit, einen zu bekommen. Schließlich warf er mir einen derart mitleiderregenden Blick zu, daß ich schon fast bedauerte, dieses Thema angeschnitten zu haben. Doch dann breitete sich langsam ein Lächeln auf seinem Gesicht aus, das irgendwo hinter den Ohren entsprang und ihm zu guter Letzt sogar die Lippen auseinanderzog, wodurch das überraschende Fehlen sämtlicher Zähne enthüllt wurde.

»Und ob ich das kann«, sagte er. »Warte hier auf mich.«

Er eilte aus dem Haus, verschwand und ließ mich ausgesprochen verblüfft zurück. Nach einer Weile setzte ich mich neben Aristophanes und musterte ihn aufmerksam. Der Schweiß strömte nur so aus ihm heraus, er warf sich unruhig hin und her und begann zu stöhnen. Ich hätte ihn gern mit Wasser übergossen, um ihn abzukühlen, oder zumindest irgend etwas anderes getan, aber ich wollte mich in das Heilverfahren lieber nicht einmischen. Worum es sich bei diesem Zeug, das der alte Mann zusammengebraut hatte, auch immer handeln mochte, eine Wirkung schien es zu haben.

Ich mußte eingeschlafen sein – zu dem Zeitpunkt war ich selbst am Ende meiner Kräfte –, denn ich erinnere mich erst wieder daran, als mich der Alte heftig schüttelte. Zunächst konnte ich mich nicht einmal mehr daran erinnern, wo ich überhaupt war und was hier gespielt wurde, und war überaus erschrocken.

»Ich habe dir ein Maultier besorgt«, sagte der Alte. »Komm, sieh es dir an.«

Ich rappelte mich hoch und folgte ihm aus dem Haus. Vor mir stand, an einen abgestorbenen Feigenbaum gebunden, die jämmerlichste Tiergestalt, die ich jemals in meinem Leben außerhalb einer Silbermine gesehen habe. Zwar erkannte man auf den ersten Blick, daß sie noch alle Rippen besaß, aber abgesehen davon hatte sie nur wenig zu bieten.

»Das ist das Maultier meines Nachbarn«, erklärte der alte Mann stolz. »Ich habe es gerade gekauft. Für vier Statere gehört es dir.«

Ich brach in schallendes Lachen aus – und dabei handelte es sich nicht etwa um irgendeinen Verhandlungstrick meinerseits, sondern nur um reine Ausgelassenheit.

Der alte Mann warf mir einen finsteren Blick zu und murmelte: »Na schön, dann eben zwei Statere.«

Immer noch hilflos kichernd, kramte ich zwei Statere aus dem Geldbeutel hervor und gab sie ihm. Als er die Münzen in den Händen spürte, sah er wie Prometheus aus, als dieser vom Himmel das Feuer empfing.

»Einen Moment mal«, wandte ich ein. »Wenn du gar kein Geld hast, wie konntest du dann das Maultier kaufen?«

»Wir kaufen und verkaufen hier nicht für Geld«, antwortete er in verächtlichem Ton. »Geld ist zum Aufbewahren da. Ich habe ihm dafür zwei Harken und einen Scheffel Feigen gegeben.«

»Der hat dich übers Ohr gehauen.«

»Das ist ein gutes Maultier«, verteidigte sich der Alte mit weinerlicher Stimme. »Es wird den ganzen Tag ohne Pause laufen und braucht nicht viel Futter. Ich kenne es schon seit seiner Geburt, das arme Vieh.«

»Na gut«, lenkte ich schließlich ein. »Aber jetzt solltest du lieber mal mit reinkommen und dir meinen Freund ansehen. Es geht ihm nicht gut.«

Der alte Mann kicherte, und einen Augenblick lang wurde ich überaus mißtrauisch. Doch als wir das Haus wieder betraten, schlief Aristophanes friedlich.

»Diese alte Breipackung versagt nie«, stellte der Alte stolz fest und fügte etwas verwundert hinzu: »Die wirkt sogar bei Griechen. Ich habe immer gedacht, in einem Griechen stecke mehr Bosheit, als dieser Brei herausziehen könne, deshalb habe ich von allem etwas mehr hineingetan.«

»Er wird also wieder gesund?«

»Schon sehr bald sogar. Hättest du ihn allerdings später zu mir gebracht, dann wäre er dir wahrscheinlich gestorben.«

Ich nickte feierlich und gab ihm die Vier-Stater-Arethusa. Er nahm sie wie eine Mutter entgegen, die ihren Säugling von der Hebamme empfängt, setzte sich auf einen Krug neben dem Dreifuß und spielte eine Weile mit der Münze, indem er sie mit Fett aus seinem Haar einrieb, um sie zum Glänzen zu bringen.

Ich glaube, ich hätte eigentlich müde sein müssen, war es aber nicht, und auch der alte Mann zeigte keine Anzeichen von Schläfrigkeit. Für einen von Rheuma praktisch gelähmten Menschen war er im Grunde sogar unglaublich rege. Als er sich das Profil der Quellnymphe Arethusa lange genug angesehen hatte, wandte er sich mir zu und fragte: »Du bist also ein Soldat, mein Junge?«

»So in etwa.« Es war viele Jahre her, daß mich jemand einen Jungen genannt hatte.

»Athener, sagst du?«

»Genau.«

»Das liegt in Griechenland, oder?«

»Ja.«

Er zuckte die Achseln, als wolle er sagen, es sei jetzt zu spät, daran noch etwas zu ändern. »Gegen wen kämpfen wir denn?«

»Gegen uns.«

»Wie bitte?«

»Ihr kämpft gegen uns. Die Syrakuser gegen die Athener.«

Er blickte mich an, als wäre ich übergeschnappt. »Die Athener gegen die Syrakuser?«

»Ja. Ich dachte, das hättest du gewußt.«

»Wir erfahren hier draußen keine Neuigkeiten«,

sagte er, und seine Stimme ließ darauf schließen, daß er auch nichts von Neuigkeiten hielt. »Warum?«

»Warum was?«

»Warum kämpfen die Athener gegen die Syrakuser?«

»Sie hatten einfach Lust dazu.«

Das stellte ihn offenbar zufrieden, denn er widmete sich wieder dem Betrachten seiner Münze. Ich hatte Hunger, deshalb öffnete ich den Proviantbeutel und schüttete ein wenig Mehl in meine Schale. »Hast du etwas Wasser?« fragte ich, wobei ich nachdrücklich auf den zu drei Vierteln gefüllten Krug blickte, der auf dem Boden stand.

»Nein«, antwortete er.

»Wenn du mir ein bißchen Wasser gibst, kriegst du von mir Mehl.«

Er nahm eine Holzschale vom Boden hoch und reichte mir den Krug, woraufhin ich ihm das Mehl gab.

»Was ist mit ihm?« fragte ich mit einem Nicken in Richtung Aristophanes.

»Morgen früh.« Der Alte rührte seinen Brei an. »Hast du vielleicht etwas Honig?«

»Nein, aber ich habe eine Zwiebel.«

»Eine Zwiebel!« War der Reichtum dieses Mannes an fremden und köstlichen Genußmitteln, so gab sein Gesichtsausdruck zu verstehen, womöglich unerschöpflich? Mit einem kleinen Messer, das auf dem Boden lag, schnitt ich die Zwiebel in der Mitte durch und warf ihm die eine Hälfte zu. Er fing sie auf und biß hinein, als wäre es ein Apfel. »Zwiebeln habe ich bis vor vielleicht drei Jahren angebaut, aber dann ist die Saat eingegangen.«

»Und wieso hast du dir keine neue geholt?«

»Die Saat ist hier in der ganzen Gegend eingegangen«, antwortete er. »Vielleicht gibt es in Akrai welche, aber da bin ich seit vierzig Jahren nicht mehr gewesen.«

»In dem Dorf, das etwa einen Tag von hier entfernt liegt, gibt es Zwiebeln.«

»Ach, die können mir gestohlen bleiben!« schimpfte der Alte. »Die Athener kämpfen also gegen die Syrakuser?«

»So ist es.«

»Pure Dummheit, wenn du mich fragst. Ich bin übrigens auch mal Soldat gewesen«, sagte er, als wäre es ihm erst plötzlich wieder eingefallen. »Aber wir haben gegen die Karthager gekämpft. Das war vor langer Zeit, als ich acht Jahre alt war.«

»War das nicht ein bißchen jung, um Soldat zu sein?«

»Damals wurden wir früher zu Männern. Das war, als es auf Sizilien noch Könige gab, zu Zeiten des alten Hieron – oder war es Gelon? – ach, ich hab's vergessen. Das war, als die Perser gegen die Griechen gekämpft haben«, flüsterte er, als verrate er mir ein großes Geheimnis. »Aber wir haben gegen die Karthager gekämpft. Das war vor langer Zeit«, fügte er hinzu.

»Das muß es wohl gewesen sein«, bemerkte ich.

»Es war eine große Schlacht«, fuhr er fort. »Ich weiß nicht genau, wie wir in die Sache verwickelt worden sind. Ich war Schleuderer, wie auch zwei meiner Brüder, und mein Vater und meine beiden älteren Brüder waren Bogenschützen. Wir verstanden eine ganze Menge vom Kriegshandwerk und sind mit dem alten König Hieron oder Gelon losgezogen – das muß zwei Wochenmärsche von hier entfernt gewesen sein. Ich kann dir sagen, so was wie diese Karthager hast du noch nie gesehen. Das waren merkwürdige Menschen, einige von denen waren am ganzen Körper schwarz, wie Oliven. Wir haben dann auch gewonnen, aber mein Vater und meine Brüder hatten sich umbringen lassen, und mir wurde der ganze Rücken zerstört, als ich unter einen Streitwagen geriet, und daraufhin hatte ich vom Krieg für alle Zeiten die Nase gestrichen voll. Aber diese Karthager – also, den Anblick hätte ich nicht missen mogen. Hast du schon mal etwas von diesem Krieg gehört?«

»Das war die Schlacht bei Himera«, antwortete ich.

»Himera«, wiederholte er. »Das habe ich bisher nicht gewußt. Himera sagst du?«

»Genau.«

»Donnerwetter! Ich habe nie gewußt, daß die Schlacht einen Namen hat.« Er zuckte erneut mit den Achseln. »Zum Lernen ist man wohl nie zu alt, was?« Da sackte ihm der Kopf nach vorn, und er schlief ein. Ich warf noch einen Blick auf Aristophanes, legte mich neben ihn und schloß die Augen.

Als ich am nächsten Morgen aufwachte, lag der alte Mann noch an genau derselben Stelle wie am Abend zuvor, und mir wurde klar, daß er in der Nacht gestorben war. Unter einem Haufen Lumpen entdeckte ich eine Hacke, mit der ich vor der Tür ein Grab aushob – der Boden war furchtbar steinig, und ich bekam Blasen an den Händen. Daraufhin legte ich die Leiche des Alten hinein und drückte ihm die Vierstatermünze in die Hände, für den Fährmann; nur gut, daß ich hier vorbeigekommen bin, dachte ich, sonst hätte er für immer am falschen Flußufer festgesessen. Nachdem ich das Grab zugeschüttet hatte, streute ich ein wenig Mehl darauf. Zwar war es das erstemal, daß ich ganz allein eine Beerdigung durchgeführt hatte, aber ich glaube, ich habe es richtig gemacht. Nachdem ich alles erledigt hatte, was mir eingefallen war, begab ich mich wieder ins Haus und ließ die Ziege hinaus.

Aristophanes saß bereits aufgerichtet da und gähnte. »Was ist los?« fragte er verschlafen. Wütend fuhr ich zu ihm herum.

»Sieh dir doch selbst an, was du angerichtet hast!« schnauzte ich ihn an. »Du bringst nichts als Unglück!«

»Ach, laß mich in Ruhe«, grummelte er. »Ich sterbe vor Hunger. Wo sind wir überhaupt?«

Nachdem ich ihm alles erzählt hatte, jubelte er: »Das ist ja ein unglaubliches Glück!«

»Was ist ein unglaubliches Glück?«

»Na, jetzt müssen wir nur noch herausfinden, wo er seine Vorräte vergraben hat«, erläuterte Aristophanes geduldig, »und dann haben wir reichlich, um damit bis nach Catina zu kommen.«

In diesem Augenblick hätte ich Aristophanes umbringen können. »Geh mir bloß aus den Augen!« brüllte ich ihn an, woraufhin er mich leicht verdutzt anstarrte und nach draußen ging. Einen Moment später kam er wieder herein.

»Was ist, verdammt noch mal, mit dem Pferd passiert?« wollte er wissen.

»Du hast es laufenlassen, weißt du das nicht mehr?« antwortete ich.

»Nein. Warum hätte ich so was tun sollen?« Da schien ihm etwas aufzufallen. »Eupolis, was ist das für ein ekelhaftes Zeug auf meinem Gesicht?«

»Du hast dich übergeben. Vielleicht wäschst du dich lieber.«

»Wo ist denn Wasser?«

»Hier gibt es keins.« Ich hob den Proviantbeutel auf und ging nach draußen zum Maultier.

Du meine Güte, dieses Maultier! Wie Sie wissen, sagen die Pythagoreer über die Seelen der Toten, daß sie in den Körpern von Tieren auf die Welt zurückkehren; dieses Maultier jedenfalls beherbergte offensichtlich die Seele von jemandem, der Komödiendichter nicht mochte – wahrscheinlich die Seele eines athenischen Politikers oder eines überempfindlichen Tragikers , denn es hatte vom ersten Augenblick an eine Abneigung gegen uns beide. Das war sehr seltsam, da ein einziger Blick auf dieses Tier reichte, um zu verdeutlichen, daß wir die ersten Menschen waren, die sich jemals die Mühe gemacht hatten, es mit Futter und Wasser zu versorgen. Aber vielleicht handelte es sich bei diesem Maultier auch nur um einen unverbesserlichen syrakusischen Patrioten; jedenfalls gelang es uns nicht, es zur Zusammenarbeit mit uns zu bewegen. Insbesondere erinnere ich mich an die ganz reizende Angewohnheit des Maultiers, plötzlich ohne erkennbaren Grund wie angenagelt stehenzubleiben und den ungewöhnlichsten Laut auszustoßen, der mir jemals außerhalb eines Stücks von Karkinos zu Ohren gekommen war. Außerdem war es träge, bösartig und lüstern, und hätte es sich bei ihm nicht um die Wiedergeburt eines Politikers gehandelt, hätte ich schwören können, daß es die neue Verkörperung einer der Hauptfiguren aus Aristophanes' Komödien war – vielleicht Philokleon oder Strepsiades.

Doch Aristophanes war überglücklich, einfach deshalb, weil er ritt und ich nicht, und das befreite mich zumindest von einem Problem. Er war zwar immer noch schwach und zu nichts recht zu gebrauchen, aber wenigstens sah er nicht mehr so aus, als ob er jeden Augenblick sterben werde (nur dadurch gelang es mir überhaupt, ihn vom Maultier zu unterscheiden). Jetzt, da er wie ein vornehmer Mann gemütlich ritt, ließ er einen nichtendenwollenden Wortschwall los, an dem ich mich dank fortwährender Kurzatmigkeit nicht allzueifrig beteiligen konnte. Mit häufigen Querverweisen und kurzen Zusammenfassungen erzählte er mir, was mit Athen nicht stimmte, mit der Kriegsführung, mit der attischen Komödie, mit meinen Stücken, mit meiner Ehe, mit dem Zustand der Bergpfade auf Sizilien, mit dem Maultier, mit dem Wetter, mit meinem Charakter, mit seinem Darmtrakt, mit den athenischen Kommandanten auf Sizilien, mit den syrakusischen Kommandanten auf Sizilien, mit Sizilien selbst sowie mit den Göttern und den Nahrungsmitteln. Als wir den Fluß Terias erreichten (weiter konnten wir in den Bergen vor dem Durchqueren der Ebene nicht gehen), kannte ich seine Meinung über jedes denkbare Thema genauso gut oder noch besser als er selbst. Ich kann in aller Aufrichtigkeit sagen, daß mir bis auf den zweiten Gesang der *Odyssee*, den ich als Junge auswendig lernen mußte, nie wieder etwas Nutzloseres zu Ohren gekommen ist oder mir größere Qualen bereitet hätte.

Wie wir den letzten Abschnitt unseres Marsches nach Catina in Angriff nehmen sollten, darüber gingen unsere Meinungen weit auseinander. Meiner Ansicht nach sollten wir so schnell wie möglich zur Küste hinuntergehen und sofort weitermarschieren, um endlich alles hinter uns zu haben. Wie ich Aristophanes darlegte, hatten wir gute Aussichten, daß alle Menschen, auf die wir nach der Überquerung des Symaithos stoßen würden, uns gegenüber entweder freundlich oder gleichgültig gesinnt wären, wahrscheinlich eher gleichgültig, und unser einziges und dringendstes Problem darin bestehen werde, heil und unversehrt an Leontini vorbeizukommen. Aristophanes hingegen machte sich nicht über Leontini Sorgen, sondern hegte sehr starke Zweifel, ob der Proviant und die Kräfte des Maultiers bis Catina reichten. Deshalb wollte er nach Leontini reiten, das Maultier dort zu Geld machen, ein neues Maultier und zusätzlichen Proviant kaufen und erst dann gemächlich nach Catina weiterziehen. Wie er ausführte, seien sämtliche Sizilianer, die wir bislang getroffen hätten, freundlich und hilfsbereit gewesen, und da wir kein Geld besäßen, habe es keinen Sinn, sich aus überzogener Vorsicht heraus freiwillig Hunger und Krankheit auszusetzen.

Ich lehnte es rundheraus ab, nach Leontini zu gehen und die Stadt zu betreten, und Aristophanes weigerte sich ebenso kategorisch, zur Küste zu eilen. Der einzig mögliche Kompromiß bestand darin, gemächlich zur Küste zu ziehen, und so lautete selbstverständlich auch der Entschluß, den wir schließlich faßten.

Ich will damit nicht sagen, daß es sich hierbei um die dümmste gemeinsam gefaßte Entscheidung aller Zeiten handelte. Vielleicht erinnern Sie sich zum Beispiel, daß Theseus zu dem Schluß kam, es sei durchaus machbar, die Göttin der Unterwelt zu entführen, und Ikaros sah keinen Grund, warum er nicht noch das kleine Stückchen höher fliegen sollte, um seinem Flug nach Griechenland durch einen besseren Blick über das nördliche Kreta so ein wenig prickelnde Würze zu verleihen. Nach wie vor behaupte ich, daß das die dümmste Entscheidung seit Menschengedenken war, und man muß mir schon die eidlichen Aussagen von wenigstens zwei angesehenen Zeugen vorlegen, bevor ich meine Meinung ändere.

Unsere letzte Nacht in den Bergen verbrachten wir mit Zanken, und am nächsten Morgen machten wir uns in aller Frühe an die Durchquerung der Ebene. Die Hitze an jenem Tag war schier unerträglich, und das Maultier erinnerte sich wahrscheinlich an eine gehässige Bemerkung von Aristophanes über seine im früheren Leben betriebene Außenpolitik, denn es blieb so oft stehen und setzte sich genauso oft wieder in Bewegung, als nähme es an einer heiligen Prozession während eines Gewitters teil. Kurz darauf befanden wir uns in offenem Gelände und folgten einer eindeutigen Hauptstraße. Die Vorübergehenden (von denen uns für meinen Geschmack viel zu häufig welche begegneten) schienen alle stehenzubleiben und uns anzustarren, während wir uns ungleichmäßig auf das kleine Dorf am Horizont zubewegten. Was das Mißtrauen dieser Menschen am stärksten erregte, kann ich nicht sagen, aber die Tatsache, daß wir unser Maultier im ionischen Dialekt anbrüllten, muß sie zumindest neugierig gemacht haben. Was immer auch der Grund war, sie fühlten sich offenbar so unbehaglich, daß sie uns dem Truppführer der Reiterei im Dorf meldeten, der die Gegend nach vereinzelten Athenern auf dem Weg nach Catina durchstreifte.

Davon hatten wir natürlich keinerlei Ahnung, als wir, während wir noch miteinander über unsere nächsten Schritte stritten, an einem kleinen Gehölz vorbeikamen. Durch das plötzliche Auftauchen von drei

Männern in Rüstung, die uns den Weg versperrten, schien unser derzeitiges Problem nicht mehr diskussionswürdig.

Meine erste Reaktion war, vor Schreck aufzuschreien und loszurennen. Doch einer der Männer stürzte vorwärts, ergriff die Zügel des Maultiers und fragte: »Bei Zeus, seid ihr Athener?« Das fragte er auf Ionisch.

»Ja«, antwortete mein geistesschwacher Gefährte, »ich bin Aristophanes, Sohn des Philippos, und stehe euch zu Diensten. Seid ihr auch Athener?«

Jetzt warf ich einen genaueren Blick auf diese drei Männer. Sie sahen verschmutzt, zerlumpt und ausgehungert aus. Es war eine klare Sache, daß es sich bei ihnen um Athener handelte. Ihr Wortführer dankte wortreich den Göttern und bat uns um die Auskunft, wo Catina liege und ob wir etwas zu essen hätten.

»Catina liegt dort drüben« sagte der Sohn des Philippos, »und zu essen haben wir für alle mehr als genug.«

Zwar versuchte ich, gegen diese letzte Behauptung Einwände zu erheben, doch Aristophanes wollte keine zulassen, und schon sehr bald hatten wir uns alle ins Gehölz zurückgezogen und die letzten paar Kornhülsen aus dem Getreidesack verspeist.

Unsere drei Landsmänner gehörten zu Nikias' Truppe und hatten Furchtbares durchgemacht. Nachdem sie alles Eßbare bis auf das Maultier verzehrt hatten (zu dem sie, soweit es mich betraf, herzlich eingeladen gewesen wären), erzählten sie uns ihre Geschichte. Nikias und sein Führungsstab waren entweder tot oder saßen in Gefangenschaft; die Syrakuser hatten sie eingekesselt und zu einem Fluß hinuntergetrieben. Da das gesamte Heer zu dieser Zeit vor Durst fast verrückt war, warfen die Männer ihre Waffen zu Boden, drängten sich in den Fluß, um zu trinken, und wurden dabei von den Syrakusern erschossen. Aber die Athener tranken weiter, obwohl das Wasser inzwischen von Blut durchzogen war, und kämpften gegeneinander darum.

Nachdem die Syrakuser ihre Köcher leergeschossen hatten, griffen sie die Athener an, brachten so viele um, wie sie Lust hatten, und nahmen die wenigen Überlebenden gefangen. Doch fünfzehn Nachbarn aus Eleusis war es dennoch gelungen, sich gemeinsam herauszukämpfen. Von dieser Gruppe hatten es diese drei bis hierher geschafft. Die übrigen zwölf dienten mittlerweile den Krähen des südöstlichen Sizilien als karge Kost – karg deshalb, weil zehn von ihnen verhungert waren. Die zu jenem Zeitpunkt verbliebenen fünf waren schon so weit gewesen, sich selbst aufzugeben, als sie eine am Berghang laufende Ziege erblickt hatten. Nachdem sie ihre letzten Kraftreserven damit verbraucht hatten, das Tier in die Enge zu treiben, töteten und aßen sie die Ziege; doch wurden sie von den dortigen Ziegenhirten entdeckt, die in das nahegelegene Dorf rannten, wo sich gerade ein Spähtrupp der syrakusischen Reiterei von einem üppigen Mahl ausruhte. Daraufhin kamen die Reiter den Berg heraufgedonnert und brachten zwei der fünf Athener um, da diese beiden offenbar zuviel auf leeren Magen gegessen hatten und sich deshalb nicht mehr rühren konnten. Doch die übrigen drei hatten sich zur Wehr gesetzt und die Reiter mit Steinen und den bloßen Händen vertrieben und waren dann um ihr Leben gelaufen. Jetzt wußten sie nicht einmal, wo sie sich befanden, und hatten wieder rasenden Hunger. Außerdem waren sie sich sicher, von der Reiterei verfolgt und in den nächsten paar Stunden eingeholt zu werden. Deshalb dankten sie uns unter Tränen für das Essen und unsere Gesellschaft, drängten uns aber, so schnell wie möglich von hier zu verschwinden.

Ich war dafür, aber Aristophanes wollte nichts davon hören. Meiner Vermutung nach war er zu dem Schluß gekommen, daß es ruhmvoll sei, das Leben seiner Mitbürger zu retten, die das Glück gehabt hatten, sich in ihrer Stunde der Prüfung in seinen Schutz zu begeben.

Er kam sich, wie ich Ihnen ja schon berichtet habe, ausgesprochen großartig vor und betrachtete mittlerweile diese ganze Flucht durch Sizilien für einen Mann mit seiner Intelligenz und seinen Fähigkeiten als erbärmlich einfach. Er verkündete den dreien, daß er sie jetzt keinesfalls im Stich lassen, sondern wohlbehalten nach Catina bringen werde, wenn sie sich nur genau daran hielten, was er ihnen sage. Für einen Augenblick starrten sie ihn verblüfft an, dann umklammerten sie seine Knie und bezeichneten ihn als ihren Retter – eine Szene, die ich äußerst widerwärtig fand.

Natürlich hatte der Schwachkopf nicht die geringste Spur eines Schlachtplans im Kopf, aber er dachte nicht im Traum daran, dies seinen Verehrern einzugestehen. Statt dessen befahl er ihnen, die Rüstungen abzulegen und zu vergraben, was die drei auch mit äußerster Gewissenhaftigkeit taten. Schließlich suche der Feind nach drei Männern in Rüstungen, nicht aber nach fünf Zivilisten mit einem Maultier, begründete Aristophanes seine Anweisung, während die drei das Erdloch wieder zuschütteten. Unsere neuen Weggefährten schienen das für eine taktische Meisterleistung zu halten, die allenfalls dem berühmten Palamedes würdig war.

Jedenfalls ging kurze Zeit später die Sonne unter, und Aristophanes führte sein kleines Heer aus dem Gehölz hinaus. Mittlerweile hatte er sich einen Plan ausgedacht, wie er schlimmer nicht hätte sein können. Wie Aristophanes nur zu gut wußte, macht in Athen jeder vernünftige Mensch einen weiten Bogen um eine Horde Betrunkener. Kein besserer Ausweg aus unseren Schwierigkeiten biete sich uns demnach an, als einen Haufen betrunkener Nachtschwärmer zu spielen, der nach einem schweren, bei irgendeinem abgelegenen Heiligtum durchzechten Tag nach Hause torkelte. Dazu bräuchten wir lediglich ein paar Requisiten – einige Weinkrüge, ein oder zwei Kränze und vielleicht eine Fackel aus Kiefernholz, um sie jedem, der unseren Weg kreuzte, unter die Nase zu halten –, und die könnten wir unterwegs irgendwo aufsammeln oder behelfsmäßig herstellen. Das wahrhaft Überragende an diesem Plan beruhte – Aristophanes zufolge – auf der Tatsache, daß es zwar schwierig ist, einen fremden Dialekt überzeugend zu sprechen, aber sehr viel einfacher, ihn zu singen, insbesondere wenn man ihn wie ein Betrunkener grölt.

Da waren wir also – fünf verzweifelte Flüchtlinge, die das einzige dorische Lied sangen, das sie kannten (die Hymne des korinthischen Dichters Eumelos an Apollon), während sie durch die sizilianische Landschaft taumelten und sich zu erinnern versuchten, wie es war, betrunken zu sein. Nun bin ich ein ehrlicher Mensch und will niemandem die verdiente Anerkennung versagen, selbst wenn sie einem Schwachkopf gebührt, und deshalb muß ich Ihnen wahrheitsgemäß mitteilen, daß wir die verschiedenen Reisenden, die uns über den Weg liefen, ganz offensichtlich überzeugten. Sie blickten uns einmal kurz an und machten sich dann aus dem Staub, wobei uns einige im Laufen Schmähungen nachriefen. Vielleicht hätte ich vom Erfolg dieser List nicht so überrascht sein sollen, wie ich es damals war, denn es ist ein allgemeines Prinzip der menschlichen Natur, daß einem die Leute ohne weiteres die Betrunkenheit abkaufen, wenn man laut singt und herumtorkelt. Sie wollen, daß man betrunken ist, weil es ihnen dadurch möglich ist, einen auf den ersten Blick zu verachten.

Womit Aristophanes nicht gerechnet hatte (vermutlich gibt es auch keinen Grund, warum er es hätte tun sollen), war die Tatsache, daß die Einwohner Leontinis aufgrund verschiedener die öffentliche Ruhe störender Vorfälle in ihrer Stadt erst kürzlich einen Erlaß herausgegeben hatten, wonach Trunkenheit in der Öffentlichkeit eine Straftat war, die mit einer empfindlichen Geldbuße belegt wurde. Demgemäß wurden wir bereits bei

Erreichen des Dorfrands von einem Spähtrupp der Reiterei und dem Dorfrichter erwartet, der uns festnahm. Der folgende Dialog spielte sich zwischen Aristophanes, der an der Spitze unseres kleinen Zugs auf dem Maultier ritt, und dem Dorfrichter ab.

Dorfrichter: Ihr seid verhaftet.
Aristophanes: Weswegen? Wir haben nichts getan.
Dorfrichter: Wegen Trunkenheit in der Öffentlichkeit.
Aristophanes: Das ist doch kein Verbrechen, oder was meint ihr, Kumpels? Also wirklich, das ist doch kein Verbrechen.
Dorfrichter: Woher stammst du?
Aristophanes: Aus Leontini, der schönsten Kleinstadt auf der Welt. Geboren und aufgewachsen bin ich in …
Dorfrichter: Du klingst mir nicht nach einem Leontiner.
Aristophanes: Ehm …
Dorfrichter: Ihr klingt mir alle nach Athenern.

Das war für Aristophanes genug. Er geriet in Panik, schlug verzweifelt mit der Fackel nach dem Dorfrichter und trat dem Maultier wie wild in die Seiten, was angesichts seiner früheren Erfahrungen mit dem Tier eine große Dummheit war: Das elende Vieh blieb plötzlich wie angewurzelt stehen und stieß mehrmals hintereinander ein Gebrüll aus, das wahrscheinlich halb Sizilien aufweckte. Der Dorfrichter – ein mutiger, aber törichter Mann – packte es an den Zügeln und bekam als Dank für seine Mühen die Fackel ins Gesicht. Die Reiter zückten die Schwerter, die drei Athener zogen die ihren und wickelten sich zum Schutz die Umhänge um den Arm.

Ich dagegen hatte es für den Fall einer plötzlich gebotenen Flucht bewußt vorgezogen, am Ende des kleinen Zugs zu bleiben, und nahm sofort die Beine in die

Hand. Ein Reiter setzte zu meiner Verfolgung an, doch einer der drei Athener schlug nach ihm und traf ihn direkt über dem Knie. Vor Schmerzen heulte der Reiter auf und galoppierte davon, und niemand weiß, was danach aus ihm geworden ist. Inzwischen hatte ich mich umgedreht und sah, wie die übrigen Reiter die drei Athener niederschlugen, ganz so, wie ein Förster das Unterholz lichtet. Ich hatte mich bereits innerlich darauf eingestellt, in das nächstgelegene Versteck zu flüchten, als mir wieder einfiel, daß es meine von einem Gott auferlegte Pflicht war, Dionysos' Lieblingsdichter zu beschützen. Höchst widerwillig zog ich mein Schwert und lief mißmutig zurück.

Wenigstens einmal in seinem Leben hatte Aristophanes etwas Vernünftiges getan: Er war vom Maultier gefallen. Somit war er den Reitern nicht in die Quere gekommen, während sich diese mit den drei Athenern befaßt hatten, und in der Zeit bis zu meiner Rückkehr an den Ort des Kampfes war er unter das Maultier geklettert und hielt sich dort versteckt. Nun hatten mich die Reiter nicht zurückkommen sehen, und der Dorfrichter (der nach meinem Dafürhalten etwa sechzig Jahre alt gewesen sein mochte und gerade eine brennende Fackel abbekommen hatte) war aus der Gefahrenzone getreten und wandte mir den Rücken zu. Ich packte ihn an den Haaren, drückte ihm die Schwertklinge an die Kehle und verkündete mit der lautesten Stimme, die ich aufbringen konnte, ich hätte eine Geisel und sei ein ziemlich blutrünstiger Mensch. Zwar vollbrächte ich damit leider keine Heldentat, aber ich sei eben auch kein Held.

Diese Mitteilung brachte den Truppführer deutlich aus der Fassung. Vermutlich war er ein Ortsansässiger, möglicherweise spielte er sogar irgendeine Rolle im politischen Leben des Dorfs; jedenfalls schien er nicht bereit, das Leben des Dorfrichters aufs Spiel setzen zu wollen, und rief seine Männer von Aristophanes zurück. Der Sohn des Philippos kroch unter dem Maultier hervor, rannte zu mir herüber und begab sich hinter einem Todesängste ausstehenden Dorfrichter in Deckung.

»Also gut, laß ihn frei!« befahl mir der Truppführer.

»Warum?« wollte ich wissen.

»Weil ich dir den Kopf abschlagen werde, wenn du es nicht tust, darum«, verdeutlichte der Truppführer seine Forderung.

Ich riß den Dorfrichter heftig an den Haaren, woraufhin dieser wie eine Maus piepste, und ich rief: »Sei doch ehrlich! Gerade wenn ich ihn freilasse, schlägst du mir den Kopf ab. Ich wollte schon immer jemanden von der hiesigen Obrigkeit umbringen, jetzt habe ich endlich die Gelegenheit dazu.«

»Laß ihn frei, dann schonen wir euer Leben«, sagte der Truppführer. Dadurch, daß seine Reiter – es waren insgesamt zehn – uns demonstrativ mit den Schwertern drohten, wurde die Wirkung dieses Angebots ein wenig geschmälert, und ich schüttelte energisch den Kopf.

»Na schön, was willst du dann?« fragte der Truppführer gereizt. »Etwas Ehrlicheres kann ich doch nicht vorschlagen, oder?«

»Das käme auf einen Versuch an«, erwiderte ich.

»Wenn du glaubst, du kommst ungeschoren davon, wenn du unseren …«, drohte der Truppführer, woraufhin ich dem Dorfrichter einen kleinen Stoß versetzte, der liebenswürdigerweise aufschrie.

»Verschwindet!« brüllte ich. »Auf der Stelle! Schnell! Erspart euch den Ärger, im Ort demnächst Wahlen abhalten zu müssen, die nur Zwietracht säen.«

Einer der Reiter war wohl ein Verwandter oder Freund des Dorfrichters oder so etwas Ähnliches. Jedenfalls riß er sein Pferd herum und ritt in Richtung Dorf davon. Der Truppführer war wütend, wußte aber, daß er sich geschlagen geben mußte. »Laß ihn frei, dann ziehen wir uns zurück!« schlug er erneut vor.

»Ihr haut ab, und dann laß ich ihn frei«, entgegnete ich. »Abgemacht?«

»Du kommst nicht ungeschoren davon«, drohte mir der Truppführer zum wiederholten Male.

»Ach, da wäre ich mir nicht so sicher«, erwiderte ich. »Hast du mal den *Telephos* gelesen?«

Der Truppführer starrte mich verdutzt an. »Den was?«

»Den *Telephos*. Eine ganz schlechte Tragödie von Euripides. Nun ja, vielleicht war das auch vor deiner Zeit, keine Ahnung.«

Der Truppführer musterte erst mich, dann den Dorfrichter und meinen thrakischen Säbel (der, wie ich schon früher erwähnt zu haben glaube, ein ungemein wirksam aussehendes Werkzeug ist), dachte genau nach und sagte schließlich: »Ja, den *Telephos* habe ich gelesen. Warum?«

»Wie du dich erinnern wirst, probiert die Titelfigur im *Telephos* genau dasselbe Kunststück aus und kommt auch ungestraft davon. Wenn so etwas sogar irgendein geschwätziger Narr aus einer Tragödie von Euripides kann, warum sollte ich es dann nicht auch können?«

Zwar habe ich keine Ahnung, warum, aber dieser Wortwechsel schien dem Truppführer zu einem Entschluß zu verhelfen. Er stieg vom Pferd, gab seinen Männern zu verstehen, seinem Beispiel zu folgen, und setzte sich rückwärts in Richtung Dorf in Bewegung, während ich, ebenfalls rückwärts, in die entgegengesetzte Richtung ging. Als wir uns nach meinem Dafürhalten weit genug entfernt hatten, gab ich dem Dorfrichter einen kräftigen Stoß und rannte davon, so schnell mich meine Beine trugen.

Es verging eine ziemliche Zeit, bevor ich mich traute, stehenzubleiben und mich umzusehen. Von Reitern war keine Spur zu entdecken, genausowenig wie von Aristophanes. Ich schleuderte das Schwert zu Boden und fluchte. Trotz meines albernen und vollkommen untypischen Wagemuts war es mir nicht gelungen, Aristophanes zu retten. Ich setzte mich auf einen Stein und legte mein Schwert neben mich; der Feind und alles andere um mich herum interessierten mich nicht mehr besonders. Durch die unmittelbare Erinnerung an den Vorfall mit dem Dorfrichter sowie an meine unsinnigen Drohungen und alle die anderen albernen Sachen, die ich gesagt hatte, war ich derart ausgelaugt, daß ich nur noch schlafen wollte. Ich hatte mich gerade zu dem Entschluß durchgerungen, zurück ins Dorf zu gehen und mich zu stellen, als ein sehr eingeschüchtert wirkender athenischer Komödiendichter die Straße entlang auf mich zugestampft kam.

»Verdammt noch mal, wo bist du denn gewesen?« schrie ich. »Mann, ich habe mir Sorgen um dich gemacht!«

Er hörte nicht zu rennen auf, sondern lief geradewegs weiter an mir vorbei, und ich weiß noch, wie ich gedacht habe, Du meine Güte, die Reiterei!, und ihm hinterhergejagt bin. Schließlich wurde Aristophanes langsamer und blieb stehen. Ich erreichte ihn und hielt neben ihm an.

»Du Vollidiot!« begrüßte er mich in seiner freundlichen Art. »Du hättest mich fast umgebracht mit deinem ganzen …«

Ich war müde, hatte Angst und interessierte mich für nichts mehr – aber ich war nicht aus Stein und verpaßte dem Sohn des Philippos deshalb einen kräftigen Tritt in den Hintern.

Verdutzt blickte er mich an und fragte: »Weshalb hast du das getan?«

Sein Gesichtsausdruck war so komisch, daß ich einfach lachen mußte. Mein Gelächter schien Aristophanes allerdings nicht sonderlich zu beeindrucken, denn er forderte mich mit ruhiger Stimme auf, mich zusammenzureißen, und erinnerte mich daran, daß wir noch ein ganzes Stück von Catina entfernt seien. Das brachte mich noch mehr zum Lachen; ich kann mir nicht vorstellen, daß Aristophanes jemals ein dankbareres Publikum gehabt hat. Zu guter Letzt blickte er mit einer Geste verzweifelten Unverständnisses zum Himmel empor und fragte, durch welche Untat er das alles verdient habe. Ich zwang mich, mit dem Lachen aufzuhören, packte ihn am Arm und führte ihn die Straße entlang. Zwar hatten wir uns verirrt, verfügten über keinen Proviant und über kein Beförderungsmittel mehr, gingen in die falsche Richtung, und bald würde ganz Sizilien auf den Beinen sein, um uns an den Kragen zu gehen – aber wir waren immer noch am Leben. In einer Welt, die die Komödie unterschätzt, war das für zwei Komödiendichter gar keine schlechte Leistung, dachte ich bei mir.

8. KAPITEL

Die Nacht verbrachten wir in einem ausgetrocknetem Entwässerungsgraben, und bei Sonnenaufgang wachten wir auf. Vermutlich hatte ich gehofft, unsere Probleme würden sich über Nacht in Luft auflösen, doch als ich die Augen aufschlug, waren sie immer noch da, und ich hatte eine Todesangst. Mein treuer Gefährte lag, zusammengekugelt wie ein kleiner Hund oder etwas ähnlich Hilfloses, noch in tiefem Schlaf, und ich weckte ihn mit dem Fuß auf.

»Verdammt, wo sind wir überhaupt?« stöhnte er.

»Ich habe keine Ahnung«, antwortete ich. »Ich glaube nicht, daß das die Straße ist, auf der wir gestern gekommen sind.«

»Woher willst du das denn wissen?« grummelte er.

»Weil wir diesen Graben gestern nicht gesehen haben«, erwiderte ich.

»Ach, was beweist das schon?« winkte der Sohn des Philippos ab.

»Übrigens, das hier ist doch wohl ein Entwässerungsgraben, oder?«

»Kann sein«, entgegnete Aristophanes vorsichtig.

»Natürlich ist das ein Entwässerungsgraben, du Depp. Also ist es logisch, daß er irgendwo hinein- oder herausfließt. Einverstanden?«

Aristophanes blickte mich an und murmelte: »Offenbar hast du dich zuviel mit Sokrates beschäftigt.«

»Einverstanden?«

»Also gut, wenn du dich dann besser fühlst, ja.«

»Was könnte dieses Irgendwo nun anderes sein als der Fluß Terias?« fragte ich. »Und der Terias mündet an der Küste ins Meer, direkt oberhalb von Trotilos. Einverstanden?«

»Und du Schlaumeier weißt natürlich, wo Trotilos liegt«, sagte Aristophanes.

»Stimmt. Das liegt ungefähr einen Tagesmarsch von Catina entfernt. Ich habe zwar keine Ahnung, auf welche Seite die Trotilaner sich geschlagen haben, aber vielleicht wissen sie das ja selbst nicht.«

»Was hat das damit zu tun, daß wir nichts mehr zu essen haben?«

Das war allerdings eine berechtigte Frage, die ich nach bestem Wissen und Gewissen beantwortete. »Jetzt hör mir mal zu, du Großkotz!« schnauzte ich ihn an. »Mittlerweile habe ich dich so satt, daß es für den Rest meines Lebens reicht. Du allein hast uns doch in diese Schwierigkeiten gebracht, niemand sonst, und ich werde uns da wieder herausholen, wenn ich kann. Aber falls du dich auch nur noch ein einziges Mal einmischst, schneide ich dir, so wahr mir Zeus helfe, die Zunge ab.«

»Du kannst wirklich gut mit Worten umgehen, Sohn des Euchoros«, entgegnete Aristophanes gefaßt. »Also, was machen wir jetzt?«

»Wir folgen dem Graben bis zu seinem logischen Schluß.«

»Rauf oder runter?«

Ich schaute zur Sonne hoch. »In diese Richtung«, sagte ich und deutete nach Norden. »Danach folgen wir dem Fluß bis zum Meer, marschieren von dort aus in Richtung Norden an der Küste entlang nach Catina, und dann fahren wir nach Hause. Ganz einfach.«

Nach etwa einer halben Stunde erreichten wir den Fluß Terias, was uns beide beträchtlich aufmunterte, weil endlich einmal etwas geklappt hatte; außerdem war uns kein einziger Sizilianer unter die Augen gekommen. Genaugenommen war das gänzliche Fehlen von Menschen sehr ungewöhnlich, und ich konnte mir zunächst auch keinen Grund dafür vorstellen, bis wir plötzlich eine Erklärung dafür bekamen.

Wir waren noch nicht weit am Flußufer entlanggegangen, als wir eine Gruppe Menschen auf uns zukommen sahen. Sie hatten uns bereits entdeckt, und deshalb war es sinnlos, nach einem Versteck zu suchen. Als wir uns ihnen weiter genähert hatten, sahen wir, daß es sich um einen Mann mit sämtlichen Familienangehörigen handelte, die ihre besten Kleidungsstücke trugen und mit Blumengewinden geschmückte Körbe in den Händen hielten.

»Die gehen bestimmt auf ein Fest«, folgerte Aristophanes mit beispielloser Auffassungsgabe.

Während wir näher kamen, winkte uns die Familie fröhlich zu, die aus dem Mann, seiner Gattin, zwei alten Frauen und drei kleinen Kindern bestand. Aristophanes blickte mich ratsuchend an und fragte mich: »Was machen wir jetzt?«

»So wenig wie möglich«, antwortete ich. »Und vor allem hältst du von nun an den Mund.«

Inzwischen befanden sie sich in Rufweite, also rief ich ihnen etwas zu.

»Kommt bloß nicht näher!« rief ich. »Pest. Wir haben die Pest.«

»Was für eine Pest?« fragte der Mann.

Das brachte mich für einen Moment aus dem Konzept, aber ich hatte keine Lust, mir irgend etwas Schlaues auszudenken. »Macht, daß ihr wegkommt!« schrie ich so laut, wie ich konnte. »Verschwindet, sonst seid ihr alle tot!«

Die Sizilianer starrten mich an, rührten sich aber nicht. »Wo kommt ihr her?« fragten sie.

Ich überlegte mir schnell etwas und antwortete dann: »Aus Leontini.«

»In Leontini herrscht die Pest?« rief der Mann. »Seit wann denn?«

»Es ist die athenische Pest!« rief ich zurück. »Die Athener haben sie vor etwa einem Tag dort eingeschleppt, die sind aus dem Krieg geflohen oder so. Die ganze Stadt gleicht einem Schlachthaus. Egal, was ihr macht, kommt bloß nicht in die Nähe von Leontini!«

»Aber das Fest!« sagte der Mann. »Wir wollen doch auf das Fest gehen.«

Ich schüttelte heftig den Kopf und rief: »Haltet euch von der Stadt fern. Geht nach Hause und laßt niemanden in eure Nähe. Es ist die athenische Pest.«

Der Mann schüttelte verdutzt den Kopf. »Wo geht ihr hin?« fragte er.

»Zum Meer«, antwortete ich.

»Warum?«

»Warum nicht?«

»Bitte?«

»Ich sagte, warum nicht?«

»Ach so.« Der Mann betrachtete seine Familie. Eine der alten Frauen redete schnatternd auf ihn ein, und alle Kinder weinten. »Also, vielen Dank!« rief er. »Braucht ihr was zu essen?«

»Ja«, erwiderte ich. »Jede Menge!«

»In diesem Korb ist Brot«, sagte er, wobei er auf den Korb deutete, den er in der anderen Hand hielt. »Ich lasse ihn für euch da.«

»Danke!« brüllte ich – inzwischen war ich fast heiser. »Bitte, verschwindet, bevor ihr euch auch die Pest holt! Die ist sehr ansteckend.«

Der Mann setzte den Korb ab und rannte davon, gefolgt von seiner Familie. Als sie außer Sichtweite waren, fielen wir über den Korb her. Er enthielt fünf frisch fürs Fest gebackene Laibe Weizenbrot und zwei Honigkuchen – und zwar wunderbar gebackene Honigkuchen, wie ich mich noch gut erinnere.

»Ich frage mich, zu wessen Ehren das Fest veranstaltet wird«, nuschelte Aristophanes mit vollem Mund.

»Keine Ahnung«, entgegnete ich schmatzend. »Ich nehme an, für Demeter oder Athena. Für Dionysos veranstaltet man zu dieser Jahreszeit gewöhnlich kein Fest.«

»Na ja, egal, um wen es geht, wir haben jedenfalls mal wieder Glück gehabt. Ich war schon halb am Verhungern.«

»Ach? Wirklich? Das wundert mich aber.« Ich leckte mir die letzten Tropfen Honig von den Fingern. »Schön, dann wollen wir mal weiter, was?«

Kurz darauf kamen wir zu einem Bauernhaus, das bis auf einen schlafenden Hund vollkommen verlassen war – alle waren auf dem Fest. Nachdem wir uns vergewissert hatten, daß niemand in der Nähe war, traten wir eine Tür ein und gingen hinein.

Über den alten Alkmaion, den Stammvater des berühmten Geschlechts der Alkmaioniden von Athen, gibt es eine Geschichte, nach der er den Reichtum der Familie begründete, indem er dem berühmten Kroisos, König von Lydien, dem reichsten Mann, der je gelebt hat, einen Gefallen tat. Seine Belohnung bestand darin, daß er in die Schatzkammer des Königs gehen und so viel Gold mitnehmen durfte, wie er tragen konnte. Als Alkmaion nun die Schatzkammer betrat, gingen ihm die Augen über; überall war Gold – goldene Becher und Teller, goldene Rüstungen, goldene Ringe, goldene Dreifüße, goldene Statuen, alles aus purem Gold. Doch kaum hatte er ein wenig die Fassung wiedergewonnen, vergegenwärtigte sich Alkmaion, daß man Gold am rationellsten in Form von Goldstaub tragen kann, von dem es viele, bis zum Rand gefüllte Krüge gab. Er band also seinen Chiton rundum zu, um daraus ein sackartiges Behältnis zu machen, und schüttete sich einen ganzen Krug Goldstaub in den Kragen; dann streute er sich Goldstaub in das kräftige, lockige und gut eingeölte Haar; daraufhin entdeckte er zwei große Goldkrüge, die so schwer waren, daß er sie gerade noch tragen konnte, die er ebenfalls mit Goldstaub füllte. Schließlich nahm er eine Handvoll Goldstaub und stopfte ihn sich in den Mund. So beladen, taumelte er aus der Schatzkammer hinaus zu seiner Wohnung, wo er zusammenbrach. Fast wäre er am Verschlucken von Goldstaub gestorben, aber seinen Dienern gelang es, ihn im letzten Moment zum Erbrechen zu bringen.

Genauso fühlten wir uns, als wir in dieses Bauernhaus einbrachen. Dort standen überall Krüge mit allen Sorten von Nahrungsmitteln, Wein und Öl herum, und es gab saubere Kleidungsstücke, neue Stiefel und Lederhüte. Alles, was sich ein Mensch vernünftigerweise wünschen konnte, war da – man brauchte bloß zuzugreifen.

»Das ist wie im Elysion«, sagte Aristophanes.

Da fiel mir auf, daß das Haus überhaupt keine Ähnlichkeit mit dem Elysion hatte, sondern vielmehr mit meinem Haus in Pallene; es war nur sehr viel kleiner und nicht so vermögend ausgestattet. Hier lebten einfache Menschen, Bauern, Leute, die sich darum sorgten, in einem schlechten Jahr genügend zu essen zu haben. Da waren wir, zwei reiche Männer aus der Steuerklasse der Reiterei, die ihr ganzes Leben inmitten des Wohlstands verbracht hatten, den diese Menschen nie erreichen würden; doch jetzt war dieses einfache Haus für uns begehrenswerter als alles andere, das wir uns vorstellen konnten.

Zuerst hatten wir den Drang, das ganze Haus zu plündern, aber nach einer Weile beherrschten wir uns wieder und nahmen nur saubere Kleider und Proviant für fünf Tage. Trotz allem fühlten wir uns wie vornehme Herren, in sauberen Chitons und Umhängen aus Wolle, mit Stiefeln und großen Lederhüten, mit Spazierstöcken und einem Schwert für Aristophanes und Leinentaschen für den Proviant. Obendrein fanden wir ein Rasiermesser und einen Spiegel, mit denen wir uns die Haare schnitten und den Bart abrasierten – Sie haben ja gar keine Ahnung, welches Vergnügen mir das bereitete. Selbstverständlich ging Aristophanes noch einen Schritt weiter und stöberte den Geldbeutel der Bauernfamilie auf. Er enthielt zwanzig Statere, und Aristophanes weigerte sich, auch nur einen einzigen davon wieder zurückzustecken.

»Was wir jetzt brauchen, ist ein Pferd«, stellte er fest.

»Du bist wohl nie zufrieden, was?«

»Nein«, antwortete er wahrheitsgemäß. »Schließlich bin ich Athener, oder etwa nicht?«

Da war allerdings etwas dran. Zwar waren Nikias und Demosthenes gescheitert, aber hier befanden sich zwei Athener, die den Reichtum Siziliens mit nach Hause nahmen. Danach war mir bei der Plünderung des Hauses etwas wohler zumute – wirklich nur etwas und nicht viel.

Als wir gingen, schloß ich hinter mir so ordentlich wie möglich die Tür und blickte mich nach allen Seiten um. Dabei entdeckte ich zweierlei: Das eine war gut, und das andere war schlecht. Das Gute war ein Nebengebäude, dessen Tür einen Spaltbreit geöffnet war und in dem sich ein Karren befand; ein kleiner zweirädriger Ochsenkarren, genau wie die, mit denen wir zu Hause fahren. Sein Stauraum bestand aus einem dieser großen Kornfässer, die man auf den Getreideschiffen benutzt. Darin kann sich ein Mann verstecken, dachte ich bei mir, das ist überhaupt kein Problem. Offensichtlich war die Bauernfamilie mit dem Eselskarren zum Fest gefahren.

»Aristophanes, ich habe eine Idee. Glaubst du, daß diese Bauernfamilie ihren Ochsen in einem Pferch hält?«

»Aber sicher.«

»Glaubst du, daß du den für mich finden könntest?«

»In Ordnung.«

Während Aristophanes fort war, zog ich den Karren heraus und überprüfte meine Theorie. Ich hatte recht. Für einen ausgewachsenen Mann war es zwar ein wenig eng, aber durchaus möglich. Da kam Aristophanes mit einem großen weißen Ochsen zurück, den er an einem Strick führte. Nach einer Weile hatten wir den Ochsen zwischen die Deichseln bekommen, und ich schirrte ihn an.

»Und was soll das?« fragte Aristophanes.

»Steig da rein!« forderte ich ihn auf und deutete auf das Faß.

»Nie im Leben!« protestierte Aristophanes.

Jetzt erst deutete ich auf das Schlechte, das ich schon zuvor gesehen hatte und das immer näher kam: eine entfernte Staubwolke auf der Straße. »Weißt du, was das ist?« fragte ich ihn.

»Ach, du meine Güte!« stieß Aristophanes erschrocken hervor. »Das ist bestimmt diese verdammte Reiterei.«

»Das glaube ich allerdings auch«, gab ich ihm ausnahmsweise recht. »Und jetzt sei so nett, und steig in das Faß.«

Er stieg in das Faß, und ich schloß den Deckel. Dann begab ich mich erneut ins Haus, griff mir zwei große Krüge mit Oliven und rannte wieder nach draußen zum Karren.

»Aristophanes!« rief ich.

»Ja?«

»Paß auf deinen Kopf auf!« Ich hob den Deckel des großen Fasses an und schüttete die Oliven hinein. Ich entschuldigte mich kurz bei ihm und stellte die Olivenkrüge an ihren Platz zurück. Dann schloß ich hinter mir erneut die Tür des Bauernhauses und stieg auf den Karren.

Kurz nachdem ich auf der Hauptstraße war, holte mich die Reiterei ein. Es handelte sich um den Spähtrupp, mit dem wir in der vorangegangenen Nacht aneinandergeraten waren; eine Verwechslung war ausgeschlossen. Mir war bewußt, welches Wagnis ich einging. Ich hatte unser beider Leben – und die Zukunft der attischen Komödie – auf eine Wäsche und eine Rasur, einen großen Lederhut, meine Fähigkeit, einheimische Dialekte nachzuahmen, sowie acht Medimnen grüner Oliven gesetzt.

»He, du da!« schrie mein alter Freund, der Truppführer. »Fahr mal an die Seite ran!«

Ich gehorchte sofort. »Klar, was ist denn los?«

»Ist das dahinten dein Hof?« fragte der Truppführer, wobei er mit dem Schwert auf den Bauernhof hinter uns deutete.

»Nein, der gehört meinem Vetter, aber der ist heute auf dem Fest in Leontini«, antwortete ich und schwitzte dabei so stark, daß ich kaum noch etwas sehen konnte. Zusätzlich hatte ich mich an einen syrakusischen statt an einen korinthischen Dialekt gewagt. Dies war anscheinend mein großer Tag, um Risiken einzugehen.

»Warum bist du denn nicht auf dem Fest?«

»Weil es nicht mein Fest ist«, erwiderte ich. »In Syrakus hatten wir unsere Feier für Demeter schon letzten Monat.«

Von meiner Seite war das nichts anderes als ein verzweifelter Versuch – ich hatte im Haus eine kleine, frisch geschmückte Demeterfigur aus Terrakotta gesehen und mich daran erinnert, daß mir irgendwer in dem Lager vor Syrakus erzählt hatte, wie von ihm das Demeterfest der Syrakuser beobachtet worden sei. Zeus allein weiß, warum ich dieses Risiko einging, aber es klappte.

Der Truppführer nickte und sah sich mein Gesicht nicht allzugenau an. »Also warst du auf Besuch hier?« fragte er.

»Genau«, antwortete ich. »Das war seit dem Krieg die erste Gelegenheit, mal wieder hier vorbeizuschauen. Ich transportiere für meinen Vetter ein paar

Oliven zur Küste. Die fangen nämlich schon an zu schwitzen, und er wollte sie nicht bis nach dem Fest stehenlassen. Hinter was seid ihr denn her, Jungs?«

»Da laufen zwei gefährliche Athener frei herum«, klärte mich der Truppführer auf.

»Athener? Also, das ist ja wirklich etwas ganz Neues. Hätte nicht gedacht, daß von denen noch allzu viele übrig sind«, antwortete ich kichernd.

»Sind dir zwei zerlumpte Männer zu Gesicht gekommen, die zu Fuß unterwegs sind?«

»Ein großer und ein kleinerer? Beide glatzköpfig?«

»Genau.«

»Heute morgen waren zwei Männer, die dieser Beschreibung entsprechen, auf unserem Hof«, log ich unverdrossen weiter. »Die wollten was zu essen und haben angeboten, ein Maultier zu kaufen. Sie hatten zwar Geld, aber ihr Aussehen hat uns nicht gefallen. Außerdem haben die so komisch geredet. Soweit ich es mitbekommen habe, sind sie den gleichen Weg zurückgegangen, den sie gekommen waren.«

»Und wann war das?«

»Etwa eine Stunde vor Sonnenaufgang, vielleicht auch etwas später. Meinst du, das waren diese beiden Athener?«

»Und ob ich das meine.«

»Und sind die gefährlich?«

»Sie haben den Dorfrichter bedroht und einen meiner Männer verwundet.«

»Das ist ja furchtbar, das ist wirklich ganz furchtbar«, erzürnte ich mich. »Hauptsache, diese Kerle bleiben mir vom Leib. Könntest du ein paar von deinen Jungs erübrigen, damit sie mich zur Küste begleiten?«

Der Truppführer schüttelte den Kopf. »Tut mir leid. Aber immerhin besitzt du ja ein Schwert, da solltest du auch allein zurechtkommen.«

Plötzlich hatte ich ein Gefühl, als hätte mir gerade jemand das Herz durch das Ohr herausgezogen. Ich blickte nicht nach unten, aber es war klar, daß der Truppführer den verfluchten thrakischen Säbel an dem Gehenk um meinen Hals sehen konnte. Ob er ihn wiedererkannt hatte? Ich bezweifelte sehr stark, daß derartige Schwerter in diesem Teil Siziliens alltäglich waren. Meine innere Stimme verwünschte mich als leichtfertigen Vollidioten, doch gelang es mir, das Gesicht nicht zu verziehen.

»Das trage ich nur zur Zierde«, sagte ich. »Ich bin nicht gerade das, was man einen Kämpfer nennt. Das überlasse ich lieber euch Jungs.«

Der Truppführer lachte. »Danke für deine Hilfe«, verabschiedete er sich und riß sein Pferd herum.

»Seht bloß zu, daß ihr diese Athener fangt!« rief ich ihm hinterher. »Mir ist jetzt nicht mehr so wohl dabei, ohne Begleitung den Hof meines Vetters zu verlassen, wenn sich Athener in der Nähe befinden. Allerdings hätte ich auch keine besondere Lust, auf dem Hof zu sein, falls die auf die Idee kommen sollten, dort einzubrechen«, fügte ich hinzu. »Deshalb bin ich vielleicht besser dran, wenn ich schnell weiterfahre.«

Der Truppführer lachte erneut und führte seinen Trupp den Weg zurück, den er gekommen war. Für einen Augenblick hatte ich Angst, er werde in Richtung des Hofs abbiegen – was ich an seiner Stelle getan hätte –, doch er ritt schnurstracks daran vorbei und war verschwunden. Ich ließ die Zügel sinken und begann am ganzen Körper zu zittern. Das alles hier ist nicht meine Welt, sagte ich zu meiner inneren Stimme – und dieses Mal stimmte sie mir ausnahmsweise zu. Aber (erwiderte meine innere Stimme) du brauchst dir keine Sorgen zu machen, weder heute noch in Zukunft. Du bist auserwählt worden zu überleben. Du hast die Pest überlebt. Du hast den Krieg überlebt. Du hast die ganze Zeit auf Sizilien überlebt. Der alte Schmied, der nicht sterben konnte, ist gestorben. Der Veteran von Himera ist gestorben. Die Athener aus Eleusis, die noch nicht verhungert waren, sind gestorben. Alle außer dir und dem Sohn des Philippos sind gestorben, und der Sohn des Philippos wird wie die alten Helden vor Troja von dem Gott beschützt, deshalb zählt er nicht. Höchstwahrscheinlich wirst du ewig leben.

An diesem Tag begegnete ich noch etlichen anderen Reisenden, hatte aber mit keinem von ihnen Schwierigkeiten. Mittlerweile war ich selbst davon überzeugt, ein syrakusischer Bauer auf Besuch bei seinen Vettern in der Nähe von Leontini zu sein. Ich hieß Pelopidas, Sohn des Temenos, und besaß an den Hängen des Epipolai vierundzwanzig Morgen – mit verschiedenen Getreidesorten bebautes – Acker- und Weideland sowie ein paar Weinstöcke auf der anderen Seite des Berges. Meine Gattin, Kallistrata, war zwar eine große, schwere Frau von üblem Charakter, aber wir hatten zwei prächtige Söhne, Leon und Gigas, und Gigas war bereits als Lehrling von einem alteingesessenen Töpfer in der Stadt angenommen worden; er täte gut daran, in der Töpferei zu arbeiten. Außerdem hatten wir noch eine Tochter namens Theodora gehabt, die jedoch schon im Alter von zehn Jahren an einer Erkältung gestorben war. Während des Kriegs wohnten wir in der Stadt, was unbequem war, und als Soldat hatte ich meinen Teil geleistet. Zwar hatte ich die Sache auf dem Epipolai verpaßt, war dafür aber bei der Vernichtung am Garten hinter der Mauer dabeigewesen, als wir es diesen Athenern ein für allemal gezeigt haben. Diesen letzten Teil wollte ich gar nicht mit in meine Lebensgeschichte aufnehmen, aber ich konnte nicht anders. Wie sehr ich mich auch bemühte, mein Leben umzuschreiben, dieses Ereignis konnte ich einfach nicht auslassen.

Wahrscheinlich war es nur gut, daß ich nicht zum Spielen dieser Rolle aufgefordert wurde, die ich mir selbst auf den Leib geschrieben hatte, da sie vermutlich nur so vor Ungenauigkeiten strotzte. Doch ich muß gestehen, daß es mir Spaß machte, Pelopidas, Sohn des

Temenos, zu sein. Denn einerseits stand er auf der Siegerseite, und andererseits war er hier zu Hause. Vielleicht verfügte er nicht über den Reichtum und die Begabungen eines, sagen wir mal, Eupolis oder selbst eines Aristophanes, aber dafür trachtete ihm auch niemand nach dem Leben, und vor allem machte es ihm nicht so viel aus, wenn er nie nach Catina käme. Bei Zeus, ich beneidete ihn.

Vorsichtig packte ich in jener Nacht Aristophanes aus, der zunächst keinen glücklichen Eindruck machte. Als ich ihn schließlich aus dem Faß zog, hatte er sich die Anschuldigungen und Verwünschungen eines ganzen Tages aufgehoben, von denen ihm der größte Teil in den ersten fünf Minuten seiner wiedergewonnenen Freiheit über die Lippen zu kommen schien. Doch ich beachtete ihn einfach nicht; er langweilte mich entsetzlich, und ich sah in ihm nicht mehr als eine lästige und leicht verderbliche Ware, die ich nach Catina zu liefern hatte. Schließlich versteckte ich ihn für die Nacht unter dem Karren, legte mich schlafen und träumte zunächst, ich sei Pelopidas, Sohn des Temenos. Doch diese Wunschvorstellung verwandelte sich leider in einen Traum vom Garten hinter der Mauer – eigentlich war dies das erstemal, daß mich dieses Erlebnis im Schlaf verfolgte –, und ich wachte zitternd und schweißgebadet mitten in der Nacht auf. Das wiederum überzeugte mich davon, daß ich nun ebenfalls Fieber hatte, und die Sorge darum hielt mich für den Rest der Nacht wach.

Als Aristophanes aufwachte, nahmen wir zum Frühstück jeder einen halben Laib Weizenbrot, einen Becher Wein, eine Wurst und eine Handvoll Feigen zu uns – die beste Mahlzeit, die wir seit unserer Landung auf Sizilien gehabt hatten. Es war ein herrlicher Morgen, warm, aber nicht zu heiß, und über den Berggipfeln hinter uns spielte sich ein atemberaubender Sonnenaufgang ab. Wir wuschen uns im Fluß, und dann teilte ich

Aristophanes mit, es sei Zeit für ihn, zurück ins Faß zu steigen. Zu meiner großen Überraschung weigerte er sich.

»Die Oliven stinken«, wehrte er sich. »Wenn ich da wieder rein muß, sterbe ich.«

»Wie du willst«, entgegnete ich. »Wenn du allerdings nicht wieder ins Faß kletterst, muß ich dich leider umbringen.« Als ich mit einer beiläufigen Geste meinen Säbel zog und ihn mir auf die Knie legte, starrte Aristophanes mich entsetzt an.

»Tut mir leid«, sagte ich, »aber so ist das nun mal. Ich kann es mir nicht leisten, dich allein losziehen zu lassen. Man wird dich sofort als Athener erkennen, und dann werden sie kommen und nach mir suchen. Deshalb muß ich dich umbringen und begraben, und zwar am besten« – ich blickte mich rasch um – »dahinten unter dem Steinhaufen. Ich gebe dir einen Stater für den Fährmann, aber mehr kann ich dir nicht anbieten.«

Aristophanes öffnete den Mund, doch es kam nichts heraus, und plötzlich begriff ich, was ich da eben gesagt hatte. Ich hatte keinen Spaß gemacht – ich hätte es wirklich getan, und das war ein furchtbares Gefühl.

Ich stand auf, und Aristophanes ging vor mir sichtlich in Deckung. »Also, steigst du jetzt wieder ins Faß oder …?« forderte ich ihn unmißverständlich auf.

»Ja, ja, sofort«, stammelte der Sohn des Philippos kleinlaut.

»Braver Junge. Aber vorher sollten wir lieber die Oliven auskippen. Hilf mir mal mit dem Faß, ja?«

Wir schütteten die Oliven aus und stellten das Faß in die Halterung zurück, dann kletterte Aristophanes hinein, und ich bedeckte ihn erneut mit den Oliven. »Kriegst du noch Luft?« fragte ich ihn, woraufhin er mir versicherte, genug Luft zum Atmen zu haben.

»Dann ist ja alles klar. Gut, es wird Zeit, daß wir loskommen.« Ich verschloß das Faß mit dem Deckel und schob den Ochsen rückwärts zwischen die Deichseln.

Es war ein gutes Tier, gefügig und gut erzogen. Ich mochte diesen Ochsen. Dann ergriff ich die Zügel, und schon waren wir wieder unterwegs.

Noch vor Einbruch der Dunkelheit erreichten wir das Meer, und bei seinem Anblick fühlte ich mich wieder wie ein kleines Kind. Das Meer war gewaltig und wunderschön und freundlich, und an seinem anderen Ende befand sich Athen in Attika und Pallene und mein dortiges Haus und mein Verwalter samt seiner Frau und mein graues Pferd mit dem schwarzen Schweif und mein Haus in der Stadt und meine Frau. Seit ich den Fuß auf sizilianischen Boden gesetzt hatte, hatte ich nicht ein einziges Mal einen Gedanken an Phaidra verschwendet; und jetzt, da mir ihre Existenz wieder eingefallen war, erinnerte ich mich beim besten Willen nicht daran, wie sie aussah. Ich strich den Gedanken aus dem Gedächtnis und wurde wieder zu Pelopidas. Nur noch einen Tag von Catina entfernt. Ob sich die Oliven noch so lange frischhalten würden?

Ich hatte zur Nacht angehalten und wollte Aristophanes gerade herauslassen, als hinter mir eine Gruppe Männer, die Esel an den Zügeln führten, die Straße entlang kam. Es waren ungefähr zehn, und ich erkannte schnell, daß es sich um Bauern handelte, die ihre Erzeugnisse in die Stadt brachten. Diese Stadt konnte nur Catina sein.

»Guten Abend, mein Freund«, begrüßte mich einer aus der Gruppe, ein großer Mann mit dichtem grauen Haar. »Unterwegs zum Markt?«

Seine Stimme klang warm und freundlich, und ich antwortete mit einem Lächeln: »Sicher. In dem Faß hier habe ich Oliven.«

Jetzt war der Mann nicht mehr so freundlich, und mir wurde erst jetzt bewußt, daß ich – rein instinktiv – immer noch Pelopidas war. Mein syrakusischer Akzent war so gut geworden, daß der Grauhaarige ihn sofort erkannt hatte. Das Problem war natürlich nur, daß die Catiner die Syrakuser wie die Pest haßten. Hätte ich nicht plötzlich solch eine Angst gehabt, wäre mir zum Lachen zumute gewesen.

So ist das wohl, wenn man mehr Glück als Verstand hat, sagte meine innere Stimme, aus der ich eine scheußliche Selbstgefälligkeit heraushörte, als hätte sie gewußt, daß alles in Tränen enden würde. Da lügt man sich mit Glück und Geschick mitten durch Sizilien hindurch und schafft es, sich aus den schrecklichsten Verlegenheiten zu befreien, ohne sich richtig anzustrengen, und dann, kaum beherrscht man seine Rolle einigermaßen, um als Syrakuser durchzugehen, läuft man einem Haufen Catiner in die Arme, die einen in der Luft zerreißen wollen, weil man kein Athener ist. Das wird einen lehren, was es heißt, wirklich Glück zu haben.

»Woher genau, hast du gesagt, stammst du, mein Junge?« fragte der Grauhaarige. »Vielleicht habe ich es beim erstenmal nicht richtig verstanden.«

»Ich komme aus Pallene«, antwortete ich mit meiner normalen Stimme – die mir bloß nicht normal über die Lippen kam. »Pallene in Attika. Ich bin Athener.«

Der Grauhaarige blickte mich finster an und drohte mir: »Komm mir bloß nicht komisch, Fremder. Wirst du mir jetzt die Wahrheit sagen, oder muß ich sie aus dir herausprügeln?«

In den Tiefen meines Gehirns versuchte ich, irgendeinen Ausweg aus dieser Klemme zu finden, aber es war kein Einfall mehr übrig. »Bei allen Göttern, das darf doch wohl nicht wahr sein!« rief ich. »Ich bin Athener, siehst du das denn nicht? Ich bin einer von Demosthenes' Männern. Ich war in der Schlacht beim Garten hinter der Mauer dabei, bin aber mit dem Leben davongekommen. Diesen Karren habe ich vor Leontini gestohlen, weil Reiter hinter mir her waren, denen ich etwas vormachen mußte. Ich habe mich gerade eben nur deshalb als Syrakuser ausgegeben, weil ich nicht wußte, daß ich mich schon in eurem Land befinde.«

Die Männer murmelten undeutlich miteinander; offenbar waren sie von meinen Ausführungen nicht überzeugt. Ich wußte nicht, was ich tun sollte.

»Ich glaube dir nicht«, ergriff der Grauhaarige erneut das Wort. »Ich schätze mal, du bist ein syrakusischer Spion, und werde dich mitnehmen. Packt ihn, Jungs!«

»Moment, Moment!« kreischte ich. »Ihr macht da einen wirklich dummen Fehler! Seht mal, in diesem Faß hier habe ich noch einen Athener. Er ist mein Freund, wir sind zusammen geflohen.«

Der Grauhaarige starrte mich entgeistert an. »In diesem Faß?«

»Ja, in dem verdammten Faß! Holt ihn doch raus, wenn ihr mir nicht glaubt!«

Sie schnitten das Faß los und kippten es auf den Boden aus. Erst ergoß sich ein kleinerer Schwall Oliven, und dann kam der äußerst verärgert aussehende Sohn des Philippos herausgekrochen. Er versuchte, sein Schwert zu ziehen, aber die Männer nahmen es ihm vorher ab und fesselten ihm die Hände.

»Athener, daß ich nicht lache!« schimpfte einer der Männer. »Der hat glatt versucht, mich umzubringen.«

»Er konnte dich doch gar nicht hören, schließlich war er im Faß!« wandte ich ängstlich ein. »Er hat gedacht, du bist ein Feind.«

Auch diese Bemerkung gefiel dem Grauhaarigen überhaupt nicht. »Sehen wir etwa wie Syrakuser aus?« fragte er wütend.

»Sehen konnte er euch ja auch nicht, weil er in diesem beschissenen Faß steckte«, erwiderte ich verzweifelt. »Denkst du eigentlich nie nach?«

»Red ja nicht in solch einem Ton mit mir!« warnte mich der Grauhaarige. »Du kannst von Glück reden, daß wir euch nicht auf der Stelle aufhängen.«

»Ach, macht doch, was ihr wollt!« gab ich kläglich zurück.

»Genau das werde ich vielleicht auch tun«, stellte der Grauhaarige fest. Seine Kumpane schienen ihm beizupflichten, denn einer von ihnen wickelte bereits ein Seil von seinem Esel ab. In dem Moment fiel mir etwas ein. Ich erinnerte mich an den fetten Trockenfischhändler, der während der Aufführung des *Heerführers* neben mir gesessen hatte. Ich wußte noch, daß er Perikleidas, Sohn des Bellerophon, hieß und nach eigenen Angaben aus Catina stammte. Vor Freude hätte ich heulen können.

»Würdet ihr mir jetzt bitte alle mal zuhören, nur einen Augenblick?« bat ich die Bauern mit eindringlicher Stimme. »In Catina habe ich nämlich einen Freund, der für mich bürgen wird. Perikleidas, Sohn des Bellerophon, der Trockenfischhändler. Kennt den einer von euch?«

»Klar kenne ich den«, bestätigte einer der Männer. »In der Fangzeit verkaufe ich ihm immer Thunfisch. Den kennst du?«

»Ich bin ihm in Athen begegnet.«

»Wenn du ihn kennst, wo wohnt er dann?« wollte der Grauhaarige wissen.

Ich wollte gerade erklären, daß ich ihm nur in Athen begegnet war und man nicht von mir erwarten könne, seine Adresse zu kennen, als mir plötzlich einfiel, daß ich sogar ganz genau wußte, wo er wohnte. Schließlich hatte mir das der Gott mitgeteilt, im Garten hinter der Mauer.

»Gleich neben dem Heiligtum des Dionysos«, antwortete ich, »beim kleinen Tor.«

»Das stimmt, genau dort wohnt er«, bestätigte der Mann, der Perikleidas kannte.

»Das beweist noch gar nichts.« Der Grauhaarige gab nicht auf. »Jeder weiß das.«

»Ich nicht«, warf einer seiner Freunde ein, aber der Grauhaarige überhörte ihn einfach.

»Dann bringt mich doch zu ihm«, schlug ich vor. »Er wird mich bestimmt wiedererkennen.«

Der Grauhaarige dachte kurz nach, dann deutete er auf Aristophanes. »Und wer ist das?«

»Das ist mein Freund«, antwortete ich. »Wie ich es euch schon gesagt habe.«

»Kennt der Perikleidas?«

»Nein, aber Perikleidas ist bestimmt nicht vielen Leuten in Athen bekannt. Hör mal, können wir uns jetzt nicht auf den Weg machen?« drängte ich.

Der Grauhaarige überlegte erneut und nickte. »Du solltest lieber hoffen, daß dich Perikleidas erkennt«, drohte er mir mit finsterer Miene, »denn sonst hänge ich dich, bei Zeus, mit eigenen Händen auf.«

Die Männer packten mich und Aristophanes auf den Karren, und den restlichen Tag verbrachten wir damit, über die Straße nach Catina zu holpern. Auf diese Weise hatte ich dort gewiß nicht eintreffen wollen, und irgendwie hatte ich ein flaues Gefühl im Magen. Hauptsächlich graute mir davor, daß Perikleidas womöglich nicht zu Hause oder im Ausland war, um seinen scheußlichen Fisch zu verkaufen. Das hätte prächtig zu meiner derzeitigen Pechsträhne gepaßt, und dann würde man uns aufhängen und zu Würsten verarbeiten.

Kaum kamen wir in die Stadt hinein, scharte sich eine Menschenmenge um uns, und gleich darauf erregten wir die Aufmerksamkeit eines Richters und einiger Soldaten. Als er gefragt wurde, wen er da auf seinem Karren habe, antwortete der Grauhaarige, das wisse er selbst nicht so genau. Zwar würden wir beide behaupten, wir seien Athener, und Perikleidas könne für uns bürgen, aber falls dies nicht der Fall sei, müßten wir syrakusische Spione sein und sollten aufgehängt werden. Der Richter hielt das für eine überaus vernünftige Lösung und schritt uns durch die Straßen voraus. Einige Leute jubelten uns zu, als wir vorbeikamen, und andere bewarfen uns mit Steinen; das ist es wohl, was man ›auf Nummer sicher gehen‹ nennt.

Der Karren kam holpernd zum Stehen, und man zerrte uns hinunter. Mittlerweile war es ziemlich dunkel, doch rings um uns brannten viele Fackeln, und der ganze Vorgang sah wie eine Mischung aus einer Hochzeit und einer Opferfeier aus.

Schließlich kam der Richter zu uns herüber und sagte an uns beide gewandt: »Also gut, das hier ist Perikleidas' Haus. Wir werden ja sehen, was er zu sagen hat.«

Laut pochte er an die Tür und rief Perikleidas' Namen. Während ich eine Zeit wartete, die mir wie eine Ewigkeit vorkam, und der Sklave herunterkam und die Tür öffnete, dachte ich mit Verbitterung über mein Schicksal nach, das jetzt von solch einem Blödian von Trockenfischhändler abhing, dem ich einst im Theater begegnet war. So etwas kann nur einem Komödiendichter passieren, sagte ich mir und überlegte – nicht zum erstenmal in meinem Leben –, ob ich den richtigen Beruf gewählt hatte.

»Was ist denn los?« fragte der Sklave. Der Anblick so vieler Menschen erschreckte ihn. »Mein Herr ist gerade beim Abendessen.«

»Er wird gebraucht, um für diese Männer zu bürgen«, sagte der Richter. »Sie geben vor, Athener zu sein.«

»Gut, ich hole ihn.« Der Sklave gehorchte. Dann verschwand er im Haus, und ich verbrachte eine weitere Ewigkeit mit Warten, während die rechtschaffenen Menschen von Catina rings um mich lautlos miteinander flüsterten. Dann erschien Perikleidas, der Trockenfischhändler, genau so, wie ich mich an ihn erinnerte, nur daß er noch eine Kleinigkeit fetter als früher war und mittlerweile ganz graue Haare hatte. Aber was, wenn er sich nicht an mich erinnerte?

»Bist du Perikleidas, Sohn des Bellerophon?« fragte der Richter.

»Klar bin ich das«, antwortete Perikleidas, dem die Verwirrung deutlich anzusehen war. »Du weißt ganz genau, wer ich bin, Kleander, du hast doch gestern abend hier gegessen. Warum fragst du mich das überhaupt?«

Das erzielte beim Publikum einen guten Lacher, und der Richter runzelte leicht verlegen die Stirn.

»Perikleidas, ich muß dich fragen, ob du diese Männer wiedererkennst«, sagte er. »Sie behaupten nämlich, dich zu kennen.«

Perikleidas zuckte die Achseln und fragte: »Was haben sie denn angestellt?«

»Ach, das tut im Augenblick nichts zur Sache«, winkte der Richter ungeduldig ab. »Du sollst nur sehen, ob du sie für mich identifizieren kannst. Kannst du das?«

»Ich werde mein Bestes tun«, entgegnete Perikleidas und wandte sich Aristophanes zu. »Tut mir leid«, sagte er nach einem qualvollen Moment des Schweigens, »aber diesen Mann habe ich noch nie im Leben gesehen.«

Aus der Menge hörte man einen Laut des Erstaunens und gedämpften Jubel. Nun wandte sich Perikleidas mir zu. Er musterte mich, blinzelte und musterte mich nochmals.

»Nun?« fragte der Richter. »Kennst du diesen Mann oder nicht?«

»Ich weiß nicht recht«, antwortete Perikleidas. »Verdammt, Kleander, du weißt doch, daß ich ein miserables Gedächtnis für Gesichter habe.«

Da reichte es mir. »Perikleidas«, platzte es aus mir heraus, bevor mich jemand daran hindern konnte, »erinnerst du dich daran, nach Athen gefahren zu sein und ein Theaterstück namens *Der Heerführer* gesehen zu haben?«

Perikleidas blinzelte. »Ja, daran erinnere ich mich sogar gut. Aber sicher ... Bist du nicht dieser junge Bursche, der neben mir gesessen hat? Ja, ich könnte schwören, daß du das bist. Du bist dieser junge Bursche, der das Stück geschrieben hat.«

»Heiße ich nicht Eupolis?« fragte ich.

»Stimmt«, antwortete Perikleidas erleichtert. »Du bist Eupolis, der Bühnendichter. Was Gesichter angeht, ist mein Gedächtnis zwar furchtbar, aber einen Namen vergesse ich nie. Ja, das ist Eupolis, dafür kann ich bürgen.«

»Bist du dir ganz sicher?« hakte der Richter nach. »Du hast selbst gesagt …«

»Nein, nein, das ist schon Eupolis«, unterbrach ihn Perikleidas. »Wenn ich recht habe, fehlt ihm an einem Finger ein Stück.«

Nun waren mir die Hände hinter dem Rücken zusammengebunden, deshalb konnte er sie nicht gesehen haben. Der Richter befahl daraufhin seinen Männern, mir die Fesseln abzunehmen. Ich traute mich nicht, nach unten zu sehen, falls das fehlende Stück am Finger plötzlich nachgewachsen sein sollte, nur um mir eins auszuwischen.

»Na schön.« Der Richter gab sich geschlagen. »Ich glaube, du bist wirklich der, für den du dich ausgibst. Aber wer ist der da?« fragte er Perikleidas, wobei er auf Aristophanes deutete, und die Menschenmenge, die eben bitter enttäuscht worden war, schöpfte neue Hoffnung. »Den kennst du nicht, oder?«

»Das haben wir auch nie behauptet«, warf ich schnell ein. »Aber ich kann dafür bürgen, daß dies Aristophanes ist, Sohn des Philippos, ein athenischer Bürger.«

»Doch nicht etwa *der* Aristophanes?« rief Perikleidas erfreut aus. »He, du da, bist du etwa der Aristophanes, der *Die Acharner* und *Die zwei Krüge* geschrieben hat?«

»Ja«, bestätigte Aristophanes. Diesmal schwang in seiner Stimme ausnahmsweise keine Selbstgefälligkeit, sondern nur Erleichterung mit.

»Dann kann ich auch für ihn bürgen«, sagte Perikleidas.

»Nein, das kann er nicht«, widersprach der Grauhaarige. »Er hat doch eben gerade selbst gesagt, daß er das nicht kann.«

Der Richter machte eine verärgerte Geste. »Ach, zum Henker damit!« fluchte er. »Hör mal, Perikleidas, übernimmst du für die beiden die Verantwortung?«

»Es wäre mir sogar eine große Ehre«, erwiderte Perikleidas und starrte dabei Aristophanes an, als hätte er gerade eine Vision von einem Gott gehabt. Verstehen Sie, nicht mich gaffte er an, sondern nur Aristophanes.

»Gut, das genügt mir«, verkündete der Richter. »Also schön, Leute, die Feier ist vorbei! Geht leise nach Hause, es ist schon dunkel.«

Die Menschenmenge zerstreute sich, und Perikleidas drängte uns beide ins Haus.

»Stratylla«, schrie er aufgeregt, »komm schnell her! Wir brauchen heißes Wasser und Handtücher. Wir haben Besuch.«

Ehrlich gesagt, an mehr kann ich mich von jener Nacht nicht erinnern. Ich glaube, ich muß noch im Stehen eingeschlafen sein oder so etwas, denn als nächstes weiß ich nur noch, daß ich in einem Bett aufwachte und das Licht durchs Fenster hereinfiel. Erst war ich völlig durcheinander, aber dann fiel mir wieder ein, was geschehen war und daß ich mich wohlbehalten in Catina befand, in einem freundlichen Haus. Im Bett neben mir lag Aristophanes, der Sohn des Philippos, und schnarchte. Ich blickte ihn an, und mit plötzlich in mir aufschäumender Freude, die mir fast den Verstand raubte, wurde mir klar, daß ich von nun an nicht mehr für ihn verantwortlich war.

9. KAPITEL

Verabscheuen Sie es auch so, wenn Sie einer Geschichte oder einem Gedicht zuhören, in der oder dem der Held sich gerade mit viel Geschick aus einer brenzligen Situation in Argos oder auf Kreta befreit hat und der Schauplatz plötzlich ganz woandershin verlagert wird – sagen wir mal an die Ufer des Tempe oder in die idyllische Landschaft von Phokis, wo unser Held, mittlerweile in einem strahlendweißen Chiton, mit frischgewaschenem Haar und gestutztem Bart gemeinsam mit dem König eine Kleinigkeit zu sich nimmt und sein nächstes Abenteuer plant? Mir geht es jedenfalls so. Ich fühle mich betrogen. Ich will davon erfahren, wie er den ganzen Weg von Argos nach Phokis zurückgelegt hat, was in praktischer Hinsicht wahrscheinlich schwieriger ist, als den dreiköpfigen Riesen zu überlisten oder dem menschenfressenden Stier zu entkommen. Insbesondere dann, wenn sich der dreiköpfige Unmensch als unglaublich leichtgläubig entpuppt oder der Held mit derart übermächtigen Zauberkräften ausgestattet wurde, daß das gesamte spartanische Heer nicht den Hauch einer Siegesaussicht gegen ihn hätte. Nein, was ich hören will, ist die Schilderung, wie er ohne einen Stater in der Tasche auf einem Schiff mitreisen konnte, wie er sich beim Überqueren der Berge mit Essen und Wasser versorgte und wie es ihm gelang, ohne ein Empfehlungsschreiben und drei für ihn bürgende Kammerherren an der königlichen Palastwache vorbeizukommen.

Ich bin kein milesischer Geizkragen und werde Sie deshalb nicht mit einer versteckten Herausforderung an Ihre Vorstellungskraft abspeisen. Bevor wir also unter den hehren Lorbeerkranz Athens zurückkehren, werde ich Ihnen eine kurze Zusammenfassung unseres Aufenthalts in Catina und unserer Heimreise geben.

Zunächst einmal war Perikleidas außer sich vor Freude, den berühmten Aristophanes unter seinem Dach beherbergen zu dürfen, und drei Tage lang behandelte er uns wie Könige. Zu unserem persönlichen Wohlbehagen und großen Vergnügen wurden wir mit sämtlichen Segnungen überschüttet, die angehäufter Reichtum aus zwanzigjährigem Trockenfischhandel hervorbringen kann, und mußten als einzige Gegenleistung Gespräche über das Theater führen. Allerdings gelang es keinem von uns beiden, den eigentlich recht bescheidenen, mitunter aber auch äußerst exzentrischen Bedürfnissen unseres Gastgebers gerecht zu werden. Es war fast so, als hätten wir vergessen, was es hieß, athenische Literaturgrößen zu sein. Selbst Aristophanes fiel zu seinen außerordentlichen Fähigkeiten und Erfolgen kaum etwas ein, und ich war sowieso ziemlich fehl am Platz. Ich schien mich nur noch an die athenische Expedition nach Syrakus zu erinnern; so als wäre ich erst am Tag unserer Landung in Sizilien geboren worden und als handle es sich bei allem, was ich davor getan hatte, lediglich um alte Heldengeschichten, als die Welt noch jung und die Götter den Menschen wohlgesinnt waren. Obwohl ich so tat, als ob, konnte ich nicht an die Existenz dieses sagenumwobenen attischen Orts namens Athen glauben, wo man den ganzen Tag über nichts anderes tat, als Getreide anzupflanzen, Theaterstücke zu schreiben und sich mit Freunden über Politik und das Wetter zu unterhalten, und wo niemand starb. Die reale Welt, und das wußte ich ganz genau, da ich es am eigenen Leibe erfahren hatte, war ganz anders. In der realen Welt marschierten verängstigte Männer über unbekannte Straßen und wurden in Obstgärten eingekesselt oder schliefen in Entwässerungsgräben, während die feindliche Reiterei nach ihnen suchte; und früher oder später wäre dieser Urlaub vorbei, und ich müßte wie üblich meine schlammbeschmutzten Stiefel und den Mantel anziehen und mich wieder an die Arbeit machen.

In dieser Stimmung, das gebe ich unumwunden zu, war ich für einen theaterbesessenen Thunfischkönig nicht die geeignete Gesellschaft. Das einzige Thema, worüber ich reden wollte, war der Krieg. O Götter, wie gern wollte ich darüber mit jemandem sprechen! Selbst mit Aristophanes. Ich unternahm zwei, drei Versuche, aber er hielt sich nur jedesmal die Ohren zu und brüllte, bis ich mich verdrückte. Die meiste Zeit verbrachte er allerdings damit, sich bis zur Bewußtlosigkeit zu besaufen, was bei ihm prächtig zu klappen schien. Sobald ich ihm nachzueifern versuchte, schlief ich immer nur ein und träumte vom Krieg, was mir überhaupt nicht bekam. Und dann pflegte Perikleidas mit der festen Überzeugung hereinzuplatzen, daß wir zumindest zu einem netten Plausch über das Getuschel hinter den Kulissen bei der ersten Probe zu den *Wespen* bereit wären oder um zu erfahren, was Agathon zu Euripides über Sophokles nun wirklich gesagt hatte.

Ich fragte jeden, der mir über den Weg lief, ob er wisse, wie es den restlichen Athenern ergangen sei, und versuchte irgendwelche Überlebenden aufzustöbern, die es bis nach Catina geschafft hatten. Ich entdeckte sogar welche, wenn auch nur wenige, denn die meisten waren von den gastfreundlichen catinischen Behörden eingesperrt worden, da man sie für ein öffentliches Ärgernis hielt; die Stadtoberen versuchten gerade, mit einem phönikischen Sklavenhändler einen günstigen Preis auszuhandeln, um sie mit dem Schiff nach Athen zurückzuschicken. Außerdem hörte ich, daß Nikias und Demosthenes bereits tot waren und die meisten Männer, die von den Syrakusern gefangengenommen worden waren, in den Steinbrüchen erfroren oder verhungert waren. Alles in allem hatten von vierzigtausend Mann, die damals das Lager verlassen hatten, etwa siebentausend Soldaten die beiden Massaker – das eine im Garten hinter der Mauer, das andere im Flußbett – überlebt. Von diesen lebten etwa viertausend lange genug, um als Sklaven, zumeist an Phöniker, verkauft zu werden. Wie mir weiterhin berichtet wurde, waren darunter nur sehr wenige Athener. Ein Kerkyrer, den ich kennenlernte und dem es gelungen war, aus den Steinbrüchen zu fliehen, erzählte mir, daß die Athener dort sehr schnell aufgegeben und die Essensaufnahme verweigert hätten oder am Fieber gestorben seien. Wie er mir berichtete, hätten sie keinen Überlebenswillen gehabt, da sie dem Glauben erlegen seien, ihre Stadt wäre bereits tot. Außerdem fand ich heraus, daß der Mann, dem der ummauerte Obstgarten gehörte, Polykelos hieß. Nach allem, was mir zu Ohren kam, handelte es sich bei ihm um einen durchaus anständigen Menschen, und als er nach Hause gekommen war und seinen Garten bis zu den Knien mit Leichen bedeckt vorgefunden hatte, soll er einen schweren Schock erlitten haben. Man mußte ihn von seinem Anwesen fortschaffen und zu Verwandten bringen, die sich um ihn kümmerten. Nachdem er sich einigermaßen erholt hatte, suchte er nach einer Möglichkeit, vierzehntausend tote Athener zu beseitigen, und eine ganze Weile fiel ihm keine geeignete Lösung ein. Der Geruch der Athener war längst nicht mehr der gesundeste, und allmählich beschwerten sich die Nachbarn. Zu guter Letzt verpflichtete er sämtliche Sklaven und Gelegenheitsarbeiter aus der Gegend und trug ihnen auf, in einem sumpfigen Abschnitt seines Anwesens, in dem sowieso nichts zu wachsen pflegte, ein riesiges Loch zu graben. Dort ließ er die Leichen hineinwerfen, bis es randvoll war, und über der Grube einen gewaltigen Steinhaufen errichten. Um die phänomenalen Kosten dieser Operation zurückerstattet zu bekommen, wandte er sich an die syrakusische Regierung. Nach allem, was man hörte, spotteten die damit verbundenen juristischen Verwicklungen jeder Beschreibung, und er oder seine Erben schlagen sich wahrscheinlich bis zum heutigen Tag damit herum.

Nach drei Tagen kam Perikleidas in den Raum, in dem wir schliefen, und verkündete uns auf peinlich berührte Weise, er habe für uns eine Heimreise arrangiert. Natürlich bedankten wir uns bei ihm überschwenglich, wodurch er sich anscheinend noch unangenehmer berührt fühlte als zuvor. Schließlich erklärte er uns, daß das Schiff, mit dem wir die Rückreise antreten sollten, ihm gehöre, woraufhin wir uns erneut bedankten. Darüber hinaus wies er uns darauf hin, daß er ausschließlich Frachtschiffe besitze, auf denen es nicht sehr bequem sei, da sie bis obenhin mit Trockenfisch beladen seien. Wir versicherten ihm, daß uns das überhaupt nichts ausmache, denn Hauptsache sei, wir kämen endlich nach Hause. Allerdings gebe es da noch eine Kleinigkeit zu bedenken, redete Perikleidas um den heißen Brei herum, denn auf diesen Fischtransportern sei nur ausreichend Platz für die Mannschaft, von der er leider niemanden entbehren könne. Er verabscheue es zwar zutiefst, uns auf diese Weise zur Arbeit nötigen zu müssen, aber …

Wenn sich also heute irgend jemand während eines Gedichtvortrags oder einer Lesung dazu berufen fühlt, über die Annehmlichkeiten einer Schiffsreise auf offener See zu berichten, dann kann ich mich mit Fug und Recht erheben und ihn als Lügner bezeichnen, weil ich eine solche Reise selbst erlebt habe und weiß, daß es sich dabei um alles andere als um ein Vergnügen handelt. Bei der Arbeit auf einem Schiff wird man sehr naß, besonders dann, wenn man nicht die leiseste Ahnung davon hat, wo man Hand anlegen soll, und die restliche Besatzung sich darüber beklagt, daß man nichts als Unglück bringt und am besten über Bord geworfen werden sollte, bevor man noch einen Orkan heraufbeschwört. Zu allem Überfluß wurden wir in der Straße von Rhegion sogar von Piraten verfolgt. Und diese üblen Zeitgenossen waren vom Anblick unseres Schiffs äußerst entzückt, doch kurz bevor sie uns einholten, hatte eins unserer Besatzungsmitglieder den Geistesblitz, ihnen zuzurufen, daß wir nichts Wertvolleres als Trockenfisch geladen hätten, und zum Beweis warf er ein Faß über Bord. Die Piraten fischten das Faß aus dem Meer, öffneten es und stellten gleich darauf die Verfolgung ein, was man als vielsagenden Kommentar zur Qualität von Perikleidas' Warenbestand betrachten konnte.

Schließlich entdeckten wir nach einer langen und strapaziösen Reise am Horizont Kap Sunion und hörten den Kapitän des Schiffs mit unverhohlener Erleichterung rufen, daß dort Eupolis und Aristophanes von Bord gehen könnten. Es fehlte nicht viel, dann hätten sie uns wirklich dort abgesetzt, aber wir überredeten sie, uns bis in den Hafen von Piräus zu bringen, indem wir ihnen den Rest unseres sizilianischen Gelds gaben.

Während wir um die attische Küste segelten, fühlte ich mich plötzlich immer elender. Das lag nicht etwa an der Bewegung des Schiffs – daran hatte ich mich nach den ersten beiden Tagen unserer Reise gewöhnt –, sondern vielmehr an der unbestimmten Angst, daß Attika nicht das sein würde, was es sein mußte, wenn ich dort nicht den Verstand verlieren wollte. Attika mußte nach allem, was ich erlebt hatte, wie das Paradies sein, ein Ort, wo alles enden konnte. In Sizilien hatte ich mir Attika immer wieder vorzustellen versucht, aber meine Bemühungen waren vergebens, und deshalb war es in meiner Einbildung durch eine wenig überzeugende Vision ersetzt worden. Dieses Attika bestand zur einen Hälfte aus einem riesigen, mit lachenden Menschen gefüllten Theater, an das sich ein Labyrinth aus kleinen Straßen anschloß, und zur anderen Hälfte aus einer ländlichen Idylle, in der sich am Ende der Olivenernte ein quietschender Lastkarren neben dem anderen über die holprigen Feldwege drängte. Der Grund, weshalb ich mir die Zeit der Olivenernte ausgesucht hatte, lag darin, daß ich mich daran erinnern konnte, wie ein Olivenkarren aussah; er hatte zwei Räder, einen Ochsen zwischen den Deichseln, Aristophanes im Lagerfaß und war rundherum von Reitern umstellt. Die Reiter schienen in Attika etwas fehl am Platz zu sein, aber daran ließ sich nun mal nichts ändern. Wenn dieses eingebildete Attika nun aber nicht existierte, was hatte ich dann dort zu suchen? Während wir vom Kap Sunion aus weitersegelten, wurde mir schlagartig bewußt, daß ich eigentlich gar nicht nach Hause wollte; und das war nun wirklich das letzte, was ich mir wünschte.

Aristophanes war die ganze Zeit über auch sehr in sich gekehrt. Wir hatten seit unserer Ankunft in Catina kaum miteinander gesprochen, und die jeweilige Gesellschaft des anderen schien uns beiden ziemlich peinlich zu sein, als hätte der eine vom anderen ein schreckliches Geheimnis gewußt und dem anderen nicht getraut, dieses für sich zu behalten. Was mich anging, so wußte ich natürlich eine Menge Dinge über den Sohn des Philippos, durch die, sollten sie jemals an die Öffentlichkeit geraten, sein Ruf in der athenischen Gesellschaft für immer ruiniert wäre. Andererseits war ich mir sicher, daß er sich eine entsprechende Anzahl von Verunglimpfungen bezüglich meiner Person ausgedacht hatte. Doch obwohl wir beide darüber kein einziges Wort verloren hatten, schienen wir eine Art stilles Übereinkommen getroffen zu haben, daß wir nach unserer Ankunft in Athen so wenig wie möglich miteinander zu tun haben wollten.

Aber natürlich möchten Sie von dem allen nichts hören; Sie fragen sich, warum wir noch vor dem Erreichen des Piräus am Kap Sunion vorbeigekommen sind, obwohl wir von Sizilien aus gestartet waren. Nun, wenn Sie Ihren Verstand benutzt hätten, wäre Ihnen klargeworden, daß unser Kapitän aufgrund des Krieges und aller anderen Unwägbarkeiten in dieser Gegend nur so weit wie unbedingt nötig in den Argolischen Golf hineinfahren wollte, und er war deshalb direkt von der Insel Methana aus zum Kap Sunion über das offene Meer gesegelt. Dann fuhr er vom Kap Sunion aus zurück zum Piräus, wobei er vorhatte, dieselbe Route für die Rückreise zu nehmen. Folge dieses umfangreichen Segelmanövers war neben der allgemeinen schlechten Laune, daß wir den Piräus erst eine halbe Stunde vor Tagesanbruch erreichten.

Ich weiß zwar nicht mehr genau, von welchen Vorstellungen ich damals ausgegangen war, aber ich hatte fest angenommen, wir würden vom Polemarchen und dem Rat – oder vielleicht von einer etwas bescheideneren Abordnung, die von einem der rangniedrigeren Ratsmitglieder angeführt wurde – mit Girlanden, Honig und flötespielenden Mädchen erwartet oder zumindest von ein paar Freunden und Verwandten. Statt dessen war niemand zu sehen, nicht einmal die übliche Anzahl von Tagedieben, die sich normalerweise in den Hafenanlagen herumtreiben und nur darauf warten, daß irgendwer ein Faß verschüttet, damit sie sich darauf stürzen und den Inhalt stehlen können. Das einzige lebende Wesen war ein Hund, durch dessen Bellen der Mautner geweckt wurde, und letzterem lag einzig und allein daran, dem Kapitän die Hafengebühren abzunehmen, ansonsten nahm er nicht einmal Notiz von uns oder wem auch immer.

Wenn ich sage *uns,* dann meine ich ab jetzt eigentlich mich. Denn kaum hatte Aristophanes attischen Boden betreten, war er wie ein aufgescheuchtes Stinktier davongerannt, ohne mir, dem Kapitän oder sonstwem irgendein Wort zu sagen. Er verbarg lediglich das Gesicht hinter dem Umhang und verschwand, ich glaube in die ungefähre Richtung der Stadt; sicher war ich mir dessen aber nicht. Ich hielt es für angebracht, mich beim Kapitän dafür zu bedanken, daß er sich mit einer Landratte wie mir während der Reise hatte abfinden müssen, also tat ich das auch. Der Kapitän zeigte keinerlei Reaktion, folglich zuckte ich nur ganz allgemein mit den Achseln, schlug mir den Umhang um und machte mich auf den Weg nach Athen.

Natürlich stehen heute die Langen Mauern zwischen Athen und dem Piräus nicht mehr, und ich nehme an, daß viele von Ihnen, die diese Geschichte lesen, sich nicht einmal mehr daran erinnern. An diesem Morgen schienen sie jedenfalls nicht enden zu wollen, und obwohl ich diesen Weg in meinem Leben einige hundert Male gegangen bin, kamen sie mir sehr fremd und ungewohnt vor, als ich an ihnen entlangschlenderte. Ich weiß zwar nicht, warum, aber ich hatte es mir fest in den Kopf gesetzt, daß die Stadt im wahrsten Sinne des Wortes menschenleer sein müsse, da jetzt alle Einwohner in einer morastigen Grube auf dem Anwesen von Polykelos lagen. Ich kann Ihnen versichern, daß dies ein äußerst unheimliches Gefühl war, das mir überhaupt nicht behagte. Als ich mich aber auf dem halben Weg zur Stadt befand, sah ich einen Mann aus der entgegengesetzten Richtung auf mich zueilen, und zu meiner unbeschreiblichen Freude erkannte ich ihn. Zwar kam es mir eher so vor, einen Geist zu sehen, aber seine Erscheinung wirkte doch einigermaßen real – es handelte sich dabei um den Getreidehändler Kleagenes, mit dem ich bereits einige Male geschäftlich zu tun gehabt hatte.

»Hallo, Kleagenes!« begrüßte ich ihn schon von weitem.

Er stierte eine Weile in meine Richtung (Kleagenes war kurzsichtig) und antwortete dann: »Guten Morgen, Eupolis. Ich habe dich ja schon seit Wochen nicht mehr gesehen. Bist du auf dem Land gewesen?«

Ich starrte ihn verdutzt an. »Jetzt hör mal auf damit. Ich war mit dem Heer in Sizilien und bin gerade erst zurückgekommen.«

Kleagenes warf mir einen eigenartigen Blick zu. »Willst du schon zu so früher Stunde einen alten Bekannten auf den Arm nehmen, Eupolis? Das Heer ist doch noch gar nicht zurückgekehrt!«

Noch gar nicht zurückgekehrt? »Glaub mir, Kleagenes, ich bin wirklich in Sizilien gewesen«, versicherte ich ihm in ernstem Ton.

Er runzelte die Stirn. »Bist du denn mit einer Nachricht für den Rat oder mit einem Brief von Nikias oder mit irgend etwas anderem in dieser Art zurückgekommen? Wenn ja, dann solltest du lieber ...«

»Von Nikias?« unterbrach ich ihn. »Nikias ist tot.«

»Tot?«

»Tot.«

Kleagenes dachte eine Weile darüber nach, dann antwortete er: »Das ist nun wirklich nicht mehr witzig, Eupolis. Vermutlich kommst du gerade von einer Feier, auf der du dich mit einigen deiner ganz speziellen Freunde betrunken hast, und bist gerade auf dem Nachhauseweg. Hör dir meinen Rat an, mein Freund. Geh lieber nach Hause und schlaf dich erst mal aus, bevor du versehentlich jemanden beleidigst, der dir das übelnehmen könnte. Bedenke, daß einige Leute ihre Söhne im Krieg haben.«

Ohne sich zu verabschieden, eilte Kleagenes davon und ließ mich mit vor Staunen offenem Mund allein zurück. Aber durch blödes Glotzen erreicht man nichts (pflegte mein Großvater zu sagen), und deshalb setzte ich meinen Weg bis in die Stadt und zu meinem Haus fort. Nachdem ich durch das Stadttor gekommen war, sah ich in den Straßen zwar einige Leute, die schon so früh auf den Beinen waren, traute mich aber nicht, jemanden anzusprechen. Irgend etwas sagte mir, daß es für mich zu diesem Zeitpunkt am besten wäre, den

Kopf nach unten zu halten, bis ich herausgefunden hätte, was sich hier eigentlich abspielte.

Natürlich konnte man sich das rational leicht erklären. Die Nachricht von der Katastrophe war noch nicht bis in die Stadt vorgedrungen. Das war allerdings schwer vorstellbar, denn irgendeine Amtsperson aus Catina mußte längst einen Brief oder so etwas geschickt haben. Aber vielleicht hatte irgendwer die Entscheidung jemand anderem überlassen, der die Angelegenheit hinauszögerte, oder die Nachricht war noch unterwegs. Womöglich war das Schiff, mit dem sie überbracht werden sollte, aber auch gesunken oder hatte bei Methana eine Zwischenstation gemacht, um seiner eigentlichen Bestimmung nachzugehen.

Dann kam mir der Gedanke, daß, falls ich recht behalten sollte, der Sohn des Philippos und ich die einzigen Menschen in ganz Athen waren, die vom Untergang der Flotte wußten, und das war eine alles andere als angenehme Vorstellung. Jetzt war es eindeutig meine Pflicht (auf Aristophanes konnte ich mich nicht verlassen, daß er diesbezüglich irgend etwas Nützliches unternahm), mich an jemanden zu wenden – zum Beispiel an den Polemarchen und den Rat –, um ihn davon in Kenntnis zu setzen. Aber würde man mir Glauben schenken? Natürlich nicht. Kleagenes, der Kornhändler, hatte mir schon nicht geglaubt, warum sollte mir also der Polemarch glauben? Wahrscheinlich fände ich mich wegen Volksverhetzung oder so etwas gleich darauf im Gefängnis wieder.

Andererseits konnte ich nicht einfach nach Hause gehen, Hut und Umhang ablegen und so tun, als wäre ich nie fort gewesen. Ganz unabhängig vom Schicksal der Stadt, die jetzt vollkommen wehrlos und einzig und allein der Gnade der Spartaner ausgesetzt war (die zweifellos davon wußten), ging es um meinen Seelenfrieden. Vielleicht sollte ich jemand anderen einweihen, der den Rat an meiner Stelle unterrichten könnte; jemanden, den man anhören würde.

Während ich mit diesen Gedanken im Kopf weiterging, klopfte mir ein Mann auf die Schulter und schrie mir ins Ohr: »Bist du das etwa?«

Ich drehte mich um und blickte ihn an. Es war Philonides, der Chorleiter. Ich sagte nichts.

»Eupolis! Ich dachte, du seist irgendwo im Krieg.«

»Das war ich auch«, antwortete ich.

»Und wann bist du zurückgekommen?«

»Gerade eben.«

»Heute morgen?«

»Ja.«

Er musterte mich argwöhnisch; normalerweise war er nicht so wortkarg, und er hielt mich wahrscheinlich für krank oder verletzt. »Bist du etwa verwundet worden und deshalb vorzeitig zurückgekehrt?« erkundigte er sich behutsam.

»Nein, mir geht's gut.«

»Was machst du dann in Athen?«

Ich empfand die Situation als äußerst merkwürdig. Da stand vor mir ein Mann, den ich recht gut kannte und der sich mir gegenüber auf ganz normale Weise freundlich verhielt, und ich wußte nicht, wie ich mich mit ihm unterhalten sollte.

»Ich freue mich natürlich, dich zu sehen«, fuhr er fort. »Aber erzähl mal, wie geht's im Krieg voran?«

»Der Krieg ist vorbei.«

Philonides strahlte übers ganze Gesicht. »Ganz und gar vorbei? Ich wußte doch gleich, daß wir uns auf Demosthenes verlassen können, um ihn schnell zu beenden. Er ist schon ein Prachtkerl, dieser Demosthenes, egal, was man in den Bädern über ihn sagt.«

»Wir haben verloren, und Demosthenes ist tot.«

»Tot?«

»Ja, tot.«

»Alle Götter!« seufzte Philonides, und er schien dabei

wie ein durchlöcherter Weinschlauch in sich zusammenzusacken. »Also hat Nikias die alleinige Führung des Heers übernommen, oder?«

»Nikias ist auch tot.«

»Nikias auch?« Philonides starrte mich entsetzt an. »Aber so was gibt's doch gar nicht!«

»Doch, das gibt's.«

»Und wer um alles in der Welt ist jetzt für das Heer verantwortlich? Doch wohl nicht dieser minderbemittelte Menander, oder? Das könnte ich nicht ertragen. Oder etwa Eurymedon? Der Mann ist genauso geisteskrank!«

»Es gibt kein Heer mehr.«

»Wie bitte?«

»Schau mir auf die Lippen«, forderte ich ihn auf. »Es gibt kein Heer mehr. Hast du's? Alle sind tot. Alle, mit Ausnahme von vielleicht zwei-, dreihundert Leuten.«

Für einen Augenblick verweigerte sein Verstand den Dienst, dann glaubte er mir. »Alle?«

»Alle.«

»Aber was ist mit der Flotte?« wollte er wissen. »Wo ist die Flotte?«

Ich lächelte, warum, weiß ich auch nicht, und antwortete: »Auf dem Grund im Hafen von Syrakus. Jedenfalls das meiste davon.«

Eine Weile stand er nur da, völlig leer, nur noch eine Hülle von Mensch, ein Mensch ohne jeden Inhalt. Sein Mund stand weit offen, und mir fiel auf, daß er für einen Mann seines Alters sehr weiße und gerade Zähne hatte. Ihm fiel daraufhin offensichtlich nichts mehr ein, und deshalb hielt ich es nun für angebracht, das Gespräch meinerseits weiterzuführen.

»Ich hatte Glück. Mit ist es nämlich gelungen, zusammen mit Aristophanes nach Catina zu fliehen. Wie ich ihn kenne, ist er wahrscheinlich längst zu Hause und besäuft sich. Geh doch zu ihm und frag ihn, wenn du mir nicht glaubst. Wie geht es eigentlich mit seinem

Stück voran? Ich meine das Stück, das er dir vor seiner Abreise übergeben hat.«

»Das ist doch jetzt zweitrangig.«

»Zweitrangig?«

»Ja.«

»Ach so, ich verstehe.«

»Du meinst wirklich *alle?* Das gesamte Heer?«

»Ja.«

Eine ganze Weile standen wir nur schweigend da; es gab nichts, was uns zur Eile drängte. Dann sagte Philonides: »Hast du dem Rat schon davon berichtet?«

»Nein, ich wollte erst nach Hause. Ich muß mich dringend waschen und rasieren.«

»Das kann warten. Hör mal, mein Neffe Palaiologos ist Ratsmitglied, wir sollten ihn lieber vorher davon unterrichten.«

»Wenn du meinst«, willigte ich achselzuckend ein. »Sollten wir vorher nicht besser Aristophanes holen, damit er meine Aussage bestätigen kann?«

»Gute Idee«, stimmte Philonides zu. Er war furchtbar aufgeregt und sprach sehr schnell; dadurch, daß er sich diese Aufgabe zu eigen gemacht hatte, kam er mit sich selbst und damit, was er gerade gehört hatte, wieder besser zurecht. »Paß auf, mein Haus liegt auf dem Weg zu meinem Neffen. Ich werde den Hausburschen zu Aristophanes schicken – bist du auch sicher, daß er wirklich zu Hause ist?«

»Nein. Er hat nichts davon gesagt, wo er genau hingehen will.«

»Ist auch egal. Wir werden den Jungen auf jeden Fall losschicken und danach zu Palaiologos' Haus gehen.«

Und das taten wir dann auch. Ich empfand die ganze Situation im weitesten Sinne eher als komisch. Wenn unser Heer jetzt geschlagen war, machte ich mir klar, dann wäre es wahrscheinlich noch immer geschlagen, nachdem ich mich gewaschen und rasiert hätte, und zudem sprach alles dafür, daß es selbst dann noch geschlagen geblieben wäre, nachdem ich etwas gegessen hätte. Aber ich wollte mich diesbezüglich gegenüber Philonides nicht äußern, weil ich das Gefühl hatte, er könnte sich darüber aufregen.

Das Ratsmitglied Palaiologos war von unserem Anblick nicht sonderlich erfreut; er war die Nacht zuvor erst spät ins Bett gekommen und hatte noch einen Kater. Ich schlug vor, unter diesen Umständen lieber etwas später wiederzukommen, doch Philonides schnitt mir das Wort ab und sagte seinem Neffen, er habe schreckliche Neuigkeiten. Ich widersprach ihm und stellte klar, daß ich derjenige sei, der diese schrecklichen Neuigkeiten habe, und er es bitte unterlassen solle, für mich zu sprechen. Daraufhin wurde Philonides ziemlich wütend auf mich und forderte mich auf, den Mund zu halten; tatsächlich legte er ein fast hysterisches Verhalten an den Tag. Das Ratsmitglied Palaiologos blickte mich an, da ich mich offensichtlich besser zu beherrschen wußte, und fragte mich, worum es eigentlich gehe, und ich erzählte es ihm.

»Bei Zeus! O ihr Götter auf dem Olymp!« bat er um göttlichen Beistand.

»Also glaubst du mir, oder?« fragte ich ihn. »Ich hatte nämlich befürchtet, daß ich Probleme haben könnte, dich davon zu überzeugen.«

Palaiologos schüttelte den Kopf und antwortete: »Wir haben schon etwas davon gehört – jedenfalls etwas in dieser Richtung –, haben es aber nicht glauben wollen.«

Wie er uns unterrichtete, sei vor zwei Tagen ein äginetischer Gewürzhändler mit einer Ladung Myrrhe im Hafen von Piräus gelandet. Er war ohne Unterbrechung von Methana aus gesegelt und entsprechend erschöpft hier angekommen. Da er sich rasieren lassen wollte, begab er sich zum Laden des Barbiers, von dem er wußte, daß er sich direkt hinter dem Marktplatz befand.

»Wie ich gehört habe, sollt ihr eine Menge Pech gehabt haben. Tut mir leid«, sagte er.

»Von welchem Pech redest du eigentlich?« erkundigte sich der Barbier verdutzt.

»Von dem in Sizilien natürlich«, fuhr der Äginete fort. »Auf Methana gab's kein anderes Thema. Es tut mir aufrichtig leid für euch, wirklich. Daß so was passieren mußte, ist schon eine üble Geschichte.«

»Wir haben bereits eine ganze Weile nichts mehr aus Sizilien gehört. Also steht es nicht gut um uns, wie?«

»Das kann man wohl sagen. Euer ganzes Heer wurde ausgelöscht.«

Der Barbier starrte ihn an und lief dann auf die Straße, das Rasiermesser noch immer in der Hand, und kreischte mit sich überschlagender Stimme: »Das ganze Heer ist ausgelöscht worden! Das ganze Heer ist ausgelöscht worden!«

Das alles geschah zufällig kurz vor dem Beginn der Volksversammlung, und deshalb waren gerade die Beamten und Marktpolizisten unterwegs, um die Menschen mit dem roten Seil zusammenzutreiben. Als sie diesen Verrückten, das Rasiermesser schwingend und lauthals brüllend, über den Marktplatz rennen sahen, nahmen sie ihn fest.

Er erzählte ihnen, was er eben gehört hatte, und zeigte in Richtung seines Ladens, in dem noch immer der Äginete saß und auf seine Rasur wartete. Ein Beamter marschierte schnurstracks in den Laden hinein, erkannte, daß es sich bei der betreffenden Person um einen Ägineten handelte, und verhaftete ihn wegen der Verbreitung bösartiger Gerüchte. Er und der Barbier saßen zum jetzigen Zeitpunkt noch immer im Gefängnis und warteten auf ihren Prozeß. Zwar war der Rat von dem Vorfall routinemäßig unterrichtet worden, doch niemand hatte die Angelegenheit ernstgenommen. Was Palaiologos letztendlich überzeugte, war der Umstand, daß er mich (da er jetzt genauer darüber nachdachte) als einen aus Demosthenes' Heer kannte, weil er mich zufällig in den Hafenanlagen gesehen hatte, als er eigentlich seinen Schwager verabschieden wollte, und jemand auf mich gezeigt und ihn gefragt hatte, wer ich sei.

Dann traf Aristophanes ein, er schien über diese Störung äußerst wütend zu sein, und bestätigte alles, was ich gesagt hatte. Also mußten wir gleich darauf zur Königshalle gehen und dort warten, bis der Rat herbeigerufen werden konnte. Danach wurden wir stundenlang von den Ratsmitgliedern ausgequetscht, wobei sie uns alle möglichen Fangfragen stellten, um uns auf jede nur erdenkliche Weise hereinzulegen. Dadurch bekam Aristophanes eine Stinkwut, und er fragte sie, ob sie tatsächlich vorhätten, ihn als Lügner zu bezeichnen. Mir hingegen war klar, daß es sich hierbei lediglich um eine dem Athener angeborene Eigenart handelte, und beantwortete die Fragen nach bestem Wissen und Gewissen. Danach wurden wir in einen kleinen Raum abgeschoben – ich, Aristophanes und Philonides –, dessen Tür hinter uns verriegelt wurde. Wir wollten natürlich wissen, warum man uns auf diese Weise eingesperrt hatte, aber niemand antwortete.

»Ist doch gemütlich hier«, sagte ich. »Erzähl mal, Philonides, was hat sich in der Stadt während unserer Abwesenheit eigentlich so alles abgespielt?«

Philonides gab keine Antwort, und eine ganze Weile saßen wir nur da und starrten die Wände an. Dann wollte Aristophanes von dem Chorleiter wissen, wie er mit dem Stück vorangekommen sei, woraufhin Philonides ihm erzählte, daß das jetzt zweitrangig sei.

»Zweitrangig?« wiederholte Aristophanes angeekelt.

»Richtig, zweitrangig.«

»Das ist allerdings typisch für dich. Ist dir eigentlich klar, daß die Parabase in dem Stück eine vollkommene Verurteilung unserer sizilianischen Politik ist? Bei Zeus, wir haben diese Niederlage wahrhaftig verdient!«

Nach etwa zwei, drei Stunden kam jemand und ließ uns heraus. Dann wies uns der Mann an, auf kürzestem Weg nach Hause zu gehen und dort zu bleiben und niemandem auch nur ein Sterbenswörtchen zu verraten. Wie er weiter ausführte, werde dadurch allenfalls eine allgemeine Panik ausgelöst, und die Verkündung der Niederlage sei allein Aufgabe des Rats.

Wir wurden durch den Hinterausgang nach draußen geleitet, mußten am Aschehaufen vorbeigehen und wurden dann von jeweils einem Polizisten nach Hause eskortiert. Alles andere als ein heldenhafter Empfang, dachte ich, aber andererseits, wen scherte das schon? Es war durchaus tröstlich, daß einige Dinge, wie zum Beispiel der Rat, noch immer genauso wie früher waren. Ich fragte mich, wie lange dieser Zustand anhalten werde.

Der Polizist klopfte für mich an die Tür; ich nehme an, er argwöhnte damals, ich könnte durch ein geheimes Klopfzeichen eine verschlüsselte Nachricht übermitteln. Der Sklave öffnete die Tür und blickte mich verdutzt an, und der Polizist stieß mich mehr oder weniger durch die offene Tür ins Haus hinein.

»Hallo, Thrax«, begrüßte ich den Sklaven. »Ist deine Herrin im Haus, oder ist sie auf dem Land?«

»Sie ist hier, schläft aber noch«, antwortete er. »Wir haben gedacht, du bist in Sizilien, Herr.«

»Das bin ich auch gewesen, aber nun bin ich nach Hause gekommen. Weißt du, seither ist eine ganze Menge passiert. Und jetzt geh und weck sie bitte, ja?«

Er entfernte sich sofort, und ich zog mein Schwert und hängte es über den Türsturz an die Wand zurück, wo es seinen angestammten Platz hatte. Dort oben war es ein richtiges Schmuckstück.

Nun gehe ich davon aus, daß Sie alle gebildete Menschen sind und Ihre *Odyssee* kennen und auch die *Thebais* und die *Kleine Ilias* gelesen haben, so daß ich die folgende Szene so beschreiben kann, wie ich es im Interesse der dramatischen Wirkung gern möchte, weil Sie sonst den Einwand erheben könnten, ich hätte sie von den Klassikern gestohlen. Das Anliegen, nicht den Eindruck zu erwecken, seine Vorgänger nur zu kopieren, stellt für einen Schriftsteller eine echte Schwierigkeit dar, und wenn sämtliche Annäherungsformen an ein bestimmtes Thema durch frühere Bemühungen der großen Meister bereits abgedeckt sind, bleibt für ihn häufig nur noch als letzte Möglichkeit, einfach das zu schreiben, was tatsächlich geschehen ist. Die einzige Literaturform, die für dieses Problem unempfänglich zu sein scheint, ist natürlich die Tragödie, aber Tragödiendichter mit ihrem Hang zum Höheren denken in völlig anderen Bahnen, um sich über solche Nichtigkeiten den Kopf zu zerbrechen. Ich habe sogar das Gefühl, daß sie hin und wieder in ihrer eigenen Welt leben. Aber der arme, leidgeprüfte Historiker verspürt diese Besorgnis wie sein permanenter Begleiter, der während des Schreibens neben ihm sitzt, und der ihm sagt: ›Nein, nein, das kannst du nicht machen, das hat es schon früher gegeben. Du mußt sie vom Berg *hinab* und dann nach links gehen lassen.‹ Oder: ›Du mußt verrückt sein, an dieser Stelle eine Schlacht einzufügen. Wir hatten erst im letzten Kapitel eine Schlacht, die genauso verlaufen ist.‹ Nun mag Ihr Historiker anfänglich durchaus den Ehrgeiz haben und ein solch hochgestecktes Ziel wie das für die Ewigkeit bestimmte Aufzeichnen des wirklich Wesentlichen dessen verfolgen, was tatsächlich geschehen ist, doch werden ihn spätestens die Leute, denen er aus seinem noch in Arbeit befindlichem Werk vorliest, davon abbringen. Nehmen wir zum Beispiel den berühmten Herodot. Als er seine Geschichtsberichte niederschrieb, verbrachte er Jahre damit, durch die ganze Welt zu ziehen, um sich bei alten Männern nach den Erzählungen ihrer Großväter zu erkundigen und deren Antworten auf Wachstafeln zu kritzeln. Als er wieder zu Hause war, kämpfte er sich erst einmal durch diesen Haufen von Fakten hindurch, beseitigte sämtliche Ungereimtheiten und schloß sogar mögliche Irrtümer in der chronologischen Reihenfolge aus, indem er den Umstand berücksichtigte, daß man unter einer Generation in der einen Gegend dreiunddreißig und in einer anderen womöglich vierzig Jahre versteht. Erst dann machte er sich daran, sein eigentliches Geschichtswerk zu schreiben, und las eines Tages seiner Frau daraus vor.

»Hast du den Verstand verloren? Du erwartest doch wohl wirklich nicht, daß sich jemand so etwas anhören will, oder?« erboste sie sich.

»Und wieso nicht?« fragte Herodot.

»Nun ja, das alles klingt so« – seine Frau suchte geduldig nach den passenden Worten –, »nun ja, so *wahr*, wenn du weißt, was ich meine.«

Herodot dachte eine Weile darüber nach, dann verstand er, worauf sie hinauswollte, und machte sich wieder mit aller Macht an die Arbeit. Er erhöhte sämtliche Entfernungen, die er so sorgfältig nachgemessen hatte, und verdoppelte die Anzahl persischer Soldaten, die er so penibel aufgezeichnet hatte. Den Bericht, wie man in der Wüste durch den Einsatz von Sieben und Wasser Goldstaub verfeinert, nahm er heraus und ersetzte ihn durch ein haarsträubendes Märchen über Zwerge und Riesenameisen. Zudem erfand er einen völlig neuen Abschnitt über das Reich der Skythen, obwohl es sich dabei ausgerechnet um den einzigen Teil der Welt handelte, in dem er nie gewesen war, und behauptete zu allem Überfluß, er habe das Land der Länge und Breite nach durchstreift und alle diese erdichteten Wunder mit eigenen Augen gesehen. Schließlich deponierte er seinen ursprünglichen Entwurf im Tempel der Göttin Athena, für den Fall, daß der Rat eines Tages über eins dieser Länder oder Themen exakte Informationen brauchen sollte, und veranstaltete mit seiner umgearbeiteten Version Lesungen, die erwartungsgemäß zu einem durchschlagenden Erfolg wurden.

Wenn ich mir jetzt noch einmal durchlese, was ich bislang geschrieben habe, dann habe ich nach meinem Dafürhalten einen durchaus sachlichen und auch recht persönlich gehaltenen Bericht davon geliefert, was mir in Sizilien widerfahren ist – allerdings unter der Voraussetzung geschrieben, daß meine Leser an den Taten eines einzelnen Menschen interessiert sind, der eigentlich keine besonders wichtige Rolle spielt, was natürlich eine höchst gewagte Annahme ist. Folglich habe ich mir selbst keine andere Wahl gelassen, als das, was nun folgt – wozu auch mein Wiedersehen mit Phaidra gehört – so wahrheitsgetreu wiederzugeben, wie es mir nach all den Jahren möglich ist. Sonst müßte ich von vorn anfangen und alles umschreiben, was bislang geschehen ist, ein paar nette Brocken Geographie und die eine oder andere erfundene Geschichte über Götter und Wunder einstreuen, geradewegs so, wie wir auf den freien Flächen zwischen den Rebstöcken auf dem Weinberg Gerste pflanzen. Könnte allein ich entscheiden, hätte ich nichts dagegen einzuwenden, so vorzugehen, aber als ich heute morgen auf den Marktplatz ging, um Fisch zu kaufen, hat mich der Buchhändler Dexitheos, dieser alte Plagegeist, gedrängt, endlich das vollständige Manuskript abzuliefern, und deshalb muß ich wohl oder übel weitermachen – und wenn Ihnen das, was nun folgt, zu realistisch erscheint, müssen Sie also ihm und nicht mir die Schuld dafür geben.

Wie ich Ihnen bereits erzählte, hängte ich mein Schwert über den Türsturz an die Wand zurück, als die Tür zum Innenraum geöffnet wurde und Phaidra plötzlich vor mir stand. Ich nahm jedenfalls an, daß es Phaidra war; aber wenn ich ein Zeuge vor Gericht gewesen wäre und mich der Ankläger gefragt hätte, ob ich mir dessen absolut sicher sei, hätte ich meine Aussage relativieren müssen, weil ich mich zu dem betreffenden

Zeitpunkt nicht genau daran erinnern konnte, wie Phaidra auszusehen hatte. Was ich sah, war eine mittelgroße Frau, Mitte bis Ende zwanzig, mit ungekämmten Haaren und den deutlich erkennbaren Merkmalen eines gebrochenen Unterkiefers. Während ich sie ansah, hatte ich keinerlei Erinnerungen an sie, ich verband nicht einmal irgendwelche Assoziationen mit ihr; weder Liebe noch Haß, nichts an ihr zog mich an, nichts stieß mich ab, und ich hatte dieses außergewöhnliche Gefühl, frei darüber entscheiden zu können, ob ich sie als echt annehmen oder als falsch ablehnen wollte, so als wäre sie eine dieser streunenden Ziegen, die wir manchmal auf den Bergen zusammentreiben, um sie dann so gut wie möglich zu identifizieren. Nähme ich sie jetzt an – es käme fast einer zweiten Heirat gleich –, dann wäre ich ihr bis an mein Lebensende verpflichtet. Würde ich sie ablehnen, könnte ich mich einfach umdrehen und wäre für immer mit ihr fertig.

Ich bin und war schon immer unentschlossen. Ich lasse mich lieber zu einer Entscheidung zwingen, als aus freien Stücken und in aller Ruhe einen Entschluß fassen zu dürfen; auf diese Weise behalte ich mir die Möglichkeit vor, den Göttern die Schuld in die Schuhe zu schieben, wenn etwas schiefgeht. Folglich nahm ich keine der beiden mir offenstehenden Möglichkeiten wahr; ich nahm Phaidra also weder in die Arme und küßte sie, noch sah ich einfach über sie hinweg. Stattdessen wartete ich geduldig darauf, daß sie etwas sagte.

»Eupolis? Bist du's?«

»Ja.«

»Was machst du hier?«

»Ich bin nach Hause gekommen.«

Keiner von uns beiden rührte sich vom Fleck, und plötzlich fiel mir ein, daß ich keine Ahnung hatte, wie lange ich fort gewesen war. Vielleicht hatten wir Athen erst vor knapp einem Monat verlassen, möglicherweise war es aber auch zwei Jahre her. Ich hatte wirklich keine Ahnung. Ich wußte auch nicht, welche Jahreszeit wir hatten – war es die Zeit der Aussaat, die Ernte- oder gar die Weinlesezeit? Ich hatte keine Vorstellung davon, wie lange es her war, seit wir das letztemal gemeinsam in diesem Raum gewesen waren und ich noch meine kostbare Ausrüstung besessen hatte, die mittlerweile auf irgendeinem staubigen Marktplatz in Sizilien bestimmt längst versteigert worden war.

»Du bist also wirklich nach Hause gekommen? Was ist denn passiert? Niemand hat etwas davon gesagt, daß die Flotte demnächst heimkehrt ...«

Dann rannte sie zu mir herüber und warf, wenn auch etwas tolpatschig, die Arme um mich; eher wie ein treuer Hund, der vor Freude an einem hochspringt und einem fast den Atem raubt.

»Wie schön, du bist zurück!« jauchzte sie. Dann drückte sie meinen Kopf nach unten und küßte mich. Aber entgegen meiner Erwartung bot dieser Kuß keine Entscheidungshilfe; ich fühlte mich noch immer hin- und hergerissen und vermochte mich weder in die eine noch in die andere Richtung zu entscheiden.

»Was ist denn bloß passiert? Bist du abgehauen?« wollte Phaidra wissen. »Ich wette, du alter Feigling hast dich abgesetzt. Bestimmt hast du schon beim ersten Anblick des Feinds gesagt: ›Mir reicht's!‹ und hast erst aufgehört zu laufen, als du auf ein Schiff gesprungen bist. Und jetzt werden alle auf der Straße auf mich zeigen und sagen: ›Das ist die Frau von diesem Feigling.‹ Willst du etwas zu essen haben?«

»Nein.«

»Wahrscheinlich quillt dein Magen noch von sizilianischem Weißbrot. Wie sind eigentlich die Mädchen dort gewesen? Waren sie billig? Wahrscheinlich hast du dein ganzes Geld bei denen gelassen und mir nicht einmal ein Geschenk mitgebracht, nicht mal ein Paar bronzene Ohrringe. Dein Bart muß gestutzt werden. Und was hast du eigentlich mit deiner Rüstung angestellt? Du kannst sie doch nicht einfach komplett weggeworfen haben, oder?«

»Allerdings habe ich das.«

»Eupolis, was ist denn bloß passiert?«

Ich wollte ihr alles erzählen, konnte es aber nicht. Jetzt, da ich zu Hause war, wußte ich nicht mehr, was ich hier zu suchen hatte, und kam mir wie ein Saisonarbeiter nach der Weinlese vor.

»Aber irgendwas muß doch passiert sein! Du blickst nämlich genauso drein, als wäre eins deiner blöden Stücke durchgefallen. Und dann ist das Leben mit dir kaum zu ertragen, wenigstens zwei Wochen lang, und ich traue mich nicht mal mehr, mir auch nur die kleinste Kleinigkeit zu kaufen. Also, was ist passiert? Wo sind alle die anderen? Haben wir gewonnen?«

»Nein.«

»Jetzt sag nicht, ihr habt den Krieg einfach abgebrochen und kommt mit leeren Händen nach Hause. Ich wußte doch gleich, daß Demosthenes ein krummer Hund ist. Man wird ihn dafür zum Tode verurteilen. Merk dir meine Worte! Außerdem wird das für alle ein Mordsvergnügen.«

»Dazu wird es gar nicht erst kommen.« Es war so, als ob es sich bei dem, was dem Heer und mir widerfahren war, um eine Art Geheimnis handelte, das Phaidra mir entlocken mußte. Sollte es ihr gelingen, hatte sie gewonnen.

»Nun sag mir doch endlich, was passiert ist! Bist du wirklich abgehauen? Oder bist du verwundet und nach Hause geschickt worden? Eupolis, hast du etwa Verletzungen davongetragen?«

»Nein«, antwortete ich, und zum erstenmal seit unserem Wiedersehen sah ich mir Phaidra ganz genau und vollkommen unvoreingenommen an.

Ich erinnere mich noch gut daran, als ich zum erstenmal feststellte, wie ich aussah. Ich spielte mit einigen anderen Jungen in den Hügeln bei Pallene, und dort fließt während des Frühjahrs ein kleiner Bach in einen Tümpel, bevor die Sonne dort alles Wasser verdunsten läßt. Wir saßen um diesen Tümpel herum, warfen mit Steinen nach Fröschen, und einer der Jungen erzählte eine Geschichte, die er von seiner Großmutter gehört hatte. Es war die Geschichte des Narkissos, und ich verstand ihren Sinn nicht. Der Jäger, so wird dort behauptet, blickt in das Wasser, sieht diesen schönen Jüngling und verliebt sich in sein Ebenbild.

»Amyntas, wer war denn dieser schöne Jüngling? Und wie konnte er überhaupt unter Wasser atmen?« frage ich.

Alle lachten und beschimpften mich mit unflätigen Ausdrücken, aber das scherte mich nicht weiter. »Du weißt es doch auch nicht, Amyntas!« kreischte ich mit meiner piepsigen Stimme dazwischen. »Ich finde die Geschichte blöd, und du hast sie dir bestimmt gerade erst ausgedacht.«

Erneut lachten alle, und Amyntas wies mich schließlich darauf hin, daß man sein Spiegelbild sehen kann, wenn man auf eine glatte Wasseroberfläche schaut.

»Und was ist ein Spiegelbild?« wollte ich wissen.

»Das ist wie ein richtiges Bild von dir.«

»Mein Vater besitzt ein Bild von meiner Mutter«, sagte ich. »Er hat eine Vase mit ihr als Penelope bemalt, obwohl es ihr kein bißchen ähnlich sieht. Ich bin aber noch nie gemalt worden.«

»Du mußt auch gar nicht gemalt werden«, klärte mich Amyntas auf. »Das geschieht ganz von selbst. Du brauchst nur da vorn in den Tümpel zu gucken.«

Natürlich entschied ich mich dagegen; das war nur ein Vorwand, um mich von hinten in den Tümpel zu stoßen und mich so lange unter Wasser zu halten, bis ich keine Luft mehr bekommen hätte. Auf dem Nachhauseweg packte mich allerdings die Neugier, und ich blickte in den Wassertrog auf unserem Weinberg. Dort war eindeutig ein Bild zu sehen. Ich erkannte einen häßlichen kleinen Jungen mit einem gequetschten Kopf und viel zu großen Ohren, und ich haßte ihn, weil er mir Angst einjagte. In Tränen aufgelöst, rannte ich nach Hause, und mein Vater fragte mich, weshalb ich so betrübt sei. Als ich es ihm erzählte, lachte er.

»Hör mal, dagegen kannst du nichts machen«, sagte er. »Du bist nun mal mit diesem Gesicht auf die Welt gekommen, ob du willst oder nicht.«

»Kannst du es nicht wenigstens etwas schöner machen?« fragte ich.

»Das kann nur Zeus.«

Also betete ich Abend für Abend zu Zeus, mich schöner zu machen, und lief jeden Morgen zum Wassertrog, um hineinzusehen, aber das Gesicht blieb immer dasselbe. Eine ganze Weile konnte ich nicht verstehen, warum Zeus meine Gebete nicht erhören wollte, zumal ich ihn ganz inständig darum gebeten und ihm sogar meine Lieblingsheuschrecke geopfert hatte. Dann hatte ich die göttliche Eingebung, daß er bestimmt gerade unterwegs war und die Skythen oder die Äthiopier besuchte, so daß er mich gar nicht hören konnte und ich eigentlich nur auf seine Rückkehr zu warten brauchte. Danach muß ich vergessen haben, weiterhin zu ihm zu beten, denn der Anblick meines Gesichts blieb, wie er war, oder wurde sogar noch schlimmer.

Als ich jedenfalls damals Phaidra ansah, hatte ich dasselbe Gefühl: daß sie nämlich, wie mein Gesicht, ein Teil von mir war und nur Zeus daran etwas ändern könnte.

»Wie geht's meinem Sohn?« fragte ich sie, und das war, ehrlich gesagt, tatsächlich das erstemal, daß ich seit meiner Abreise aus Athen wieder an ihn dachte. Selbst als ich mich jetzt an ihn erinnerte, verspürte ich kein großes Interesse an ihm. Er war für mich wie ein versteckt aufbewahrtes Geschenk eines Freundes, an das man sich erst erinnert, wenn der betreffende Freund anklopft, um es dann noch schnell vor dem Öffnen der Tür hervorzuholen und hübsch sichtbar aufzustellen.

»Ihm geht's gut«, antwortete Phaidra. »Er ist gerade beim Kindermädchen. Soll ich ihn holen lassen?«

»Nein, solange es ihm gutgeht, ist alles in Ordnung.«

»Irgend etwas bedrückt dich doch, nicht wahr?«

»Ja.«

»Und was?«

»Laß mich erst die Stiefel ausziehen.«

»Ach, jetzt vergiß doch deine Stiefel!« sagte sie gereizt, und ich lächelte sie an.

»Aber meine Füße dampfen schon. Ich will mir jetzt die Stiefel ausziehen.«

»Wenn es dir soviel bedeutet, dann zieh endlich diese stinkenden Stiefel aus. Aber sag mir wenigstens, worum es geht. Ich will einfach wissen, ob man dich festnehmen wird oder nicht.«

Ich umarmte sie. Phaidra fühlte sich vertraut an, als gehörte sie zu mir, aber sie stieß mich zurück.

»Jetzt nicht. Sag mir endlich, was los ist. Du kannst einen manchmal wirklich wütend machen.«

Ich setzte mich und zog die Stiefel aus. »Thrax, bring mir bitte die Sandalen!« rief ich. »Und wenn Brot und Käse im Haus ist, hätte ich auch nichts dagegen.«

»Ehrlich gesagt, verstehe ich dich nicht«, sagte Phaidra.

»Ich weiß«, entgegnete ich.

Phaidra blickte mich böse an. »Ich weiß wirklich nicht, warum ich mir das gefallen lasse. Ich meine, dein Verhalten ist doch lächerlich. Jetzt sag mir endlich, was los ist.«

Allmählich wünschte ich, dies zu können; aber ich sah keine Möglichkeit mehr, wie ich es ihr hätte beibringen sollen. Ich hatte die ganze Geschichte von vornherein äußerst schlecht gehandhabt, aber so etwas war nichts Neues bei mir. Thrax brachte mir das Brot und den Käse, und ich machte mich ans Essen.

»Willst du es mir nun sagen, oder muß ich erst auf den Marktplatz gehen und dort die Leute fragen?« Phaidra ließ nicht locker.

Ich stellte den Teller hin und streifte mir die Krümel ab. »Phaidra, wie wäre es, wenn wir ...« Das, was ich sagen wollte, fiel mir zunächst nicht ein; es war aber auch nicht wichtig und hätte zudem lächerlich geklungen. Es war etwas wie ›... wenn wir ganz von vorn anfangen würden‹, was wir sowieso niemals getan hätten. Ausgeschlossen.

»Wenn wir *was?*«

»Ach, nichts«, winkte ich ab, und jetzt erst wußte ich, daß ich wirklich zu Hause war. »Phaidra, das gesamte Heer ist ausgelöscht worden. Alle sind tot.«

Sie starrte mich entsetzt an. »Bist du verrückt geworden?«

»Nein. Warum, weiß ich allerdings auch nicht. Phaidra, es war einfach schrecklich. Alle sind tot. Demosthenes und Nikias auch. Alle. Von unseren Soldaten hat nur eine Handvoll überlebt.«

»Ich ... ich verstehe das nicht«, stammelte sie. »Jetzt versuch doch mal bitte, vernünftig mit mir zu reden.«

»Die Syrakuser haben gewonnen. Sie haben unser Heer vernichtet. Vernichtet, getötet, ausgelöscht, niedergemetzelt, erledigt, eliminiert, dezimiert, es gibt einfach kein passendes Wort dafür. Ich bin geflohen und nach Catina entkommen. Aristophanes, Sohn des Philippos, und ich. Ich nehme an, außer uns haben noch ein paar hundert Soldaten überlebt. Aber die anderen sind alle tot. Ich habe uns bis Catina gebracht, und wir sind mit einem Frachtschiff zurückgekommen. Die anderen sind noch nicht auf dem Rückweg.«

Für einen Augenblick spürte ich das gesamte Gewicht der Niederlage auf mir lasten; Sie wissen ja, wie es ist, wenn man starke Zahnschmerzen hat und man glaubt, den Schmerz nicht länger ertragen zu können. Es war, als ob ich durch Phaidras Gegenwart allmählich auftaute, als würde ich jeden Moment weich werden und in Stücke zerfallen, so daß alles auf einmal herauskäme, als erbräche ich mich. Meine innere Stimme verlangte von mir, ihr alles zu erzählen, und zwar auf der Stelle, einfach so, wie es mir einfiel, um das Gift unter dem Abszeß loszuwerden und mich wieder besser zu fühlen. Wenn du dich nicht sofort davon befreist mit den ganzen Tränen und dem Trost, den du in Phaidras Armen findest, wirst du das Gift nie mehr los, du Narr! ermahnte sie mich. Aber für diesen kurzen Augenblick riß ich mich noch einmal zusammen und verschluckte die Wörter, die mir schon auf den Lippen lagen; und dann sah ich plötzlich alles von außen, und zwar eher wie ein neutraler Beobachter als ein Beteiligter des Geschehens. Und zu diesem Zeitpunkt ergriff ich Phaidras Hand, aber ich tat nicht mehr als das, obwohl ich versucht war, den Kopf in ihrem Schoß zu vergraben und mich unter ihren Armen zu verbergen. Ich begriff, daß ich mich von diesem einzigartigen Besitz nicht trennen wollte, nämlich von diesem großen Geheimnis, das mir der Gott anvertraut hatte. Wie ein Geizkragen einen Topf Münzen versteckt, wollte ich dieses Geheimnis irgendwo gut verbergen, damit es niemand fand.

Schließlich hob ich den Kopf und blickte ihr in die Augen. »Ach, Phaidra, ich habe während meiner Abwesenheit die außergewöhnlichsten Dinge gesehen.«

Phaidra verhielt sich in diesem Augenblick großartig. Zwar wollte sie unbedingt von mir wissen, was genau passiert war – wie wäre es Ihnen an ihrer Stelle ergangen? –, aber sie saß einfach nur da und wartete ab, während ich innere Kämpfe ausstand und obwohl ich mich ihr wie jedem anderen gegenüber versperrte. Wäre ich zu diesem Zeitpunkt weich geworden, wie es meistens der Fall war, und hätte ich mein inneres Gleichgewicht verloren und Phaidra mich aufgefangen, wäre unser Leben von da an anders verlaufen. Ich wußte nun, daß sie mich, jenseits der Verständigung durch Worte und Gesten, auf eine kaum zu bestimmende Art verstand.

»Mußt du irgendwas erledigen?« fragte sie mit sanfter Stimme. »Mußt du zum Beispiel irgend jemanden benachrichtigen?«

»Das habe ich bereits getan. Es macht dir doch hoffentlich nichts aus, wenn du mir noch etwas Gesellschaft leistest, oder?«

Weder lächelte Phaidra, noch drückte sie mich oder tat irgend etwas anderes in dieser Richtung. »Natürlich macht mir das nichts aus. Wenn du sicher bist, daß es wirklich meine Gesellschaft ist, die du suchst.«

»Es gibt sonst niemanden mehr, alle anderen sind tot.«

»Kallikrates auch?«

Ich nickte. Phaidra schwieg. Sie wußte, daß ich mich mit ihm unterhalten und ihm alles erzählt hätte, wenn er noch am Leben gewesen wäre. Aber es gab niemanden, mit dem ich darüber reden konnte; jedenfalls so lange nicht, bis sich mein Verstand damit auseinandergesetzt und alles verarbeitet hatte, um etwas daraus zu machen.

»Versprich mir, daß du mir keine Fragen stellst«, bat ich Phaidra.

»Also gut«, antwortete sie mit einem verständnisvollen Lächeln auf den Lippen. »Du bist wohlbehalten nach Hause zurückgekehrt, und das ist die Hauptsache.«

»Ich bin froh, daß du so denkst.«

»Na ja, es wären furchtbare Unannehmlichkeiten auf mich zugekommen, wenn du nicht zurückgekehrt wärst«, fuhr sie fort, wobei sie aufstand und sich das lange Haar nach hinten über die Schultern warf. »Prozesse und Erbstreitigkeiten und wer weiß was noch. Dein ganzes Geld wäre jahrelang auf Eis gelegt worden, und ich hätte deinen nächsten männlichen Verwandten heiraten müssen. Von allen Gesetzen, die Solon jemals erlassen hat, ist das wohl das dämlichste.« Sie hielt kurz inne. »Wer ist eigentlich dein nächster männlicher Verwandter?«

»Das weiß ich auch nicht«, gestand ich ein. »Ich fürchte, die sind alle tot.«

»Hauptsache, es ist nicht dein schrecklicher Vetter Nikomedes, dieser Kerl mit den behaarten langen Armen und dem Stiernacken. Ich könnte dieses Scheusal nicht ertragen.«

»Er wäre auch nicht gerade begeistert«, gab ich zurück. »Ich glaube, er ist mit seiner Frau sehr zufrieden und müßte sich von ihr scheiden lassen.«

»Ist das nicht diese spindeldürre Frau mit den riesigen Ellbogen?«

»Habrosyne«, antwortete ich, wobei ich den Namen aus dem hintersten Winkel meines Gehirns hervorgekramt hatte. »Sie ist bestimmt keine Schönheit, aber wenigstens gibt sie nicht das ganze Geld ihres Ehemanns für Teppiche aus.«

Phaidra blickte sofort zu Boden. »Ach, das meinst du. Ist das etwa der ganze Dank, den ich dafür erhalte, dir zum besten Geschäft deines Lebens verholfen zu haben? Schau dir doch nur mal diese einmalige Webart an.«

»Du meine Güte! Was war denn bloß an dem alten Teppich so schlecht? Er hätte noch jahrelang gehalten.«

»Ich weiß auch nicht, warum ich mir deshalb den Kopf zerbreche. Ich sollte einfach ein paar Binsen auf den Boden streuen, wie du's von Pallene her gewohnt bist.«

»Wenn du den Raum hin und wieder ausfegen würdest, bräuchten wir nicht alle fünf Minuten neue und vor allem nicht so teure Teppiche zu kaufen.«

»Ich wette, Nikomedes ist in Gelddingen lange nicht so kleinlich wie du. Vielleicht solltest du lieber zurückfahren und dich töten lassen.«

»Wenn du Nikomedes' Geld genauso ausgibst wie meins, bricht er dir glatt beide Arme.«

»Das beweist nur, in welch drittklassige Familie ich eingeheiratet habe«, entgegnete Phaidra triumphierend. »Du weißt ja gar nicht, was für ein Glück du mit mir hast.«

»Das ist allerdings wahr«, räumte ich ein. »Hätte ich nämlich keine Frau, die mir das Leben zu Hause unerträglich macht, wäre ich nie auf die Idee gekommen, Stücke zu schreiben.«

»Und selbst in diesem Punkt irrst du dich gewaltig. Sämtliche Witze für deine Stücke hast du nämlich von mir gestohlen.«

»So ein Blödsinn. Du hast in deinem ganzen Leben noch nie einen einzigen Witz gerissen.«

»Willst du etwa damit behaupten, ich hätte keinen Sinn für Humor?« fauchte sie mich wütend an. »Nur weil ich über deine jämmerlichen komödiantischen Versuche nicht lachen kann?«

»Du würdest nicht einmal einen Witz erkennen, selbst wenn man ihn dir auf dem Tablett serviert.«

»In diesem Haus wird mir so etwas höchstwahrscheinlich nie passieren.« Sie kicherte. »Außer da drinnen«, sagte sie und zeigte auf den Innenraum. »Da drinnen ist es manchmal wirklich komisch. Meistens sogar. Und bevor du jetzt irgend etwas sagst«, fuhr sie rasch fort, »das soll keine Einladung sein.«

»Gut. Ich bin sowieso viel zu müde.«

»Zeus sei Dank, bist du das meistens.«

»Nein, meistens ist das nur eine Entschuldigung, aber heute meine ich es ausnahmsweise mal ernst.«

»Bist du dir sicher?«

»Ja.«

»Dann mach's dir doch selbst!«

Ich lehnte mich im Stuhl zurück und schloß die Augen. Dann streckte ich die Beine aus, bis ich mit den Zehenspitzen den Untersatz des großen Kessels spüren konnte. Allerdings hatte ich nicht das Gefühl, als wäre ich nie von zu Hause fort gewesen; so weit konnte es einfach nicht kommen. Trotzdem wollte ich am nächsten Tag nach Pallene aufbrechen und mich danach auf den Weg nach Phyle machen, um dann wieder in die Stadt zurückzukehren und mich neuen Herausforderungen zu stellen, wie dem Schreiben von Komödien. An einem ruhigen und sicheren Ort, wo ich mich nicht vor der Reiterei verstecken mußte. Ich blickte noch einmal zu Phaidra hinüber, gerade als sie in den Innenraum verschwand und die Tür hinter sich zuschlug. Sicher, sie war nicht die perfekte Ehefrau, jedenfalls nicht auf Dauer, aber sie war kein sizilianischer Reiter, und das war die Hauptsache.

10. KAPITEL

Könntest du jetzt bitte mit der Geschichte fortfahren, Eupolis, und endlich damit aufhören, uns mit all diesem Unsinn über deine Frau und deinen seelisch-geistigen Zustand zu belästigen?« werden Sie jetzt sagen. »Wir haben zu Hause selbst genug von solchen Problemen, vielen Dank. Wir wollen von dir unterhalten werden. Was geschah eigentlich als nächstes im Krieg?« Immer mit der Geduld. Ich hatte für alle Zeiten genug vom Krieg, und ich möchte jetzt etwas einfügen, womit ich meine Enkelkinder beeindrucken will. Ja, ihr Kleinen, dieser dumme alte Narr kannte tatsächlich den berühmten Tragödiendichter Euripides, dessen Stücke ihr lernen müßt, wenn ihr wirklich wissen wollt, wie man Heuschrecken fängt. Das längste ununterbrochene Gespräch, das ich je mit ihm geführt habe ... Nun gut. Zunächst muß ich Ihnen aber erzählen, was alles passierte, als ich den berühmten Dichter das nächste Mal traf.

Die Nachricht von der Katastrophe hatte sich im Nu überall verbreitet, und in der Stadt herrschte völlige Panik. Kaum ein Tag verging, ohne daß das Gerücht in die Welt gesetzt wurde, syrakusische Schiffe, bis zum Bersten mit blutrünstigen Sizilianern gefüllt, seien auf der Suche nach Vergeltung nur noch eine Tagesreise vom Piräus entfernt. Zudem herrschte bei der großen Mehrheit die Ansicht vor, daß, sollten die Stadtmauern noch länger als einen Monat stehen, dies allein den Spartanern zu verdanken sei, weil diese auf sie als Schutz gegen die Perser wahrscheinlich nicht verzichten wollten. Für Essen erhielt man jeden geforderten Preis, insbesondere für Getreide, da sich die Menschen Vorräte anlegten, und nicht wenige Familien verkauften ihr Land und segelten hinaus ins Schwarze Meer, wo sie sich sicherer wähnten. Was mich anging, nahm ich an der allgemein herrschenden Panik nicht teil. Mein Vorrat an Angst war für dieses Jahr erschöpft, und ich war zu ausgelaugt, um den kümmerlichen Rest davon an bloße Gerüchte zu vergeuden. Das wäre natürlich ein angemessen ironisches Ende gewesen, hier in Athen vom Feind getötet zu werden, nachdem ich mich den ganzen Weg quer durch halb Sizilien hindurchgeprügelt hatte, um nach Hause zu kommen. Doch hatte ich das unbestimmte Gefühl, daß es selbst für die Götter eine zu große Energieverschwendung gewesen wäre, Athen dem Erdboden gleichzumachen, nur um meiner persönlichen Lebensgeschichte den letzten Schliff zu verleihen.

Als ich erkannte, wie lebhaft sich der Markt für Getreide und andere Lebensmittel entwickelte, begab ich mich nach Pallene, um einerseits zu ermitteln, wieviel ich zum Verkauf entbehren könnte, und mich andererseits um das Umpflügen und Düngen des Bodens zu kümmern, da wir bereits Anfang Oktober hatten. Die Weinlese hatte ohne mich stattgefunden – vielleicht hatten wir in diesem Jahr ja deshalb mehr Wein als sonst hergestellt –, und die Ernte war sehr viel besser ausgefallen, als wir mit unseren kühnsten Schätzungen zu Anfang des Jahres vermutet hatten. Nun beginne ich mit dem Umpflügen gern sehr rechtzeitig, da man es auf diese Weise häufiger tun kann, und wenn möglich hole ich die als Futterpflanze verwendete Saatwicke noch vor Ende September ein. In diesem Jahr gab es jedoch verständlicherweise einen Mangel an Saisonarbeitern, und mein Verwalter hatte sich entschlossen, die Wicke vorläufig stehenzulassen und mit den wichtigsten Pflugarbeiten zu beginnen. Das war durchaus vernünftig, aber da ich nichts Besseres zu tun hatte und um die Sache voranzutreiben, schaute ich selbst nach der Wicke; zumal es mich schmerzt, wenn das Futter knapp wird und ich an Maultiere und Esel gute Gerste verfüttern muß. Nachdem ich abgeschätzt hatte, was wir eingebracht hatten und was wir für den Eigenbedarf benötigen würden, ließ ich den Überschuß in die Stadt bringen. Dann legte ich mir den kurzen Umhang um, holte aus dem Schuppen einen alten, stark angerosteten Pflug, der für die Hauptarbeiten nicht gebraucht wurde, schirrte ein Maultier an und machte mich auf den Weg zu den unteren Terrassen. Es war ein angenehmes Gefühl, wieder zu arbeiten, und ich erledigte meine Arbeit besser als gewöhnlich und zog eine gerade Furche neben der anderen. Außerdem fielen mir mit der Zeit einige sehr vielversprechende Verse ein, so daß ich entsprechend verärgert war, als ich von zwei Reisenden unterbrochen wurde, die von der Straße aus meinen Namen riefen.

»Ich hab's mir doch gedacht, daß du es bist«, sagte der ältere der beiden Männer. »Ich hatte ganz vergessen, daß du hier draußen Land besitzt.«

Ich erkannte die beiden – es waren Euripides und sein Vetter Kephisophon. Zwar kannte ich beide nur flüchtig, und es war bereits einige Zeit her, seit wir uns das letztemal gesehen hatten, trotzdem waren diese Gäste es wert, daß ich mit der Arbeit aufhörte.

»Kommt doch mit ins Haus, wenn ihr's nicht eilig habt!« rief ich ihnen zu. »Wir trinken gerade den vorletzten Jahrgang aus, um Platz zu schaffen. Wenn ihr uns dabei helft, könnte uns das sogar gelingen.«

Euripides lächelte und willigte ein. Wie sich herausstellte, hatte er ein paar Verwandte besucht, die eine halbe Tagesreise nördlich von Pallene wohnten, und war nach dieser Reise ziemlich müde. Als Komödiendichter ist es natürlich meine Pflicht, abfällige Bemerkungen über unsere führenden Tragödiendichter zu machen, und deshalb habe ich in meinen Stücken regelmäßige Anspielungen darauf gemacht, daß Euripides dem ein oder anderen Becher Wein nicht abgeneigt war. Trotzdem war ich ein wenig überrascht, als ich feststellen mußte, daß ich ihn mit dieser Unterstellung keinesfalls verleumdet hatte. Ich merkte es mir und fragte ihn, wie er in letzter Zeit vorangekommen sei und ob er gerade an einem Stück schreibe.

Euripides schüttelte den Kopf. »Nein, zur Zeit nicht«, antwortete er mürrisch.

Das Thema schien ihn zu langweilen, und ich hatte das Gefühl, daß er keine Lust mehr am Schreiben hatte. Ich kann so etwas zwar immer nur schwer verstehen, aber bei Tragödiendichtern scheint es sich dabei um eine Art Berufsrisiko zu handeln.

»Deine Oliven sehen dieses Jahr gut aus«, wechselte er das Thema.

»Sehr viel größer als jetzt werden sie nicht mehr«, antwortete ich. »Zuwenig Regen. Willst du dieses Jahr wirklich nichts präsentieren?«

»Richtig«, entgegnete er knapp. »Wie ich gesehen habe, düngen deine Leute unten in der Ebene ganz schön kräftig. Da unten das Land gehört dir doch auch, oder?«

»Ja.«

»Wir bewahren uns den besten Dünger immer für die höhergelegenen Anbauflächen auf, und deine Flächen liegen ein ganzes Stück höher als unsere. Wieviel verwendest du pro Morgen?«

»Was?«

»Dünger.«

Ich dachte angestrengt nach und antwortete dann höchst beschämt: »So aus dem Stand kann ich das nicht sagen.«

Euripides stierte mich über den Nasenrücken hinweg

skeptisch an, und wie ich mich noch gut erinnere, wäre ich in diesem Moment vor Scham am liebsten im Boden versunken. »Nach einer ungefähren Schätzung würde ich sagen, daß das, was uns ein Ochse pro Jahr an Dünger liefert, etwa für drei, vier Morgen reicht. Aber wir nehmen das nicht so genau und gehen da eher instinktiv vor.«

»Instinktiv? Ich verstehe. Und laßt ihr den Dünger erst einige Zeit verrotten, oder benutzt ihr ihn schon im puren Zustand?«

»Ehm, im puren Zustand natürlich.«

»Wirklich?« Euripides schien überrascht. »Was holt ihr denn in einem durchschnittlichen Jahr aus einem Morgen heraus?«

»Was denn?«

»Gerste.«

»Ach so ...« Ich hatte gedacht, wir würden uns noch immer übers Düngen unterhalten. »Etwa neun Medimnen, wenn wir Glück haben, auch zehn. Das hängt natürlich stark vom Regen ab. Dieses Jahr haben wir nicht einmal acht gehabt.«

»Neun Medimnen?« staunte Euripides sichtlich entsetzt. »Soviel?«

»Wie hoch ist denn dein Ertrag?« fragte ich.

»Sieben Medimnen pro Morgen, und das nur, wenn wir mit dem Wetter Glück haben. Was ist mit deinen Weinbergen? Was holst du da pro Morgen heraus?«

»Etwa zwanzig Metreten, manchmal auch mehr.«

»Und Oliven?«

»Mit Oliven haben wir keine Probleme. Gewöhnlich ernten wir fast drei Metreten pro Morgen, wenn es regnet, sogar noch mehr.«

Er blickte mich ungläubig an. »Das kann doch nicht dein Ernst sein. Fast drei Metreten pro Morgen, und das in dieser kargen Gegend?«

Ich traute mich nicht, ihn zu fragen, wie hoch seine Olivenernte durchschnittlich ausfiel, und um ihn zu besänftigen, sagte ich ihm, wie sehr mir sein letztes Stück gefallen habe.

»Das spielt doch jetzt keine Rolle«, winkte er ungeduldig ab. »Was machst du mit deinem Boden, was ich nicht mache? Zwanzig Metreten Wein pro Morgen… der muß ja schmecken wie Wasser.«

»Weißt du was? Du trinkst ihn gerade«, antwortete ich leicht gekränkt.

Euripides entschuldigte sich, und ich nahm die Entschuldigung an.

»Wie oft pflügst du denn um?« wollte ich von ihm wissen.

»Dreimal, manchmal auch viermal, wenn es starken Tau gibt«, sagte er. »Wenn wir häufiger umpflügen wollten, müßten wir Gelegenheitsarbeiter einstellen.«

»Wir pflügen fünfmal um, aber auch sechsmal kann nicht schaden«, antwortete ich nicht ohne Stolz, zumal dies eins meiner Lieblingsthemen war. »Auf diese Weise gelangt die Feuchtigkeit tiefer ins Erdreich.«

»Wahrscheinlich hast du mehr Leute als ich. Und wie ich schon gesagt habe, stelle ich keine Gelegenheitsarbeiter ein.«

»Ich auch nicht. Du solltest es einfach mal mit einem fünften Umpflügen versuchen. Beim fünften Umpflügen braucht man nur ein Zehntel der Zeit wie beim erstenmal, und dafür lohnt sich der Aufwand allemal.«

»Hast du dieses Jahr vor, irgend etwas zu schreiben?« erkundigte er sich leicht abwehrend.

»Ich glaube nicht, daß mir dazu die Zeit bleibt, zumal wir noch die Wicke und den Fenchel einholen müssen«, antwortete ich.

»Fenchel?« Er blickte mich an, als wäre ich verrückt geworden. »Was für ein Zeug ist das denn?«

Ich erzählte ihm alles über Fenchel und auch über Lupinen, und, um ihm Gerechtigkeit widerfahren zu lassen, er hörte mir sogar zu. Aber als ich zu meinem Lieblingsthema schlechthin kam, den Bohnen nämlich, schien er die Geduld zu verlieren und sagte, er müsse allmählich aufbrechen.

»Na gut, du bist jedenfalls jederzeit eingeladen. Und ich hoffe, du versuchst es dieses Jahr mal mit dem fünften Umpflügen. Laß mich wissen, ob es etwas gebracht hat.«

Er versicherte mir, das zu tun, nahm seinen Hut, schnappte sich Kephisophon (der mir die ganze Zeit über bei der Beseitigung des diesjährigen Weinüberschusses sehr behilflich gewesen war) und machte sich auf den Weg.

»Ach, noch etwas, Euripides!« rief ich ihm hinterher, und er drehte sich noch einmal zu mir um. »Ich nehme an, du wirst bestimmt gern hören, daß deine Sachen in Sizilien sehr beliebt sind.«

»Welche Sachen?« fragte er leicht verwirrt.

»Deine Stücke.«

»Ach so.«

»Ja, wirklich«, versicherte ich ihm, und ich erzählte ihm kurz von dem Dorf und unserer Stegreifvorstellung, die wir dort gegeben hatten. Aber meine Geschichte fand bei ihm überhaupt keinen Anklang, und er wirkte sogar leicht erzürnt, als er schließlich aufbrach. Trotzdem schickte er mir als eine Art Dankesbezeigung etwa ein Jahr später eine Bronzeschale mit einer Abbildung des Ackerbaulehrmeisters Triptolemos und ließ mir mitteilen, daß ich mit dem fünften Umpflügen und dem Rat, weniger Dünger zu verwenden, recht gehabt hätte. Er hole mittlerweile acht Medimnen aus dem Boden heraus und habe allen Grund zu der Hoffnung, bereits in wenigen Jahren den Ertrag auf neun erhöhen zu können. Dennoch glaube ich nicht, daß er sich jemals ernsthaft darum bemüht hat, Bohnen anzubauen.

Noch während ich mit dem Einholen der Futterwicke beschäftigt war, begann ich mit einer neuen Komödie. Sie schlich sich buchstäblich unbemerkt an mich heran, da ich überhaupt nicht vorhatte, mich in nächster Zeit an irgend etwas heranzutrauen. Aber bevor ich wußte, wie mir geschah, war mir ein hervorragender Einstieg für einen Schafschor eingefallen, und danach konnte mich nichts mehr halten. Natürlich benötigte ich irgendeine Aussage, aber mir fiel keine ein. Die Stadt hatte sich nach der Katastrophe völlig verändert, und die alten Themen schienen sich nicht mehr zu eignen.

Es war eine schwierige Zeit. Kaum hatte sich die Nachricht über unsere Niederlage verbreitet, wurden unsere Feinde extrem rege und sprachen bereits lauthals davon, uns ein für allemal auszulöschen. Unsere sogenannten Verbündeten, unsere Untertanen also, standen kurz vor der Rebellion, und bei Einbruch des Winters setzte sich König Agis von Sparta mit seinem Heer in Bewegung. Aber aus einem unerfindlichen Grund griff er nicht die Stadt an; statt dessen streifte er quer durchs ganze Land und versuchte Geld für den Aufbau einer Flotte einzutreiben. Wir selbst bauten natürlich auch eine neue Flotte auf und sparten sämtliche unnötigen Ausgaben ein, um sie uns leisten zu können. Glücklicherweise waren die Theaterfestspiele davon nicht betroffen, und ich arbeitete mit aller Kraft an meinem Stück weiter. Mittlerweile wohnte ich wieder in der Stadt und traf mich häufig mit Philonides und seinen Freunden, da ich mir ihn als Chorleiter wünschte, wenn es soweit wäre. Den Schafschor hatte ich zugunsten eines Schiffbauerchors ersatzlos gestrichen, und ich hatte große Hoffnung, mit dem Stück bis zum Frühjahr fertig zu sein.

Ich war derartig in meine Arbeit vertieft, daß ich nichts davon mitbekam, was sich in der Stadt abspielte. Natürlich wollten die Athener jemanden für das sizilianische Desaster bestrafen, doch das war nicht möglich, da Nikias und Demosthenes tot waren und sich Alkibiades noch immer im Exil befand. Einen Taxiarchen, dem die Flucht gelungen war und der sich bis nach

Athen hatte durchschlagen können, klagte man ganz allgemein wegen Feigheit an und verurteilte ihn zum Tode. Allerdings stellte das die Athener nicht einmal ansatzweise zufrieden, und deshalb sah man sich nach einem geeigneteren Sündenbock um. Natürlich war eine solche Person nur schwer zu finden, da die eigentlichen Verantwortlichen für das Unglück die Wähler in der Volksversammlung selbst gewesen waren. Aber dann kam irgendein genialer Mensch auf die glänzende Idee, die ganze Schuld denjenigen in die Schuhe zu schieben, die am Abend vor dem Auslaufen der Flotte die Hermesstatuen zerstört hatten.

Lachen Sie bitte nicht, das ist wahr. Diese Bewegung entwickelte eine unglaubliche Eigendynamik und geriet schon bald völlig außer Kontrolle. Es gab eine Flut von Beschuldigungen, und ausgerechnet die Männer, die diese Krise überhaupt erst heraufbeschworen hatten, weil sie hofften, sich auf diese Weise von verschiedenen politischen Gegnern zu befreien, mußten sich allmählich Sorgen machen, bei der allgemeinen Hysterie nicht selbst zu Opfern zu werden.

Nun kannte ich natürlich den wahren Hintergrund der ganzen Geschichte; denn falls Sie sich erinnern, bin ich damals Augenzeuge gewesen und nur knapp mit dem Leben davongekommen. Ich wußte ganz genau, wer zumindest einige von den Übeltätern gewesen waren: unter ihnen Aristophanes, Sohn des Philippos. Dennoch verspürte ich keinerlei Verlangen, mich zum Denunzianten machen zu lassen, denn das ist ein sehr gefährlicher Beruf, auf den man nur umsatteln sollte, wenn man sehr knapp bei Kasse ist. Andererseits wußten natürlich Aristophanes und einige andere, daß ich sie am besagten Abend bei ihrem Treiben beobachtet hatte, was ihnen überhaupt nicht behagen konnte. Als Phaidra dahinterkam, was da gespielt wurde, drängte sie mich, die Stadt wenigstens so lange zu verlassen, bis sich die Lage wieder beruhigt hätte. Aber ich war noch immer ganz auf mein Stück konzentriert und wollte unbedingt in Athen bleiben, um mit Philonides alle Einzelheiten genau besprechen zu können. Mittlerweile war ich auch von den Schiffbauern abgekommen, da ich eine wirklich glänzende Idee gehabt hatte.

Mein Chor setzte sich nunmehr aus sämtlichen Demen Attikas zusammen, wobei jeder Demos ein unverkennbar passendes Kostüm tragen sollte. Der Chor sollte von meinem eigenen Demos Pallene angeführt werden, mit einem Kostüm aus Bergen und Ziegen, und die Handlung des Stückes war, daß alle großen Staatsmänner der Vergangenheit auf die Erde zurückkehren, um uns in unserer schwersten Stunde Ratschläge zu geben – und zwar wirklich alle, von Solon bis Perikles. Anfänglich spielte ich sogar mit dem Gedanken, daraus von Solon bis Kleon zu machen, verwarf ihn aber wieder, weil ich einfach zu feige dazu war. Wenn alles so klappen würde, wie ich es mir vorstellte, sollte es zu meinem mit Abstand besten Stück werden, in dem nicht nur eine Frage, sondern sämtliche Themen behandelt wurden. Bei einem derart umfangreichen Stoff mußten die Seitenhiebe natürlich richtig sitzen, aber ich hatte das Gefühl, damit zurechtzukommen, solange ich wirklich mein Bestes gab.

Ungefähr zu diesem Zeitpunkt – bitte erwarten Sie nicht von mir, präziser zu sein – trat Aristophanes, Sohn des Philippos, wieder in mein Leben. Wie ich Ihnen bereits erzählt habe, war er zutiefst in diese Geschichte mit den Statuen verwickelt, und um ihm gegenüber Gerechtigkeit walten zu lassen, befand er sich in der Gefahr, für ein derart banales Vergehen zum Tode verurteilt oder verbannt zu werden, so daß es ihm schwergefallen sein muß, sich mit dem Ernst der ganzen Angelegenheit abzufinden. Am merkwürdigsten daran war, daß bis auf die Beteiligten und einige wenige Augenzeugen wie mich niemand wirklich wußte, wer diese verflixten Statuen zerstört hatte. Wie

Sie sich bestimmt erinnern, war dies in der Nacht vor dem Auslaufen der Flotte geschehen, so daß entweder alle geschlafen oder sich betrunken hatten. Wir Athener haben das Privileg, in einer Stadt zu leben, wo die nächtliche Lärmbelästigung durch das Zerschlagen von Vasen und dergleichen bereits so alltäglich ist, daß man so etwas gar nicht mehr wahrnimmt, und wie ich vermute, schenkten die meisten Leute an jenem Abend den Vorgängen auf der Straße keinerlei Beachtung. Das eigentlich Rätselhafte daran war, wie aus dieser an sich nichtigen Affäre durch einen kleinen Funken ein solch rasendes Feuer entstehen konnte. Der Durchschnittswähler hielt die Zerstörung der Statuen für einen Hinweis auf irgendeine umfassende Verschwörung; und wir Athener lieben nun einmal Verschwörungen. Da es absolut nichts gab, was auch nur annähernd einer erwiesenen Tatsache glich, die mit dieser Angelegenheit in Verbindung hätte gebracht werden können, stand der kreativen Vorstellungskraft meiner Landsleute nichts mehr im Wege. Praktisch waren ihrer Phantasie keine Grenzen gesetzt, wenn es darum ging, sich selbst von etwas zu überzeugen, zumal sie über die notwendige Zeit und die Unterstützung Gleichgesinnter verfügten. Hätte ich die Frechheit besessen, das Gerücht in die Welt zu setzen, in Wahrheit seien die Frösche aus den Sümpfen für die Verschwörung verantwortlich gewesen, da sie unsere Schiffe an der Einfahrt in den syrakusischen Hafen gehindert hätten – und zwar auf Anweisung ihrer Brötchengeber, den Fröschen aus dem Schwemmland rund um Syrakus, die sich bei ihrer alljährlichen Paarung nicht stören lassen wollten –, dann nehme ich allen Ernstes an, daß mir alle geglaubt hätten. Vor allem wäre uns auf diese Weise eine Menge Ärger erspart geblieben; nur die Frösche aus den Sümpfen hätte man buchstäblich zum Frosch gemacht.

Natürlich gab es in der Volksversammlung Debatten um die vermeintliche Verschwörung. Eins der herausragendsten Merkmale der Demokratie, das jeder, der diese Regierungsform in seiner Heimatstadt einführen will, bedenken sollte, ist die Tatsache, daß die Wähler wirklich alles für möglich halten. Wenn zum Beispiel eine Lebensmittelknappheit herrscht, ist es vollkommen sinnlos, ihnen zu erklären, daß es keine Möglichkeit gibt, an Lebensmittel heranzukommen, daß Byzantion durch die spartanische Flotte blockiert wird und wir nicht einmal ein Weizenkorn daran vorbeischleusen können oder die Staatskasse so leer ist, daß man in den Schatztruhen den blanken Boden sehen kann. Man wird es Ihnen nicht glauben, und Ihnen bleibt nichts anderes übrig, als einen Sündenbock zu finden. Sie müssen aufspringen und rufen: ›Antimachos ist für den Getreidemangel verantwortlich! Er hat sich mit den Kornhändlern geeinigt, eine künstliche Verknappung herbeizuführen, und jetzt stopft er sich die Taschen voll, während eure Frauen und Kinder hungern. Deswegen schlage ich vor, daß wir Antimachos anklagen.‹ Wenn dann die meisten Wähler glücklich wie kleine Kinder loslaufen, um sich auf der Stelle an Antimachos zu rächen, und nur noch ein paar alte und verwirrte Männer in der Versammlung verweilen, schlagen Sie die unter den gegebenen Umständen dringend erforderlichen Maßnahmen vor, bestechen die nur noch wenigen anwesenden Wähler, damit sie für Ihren Vorschlag stimmen, und machen sich dann wieder an Ihre eigentliche Arbeit. Das ist natürlich sehr hart für Antimachos, wäre aber ein durchaus legitimes Vorgehen, falls es sich bei ihm um einen allgemein bekannten Politiker handeln würde, weil er dann schon lange damit hätte rechnen müssen, zumal er wüßte, daß das System nur auf diese Weise funktioniert.

Nach der Nachricht von der sizilianischen Katastrophe war der Glaube der Athener an ihre eigene Allmacht natürlich stark erschüttert. Anfangs hatten alle viel zusehr mit ihrer übermächtigen Angst zu kämpfen, um klare Gedanken fassen zu können, aber nachdem einige Wochen vergangen waren und die Spartaner noch immer keine Keramikvasen geplündert hatten, fühlten sie sich nicht mehr besiegt und argumentierten auch entsprechend. Wir haben die Eroberung Siziliens angeordnet (sagten die Athener), was nicht geschah. Nun ist alles, was wir anordnen, so gut wie erledigt, es sei denn, jemand von uns sabotiert die Anordnung absichtlich, und da wir allmächtig sind, können nur wir selbst uns davon abhalten, etwas dagegen zu unternehmen. Deshalb müssen wir die Verräter bestrafen. Die Generäle Nikias und Demosthenes können nicht mehr bestraft werden, da sie bereits tot sind. Trotzdem können wir etwas tun; nämlich die wirklich Schuldigen bestrafen. Es steht außer Frage, daß man die beiden Generäle nicht bezichtigen kann, zumal sie wie Helden gestorben sind, und Helden streifen nicht durch die Lande, um Verrat zu begehen und ihren eigenen Tod herbeizuführen. Die einzig möglichen Verräter sind diese jungen Männer, die die Statuen zerstört hatten. Deshalb müssen sie getötet werden. Bevor man sie tötet, ist es allerdings erforderlich, sie zu finden. Deshalb müssen wir sie finden. Der Umstand, daß wir sie gegenwärtig nicht finden können, läßt sich nur durch eine Verschwörung erklären. Deshalb werden wir die Verschwörer töten.

Und auf diese Weise gingen die Athener dann auch tatsächlich vor. Ihr Test, mit dem festgestellt wurde, ob jemand an der Verschwörung beteiligt war oder nicht, war ebenso genial wie einfach. Wie sie wußten, streiten sämtliche Verschwörer, sobald sie einem Verhör unterzogen werden, jegliches Mitwissen an einer Verschwörung ab. Wenn nun ein Mann vor Gericht stand und der Ankläger ihn fragte, was er über die Verschwörung wisse, und er mit ›Überhaupt nichts‹ antwortete, steckte man ihn ins Gefängnis und spendierte ihm einen Schierlingsbecher. Wenn der Beschuldigte hingegen gescheit war und sagte: ›Zufälligerweise weiß ich, wer an der Verschwörung beteiligt gewesen ist. Es waren Lysikles und Phaonides und die anderen aus dem Gymnasion‹, dann pflegte man die komplette Gruppe auszulöschen; auch den Denunzianten, und zwar mit der Begründung, daß er, wenn er von der Verschwörung gewußt und niemandem vor seinem Prozeß davon unterrichtet habe, in jeder Hinsicht selbst wie ein Verschwörer zu behandeln sei.

Wirklich merkwürdig daran war, daß keiner der Männer, die getötet wurden, auch nur das geringste mit dem Umwerfen der Statuen zu tun gehabt hatte. Nun hätte man erwarten sollen, daß bei dieser willkürlichen Vorgehensweise – bei der sozusagen Stichproben aus den politischen Klassen gezogen wurden –, es irgendwann wenigstens einen der Randalierer hätte treffen müssen. Aber sie schienen dagegen gefeit zu sein, und ich konnte mich relativ sicher fühlen. Ich sage relativ; im Klartext bedeutete das, daß ich mir, wenn ich mich an eine Schüssel Haferbrei heranmachte und schnell schlürfte, berechtigte Hoffnungen machen konnte, auch noch am Leben zu sein, sobald ich alles aufgegessen hätte. Mein Alptraum war, daß einer der tatsächlichen nächtlichen Störenfriede während eines allgemeinen Rundumschlags festgenommen werden könnte, um schließlich die Nerven zu verlieren und zu gestehen, wobei solch einleuchtende und erhärtende Fakten ans Tageslicht kämen, daß ihm selbst meine begriffsstutzigen Mitbürger geglaubt hätten. In diesem Zusammenhang würde sicherlich auch mein Name fallen, als jemand, der tatsächlich am Ort des Geschehens gewesen war, und was ich als nächstes davon mitbekommen dürfte, wäre ein besorgniserregendes Gefühl der Taubheit vom Kopf bis zu den Zehen.

Als die Angelegenheit allmählich immer spannender wurde und die Geschworenen bereits in Schichten arbeiteten, um sich mit den unerledigten Fällen zu befassen, klopfte eines Abends ein Mann namens Demeas an meine Tür. Nun war Demeas nur einer von vielen Meistern eines Gewerbes, das mittlerweile fast ausgestorben ist, obwohl es vereinzelte Bemühungen gibt, es wiederzubeleben; er war ein berufsmäßiger Spitzel und konnte seinen Lebensunterhalt recht gut davon bestreiten. Seine hauptsächliche Arbeit bestand darin, Schmuggelware zu melden, wofür er als Gegenleistung einen gewissen Prozentsatz des Warenwerts erhielt, und ich kann Ihnen versichern, daß er eine beinahe übernatürliche Gabe besaß, allein durch Hinsehen festzustellen, welche Güter geschmuggelt waren und welche nicht. Wie mir berichtet wurde, war er schon in jungen Jahren bei dem berühmten Nikarchos, dem vielleicht größten Spitzel aller Zeiten, in die Lehre gegangen, was eine mögliche Erklärung für seine fast instinktiven Fähigkeiten wäre. Als nun diese Geschichte mit den Statuen hochgespielt wurde, machte sich Demeas mit einer solchen Begeisterung an die Arbeit, daß sie allen Gewerbetreibenden, die im Leben etwas erreichen wollen, als Ansporn dienen sollte. Doch wurde seine Arbeit sozusagen durch den Mangel an Rohstoffen leicht behindert. So wie man ohne Glasur keine schöne Töpferware fertigen kann, bringt man auch ohne Zeugen keine erfolgreiche Anklage zustande; und da bei dieser Affäre die Sterblichkeitsquote unter den Zeugen fast genauso hoch wie die unter den Angeklagten war, hatte sich der kümmerliche Rest der noch lebenden Berufszeugen lieber freiwillig zurückgezogen, und zum erstenmal in der Geschichte Athens gab es keinen Ansturm von Nachwuchstalenten auf die freigewordenen Plätze. Unter normalen Umständen reißt sich ein Athener darum, Zeuge zu sein, insbesondere in einem Hochverratsprozeß. Das bietet einem nämlich die Möglichkeit, am Niedergang einer führenden öffentlichen Persönlichkeit beteiligt zu sein (was einen mit Stolz erfüllt und wovon man seinen Enkeln später erzählen kann), und darüber hinaus erhält man die Gelegenheit, in der Öffentlichkeit zu reden, und dieser Verlockung kann kein Athener widerstehen, wenn er nicht gerade eine Hasenscharte hat. Aber da so viele Zeugen praktisch von einer Neben- in eine Hauptrolle gedrängt wurden, war es nicht einfach, jemanden zu finden, der auch nur im entferntesten glaubwürdig war, selbst nicht für einen ansehnlichen Geldbetrag als Gegenleistung. Daher auch Demeas' Besuch bei mir.

Wenn eine Person mit einem solchen gesellschaftlichen Ruf wie Demeas es für angebracht hält, bei einem vorbeizuschauen, dann läßt man ihn nicht lange vor der Tür warten, erst recht nicht, wenn überall auf der Straße Leute stehen, die ihn sehen könnten. Genausowenig weigert man sich, ihm zuzuhören, egal, was er einem zu sagen hat, da man ansonsten riskiert, im nachhinein eine Menge Dinge über sich selbst zu erfahren, von denen man zuvor noch nie etwas gewußt hat.

»Eupolis«, begann Demeas, wobei er den Weinkrug absetzte und die Füße in Richtung der Feuerstelle streckte, »soweit ich weiß, kennst du Aristophanes, Sohn des Philippos.«

»Ja.«

»Du bist doch mit ihm in Sizilien gewesen, nicht wahr?«

»Ja.«

Demeas nickte zustimmend. »So ist es mir auch berichtet worden.« Er war recht klein; aus irgendeinem Grund sind alle Spitzel zu kurz geraten – nach allem, was man so hört, soll auch Nikarchos ein winziges Kerlchen gewesen sein. Demeas hatte kräftige, breite Schultern, einen fast kreisrunden Kopf, kurzes Haar und nicht einmal die Andeutung eines Nackens. Am kleinen Finger der linken Hand trug er einen Siegelring mit einem Löwen drauf, und sein Chiton war von Rotweinflecken übersät. Seine äußere Erscheinung sagte mir nicht sonderlich zu, aber zugegebenermaßen neige ich dazu, durch solche irrationalen Gründe spontan eine Abneigung gegenüber einem Menschen zu entwickeln.

»Als du in Sizilien warst, hat sich da Aristophanes irgendwann einmal zu der Entweihung dieser heiligen Statuen geäußert?« fragte er.

»Nein, jedenfalls kann ich mich an nichts dergleichen erinnern«, antwortete ich wahrheitsgemäß.

Demeas winkelte den Kopf an. »Worüber habt ihr euch denn unterhalten?«

»In erster Linie haben wir über den Krieg diskutiert, dann wie man am besten dem Feind aus dem Weg geht und über das Stück, das er gerade geschrieben hatte, und ähnliche Dinge.«

»Also seid ihr beide miteinander recht gut befreundet gewesen, nicht wahr?«

Ich roch Gefahr und entschied mich, den Fragen lieber auszuweichen. »Befreundet würde ich nicht gerade sagen«, antwortete ich erst nach einer kurzen Pause, weil ich so den Eindruck erwecken wollte, sorgfältig darüber nachgedacht zu haben. »Das Gegenteil ist aber auch nicht der Fall. Wir haben sozusagen nur unsere Arbeit gemeinsam erledigt – also die Flucht nach Catina und so weiter.«

»Da ihr beide die ganze Zeit über so dicht aufeinandergehockt habt und solch schreckliche Gefahren durchstehen mußtet und niemand anderen hattet, an den ihr euch hättet wenden können, habt ihr euch doch bestimmt auch über andere Dinge unterhalten«, unterstellte Demeas.

»Nicht, daß ich wüßte. Ehrlich.«

»Ich verstehe.« Demeas stützte das Kinn nachdenklich auf dem Handballen ab und fuhr fort: »Weißt du, ich glaube dir natürlich, aber andere Leute möglicherweise nicht.«

»Welche anderen Leute?«

»Rein hypothetisch könnte es sich dabei um durchaus vernünftige Menschen handeln, wenn du so willst. Sie könnten zu der Annahme gelangen, daß es unter diesen Umständen nur natürlich gewesen wäre, wenn Aristophanes, sagen wir mal, weil er Gewissensbisse hatte oder ihn etwas bedrückte, dies gegenüber jemandem zugegeben hätte, der ihm in dieser schweren Zeit besonders nahestand, oder selbst gegenüber jemandem, der nur zufällig in seiner Nähe gewesen wäre.«

»Meinst du wirklich?«

»Findest du nicht? Wenn du denen sagst: ›Nein, Aristophanes hat mir nichts davon erzählt‹, dann könnten die schnell zu der Annahme gelangen, diese beiden sind Freunde, sie haben gemeinsam die größten Schwierigkeiten gemeistert, also ist es nur natürlich, ja sogar ehrenwert, daß einer den anderen deckt und sie sich untereinander abgesprochen haben – nein, das ist nicht das richtige Wort. Es liegt mir auf der Zunge ...«

»Daß wir uns gemeinsam verschworen haben?«

»Nicht direkt verschworen, doch könnte man so etwas durchaus vermuten. Aber diese rein hypothetisch existierenden vernünftigen Menschen würden sich allmählich unbehaglich fühlen, weil sie nicht wüßten, wer von den beiden wen deckt. Und wenn diese Männer zufällig zu diesem Zeitpunkt als Geschworene tätig sind, könnten sie euch beide zum Tode verurteilen, nur um sicherzugehen. Sie würden die Ansicht vertreten, daß das Decken eines Gotteslästerers und Verräters, moralisch gesehen, nicht besser ist, als das Verbrechen selbst zu begehen.«

»Ach, ist das wirklich deren Denkweise?«

»Leider ja.«

»Und ist es wahrscheinlich, daß Geschworene in eine solche oder ähnliche Zwangslage geraten könnten, ich meine, in naher Zukunft?« erkundigte ich mich.

»So was darfst du mich nicht fragen«, bekräftigte Demeas indirekt meine Befürchtungen. »Wo bist du eigentlich in der Nacht gewesen, bevor die Flotte auslief?«

»Hier. Frag meine Frau.«

»Schläft deine Frau denn nie? Leidet sie etwa an permanenter Schlaflosigkeit?«

»Sie schläft sogar sehr gut. Aber wo bist *du* denn am Abend vor dem Auslaufen der Flotte gewesen?«

»Auf Samos«, antwortete er mit einem süffisanten Lächeln. »Ich hatte dort ein Abendessen mit dem athenischen Statthalter und seinem Stab. Ich habe dort den Schmuggel verbotener Waren untersucht, und er und seine Mitarbeiter halfen mir dabei.«

Mir fiel wieder das drohende Gerichtsverfahren ein. »Da kannst du aber von Glück reden, ein solches Alibi zu haben.«

»Alibi?« Er zuckte die Achseln. »Weißt du, die Leute gehen mit Menschen, die einen solch ausgeprägten Gemeinschaftssinn haben wie unsereins, manchmal ganz schön streng ins Gericht. Mir ist es egal, wenn ich mich diesbezüglich etwas unbescheiden anhöre, aber ich bin der festen Überzeugung, daß ich einen nicht unwesentlichen Beitrag zum Erhalt unserer Demokratie leiste.«

»Ohne Männer wie dich könnte es gar keine Demokratie geben«, stimmte ich ihm zu.

»Du sagst es. Und weißt du, ich bin wirklich kein dünnhäutiger Mensch, aber manchmal fühle ich mich von den Worten der Leute doch ganz schön verletzt.«

»Welcher Leute?«

»Na, ganz gewöhnlicher Leute, du würdest dich wundern. Aber es sind nicht nur gewöhnliche Leute. Irgend jemand ist immer da, der mit dem Finger auf einen zeigt.«

»Wirklich?«

»O ja«, seufzte Demeas und blickte betrübt drein. »Zum Beispiel bin ich vor ein paar Jahren bei einem Theaterstück gewesen, das auch einen ganz persönlichen Angriff gegen mich enthielt. Ich glaube, das sollte eine Komödie oder so was sein. Jedenfalls war da dieser eine Schauspieler mit so einer komischen Maske, die wohl mich darstellen sollte, und er gab alle möglichen gesellschaftsfeindlichen Sprüche von sich, und alle lachten. Das war wirklich eine furchtbare Schande, besonders für meine Frau.«

Das erklärte auch sein Interesse an Aristophanes, denn dieses Stück war von ihm. Trotzdem handelte es sich bei der von Demeas erwähnten Stelle um keine sehr gelungene Szene.

»Aber das war noch nicht mal alles«, fuhr Demeas fort, wobei er jetzt noch betrübter dreinblickte als zuvor. »Im darauffolgenden Jahr habe ich ein Stück gesehen, ich kann mich nicht einmal daran erinnern, wie es hieß oder wer es geschrieben hat, in dem in einer Chorzeile behauptet wurde, ich sei nicht besser als ein Bandwurm oder eine ähnliche Schmarotzerkreatur, und daß die Stadt, wenn sie knapp bei Kasse sei, mich bloß wie eine Olive in eine Presse stecken müßte, um die ganzen Bestechungsgelder und das Blutgeld aus mir herauszuquetschen. Darüber hinaus wurden sogar Anspielungen auf meine häuslichen Verhältnisse gemacht, was ich als besonders geschmacklos empfand.«

Das wiederum erklärte sein Interesse an mir. »Ich weiß wirklich nicht, was in diese Leute gefahren ist«, tröstete ich ihn scheinheilig.

»Na ja, da sieht man's mal wieder«, schluchzte er, wobei er mittlerweile buchstäblich in Tränen aufgelöst war. »Für einen billigen Lacher und einen satten Applaus scheuen manche Leute einfach vor nichts zurück und werfen einem die bösartigsten – ich sollte sagen, gefährlichsten – Anschuldigungen an den Kopf. Dabei scheren sie sich nicht im geringsten darum, ob sie damit den Ruf oder sogar das Leben ihrer Mitmenschen aufs Spiel setzen. Wenn du mich fragst, halte ich das für höchst unverantwortlich. Schließlich sind einige Leute sogar schon schwerwiegender Verbrechen bezichtigt worden, nur weil durch das Theater die öffentliche Meinung gegen sie vergiftet wurde. Meiner Meinung nach haben die dafür verantwortlichen Männer eine Menge Fragen zu beantworten.«

»Da hast du allerdings recht«, stimmte ich ihm erneut zu.

»Meinst du?«

»Sicher.«

»Das ist tröstlich zu wissen«, seufzte Demeas und machte sich bereit zum Gehen. »Nun, ich will dir nicht noch mehr von deiner kostbaren Zeit stehlen. Falls du dich doch noch an etwas erinnern solltest, dann ...«

»... dann sage ich es dir ganz bestimmt.«

»Weißt du, wo ich wohne?«

»Sicher.«

»Schön, dann gute Nacht.«

»Gute Nacht.«

Nun glaube ich zwar nicht, daß sie noch heute so bekannt sind wie einst, aber es gab eine Zeit, da rannten die Athener in Scharen zu diesen Pilosophielehrern, Männern wie Sokrates oder Gorgias von Leontini, die ihnen kurze Vorträge hielten; allein das Zuhören kostete drei Obolen und die aktive Teilnahme an der darauffolgenden Diskussion gleich eine ganze Drachme oder etwas in dieser Richtung. Normalerweise brachte man irgendeinen moralischen Konflikt zur Sprache, und dann mußten alle sagen, wie sie sich unter den jeweiligen Umständen verhalten hätten. Danach pflegte der Lehrmeister, über jeden Zweifel erhaben, zu beweisen, daß alle Anwesenden so schlecht wie die Göttin Hekate höchstpersönlich seien, woraufhin ein jeder glücklich und zufrieden nach Hause ging und seinen Freunden stolz davon berichtete. Ich bin auch einmal zu einer solchen Veranstaltung gegangen – soweit ich mich erinnern kann, wettete damals jemand mit mir, daß ich es nie und nimmer schaffen würde, nicht einzuschlafen –, und das Thema lautete, ob es gerecht sei, einen schlechten Menschen, der eines Verbrechens angeklagt wurde, das er nicht begangen hatte, zum Tode zu verurteilen, um auf diese Weise einen guten Menschen, der das besagte Verbrechen tatsächlich begangen hatte, unbehelligt davonkommen zu lassen. Ich erinnere mich zwar nicht daran, welche Schlußfolgerung Sokrates oder wer immer dieser Lehrer gewesen sein mag, letztendlich gezogen hat (ein Phänomen an diesen Vorträgen ist die Tatsache, daß sich anscheinend nie jemand daran erinnert), aber damals nahm ich den allgemeinen Eindruck mit nach Hause, daß ich mich – falls ich jemals in eine solch mißliche Lage geraten sollte – nach Lust und Laune verhalten könnte, da sich praktisch jede Vorgehensweise als vollkommen falsch erweisen würde.

Während ich über diesen Vortrag nachdachte, schloß ich die Tür und verriegelte sie, und ich hatte das unbestimmte Gefühl, daß ich um drei Obolen betrogen worden war, da ich mich jetzt in einer fast identischen Situation befand und nicht die leiseste Ahnung hatte, was ich tun sollte. Natürlich gab es einen entscheidenden Unterschied: Aristophanes war ein schlechter Mensch *und* zudem schuldig und ich ein guter und unschuldig. Dennoch entdeckte ich erschreckend viele Parallelen, so daß ich versucht war, Sokrates in seinem Haus aufzusuchen und von ihm auf der Stelle die Rückerstattung der drei Obolen zu fordern.

»Wer ist das eben gewesen?« wollte Phaidra wissen, die in der Tür zum Innenraum stand. »Einer deiner Zechbrüder aus dem Theater? Ich hoffe, er hat nirgendwo hingekotzt.«

»Nein, aber mir ist zum Kotzen. Wir stecken bis zum Hals in Schwierigkeiten, meine Liebe.«

»Was meinst du mit *wir?*«

»Wir heißt, daß man mich zum Tode verurteilen wird und du mittellos dastehen wirst, wenn man mein gesamtes Hab und Gut beschlagnahmt, um den Spitzel zu bezahlen.«

»Du meine Güte! Was hast du denn bloß verbrochen?«

»Ich habe gar nichts verbrochen, das ist ja das Ärgerliche daran.«

Phaidra kam zu mir herüber und setzte sich neben mich. »Und was wirft man dir vor?«

»Statuen umgerissen zu haben.«

»Ach, das ist doch Unsinn«, seufzte Phaidra, wobei man ihr die Erleichterung anmerken konnte, daß ich mir über nichts Schlimmeres Gedanken machte. »Ich kann jederzeit bezeugen, daß du mit mir im Bett warst.«

Ich schüttelte den Kopf. »Ich glaube nicht, daß das reichen wird, um die Geschworenen von meiner Unschuld zu überzeugen. Wenn ich allerdings beweisen könnte, daß ich mit dem Ankläger, dem vorsitzenden Richter und dem gesamten Rat im Bett gewesen bin, könnte ich gute Aussichten haben. Aber mit dir? Nein.«

»Aber das entspricht doch der Wahrheit!« empörte sich Phaidra. »Glaubst du, irgend jemand kommt ernsthaft auf den Gedanken, daß ich einen Meineid leisten würde, nur um dich zu schützen?«

»Du würdest dich wundern. Nein, es gibt für mich nur einen einzigen Weg, um aus diesem Schlamassel herauszukommen, und den werde ich auch gehen.«

»Was meinst du damit?«

»Frag mich lieber nicht.«

»Jetzt stell dich nicht so dämlich an und sag mir endlich, was los ist.«

»Na gut. Dieser Mann, der eben hier war, das war dieser Spitzel Demeas. Kennst du ihn?«

»Ich habe schon mal von ihm gehört. Er stand hinter dem Prozeß, den man gegen diese Leute führte, die von Korinth aus Duftwasser geschmuggelt hatten. Dabei stammte das Zeug gar nicht aus Korinth, das hätte dir jede Frau sagen können. Das war dieses billige Zeug, das unten an der Küste hergestellt und dann in kleine Flaschen abgefüllt wird.«

»Höchst interessant. Jedenfalls hat Demeas etwas gegen mich und auch gegen Aristophanes, da wir ihn beide in einem unserer Stücke erwähnt haben und zudem noch leben. Und jetzt will er einen von uns beiden bei seiner nächsten Inszenierung präsentieren.«

»Und weiter?«

»Und den anderen wünscht er sich natürlich als Hauptzeugen. Deshalb war er eben hier: Er hat mir praktisch die freie Wahl gelassen, welche Rolle ich übernehmen will.«

»Du kannst dich frei entscheiden?«

»Ja.«

»Du hast doch gesagt, wir stecken bis zum Hals in Schwierigkeiten.«

Ich runzelte die Stirn. »Das tun wir auch. Soweit ich weiß, bist du doch unserer Sprache mächtig, oder etwa nicht? Schwierigkeiten. Probleme. Uns droht ernste Gefahr. Unser Leben und gesamter Besitz stehen auf dem Spiel.«

»Ich verstehe dich trotzdem nicht. Ich meine, du haßt Aristophanes doch. Ich hätte erwartet, du wärst außer dir vor Freude.«

»Du meinst, ich sollte ihn denunzieren?«

»Ja.«

»Das ist aber gerade das Problem«, seufzte ich und warf eine Handvoll Holzkohle ins Feuer. »Hör mal, Phaidra, du kennst mich doch. Normalerweise würde ich keine Sekunde lang damit zögern. Ich würde meinen Vater ans Messer liefern, wenn ich dadurch den eigenen Hals retten könnte, und das weißt du auch. Aber bei Aristophanes kann ich das einfach nicht.«

»Aber du haßt ihn zutiefst«, wandte Phaidra ein. »Auf der ganzen Welt ist er dein schlimmster Feind. Er hat mit deiner Frau geschlafen und mit allen Mitteln versucht, die Arbeit an einem deiner Stück zu behindern. Du meine Güte, er ist für dieses verdammte Verbrechen wirklich verantwortlich!« erinnerte sie sich aufgebracht.

»Ich weiß.«

»Und wenn du dir einbildest, daß *er* nur eine Minute lang zögern würde, *dich* zu denunzieren, nur weil du ihm in Sizilien das Leben gerettet hast, dann …«

»Woher weißt du das überhaupt?« warf ich verdutzt ein.

»… dann bist du noch dümmer, als du aussiehst. Ist dir eigentlich nicht klar, daß du in dieser Angelegenheit der einzige bist, der ihn und die anderen belasten kann?«

»Das ist doch merkwürdig. Die Leute wären nur von einer Denunziation abzuhalten, wenn sie glauben würden, ich könnte es ihnen nicht mit gleicher Münze heimzahlen.«

Phaidra schüttelte betrübt den Kopf. »Anscheinend denkst du nicht nach. Aristophanes wird dich denunzieren. Und bildest du dir allen Ernstes ein, daß man dir dann glauben wird, wenn du mit dem Finger auf den Hauptbelastungszeugen zeigst und sagst: ›Nicht ich bin's gewesen, sondern der da war's?‹ Anders könntest du es den Geschworenen dann nicht mehr sagen, und niemand würde dir glauben.«

»Das stimmt allerdings. Es steht nicht gut um uns, nicht wahr?«

»Aber warum tust du Idiot nicht einfach das, was Demeas von dir verlangt? Geh doch einfach zu ihm, und zwar auf der Stelle, und sag ihm, du seist bereit auszusagen. Oder stehst du etwa unter Aristophanes' Bann? Hat er dich gar verzaubert?«

»So etwas in der Richtung. Ich habe dem Gott versprochen, mich um ihn zu kümmern.«

»Was hast du da eben gesagt?«

»Ich habe gesagt, ich habe vor dem Gott ein Gelübde

abgelegt, und zwar vor Dionysos. Was glaubst denn du, warum ich Aristophanes' wertlosen Körper sonst quer durch halb Sizilien geschleppt hätte? Nur um meiner Pflicht als Komödiendichter Genüge zu tun?«

»Handelt es sich dabei etwa um irgend so einen männlichen Eid, von wegen ›Freunde fürs Leben‹ oder so einen ähnlichen dummen Quatsch? Ich habe von solch lächerlichen Dingen schon gehört.«

»Nein, nein. Ich habe es dem Gott wirklich versprochen, und zwar höchstpersönlich. Er hat mir in Sizilien das Leben gerettet, damit ich mich um Aristophanes' Unversehrtheit kümmere.«

»Bist du betrunken?«

»Du meine Güte, Phaidra! Das darf doch wohl nicht wahr sein! Also gut, paß auf.« Und dann erzählte ich ihr von Dionysos; wie ich ihn damals während der Pest im Stall zum erstenmal erblickt hatte und dann noch einmal nach der Aufführung des *Heerführers* und zuletzt im Garten hinter der Mauer.

»Ich wußte doch, daß du betrunken bist«, sagte Phaidra, als ich mit meiner Schilderung fertig war.

»Du dumme Gans! Ich sage die Wahrheit!«

»Und jetzt hörst du mir mal zu«, zischte Phaidra mich an, wobei sie sich vorbeugte und mit beiden Händen meinen Chiton ergriff. »Mir könnte es scheißegal sein, ob man dich tötet oder nicht, aber ich werde meinen Sohn nicht großziehen, damit er als Ruderer endet, und genausowenig habe ich Lust, auf dem Markt Gemüse zu verkaufen, nur weil mein Mann und Aristophanes womöglich irgendeinen lächerlichen Eid in Sizilien geleistet haben. Also reiß dich endlich zusammen, und benimm dich wenigstens dieses eine Mal wie ein erwachsener Mensch!«

»Phaidra, laß es mich dir bitte noch einmal in aller Ruhe erklären ...«

»Ach, du bist doch zu nichts zu gebrauchen! Du hast es verdient, getötet zu werden.« Sie ließ mich los, stürmte in den Innenraum und verriegelte die Tür hinter sich.

»Phaidra!« rief ich hinter ihr her.

»Später!« schrie sie durch die geschlossene Tür zurück. »Wenn du wieder nüchtern bist.«

Ich setzte mich neben das Feuer und bemühte mich angestrengt, mir etwas einfallen zu lassen, doch waren meine Wahlmöglichkeiten begrenzt, und deshalb versuchte ich, mich in die Rolle von Aristophanes zu versetzen. Es war so gut wie sicher, daß er einen ähnlichen Besuch von Demeas erhalten würde, falls ich nicht gleich morgen früh an Demeas' Haustür klopfen und mich mit Nachdruck als Zeuge zur Verfügung stellen sollte. Aber wäre Aristophanes allein durch die Tatsache zu verunsichern, daß ich tatsächlich ein Augenzeuge gewesen war und deshalb womöglich eine überzeugendere Darstellung der nächtlichen Ereignisse geben könnte? Vermutlich nicht, und zwar aus den von Phaidra genannten Gründen. Zumal er selbst daran beteiligt gewesen war, könnte er aus der Erinnerung heraus eine wenigstens ebenso gute mündliche Darstellung geben, und wenn er als Ankläger auftreten sollte und ich der Angeklagte wäre, würden die athenischen Bürger bestimmt ihm glauben. Es gibt eine Theorie, nach der wir in Athen viele verschiedene Gesetze haben, wobei jedes einzelne für eine ganz bestimmte Straftat zuständig ist. Das entspricht jedoch nicht der Wahrheit. Wann immer ein Mensch vor Gericht steht, hört niemand mehr zu, sobald die eigentliche Anklage vorgetragen wird. Wichtig ist einzig und allein, daß der Angeklagte seines Verbrechens wirklich für schuldig befunden wird und daß es sich dabei um eine Anklage handelt, bei der am Schluß ein Urteil herausspringt. In Athen wird die Todesstrafe gewöhnlich durch das Reichen des Schierlingsbechers vollstreckt.

Folglich bleibt einem nur eine Alternative: die Flucht. Für eine angeklagte Person ist es erschreckend einfach.

aus Athen zu fliehen. Dabei handelt es sich nicht etwa um ein völlig sinnloses, sondern um ein bewußt gewähltes Prinzip, da auf diese Weise die Schuld des Flüchtigen bewiesen wird, ohne die kostbare Zeit der Geschworenen in Anspruch nehmen zu müssen, so daß sich diese wichtigeren Aufgaben widmen können, wie dem Verurteilen von Unschuldigen. Zudem hat das den enormen Vorteil, daß der Gerichtsvollzieher schneller zur Tat schreiten kann, um das Eigentum des Flüchtigen einzuziehen; heutzutage gibt es bei den Menschen eine beklagenswerte Tendenz, ihre Verfahren in die Länge zu ziehen, damit ihre Verwandten genug Zeit haben, den Großteil des Vermögens sicher über die Grenze zu schaffen.

Wenn ich wollte, konnte ich also fliehen. Aber wohin sollte ich? Ich wäre mit der schrecklichen Aussicht konfrontiert gewesen, mir in Orten wie Megara oder Boiotia oder sonstwo den Lebensunterhalt zu verdienen. Für sämtliche Alkibiadesse dieser Welt mag es völlig in Ordnung sein, auf ein Schiff zu springen und zu fliehen; sie können sich unter den großen Städten und königlichen Palästen ihr Lieblingsziel sogar aussuchen, da diese allesamt darum wetteifern, einem gut informierten und willfährigen Verräter Schutz und Geld bis ans Lebensende zu gewähren. Ein Niemand wie Sie oder ich muß aus seiner Stadt fliehen und jede Arbeit annehmen, die sich ihm bietet; und wenn er keine besondere Begabung hat oder kein spezielles Handwerk beherrscht, bedeutet das zumeist etwas Unangenehmes, das wahrscheinlich mit dem Hüten von Schweinen oder dem Ernten von landwirtschaftlichen Produkten zusammenhängt. Wir Athener sind in ganz Griechenland nicht sonderlich beliebt, und es fällt uns schwer, Arbeit zu finden. Meine einzige Begabung ist das Schreiben von Stücken, und der Markt, für den ich produziere, beschränkt sich auf eine einzige Stadt. Ansonsten könnte ich mich schon glücklich schätzen, mich als

Saisonarbeiter verdingen zu dürfen, um Oliven oder Weintrauben zu pflücken, und das entspricht nicht unbedingt meiner Vorstellung vom Leben. Die Dinge haben sich verändert, und ich weiß, daß ich etwas altmodisch bin, aber ich glaube immer noch (und damals dachten alle so), daß ein Mensch, dessen Lebensunterhalt vom Wohlwollen eines anderen Menschen abhängt und ob man ihn als Sklaven, Arbeiter oder als sonstwas bezeichnet, in Wirklichkeit nichts anderes als ein Sklave bleibt, der Befehle entgegennimmt und nur das tun darf, was man ihm sagt. Ein Mensch ohne Land ist ein Mensch ohne Freiheit, und ohne Freiheit gibt es keinen Grund zu leben. Selbst als ich in Sizilien auf der Flucht war, blieb ich weitestgehend im Besitz meiner persönlichen Freiheit; auch wenn das alles war, was ich damals besaß.

Folglich hatte ich nicht vor zu fliehen, und da ich bleiben wollte, würde ich Aristophanes denunzieren oder sterben müssen. Deshalb bat ich mein Gewissen um einen freundlichen kleinen Ratschlag, aber meine gewöhnlich so wortgewandte innere Stimme tat einfach so, als würde sie mich nicht hören, und ich war auf mich allein gestellt. Nachdem ich lange darüber nachgedacht hatte, wußte ich, was ich tun mußte, und es schien auch recht vernünftig zu sein.

Es mußte einen Grund geben, weshalb sich Dionysos ausgerechnet mich unter allen Menschen herausgesucht hatte, um mich sowohl die Pest als auch den Krieg überleben zu lassen. Ich kannte den Grund: nämlich um den Sohn des Philippos bis an mein Lebensende zu schützen. Und jetzt hatte der Gott alles so geregelt, daß ich sterben sollte, um Aristophanes das Leben zu retten. Immerhin erklärte das, weshalb ich die Pest und den Krieg überlebt hatte, und in einer ansonsten unlogischen Welt neigt man dazu, sich an jedwede Erklärung zu klammern, die man finden kann. In diesem Zusammenhang werde ich mich jetzt ein wenig über den gescheiten Zeitgenossen Euripides auslassen. Im großen und ganzen verabscheue ich sein Werk, das dreist, modern und nur schlau ist, um die eigene Schlauheit herauszukehren. Dennoch gibt es eine Szene von ihm, die mir zugegebenermaßen gefällt.

Sie stammt aus *Herakles*, und es handelt sich um die Stelle im Stück, wo der Held von seinem Freund Theseus getröstet wird, da er gerade seine gesamte Familie ausgelöscht hat, weil ihn die Göttin Hera in den Wahnsinn getrieben hat, um auf diese Weise Zeus eins auszuwischen. Theseus sagt dort, daß Herakles sich überhaupt nicht schuldig fühlen dürfe, da die alleinige Schuld bei den Göttern liege, die ihn zu seiner Tat gezwungen hätten. Wie er weiter ausführt, hätten die Götter keinerlei Auffassung von Moral, sie würden sich gegenseitig nicht nur betrügen und berauben, sondern auch in Ketten legen. Herakles erzürnt sich darüber und widerspricht seinem Freund heftig. Nein, sagt er, ich glaube einfach nicht, daß sich die Götter gegenseitig in Ketten legen oder überhaupt zu etwas Bösem fähig sind; sie sind lauter und heilig, und alles, was sie tun, ist nur zu unsrem Besten.

Was immer also Dionysos mit mir vorhatte, es war nur zu meinem Besten. Das nahm mir die gesamte Last von den Schultern – und sind die Götter letztendlich nicht dazu da? Es half mir auch, meine Schuldgefühle zu vergessen, Phaidra und meinen Sohn einem jämmerlichen Dasein auszuliefern, da die Pflicht, die ein Mensch gegenüber den Göttern hat, sehr viel schwerwiegender als irgendeine irdische Pflicht ist. Außerdem hätte Dionysos von nun an die Verpflichtung, sich um Phaidra und Eutychides zu kümmern, denn so funktioniert nun einmal das System. Ich überdachte diese Lösung mehrere Male und konnte keinerlei Fehler entdecken; allerdings bedauerte ich es zutiefst, daß ich mein Talent, die Vorgehensweise der Götter zu verstehen, zu spät im Leben entdeckt hatte, um mir noch einen Namen als tragischer Dichter machen zu können.

Während ich dort saß und, überwältigt von meiner eigenen Klugheit, ins Feuer starrte, öffnete Phaidra die Tür des Innenraums.

»Geht's dir mittlerweile besser?« erkundigte sie sich vorsichtig.

»Ja.«

»Demnach hast du deine Ansicht geändert, richtig?«

»Nein.«

»Ich verstehe.« Phaidra seufzte laut. »Wegen Dionysos?«

»Ja.«

»Du mußt ganz schön verrückt sein. Ich meine, du besitzt ganz offenbar wirklich keinen Verstand mehr.«

»Wenn du meinst.«

Sie setzte sich neben mich, und eine Zeitlang schwiegen wir beide.

»Also, was ist in Sizilien wirklich passiert?« fragte sie unvermittelt.

Ich stutzte. »Hältst du das für den geeigneten Zeitpunkt, um Erinnerungen auszutauschen? Sollten wir uns nicht lieber darüber unterhalten, wie wir so viel Geld wie möglich aus dem Land schaffen können, bevor man uns den Gerichtsvollzieher ins Haus schickt?«

»Das kann warten. Was ist in Sizilien passiert?«

Also erzählte ich ihr alles. Es dauerte sehr lange – nun, Sie werden verstehen, warum, wenn Sie bis zu dieser Stelle wirklich alles gelesen und nicht nur immer weitergeblättert haben, um die wörtlichen Reden zu finden. Mir fiel es jetzt leicht, ihr alles zu erzählen, da ich mich nun zu einer Entscheidung durchgerungen hatte. Phaidra hörte aufmerksam zu, und sie unterbrach mich nur, wenn sie meinen Ausführungen nicht mehr folgen konnte. Hin und wieder hielt ich aus dem einen oder anderen Grund inne, und dann gab sie mir jedesmal einen Knuff und bat mich weiterzuerzählen. In diesen Momenten wurde mir klar, daß es richtig gewesen war, mich für Phaidra entschieden zu haben, obwohl sich dieser Entschluß letztendlich nicht mehr als besonders wichtig herauszustellen schien. Als ich ihr von dem Garten hinter der Mauer und Dionysos erzählte, da konnte sie mich vielleicht zum erstenmal verstehen; ich weiß es nicht. Am Ende meiner Schilderung saß sie eine ganze Weile stumm da und nestelte am Saum ihres Gewands.

»Und?« fragte ich schließlich.

»Und was?«

»Nun, hat sich dadurch, daß du jetzt alles gehört hast, deine Meinung geändert?«

Sie dachte kurz darüber nach und antwortete dann: »Das hängt ganz davon ab, was du meinst.«

»Eine merkwürdige Antwort.«

»Ja, sie hat sich geändert. Nein, sie hat sich dort nicht geändert, wo es vonnöten wäre. Ich verstehe noch immer nicht, warum du Aristophanes nicht denunzieren kannst.«

»Hast du mir denn eben nicht zugehört? Möchtest du, daß ich dir alles noch mal erzähle?«

Sie schüttelte den Kopf. »Ich weiß nicht, möglicherweise hast du den Gott wirklich gesehen, oder vielleicht hast du es dir auch nur eingebildet; es kommt dasselbe dabei heraus. Womöglich hast du dich sogar selbst dazu gezwungen, Dionysos zu sehen.«

»Ich kann dir nicht ganz folgen.«

Phaidra überlegte kurz, dann fuhr sie fort: »Vielleicht mußtest du den Gott sehen, weil du einfach nicht verstehen konntest, was in dem Garten geschah. Wenn du keine Erklärung für das ganze Töten und die Zerstörung gefunden hättest, wärst du verrückt geworden oder gestorben. Schon damals während der Pest, als du noch ein kleiner Junge warst, brauchte deine Seele irgendeine Möglichkeit, dich zu ermutigen, weil sie dich nur so davor bewahren konnte, aufzugeben und dich mit dem Tod abzufinden. Deshalb brachte sie dich dazu, Dionysos zu sehen, und in Sizilien war es genau dasselbe. Wenn du wirklich überleben wolltest, als alle anderen um dich herum starben, konntest du gar nicht anders, als den Gott zu sehen. Natürlich mußtest du etwas anderes sein – etwas Besonderes sogar. Es mußte einen triftigen Grund geben, warum der Gott ausgerechnet dich und nicht jemand anderen auserwählt hatte. Als du ein kleiner Junge warst, war dieser Grund die Gewißheit, als erwachsener Mann ein großer Dichter zu werden. Das war damals für Dionysos schon Grund genug, dir das Leben zu retten, während alle anderen starben. In Sizilien hast du es dann noch einmal versucht; nur warst du zu diesem Zeitpunkt bereits ein großer Dichter, zumindest so groß, wie du es dir wahrscheinlich selbst in deinen kühnsten Träumen nicht vorgestellt hättest, und deshalb klappte es diesmal nicht so gut. Es reichte zwar noch aus, um dich aus dem ummauerten Obstgarten zu bringen, hielt aber nicht lange genug an, um dich quer durch halb Sizilien zu schleppen. Und dann tauchte Aristophanes auf, und dein einfallsreicher athenischer Verstand sagte dir: Natürlich, das ist es! Der Grund meines Überlebens ist die Aufgabe, mich um den Sohn des Philippos zu kümmern.«

»Das hört sich sehr gescheit an, fast wie bei Sokrates«, sagte ich. »Aber das erklärt noch lange nicht, warum ich ihn auch damals im Theater gesehen habe, nachdem mein Stück durchgefallen war. Zu jener Zeit befand ich mich nämlich überhaupt nicht in Gefahr.«

»Das hast du dir damals nur eingebildet. Du bist völlig überdreht gewesen, dann die Hitze, außerdem hast du die Nacht davor kaum geschlafen.«

»Na gut. Aber wie konnte der Gott sein eigenes Wiedererscheinen vorhersagen? Wie konnte ich als kleiner Junge schon geahnt haben, daß eines Tages ein Theaterstück von mir durchfallen und ich mich als Erwachsener in einem ummauerten Obstgarten wiederfinden würde?«

Phaidra zuckte die Achseln und antwortete: »Ganz einfach. Geistige Korrektur. Du hast deine eigene Erinnerung umgeschrieben. Was vorher dort war, hast du gestrichen und durch etwas anderes ersetzt, so wie es die Beamten tun, wenn sie bei den Flottenabrechnungen betrügen.«

»Verhungern wirst du jedenfalls nicht. Du könntest der erste weibliche Philosoph werden.«

»Und ich hatte schon befürchtet, du wärst zu dumm, um mich zu verstehen«, konterte sie geschickt. »Aber egal, so ist es nun einmal.« Dann legte sie mir die Hände auf die Schultern und küßte mich.

»Und was sollen wir jetzt deiner Meinung nach tun?« fragte ich.

Phaidra dachte kurz darüber nach und antwortete dann: »Meiner Meinung nach sollten wir ins Bett gehen. Ich weiß zwar nicht, wie es um dich bestellt ist, aber ich bin todmüde – Entschuldigung, das war wirklich taktlos von mir –, hundemüde sollte ich wohl lieber sagen.«

»Ich meinte, wie wir uns jetzt in bezug auf die Geschichte mit Demeas verhalten sollen.«

»An deiner Stelle würde ich die witzigste Rede schreiben, die ich jemals in meinem Leben geschrieben habe, um mich damit vor Gericht zu verteidigen. Das ist die einzige Hoffnung, die du noch hast.« Plötzlich umschlang sie mich mit den Armen, drückte sich fest an mich und raubte mir fast den Atem (Phaidra war nämlich eine sehr kräftige Frau, obwohl man ihr das nicht ansah). »Eupolis, du alter Narr. Ich will nicht, daß man dich tötet.«

Dann brach sie in Tränen aus, und mir brach es fast das Herz, und ich versuchte, sie zu trösten. »Phaidra, mach dir keine Sorgen, es wird schon alles nicht so schlimm werden. Dein Vater wird sich bestimmt um dich und den Jungen kümmern, das weiß ich genau. Er hat keinen männlichen Erben, also wird Eutychides versorgt sein. Und es ist noch sehr viel Zeit, um genug Geld beiseite zu schaffen. Weißt du, längere Verfahren dauern heutzutage ...«

»Ach, du bist einfach schrecklich, Eupolis!« schluchzte sie. »Du wirst sterben, und alles, woran du denkst, ist Geld. Das ist vollkommen typisch für dich. Du denkst einfach nicht nach, stimmt's?«

Phaidra befreite sich aus meinen Armen, lief in den Innenraum und verriegelte wieder einmal hinter sich die Tür.

11. KAPITEL

Das Schöne daran, wenn man zum Tode verurteilt wird, ist die Tatsache, daß man sich um die alltäglichen Dinge des Lebens keine Sorgen mehr macht; und wenn man wie ich dazu neigt, sich Sorgen zu machen, ist das äußerst vorteilhaft.

Immer mit der Ruhe, Ihnen ist bestimmt keine Schriftrolle aus dem Buch gefallen – bis jetzt sind wir nämlich noch gar nicht beim Prozeß angelangt. Ich meinte das eben lediglich symbolisch, denn ich hatte damals bereits das Gefühl gehabt, zum Tode verurteilt worden zu sein. Nun werden Sie mir vorhalten, ich übertreibe mutwillig, nur um meiner Geschichte mehr Dramatik zu verleihen. Nun, vielleicht haben Sie sogar recht. Wir werden ja sehen.

Am nächsten Morgen bin ich jedenfalls zu Aristophanes gegangen. Ich weiß selbst nicht, was ich damit eigentlich erreichen wollte, doch wäre es bestimmt einen Versuch wert gewesen, wenn ich ihn überhaupt zu Gesicht bekommen hätte. Allerdings sagte mir der Sklave, der mir die Tür öffnete, Aristophanes habe außerhalb der Stadt geschäftlich zu tun und sei frühestens in einer Woche zurück. Zunächst fragte ich mich, ob der Sohn des Philippos Angst bekommen hatte und geflohen war, zumal damit sämtliche Probleme gelöst gewesen wären, und ich verspürte allmählich sogar so etwas wie verhaltenen Optimismus in mir aufkommen. Um sicherzugehen, beauftragte ich meinen Sklaven Thrax, Aristophanes' Haus zu bewachen. Wie befürchtet berichtete er mir schon kurz darauf, er habe gesehen, wie Aristophanes aus dem Haus gegangen und bereits eine halbe Stunde später mit zwei Rebhühnern, einem Seebarsch und einem Flußaal zurückgekehrt sei. Offenbar wirkte sich bei ihm die Aussicht, einen Menschen zu denunzieren, der ihm das Leben gerettet hatte, nicht schädlich auf den Appetit aus.

Also ging ich noch einmal zu seinem Haus, und der Sklave behauptete erneut, Aristophanes sei nicht daheim. Von meinem ersten Besuch her konnte er sich nicht an mich erinnert haben, denn dieses Mal erzählte er mir, sein Herr habe sich für zwei Wochen auf die Festung Eleusis zurückgezogen, um sich mit den Mysterien zu beschäftigen. Ich fragte ihn, ob er sich dessen ganz sicher sei, und er antwortete: »Ja, warum nicht?« Daraufhin wollte ich von ihm wissen, ob er gern Seebarsch esse, und er antwortete mit Nein, und ich erkannte die Sinnlosigkeit meines Unterfangens.

Als ich zu Hause eintraf, schlug Phaidra vor, ich solle Demeas aufsuchen und mit ihm ein doppeltes Spiel treiben, indem ich ihm verspräche, für ihn als Zeuge auszusagen, um dann, wenn er mich später während der Verhandlung anriefe, Stein und Bein zu schwören, daß Aristophanes unschuldig wie ein Lamm sei und mir Demeas Geld angeboten habe, um gegen den Angeklagten auszusagen. Wie allgemein behauptet wird, lieben die Athener den Verrat, verabscheuen aber die Verräter, und möglicherweise hätten sie das tatsächlich geschluckt und statt dessen Demeas getötet. Aber dazu war es wahrscheinlich schon zu spät, denn Aristophanes hatte sich offenbar mit Demeas längst geeinigt, und ich konnte Phaidra daraufhin lediglich antworten, daß es schade sei, nicht schon gestern auf diese Idee gekommen zu sein, da ich zu jenem Zeitpunkt vielleicht noch etwas damit hätte erreichen können. Natürlich stimmte das auch nicht ganz, denn Demeas war viel zu erfahren in solchen Dingen, um sich so einfach hinters

Licht führen zu lassen, und hätte vermutlich für uns beide die Todesstrafe beantragt.

Trotz Phaidras Protesten machte ich mich daran, zumindest einen Teil meines Geldes aus Athen wegzuschaffen. Dabei gab es zwei Probleme. Eins war, meinen persönlichen Besitz zu verflüssigen, und das andere, wohin ich das so erlangte Geld schaffen sollte. Es gab nicht den geringsten Grund, es an irgendeinen Ort im athenischen Reich zu schicken, da es vom Gerichtsvollzieher ohne Schwierigkeiten überall beschlagnahmt werden konnte. Gleichzeitig gab es aber auch keinerlei Veranlassung, es in Feindesland zu bringen, da Phaidra es niemals zurückbekommen hätte und es wahrscheinlich in die Hände der Spartaner gefallen wäre, die es für Kriegsschiffe und ähnlichen Unsinn vergeudet hätten. Während wir Phaidras Schmuck durchstöberten, stießen wir auf das goldene Halsband (geschmacklos, aber nicht billig), das ich nach meiner diplomatischen Mission von den beiden thessalischen Prinzen als Abschiedsgeschenk erhalten hatte. Wir blickten es beide an und murmelten etwas wie »Mhm« vor uns hin, aber mehr fiel uns dazu erst einmal nicht ein. Schließlich beauftragte ich wieder einmal Thrax, ein mit mir befreundetes Ratsmitglied zu fragen, ob Alexander und Jason noch lebten und an der Macht seien. Die Antwort lautete, daß Alexander seinen Bruder Jason umgebracht habe und nun Alleinherrscher sei. Also machte ich mich daran, Alexander einen Brief zu schreiben. Ich erinnerte ihn an unseren Besuch und dankte ihm noch einmal für die Aufführung des *Heerführers,* packte zusätzlich so viel Theatergeschwätz hinein, wie mir gerade einfiel, versicherte ihm meine ewige Freundschaft und wünschte ihm alles Gute. Als eine Art Nachsatz fügte ich hinzu, daß ich mit dem Brief noch etwas Geld schicke – wenn er sich für mich darum kümmern könne, bis es von meiner Frau oder einem von ihr beauftragten Boten abgeholt werde, dann stünde ich tief in seiner Schuld und sei ihm ewig dankbar. Einer plötzlichen Eingebung folgend, schrieb ich ihm außerdem, daß ich ihm als kleines Zeichen meiner großen Wertschätzung seiner Person noch die Originalmanuskripte von zweien meiner Stücke und eine Abschrift der gesammelten Werke von Aischylos schicke – zufällig besaß ich eine recht leserliche und gut verschnürte Abschrift. Ich glaube, letztendlich müssen diese beiden Schriften von mir – oder auch die Abschrift von Aischylos' Werk – dafür verantwortlich gewesen sein, daß dieser billige Trick tatsächlich Erfolg hatte. Als es nämlich irgendwann soweit war, zahlte Alexander es mir doppelt und dreifach zurück, indem er seinem Antwortschreiben ein Paar goldene Ohrringe und eine eiserne Brosche in der Form eines Mistkäfers als Geschenk beifügte.

Doch bevor es dazu gekommen war, gab es das Problem zu lösen, einen vertrauenswürdigen Boten zu finden. Phaidra schlug vor, meinen Verwalter aus Pallene zu schicken. Wie Sie sich vielleicht erinnern, benannte ich den Helden meines Stücks *Marikas* nach ihm. Zwar wußte ich, daß er mir ergeben war, doch kam er allmählich in die Jahre und war für eine solch lange und gefährliche Reise nicht geeignet. Doch hatte er einen Sohn, Philochoros (den er mir zu Ehren so genannt hatte), der jung und kräftig war und schon einige Handelsreisen hinter sich hatte, und deshalb beauftragte ich ihn.

Nun hört es sich sehr leicht an, wenn man davon spricht, man wolle seinen persönlichen Besitz zu Geld machen, aber natürlich stellte sich alles sehr viel schwieriger dar, jedenfalls langfristig. Ich besaß mittlerweile mehr als einhundert Morgen Land, fast so viel wie Alkibiades höchstpersönlich, doch war meins natürlich weiter verstreut, und ein nicht unerheblicher Teil davon bestand aus nichts als nacktem Fels. Trotzdem handelte es sich um einen stattlichen Besitz, und selbst wenn ich es gewollt hätte, hatte es keinen Zweck, ihn als Ganzes oder in einzelnen Stücken zu verkaufen. Heutzutage ist das natürlich alles ganz anders, aber zu meiner Zeit verkauften die Leute nicht so einfach ihr Land, es sei denn, sie waren mittellos oder hatten nicht genug, um davon leben zu können, und wollten sich deshalb lieber ein Schiff oder dergleichen kaufen. Am besten belastete ich es oder gewährte langfristige Pachtverträge, doch wurde ich auf diese Weise gerade zwölf Morgen los. Noch dazu erhielt ich nur einen Bruchteil des tatsächlichen Werts, denn zum einen erkannten die Leute, mit denen ich Geschäfte zu machen versuchte, ziemlich genau meine Absichten, und zum anderen war der Markt völlig übersättigt, was an den zahlreichen Beschlagnahmungen sowie daran lag, daß durch den Sizilien-Feldzug viele Besitztümer herrenlos geworden waren. Nebenbei hatte ich selbst einen bescheidenen Beitrag zu diesem Überangebot geleistet; zwei Vettern von mir, die ich nie kennengelernt hatte, waren im Krieg gestorben, und ich war der nächste männliche Verwandte. Damals kam mir das äußerst paradox vor; da sollte ich nun zu meinem ohnehin nicht unbeträchtlichen Grundbesitz fast dreißig weitere Morgen hinzufügen und würde nicht einmal den obligatorischen Rechtsstreit um das Erbe überleben. Ich übereignete es schriftlich meinem Sohn, obwohl er bei einem Prozeß, falls es jemals soweit gekommen wäre, kaum Aussichten gehabt hätte, diesen zu gewinnen.

Was ich veräußern konnte, waren meine verschiedenen anderen Teilhaberschaften. Bis dahin hatte ich nie richtig zu schätzen gewußt, wie sehr sie an Wert gewonnen hatten – zu Schiffsanteilen oder Beteiligungen an Minen und Handwerksbetrieben hat man ein ganz anderes Verhältnis als zu Landbesitz; man hegt und pflegt nicht jedes kleine Stück davon und gibt auch nicht vor seinem Sohn damit an, sondern überläßt alles irgendwelchen Leuten, die von solchen Dingen Ahnung haben, und geht einmal im Jahr die Einnahmen und Ausgaben durch, um sicherzustellen, daß man nicht betrogen wird. Wenn man schnell an Geld kommen muß, gibt es allerdings nichts Vergleichbares. Aufgrund des Krieges und der allgemein herrschenden Unruhe war zwar niemand übermäßig an Investitionen interessiert, aber trotzdem gelang es mir, einiges davon loszuwerden, indem ich beim Kaufpreis starke Nachlässe gewährte. Mein Onkel Philodemos hatte mir beigebracht, immer wenigstens ein Talent in Münzgeld parat zu haben, woran ich mich wenn möglich stets gehalten hatte. Zusätzlich ließ mir Kallikrates' Witwe eine Leihgabe von einem halben Talent zukommen, die aus der stillen Reserve stammte, die auch er sich einst angelegt hatte. Ich wollte das Geld wirklich nicht annehmen, aber sie bestand darauf; wie sie sagte, hätte er dasselbe getan, wenn er noch gelebt hätte. Um mich zu besänftigen, nahm sie schließlich mein Angebot an, im Gegenzug wenigstens etwas Land von mir in Pallene als Sicherheit zu nehmen.

Das dazu. Als Philochoros vom Piräus nach Thessalien in See stach, hatte er jedenfalls eine beträchtliche Geldsumme dabei; genug, um Phaidra ein sorgloses Leben zu bescheren und sie in die Lage zu versetzen, meinen Sohn anständig aufzuziehen.

»Bei deinem Glück wird er bestimmt von Piraten ausgeraubt«, sagte Phaidra, als wir dem davonsegelnden Schiff hinterhersahen.

»Oder von Banditen. In Thessalien wimmelt es nur so davon«, entgegnete ich.

»Gar nicht zu reden von deinem Freund Alexander«, fügte Phaidra hinzu. »Wir müssen verrückt sein, diesem Barbaren, der nicht einmal ein richtiger Grieche ist, soviel Geld anzuvertrauen.«

»Dazu wird es gar nicht erst kommen. Ich wette, Philochoros wird mit dem ganzen Zeug beim ersten Zwischenhalt vom Schiff springen.«

»Das bezweifle ich. Er sieht dumm genug aus, um ehrlich zu sein, allerdings wird das die Schiffsmannschaft bestimmt nicht davon abhalten, ihn umzubringen und seine Leiche über Bord zu werfen«, ergänzte Phaidra die Möglichkeiten.

Dann gingen wir zusammen durch die Stadt nach Hause, und aus irgendeinem Grund hatten wir beide bemerkenswert gute Laune; die ganze Angelegenheit war sehr niederschmetternd gewesen, und nun waren wir beide heilfroh, wenigstens das hinter uns gebracht zu haben. Ich weiß wirklich nicht, was damals in uns gefahren ist, doch schon kurz darauf spazierten wir lachend durch die Straßen, machten uns gegenseitig auf komische Dinge aufmerksam und rissen alberne Witze, so daß die Leute bereits stehenblieben und uns verdutzt anguckten, wenn wir an ihnen vorbeigingen; zumal man in jenen Tagen nur selten eine Frau und einen Mann gemeinsam auf der Straße lachen sah und erst recht nicht, wenn es sich dabei um ein Ehepaar handelte. Heutzutage ist das natürlich ganz normal, daß man von niemandem mehr angelächelt wird oder hinter dem Rücken Grimassen geschnitten werden, wenn man gerade zufällig erwähnt hat, wie sehr man seine Frau begehrt. Ich persönlich lehne diese Modeerscheinung ab, sich der Philosophie hinzugeben, ebenso wie diese sogenannte Neue Komödie, von der man immer mehr hört.

Doch als wir zu Hause ankamen, wurden wir bereits von Demeas und einer kleinen Horde seiner getreuen Prozeßhelfer erwartet, die er zusammengetrommelt hatte, damit sie bezeugen konnten, daß ich die Vorladung erhalten hatte. Das dazu notwendige juristische Geschwätz spulte er mit jener geschliffenen Leichtigkeit ab, die einem das Gefühl geben soll, man habe es mit einem Könner seines Fachs zu tun. Dann schaute er sich mein Haus von außen an, um sich zu vergewissern, daß es keine sichtbaren Schäden hatte, die den

Wert gemindert hätten, und watschelte schließlich davon.

Die Anklage war höchst beeindruckend. Demeas beschuldigte mich der Gotteslästerung, des Verrats, der Verschwörung, der Beschädigung öffentlichen und privaten Eigentums, der üblen Nachrede, der schweren Beamtenbestechung, der gemeinsam mit unbekannten Personen begangenen Rechtsbeugung (dieser Punkt gefiel mir besonders gut), des ordnungswidrigen Verhaltens, der Erregung öffentlichen Ärgernisses sowie des versuchten Mordes. Ich hatte keine Ahnung, was das letzte bedeuten sollte, und konnte mir nur vorstellen, daß es als eine Art Dreingabe zum Ganzen gedacht war, wie man vom Gemüsehändler noch eine Handvoll Oliven mit auf den Weg bekommt, wenn man Glück hat. Erst später fand ich heraus, daß er diesen Vorwurf stets erhob. Wenn sich nämlich herausstellte, daß sich der Verlauf der Verhandlung gegen ihn richtete, pflegte er auf den Vorwurf des versuchten Mordes zurückzukommen und behauptete, daß der Angeklagte ihn nachts auf der Straße überfallen habe, um ihn zum Schweigen zu bringen; als Zeugen benannte er dann einen kleinen älteren Verwandten von ihm, der komischerweise überall dabeigewesen war.

Zu gegebener Zeit erfuhr ich davon, daß für meinen Prozeß noch kein Termin festgesetzt worden war, was nach meinem Dafürhalten eine unverblümte Einladung zur Flucht war. Bestimmt war die Nachricht über meine angestrengten Bemühungen, Geld aus Attika herauszuschaffen, längst bis zu Demeas durchgedrungen, zumal er selbst – wenn auch nur über Mittelsmänner – ein Angebot für eine Teilhaberschaft an einem Schiff gemacht hatte, die ich verkaufen wollte. Folglich mußte er davon ausgehen, daß ich mich auf die Flucht vorbereitete, was natürlich durchaus in seinem Interesse gewesen wäre. Schließlich mußte er bis jetzt noch keine Zeugen benennen, so daß er in dem Fall nicht einmal mehr dazu verpflichtet gewesen wäre, unter Berufung auf die höchst zweifelhafte Aussage von Aristophanes eine Darstellung der nächtlichen Ereignisse geben zu müssen. Nach einer etwaigen Flucht von mir hätte er zudem Aristophanes anklagen können. Dann hätte auch Aristophanes fliehen können, und er hätte die Möglichkeit gehabt, sich über den nächsten Kandidaten herzumachen; ich wußte wirklich nicht, was ihn daran hätte hindern können, bis er in ganz Attika als einziger Mensch übriggeblieben wäre. Falls ich bei Ihnen den Eindruck erwecken sollte, gegenüber Demeas eine Art Zwangsvorstellung entwickelt zu haben, dann tut mir das leid. Aber es ist schon wirklich äußerst befremdend, wenn jemand einen nur um des lieben Geldes willen zu töten versucht, besonders wenn er nicht einmal mit einem verwandt ist. Ich nehme an, so müssen sich Rehe und Hasen fühlen, wenn wir sie nicht etwa aus irgendeiner persönlichen Feindschaft oder aus Angst heraus töten, sondern nur um an ihr Fleisch und ihre Felle zu kommen.

Aber das soll vorläufig genug über Demeas gewesen sein. Phaidra schien alles sehr nahegegangen zu sein. Wenn sie mich als sturen, unverbesserlichen Dummkopf und als Alleinverantwortlichen meines eigenen Unglücks beschimpft hätte, womit ich fest gerechnet hatte, wäre ich damit spielend zurechtgekommen. Doch tat sie nichts dergleichen und versuchte statt dessen, fröhlich zu wirken, was ihr allerdings nur leidlich gelang. Ich hatte meistens eine äußerst merkwürdige Laune; in einem Augenblick wähnte ich mich in einer fast kindlich ausgelassenen Stimmung, machte witzige Bemerkungen und spielte einen Streich nach dem anderen (was ein Verbrechen gegen den guten Geschmack ist, dessen ich normalerweise nicht beschuldigt werden kann), um mich im nächsten Augenblick schlecht wie eine verfaulte Olive zu fühlen. Es half auch nichts, daß Phaidra die ganze Zeit wie ein treuer Hund um mich herumschlich und versuchte, mich aufzuheitern, obwohl sie selbst ständig kurz vor den Tränen stand. Wir hatten nicht einmal mehr Lust, miteinander zu streiten oder uns gegenseitig aufzuziehen, was alles nur noch schlimmer machte. Ich vermute, es war ein wenig wie mit den Athenern und Spartanern (was soll das denn jetzt, Eupolis? Worauf willst du überhaupt hinaus?), indem wir nicht mehr gegenseitig aufeinander einschlugen und unseren gemeinsamen Groll gegen die Welt im allgemeinen und gegen Demeas im besonderen richteten, so wie die Athener und Spartaner einst aufhörten, gegeneinander zu kämpfen, um vereint den persischen Eindringlingen zu widerstehen. Diese Parallele will keinen Anspruch auf Genauigkeit erheben, zumal durch das griechische Bündnis die Perser ins Meer zurückgeworfen wurden, wohingegen unsere sämtlichen Witze auf Demeas' Kosten unserem Opfer kein einziges Haar krümmen konnten. Trotzdem änderte das nichts an der Tatsache, daß wir beide beängstigend dicht zusammenwuchsen, und ich glaube nicht, daß jemals ein schlechterer Zeitpunkt für irgend etwas gewählt worden ist, nicht einmal bei dem athenischen Überfall auf Ägypten unter dem berühmten Heerführer Kimon. Paradox war das natürlich schon; kaum sollte unsere Ehe dank unseres Freundes Demeas für immer und ewig geschieden werden, da fanden wir heraus, daß wir letztendlich gut miteinander leben konnten. Gemeinsam entwickelten wir ein solch komisches Talent, daß unser Hagel an Witzen der Sonne das Licht raubte, wie es damals die Pfeile des Königs an den Thermopylen getan hatten; und das, obwohl wir beide nur halb bei der Sache waren, da Phaidra mit ihrer Niedergeschlagenheit und ich mit meinen zwiespältigen Gefühlen zu kämpfen hatte.

Etwa eine Woche nachdem Demeas seine Beschuldigungen vorgetragen hatte, ging ich zum Marktplatz hinunter, um mich dort umzuschauen, ob ich eine Drossel und zwei Tauben auftreiben könnte. Aufgrund des Krieges war es nicht einfach, an solche Dinge heranzukommen, aber ich war wild entschlossen, vor meinem Tod wenigstens noch einmal Tauben zu essen. Auf dem Totenbett äußern die Menschen immer nur ihr Bedauern, so viele Dinge getan zu haben, die sie lieber nicht hätten tun sollen, und so viele Dinge nicht getan zu haben, die sie hätten tun sollen. Ich bedauerte zu jenem Zeitpunkt nur, daß ich noch längst nicht genug Tauben in meinem Leben gegessen hatte, und war nun mit der Suche danach derart beschäftigt, daß ich nicht so genau darauf achtete, wo ich gerade entlanglief, und deshalb mit voller Wucht im Rücken eines anderen Kauflustigen landete.

Er drehte sich wütend um und schnauzte mich an: »Du blöder Trottel! Wegen dir hätte ich beinahe zwei Obolen verschluckt ...«

Es war Aristophanes, Sohn des Philippos. Er verstummte sofort und blickte mich entsetzt an.

»Tag, Aristophanes. Kaufst du gerade Geflügel?« begrüßte ich ihn.

Da er sich ein Bündel Tauben unter den Arm geklemmt hatte und zudem vier Wachteln in der linken Hand hielt, konnte er dies kaum abstreiten.

»Ja, oder wofür hältst du das hier sonst?« antwortete er abwehrend.

»Ich verstehe. Also gibst du demnächst ein Fest, wie?«

»Nein«, dementierte er rasch.

»Willst du alle diese Vögel allein essen?«

»Das ist doch nicht verboten, oder?«

Genau in diesem Augenblick stieß sein Sklave zu uns. Er trug sechs Rebhühner, zwei weitere Wachteln, eine Ente und einen Fasan bei sich, und er machte ganz den Eindruck, als wollte er sämtliche Pfeile des Heers neu befiedern.

»Du scheinst aber beachtlichen Hunger zu haben«, zog ich Aristophanes auf.

»Also gut, ich gebe ein Fest«, gestand er endlich ein. »Aber ich werde ja wohl noch feiern können, wann ich will, oder? Schließlich leben wir in einer Demokratie.«

»Bin ich eingeladen?«

»Nein.«

»Schade eigentlich«, seufzte ich. »Ich habe nämlich gerade frischen Käse und etliche Würste aus Pallene geschickt bekommen, die ich hätte mitbringen können. Nun, in dem Fall mußt du wohl darauf verzichten. Aber egal. Und wie geht's dir sonst?«

Die anderen Leute zeigten mittlerweile auf uns und tuschelten miteinander, was Aristophanes offensichtlich äußerst peinlich war.

»Gut, wie immer«, antwortete er. »Warum auch nicht?«

»Ach, das war nur eine freundliche Nachfrage. Seit wir aus Sizilien zurückgekehrt sind, habe ich nämlich nicht mehr viel von dir gesehen oder gehört.«

»Nun ja, ich habe viel um die Ohren gehabt. Ach, das erinnert mich daran, daß ich dringend ...«

»Ich habe mehrere Male versucht, dich zu Hause anzutreffen, um mit dir mal ein wenig zu plaudern«, unterbrach ich ihn. »Weißt du, ich wollte mich nämlich unbedingt vergewissern, ob du die Folgen dieses schrecklichen Fiebers wirklich überwunden hast.«

»Ja, völlig.«

»Du erinnerst dich doch noch daran, als du damals in den Bergen schon fast im Sterben gelegen hast und ich dich in Sicherheit gebracht habe, oder?«

»Hör zu, es war wirklich schön, dich wiedergesehen zu haben, Eupolis, aber ich muß jetzt diesen Mann treffen, mit dem ich ...«

»Außerdem habe ich mir Sorgen gemacht, du könntest nach dieser langen Zeit im Olivenfaß noch immer ein bißchen krank sein. Du erinnerst dich doch bestimmt noch an das Olivenfaß, oder? Ich meine dieses Faß, in dem ich dich versteckt habe, als ich dich sicher an der feindlichen Reiterei vorbeigeschleust habe.«

»Ja. Aber hör zu, ich…«

»Und dann war da noch dieser Schlag auf den Kopf«, fuhr ich ungerührt fort. »Ich meine den Schlag, den du damals erhalten hast, als ich dir das Leben auf dem Epipolai gerettet habe. Weißt du noch? Damals. Als du geflohen bist. Ohne deinen Schild.«

»Auf Wiedersehen!« Er versuchte zwar, sich davonzumachen, aber mittlerweile hatte sich um uns herum ein dichter Ring aus kichernden Athenern gebildet, so daß es kein Entrinnen für ihn gab.

»Weißt du, ein Soldat sieht unglaublich lächerlich aus, wenn er ohne seinen Schild davonläuft. Ich kann mich noch gut an alle diese Witze erinnern, die du in deinem Stück über den alten Kleonymos gerissen hast, als er seinen Schild in der Schlacht fallen ließ. Wie heißt es da doch gleich? Mal sehen, also…«

Das reichte Aristophanes. Er bahnte sich nun mit Gewalt den Weg durch die Menge, wobei sämtliche Tauben zu Boden fielen.

Ich bückte mich und hob sie auf. »Aristophanes!« rief ich ihm hinterher. »Du hast deinen Schild fallen gelassen! Ach, entschuldige, ich meine natürlich deine Wildtauben! Willst du sie nicht mehr?«

Es kam keine Antwort: Aristophanes rannte davon. Ich zuckte die Achseln, klopfte den Dreck von den Tauben und begab mich nach Hause. Draußen vor der Tür war die kleine Hermesstatue in Stücke zerschmettert worden und auf den Sockel hatte jemand ›Tod dem Verräter‹ gekritzelt. Nach meinem kleinen Triumph über den Sohn des Philippos versetzte mir das einen ziemlichen Dämpfer, und ich ging hinein und warf die Tauben vor das Feuer.

»Gut gemacht«, freute sich Phaidra, die gerade Wolle

kämmte. »Ich wußte doch gleich, daß du es schaffst, diese Dinger irgendwo aufzutreiben.«

»Ein Geschenk von Aristophanes«, sagte ich, und dann erzählte ich ihr von der Szene auf dem Marktplatz, woraufhin sie herzlich lachte.

»Ich nehme an, wir werden in nächster Zeit keine Witze mehr über das Wegwerfen von Schilden hören.«

»Ich jedenfalls nicht. Niemals mehr. Oder hast du's schon vergessen?« Mir fiel zwar sofort ein, daß ich damit nicht gerade die Stimmung gehoben hatte, doch zwang sich Phaidra trotzdem zu einem Lächeln.

»Aber bist du letztendlich nicht sogar besser dran?« scherzte sie. »Denk doch mal nach. Nie wieder irgendeine Aristophanes-Komödie, in die du gehen mußt. Nie wieder diese komischen Sklaven, die mit Würsten geprügelt werden. Nie wieder diese idiotischen Wortspiele mit irgendwelchen Ortsnamen.«

»Nie wieder Parabasen von Phrynichos«, fügte ich hinzu. »Das darfst du auch nicht vergessen.«

»Nie wieder Teleklides«, fuhr sie fort. »Nie wieder irgendein Chor, der die Götter anruft, wenn ihm nichts Besseres zu einer Stelle einfällt.«

»Nie wieder irgendwelche Häuser, die angezündet werden, nur weil ihm wieder mal kein anderer Schluß für das verdammte Ding eingefallen ist.«

»Nie wieder aufgesetzte Essensszenen von Kratinos.«

»Nie wieder Aristomenes.«

»Und du mußt nie mehr an einem Kieselstein lutschen, um dich nicht zu übergeben, wenn Ameipsias diese Szene von dem alten Mann mit dem Durchfall spielt. Bei Zeus, du bist wirklich glücklich dran, Eupolis. Ach, könnte ich doch mit dir kommen!«

»Das wäre schön«, stimmte ich mit einem Lächeln zu. »Du kennst dich wirklich gut aus in der Komödie, Phaidra.«

»Das sollte ich ja wohl auch. Schließlich bin ich mit

einem Komödiendichter verheiratet, falls du das vergessen hast.«

»Aber normalerweise hast du nie großes Interesse daran bekundet.«

»Ich konnte einfach nicht anders«, antwortete Phaidra lachend. »Du meine Güte, erinnerst du dich noch daran, als Hermippos den ersten Preis mit diesem komischen Stück, in dem ein Wal vorkommt, gewonnen hat? Du bist damals kreidebleich nach Hause gekommen, hast deinen Stock an die Wand geknallt und wärst fast in Tränen ausgebrochen.«

»Ich nenne so etwas ein vollkommen angemessenes Verhalten, jedenfalls unter den damaligen Umständen.«

»Eine Woche lang habe ich kein Wort aus dir herausbekommen«, fuhr Phaidra fort. »Du hast nicht mal geschimpft, sondern einfach nur stumm dagesessen. Und dann hast du dich betrunken und mit so einer komischen Stimme den gesamten Eröffnungschor von ihm nachgeäfft.«

»Auf diese Weise hörte er sich wenigstens etwas besser an.«

Phaidra beugte sich vor und legte die Wolle auf den Boden. »Und erinnerst du dich noch daran, als Aristophanes nur den dritten Platz belegte und du eine Siegesfeier abgehalten hast, obwohl du selbst zu den Festspielen nicht einmal zugelassen worden warst?«

»Du bist damals nicht zu Hause gewesen, oder?«

»Doch, ich war hier. Aber ich war eingeschnappt und bin nicht aus dem Zimmer gekommen. Und dieser Trottel Kritobulos hat dir damals deinen neuen Umhang von oben bis unten vollgekotzt.«

»Zeus allein weiß, was er damals gegessen hatte. Mir blieb jedenfalls nichts anderes übrig, als den Umhang wegzuwerfen.«

Phaidras Lächeln war nun echt. »Und erinnerst du dich noch, als du mit deinem Stück *Die Schmeichler* gewonnen hast, obwohl du vorher noch befürchtet hattest durchzufallen, und als Aristophanes diesen Männern Geld gegeben hat, damit sie im Publikum einen Streit anfangen, und als du dahintergekommen bist und ihnen einfach mehr gegeben hast? Mann, war ich stolz auf dich!«

»Das war aber doch, bevor wir beide wieder zusammengekommen waren, oder?«

»Trotzdem war ich stolz auf dich. Ich hätte wirklich gern an der Feier teilgenommen, aber das war ja nicht möglich. In allen den Jahren bin ich sogar auf keiner einzigen Siegesfeier von dir gewesen. Du solltest dich also sofort an ein neues Stück setzen, damit ich …«

Phaidra beendete den Satz nicht, und ich blickte zur Seite.

»Wir beide haben gemeinsam ganz schön viel versäumt, findest du nicht?« fragte sie. »Wir hätten eine so schöne Zeit zusammen haben können.«

»Hast du vor, wieder jemanden zu heiraten?« fragte ich sie.

»In meinem Alter und mit dem Gesicht? Du machst wohl Scherze?«

»Du wirst Geld besitzen, und außerdem ist das Aussehen nicht alles. Du könntest Hermokrates heiraten. Seine Frau ist letztes Jahr gestorben, und er ist drauf und dran, demnächst den ersten Platz zu belegen.«

»Hermokrates?« entsetzte sich Phaidra. »Ich wußte gar nicht, daß du solch einen miesen Geschmack hast.«

»Ganz schön wählerisch, wie? Ich meine, wenn man auf diesen Typ Mann steht, sieht er doch eigentlich ganz gut aus.«

»Hermokrates«, wiederholte Phaidra mit Abscheu. »Das ist doch der Kerl, der *Die Ägineten* so inszeniert hat, als wäre es eine Komödie, nicht wahr? Dann verkaufe ich schon lieber Myrte auf dem Markt.«

»Es muß ja kein Komödiendichter sein, du könntest ja auch einen Tragödiendichter heiraten. Für die Frau eines Tragödiendichters hättest du zudem bereits den passenden Namen.«

»O nein, ich will einen Komödiendichter und sonst niemanden.«

»Die sollen aber sehr schlechte Ehemänner abgeben, sagt man.«

»Siehst du? Also sollte ich mich lieber an das halten, was ich kenne. Ich könnte es ja sogar selbst mal versuchen, etwas zu schreiben.«

»Du? Daß ich nicht lache! Was, in Zeus Namen, wissen Frauen schon von Dichtung?«

»Und was ist dann mit Sappho?« konterte sie schnell.

»Gänzlich überbewertet, selbst für eine Nichtathenerin. Zudem wurde die Hälfte ihrer Werke in Wirklichkeit von Alkaios geschrieben. Und wen willst du dazu überreden, dein Stück zu finanzieren?«

»Philonides. Ich würde ihm einfach erzählen, es sei eins von dir«, antwortete sie.

»Das würdest du nicht wagen.«

»Da ist doch nichts dabei. Schreiben ist ein Handwerk, wie das Bemalen von Krügen. Man muß nur eine Zeitlang die Methode erlernen, und wie die funktioniert, begreift irgendwann jeder Trottel.«

»Unsinn.«

»Wir werden ja sehen.«

»Nein, das werden wir nicht sehen. Ich verbiete es dir.«

»Du willst es mir also wirklich verbieten?«

»Absolut!«

»Nun, wenn das so ist, dann sollten wir jetzt lieber diese Tauben rupfen.« Phaidra hob die Vögel vom Boden auf und rief nach Thrax. »Wir könnten dazu etwas von dem frischen Käse und ein paar Würste essen, findest du nicht?«

Gleich am nächsten Tag wurde der Gerichtstermin bekanntgegeben; in sechs Tagen sollte der Prozeß im

Odeion stattfinden, als dritter Fall dieses Verhandlungstages. Hätte ich entscheiden können, wäre das Odeion nicht meine erste Wahl gewesen; der Gerichtshof des Archons besitzt eine weit bessere Akustik, und zudem läuft die Wasseruhr dort merklich länger. Dennoch hielt ich es für ein gutes Omen, daß mein Fall als dritter behandelt werden sollte, da ich auch erst am dritten Tag meinen Chor auf die Bühne geschickt hatte, als es mir gelungen war, mit *Marikas* den ersten Platz zu belegen, und genauso hatte es sich mit den *Schmeichlern* verhalten. Als ich dies gegenüber Phaidra erwähnte, bemerkte sie, nun bräuchte ich nur noch einen guten Chorleiter, und im selben Augenblick klopfte es an der Tür. Thrax öffnete, und herein kam ein Mann, dessen Gesicht ich zwar kannte, dessen Name mir allerdings entfallen war. Doch kaum hatte er den Mund geöffnet, um mir einen guten Morgen zu wünschen, fiel mir wieder ein, wie er hieß.

Sein Name lautete Python, und er war ein Berufsredner. Ich hatte ihn schon häufig gesehen, entweder auf dem Marktplatz, wo er oft mit Sokrates und dessen Bewunderern zusammenhockte, oder in den Bädern und im Gymnasion. Er gehörte zu diesen Leuten, die sich selbst gern Philosophen nannten, in Wirklichkeit aber ihren Lebensunterhalt dadurch bestritten, anderen Menschen die Redekunst beizubringen, damit diese sich vor Gericht oder in der Volksversammlung besser auszudrücken vermochten. Hierbei handelt es sich um ein weiteres Gewerbe, das allmählich ausstirbt, wie ich mit großer Freude feststelle; nicht weil es wie das Denunzieren an sich abscheulich ist, sondern weil es solche abstoßenden Menschen geradewegs anzuziehen scheint.

Jedenfalls fragte ich ihn, was ich für ihn tun könne, woraufhin er mir antwortete, es stelle sich wohl eher die Frage, was er für mich tun könne. Offenbar war er über alle Maßen entzückt, im Gespräch schon so frühzeitig einen Chiasmus angewandt haben zu können, denn er kam mir wie ein Türverkäufer vor, der so schnell wie möglich seine Ware anpreisen wollte. Wie er sagte, könne er mir für ganze fünfzig Drachmen eine Verteidigungsrede anfertigen, mit deren Hilfe ich von den Geschworenen einstimmig freigesprochen werden würde.

»Ganz bestimmt«, bekräftigte er. »Ein Scheitern ist ausgeschlossen, der Erfolg garantiert.«

Ich fragte ihn daraufhin, ob er überhaupt wisse, wie meine Anklage laute, und er antwortete, daß es sich nach seinem Wissen um diese zerstörten Statuen handeln müsse.

»Und welcher besondere Aspekt dieses Falls stimmt dich so zuversichtlich?« wollte ich wissen. »Um dir die Wahrheit zu sagen, habe ich nicht die geringste Ahnung, was man dort gegen mich vorbringen wird.«

»Solches Wissen wäre nicht nützlich, sondern eher hinderlich«, meinte Python. »Das würde nämlich nur den Verstand vernebeln, wenn er eigentlich klar sein sollte. Du darfst dich nicht in der Defensive, sondern mußt dich in der Offensive wähnen. Das empfehle ich meinen Kunden generell.«

»Und was würdest du in einer Verteidigungsrede sagen?«

»Eine erfolgreiche Rede«, begann er, wobei er sich auf dem Stuhl ein Stück vorbeugte und die gespreizten Hände mit den Fingerspitzen zusammenführte, »ist eine Kombination aus Klarheit und Eleganz, aus Überzeugung und Leidenschaft, aus Spitzfindigkeit und Ernsthaftigkeit. Es muß die Vernunft mit Gefühlen einhergehen, doch darf die Vernunft nie von Gefühlen gesteuert werden. Ein schuldiger Mensch mag seine Unschuld beteuern, doch ein unschuldiger muß sich mit der Schuld auseinandersetzen. Zum Beispiel mit der Schuld seines Anklägers – oder sollten wir ein solches Vorgehen etwa nicht ins Auge fassen? Wie ich gehört habe, wird Aristophanes gegen dich aussagen. Nun sag doch selbst, handelt es sich hierbei womöglich nicht eher um einen Fall, wo der Ankläger zum Angeklagten werden sollte? Angenommen, es gelingt uns, die Beteiligung deines Gegenspielers an der nächtlichen Eskapade nachzuweisen, würde das schon genügen? Nein. Wir müssen dann fortfahren, ein genaues Bild von ihm zu vermitteln, um sozusagen seine Schuld ins rechte Licht zu rücken, damit die Geschworenen mit eigenen Augen sehen können, wie abgrundtief niederträchtig er ist. Auf diese Weise wird nicht nur sein Schwert stumpf, auch sein Schutzschild wird sich von ihm abwenden; das Lamm wird auf den Löwen springen. Auf diesen Rollentausch können wir uns allerdings nicht uneingeschränkt verlassen; aber immerhin haben wir uns dann von der Beweislast befreit und unseren Feind dazu verurteilt, mit seinem doppelten Spiel allein auf weiter Flur zu stehen.«

»Und was ist mit Zeugen?« fragte ich.

»Zeugen?«

»Zeugen.«

Python wirkte beleidigt. »Ich werde mich natürlich darum kümmern, alle notwendigen Zeugen zu beschaffen.«

»Ach so, ich verstehe. Du meinst also Berufszeugen.«

»Natürlich.« Er runzelte die Stirn und beugte sich erneut ein Stück vor. »Wenn dir der Pflug bricht, würdest du dann einen Töpfer beauftragen, ihn zu reparieren?«

»Nein.«

»Oder einen Hufschmied?«

»Nein.«

»Oder einen Waffenschmied oder Korbflechter oder Kranzflechter?«

»Nein.«

»Du ließest also einen Zimmermann kommen, nicht wahr?«

»Ja, höchstwahrscheinlich.«

»Und wenn dein Dach undicht ist, läßt du einen Baumeister kommen, und wenn deine Sandalen Löcher haben, gehst du zum Schuhmacher, richtig?«

»Selbstverständlich.«

»Also nähmst du immer die Dienste eines Fachmanns in Anspruch und nicht die eines Laien, stimmt's?«

»Ich denke, das haben wir allmählich geklärt.«

»Und wenn du dein Dach keinem Laien oder deine Sohlen keinem Flickschuster anvertrauen würdest, wärst du dann noch dazu bereit, dein Leben in die Hände eines unerfahrenen Zeugen zu legen?«

»Ja«, antwortete ich zu seiner großen Verwunderung. »Und weißt du auch, warum?«

»Nein.«

»Weil die Geschworenen sämtliche Berufszeugen vom Sehen her kennen, wodurch ihre Glaubwürdigkeit völlig ins Lächerliche gezogen wird.«

Python blickte mich zornig an. »Meine Zeugen sind allesamt glaubwürdig.«

»Danke, du bist wirklich ein äußerst wortgewandter Mann, aber ich denke, ich schaffe es auch ohne deine Hilfe, mich umbringen zu lassen.«

»Wie du meinst«, sagte er, wobei ihm die Enttäuschung deutlich ins Gesicht geschrieben stand. »Aber du wirst schon sehen, du begehst einen großen Fehler.«

»Es war wirklich sehr nett von dir, mir deine Hilfe angeboten zu haben, Python, aber was du vorhast, eignet sich nur für Privatprozesse – Nichtrückzahlung von Schulden, üble Nachrede, leichte Körperverletzung und dergleichen Vergehen. Wenn du dich mehr darauf konzentrierst, wirst du bestimmt deinen Weg machen.«

Damit hatte ich ihn zwar beleidigt, aber daran war nun auch nichts mehr zu ändern.

»In dem Fall muß ich mein Angebot mit Bedauern zurückziehen«, sagte er. »Das macht dann fünf Drachmen.«

»Fünf Drachmen?«

»Ja.«

»Und wofür?«

»Mein lieber Freund, du erwartest doch wohl nicht im Ernst von mir, daß ich umsonst arbeite, oder? Auch wenn du meine Dienste nicht in Anspruch nehmen willst, so bist du doch in den Genuß eines längeren Beratungsgesprächs mit mir gekommen. Das wirst du sicherlich nicht abstreiten können, nicht wahr?«

»Genossen habe ich es schon, aber das war mir keine fünf Drachmen wert.«

»Also weigerst du dich zu zahlen?«

»Ja.«

»Wie du willst, aber du wirst noch von mir hören«, brüllte er mich an und stürmte wütend aus dem Haus. Phaidra, die unser Gespräch durch die Tür des Innenraums hindurch belauscht hatte, kam herein und nahm wieder die Handarbeit auf, die sie vorher unterbrochen hatte.

»Soweit ich es mitbekommen habe, bist du nicht gerade sonderlich von ihm beeindruckt, wie?« stellte sie fest.

»Warum sollte ich auch? Der Mann ist ein Witzbold.«

»Das mag durchaus sein, aber immerhin hat dieser Witzbold schon einige Leute vor noch schlimmeren Anklagen als deiner bewahrt.«

»Dabei handelte es sich bestimmt nicht um Anklagen wegen irgendwelcher Straftaten, sondern nur um Privatprozesse.«

»Von wegen«, widersprach Phaidra. »Das waren ausschließlich öffentliche Klagen. Verrat, Mord, Rechtsbruch in jedweder Form, und alle Angeklagten waren schuldig. Selbst die Geschworenen hielten sie für schuldig.«

»Dann nenn mir nur einen einzigen Fall.«

Phaidra nannte mir gleich fünf Fälle, die allesamt von großer Bedeutung gewesen waren, und sagte dann: »Und weißt du, wie er das geschafft hat?«

»Seine dämlichen Berufszeugen können es jedenfalls nicht gewesen sein.«

»Natürlich nicht, er hat diese Erfolge allein seiner Redekunst zu verdanken.«

»So etwas nennst du Redekunst?« wandte ich empört ein. »Diesen Badehausquatsch? Ich würde mich nicht einmal trauen, solch einen Unsinn als Parodie zu bringen, weil man mir bestimmt vorwürfe, völlig zu übertreiben.«

»Offenbar wünscht man sich das heutzutage aber so, du Narr. Weshalb sollte er wohl sonst so gut davon leben können?«

»Jetzt beißt sich aber die Katze in den Schwanz, denn das war ein Zirkelschluß«, stellte ich geistreich fest.

»Das einzige, was dir jetzt noch das Leben retten könnte, ist wahrscheinlich wirklich ein Zirkelschluß«, hielt mir Phaidra entgegen. »Heutzutage sind die Geschworenen nämlich genauso wie die Leute, die sich diese Wagenrennen ansehen – sie haben ihre Lieblinge, und dieser Python ist einer davon. Sie mögen ihn. Sie wollen, daß er gewinnt.«

»Woher weißt du das alles überhaupt?« fragte ich. »Wann hast du das letztemal einer Verhandlung beigewohnt?«

»Nur weil ich eine Frau bin, heißt das noch lange nicht, daß ich keine Ohren habe. Wie du weißt, habe ich schließlich auch eigene Freunde, und die erzählen mir davon. Der Punkt ist jedenfalls der, daß du dich um eine gute Verteidigungsrede kümmern solltest. Du meine Güte, was hast du dabei schon zu verlieren?«

Ich zog mir die Sandalen aus und machte es mir auf der Liege bequem. »Zum Beispiel meine Selbstachtung«, sagte ich. »Wenn du glaubst, ich lasse meinen Namen mit solch einem Sokrates-Geschwafel in Verbindung bringen, dann irrst du dich gewaltig. Noch bin ich ein Dichter, oder etwa nicht?«

»Was hat das denn damit zu tun?«

»Ich könnte eine solche Rede selbst noch im Schlaf sehr viel besser schreiben als Python, und das im selben Stil, und sie sogar ins richtige Versmaß bringen.«

Phaidra schüttelte energisch den Kopf. »Das könntest du eben nicht, weil du die ganze Geschichte nicht ernstnähmst.«

Ich blickte sie verdutzt an. »Was meinst du damit?«

»Du neigst dazu, zu dick aufzutragen«, erklärte Phaidra. »Das liegt dir nun mal im Blut. Du würdest Witze einflechten und so eine Parodie daraus machen. Im Theater wäre das womöglich angebracht, im Odeion hingegen hätte das nicht den geringsten Nutzen.«

In diesem Punkt hatte sie natürlich recht, trotzdem gab es Grund zu widersprechen. »Nun überstürz doch nicht gleich alles so, schließlich habe ich überhaupt nicht vor, eine Python-Rede zu entwerfen.«

»Und warum nicht?«

»Weil es nicht klappen würde. Denk mal kurz nach. Diese Prozesse, die du eben erwähnt hast, haben die nicht alle vor der sizilianischen Katastrophe stattgefunden?«

»Sicherlich«, räumte Phaidra ein. »Aber das macht doch keinen Unterschied.«

»Und ob!«, antwortete ich. »Der Punkt ist nämlich der, daß sich die Lage seit Sizilien grundlegend verändert hat. Hätten die Prozesse nach der Niederlage stattgefunden, glaubst du wirklich, daß Python dann noch wie ein Duftwasserverkäufer von Haus zu Haus gehen müßte, um seine Dienste feilzubieten?«

»Er hat eben von deinem Fall gehört und wollte gern den Auftrag für eine Rede von dir haben. Alles andere halte ich für recht unbedeutend.«

»Wirklich? Ich bleibe trotzdem dabei, daß diese Statuengeschichte etwas ganz anderes ist als alles, was es vorher jemals in Athen gegeben hat. Das Ganze ist schon sehr viel länger im Gange, und hierbei geht es nicht nur um Geld und Politik.«

»Worum denn noch?«

»Zum Beispiel ist Athen zum erstenmal seit Menschengedenken geschlagen worden«, antwortete ich – zugunsten einer guten Diskussion hatte ich nach athenischem Brauch bis zu diesem Zeitpunkt einfach immer nur das gesagt, was mir gerade eingefallen war, jetzt aber dachte ich laut nach. »Der entscheidende Unterschied heute ist der, daß alle Angst haben, Phaidra. Die Athener sind geschlagen worden, und sie wissen nicht, warum. Zudem ist niemand mehr da, dem sie die Schuld geben können, und deshalb wendet sich einer gegen den anderen. Du meine Güte! Bin ich etwa ein Politiker? Oder ein Feldherr? Tatsächlich habe ich doch gar nicht so viele Feinde. Seit wann werden Leute wie ich aufgrund politischer Vergehen angeklagt? Und Zeus weiß, daß ich nicht der einzige bin. Sicher, Demeas klagt mich an, weil ich Geld habe, aber die Geschworenen werden mich verurteilen, weil sie Blut sehen wollen. Und dieses Mal kam der Anstoß dazu nicht von Kleon, Hyperbolos, Perikles oder sonst jemandem, der sich einen Feind vom Hals schaffen will; vielmehr sind es die Geschworenen und die Wähler selbst, die dieses Blutbad initiiert haben, und sie werden nicht eher zur Ruhe kommen, bis es eine Revolution oder einen Bürgerkrieg gibt.«

»Ach, meinst du wirklich?« bemerkte Phaidra etwas abfällig. »Und gibt es irgendwelche Beweise für deine Behauptungen? Oder hast du mal wieder mit dem allwissenden Apollon geplaudert?«

»Beweise? Nun, da wären zunächst einmal die Umstände meiner Anklage, wie ich sie dir gerade erläutert habe.«

»Jetzt ziehst *du* aber einen Zirkelschluß«, wandte Phaidra erfreut ein.

»Ich werde es dir schon noch beweisen. Frag dich doch mal selbst, wer gerade der Vorsitzende ist!«

»Welcher Vorsitzende?«

»Der Vorsitzende der Volksversammlung. Von der Zeit noch vor Themistokles bis hin zu Kleon und Alkibiades gibt es eine ununterbrochene Folge von Männern, die der Volksversammlung vorgesessen haben. Also, wer ist heute der Vorsitzende?«

»Nun, so aus dem Stegreif…«

»Es gibt nämlich keinen, stimmt's? Und warum nicht? Weil niemand mehr seines Lebens sicher ist. Gewiß, Themistokles und Perikles sind hin und wieder angezeigt worden, aber nur von solchen Schwachköpfen wie meinem Großvater. Wirklich in Gefahr haben sie sich jedoch nie befunden; es sei denn, sie wurden von ihresgleichen bedroht. Heute hingegen sind die Wähler und Geschworenen derart aufgestachelt, daß sie jeden verurteilen; und da nicht mehr genug große Männer da sind, die man ihnen zum Fraß vorwerfen kann, sind sie hungrig geworden, und deshalb verschlingen sie alles, was ihnen die Spitzel auftischen, wie zum Beispiel mich. Und alle diese gescheiten Reden, mit denen man sie früher abspeisen konnte, als sie wohlgenährt waren und wußten, wer ihr Gebieter war und woher der nächste Feldherr stammte, schmecken ihnen heute überhaupt nicht mehr.«

»Aber ist das nicht der Grund, weshalb man Geschworener wird?« wandte Phaidra ein. »Ich dachte immer, der ganze Reiz liege daran, daß man für das Zuhören von gescheiten Reden auch noch bezahlt wird, um dann für diejenige zu stimmen, die einem am besten gefällt. Dieses ganze Blutvergießen ist doch nur ein zusätzlicher Nervenkitzel.«

»Früher war das vielleicht so, nur fürchte ich, daß das heute nicht mehr gilt. Diese Leute sind längst nicht mehr wie harmlose Jagdhunde, die für jemand anderen das Opfer nur hetzen, sie sind wie Wölfe, die Beute reißen wollen. Ich glaube wirklich nicht, daß eine kluge Rede irgend etwas nützen würde.«

Phaidra schwieg für einen Moment und sagte

schließlich: »Wenigstens könntest du's versuchen. Etwas anderes bleibt uns nicht übrig. Wie wäre es, wenn du versuchst, eine Rede nach altbewährtem Muster zu halten? Einiges davon, was du mir eben erzählt hast, könntest du durchaus dafür verwenden, falls du dich überhaupt noch an irgend etwas davon erinnern kannst. Nichts liebt ein athenisches Publikum mehr, als beleidigt zu werden.«

Während Phaidra das sagte, schien sich bei mir im Hinterkopf so etwas wie eine Idee zu entwickeln. Ich hatte zwar noch keine klare Vorstellung, worum es sich dabei genau handelte, aber ich sah eine entfernte Möglichkeit. Wahrscheinlich hatte Phaidra nichts davon mitbekommen, denn sie fuhr fort: »Hauptsache, du gibst dir endlich mal etwas Mühe. Was mich wirklich wütend macht, ist die Art und Weise, wie du dich mit deinem Schicksal abfindest.«

Ich lächelte sie an. »Was bleibt mir denn anderes übrig?«

Phaidra runzelte die Stirn und rief Thrax herbei. »Hier sind acht Obolen«, sagte sie, wobei sie ihm eine Drachme in die Hand drückte und sich von mir rasch ein Zwei-Obolen-Stück auslieh. »Geh bitte zum Marktplatz und kauf dort eine halbe Mine Anschovis für mich ein, ja?« Thrax nickte und machte sich sofort auf den Weg. »Wir haben seit einer Woche keine Anschovis mehr gegessen, und ich habe plötzlich unglaublichen Appetit darauf.«

»Warum hast du denn so plötzlich das Thema gewechselt?« fragte ich leicht verwirrt. »Oder solltest du tatsächlich zum erstenmal meiner Meinung sein?«

»Ich wäre nicht einmal deiner Meinung, wenn du außer mir der letzte Mensch auf der ganzen Erde wärst«, antwortete Phaidra lächelnd. »Aber bis Thrax zurück ist, laß uns bitte mal über etwas anderes sprechen.«

»Und was?«

»Ach, ich weiß nicht. Sing mir doch einfach ein paar nette Chorzeilen vor oder etwas in der Richtung.«

Ich blickte sie argwöhnisch an. »Manchmal verhältst du dich wirklich merkwürdig. Was willst du eigentlich damit bezwecken?«

»Ich will gar nichts bezwecken. Warum glauben Ehemänner bloß immer, daß ihre Frauen irgend etwas damit bezwecken wollen, wenn sie ihren Gatten mal darum bitten, ihnen etwas vorzusingen?«

»Aber du verabscheust doch meinen Gesang. Du sagst immer, er schieße dir direkt durch den Kopf, wie ein Pfeil oder so was.«

»Na gut, wenn du nicht singen willst, dann erzähl mir eben eine Geschichte.«

»Wozu soll das alles dienen, Phaidra?«

Sie blickte mich finster an. »Würdest du mir jetzt bitte eine Geschichte erzählen?«

»Was für eine Geschichte?«

»Woher soll ich das wissen? Bist du denn zu gar nichts mehr zu gebrauchen?«

Also begann ich, ihr die Geschichte von Jason und den Argonauten zu erzählen. Um aber alles ein wenig interessanter zu gestalten, machte ich es so, wie es Alkibiades im betrunkenen Zustand getan hätte. Das brachte Phaidra zum Lachen, und sie war sehr zufrieden mit mir; was durchaus verständlich war, denn damals bestand ein Großteil der Beschäftigung eines Komödiendichters darin, sich über Alkibiades und dessen ständiges Lispeln lustig zu machen. Als ich gerade voll in Fahrt gekommen war, kam Thrax vom Markt zurück. Phaidra unterbrach mich mit leicht lispelnder Stimme und rief ihn zu sich.

»Hast du die Anschovis gekriegt?«

»Hier sind sie drin«, antwortete Thrax, wobei er auf die Amphore deutete, die er in der Hand hielt. »Ach, du hast mir übrigens zuviel Geld gegeben, Herrin.« Er holte drei Obolen aus dem Mund hervor und gab sie Phaidra zurück.

»Also kostet eine halbe Mine jetzt fünf Obolen?« erkundigte sich Phaidra neugierig.

»Das liegt am allgemeinen Mangel, sie sind schon wieder teurer geworden.«

»Macht nichts. Wir werden sie heute abend zusammen mit dem Rest Bohnen und etwas Suppe essen.«

Ich mußte unwillkürlich lachen.

»Was ist denn daran so witzig?« fragte sie scheinheilig.

»Ich wußte doch, daß du etwas im Schilde geführt hast. Kaum zu fassen, woran du dich alles erinnerst, was ich dir erzählt habe.«

»Wie? Hast du im Ernst geglaubt, ich könnte das für meinen eigenen Ehemann gestellte Orakel eines Gotts vergessen? Du mußt mich für eine ganz schöne Schlampe halten.«

»Aber du hast doch selbst gesagt, ich hätte mir das alles nur eingebildet.«

»Das hast du auch. Trotzdem bleibt die Tatsache bestehen, daß du nicht sterben darfst, bevor eine halbe Mine Anschovis drei Drachmen kostet. Das ist deine heilige Pflicht.«

»Dionysos hat nichts davon gesagt, daß ich dann sterben werde, sondern nur, daß ich ihn dann wiedersehe.«

Phaidra stand auf, küßte mich und ging zur Feuerstelle hinüber. »Eine gute Antwort. Wir werden aus dir noch einen Verteidiger machen.«

In dieser Nacht konnte ich nicht schlafen. Nun werden Sie zu Recht behaupten, das habe an der Suppe gelegen, gefolgt von den Anschovis und den Bohnen, aber ehrlich gesagt, war das nicht alles. Phaidras kleiner Kunstgriff hatte mich beeindruckt, weil ich dieses widersprüchliche Orakel völlig vergessen hatte. Vielleicht hast du dir das alles wirklich nur eingebildet, sagte meine innere Stimme, woraufhin sie sofort versuchte, sich meinen Gedanken zu verschließen. Aber man muß schon eine ziemlich verschrobene Einbildungskraft haben, wenn man sich einredet, eine halbe Mine Anschovis könne jemals drei Drachmen kosten, antwortete ich ihr.

Meine innere Stimme, die keinerlei Sinn für Humor hat, weigerte sich zu antworten und überließ mich mir selbst. Aber während ich dalag, halb schlafend, halb wach, wurde mir plötzlich klar, welche Idee sich zuvor bei mir im Unterbewußtsein gebildet hatte und die nun meine einzige Hoffnung war. Ich stieß Phaidra mehrmals gegen den Rücken und sagte: »Phaidra, bitte wach endlich auf.«

»O nein, nicht heute abend«, seufzte Phaidra schläfrig. »Ich habe eine Magenverstimmung.«

»Das war ja wohl deine Idee, Anschovis zu essen.«

»Du weißt ganz genau, warum es heute Anschovis gab. Jetzt schlaf endlich.«

»Phaidra, ich habe eine Idee. Hör mir bitte zu.«

12. KAPITEL

Im Moment sind sie zwar nicht furchtbar modern, aber für thebanische Witze hatte ich schon immer eine Schwäche. Wahrscheinlich ist mein Lieblingsbeispiel für diese Gattung der Witz über einen Thebaner, der eines Tages auf seinem Esel zum Markt reitet. Als er unter einem Birnbaum entlangkommt, sieht er nur wenige Zentimeter über seiner Nasenspitze eine besonders reife und leckere Birne baumeln. Er läßt die Zügel fahren und greift genau in dem Augenblick mit beiden Händen nach oben, als der Esel von einer Bremse gestochen wird. Wild springt der Esel hoch und schleudert dabei den Thebaner in die Luft, der in den Zweigen des Baums landet, wo er sich mit Kopf und Schultern so in dem dichten Geäst verheddert, daß er hilflos hängenbleibt, während der Esel die Fassung zurückgewinnt und den Weg allein fortsetzt. Der Thebaner baumelt fast den ganzen Morgen lang in den Zweigen, bis ein Wanderer des Weges kommt und ihn dort unerklärlicherweise wie eine riesige Birne hängen sieht.

»Um Himmels willen!« staunt der Wanderer. »Wie bist du denn da raufgekommen?«

»Na, wie wohl?« fragt der Thebaner zurück. »Ich bin von meinem Esel gefallen.«

Gewissermaßen auf die gleiche Art sah ich mich plötzlich in ernster Gefahr, wegen gotteslästerlichen Verrats das Leben zu verlieren. Meine Lage war, genau wie die des Thebaners, im höchsten Grade unangenehm, und ich konnte niemandem auch nur ansatzweise verständlich erklären, wie ich da hineingeraten war, nicht einmal Phaidra, der ich über die ganze Angelegenheit schon alles Wissenswerte erzählt hatte. Daher verstehen Sie sicherlich, daß all meine übrigen Freunde und Bekannten das Ganze vollkommen unerklärlich fanden; und da sie ihrerseits nicht begriffen, wie ich überhaupt auf den Baum hinaufgekommen war, und ich meinerseits nicht imstande war, es ihnen zu erklären, gaben sie sich auch keine große Mühe, mich von dort wieder herunterzuholen. Als ich mich nach Leuten umsah, die mir hätten behilflich sein können, waren die einflußreichen Männer, die ich mir für einen derartigen Notfall warmgehalten hatte, entweder tot oder nicht in der Stadt, und wenn ich ihnen zufällig auf der Straße begegnete, nachdem ich sie kurz zuvor bei ihnen zu Hause nicht angetroffen hatte, lösten sie sich wie Träume kurz vor dem Erwachen in Luft auf. Als Zeugen konnte ich mir keinen einzigen Menschen vorstellen, dessen Aussage für mich nützlich gewesen wäre, deshalb machte ich mir gar nicht erst die Mühe, einen zu finden.

Für diejenigen von Ihnen, auf die Einzelheiten einen schon krankhaften Reiz ausüben, muß ich jetzt vermutlich die Vorgänge jeder einzelnen Phase meines Prozesses niederschreiben. Von meiner Vorladung habe ich Ihnen ja bereits erzählt; wegen des Drucks der Verhandlungssachen vor den Gerichten lag zwischen der Vorladung und dem Erscheinen vor dem Ratsvorsitzenden eine ungewöhnlich lange Zeitspanne. Da es sich um einen religiösen Fall handelte, war nämlich der zuständige Beamte der Archon Basileus. Denjenigen, die sich nicht an die Demokratie erinnern, sei gesagt, daß es drei Archonten gab – den Archon Basileus, den Archon des Jahres sowie den Polemarchos –, von denen jeder einen klar umrissenen Gerichtsbarkeitsbereich hatte, deren genaue Zusammensetzung ich entweder vergessen oder nie gewußt habe. Da der Archon Basileus für Verrat und politische Delikte zuständig war, gehörte er zu den meistbeschäftigten Männern in Athen; doch schließlich kam der Tag, und ich fand mich ordnungsgemäß in seinem Amtslokal ein. Wie ich schon erwartet hatte, war in der Anklageschrift kein Hintertürchen zu finden; dazu war Demeas in solchen Geschichten viel zu erfahren. Zur richtigen Jahreszeit hatte er sich in der richtigen Form an den richtigen Beamten gewandt, und die Klage war richtig aufgebaut. Also entrichtete jeder von uns eine Drachme Gebühr, und die Anklage wurde sauber auf eine weiße Tafel geschrieben und vor dem Amtslokal des Archons aufgehängt. Dann teilte man uns mit, wann die zweite Befragung abgehalten werde, und wir begaben uns nach Hause, nachdem wir uns einen ganzen Tag lang mit sinnlosen Formalien herumgeschlagen hatten, ohne irgend etwas erreicht zu haben. Wenn Sie mich fragen, machen diese verfahrensrechtlichen Schritte aus unserem Rechtssystem ein Possenspiel.

Wie Sie selbst nur allzugut wissen, müssen Kläger und Angeklagter bei der zweiten Anhörung die Grundlage erörtern, auf die sich ihre Klage beziehungsweise Verteidigung stützen wird. Nun wollte ich meine Karten nicht aufdecken, zumal ich eine nur ungenaue Vorstellung davon hatte, wie ich am besten vorgehen sollte. Folglich war mir bei dieser Befragung alles andere als behaglich zumute. Um mich vor einer richtigen Verteidigung zu drücken, wollte ich schon dafür plädieren, daß gegen mich keinerlei Beweise vorlägen, für die ich mich rechtfertigen müßte. Leider kann ein solch schlaues Vorgehen, für das wir Athener eine Schwäche haben, oft in einer Katastrophe enden; deshalb beschloß ich, es lieber gar nicht erst zu probieren. Nichts wünschte ich mir weniger, als daß meine Verteidigung abgewiesen und ein Urteil mangels Verteidigung über mich verhängt würde.

Für diese Befragung gibt es fünf Kategorien von Beweisgründen: Gesetze, Zeugen, Zeugenaussagen, Eide und Folter – und Demeas verfügte über alle. Am festgesetzten Tag erschien er mit drei aktenbeladenen Sklaven und einem kleinen Heer von Zeugen. Ich dagegen hatte lediglich eine alte, stark abgegriffene Abschrift von Solons Gesetzen dabei, die ich mir von einem Freund ausgeliehen hatte, und das war dann auch schon alles; keine Zeugen, keine Aussagen, einfach gar nichts. Als ich an der Reihe war, mein Beweismaterial vorzulegen, sagte ich, ich hätte keins; meine Verteidigung werde sich auf Personenverwechslung berufen, und da meine Gattin (als Frau) nicht berechtigt sei, als Zeugin auszusagen, hätte ich niemanden, der unter Eid beschwören könne, daß ich die ganze fragliche Nacht über im Bett gelegen hätte. Der über diese mangelnde Vorbereitung sichtlich verwirrte Archon warnte vor den Geldstrafen für das Zurückziehen der Klage und setzte einen Termin für die Verhandlung fest. Demeas' Beweismaterial wurde in einer riesigen Schatulle verschlossen, und damit war die Befragung beendet. Ich erinnere mich noch an Demeas' Gesichtsausdruck – er war offensichtlich ebenfalls verwundert und fragte sich bestimmt, ob ich schon alle Hoffnung aufgegeben hatte oder irgend etwas im Schilde führte. Natürlich traf beides zu, und deshalb brauchte ich, um ihm seine Verwirrung nicht zu nehmen, nichts weiter zu tun, als einen unergründlichen Blick aufzusetzen und nur zu sprechen, wenn mir jemand eine Frage stellte.

Bei der Verhandlung war selbstverständlich auch Aristophanes anwesend, und sein gesamtes Auftreten hatte etwas ungeheuer Belustigendes an sich. Er spielte die Rolle des von Gemeinschaftssinn beseelten Bürgers, der seiner schmerzlichen Pflicht nachkommt, und abgesehen davon, daß ich seine Behauptungen formgerecht abstritt, ließ ich ihn damit ungehindert fortfahren. Seine Darstellung der Vorgänge in der fraglichen Nacht lautete wie folgt: Nach einer Abschiedsfeier für einen seiner Freunde habe er sich auf dem Heimweg befunden; dafür konnte er jedoch keine Zeugen beibringen, weil der besagte Freund und die übrigen Gäste auf der Feier günstigerweise in Sizilien gefallen waren. Er sei gerade an meinem Haus vorbeigekommen, als er beobachtet habe, wie ich und eine Gruppe anderer Männer, die er nicht erkannt habe, mit Schwertern die Statuen zerschlagen und dabei Hekate um die Vereitelung der Expedition nach Sizilien angerufen hätten. Er habe versucht, mir ernste Vorhaltungen zu machen, aber ich hätte im gedroht, ihn umzubringen, und da sei er geflohen. Diese Aussage habe er bislang nicht vorgebracht, da wir zusammen im Krieg gewesen seien und er mir mehrmals das Leben gerettet habe; aber schließlich sei er von Demeas überzeugt worden, daß er gegenüber der Stadt die Pflicht habe, alles zu sagen, was er wisse.

Außer Aristophanes kannte ich keinen der Zeugen, die allesamt schworen, mich in der fraglichen Nacht gesehen zu haben. Athenische Geschworene haben eine Schwäche für Aussagen von Sklaven, die durch Folter erpreßt wurden (es macht ihnen Spaß, von rotglühenden Eisen und so weiter zu hören), und so hatte sich Demeas einen Restposten abgetakelter alter Thraker und Syrer von einem Freund ausgeliehen, der eine Konzession für eine Silbermine besaß. Diese Burschen waren für Menschen mit geringen Griechischkenntnissen ungewöhnlich redegewandt. Vermutlich hatten sie die Folter als willkommene Abwechslung von der harten Grubenarbeit geradezu genossen; jedenfalls waren die Rollen mit ihnen so gut einstudiert worden, daß sie mich beinahe selbst davon überzeugt hätten, ihre Aussage entspreche der Wahrheit. Dabei bin ich normalerweise ein äußerst skeptischer Mensch, der kaum glauben kann, daß ein Sklave eine wahrheitsgemäßere Aussage macht, bloß weil er von einem Beamten traktiert wurde. Ein Sklave ist genau wie jeder andere Zeuge –

entweder glaubt man ihm oder nicht. Doch Solon (oder wer es sonst war) hatte verfügt, daß ein Sklave nicht als Zeuge aussagen kann, bevor er nicht über Kopf aufgehängt und fast zu Tode gepeitscht worden ist, und ich fürchte, man kann sich nicht einfach aussuchen, welche von Solons Gesetzen man gutheißt und welche nicht. Wenn man will, daß die vernünftigen Gesetze über den Letzten Willen und die gesetzliche Erbfolge gelten, dann muß man sich auch mit dem Beweisrecht abfinden und kann nur hoffen, daß der betreffende Sklave nachsichtig mit einem umgeht, wenn man selbst in einen Prozeß verwickelt wird.

Als ich nach Hause kam, wartete Phaidra mit einer Schale würzigen Weins und einem Korb Weizenbrot auf mich, und ich streifte mir die Sandalen ab und ließ mich vor dem Feuer auf den Boden fallen. Da ich mich nicht unterhalten wollte, fragte sie mich auch nicht, was geschehen war. Es gab sowieso keinen Grund dazu, denn wäre irgend etwas Wichtiges vorgefallen, hätte ich es ihr gleich nach dem Betreten des Hauses erzählt. Statt dessen saßen wir nur da und blickten uns eine Zeitlang schweigend an.

»Also, was ist?« fragte Phaidra schließlich. »Willst du deinen Plan durchziehen?«

»Ja«, antwortete ich. »Wie die Dinge liegen, ist das die einzige aussichtsreiche Strategie.«

Sie holte tief Luft und schüttelte betrübt den Kopf. »Es ist *dein* Leben, Eupolis. Wie *ich* darüber denke, weißt du.«

»Herzlichen Dank«, entgegnete ich gereizt. »Du verstehst es wirklich, einem Menschen Zuversicht zu vermitteln.«

»Du hast mich gefragt, was ich von dem Plan halte«, erwiderte sie, »und ich habe dir meine ehrliche Meinung mitgeteilt. Was soll ich deiner Ansicht nach tun? Soll ich etwa behaupten, es sei ein glänzender Plan, und dich damit weitermachen lassen?«

»Jetzt ist es sowieso zu spät, um noch irgendwas zu ändern«, entschied ich. »Wenn man erst einmal versucht, die Verteidigungsstrategie zu ändern, kann man sich gleich aufhängen und dem Staat die Bezahlung der Geschworenen ersparen. Außerdem hat es noch nie einen Zweck gehabt, meineidige Zeugen und dergleichen vor Gericht zu bringen; das ist Demeas' Handwerk, und davon versteht er einfach mehr als ich.«

»Das fürchte ich auch«, seufzte Phaidra schweren Herzens. »Ich meine, theoretisch ist es ein guter Plan. Es ist nur die praktische Umsetzung, die mir gefährlich erscheint. Es gibt so viele ›Was-wäre-wenns?‹.«

»Nicht annähernd so viele, wie wenn ich es auf die andere Art probiert hätte«, entgegnete ich. »Auf diese Weise gibt es nur ein großes ›Was-wäre-wenn?‹: Was wäre, wenn es ihnen nicht gefällt? Außerdem habe ich mich damit mein ganzes Leben lang im Theater beschäftigt.«

Phaidra zuckte die Achseln. »Auf jeden Fall ist es, wie du sagst, nun zu spät. Aber keine Angst, mein Lieber, deshalb werde ich trotzdem nicht die ganze Zeit über sauer auf dich sein.«

Ich beugte mich vor und nahm ihre Hand. »Du bist wirklich ein braves Mädchen.«

»Diese Redensart hasse ich«, erwiderte sie. »Die ist so gönnerhaft, findest du nicht? Als ob ich zwölf Jahre alt wäre und es gerade geschafft hätte, die Suppe zu kochen, ohne sie anbrennen zu lassen. Bist du müde?«

»Sehr sogar.«

»Dann iß dein Brot und geh heute mal früh schlafen. Schließlich mußt du morgen arbeiten.« Sie stand auf und schenkte mir einen Becher von dem würzigen Wein ein. »Bleib nicht die ganze Nacht lang auf, sonst kannst du nicht richtig denken.«

Nachdem Phaidra zu Bett gegangen war, saß ich im Dunkeln und versuchte, mir eine Anfangszeile für meine Rede einfallen zu lassen. Wenn man es schafft, sich eine Anfangszeile auszudenken – gleichgültig, wofür: für einen Chor, eine Rede, ein Gedicht oder für was auch immer –, dann kommt der Rest meiner Meinung nach ganz von selbst. Nun ist der Anfang einer Verteidigungsrede entscheidend und nur schwer richtig hinzubekommen; genaugenommen kommen dem Anfang an Schwierigkeit und Bedeutung nur der Mittelteil und der Schluß gleich. Doch konnte ich mich noch sosehr anstrengen, es gelang mir einfach nicht, die Worte in dem Stil zu setzen, der mit vorschwebte; entweder war alles zu umgangssprachlich oder zu förmlich, und ich konnte mir nicht vorstellen, mich im Gerichtssaal zu erheben und den Text tatsächlich laut zu sprechen. Da fiel mir plötzlich die Lösung ein. Ich tat mich so schwer in dem Bemühen, Prosa zu schreiben, eine Form, mit der ich mich noch nie auseinandergesetzt hatte. Ich brauchte die Rede bloß in Versen abzufassen und sie dann wie Prosa vorzutragen und vielleicht noch an dem einen oder anderen Wort herumzubasteln, damit sie beim Vortrag nicht zusehr nach einem Gedicht klang. Sobald ich das probierte, sprudelten die Wörter wie Wasser aus einer Quelle hervor. Ich hatte die Rede gerade zu meiner vollen Zufriedenheit abgerundet, als Phaidra aus dem Innenraum gewankt kam.

»Um Himmels willen!« rief sie gähnend. »Es ist mitten in der Nacht. Mach endlich Schluß!«

»Schon gut«, sagte ich. »Ich habe es gleich geschafft. Geh wieder ins Bett, ich bin in einer Minute fertig.«

Sie blinzelte. »Du hast es geschafft?« fragte sie. »Was meinst du damit?«

»Meine Rede«, antwortete ich ungeduldig. »Sie ist fertig.«

»Oh.« Sie runzelte die Stirn. »Einfach so?«

»Ja.«

»Taugt sie was?«

»Willst du sie hören?«

»Nein.« Sie gähnte erneut. »Ich meine, wenn sie jetzt gut ist, dann ist sie morgen früh auch noch gut.«

Ich hatte zwar ein bißchen mehr Begeisterung erwartet, sah aber, daß Phaidra müde war. »Na schön«, sagte ich. »Ich komme.«

»Gut«, murmelte sie.

Ich weiß, sie ist ein Klassiker; aber ich mag die *Odyssee* nicht. Insbesondere der Anfang gefällt mir nicht. Mir ist durchaus bewußt, daß es sehr raffiniert gemacht ist, wie Homer das erste Auftreten von Odysseus hinauszögert, bis das Epos richtig in Gang kommt; das soll Spannung erzeugen und den Leser fesseln. Aber mit dieser Art Spannung konnte ich noch nie etwas anfangen. Meine Aufmerksamkeit läßt nach. Ich denke an etwas anderes. Irgendwann kehre ich mit den Gedanken zurück zum Epos, zum Theaterstück oder was immer es ist, und stelle fest, daß ich ein wichtiges Stück verpaßt und den Faden verloren habe. Deshalb werde ich nicht versuchen, weiterhin Spannung aufzubauen, obwohl das ganz einfach wäre; statt dessen werden wir jetzt direkt zum Tag der Verhandlung selbst voranschreiten.

Kurz vor Tagesanbruch verließen wir das Haus und gingen langsam zum Gericht. Auf dem Weg dorthin stieß ich auf einen Freund namens Leagoras, einen meiner Nachbarn aus Pallene. Er fragte mich, wohin ich unterwegs sei, und ich antwortete ihm, daß ich mich vor dem Gericht verantworten müsse. Daraufhin erkundigte er sich, wie die Anklage laute, und als ich ihn darüber aufklärte, war er äußerst überrascht und sagte, da er am heutigen Tag in der Stadt nichts zu erledigen habe, das nicht warten könne, werde er mich begleiten und nötigenfalls eine Nachricht mit nach Pallene zurück nehmen, wenn er nach Hause gehe. Ich dankte ihm, und zusammen setzten wir den Weg zum Odeion fort.

Gerade begann die Verhandlung des ersten Falls des Tages, und wir setzten uns auf die Bänke vor dem Gebäude, um zu warten. Es war ein sonniger und einschläfernder Tag geworden, einer jener Tage, die ich am liebsten auf dem Land verbringe, wenn es in der Stadt nicht viel zu tun gibt. Ich hatte große Schwierigkeiten, meinen Verstand richtig in Gang zu bringen, und weder Phaidra noch Leagoras waren mir dabei eine Hilfe; Phaidra wollte sich nicht unterhalten, und Leagoras sprudelte vor Neuigkeiten aus Pallene über: Wessen Weinstöcke sich gut entwickelten, wer gegen wen wegen unbefugten Betretens und Versetzens von Grenzsteinen klagte, wer wessen Tochter geschwängert hatte und so weiter und so fort; und obwohl ich derartigem Tratsch meistens gern zuhöre, besonders wenn ich in der Stadt bin, brachte ich nicht die Aufmerksamkeit für ihn auf, die notwendig gewesen wäre, um mein Interesse zu wecken. Um Ihnen die Wahrheit zu gestehen: Mein Kopf war praktisch völlig leer (obwohl ich von Natur aus ein unruhiger Mensch bin), und ich spürte, wie in mir von den Fußsohlen aus eine große Mattigkeit heraufkroch und in jede einzelne Faser des Körpers eindrang. Ich wußte, schon sehr bald würde ich eingeschlafen sein; und in der prallen Sonne einzuschlafen, bekommt mir gar nicht. Dann pflege ich mit Schmerzen in Nacken und Kopf aufzuwachen, die gewöhnlich nicht vor Einbruch der Nacht nachlassen. Mit Ausnahme von Zahnschmerzen und Durchfall ist das wohl das Schlimmste, was einem Menschen passieren kann, der sich demnächst vor Gericht verantworten muß, und ich war gerade im Begriff, aufzustehen und einen Spaziergang zu machen, um wach zu werden, als ich auf der Straße eine vertraute Gestalt auf mich zukommen sah.

Sokrates, Sohn des Sophroniskos, sich an den Gerichtshöfen herumtreiben zu sehen, war keine Überraschung; obwohl er es selbst leidenschaftlich abstreitet, trifft man ihn eigentlich stets in der Nähe einer guten und interessanten Gerichtsverhandlung an. Genaugenommen gehört er zwar nicht zu den Redenschreibern wie Python, aber er macht eine Menge Geld mit seinen ›Denkübungen‹. Dabei handelt es sich im Grunde um nicht viel mehr als um Vorbereitungskurse für Prozeßführende, und er befindet sich ständig auf der Suche nach neuen Teilnehmern. Seit sein angesehenster Schüler, der berühmte Alkibiades, in Ungnade gefallen und geflohen war, hatte das Geschäft ziemlich nachgelassen, und der Name Sokrates war auf dem Marktplatz oder in den Bädern immer seltener erwähnt worden.

Phaidra und Leagoras wollten ihm offensichtlich aus dem Weg gehen, denn sie versuchten, in ihren Kleidern zu versinken und sich so seinem Blick zu entziehen; doch ich betrachtete Sokrates' Auftauchen als ein Zeichen der Götter, wie einen über meinen Kopf fliegenden Adler oder eine Eule. Ich rief und winkte ihm also zu; und tatsächlich kam er wie ein hungriger Hund, der das Klirren eines Napfs auf dem Küchenboden hört, zu mir herübergesprungen.

»Guten Morgen, Eupolis«, begrüßte er mich mit seinem enorm breiten Grinsen. »Was hast du denn so weit weg vom Schuß verloren? Solltest du nicht lieber auf dem Marktplatz sein, um ein wenig Klatsch und Tratsch für ein neues Stück aufzuschnappen?«

Ich lächelte in einer Weise, die den Mangel jeglicher Belustigung ausdrücken sollte. »Und solltest du nicht lieber beim Lykeion sein?« fragte ich zurück. »Du willst doch bestimmt kein Geschäft versäumen, zumal dort genug einfältige junge Männer mit Geld in den Taschen herumlaufen.«

Sokrates lachte und entblößte dabei ein erstklassiges Sortiment gelber Zähne – er putzt sie nie, selbst wenn er Zwiebeln und Knoblauch gegessen hat, weil er derartige Gewohnheiten für dekadent und unter der

Würde eines Asketen hält. Was seine Vorliebe für gefüllte Wachteln betrifft, so benimmt er sich für einen Asketen allerdings recht schamlos.

»Das solltest du doch besser wissen, Sohn des Euchoros«, entgegnete er. »Wenn du so etwas behauptest, bringst du mich in Schwierigkeiten. Du hast zu viele deiner eigenen Stücke gesehen.«

»Hast du gerade zu tun?« fragte ich ihn und machte auf der Bank Platz für ihn. »Bis zu meiner Verhandlung muß ich noch etwa eine Stunde Wartezeit totschlagen, und wie ich weiß, bist du jederzeit zu einem Plausch bereit.«

»Aber sicher«, willigte er ein. »Und da du es bist, ausnahmsweise sogar kostenlos. Du mußt mir nur versprechen, keine meiner Ideen für dein Verfahren zu stehlen. Bist du Kläger oder Verteidiger?«

»Verteidiger«, antwortete ich.

Er nickte. »Eine schwerwiegende Anklage?«

»Ziemlich schwerwiegend«, entgegnete ich. »Ich soll einer der Männer gewesen sein, die die Statuen zertrümmert haben.«

Sokrates hob die Brauen. »Wirklich?« fragte er und setzte sich neben mich. »Und – hast du es getan?«

»Nein«, erwiderte ich. »Zu der Zeit habe ich mit meiner Frau Phaidra im Bett gelegen. Aber als Frau kann sie natürlich nicht aussagen, und weitere Zeugen, die mich gesehen haben, kann ich nicht beibringen. Das ist genau der Punkt, der mir Sorge bereitet, Sokrates. Vielleicht können du und ich das ja gemeinsam klären, falls du gerade nichts Besseres vorhast. Warum ist es Frauen verboten, im Gerichtssaal eine Aussage zu machen, während Männer und sogar Sklaven, nachdem sie gefoltert worden sind, als Zeugen anerkannt werden?« Ich kratzte mich an der Nase und fuhr fort: »Schließlich verfügen Frauen über dieselben fünf Sinne wie wir und haben Verstand, genau wie Männer. Einerseits schenken wir den Aussagen von Männern mit zweifelhaftem

Charakter Gehör und trauen uns sogar die Fähigkeit zu, deren Bedeutung abzuschätzen, doch andererseits erkennen wir die Aussagen von Frauen nicht an. Warum?«

Sokrates faltete die Hände um das linke Knie und lehnte sich ein wenig zurück. »Du behauptest also, zwischen Mann und Frau gibt es keinen Unterschied?«

»Natürlich gibt es einen Unterschied«, widersprach ich, »genau wie es einen Unterschied zwischen Griechen und Ausländern und zwischen Athenern und sonstigen Griechen gibt. Aber dieser Unterschied macht nicht so viel aus, um noch länger davon auszugehen, daß alles, was Frauen sagen, der Unwahrheit entspricht. Ich meine, wenn du deine Frau fragst, was es zum Mittagessen gibt, und sie antwortet, Trockenfisch, glaubst du ihr doch auch, oder?«

»Ja«, antwortete Sokrates, wobei er es sich auf der Bank gemütlicher machte. »Ausnahmslos.«

»Und wenn du sie fragst, was sie getan hat, während du weg warst, und sie antwortet, sie habe das Loch in deinem Chiton geflickt, bezweifelst du das nicht, oder? Solange es keinen Gegenbeweis gibt – wie beispielsweise verräterischen Weingeruch in ihrem Atem oder zerwühltes Bettzeug.«

»Dann habe ich wirklich keinerlei Zweifel, Eupolis.«

»Und dabei ist deine Gattin Xanthippe bestimmt keine übertrieben wahrheitsliebende Frau, oder?« fuhr ich fort. »Und sie steht auch nicht unter einem Bann, wie diese Frau in der alten Geschichte, die Apollon betrogen hat und deshalb mit der Unfähigkeit zu lügen bestraft worden ist, nicht wahr?«

»In dieser Hinsicht ist sie wie alle anderen Frauen«, antwortete Sokrates, der sich offenkundig fragte, worauf das Ganze hinauslaufen solle. »Beschwören könnte ich das allerdings nicht.«

»Aber wenn es nun zu irgendeiner Anklage käme und sie Zeugin wäre, könnte sie keine Aussage machen«, sagte ich. »Erklär mir mal, warum das so ist, das möchte ich gern wissen. Dann wäre ich nämlich möglicherweise imstande, das Gericht dazu zu überreden, Phaidra aussagen zu lassen, und müßte am Ende vielleicht nicht sterben.«

Kurz runzelte Sokrates die Stirn. »Was ist deiner Meinung nach der Unterschied zwischen Mann und Frau?« fragte er. »Ich meine den Hauptunterschied, nicht die offensichtlichen anatomischen Unterschiede. Die können wir als erwiesen erachten.«

Jetzt war ich an der Reihe, die Stirn zu runzeln. »Vermutlich der, daß Frauen den ganzen Tag im Haus bleiben, während die Männer zur Arbeit auf die Felder gehen«, antwortete ich.

»Ganz genau«, bestätigte Sokrates, wobei er das Knie losließ und sich aufrecht hinsetzte. »Gut. Hast du schon mal ein Kaninchen gesehen?«

»Oft, Sokrates, sehr oft sogar.«

»Und sind Kaninchen wegen ihres grauen Fells nicht schwer zu erkennen?«

»Na ja, wenn man nicht weiß, wonach man Ausschau hält, sind sie nicht so leicht zu entdecken.«

»Und als du zum erstenmal ein Kaninchen gesehen hast«, fuhr Sokrates fort, »hast du es da selbst erkannt oder hat dich jemand darauf hingewiesen?«

»Ich bin mir nicht sicher«, antwortete ich und dachte angestrengt nach. »Ich glaube, irgend jemand hat gesagt: ›Guck mal, dahinten ist ein Kaninchen!‹, und ich habe gefragt: ›Wo?‹, und er hat es mir gezeigt, und da habe ich es gesehen.«

»Also hat jemand anders das Kaninchen zuerst entdeckt und dir gezeigt, wonach du dich umsehen mußt?«

»Soweit ich mich erinnern kann, ja.«

»Und du hast in die betreffende Richtung geblickt und dasselbe gesehen wie dieser Jemand«, fuhr Sokrates fort. »Aber weil du nicht gewußt hast, wie man ein

Kaninchen vor einem grauen Felshintergrund ausmachen soll, hast du es nicht als Kaninchen erkannt?«

»Das entspricht ziemlich genau dem Geschehen, soweit ich mich entsinne«, antwortete ich und verschränkte die Arme vor der Brust. »Das ist schon lange her, weißt du.«

»Ja, natürlich. Also, angenommen, du hättest nie einen Freund gehabt, der wußte, wie ein Kaninchen aussieht, hältst du es dann für möglich, daß du mit auf Felsnasen gehefteten Augen durchs Leben gegangen wärst, ohne eine Ahnung davon zu haben, daß es um dich herum von Kaninchen nur so wimmelt?«

»Absolut möglich«, erwiderte ich und kratzte mich am Ohr.

»Oder nimm diese Heilpflanze mit dem Namen Ehrenpreis«, fuhr Sokrates fort. »Natürlich ist dir bekannt, wie ein Ehrenpreis aussieht.«

»Das möchte ich doch meinen, Sokrates«, entgegnete ich. »Schließlich bin ich in den Bergen aufgewachsen. Die Blume hat einen langen dünnen Stiel und blaue Blüten.«

»Aber wenn dir nie jemand erzählt hätte, um welche Blume es sich dabei handelt«, sagte Sokrates und blickte mir direkt in die Augen, »wenn du wie das Kind in der Erzählung gleich nach der Geburt am Berghang ausgesetzt und von Wölfen aufgezogen worden wärst, hättest du nie gewußt, daß diese blaue Blume Ehrenpreis genannt wird, oder?«

»Wenn ich es mir recht überlege, hätte ich es vermutlich nicht gewußt.«

»Nehmen wir nun an, du befindest dich auf einer Wanderung durch die Berge, blickst nach oben in den Himmel und siehst dunkle Wolken. Womit würdest du rechnen?«

Die Antwort darauf wußte ich. »Mit Regen«, erwiderte ich.

»Und warum genau würdest du mit Regen rechnen?

Weil dir jemand erzählt hat, daß dunkle Wolken Regen bringen?«

»Ja, genau.«

»Vielleicht hast du es auch selbst herausgefunden, durch Erfahrung«, sagte Sokrates und stützte das Kinn nachdenklich auf dem Handrücken ab. »Du hast festgestellt, daß jedem Regenguß, an den du dich erinnern kannst, dunkle Wolken vorausgegangen sind, und da dein Verstand rational denkt, hat er die Erklärung verworfen, es handle sich um einen bloßen Zufall.«

Ich nickte vielsagend und pflichtete ihm bei: »Genau das täte ein rationaler Verstand.«

»Also gut«, fuhr Sokrates lebhaft fort. »Nachdem wir jetzt diese vorläufigen Behauptungen bewiesen haben, können wir auf deine ursprüngliche Frage zurückkommen: die Frage nach Frauen und Gerichten. Nehmen wir einmal einen Prozeß an, in dem es für die Beweisaufnahme entscheidend wäre, ob sich an einer bestimmten Stelle ein Kaninchen oder eine Gruppe Ehrenpreis befunden hat. Wäre ein Mensch, der kein Kaninchen erkennt, wenn er es sieht, oder ein Ehrenpreis nicht von einer Soldanella unterscheiden kann, in der Lage, eine beweiskräftige Aussage zu machen?«

»Ich glaube nicht.«

»Genau«, bestätigte Sokrates grinsend. »Dort könnte sehr gut ein Kaninchen oder Ehrenpreis gewesen sein, doch dieser Mensch hätte es direkt angeblickt und nicht wahrgenommen und würde vor den Geschworenen in aller Aufrichtigkeit aussagen, kein Kaninchen beziehungsweise keinen Ehrenpreis gesehen zu haben. Und dann müßten die Geschworenen annehmen, der Angeklagte, der gerade behauptet hatte, an der fraglichen Stelle habe sich ein Kaninchen oder Ehrenpreis befunden, sei ein Lügner, dem man in keiner Beziehung glauben könne, und würden für seine Hinrichtung stimmen. Hätte der unkundige Zeuge dagegen nicht aussagen dürfen, wäre die Aussage des Angeklagten zugegebenermaßen zwar nicht bestätigt worden, aber zumindest sein Ruf als Zeuge wäre unbeeinträchtigt geblieben. Habe ich recht?«

»Ja, auf jeden Fall.«

»Nehmen wir nun an, du stündest vor Gericht, und deine erfolgreiche Verteidigung hinge davon ab, daß es einen Regenguß gegeben hat. Stell dir vor, es gelänge dir nicht, jemanden zu finden, der den Regenguß abbekommen hat und daher aussagen könnte, er sei völlig durchnäßt worden, wüßtest aber, daß dein Nachbar eine Stunde vorher nach Hause gegangen ist und die dunklen Wolken gesehen haben muß. Könntest du von ihm nicht die Aussage erwarten, es habe eine Stunde vor dem Zeitpunkt, zu dem es nach deinen Angaben geregnet hat, nach einem Wolkenbruch ausgesehen, was deiner Darstellung der Ereignisse zumindest etwas Gewicht verliehe?«

»Ganz sicher.«

»Aber angenommen, dein Nachbar hätte sein ganzes Leben in einem dieser heißen Landstriche südlich von den Äthiopiern verbracht, wo es nie regnet, und deshalb nie die gedankliche Verbindung zwischen dunklen Wolken und Regen hergestellt. Hätte seine Aussage dann irgendeinen Nutzen für dich? Oder wäre sie sogar potentiell gefährlich, wie die Aussage des Mannes, der weder ein Kaninchen noch ein Ehrenpreis erkennen konnte?«

»Natürlich wäre sie potentiell gefährlich.«

»Dann stimmen wir also darin überein, daß ein irreführender Zeuge schlimmer ist als gar kein Zeuge?«

»Auf jeden Fall.«

»Und auch darin, daß ein Zeuge, der bezüglich einer bestimmten Angelegenheit über keinerlei Erfahrung und Kenntnisse verfügt, zum irreführenden Zeugen wird, selbst wenn er geneigt ist, die Wahrheit zu sagen?«

»Unbedingt.«

»Hatten wir nicht ganz am Anfang unserer Erörterung gesagt«, fuhr Sokrates fort und lehnte sich wieder zurück, »der Hauptunterschied zwischen Mann und Frau bestehe darin, daß Männer hinaus in die Welt ziehen und Frauen zu Hause bleiben und Männer darum über Erfahrungen und Kenntnisse von der Welt verfügen, die Frauen zwangsläufig fehlen? Und entspricht es nicht der Wahrheit, daß die Punkte, die sich im allgemeinen in Gerichtsverfahren als eines Beweises bedürftig herausstellen, genau die Dinge sind, die draußen in der Welt geschehen, wo Männer zusammenkommen, Geschäfte machen und miteinander Umgang pflegen? Also notwendigerweise die Dinge, mit denen Frauen keine Erfahrung haben, von denen sie nichts wissen und über die sie deshalb auch nicht aussagen sollten?«

»Selbstverständlich«, antwortete ich.

»Du stimmst mir also zu, daß nur Männer befähigt sind, in Gerichtsverfahren auszusagen, und Frauen davon ausgeschlossen sein sollten?«

»Da stimme ich dir zu.«

»Dir ist klar«, fuhr Sokrates fort, »daß alles, was ich bislang gesagt habe, nichts weiter als ein Haufen Unsinn gewesen ist?«

»Ja, Sokrates.«

»Und trotzdem fühlst du dich gedrängt zuzustimmen?«

»Ja, Sokrates.«

»Und weshalb? Weil ich so schnell, so flüssig und mit einem derart intelligenten und sachkundigen Gebaren gesprochen habe und drauf und dran war, irgendeine kluge Ansicht zu äußern, daß du dich nicht getraut hast, mich zu unterbrechen? Oder weil es, als du dahintergekommen bist, daß ich nur Unsinn rede, bereits zu spät war, mir zu widersprechen, ohne gleich für engstirnig oder schlichtweg für dumm gehalten zu werden?«

»Genau deshalb.«

»Nun denn, Eupolis, mein Freund«, sagte der Sohn des Sophroniskos, wobei er aufstand und sich demonstrativ den Staub vom Hinterteil wischte, »das ist die einzige Möglichkeit, mit der man in dieser Stadt Prozesse gewinnen kann. Wenn es dir gelingt, sie mit Worten zu bezaubern und mit einleuchtenden Ansichten irrezuführen, dann hast du schon gewonnen. Wenn nicht, mußt du dich damit abfinden, daß du mangels göttlichen Einschreitens wahrscheinlich sterben wirst, und da du keinen tüchtigen Fachmann wie mich aufgesucht hast, geschieht dir das ganz recht. Aber nach allem, was du in deinen sogenannten Komödien über mich gesagt hast, hätte ich dir sowieso nicht geholfen, selbst wenn du mir die gesamten Reichtümer des Königs Gyges dafür angeboten hättest; und von meinen Philosophenkollegen vermutlich auch keiner. Viel Glück, Eupolis, du wirst es brauchen.«

»Gleichfalls«, entgegnete ich. »Wir sehen uns.«

»Das bezweifle ich«, antwortete Sokrates über die Schulter hinweg und spazierte fröhlich die Straße hinunter.

»Was für ein unangenehmer Mensch«, meldete sich Phaidra gähnend zu Wort. »Mit dem nimmt es demnächst ein böses Ende.«

»Das will ich hoffen. Aber wenigstens hat er mich davon abgehalten einzuschlafen, und das ist mehr, als du zustande gebracht hast.«

»Ich verstehe nicht, worüber du dich beklagst«, mischte sich Leagoras ein, der mein Gespräch mit Sokrates mit gespannter Aufmerksamkeit verfolgt hatte. »In meinen Ohren hat das alles ganz plausibel geklungen.«

Phaidra und ich blickten ihn beide verdutzt an, wodurch er sich ziemlich beleidigt zu fühlen schien.

»Ärgere dich nicht darüber, es ist nicht deine Schuld«, versicherte ich ihm.

»Ganz bestimmt nicht«, pflichtete mir Phaidra bei. »Ist das dort drüben nicht Aristophanes?«

Wir blickten uns alle um und sahen den Sohn des Philippos, der einen ungewöhnlich düsteren Umhang trug und einen einfachen Spazierstock aus Olivenholz in der Hand hielt. Er eilte Demeas und dessen Gefolge von Zeugen, Sklaven und anderen dazugehörigen Erinnyen hinterher. Ein Freund meines Onkels erzählte mir einmal von den gewaltigen Schnitzereien, die sein Großvater während einer Reise durch Persien in Sardes gesehen hatte; auf riesigen Reliefs, die sich ausdehnten, so weit das Auge reichte, wurde der Großkönig von Persien dargestellt, wie er mitsamt seinen Falken und Hunden unter einem gigantischen Baldachin an der Spitze seiner Streitmacht gegen alle Völker der Erde in den Krieg zog. Vermutlich wirkte der Großkönig von Persien – zumindest auf den Schnitzereien – für seine Untertanen genauso bedrohlich wie Demeas damals auf mich. Nur erzielte Demeas diese Wirkung nicht durch Falken, Hunde und Baldachine, sondern allein durch sein Auftreten.

Im Vorübergehen schien er geradewegs durch mich hindurchzusehen, als wäre ich bereits eine dürstende Seele, die ohne Hoffnung am falschen Flußufer umherflattert. Aristophanes sah mir jedoch versehentlich in die Augen und warf mir einen derart von unterdrücktem Haß erfüllten Blick zu, daß ich fast erschrak. Ich fragte mich, was ihn so aufregte; dann erst fiel mir ein, daß er vermutlich mir die Schuld gab, ihn in eine Lage gebracht zu haben, in aller Öffentlichkeit aus der Rolle fallen zu müssen, indem er in einem politischen Prozeß gegen einen Komödiendichter aussagte. Ich verstand seine Einstellung: Selbst in Athen haftete demjenigen, der in eine solche Affäre verstrickt war, ein gewisser Makel an, und in der Stadt gab es noch ein paar aufrechte Menschen, die dergleichen mißbilligten. Daß ich jedoch dafür verantwortlich sein sollte, traf mich trotzdem schwer; schließlich war es Demeas' Schuld. Vielleicht bin ich zu empfindlich. Jedenfalls sah ich weg, bis sich die Gruppe in einen anderen Teil der Vorhalle zurückgezogen hatte.

»Aufgeregt?« flüsterte mir Phaidra ins Ohr.

»Nein«, antwortete ich wahrheitsgemäß. »Zumindest nicht so, wie du es dir vorstellst. Ich fühle mich, als würde ich gleich einen Chor auf die Bühne schicken.«

»Ach, du!« winkte sie ab. »Du bist einfach nur eingebildet, das ist dein Problem.«

Auf diese Idee war ich noch gar nicht gekommen. »Vielleicht hast du sogar recht«, räumte ich ein. »Aber möglicherweise kann ich solche Dinge nur einfach nicht ernst nehmen. Ach, schau doch mal, Sokrates ist wieder da. Wahrscheinlich will er der Verhandlung beiwohnen.«

»Du solltest ihm dafür eine Drachme berechnen«, schlug Phaidra vor. »Er an deiner Stelle täte das bestimmt.«

»Dort, wo ich hingehe, benötige ich nur zwei Münzen, und zwar auf den Augen.«

»So ist's recht: immer positiv denken! Wie fühlst du dich? Ist dir übel? Hast du Schwindelgefühle oder rasende Kopfschmerzen?«

»Das kommt alles erst später, wenn ich mit meiner Rede an der Reihe bin«, antwortete ich.

Leagoras beugte sich herüber und sagte: »Viel Glück, Eupolis. Falls du es allerdings nicht schaffen solltest, kann ich dann deinen Pflug mit den Bronzegriffen haben?«

»Klar, wenn es dir gelingt, den Gerichtsvollziehern zuvorzukommen«, willigte ich ein. »Sag ihnen, ich hätte ihn bei dir ausgeborgt und zurückzugeben vergessen. Aber das werden sie dir nicht glauben. So was zu vergessen, ist nämlich nicht deine Art.«

Leagoras war offenbar wieder beleidigt und lehnte sich auf der Bank zurück. Fast im selben Augenblick kam der Gerichtsdiener heraus und rief Demeas und mich in den Gerichtssaal. Ich drückte Phaidra rasch einen Kuß auf die Wange, wobei ich ihrem Blick auswich; dann stand ich auf, schüttelte mich wie ein Hund, der zur Essenszeit aufwacht, und ging auf das Portal zu. Ich weiß noch, wie ich gedacht habe: So also fühlen sich meine Schauspieler, wenn der Ausrufer sie zur ersten Szene auf die Bühne bittet.

Als ich den Gerichtssaal betrat, nahm ich erst einmal die Geschworenen genauer in Augenschein. Ich hielt nach wenigstens einem bekannten Gesicht Ausschau – von fünfhundertundeins Männern mußte ich doch wenigstens einen kennen. Doch zunächst glichen ihre Gesichter lediglich braunschwarzem Brei, und sie sahen wie eins dieser riesigen sagenumwobenen Ungeheuer aus, auf das Herakles in einem seiner weniger wahrscheinlichen Abenteuer hätte treffen können. Da entdeckte ich einen Mann, den ich kannte; zwar wollte mir sein Name nicht einfallen, aber ich hatte ihn erst kürzlich getroffen, entweder auf dem Marktplatz oder auf dem Land. Er biß gerade einen großen Happen von einem dicken dunklen Kanten Gerstenbrot ab, und in der linken Hand hielt er eine kleine Weinflasche in der Form eines Esels bereit, um den Brei in seinem Mund zu durchtränken und für seine paar verbliebenen Zähne schön weich und geschmeidig zu machen; selten bin ich einem anziehenderen Geschöpf begegnet. Neben ihm saß ein ganz kleiner Mann, mindestens siebzig Jahre alt, mit zerzausten weißen Haarbüscheln auf einem spitz zulaufenden braunen Schädel, der in atemberaubender Geschwindigkeit Selbstgespräche führte. Ihn erkannte ich als einen von Kleons Spürhunden wieder, der aus dem harten Kern der alten Geschworenen der Brüderschaft der drei Obolen stammte. Von denen waren in letzter Zeit viele an Altersschwäche gestorben (oder, wie einige sagten, aus Kummer über den Tod ihres Herrn und Meisters), aber es waren immer noch einige zu sehen, die vor Sonnenaufgang auf den Landstraßen zur Stadt unterwegs waren, weil sie rechtzeitig beim Gerichtsgebäude sein wollten, um ganz vorn in der Schlange der Bewerber um ein Geschworenenamt zu stehen, wenn ihre Stammesphyle an die Reihe kam. Und war das nicht einer der Brüder des kleinen Zeus, der sich da am Fuß der Mauer in einem uralten Umhang zusammenkauerte? Ich hoffte, daß es sich so verhielt, denn bestimmt wäre er auf meiner Seite. Dann erinnerte ich mich, gehört zu haben, daß die Brüder des kleinen Zeus alle tot waren; in ihrem Dorf in den Bergen war die Pest wiederaufgeflammt und hatte bis auf einen alten Mann und einen Säugling die gesamte Bevölkerung ausgelöscht. Zumindest eins beruhigte mich: Die Geschworenen hatten eine auffallende Ähnlichkeit mit den Theaterbesuchern, die ich im Laufe meines Lebens beobachtet hatte – sie schienen dieselbe Erleichterung darüber zu empfinden, daß die Tragödien endlich vorbei waren, und den Beginn der Komödien kaum abwarten zu können.

Dann wurde die Klageschrift verlesen.

»Klage des Demeas, Sohn des Polemarchos von Kydathene, gegen Eupolis, Sohn des Euchoros von Pallene, wegen Gotteslästerung. Vorgeschlagene Strafe: Tod. Das Wort hat jetzt Demeas.«

Die Wasseruhr wurde gefüllt und begann zu laufen. Niemand, der sie einmal von der Anklagebank aus gehört hat, wird ihr Geräusch jemals wieder vergessen; irgend jemand, ich weiß nicht mehr, wer, hat einmal gesagt, sie erinnere ihn an einen Zwerg, der in einen Blecheimer pinkelt. Ich bin felsenfest davon überzeugt, Wasseruhren hat man mit der Absicht entwickelt, den Angeklagten abzulenken; man sitzt da, lauscht dem ständigen Gluckern und Plätschern und vergißt vollkommen das Belastungsmaterial, das sorgfältig um einen herum aufgeschichtet wird wie eine Mauer um eine belagerte Stadt. Kommt man dann selbst mit der eigenen Rede an die Reihe, lauscht man immer noch auf das Wasser und verliert, wie Theseus im Labyrinth, mitten im besten Satz die Orientierung. Von diesem Geräusch bekomme ich heute noch Alpträume, und dann wache ich schweißgebadet auf, nur um festzustellen, daß es in Wirklichkeit der vom Dach tröpfelnde Regen oder einer der Sklaven ist, der gerade die Milch abschöpft.

Demeas begann mit einer heftigen Attacke. Zwar weiß ich nicht mehr, wen oder was er angriff – ich glaube, es drehte sich in erster Linie gar nicht um mich –, aber ich sah, wie die Gesichter der Geschworenen immer grimmiger wurden, als er sie an das furchtbare Unrecht erinnerte, das man ihnen angetan hatte. Darauf folgte, wie ich mich entsinne, eine kurze Schilderung der Leiden unserer Männer in Sizilien; und für jemanden, der nicht dort gewesen war, machte Demeas seine Sache recht gut. Zuerst berichtete er vom Fieber im Lager bei den Sümpfen, dann von den Schrecken der Nacht auf dem Epipolai und dem entsetzlichen Durcheinander und den Schreien der Sterbenden. Daraufhin beschrieb er die Verzweiflung der Hafenschlacht und das drückende Elend des Marsches zum Garten hinter der Mauer. »Und von diesen Tausenden«, höre ich ihn noch sagen, »sind nur wenige in die Stadt der violetten Krone zurückgekehrt. Welche Ironie, Männer von Athen, welch grausame Ironie, daß ausgerechnet einer dieser offenbar von Zeus Auserwählten der alleinige Urheber dieses ganzen Unglücks sein soll! Doch ich sage euch, das war Zeus' Werk: Diesem Mann wollte er nicht die Gelegenheit geben, den Heldentod zu sterben, sondern er beschützte ihn, damit er sich heute vor diesem Gericht zu verantworten hat. Das bezeugt auch die Leichtigkeit seiner Flucht – oder war es etwa kein Gott, meine Freunde, der ihn wie ein Opfertier zum Altar der Gerechtigkeit führte?«

Ich dachte an den Schmied und den Karren mit dem Olivenfaß und kicherte. Bedauerlicherweise sah Demeas das und deutete auf mich. »Unser Freund findet das offensichtlich belustigend!« donnerte er los. »Genau wie er es belustigend gefunden hat, die Statuen der Götter zu zerschmettern. Ruft der Gedanke an unsere göttlichen Schutzherren bei ihm immer diese offen zur Schau gestellte Leichtfertigkeit hervor, frage ich mich? Kichert er während der ganzen Prozession für unsere Göttin Athena hindurch oder niest er absichtlich im Augenblick der Opferung?«

Ich hätte gern gewußt, wie man mit Absicht niesen kann, aber diese Frage mußte bis nach dem Prozeß warten. Jedenfalls rundete Demeas seine einleitenden Bemerkungen mit einer plastischen Darstellung der Nacht ab, in der die Statuen verstümmelt wurden, und ging dann dazu über, die Zeugen aufzurufen. Immer wieder rechnete ich mit dem Aufruf von Aristophanes, doch jedesmal, wenn ich den Sohn des Philippos Anstalten machen sah, sich von seinem Platz zu erheben, rief Demeas irgendeinen Sklaven oder Gefolgsmann auf, und dann lehnte sich Aristophanes zurück und verschränkte die Arme. Zuletzt, als ich allmählich schon glaubte, Aristophanes werde gar nicht mehr benötigt, rief Demeas ihn doch noch auf und ließ ihn auf das erhöhte Tribunal treten. Von den Geschworenen drang ein schwaches zufriedenes Gemurmel herüber, und die meisten von ihnen stellten das Essen ein oder hörten damit auf, sich die Fußnägel zu schneiden. Auch der kleine alte Mann wurde von jemandem aufgeweckt und beugte sich, auf den Stock gestützt, ein wenig vor, um den Wortwechsel besser verfolgen zu können. Nachdem sich Aristophanes gesetzt hatte, räusperte sich Demeas und fing an. Er stellte die Fragen in einem ganz gewöhnlichen Tonfall, und Aristophanes antwortete laut und deutlich mit erhobenem Kopf.

Demeas: Bist du in der fraglichen Nacht vor Eupolis' Haus gewesen?

Aristophanes: Ja, das bin ich.

Demeas: Und bist du gerade auf dem Heimweg von einer Feier zu Ehren einiger Freunde gewesen, die in den Krieg ziehen wollten?

Aristophanes: Ja, das bin ich.

Demeas: Hast du Eupolis mit einem thrakischen Säbel Statuen zertrümmern sehen?

Aristophanes: Ja, das habe ich.

Demeas: War er allein, oder waren noch welche bei ihm?

Aristophanes: Er war mit etwa zehn anderen zusammen, die ich nicht erkannt habe.

Demeas: Hat Eupolis selbst Statuen zerschlagen oder lediglich den anderen dabei zugesehen?

Aristophanes: Er hat selbst Statuen zerschlagen.

Demeas: Hast du das damals gemeldet?

Aristophanes: Nein.

Demeas: Hattest du Angst davor, was Eupolis womöglich mit dir angestellt hätte, wenn du Meldung erstattet hättest?

Aristophanes: Ja, das hatte ich.

Demeas: Und warst du anschließend mit Demosthenes und dem Heer in Sizilien?

Aristophanes: Ja, das war ich.

Demeas: Bist du nach der Niederlage zusammen mit Eupolis durch Sizilien nach Catina geflohen, und hast du Eupolis im Verlauf der Flucht wiederholt das Leben gerettet?

Aristophanes: Ja.

Demeas: Und hat dir Eupolis auf der Flucht nicht freimütig gestanden, an der Schändung der Statuen beteiligt gewesen zu sein?

Aristophanes: Zweimal.

Demeas: Warum sagst du jetzt gegen einen Mann aus, dessen Leben du gerettet hast?

Aristophanes: Weil ich dies als meine Bürgerpflicht begreife.

Diesem ungewöhnlich langen und ausführlichen Kreuzverhör, das mindestens zehn Mystronen Wasser von Demeas' Zeit in Anspruch genommen hatte, können Sie nun selbst entnehmen, daß er diese Aussage für seinen schlagendsten Beweis hielt; normalerweise hätte Demeas selbst eine Zusammenfassung gegeben und Aristophanes nur zur eidesstattlichen Versicherung aufgerufen, doch in diesem Fall wollte er die Aussage so lange wie möglich zurückhalten, um den größtmöglichen Nutzen daraus zu ziehen. Mit diesem Vorgehen lag er goldrichtig, denn die Geschworenen saugten die Worte gierig auf. Mein Lebtag habe ich keine derartige Aufmerksamkeit für ein Kreuzverhör erlebt. Dramaturgisch betrachtet, war es geschickt durchgeführt. Ich spreche als Fachmann: Wenn es einem gelingt, etwas in einer neuen und schockierenden Art darzubieten, ruft es eine viel größere Wirkung hervor; und wenn es einem gelingt, den Geschworenen in einem Prozeß etwas in den Kopf zu setzen, dann werden sie einem höchstwahrscheinlich auch glauben, selbst wenn man zur Erhärtung seiner eigentlichen Argumente nichts aufzuweisen hat.

Mit seinen restlichen Zeugen verfuhr Demeas in der üblichen Weise, indem er ihnen den Eid auf ihre Aussagen abnahm. Dann ließ er das betreffende Gesetz verlesen und machte sich daran, die Beweisführung der Anklage abzuschließen. Seine Worte werde ich nie vergessen.

»Männer von Athen, stellt euch einmal folgende Frage«, begann er mit seiner Schlußrede. »Was ist ein Bürger? Was bedeutet es, ein Bürger dieser Stadt zu sein: durch unsere Straßen zu gehen, seine Stimme in der Volksversammlung abzugeben, seine Andacht in unseren Tempeln zu verrichten, seinen Dienst in unserem Heer zu leisten? Welchen Anteil haben wir an diesem gewaltigen Unternehmen, das wir Athen nennen? Es ist die Pflicht eines jeden Mannes, für seine Stadt zu kämpfen und nicht gegen sie. Seht euch doch einmal in unserer Stadt um. Seht euch die Langen Mauern an, die Themistokles zum Schutz der Getreideversorgung in Kriegszeiten errichtet hat, um uns für immer mit dem Meer zu verbinden. Seht euch das Rathaus an, das Solon gebaut hat, um unserer Demokratie ein Heim zu geben. Seht euch die neun Brunnen an, die Peisistratos und seine Erben angelegt haben, um Wasser in die Stadt zu bringen und Trockenheit und Pest zu besiegen. Seht euch die Mauern an, die unsere Vorväter hochgezogen haben, um die Perser am Eindringen zu hindern. Seht euch die Akropolis an, die Perikles erbaut hat, damit sie unsere Krone und unsere Festung sei. Seht euch alle diese Bauwerke an, die für alle Zeiten stehen werden, und denkt an die Männer, die sie hervorgebracht haben. Sie werden unvergessen bleiben; dennoch haben sie nicht mehr als ihre Pflicht getan, die, wie ich bereits gesagt habe, darin besteht, für ihre Stadt zu kämpfen. Und seht euch jetzt die ausgestorbenen Straßen an, in denen es früher ständig von jungen Männern wimmelte, und die verlassenen Häuser, in denen so viele Bürger lebten, die jetzt allesamt tot sind, verscharrt in namenlosen Gräbern auf der Insel Sizilien. Denkt daran, wer diese Entvölkerung verursacht hat, und vergeßt ihn nicht – den Mann, der durch seine furchtbare Gotteslästerung die Vernichtung über unser Heer und unsere Flotte gebracht hat. Das ist ein Mann, der nicht seiner Pflicht nachkam, ein Mann, der das genaue Gegenteil seiner Pflicht tat, indem er gegen seine Stadt kämpfte. Und jetzt, Männer von Athen, macht euch bereit, eure

Pflicht zu erfüllen, indem ihr für seine Verurteilung und Hinrichtung stimmt.«

Das sollte nun das Ende von Demeas' Rede sein, und es hätte auch einen guten Schluß ergeben und mich vielleicht das Leben gekostet. Aber wie es sich so traf, hatte Demeas sehr schnell gesprochen und war deshalb viel früher, als er erwartet hatte, am Ende seines vorbereiteten Texts angelangt. Kaum war er verstummt, gab die Wasseruhr eins dieser typischen Geräusche von sich, ähnlich einem gurgelnden Rülpsen, als wollte sie den Geschworenen damit sagen, dieser Redner biete ihnen ein zu kurzes Vergnügen, und Demeas begriff sofort, daß er vor einem kleinen Problem stand. Damals betrachtete man es nämlich als Kennzeichen eines guten Sprechers, daß er die ihm gewährte Zeit ganz genau auszufüllen verstand und die letzte Silbe in exakt dem Moment über die Lippen brachte, da der letzte Tropfen Wasser in die Schale fiel; andererseits wurde ein Mann, der zu früh zum Ende gekommen war, als nicht redlich und daher als Lügner betrachtet. Nach seiner in Gerichtssälen gesammelten Erfahrung wußte Demeas durch den bloßen Klang der Wasseruhr, wie weit sie noch gefüllt war, und begann also, aus dem Stegreif einen kurzen Schlußteil vorzutragen, um die überschüssige Zeit auszufüllen. Wenn ich aus dem Stegreif sage, übertreibe ich allerdings ein bißchen; mit dem beschriebenen Problem sind alle erfahrenen Redner vertraut und verfügen über kurze, zeitlich genau festgelegte und zu jedem Thema passende Textstücke, die genauso lange wie der Durchlauf von fünf oder zehn Mystronen oder jeder anderen Wassermenge dauern. Natürlich müssen sie diese Texte ständig ändern, da die Geschworenen sonst etwas aus früheren Reden wiedererkennen und mit Olivensteinen werfen könnten, doch im allgemeinen werden diese Schlußteile der Form und dem Inhalt nach eher im traditionellen Stil vorgetragen; im übrigen wird ein Redner von den *Ken-*

nern häufig gerade nach der Güte dieser einstudierten Teile beurteilt. Es wird nämlich behauptet, anhand der eigentlichen Rede könne man die Begabung eines Redners nicht einschätzen, da er möglicherweise einen wirklich schrecklichen Fall vortragen muß (was hinderlich für ihn ist) oder einen ganz phantastischen (was ihm einen ungerechten Vorteil verschafft). Aber der Schlußteil ist mehr oder weniger der eigentliche Maßstab und wird zum einen durch den Inhalt und die Darbietung bestimmt und zum anderen durch das Geschick, mit dem der Redner einen Bezug zur laufenden Verhandlung herstellt.

Demeas hielt also für den Bruchteil einer Sekunde inne und nahm dann seinen Schlußteil in Angriff, der wie folgt lautete:

»Nur eins bleibt noch zu sagen, Männer von Athen; auch auf die Gefahr hin, euch etwas mitzuteilen, das ihr schon sehr gut wißt, werde ich euch daran erinnern, warum dieses Verbrechen so furchtbar ist, und insbesondere daran, warum es so wichtig ist, es zu bestrafen. Diese Straftat ist ein Verbrechen an der Stadt, und jedes Verbrechen an der Stadt ist – im Gegensatz zu einem Verbrechen an einem einzelnen Bürger – natürlich ein Angriff auf die Demokratie als solche. Demokratie ist ein Zusammenschluß von Menschen, ähnlich einer Ehe, nur daß in der Demokratie alle Beteiligten gleich sind. In einer Demokratie hat der einzelne keine Gewalt über einen anderen, weil der Staat die Gewalt über alle besitzt. In einer Demokratie genießt jeder einzelne Freiheit, weil er sich bewußt dem Allgemeinwohl unterordnet, das wir als Staat bezeichnen. Sondert sich nun ein Bürger von der Allgemeinheit ab, entweder aktiv durch die Verübung eines Verbrechens am Staat oder auch passiv, indem er sich einfach in irgendeiner Hinsicht unterscheidet, dann verliert er seine Identität als Mitglied dieses Staates. Er verliert seinen Zweck, seine Funktion, seine Existenzberechtigung. Es ist, als wäre er bereits tot. Das ist auch der Grund, warum die Verbannung solch eine schreckliche Strafe ist – manche halten sie für schwerer als die eigentliche Hinrichtung. Ein derartiger Mensch ist wie eine vom Körper abgeschlagene Hand; durch dieses abgetrennte Organ fließt nicht mehr das Blut des Gemeinschaftslebens, und es wird auf diese Weise zu nicht viel mehr als zu einem Stück Fleisch, an dem die Hunde herumnagen können. Wir, die wir als Athener in der einzig wahren Demokratie der Welt leben, sind in Wahrheit zehntausend Körper mit einer einzigen gemeinsamen Seele.

Wenn sich also ein einzelner von der Allgemeinheit absondert, fügt sich dieser Mensch nicht nur selbst einen nichtwiedergutzumachenden Schaden zu, sondern er vergeht sich auch an uns und verdient deshalb die schwerstmögliche Bestrafung. Er hat sich an unserer geschlossenen Gemeinschaft vergangen; er hat sozusagen einen Stein aus den Mauern Athens gerissen, und schon das Entfernen eines einzigen Steins kann den Einsturz der gesamten Mauer bewirken. Hört ein Mann in jeder Beziehung auf, ein Athener zu sein, dann darf man ihm nicht gestatten, in Athen zu leben, ja nicht einmal, überhaupt noch zu leben. Wächst ein Mann wie ein Trieb in die falsche Richtung, muß man ihn abschlagen, bevor er die Menschen in seiner Umgebung nachteilig zu beeinflussen und in die Irre zu führen vermag, und zwar deshalb, weil in einer Demokratie allgemeine Übereinstimmung herrschen muß.

Im Fall dieses verachtenswerten Mannes hier, der alles, was in seiner Kraft stand, getan hat, um seiner Stadt den größtmöglichen Schaden zuzufügen, ist nun ganz leicht zu erkennen, was am meisten im Interesse der Stadt liegt. Doch das ist gar nicht der Punkt, um den es mir hier geht. Ich habe vielmehr die Sorge, daß sich einige von euch vielleicht sagen: ›Eupolis hat ein Unrecht begangen und wird bestraft, dafür werden meine Geschworenenkollegen schon sorgen. Aber die

Abstimmung ist schließlich geheim; in welche Urne ich meinen Kieselstein werfe, wird sowieso niemals jemand erfahren. Ich glaube, ich werde für seinen Freispruch stimmen; immerhin hat er den *Marikas* verfaßt.‹ Und das alles nur, weil dieser Mann Komödiendichter ist – und zwar ein guter, wie ich hinzufügen möchte – und vielen von euch mit seinen geistreichen Worten und aufsehenerregenden Chören großes Vergnügen bereitet hat. Diese Ansicht scheint lediglich eine harmlose Laune zu sein, und zweifellos werden einige von euch mit dem Gedanken gespielt haben, genauso abzustimmen. Aber denkt noch einmal darüber nach. Nicht nur diejenigen, die ein Unrecht begehen, und diejenigen, die sich gemeinsam mit ihnen verschwören oder ihnen dabei Vorschub leisten, sind in einer Demokratie schuldig und müssen bestraft werden, sondern auch diejenigen, die diese Übeltäter aus persönlichen oder eigennützigen Gründen verschonen. Da dieser Staat eine Demokratie ist, die auf dem Fundament der allgemeinen Übereinstimmung ruht und durch Einheit befestigt ist, können wir uns den Luxus persönlicher Motive nicht leisten. Wäre ich Mitglied in eurem Geschworenengremium und säße mein eigener Vater auf der Anklagebank, weil er sich eines Verbrechens an Athen schuldig gemacht hätte, ich müßte gegen ihn stimmen, obwohl mich sämtliche Erinnyen der Unterwelt für den Rest meines Lebens verfolgen würden. Das ist die schwere Bürde des Lebens in einer Demokratie; wir alle haben uns in ein Schema zu fügen oder müssen als unbrauchbar und gefährlich ausgesondert werden. Ich betone es noch einmal: Jeder, der für einen Freispruch stimmt, macht sich genauso schuldig, als hätte er das Verbrechen selbst begangen. Deshalb stimmt – und ich weiß, das werdet ihr auch tun – für die Verurteilung und den Tod; nur so können wir gemeinsam als Stadt das auf unseren Schultern lastende Miasma der Gotteslästerung dieses Mannes abschütteln.«

Kaum hatte Demeas seine Rede beendet, gluckerte die Wasseruhr ein letztes Mal, und im Gericht herrschte Totenstille. Ich wollte, ich könnte für Sie die vergnügten Mienen dieser Geschworenen einfangen. Demeas hatte eine gute Rede nach altem Muster gehalten, die aber mit diesen winzigen Prisen Neuem gewürzt gewesen war, die den Gaumen anregen. Jedermann wandte sich seinem Nachbarn zu und nickte, und ich hatte mich innerlich schon fast darauf eingestellt, daß sich die Geschworenen jeden Augenblick als Chor erheben und die Anapäste anstimmen würden. Doch selbst wenn ich Zeus und Dionysos und Pan, den Gott der Hirten und der Verwirrung, angerufen hätte und meine Gebete erhört worden wären, hätte ich mir keine nützlichere Rede wünschen können. Sie paßte haargenau zu dem, was ich vorbereitet hatte, und an der Rede, die ich wie eine schwangere Frau im achten Monat mit mir im Kopf herumtrug, wären nur wenige geringfügige Änderungen erforderlich. Als der Gerichtsdiener meinen Namen rief und mich aufforderte, meine Verteidigung vorzutragen, spürte ich, wie mir die Last der Angst von den Schultern fiel, als wäre ich ein Mann, der sich kein Maultier leisten kann und gerade einen schweren Korb voller Oliven absetzt, den er vom Land bis in die Stadt getragen hat. Ich stand auf, wartete, bis man die Uhr wieder gefüllt hatte, und hob mit meiner Rede an.

13. KAPITEL

Ich weiß nicht, wann mir in all den Jahren, in denen ich an Debatten teilgenommen habe, eine Rede mehr gefallen hat als die eben von Demeas gehaltene«, sagte ich. »Die hatte einfach alles, oder? Sie hatte eine klare Gliederung, Tempo, Stil und Abwechslung. Nur einen Kunstgriff hatte Demeas ausgelassen: ein paar Sklaven herumlaufen zu lassen, die kostenlos Haselnüsse verteilen. Sobald er ein Thema erschöpfend behandelt hatte, ging er unmittelbar zum nächsten über; aber die Richtungswechsel habt ihr gar nicht bemerkt, so geschickt hat er die Übergänge genommen. Die Rede schien zu fließen wie die Bäche in den Bergen, wenn im Frühjahr das Eis schmilzt. Im Grunde bewundere ich seine Rede so sehr, daß ich es einfach nicht fertigbringe, darauf zu antworten, denn das wäre eine schlimmere Schändung des Schönen und Heiligen als die, deren ich hier angeklagt bin. Deshalb werde ich es nicht einmal versuchen. Nicht ein Wort zu Demeas' Rede.

Aber ich will euch nicht um eure Unterhaltung bringen. Drei Obolen sind nicht gerade viel dafür, den ganzen Tag auf diesen kalten, harten Bänken sitzen zu müssen, insbesondere nicht für die älteren Männer unter euch, und ihr habt ein Anrecht darauf, euch von einigen kunstvollen Reden zerstreuen zu lassen. Deshalb werde ich meine Verteidigung schnell hinter mich bringen und die verbleibende Zeit mit ein paar Witzen, einem Lied oder dergleichen ausfüllen.

Nun sind wir hier alle erwachsene Menschen und

wissen, was gespielt wird. Ich spreche nicht zu einer Gruppe Kolonisten, die gerade von einem Weizenschiff kommen und die Propyläen für ein Schiff oder die Königshalle für einen Weinkeller halten. Ihr und ich, wir alle wissen, daß Demeas mich anklagt, weil er das Geld braucht, Aristophanes gegen mich ausgesagt hat, weil er zum einen ein undankbares Arschloch ist und zum anderen vor Demeas eine Heidenangst hat, und daß alle übrigen Zeugen für einen bar zu zahlenden Tageslohn von einer Drachme und für zwei später fällig werdende Scheffel Feigen angestellt sind. Wir wissen auch, daß ihr mich verurteilen werdet, weil ihr nach Sizilien Blut sehen wollt und sich Demosthenes und Nikias haben umbringen lassen, bevor ihr sie anklagen konntet. Jeder, der heute hier ist, vielleicht mit Ausnahme des rothaarigen Herrn in der zweiten Reihe von hinten, der nicht den allgemeinen Anstand besitzt, das Essen einzustellen, während ich hier um mein Leben rede, weiß außerdem, daß meine einzige Hoffnung, heil aus dieser Sache herauszukommen, darin besteht, euch eine verdammt gute Rede zu halten, damit ihr mich laufen laßt, um aller Welt zu beweisen, wie intelligent und zivilisiert ihr seid. Und dann werdet ihr euch irgendeinen anderen armen Kerl herausgreifen, der keine Witze reißen oder sich kunstvolle Redensarten ausdenken kann, um eure Blutgier an ihm zu stillen. Das ist es, Männer von Athen, was wir als Demokratie bezeichnen.

Eine Demokratie ist ein Rudel Wölfe ohne festes Leittier. Befinden sich viele Schafe in der Nähe, ist alles bestens, und die Wölfe gratulieren sich dazu, wie wunderbar ihre Wolfsdemokratie funktioniert, und bewilligen sich vielleicht alle bei Neumond eine zusätzliche Stunde Schlaf. Haben sie aber sämtliche Schafe gefressen, und haben sich die Schäfer zusammengetan, um sie mit Hunden und Schlingen aus ihren Schlupflöchern zu jagen, wenden sich die Wölfe gegeneinander und fressen die dicksten und die schwächsten. Dann stellen sie fest, daß die Wolfsdemokratie doch nicht ganz so ist, wie sie immer gedacht hatten; zwar gibt es immer noch diese geheimnisvolle Allgemeinheit, von der uns schon Demeas erzählt hat, doch die Allgemeinheit setzt sich aus den Wölfen zusammen, deren Stunde noch nicht gekommen ist. Natürlich dauert der Hunger an, genau wie der demokratische Prozeß. Ein demokratischer Prozeß funktioniert genau so lange, bis nur noch drei Wölfe übrig sind, von denen zwei den dritten überstimmen, um ihn fressen zu können. Dann bleiben nur noch zwei, und das ist eine Oligarchie.

Nun wäre das alles höchst lobenswert, wenn ihr über die Befriedigung eurer krankhaften Begierde nach menschlichem Blut hinaus etwas vom demokratischen Prozeß hättet. Aber ihr seht, der Vergleich mit den Wölfen hinkt, da ihr eure Opfer in Wirklichkeit nicht zu fressen bekommt; ihr zieht aus ihrer Tötung keinerlei Nutzen. Die einzigen Menschen, die dadurch einen Vorteil erlangen, sind Männer wie Demeas, die aus dem Verkaufserlös den Anteil des Spitzels erhalten. Jetzt werdet ihr mir sagen: ›Eupolis, du irrst dich wieder einmal. Dein gesamtes beträchtliches Vermögen wird eingezogen, und die Gewinne daraus fließen in den Staatssäckel. Wir haben dich gemästet, und jetzt werden wir dich eben umbringen.‹ Ja, mathematisch gesehen habt ihr recht. Die Kosten dieses Verfahrens belaufen sich auf... laßt mich mal kurz nachrechnen, fünfhundertundeins Richter zu drei Obolen pro Tag macht knapp zweihunderteinundfünfzig Drachmen. Ja, aus meiner Leiche wird der Staatssäckel einen viel höheren Betrag herausschlagen, selbst nachdem Demeas seinen Anteil erhalten hat. Als Methode, Einnahmen für den Staatssäckel zu erzielen, stellt der Justizmord die Hafengebühren weit in den Schatten.

Aber was veranlaßt euch zu glauben, daß auch nur

ein Obolos dieses Geldes zu eurem Nutzen verwandt wird? Mein Vermögen aufzuteilen, wobei so manche Drachme pro Mann herausspränge, das fände ich zugegebenermaßen recht und billig. Aber das wird nicht geschehen; vielmehr wird man das ganze Geld für den Krieg oder öffentliche Gebäude oder die Löhne von Gesandten oder das Anwerben von Söldnern oder auf irgendeine der aberhundert sonstigen Arten vergeuden, auf die eine Gemeinschaft von Menschen, wie ihr es seid, Geld verprassen kann, das sie nicht mehr als ihr eigenes betrachtet. Und welcher Vorteil wird euch daraus erwachsen, frage ich euch? Ihr braucht gar nicht zu überlegen, ich sage es euch: keiner. Nicht euch kommt das Geld zugute, sondern Athen. Und was ist dieses Gebilde, das wir Athen nennen? Auch das sage ich euch: Es ist ein riesiges Mißverständnis, das sich selbst erhält und in der Hoffnung fortgesetzt wird, daß es sich eines Tages von allein lösen wird.

Angefangen hat es folgendermaßen. Einst, vor langer, langer Zeit, als die Welt jung war und sich die Menschen ihren Lebensunterhalt noch auf ehrliche Weise verdienen mußten, zu einer Zeit, als die Gerichtshöfe noch nicht erfunden waren, kamen dort, wo heute der Marktplatz liegt, drei Schäfer zusammen. An der Stelle wuchs ein Feigenbaum, unter dessen Zweigen sie vor der Sonne Schutz suchten. Eines Tages jedoch starb der Feigenbaum ab, und deshalb schichteten die Schäfer, die sich an die Zusammenkunft an dieser Stelle gewöhnt hatten, einige Steine und Holzstücke übereinander, um sich selbst und ihren Herden einen künstlichen Schatten zu schaffen.

Nach einer Weile kamen auch andere Schäfer der Gegend vorbei, um sich in den Schatten des Steinhaufens zu setzen, und schon bald war nicht mehr für alle Platz. Also vergrößerte man den Haufen; und je größer er wurde, desto mehr Menschen kamen, um ihn sich zunutze zu machen. Der Steinhaufen wurde zu einem anerkannten Treffpunkt für den Handel und die Erörterung der Ernteaussichten mit anderen Menschen. Als nächstes entwickelte sich der Steinhaufen zu einem Markt, und ein Mann (an dessen Namen ich mich so auf Anhieb nicht erinnern kann; da erkundigt ihr euch besser bei Herodot) baute ein Haus, damit er gleich in der Nähe war, wenn morgens der Markt geöffnet wurde. Und ehe man sich's versah, stand eine kleine Siedlung da, und aus der Siedlung wurde ein Dorf, und das Dorf weitete sich zu einer Stadt aus. Das Problem war nur folgendes: Inzwischen lebten so viele Menschen in der Gegend, daß es für ihre Schafe kein Gras mehr zu fressen gab, und bald sahen die Menschen so dünn aus wie Peison, der Maler. Darum gaben sie das Schafehüten auf und bauten statt dessen Gerste an. Aber Gerste kann man erst anbauen, wenn man weiß, welches Stück Land einem selbst und welches jemand anderem gehört, und deshalb sah man sich zur Erfindung des Eigentums gezwungen; verfügt man aber erst einmal über Eigentum, muß man auch Gesetze haben, also kamen als nächstes die Gesetze. Das brachte einen natürlich in Konflikt mit den Menschen, die nicht in der Stadt wohnten und deren Land man allmählich einnahm (weil nicht genügend da war), und von daher ergab sich die Notwendigkeit, den Krieg zu erfinden.

Und so tauchten nacheinander aus dem Nichts alle diese Dinge wie Krieg und Gesetze und Eigentum auf, ähnlich verloren geglaubten Verwandten, wenn ein Testament angefochten wird; und bald gab es Werften und Archonten und Steuern und Strafverfolgungen aufgrund von Gesetzesverstößen und Spitzel und Politiker und Straßenkämpfe und Ostrakismos und Philosophen und die Pest und Tilgungshypotheken und Redekunst und Grenzsteine und Polizeibeamte und den Schierlingsbecher und Trockenfisch und Solon und die oligarchische Bewegung und den Staat und Silbergeld und Redensarten und den Bürgerkrieg und Geschworenendiäten und die Marktaufseher und das Theater und Gesandte und rote Seile für die Volksversammlung und alle weiteren herrlichen Zutaten, die den zusammengekochten Eintopf ausmachen, den wir als athenische Demokratie bezeichnen. Und niemand konnte sich erinnern, wo alle diese Menschen hergekommen waren und was sie dort verdammt noch mal zu suchen hatten, und niemand wollte sie haben oder wußte, wie er mit ihnen fertigwerden sollte; deshalb gründete man einen Ausschuß kluger Männer unter Vorsitz des Archon Basileus, um über die nächsten notwendigen Schritte zu entscheiden.

Die Ausschußmitglieder saßen nun zusammen und redeten und stritten sich und stimmten ab und klagten sich gegenseitig an, doch zum Schluß mußten sie einander eingestehen, daß sie der Wahrheit noch immer keinen Schritt näher waren als zu Beginn ihrer Sitzungen. Je länger sie darüber nachdachten, desto schwieriger wurde das Problem, und bald war davon die Rede, mit der ganzen Sache aufzuhören und geschlossen nach Sardinien auszuwandern.

Doch gerade als die Ausschußmitglieder wieder einmal kurz vor Handgreiflichkeiten standen, kam jemandem ein glänzender Einfall. Auch an dessen Namen kann ich mich nicht erinnern, aber ich bin sicher, ihr wißt, wen ich meine. Jedenfalls wurde diesem begabten Menschen klar, daß die Ausschußmitglieder – um aufgrund des Scheiterns an ihrer Aufgabe selbst eine Anklage und Verurteilung zum Tode zu vermeiden – lediglich zu behaupten brauchten, es sei eine riesige Verschwörung im Gange. Dann mußten sie nur noch ein paar unbeliebte Männer vor Gericht bringen und gleichzeitig Sparta den Krieg erklären.

Natürlich funktionierte das fabelhaft, und an dieses Rezept haben wir uns – mit geringfügigen Änderungen – seither immer gehalten. Die Verschwörung gegen die Statuen, Männer von Athen, ist nichts Neues; es ist dieselbe Verschwörung, wegen der man schon Blut und Wasser geschwitzt hat, als auf dem Parnes der Großvater meines Großvaters Ziegen hütete. Sicher, die Verschwörer wechseln, aber die Verschwörung wird fortgeführt. Sie zielt auf die Vernichtung der wahren Demokratie in Attika ab und ist so gewaltig, daß jeder einzelne von euch darin verwickelt ist. Es ist eine Verschwörung der Menschheit, um die Menschheit zu versklaven, und diese Verschwörung nennen wir Athen.

Glaubt bitte nicht, ich zöge irgendeine andere Regierungsform vor. Von einem Menschen zu erwarten, die Befehle eines anderen Menschen zu befolgen, ist unmenschlich, gleichgültig, ob es sich bei dem Betreffenden um einen König oder einen Tyrannen, einen Oligarchen oder ein Adligen, ein reichen Mann oder einen Soldaten handelt. Stellt euch nur einmal vor, wie es wäre, wenn Athen von einem Tyrannen regiert würde, wie es zu Peisistratos' Zeiten war, als man die neun Brunnen angelegt, die Silbergruben eröffnet und das Ödland mit Olivenbäumen bepflanzt hat. Es gäbe Steuern und Einschränkungen der Redefreiheit und endlose Kriege und aus den Fingern gesogene politische Prozesse und alle diese Dinge. Zugegeben, die haben wir auch in unserem demokratischen System, aber wenigstens wissen wir, daß sie demokratisch eingeleitet worden sind. Das ist wie damals bei den thebanischen Soldaten, wenn sie einen nächtlichen Kampf führten und eine Gruppe Thebaner ziellos mit Pfeilen umherschoß und die eigenen Männer traf. Und die Soldaten auf der spitzen Seite der Pfeile waren in großer Bedrängnis und wußten nicht, was sie tun sollten, bis ein scharfsinniger Mann seinem Freund den Pfeil aus dem Bauch zog, sich die Federn am Ende des Schafts betrachtete, erleichtert lächelte und sagte: ›Keine Angst, Kamerad, das ist einer von unseren.‹

Dennoch liegt eine schreckliche sokratische Logik darin, was ihr euch … ich meine, was wir uns gegenseitig antun, oder sollte ich lieber sagen, was wir uns selbst antun? Tatsache ist: Die Athener haben sich selbst in böse Schwierigkeiten gebracht. Die erforderliche Maßnahme lautet: Jemand muß *bestraft* werden. Es müssen also *Athener* bestraft werden. Folglich müssen *wir* einige Athener bestrafen. Solche Folgerungsketten könnte ich endlos fortsetzen. Ihr wißt, was ich meine: Wenn man etwas nicht verloren hat, muß man es noch besitzen. Ihr habt keine Hörner verloren, folglich habt ihr immer noch Hörner. Da ist ein Pferd – es gehört euch nicht. Da ist ein Pferd, das euch nicht gehört. Folglich gehört euch *kein* Pferd. Befindet sich ein Mensch in Megara, befindet er sich nicht in Athen. In Megara befindet sich ein Mensch. Folglich befindet sich in Athen *kein* Mensch. Es muß jemand bestraft werden. Eupolis ist jemand. Folglich muß *Eupolis* bestraft werden. Wenn man es in ein Faß füllt und trägt, läuft Wasser auch bergauf.

Bleib beim Thema, Sohn des Euchoros, und versuch nicht, uns schlau zu kommen. Aber, Männer von Athen, was wollt ihr überhaupt von mir? Weshalb habt ihr mich, der nie etwas anderes getan hat, als Theaterstücke zu schreiben, eure Feinde anzugreifen und für euch gegen die Sizilianer zu kämpfen, vor Gericht gestellt? Sei nicht albern, Eupolis, du weißt ganz genau, was wir von dir wollen. Wir wollen Blut und Komödien sehen – aber nicht unbedingt in dieser Reihenfolge.

Wie wäre es, wenn ich euch erzählte, was eine Demokratie ist, und ihr mir dann mitteilen würdet, ob ein Mann, der sie zu vernichten versucht, wie es nach Demeas' Worten auf mich zutrifft, zu sterben oder mit einem Standbild geehrt zu werden verdient, so wie wir Harmodios und Aristogeiton ehren, die den Tyrannen umgebracht haben? Ist das eine angemessene Art, die Zeit zu vertreiben, bis diese komische Wasseruhr dort drüben endlich versiegt und es so weit ist, die Stimmsteine in den Schlitz zu werfen? Also, ich finde schon, und immerhin bin ich derjenige, der vor Gericht steht. Wenn euch das nicht paßt, wißt ihr ja, was ihr tun könnt.

Demokratie ist eine Staatsform, in der man großen Menschen die Füße abschneidet, damit sie die gleiche Größe wie alle anderen haben, und dann behauptet, alle seien gleich. Demokratie ist eine Möglichkeit, Sachverhalte so vorzutragen, daß einem die Menschen das glauben, was man abstreitet, und nicht glauben, was man behauptet. Sie ist ein Geisteszustand, in dem man jeder Verleumdung eines Menschen Glauben schenkt, so unglaublich sie auch sein mag, ihm aber nichts Gutes zutraut, selbst wenn man ihn mit eigenen Augen dabei beobachtet. Eine Demokratie ist ein Ort, an dem der Lohn für gute Taten im Tod durch den Schierlingsbecher besteht und die Strafe für begangenes Unrecht mit einer Pension und einer Statue auf dem Markt belohnt wird. Demokratie ist ein Rechensystem, in dem der größte gemeinsame Nenner gleichzeitig den kleinsten gemeinsamen Faktor darstellt und in dem zwei und zwei immer fünf ergibt – nämlich vier plus einen für die Bestechung des zuständigen Beamten. Eine Demokratie ist eine Stadt, in der die einzige Voraussetzung für die Ausübung von Macht darin besteht, sie ausüben zu wollen, und in der gerade die Menschen, die dazu bereit sind, unter allen Umständen daran gehindert werden sollten. Demokratie ist ein System, in dem jeder lesen kann, aber keiner etwas versteht; in dem sich niemand auf eine ordentliche Mahlzeit verlassen kann, wenn er Hunger hat, dafür aber auf ein Staatsbegräbnis, wenn er im Kampf fällt. Demokratie ist ein System, zu dem jeder etwas beisteuert, von dem jedoch keiner etwas zurückerhält. Sie ist ein System, in dem zwar ein kluges Wort zur rechten Zeit mehr Schaden anrichten kann als König Xerxes' Heer, aber eine gute Absicht der kürzeste Weg in den Kerker ist. Eine

Demokratie ist eine Stadt, in der ein Montag durch die Stimmenmehrheit der Bürger zu einem Dienstag gemacht werden kann, und in der Schwarz Weiß ist, wenn es genügend Menschen so wollen. Demokratie ist eine Möglichkeit, das eigene Leben in geregelte Bahnen zu lenken, wobei man zwar nicht weiß, wo die nächste Mahlzeit herkommt, dafür aber die Heerführer hinrichten lassen kann, wenn man hungert. Demokratie ist das Erntedankfest von Kannibalen, wobei alle das Menschenmögliche tun, um die Hand zu ernähren, in deren Würgegriff sie sich befinden. Eine Demokratie ist eine Theorie der Logik, nach der alles Schlaue der Wahrheit entspricht, alles Wohlschmeckende gut für einen ist, alles, was sich im Besitz eines anderen befindet, auch einem selbst gehört und alles, was einem selbst gehört, in Gefahr ist, eingezogen zu werden. In einer Demokratie haben die impotenten alten Männer das Recht, vor den gutaussehenden jungen Burschen mit den hübschen Mädchen zu schlafen, und alle anderen haben das Recht, Steuern zu bezahlen. In einer Demokratie – und nur in einer Demokratie – kann ein Mann wegen eines Schwerverbrechens vor Gericht gestellt werden, das er überhaupt nicht begangen hat, doch wenn er wirklich schlau ist, kann er durch lautstarke Beschimpfungen der Geschworenen davonkommen.

Am heutigen Tag ist in Athen wenigstens ein Kind geboren worden. Es wird als Bürger der größten Demokratie aufwachsen, die die Welt je gesehen hat. Wenn es nicht im Krieg oder durch die Richter umkommt, erlebt es noch das Ende der Demokratie in unserer Stadt mit – denn obwohl das vielen Menschen das Leben kosten wird, wird sie zu einem Ende kommen und wahrscheinlich durch etwas noch Schlechteres ersetzt werden. Doch solange sie besteht, wird sich die Demokratie auf dieselbe Art fortsetzen wie seit jeher. Ihr alle wißt über die mythischen Ungeheuer mit den Löwenköpfen, Ziegenkörpern, Greifenschwänzen und Kamelhufen Bescheid, die in den alten Zeiten von den Helden getötet wurden. Der Mann, der die Demokratie in Athen vernichtet, wird ein Ungeheuer töten, das sich folgendermaßen zusammensetzt:

Zunächst hat es einhundert Ohren, allesamt auf der linken Seite des Kopfs. Dadurch ist es imstande, Dinge zu belauschen, die es nicht hören soll, und gerade diese Dinge glaubt es. Was ihm die Menschen sagen, kann es nicht hören, aber das würde es sowieso nicht tun, selbst wenn es dazu in der Lage wäre. Das Ungeheuer verfügt über zehntausend Mäuler, die alle gleichzeitig reden und von denen jedes einzelne dreimal am Tag gefüttert werden muß. Sie spucken oft große Töne, beispielsweise dann, wenn sie sich für das kostenlose Verteilen von Getreide aussprechen, was sich die Stadt zwar nicht leisten kann, was aber Wählerstimmen bringt. In diesen Mäulern sitzen viele lange, spitze Zähne wie die einer Natter; für das Beißen und Töten von Menschen sind sie wie geschaffen, aber zum Zerkleinern von Nahrung und dem verbissenen Durchkauen von Tatsachen kann man sie nicht gebrauchen. Der Kopf besitzt keine Augen, dafür jedoch einen äußerst feinen Geruchssinn. Demzufolge sieht das Ungeheuer nicht, wohin es geht oder geführt wird, ist nicht in der Lage, seine Freunde zu erkennen und seinen Feinden aus dem Weg zu gehen, aber eine Verschwörung riecht es noch tausend Meilen gegen den Wind.

Dieser ungewöhnliche Kopf thront auf einem gewaltigen Hals, der ständig in einem bestimmten Winkel nach hinten gebogen ist. Das ermöglicht dem Ungeheuer zu sehen, was die Menschen treiben, und diesem Treiben ein Ende zu bereiten, bedeutet aber auch, daß das Ungeheuer nicht sieht, was es selbst tut. Der Hals endet in breiten Schultern, auf die eine Menge skrupellose Individuen einige sehr schwere Körbe voller Eigeninteressen geladen haben. Diese Körbe sind bis zum Rand mit Kriegsschiffen, Pfeilen und Rüstungen gefüllt, und ihr Gewicht verbiegt langsam aber sicher das Rückgrat des Ungeheuers, so daß es nicht mehr richtig atmen kann, und wird ihm schließlich den Hals brechen.

Unter den Schultern befindet sich der gewaltige Bauch des Ungeheuers, in den sämtliche Bodenerzeugnisse der Welt wandern; da er jedoch über keine Verdauungsorgane verfügt, werden alle die guten Sachen, die durch die zehntausend Mäuler hereinkommen, direkt durch den riesengroßen Hintern wieder ausgeschieden und bringen niemandem irgendeinen Nutzen. Aus diesem Grund leidet das Ungeheuer an einer ständigen Magenverstimmung, die ihm die Laune verdirbt. Hinter dem Bauch befindet sich der riesigste Hintern, den man je gesehen hat, und der läuft in einen zottigen langen Schwanz aus. Das Ungeheuer verbringt eine Menge Zeit damit, auf diesem Schwanz zu stehen; das heißt, wieviel Kraft es auch für den Versuch vorwärtszugehen aufbietet, es kommt normalerweise keinen Millimeter von der Stelle.

Das immense Gewicht des Ungeheuers wird von zwei spindeldürren Beinen, genannt die Langen Mauern, getragen, an deren Ende rasiermesserscharfe Krallen sitzen. Diese Krallen werden als Volksversammlung und Gerichtshöfe bezeichnet und vom Ungeheuer zum Ergreifen der Beute eingesetzt. Aufgrund der Schwierigkeiten, die das Ungeheuer mit der Fortbewegung hat, kann es jedoch nie schnell genug laufen, um irgend etwas zu fangen, und muß deshalb mit nur zwei Nahrungsquellen vorliebnehmen. Bei der einen handelt es sich um einen großen ranzigen Eintopf, der noch aus der Zeit stammt, als ein Mann namens Kimon eine Horde Perser quer durch Kleinasien verfolgte, sie entkommen ließ und sich statt dessen daranmachte, Griechen einzufangen. Alle gefangengenommenen Griechen warf er in den Eintopf, und von ihnen hat sich das Ungeheuer seither ernährt. Doch der Eintopf allein genügt nicht, um das Ungeheuer am Leben zu erhalten, darum schneidet es sich als Ergänzung seiner Ernährung Stücke aus dem eigenen Fleisch heraus und verzehrt sie. Für diesen Zweck benutzt es manchmal die Kralle namens Volksversammlung und manchmal die mit der Bezeichnung Gerichtshöfe. Die Wunden, die es sich auf diese Weise reißt, verheilen gewöhnlich nicht mehr.

Das Ungeheuer bildet den Mittelpunkt einer langen und komplizierten Nahrungskette, deren Fortbestand von ihm abhängt. Zum Beispiel ist das Ungeheuer über und über von Parasiten befallen: von Spitzeln, Politikern, Söldnern, ausländischen Regierungen und einer ganzen Menge Flöhe. Zudem gibt es viele Aasfresser, die dem Ungeheuer auf Schritt und Tritt folgen, um die unverdauten Leckerbissen aus seinen Exkrementen zu picken. Unter diesen seien die Spartaner, die Perser und die Einwohner der meisten übrigen griechischen Staaten genannt – diejenigen, die nicht von dem berühmten Kimon in den Eintopf geworfen wurden.

Wegen ihrer eigenartigen Biologie – Lebenszyklus kann ich es nicht nennen, weil das Ungeheuer nichts hervorbringt; es frißt die eigenen Kinder –, hat diese Kreatur auf ihre Umwelt einen schädlichen Einfluß. Zum Beispiel vergiftet, zertrampelt und verwüstet sie überall auf der Welt gutes Ackerland, besonders aber in Attika. Sie verunreinigt auch das Meer, indem sie Hunderte von Kriegsschiffen aufs Wasser setzt, die darauf herumfahren, Städte niederbrennen, den Handelsverkehr beeinträchtigen und schließlich von feindlich gesinnten Völkern versenkt werden. Der Gestank unbegrabener Leichen, verfaulender Nahrungsmittel, ungerechter Beschuldigungen und brodelnder Gerüchte, der das Ungeheuer umgibt, ist so ekelhaft, daß er bis zu den Nasen der Götter selbst zieht, die von Zeit zu Zeit eine Seuche schicken, in dem Bemühen, das Ungeheuer umzubringen, oder seine

Flotte versenken oder sein Heer vernichten. Doch durch diese Methoden ist das Ungeheuer nur sehr schwer zu töten, und bevor es nicht die letzten Reste von Kimons Eintopf aufgegessen oder von den sich selbst zugefügten Wunden Brand bekommen hat, wird es nicht verhungern oder an einer Krankheit sterben. Die größte Bedrohung für sein Leben stellt es somit vorläufig selbst dar; sollte jedoch ein Mensch geboren werden, der alle die furchteinflößenden Geschichten über die Unbesiegbarkeit des Ungeheuers nicht glaubt – zum Beispiel ein Sizilianer –, könnte er es leicht töten, indem er ihm einen großen, fetten und mit Lügen vergifteten Käse zu fressen gibt oder ihm mit sämtlichen Schiffen, die er im Laufe des Kriegs vom Ungeheuer erbeutet hat, den Hintern hochfährt. Und obwohl das Ungeheuer sich vortrefflich auf das Beschädigen von Gegenständen versteht, verfügt es bis auf zwei lange Mauern, die ihm als Beine dienen und die es mit dem Meer verbinden, über keinerlei Verteidigungswaffen. Sind diese Mauern erst einmal eingerissen, kann das Ungeheuer nicht mehr aufstehen und wird vor Hunger, Verwahrlosung und Verzweiflung sterben. Sein Fett wird verfaulen, und wenn ihm von den Schwärmen peloponnesischer und asiatischer Krähen, die immer über ihm kreisen, der letzte Fleischfetzen von den Knochen gezogen worden ist, kann es sein, daß ein paar fleißige attische Bauern in den Schatten seines Brustkorbs kriechen, um sich behagliche Häuser zu bauen und zu versuchen, Gerste anzupflanzen. Ob sie damit aber Erfolg haben werden oder nicht, kann ich unmöglich sagen; denn obwohl jahrelang niemand den Boden bearbeitet hat, kann er durch das ganze Blut, das Silber und die Exkremente, die in den letzten etwa einhundert Jahren aus den Poren des Ungeheuers gesickert sind, verseucht und somit vollkommen unfruchtbar geworden sein.

Selbstverständlich gibt es noch eine ganz andere

Möglichkeit, mit dieser Kreatur fertig zu werden. Wir, die Männer von Attika, könnten das Ungeheuer jedem der Götter opfern, der zermürbt genug ist, ein derartiges Opfer anzunehmen, seinen ausgeweideten Rumpf zerlegen und ihn auf die Demen verteilen, für jeden die gleiche Menge Fett. Davon könnten wir dann leben, bis unsere Weinstöcke und Ölbäume wieder Früchte trügen. Diese Methode dürfte Erfolg zeitigen; immerhin hat sie schon einmal Erfolg gezeitigt – zu Peisistratos' Zeiten. Doch damals war ein Tyrann erforderlich, um das Ungeheuer zu bezwingen, und obwohl er glaubte, es umgebracht zu haben und den Kadaver an seine Söhne weitergeben zu können, damit sie ihn in Ruhe zerlegten, war die Bestie gar nicht tot; sie hob den Kopf und verschlang die Söhne des Tyrannen mit zwei gewieften kleinen Mäulern namens Harmodios und Aristogeiton, und ein Mann namens Kleisthenes nähte alle Teile wieder zusammen. Übrigens behielt der Tyrann den Großteil des Fleisches für sich und seine Busenfreunde. Wenn ihr, Männer von Athen, die Bestie abschlachtetet und ihr Fleisch in eure Dörfer auf dem Land mitnähmt, wäre das ihr Ende, und wir alle könnten für immer ein glückliches Leben führen.

Aber ihr werdet natürlich nichts dergleichen tun, oder? Nein, ihr werdet für schuldig stimmen – wie immer; danach werdet ihr nach Hause gehen, tief und fest schlafen und ungestört träumen – wie immer; am nächsten Tag werdet ihr dann aufwachen und in die Volksversammlung gehen – wie immer; ihr werdet einer Rede lauschen, in der man euch vorschlägt, eine Flotte zur Eroberung des Monds auszusenden – wie immer; und diese Flotte wird vernichtet werden, und mit ihr dreißigtausend Mann – wie immer; daraufhin werdet ihr irgendeinen unschuldigen kleinen Mann hinrichten, bloß weil er während der heiligen Hymne gehustet hat – wie immer; dann werdet ihr euch fragen, warum euch die Götter mehr hassen als den Styx – wie immer; ihr werdet jemand anderen dafür hinrichten, die Götter erzürnt zu haben – wie ihr es schon immer getan habt und immer tun werdet –, bis der König von Sparta oder der Großkönig von Persien kommt und euch alle gefährlichen Spielsachen wegnimmt. Und dann, wenn ihr alt und verkrüppelt seid, werdet ihr euren Enkeln erzählen, in Athen habe es einmal eine Demokratie gegeben, und in jenen Tagen sei mitten auf den Straßen ein klebriger breiter Strom Honig geflossen, und ihr hättet euch bloß einen Brotkanten greifen, hinausgehen und den Honig damit aufwischen zu brauchen. Aber die Spitzel und die Krawalle und den Krieg und die Pest und die Gerichtsverhandlungen gegen unschuldige Männer und die Unmenge Blut, die man sich für drei Obolen kaufen konnte, die werdet ihr vergessen haben. Dann werden die Dichter und Geschichtsschreiber sagen, im Goldenen Zeitalter Athens habe eine Demokratie bestanden, wie sie die Menschheit nie wieder erblicken werde, in der alle Menschen gleich gewesen seien und selbstlos zum Wohl des Staates zusammengearbeitet hätten. Und was, glaubt ihr, wird dann geschehen? Nun, Dummköpfe, die wünschten, sie könnten auch eine so vollkommene Demokratie haben wie die, die einst in Athen in Attika bestanden hat, wird es immer geben, und sie werden Bürgerkriege führen und sich gegenseitig umbringen und die Mauern ihrer Stadt mit ihrem Blut dunkel färben, im Namen von Demokratie und Freiheit und den unveräußerlichen Rechten der Menschheit. Wie sie es immer tun, Männer von Athen, wie sie es immer tun werden, bis jemand aufsteht und diesem Unsinn ein für allemal ein Ende bereitet.

Einst herrschte ein Tyrann über Athen, und sein Name war Peisistratos. Durch einen Staatsstreich riß er die Macht an sich und schaffte die Demokratie ab.

Er erhob eine Steuer und finanzierte mit den Einnahmen die Anpflanzung von Rebstöcken und Olivenbäumen in Attika, damit die Einwohner Athens in Zukunft über Ernteerträge zum Verkaufen verfügten und das Mehl erwerben konnten, das sich nicht für den Eigenbedarf anbauen ließ. Eine Zeitlang waren alle glücklich, und der Tyrann starb. Ihm folgten seine Söhne, und sie versuchten, seine Arbeit fortzusetzen; aber zu essen hatten die Menschen von Athen mittlerweile, und jetzt stand ihnen der Sinn nach Unterhaltung. Deshalb wurden sie der Söhne des Peisistratos überdrüssig und wollten sie loswerden; doch die Waffen zu ergreifen, dazu waren sie zu feige. Einem der Söhne des Tyrannen gefiel ein hübscher Junge namens Aristogeiton; doch Aristogeiton hatte einen Freund namens Harmodios, der krankhaft eifersüchtig war. Also ermordeten Harmodios und Aristogeiton gemeinsam den Sohn des Tyrannen, und zwar auf besonders feige Weise: Sie warteten bis nach dem Fest, versteckten Dolche in ihren Lorbeerkränzen und brachten den Sohn des Tyrannen um, als er vorbeikam. Nachdem man die gefährliche Arbeit für sie erledigt hatte, da entbrannte in den Herzen der Athener die Freiheitsliebe, und sie schüttelten das Joch der Tyrannei von sich ab. Als erstes errichteten sie eine Statue für den berühmten Harmodios und den gefeierten Aristogeiton, die wir heute als Tyrannenmörder verehren. In dieser Art und Weise zeichnen wir Männer aus, die uns aus Versehen befreit haben und von einem niederen Beweggrund getrieben wurden. Wie würden wir denn Männer auszeichnen, denen es einzig und allein darum ginge, uns zu befreien?

Na, so was, da hat mich doch gerade die Wasseruhr angegluckert und mich darauf aufmerksam gemacht, zu meinen Schlußbemerkungen zu kommen, und dabei habe ich noch nicht einmal mit meiner Verteidigung angefangen. Deshalb glaube ich, das einzige, was ich in der mir noch zur Verfügung stehenden Zeit tun kann, besteht darin, meine Verteidigung zu ändern und mich schuldig zu bekennen. Ja, Männer von Athen, ich gestehe. Ich habe tatsächlich die Statuen zertrümmert, genau wie es Demeas und Aristophanes, der Sohn des Philippos, behaupten (obwohl das, unter uns gesagt, purer Zufall ist). Ich habe die Statuen zertrümmert, und zwar mit dem kaltblütigen und wohlbedachten Vorsatz, die Demokratie zu stürzen, weil ich in der Erinnerung als der wahre Harmodios weiterleben will, als der Mann, der Athen befreit und der Stadt Gesetze gegeben hat, vor denen alle Menschen gleich sind. Denn wie Harmodios werde ich niemals gänzlich sterben, sondern für alle Ewigkeit auf den Inseln der Seligen leben. Sagt dies nicht das Lied, Männer von Athen, das eine Lied, das jeder Athener kennt? Ich möchte, daß ihr mich für schuldig erklärt, ich bitte euch, mich für schuldig zu erklären; bitte, bitte, stimmt für schuldig, damit ich zum Märtyrer werde und eine Statue auf dem Marktplatz und ein ganz eigenes Trinklied bekomme. Bitte, bitte, schickt mich in den Kerker, wo ich den Schierlingsbecher trinken kann, den schon viel bessere Männer als ich aus weit schlimmeren Gründen getrunken haben. Ich flehe euch an, Männer von Athen, nicht nur meinetwegen, sondern auch um meiner Frau und meines kleinen Sohns willen, stimmt für schuldig und verurteilt mich zum Tode, denn in dem Fall verurteilt ihr nicht nur euch selbst und eure Kinder, sondern sämtliche Demokraten in ganz Attika, und dann werde ich keine rächenden Erinnyen mit Fackeln und ausgefallenen Kostümen brauchen, die einem Chor von Aischylos entsprungen zu sein scheinen. Gebt also eure Stimmen ab, Männer von Athen; stimmt für schuldig, genau wie es Demeas gefordert hat. Und denkt daran: Keiner von euch, der für unschuldig stimmt, ist ein wahrer

Athener, sondern ein Feind unserer Demokratie und all dessen, wofür sie steht.«

Und das war meine Rede.

Als ich fertig war, herrschte Totenstille, und als einziges Geräusch war das Gluckern der Wasseruhr zu hören. Dann begannen alle auf einmal miteinander zu tuscheln und den Kopf zu schütteln, als wäre gerade etwas höchst Eigenartiges geschehen und als könne sich niemand recht entscheiden, ob er eben zum Zeugen eines Wunders oder irgendeiner niederträchtigen Gemeinheit geworden war. Der Gerichtsdiener, der einen äußerst verwirrten Eindruck machte, erhob sich langsam von seinem Platz und wies die Geschworenen an, ihre Stimmen abzugeben.

Nun kommt es normalerweise zu einem wilden Ansturm auf die Urnen, bei dem jeder schiebt und drängelt, dem anderen auf die Zehen tritt und seinen Stimmstein verliert; doch diesmal schien es so, als wolle niemand als erster die Stimme abgeben; jeder wartete darauf, daß ein anderer den ersten Schritt unternahm, und der Gerichtsdiener verlor die Geduld und wiederholte die Aufforderung. Da zog sich der alte Mann, von dem ich Ihnen vorhin erzählt habe, an seinem Spazierstock hoch und hinkte zu den Urnen hinüber. Als sein Stimmstein hineinfiel, waren ein Kullern und ein leises Plumpsen zu hören, und zumindest in seinem Fall war es nicht schwer zu wissen, wofür er gestimmt hatte. Durch den Klang eines Steins, der eine Rutsche hinunterfiel, war der Bann offensichtlich gebrochen, denn nun gab ein Geschworener nach dem anderen seine Stimme ab, bis der Gerichtssaal von den Geräuschen herabfallender Steine erfüllt war, ähnlich dem Prasseln des Regens auf ein Flachdach.

Aus irgendeinem Grund war ich kein bißchen aufgeregt. Aber glauben Sie nur nicht, ich wäre hinsichtlich des Abstimmungsergebnisses in irgendeiner Beziehung zuversichtlich gewesen; ich hatte keinen blassen Schimmer, ob sich mein riskanter Versuch auszahlen würde oder nicht. Mein ganzes Vertrauen hatte ich auf einen der ältesten Tricks aller Komödiendichter gesetzt – nämlich auf die heftige Beschimpfung des Publikums. Doch hatte ich diesen Trick häufig genug mißlingen sehen, um zu wissen, daß er etwa so sicher ist wie das Überqueren einer wackligen Brücke auf dem Land. Dennoch war ich vollkommen ruhig, und das kann ich mir nur damit erklären, daß mir das Urteil, ob es nun so oder so ausfiel, vollkommen gleichgültig war. Dabei handelte es sich aber nicht um jene Gleichgültigkeit, die ich noch auf Sizilien oder damals während der Pest verspürt hatte, also nicht um dieses Gefühl, ewig zu leben – ich nehme an, das hatte ich in diesem Moment endgültig verloren. Nein, es war eher ein Gefühl der Zufriedenheit, weil ich genau das getan hatte, was ich mir vorgenommen hatte. Ich hatte den großen Witz gerissen, war damit zufrieden und wußte, daß er gut war, und ob nun irgend jemand darüber lachte oder nicht, spielte für mich selbst eigentlich keine große Rolle. Obwohl ich ein Mann bin, der selten über Witze und praktisch nie über die eigenen lacht, kringelte ich mich innerlich vor Lachen. Dieser Augenblick war sozusagen die Pointe meines Lebens, und ich hatte sie nach besten Kräften zu Gehör gebracht. Falls die Zuhörer den Witz nicht verstanden hatten, dann war das allein ihrer eigenen Dummheit zuzuschreiben.

Inzwischen waren alle Stimmen abgegeben, und die Auszähler hatten einiges zu tun. Sie zählten, und dann zählten sie noch einmal nach, und schließlich hielten sie Rücksprache mit dem Archon, der ihnen auftrug, die Stimmen ein drittes Mal auszuzählen. Und jetzt prustete ich laut los, da sich offensichtlich die unsterblichen Götter an meinem Witz beteiligten und ihm eine ganz persönliche Note hinzufügten, um ihn unübertroffen komisch zu machen. Schließlich war der Archon zufrieden und nickte dem Gerichtsdiener zu, der sich räusperte und sich vom Platz erhob.

»Die Auszählung der abgegebenen Stimmen ergibt folgendes Resultat«, verkündete er. »Auf ›schuldig‹ entfielen zweihundertundfünfzig Stimmen, auf ›nicht schuldig‹ zweihundertundeinundfünfzig Stimmen. Der Angeklagte ist somit freigesprochen.«

Für einen Augenblick herrschte verblüfftes Schweigen; dann erhob sich ein derartiges Geschnatter, wie man es nur nach einem schweren Unfall zu hören bekommt oder wenn jemand irgendwen auf der Straße umgebracht hat. Ich für meinen Teil nickte den Geschworenen zu, sagte: »Recht herzlichen Dank«, und ging völlig überwältigt aus dem Gerichtssaal hinaus. Doch als ich schon fast das Portal erreicht hatte, stand eine vertraute Gestalt auf und versperrte mir den Weg. Für einen kurzen Augenblick geriet ich in Panik und sah mich nach einem Fluchtweg um, doch meine innere Stimme ermahnte mich, nicht albern zu sein, also blieb ich stehen und blickte dem Mann direkt in die Augen. Es handelte sich um den Redenschreiber Python, um genau den Mann also, der mir angeboten hatte, eine Rede für mich zu verfassen.

»Eupolis, Sohn des Euchoros«, sprach er mich mit lauter Stimme an. »Hiermit fordere ich dich im Beisein von Zeugen auf, noch in dieser Verhandlung Rechenschaft über den Betrag von fünf Drachmen zuzüglich zwei Obolen Zinsen zum üblichen Satz abzulegen, den Preis also, für den du meinen fachlichen Rat in Anspruch genommen hast und den du versäumt hast, in angemessener Frist zu bezahlen. Begleichst du diese billige Forderung zuzüglich der vorerwähnten Zinsen nicht innerhalb von fünf Tagen von heute an, fordere ich dich auf, dich binnen Monatsfrist vor dem Schuldengericht zu verantworten. Als Zeugen dafür, daß diese Vorladung wirklich zugestellt worden ist, benenne ich Strephokles, Sohn des Xenokles, sowie Pythias, Sohn des Konon, beide aus dem Demos von Cholleidai.«

Ich lieh mir von jemandem die fünf Drachmen und zwei Obolen und bezahlte Python; dann brach ich in hysterisches Lachen aus und mußte nach Hause gebracht werden.

14. KAPITEL

Falls Sie sich so weit zurückerinnern können, entsinnen Sie sich vielleicht noch, daß dieses Buch die Geschichte meiner Zeit sein sollte, niedergeschrieben in der Absicht, die ruhmreichen Taten der Menschen niemals gänzlich in Vergessenheit geraten zu lassen, oder mit irgendeinem ähnlichen glänzenden Hintergedanken. Möglicherweise bin ich einfach unerträglich ichbezogen, denn meinem Eindruck nach ist das, was ich geschrieben habe, die Geschichte meines Lebens, da sich fast alles auf mich bezieht. Nun haben Sie vielleicht mehr Werke dieser Art gelesen als ich und wissen deshalb besser, wo eine Lebensgeschichte aufhören sollte. Womöglich haben Sie bis hierher mit der zunehmend schwindenden Hoffnung gelesen, ich würde früher oder später steckenbleiben und irgendwann damit beginnen, alle die Reden, Schlachten und Abstimmungen aufzuzeichnen, die in den von mir behandelten Zeitraum fielen – sollte das der Fall sein, sage ich Ihnen lieber gleich, daß ich das nicht tun werde. Sie können dieses Buch ja zu meinem Freund Dexitheos zurückbringen, ihm erklären, es habe ein Mißverständnis gegeben, und dann wird er Ihnen ganz bestimmt die Drachme zurückerstatten, solange Sie keine Milch über das Buch geschüttet oder eine der Rollen zerrissen haben. Aber wenn das hier meine Lebensgeschichte werden soll, dann ist es nur logisch, daß ich sie unmöglich beenden kann, bevor ich mein Leben nicht beendet habe und weiß, was mit mir am Schluß geschehen ist; doch dann kann ich natürlich nicht mehr darüber schreiben, weil ich ja tot sein werde. Ich weiß, das klingt ein wenig sokratisch, doch irgendwo liegt eine tiefe Wahrheit darin. Soweit ich weiß, stehen mir alle die großen Tragödien meines Lebens – die Themen also, die einer dramatischen Behandlung wirklich würdig sind – noch bevor. Folglich handelt es sich bei allem, was ich bislang erzählt habe – meine Rolle im Krieg, mein Prozeß und mein Freispruch –, um nichts weiteres als um Randbemerkungen, die vom Abschreiber zur Erläuterung der Zusammenhänge in den eigentlichen Text eingefügt werden. Dennoch möchte ich gern glauben, daß mich die Götter nicht als Zeugen für weitere ungewöhnliche Vorfälle benötigen. Ich für meinen Teil habe vom Schreiben dieses Buches die Nase voll; es ruft mir Dinge ins Gedächtnis zurück, die ich gern völlig vergessen hätte, und erinnert mich daran, daß ich schon in meiner Jugend genauso ein Dummkopf gewesen bin wie heute.

Als ich heute morgen mit der Arbeit begann, war ich deshalb versucht, den Augenblick meines Freispruchs zur letzten Szene dieses Dramas zu machen, ihn als Stichwort für den Schlußchor zu nehmen, noch einen kleinen Tanz von einem Solisten folgen zu lassen, um dann endlich Feierabend machen zu können. Damals schien mein Freispruch ganz zweifellos eine gute Schlußszene abzugeben, insbesondere für einen Menschen wie mich, der über einen ausgeprägten Sinn für den dramaturgischen Aufbau eines Stückes verfügt. Als ich an jenem Tag nach Hause ging, hatte ich den Eindruck, daß alles zusammenpaßte: Alle Darsteller hatten die richtige Menge Text, alle ihre Auf- und Abgänge, Kostüm- und Maskenwechsel hatten sich am Ende als gut erwiesen, und jedes angeschnittene Thema konnte mit der Gesamtwirkung des Stücks gerechtfertigt werden. Wenn ich ein Stück fertiggestellt habe und der Ausrufer meinen Chor auf die Bühne bittet, sitze ich fast immer voller Selbstzufriedenheit da, und dann fällt mir plötzlich der vollkommene Witz oder die ideale Dialoggestaltung ein, wodurch eine Szene erst den letzten Schliff bekommen oder eine Lücke geschlossen werden würde, doch kann ich in diesem Moment natürlich nichts mehr daran ändern, und das arme Stück ist für alle Zeiten zur Unvollkommenheit verdammt. An jenem Abend, als ich mir die Sandalen von den ungewöhnlich feuchten Füßen streifte und mich auf die Liege im eigenen vertrauten Haus fallen ließ, hatte ich dieses selbstzufriedene Gefühl allerdings nicht. Die lustige Geschichte über Eupolis von Pallene schien zu Ende zu sein, und ihrer Hauptfigur stand es offenbar frei, von der Bühne abzutreten.

Aber natürlich ergab es sich nicht so; das ist nie der Fall, und in genau diesem Punkt irren sich unsere großen Dichter. Eines Tages will ich ein gewaltiges langes Epos darüber schreiben, was all den Helden von Troja widerfuhr, nachdem sie schließlich nach Hause zurückgekehrt waren und wieder ihre Throne bestiegen, ihre Schilde in die Dachsparren gehängt und sich dem Ackerbau gewidmet hatten. Ich möchte alle diese erschöpften alten Männer dazu zwingen, noch ein paar Abenteuer mehr zu erleben, gerade als sie geglaubt hatten, sie könnten wieder in ihre alten Kleider schlüpfen und sich ausruhen. Odysseus möchte ich aus dem Ruhestand zurückbeordern, damit er sich mit einem katastrophalen Ausbruch von Schafpocken auf Ithaka befaßt oder den Inselrat zu überreden versucht, das Geld für die ordentliche Instandsetzung des Hafens und die Ausbesserung der Straßen aufzutreiben. Menelaos soll nach meinem Wunsch seinen fetten Hintern erheben und etwas gegen den Mangel an Saisonarbeitern im spartanischen Olivengewerbe tun, obwohl das seinerseits vielleicht nichts weiter als ein Vorwand ist, aus dem Haus hinaus und von Helena wegzukommen, die seit ihrer Rückkehr aus Troja immer feister geworden ist und ihm ständig mit der Renovierung des Innenraums in den Ohren liegt. Ich möchte Neoptolemos eines Morgens aufwachen und feststellen lassen, daß ihm irgendein Barbar den besten Pflug gestohlen und das Gatter der Schafhürde offengelassen hat.

Nachdem ich nach der Gerichtsverhandlung eine ganze Nacht lang geschlafen und viel zuviel zum Frühstück gegessen hatte, bemühte ich mich als erstes, meine persönlichen Angelegenheiten in Ordnung zu bringen, die in einem katastrophalen Zustand waren. Der Großteil meines beweglichen Vermögens befand sich in Thessalien und war, soweit ich wußte, von dem reizenden Alexander bei Wagenrennen an die einheimischen Dorfobersten verloren worden. Ich verfügte über eine Menge Hypotheken und Pachtverträge, aus denen ich mich irgendwie herauswinden wollte, und hatte obendrein noch eine ganze Menge Erbschaften zu beanspruchen – in Sizilien waren mehrere entfernte Verwandte von mir gestorben, ohne Erben zu hinterlassen, und mein Anspruch auf ihren Besitz war genauso berechtigt wie der aller anderen Bewerber. Nachdem alles geregelt war und man mir höchst bemerkenswerterweise den größten Teil des von mir nach Thessalien gesandten Gelds zurückerstattet hatte, stellte ich fest, daß ich durch die Erbschaften sogar besser dastand als zuvor. Das beweist einmal mehr, daß die beste Möglichkeit, in einer Stadt wie Athen reich zu werden, darin besteht, länger zu leben als alle anderen.

Aber das alles kostete mich sehr viel Zeit, zumal ich dabei mit keinerlei Hilfe oder Unterstützung meiner Mitmenschen rechnen konnte. Durch die Art und Weise, wie ich Demeas entronnen war, war ich in Athen für eine Weile höchst verdächtig geworden, und wenn ich heute darüber nachdenke, war es ein Wunder, daß man mich nicht erneut aufgrund irgendeiner x-beliebigen Beschuldigung vor Gericht gestellt hatte. Schließlich hatte ich in einer öffentlichen Rede in recht eindeutigen Worten den Umsturz der Demokratie befürwortet, und es waren schon Männer für vagere Andeutungen gestorben. Aber ich nehme an, das Ganze in solch unverblümter Weise ausgesprochen zu haben, war eine derart absurde und unglaubliche Tat gewesen, daß niemand recht glauben mochte, ich hätte sie wirklich begangen. Und genau das ist eine Eigenart, die ich bei Staaten wie dem unseren immer wieder beobachtet habe: Beweist man Mut oder etwas, das wie Mut aussieht, dann legen sich die Leute nicht gern mit einem an; läßt man sie spüren, daß man vor ihnen Angst hat, dann erwischen sie einen; macht man sich hingegen größer, als man ist, lassen sie einen in Ruhe und suchen sich einen anderen aus. Dennoch lag es auf der Hand, daß ich es lieber nicht zu weit treiben sollte. Zu diesem Zeitpunkt wäre es für mich am besten gewesen, den Namen Eupolis – zumindest für eine ganze Weile – vollkommen in Vergessenheit geraten zu lassen.

Das bedeutete natürlich, daß alles, was so auffällig war wie die Aufführung eines Theaterstücks, nicht in Frage kam. Was ich auch in die Anapäste steckte, gleichgültig, wie harmlos es war, man würde es als Anstiftung zum Bürgerkrieg betrachten, und dann wäre Demeas oder irgend jemand anders hinter mir her, wie ein Hund hinter einem lahmen Hasen. Doch diese selbstauferlegte Verbannung vom Theater stellte sich für mich als weniger hart heraus, als ich erwartet hatte, zumindest zu Anfang. Wie ich feststellte, gab es nur sehr wenig, was ich sagen wollte, und den Drang, Komödien zu schreiben, verspürte ich nicht mehr. Zuerst war ich überrascht; ich konnte mir einfach nicht vorstellen, Eupolis zu sein und keine Verse verfassen zu wollen. Dennoch hinterließ diese Abstinenz in meinem Leben eine größere Leere, als ich es mir je hätte träumen lassen.

Wenn ich nicht einschlafen kann, zähle ich zum Beispiel im Gegensatz zu den meisten anderen Menschen keine Schafe oder erstelle Listen von Städtenamen, in denen jeder Name mit einem anderen Buchstaben des Alphabets beginnt, sondern schreibe Reden und Chöre. Arbeite ich im Freien, halte ich die Langeweile von mir fern, indem ich Anapäste verfasse. Selbst wenn ich die Straße entlanggehe, neige ich dazu, die Füße im Jambentakt zu setzen, mit einem lauten Klopfen des rechten Fußes als Spondeus und einem kurzen Zwischenschritt, um die Zäsur anzudeuten. Wenn ich an keinem Theaterstück arbeite, fällt es mir sogar ausgesprochen schwer, mir die Tage einzuteilen. Normalerweise stellt sich mein Leben nämlich als ein einziger Kampf um ein paar ungestörte Stunden für ernsthafte Arbeit dar, die ich der unendlichen Steinwüste täglich anfallender stupider Tätigkeiten abringen muß; ohne die Ausrede, an einem Stück feilen zu müssen, habe ich keine Entschuldigung dafür, mich nicht an den Hunderten von sinnlosen Tätigkeiten zu beteiligen, die alle anderen Mitglieder meiner Spezies offenbar als notwendig erachten, die ich jedoch verabscheue. In der Verbannung lebende Politiker oder selbst Schmiede und Piraten haben vermutlich dieselben Probleme, wenn sie für die Arbeit zu alt werden.

Doch zumindest war ich eine Zeitlang über meine Schreibpause glücklich; genaugenommen freute ich mich, endlich einmal nichts zu tun, was jeder, der mich kennt, als einen Widerspruch in sich selbst betrachten würde. Ich gehöre zu jener Sorte Mensch, die jede Arbeitsmenge bewältigen kann, solange sich nicht der Eindruck von Arbeit einstellt. Bei allem, was ich gezwungenermaßen tue, bekomme ich das Gefühl, Bleischuhe an den Füßen zu haben. Doch nach dem Freispruch tat ich überhaupt nichts, bis mich Phaidra nicht mehr auf der Liege sehen konnte und mich aufforderte, zu verschwinden und irgend etwas zu schreiben. Aber es gab nichts, was ich hätte schreiben können, und wenn mir nicht danach ist, kann ich genausowenig etwas zu Papyros bringen, wie krank sein, wenn ich mich nicht schlecht fühle. Schließlich gewann ich die Überzeugung, daß Athen für mich nicht der geeignete Aufenthaltsort sei, und deshalb machte ich mich vier Monate nach dem Prozeß zusammen mit Phaidra auf den Weg nach Pallene. Für einen Mann, der noch Arme und Beine gebrauchen könne, sagte ich ihr, gebe es auf dem Land immer etwas zu tun, und wenn ich erst einmal in Pallene sei, würde ich mit dem Nichtstun bestimmt bald aufhören.

Ich irrte mich. Statt dessen stellte sich heraus, daß es für mich in Pallene noch viel weniger zu tun gab als in der Stadt. Versuchte ich, auf den Feldern zu arbeiten, stand ich zuletzt immer wieder auf meine Hacke gestützt da und starrte auf den Berghang, bis mich mein Verwalter höflich bat, mich zu entfernen, weil ich den Sklaven ein schlechtes Beispiel gäbe. Ging ich mit den Ziegen hinaus, war es noch schlimmer, und stets mußte mir jemand nachgeschickt werden, um zu verhindern, daß die umherstreunenden Ziegen von einem gewissenlosen Nachbarn eingefangen und mit einem neuen Brandzeichen versehen wurden. Wie ich mich erinnere, ereignete sich ein schrecklich peinlicher Zwischenfall, als man mir eine Ladung Feigen anvertraute und auftrug, damit loszufahren und sie auf dem Markt zu verkaufen. Ich hatte mit dem Karren schon einen Großteil des Weges den Berg hinab zurückgelegt, als die Achse brach und die gesamte Ladung mit einem gewaltigen Krachen der zersplitternden Krüge und kaskadenartig herabstürzenden Feigen in alle Richtungen auseinanderstob; und anstatt in den höchsten Tönen zu fluchen und vom Karren zu springen, um mich um die Ladung zu kümmern, blieb ich einfach auf dem Kasten des beschädigten Karrens sitzen und fand das alles furchtbar komisch, bis hinter mir jemand angefahren kam und mich lautstark aufforderte, die Straße frei zu machen, damit er mit seinem Karren vorbeifahren könne. Zum

Schluß sammelte ich alles wieder ein, aber da war es für den Markt bereits zu spät, also fuhr ich nach Hause zurück, wo alle über meinen Anblick höchst erstaunt waren.

Als einzig Nützliches und Fruchtbares verbrachte ich ein wenig mehr Zeit mit meinem Sohn. Eine Beschäftigung, die schon an sich mißbilligt wurde: Es ist nicht Sache des Vaters, sich in die Erziehung seines Kindes einzumischen, bevor es nicht ein Alter erreicht hat, da der Einfluß eines Vaters von Nutzen ist. Doch die Menschen um mich herum glaubten, daß ich dem reibungslosen Ablauf des Haushalts in Anbetracht meiner derzeitigen Verfassung weniger schaden würde, wenn ich den Jungen mit auf den Berg nahm und ihm beim Herumkrabbeln zusah. Ich habe diese Beschäftigung als nützlich und fruchtbar bezeichnet, womit ich nicht andeuten will, sie wäre für den Jungen nützlich und fruchtbar gewesen, der wahrscheinlich gar nichts davon mitbekommen hat. Aber mir hat es Spaß gemacht. Vorher hatte ich mir nie besonders viel aus Kindern gemacht – sich mit jemandem abzugeben, mit dem man sich nicht über Komödien unterhalten kann, hielt ich größtenteils für Zeitverschwendung. Doch um das eigene Leben ins richtige Verhältnis zu setzen, gibt es nichts Vergleichbares, als einige Zeit mit einem plappernden Kind zu verbringen. Ein Kind wird nämlich von allem so unheimlich direkt berührt; momentane Beschwerden sind unerträglich, momentane Wünsche und Begierden von äußerster Wichtigkeit, und die entfernteste vorstellbare Zukunft ist der Sonnenuntergang. Nun steckte ich zu jener Zeit gerade mitten in dem Versuch herauszufinden, was ich wirklich von meinem Leben erwartete – obwohl ich mir dessen damals nicht bewußt war –, und diese neue kindliche Betrachtungsweise von Zeit war ein nützlicher Vergleich. Wie man Zeit bemißt, hängt davon ab, was man tut und wer man ist. Ein Kind mißt die Zeit, wie schon gesagt, an der

Länge des Tages. Ein Bauer denkt in Drei-Jahres-Abschnitten: ein Jahr für Anbau und Ernte auf den Feldern und zwei Jahre für die in der Scheune gelagerten Vorräte. Für Gelegenheitsarbeiter ohne Land und Komödiendichter gilt das Jahr als Zeitmaß: entweder, wo man dieses Jahr arbeiten wird, oder was man auf den diesjährigen Festspielen aufführen will. Diese Herangehensweise mit Blick auf das Jahr ist zwar geringfügig besser als die des Kindes, führt aber nicht zu Beständigkeit. Die andere Einstellung zu den Dingen, der ich mich einfach nicht entziehen konnte, war die Art, in der ein Mensch mit dem Begriff Zeit umgeht, wenn er, nachdem er sich schon mit dem Tod abgefunden hat, ganz unvermutet noch am Leben ist, und diese Bemessungsweise richtet sich nach Minuten oder gar Sekunden.

Doch der Hauptfaktor in der umfassenden Neuordnung meines Lebens war Phaidra. In der erheblichen Unruhe, die von Demeas in mein Leben gebracht worden war, hatte ich beinahe zufällig erkannt, daß Phaidra und ich, wenn wir uns vorsahen, unser Zusammenleben nicht nur gemeinsam ertragen, sondern auch genießen konnten. Von dieser Erkenntnis wollte ich Gebrauch machen und sie auf die Probe stellen. Phaidra ihrerseits hatte es sich jedoch hauptsächlich in den Kopf gesetzt, mit dem Sortieren des Vorratsschranks oder der Anfertigung eines neuen Überwurfs für das Bett weiterzumachen, und betrachtete alle meine Versuche, sich in Ruhe hinzusetzen und die Dinge durchzusprechen, als lästige Unterbrechungen ihrer täglichen Hausarbeit. Aber ich gab nicht auf; und obwohl wir nie die allumfassende Diskussion über das Wesen des Ehelebens an sich geführt haben, die einer dieser Möchtegernschreiber an dieser Stelle der Erzählung bestimmt eingeschoben hätte, trafen wir eine Art wortlose Übereinkunft: Wir wurden uns einig, die Veränderung unserer Einstellung zueinander zu akzeptieren, solange keiner von uns beiden jemals ein Wort darüber verlor.

Etwa zu dieser Zeit, als ich in Pallene allen im Weg stand, änderte sich die politische Lage, zwar kaum spürbar, aber doch so, daß selbst ich allmählich ausgesprochen unruhig wurde. Nun möchte ich wirklich nicht einmal ansatzweise andeuten, meine Rede hätte irgend etwas damit zu tun gehabt, doch vielleicht war mein Freispruch ein erstes Anzeichen dafür, daß sich etwas änderte. Jedenfalls war das erste, das selbst mir nicht entgehen konnte, die Einführung eines vollkommen neuen Arms der gesetzgebenden Körperschaft: eines Zehnerrats, eingesetzt, um den eigentlichen Rat zu ›beraten‹. Die zehn Mitglieder waren zwar so demokratisch wie möglich gewählt worden, aber wenn man eine bestimmte Anzahl von Männern, seien es nun zehn oder eintausend, für eine x-beliebige Dauer mit Macht versieht, muß man damit rechnen, daß sie schon bald mit ihrem ursprünglichen Auftrag nur noch wenig gemein haben. Was mich an der Sache amüsierte, war die Tatsache, daß sich unter den zehn Männern der berühmte Tragödiendichter Sophokles befand. Mittlerweile war er weit über achtzig, praktisch blind und vollkommen senil. Natürlich wußte er, was er tat; juristisch war er nicht hilflos, wie er etwa zu dieser Zeit in einem Prozeß bewiesen hatte, als sich seine Familie sein Vermögen unter den Nagel reißen wollte und er sich durch die Verlesung seines gerade geschriebenen Stücks verteidigte und anschließend die Frage aufwarf, ob ein seniler Mensch so etwas hätte zu Papier bringen können. Trotzdem lebte er nicht mehr in oder auch nur am äußersten Rande der realen Welt, und er bildete sich tatsächlich ein, Athen befinde sich in den Fängen irgendeines großen tragischen Kreislaufs, so als wolle er darüber eine Trilogie verfassen; und da man nichts tun könne, um die alte Stadt zu retten, sei es noch am rücksichtsvollsten, ihre unvermeidliche Zerstörung zu beschleunigen und somit ihre Wiedergeburt herbeizuführen. Die übrigen neun Ratsmitglieder befaßten sich mit irdischeren Dingen wie der öffentlichen Ordnung und der Wasserversorgung.

Ebenfalls um diese Zeit herum nahm man den Aufstand auf Chios allmählich ernst und entsandte eine große Streitmacht, um ihn niederzuschlagen. Wie lange das alles dauerte, weiß ich nicht mehr; und möglicherweise bin ich in meinem Wunsch, diese Erzählung zu Ende zu bringen, Monate oder sogar Jahre vorausgeeilt. Um Ihnen die Wahrheit zu gestehen: Ich erinnere mich nur dunkel an die Reihenfolge der Ereignisse nach meinem Prozeß, da ich mehr oder weniger außerhalb der Gesellschaft stand und den Erzählungen nur wenig Beachtung schenkte. Aber ganz gewiß erinnere ich mich daran, daß die Einsetzung des Zehnerrats und der Aufstand auf Chios – oder handelte es sich gar um den auf Samos? – eine Menge mit dem Aufstieg des außergewöhnlichen Zeitgenossen Peisandros zu tun hatten. Peisandros verwechsle ich ständig mit Phrynichos (nicht dem Komödiendichter, sondern dem Heerführer), aber um ehrlich zu sein, spielen die Hauptfiguren gar keine so große Rolle. Was zählte, war die Veränderung in den Anschauungen der Menschen, und die war wirklich verblüffend.

Schon seit Jahren kursierten Gerüchte über eine oligarchische Bewegung in Athen – nämlich daß reiche junge Männer, die über jede Menge Zeit verfügten, die Demokratie stürzen und die Macht ergreifen wollten. Angefangen hatte das Ganze als Gerücht über eine Verschwörung, dem niemand weitere Beachtung schenkte, es sei denn, man benötigte es für eine Anklage oder eine Komödie. Ich weiß zwar nicht, was zuerst kam, das Gerücht oder die eigentliche Bewegung, doch zu dieser Zeit nahm der Traum allmählich Gestalt an, und zwar eine sehr unerfreuliche. Bis dahin hatte man zu Oligarchen eher ein Verhältnis wie zu Riesen oder Kentauren – bis zu einem gewissen Grad glaubte man an ihre Existenz, und man kannte jemanden, dessen Onkel einen gesehen hatte, aber selbst einmal einem zu begegnen, damit rechnete man nicht. Wenn man nun zu den Menschen gehörte, die derartigem Gerede Glauben schenkten, mußte einem langsam der Verdacht kommen, daß diese eigenartigen Männer, von deren Namen man so viel gehört hatte, tatsächlich Oligarchen sein könnten, und allmählich machte man sich über die eine große aktuelle Kernfrage Gedanken, nämlich über die Rückkehr des verlorenen Führers Alkibiades.

Über Alkibiades habe ich absichtlich nicht viel erzählt; zum einen kannte ich ihn nicht gut genug, um mich über ihn auszulassen, und zum anderen finde ich, daß seine Bedeutung weit überschätzt wurde. Wenn man einige Leute so reden hört, könnte man glauben, Alkibiades sei eine Ein-Mann-Stadt mit eigenen Flotten, Heeren und Geld gewesen. Nicht ein Fünkchen Wahrheit ist daran; er war vielmehr eine recht schillernde Persönlichkeit, die sich während der Verbannung aus Athen die Zeit am spartanischen Hof und dem des persischen Satrapen Tissaphernes mit belanglosen Intrigen vertrieb. Er mag zwar einigen einflußreichen Männern unter unseren Feinden eine ganze Menge von Hinweisen gegeben haben, aber ich bezweifle arg, ob er sie auch auf nur eine einzige neue Idee gebracht hat. Da wir Athener ernsthaft davon überzeugt sind, daß nur wir in der ganzen Welt etwas zustande bringen können, mußte natürlich auch ein Athener für die kommenden Ereignisse verantwortlich sein; und weil sich Alkibiades zu jener Zeit gerade in der Gegend aufhielt, nahmen wir natürlich an, der spartanisch-persische Hilfsvertrag, durch den uns im Krieg letztendlich der Hals gebrochen wurde, habe etwas mit einem glänzenden Plan oder einer Taktik des berühmten Alkibiades zu tun.

Aber auch wenn Alkibiades selbst nur eine unbedeutende Rolle spielte, sein Name war eine ganz andere Sache. Wo immer zwei oder drei Athener zum Gespräch zusammenkamen, fiel sein Name fast zwangsläufig, und von diesen dreien war stets einer für Alkibiades; wahrscheinlich nur deshalb, um als Querkopf zu gelten. Jetzt, da es wieder erlaubt war, über solche Dinge laut nachzudenken, diskutierten diejenigen Athener, die eine Schwäche für Wortgefechte und Debatten hatten (also alle Athener), immer häufiger über eine Verfassungsänderung. Sie fragten sich, ob eine Oligarchie wirklich eine gute Idee sei. Was sprach zu ihren Gunsten und was dagegen? Haben Athener erst einmal angefangen, sich über etwas zu unterhalten, kann man mit Bestimmtheit davon ausgehen, daß sie es früher oder später umzusetzen versuchen, insbesondere dann, wenn es sich für athenische Verhältnisse um etwas wirklich Neues handelt. Für die Idee der Oligarchie sprach im Grunde am meisten der Reiz des Neuen, verbunden mit einer gewissen Atmosphäre der Heimlichtuerei, Verruchtheit und Gefahr. Man gebe noch das ständige Gefühl der Verzweiflung aufgrund der sizilianischen Katastrophe hinzu sowie eine Prise Abscheu vor den unangemessenen ersten Reaktionen auf diese Niederlage, und schon hat man einen schönen scharfen Eintopf, aus dem sich das ganze Land ernähren kann, um richtig krank zu werden.

Natürlich wurde mein Name wegen meiner Äußerungen vor Gericht von Anfang an mit der undurchsichtigen Verschwörung in Verbindung gebracht, und von daher war es wahrscheinlich ganz richtig von mir, weiterhin so im verborgenen zu bleiben wie bisher (obwohl es sich, wie ich schon erklärt habe, um kein taktisches Vorgehen meinerseits handelte). Aber ich bin mir sicher, die oligarchische Bewegung betrachtete mich als ›einen von uns‹, während die Demokraten hinter vorgehaltener Hand von mir als ›einem von denen‹ sprachen. In Athen ist jeder entweder ›einer von uns‹ oder

›einer von denen‹, und das einzige, was sich ändert, sind die Definitionen von ›uns‹ und ›denen‹. Diese wechseln regelmäßig und sind danach nicht wiederzuerkennen, was allerdings nie jemand zu bemerken scheint. Manchmal frage ich mich, wie es gewesen wäre, wenn ich mein Leben in irgendeiner normaleren Stadt verbracht hätte, zum Beispiel in einer dieser friedlichen kleinen Ortschaften, die es auf Kreta oder Euböa geben soll, wo sich nie etwas ändert und sich keiner darum schert, was die eigene Stadt tut, weil diese über ein paar bescheidene Straßenausbesserungen hinaus sowieso keine Aufgaben hat. In gewisser Hinsicht ist das eine himmlische Vorstellung, aber ich fürchte, spätestens nach zehn Jahren wäre ich verrückt geworden, sofern ich nicht in jener Stadt zur Welt gekommen wäre und keine andere Lebensweise kennengelernt hätte.

Wie die Dinge standen, befiel mich sogar in der selbstauferlegten Abgeschiedenheit in Pallene allmählich dieses Prickeln, das ein Athener empfindet, wenn in der Politik irgendein Ereignis bevorsteht. In meinem Fall trat dieses Prickeln am stärksten in denjenigen Teilen des Körpers und der Seele auf, die mit dem Verfassen von Anapästen zu tun haben. Die Denkweise der Menschen habe ich zwar nie ändern wollen, aber Anapäste schreibe ich trotzdem gern. Dadurch bekommt man das Gefühl, engagiert zu sein. Und Sie erinnern sich sicher, daß mir vor meiner Gerichtsverhandlung diese phantastische Idee für eine Komödie gekommen war, in der alle die verschiedenen Demen Attikas als ein Chor auftreten und sämtliche großen Führer der Vergangenheit aus dem Jenseits zurückkehren sollten, um Ratschläge zu erteilen. Der Auslöser dafür war wahrscheinlich die Szene, die Aristophanes und ich in der Schmiede bei Syrakus zusammengestellt hatten, wo Aischylos von uns wieder zum Leben erweckt worden war, um sich mit Euripides über Dichtung zu streiten. Als ich jedenfalls wieder genug Platz im Kopf hatte, dachte ich immer intensiver darüber nach, und die ganze Geschichte kam offenbar von allein in Gang. Zwar hatte ich ganz bewußt den Entschluß gefaßt, lange Zeit *nichts* mehr zu schreiben, aber die Komödie entwickelte sich in meinem Kopf wie die Schwangerschaft eines unverheirateten Mädchens, und es gab für mich kein Zurück mehr. Wenn sich Athen in einer Krise befand, müßte ich etwas schreiben, und dieses Etwas müßte von Belang sein.

Es war Phaidra, die mich zum Bruch meines Versprechens brachte. Eines Abends saßen wir gemeinsam in meinem Haus in Pallene. Phaidra nähte an irgend etwas herum, und ich starrte mit offenem Mund ins Feuer, eine Tätigkeit, die rasch zu meiner beruflichen Lieblingsbeschäftigung wurde. Ganz zweifellos ärgerte das meine Frau, die stets bemüht war, mich nicht anzusehen, wenn ich so dasaß. An diesem bestimmten Abend verlor sie allerdings die Geduld mit mir.

»Was ist bloß in dich gefahren, Eupolis? Wenn du nicht bald den Mund zumachst, kommt noch eine Spinne und webt ein Netz darüber.«

»Jetzt hör auf mit diesem Gejammer. Es gibt doch wirklich nichts Dringenderes zu tun, oder?«

Phaidra blickte mich an und sagte: »Irgend etwas stimmt doch nicht mit dir. Ich weiß zwar nicht, was, aber je eher du es loswirst, desto besser. Allmählich fühle ich mich in deiner Nähe unbehaglich.«

»Ich habe keine Ahnung, was du meinst«, antwortete ich, legte die Füße auf die Liege und tat so, als schliefe ich ein.

»Ich weiß jetzt auch, an wen du mich erinnerst«, fuhr Phaidra nach einer Weile fort. »Hast du noch diesen Mann vor Augen, der in der Nähe des Brunnens gewohnt hat? Der Kerl, der diese beiden Hunde hatte?«

»Nur verschwommen«, murmelte ich. »Hieß der nicht Euthykritos?«

»Daran kann ich mich nicht erinnern, doch das ist sowieso unwichtig. Aber weißt du noch, daß er einen Schlaganfall hatte?« fragte Phaidra.

»Stimmt, den hatte er.«

»Du erinnerst dich doch bestimmt, daß er sich zwar nicht mehr bewegen und auch nicht mehr sprechen konnte, seine Augen aber noch genauso wie vorher waren, nicht wahr? Und seine Frau ließ ihn immer von den Sklaven auf seinem Stuhl vor die Haustür tragen und dort absetzen, damit er die Vorbeigehenden beobachten konnte.«

»Und alle blickten immer in die andere Richtung«, fügte ich hinzu, »weil ihm keiner in die Augen sehen konnte, ohne zu schaudern. Ich erinnere mich. Ist der nicht früher ein Athlet oder irgend so etwas gewesen?«

»Kann sein«, erwiderte Phaidra, biß das Garn entzwei und legte die Handarbeit beiseite. »Jedenfalls ist das genau der Mann, an den du mich in den letzten Wochen erinnert hast.«

Diesen Vorwurf fand ich überhaupt nicht lustig. »Du sagst wirklich die unverschämtesten Dinge und grinst dabei noch«, beschwerte ich mich. »Wirklich reizend, mich mit einem Krüppel zu vergleichen!«

»Na, ist doch wahr«, verteidigte sie sich. »Ich glaube, du wärst wunschlos glücklich, wenn du nur vor der Tür sitzen und die Leute beim Einkaufen beobachten könntest.«

Diese Vorstellung erschreckte mich, weil sie vermutlich der Wahrheit entsprach. »Habe ich mich wirklich so schlimm verhalten?« erkundigte ich mich vorsichtig.

»Ja«, antwortete Phaidra, »oder noch schlimmer. Du hast sogar so dagesessen, obwohl keine Kauflustigen vorbeigekommen sind. Worüber denkst du bloß nach, um Himmels willen? Entwickelst du geometrische Theorien oder zählst du nur Vögel?«

»Ich denke über gar nichts nach«, erwiderte ich. »Nur hin und wieder fällt mir ein, wie froh ich bin, am Leben zu sein.«

»Das ist aber komisch«, hielt Phaidra mir entgegen, »denn du benimmst dich genau wie eine Leiche, und zwar wie eine recht sanftmütige.«

»Sollten Frauen nicht lieber dankbar sein, wenn ihre Ehemänner untätig sind?« gab ich zu bedenken. »Du hast es doch nie gemocht, wenn ich alles immer im Eiltempo erledigt habe.«

»Und dann dieser ganze Unsinn, den du in letzter Zeit über unsere Beziehung von dir gibst«, fuhr Phaidra fort. »Was ist das überhaupt für ein Gesprächsthema für einen Mann und seine Frau? Du klingst wie ein Philosoph, der mit seinem jungen Freund spricht.«

»Ich wollte bloß Klarheit in unsere Beziehung bringen«, verteidigte ich mich.

»Klar ist von Natur aus alles, solange man sich nicht daran zu schaffen macht«, entgegnete sie. »Du solltest einfach weiterleben, anstatt ewig darüber nachzudenken.«

»Welch gewichtige Bemerkung!« seufzte ich und lächelte sie spöttisch an.

Phaidra runzelte mißbilligend die Stirn. »Du weißt ganz genau, was ich meine. Fang jetzt bloß nicht an, dich wie ein Chor aufzuführen und zu allem, was ich tue, einen Kommentar abzulassen, als wäre ich Klytaimnestra oder sonstwer. Wie ich längst gemerkt habe, machst du so etwas nämlich oft.«

»Was mache ich oft?«

»Leute beobachten«, antwortete Phaidra. »Du siehst und hörst den Leuten zu, als wärst du ein Kampfrichter auf einem Basar. Aber deine Beurteilung will niemand hören, vielen Dank.«

»Ich weiß, aber ich kann nichts dafür, ich tue das instinktiv«, räumte ich ein.

»Was du wirklich nötig hast, ist irgendeine Beschäftigung«, sagte Phaidra, während sie aufstand und ihr Nähzeug einsammelte. »Sonst verwandelst du dich noch in einen Gott oder einen Steinbrocken oder sonstwas.«

»Das mußt du mir erklären«, bat ich.

»Nun ja, manchmal bist du eben wie ein Gott auf einem Berg oder ein Felsblock oder ein Baum. Du sitzt oder stehst einfach nur da und guckst in die Gegend, als wäre die Welt ein Theaterstück, das einzig und allein deinetwegen aufgeführt wird. Als du noch Komödien geschrieben hast, war das mehr oder weniger zu entschuldigen, weil du aus dem Ganzen so etwas wie einen Nutzen gezogen hast. Du mußtest für deine Anapäste die Sprechweise und das Verhalten der Menschen einfangen und eine Art Beurteilung vornehmen. Aber mittlerweile tust du das offenbar zur eigenen Unterhaltung, und das ist nicht normal. Entweder reißt du dich endlich zusammen, oder du fängst wieder an zu schreiben.«

»Du bist auch ganz schön komisch«, entgegnete ich. »Ich weiß nie genau, ob du es gut findest, daß ich schreibe, oder nicht. Du scheinst dich nie dafür zu interessieren, während ich etwas verfasse. Bei dir hat man immer den Eindruck einer nachsichtigen Ehefrau, die ihrem Mann gestattet, seiner kindischen Freizeitbeschäftigung nachzugehen – als würde ich Seemuscheln oder aus Elfenbein geschnitzte Schiffsmodelle sammeln!«

Phaidra zuckte die Achseln. »Ich weiß nicht«, sagte sie. »Ich halte dich nicht für besonders schlau, nur weil du selbstverfaßte Zeilen ins richtige Versmaß setzen kannst, falls du das meinst. Und eine begeisterte Komödienanhängerin wie einige andere Leute bin ich auch nicht; persönlich ziehe ich Tragödien vor. Literarisch bin ich auch nicht besonders gebildet, wenn du es genau wissen willst; eigentlich geht das den meisten Frauen so. Aber ich nehme an, du schreibst wenigstens genauso gut wie alle anderen«, fügte sie anständigerweise hinzu, »und wahrscheinlich sogar besser als die meisten. Und irgend etwas mußt du ja tun, also kannst du ruhig schreiben.«

Ich setzte mich auf und legte die Hände um die Knie. »Du meinst also, ich sollte ein Stück schreiben?«

»Ja, und wenn schon nicht um meinetwillen, dann wenigstens dir selbst zuliebe. Außerdem werden die Leute dann nicht mehr auf der Straße mit dem Finger auf mich zeigen und sagen: ›Da geht eine Frau, die mit einer Leiche verheiratet ist.‹ Viel länger kann ich dieses gottähnliche Gehabe nämlich nicht ertragen. Als du aus dem Krieg zurückgekehrt bist und dein Prozeß lief, war das ganz anders; da hatte dein Leben einen Sinn, und ich habe dich richtig gemocht. Aber jetzt …«

»Na schön, ich habe schon verstanden. Du kannst es nicht ertragen, mich friedlich dasitzen zu sehen, und möchtest, daß ich mich beschäftige.«

»Nur weil es in deiner Natur liegt, dich zu beschäftigen, Eupolis. Im Augenblick scheinst du gar nicht wirklich zu leben, und das ist für die Nerven einer Frau zuviel. Ich weiß nie, wann du damit anfängst, durch Wände zu gehen oder dich langsam in Luft aufzulösen wie ein Traum in einem Gedicht.«

Am nächsten Tag holte ich also den Pflug heraus und zog ihn über das Brachland, und anstatt bis zum Ende der Furche zu pflügen und dann aufzuhören, wie ich es bei meinem letzten Versuch getan hatte, machte ich sofort weiter und leistete den ganzen Tag über ein schönes Stück Arbeit, ohne es zu merken. Als ich nach Hause kam, hatte ich eine fertig ausgearbeitete Eröffnungsrede im Kopf, die zugleich die beste war, die ich je geschrieben hatte. Was mir immer Kopfzerbrechen bereitet, ist die Frage, ob meine gegenwärtige Arbeit genauso gut ist wie die frühere. Das ist bei mir eine echte Zwangsvorstellung und endet damit, daß ich das vorher Geschriebene hasse, weil ich es anscheinend nicht noch einmal so gut hinbekommen kann. Doch diesmal wußte ich, daß es gut war. Die Verse schienen vor Frische zu knistern, und anstatt eine Zeile mit dem üblichen Reimgeklingel zu beenden, hatte ich nach besten Kräften versucht, etwas Neues und Überraschendes zu finden, so wie man es macht, wenn man gerade mit dem Schreiben von Theaterstücken anfängt und einem jedes einzelne Wort wichtig ist.

Soll ich Ihnen alles über das Stück erzählen? Bisher bin ich sehr anständig gewesen und habe Sie nicht mit kurzen Zusammenfassungen meiner verschiedenen hervorragenden Komödien gelangweilt, deshalb glaube ich, ich werde mir wenigstens dieses eine Mal den Genuß gönnen. Die Handlung sah folgendermaßen aus: Der athenische Staat befindet sich in einer schweren Krise, weil er nicht imstande war, sich etwas Neues auszudenken, seit er eine Flotte zur Eroberung des Mondes ausgesandt hat. Dieses geistige Unvermögen ist dermaßen quälend, daß sich unser Held berufen fühlt, wie Odysseus in die Unterwelt hinabzusteigen, um die ruhmreichen Toten nach ihrer Meinung zu fragen.

Als er am Ziel seiner Reise ist, trifft er als ersten den berühmten Myronides, den Heerführer, der Athen bei Tanagra zum Sieg führte, und zwar in der Schlacht, von der ich Ihnen bereits erzählt habe und durch die der vorhergehende Krieg mit Sparta zur Zeit meines Großvaters beendet wurde. Für Myronides hatte ich mich entschieden, weil er – zumindest für meine Generation – den letzten aufrechten Bürger und den letzten fähigen Heerführer der alten Schule verkörperte. Im Grunde war er genauso ein Gauner wie alle anderen vor und nach ihm, aber die absolute historische Wahrheit kümmerte mich in diesem Zusammenhang nicht. Das ist bei allen Athenern so, sonst könnten wir Marathon nicht als Sieg feiern. Jedenfalls fungiert Myronides als Führer unseres Helden und zeigt ihm alle großen Staatsmänner unserer Geschichte, vom unsterblichen Solon bis zu Perikles, die ihm samt und sonders ihre wohlüberlegten Ansichten über die nach ihrem Dafürhalten zu ergreifenden Maßnahmen mitteilen. Um jeder einzelnen dieser alles überragenden Figuren ein Gegengewicht zu bieten, setzte ich den Chor aus den Demen Attikas zusammen, mit Pallene als Chorführer; denn letzten Endes sind es die Demen und nicht die Stadt, die Athen ausmachen.

Ich hatte mir vorgenommen, ein Stück zu schreiben, und zwar ein so gutes Stück, wie es überhaupt in meinen Kräften stand; doch je mehr ich schrieb, desto ernster wurde meine Komödie. Wie Sie dem gerade Erzählten entnehmen können, handelte es sich um ein sehr politisches Stück; und ich glaube nicht, daß ich ein derartiges Werk in einer anderen Zeit jemals verfaßt hätte. Ohne eine klare Aussage vor Augen zu haben, hatte ich angefangen; doch als sich das Stück entwickelte und ich mir vorzustellen versuchte, welchen Rat uns Solon vielleicht unter den derzeitigen Umständen wirklich gegeben hätte, merkte ich, wie sich nach und nach ein immer besserer Stoff entwickelte, dem ich mich nach ganzen Kräften gerecht zu werden bemühte. Das Ganze entsprach zwar überhaupt nicht meiner eigenen Meinung darüber, aber das ist nun wirklich nicht die Aufgabe eines Dichters. Zum Beispiel hatte Aristophanes durchweg den Krieg scharf kritisiert und vom ersten Tag seines Komödiendichterdaseins an dessen Beendigung gefordert; aber persönlich hat er nichts gegen den Krieg und machte sich – zumindest bis zu seiner Fahrt nach Sizilien – nur sehr wenige Gedanken darüber. Dennoch handelt es sich bei seinen Figuren hauptsächlich um Bauern aus der Klasse der schwerbewaffneten Fußsoldaten, und solche Menschen sind natürlich gegen den Krieg eingestellt; um nun trotzdem das schreiben zu können, was er will, und die Art Witze zu machen, die ihm gefallen, muß sich Aristophanes als friedliebender Mensch und Landbewohner darstellen, was kaum weiter von der Wahrheit entfernt sein könnte. Da ich mich zum Wortführer unserer großen politischen Führer aufgeschwungen hatte, war ich nun in ähnlicher Weise praktisch dazu gezwungen, ein leidenschaftliches Plädoyer für die Demokratie zu halten. Doch um aufrichtig gegen mich selbst zu sein, sprach ich mich für die guten Teile unserer Verfassung aus, für die Teile, die sich Solon ausgedacht hatte und die weder von Themistokles noch von Perikles vereitelt werden konnten. Was Athen heute bräuchte, so behauptete ich, sei die Form der Demokratie, in der jeder ein Anrecht habe, angehört zu werden, solange er keinen Unsinn rede; in der die Mehrheit die Minderheit nicht auf dieselbe Weise unterdrücken dürfe, wie es zu Solons Zeiten der Mehrheit durch die Minderheit ergangen sei. Eine derartige Staatsform (sagte ich) könne man offensichtlich nicht durch Gesetzgebung oder die Schaffung neuer Institutionen errichten. Die Demokratie sei das anfälligste System von allen. Überdies neige eine Demokratie von Natur aus stärker als jedes andere Regierungssystem zu Unterdrückung, Intoleranz und Gewalt, weil sie die Staatsform sei, die dem menschlichen Wesen die geringsten Einschränkungen auferlege. Doch die Demokratie, in der sich die Menschen selbst Grenzen setzten und sich dadurch aus eigenem Antrieb das auferlegten, was niemand sonst könne oder sollte, sei möglicherweise die beste aller Regierungsformen, solange sie auf gegenseitiger Toleranz und Rücksichtnahme sowie der grundlegenden Absicht beruhe, das zu tun, was dem Allgemeinwohl diene, und vor allem das, was unter den gegebenen Umständen möglich sei.

Nun, das ist es, was ich in der Komödie gesagt habe. Wie Sie wissen, glaube ich kein Wort davon. Ich glaube nicht, daß sich irgendein Staat von der Größe Athens selbst regieren kann – gleichgültig, welche Regierungsform er wählt –, ohne der in ihm lebenden Bevölkerung unermeßlichen Schaden zuzufügen. Doch bin ich aufrichtig davon überzeugt, der Stadt in meiner Komödie den besten mir möglichen Rat gegeben zu haben, und ich bin noch heute stolz auf das damals Geschriebene. Das Stück entsprang meinen ureigensten Erlebnissen, und zwar in einer Weise, in der noch nie zuvor eine Komödie aus persönlicher Erfahrung heraus entstanden war, denn statt sich über die damaligen Maßnahmen lustig zu machen und sie zu kritisieren, unterbreitete es Vorschläge, was getan werden sollte; und statt einige wenige zu verletzen, um vielen zu gefallen, war es darauf angelegt, die Gedanken des Verfassers auszudrücken – oder zumindest jene Gedanken, die das den Verfasser verkörpernde Mischwesen gehegt haben könnte, wenn es einen solchen Menschen jemals gegeben hätte. In einer Hinsicht spiegelte das Stück auch meine eigene Meinung wider: nämlich daß es die Demen, Dörfer und Landschaften Attikas sind, die zählen, und daß es sich bei den großen Männern und ihren politischen Parteien und Bewegungen lediglich um die Diener der Demen handelt, was diese nie vergessen sollten.

»Nun ja, Eupolis, das war ja alles sehr schlau von dir«, werden Sie jetzt sagen, »aber was geschah als nächstes?« Also gut, ich schrieb die Komödie, stellte sie (für meine Verhältnisse) ziemlich rasch fertig und gab sie zum Abschreiben. Während des Verfassens hatte sie ununterbrochen meine volle Konzentration in Anspruch genommen, und abgesehen von dem politischen Klatsch waren sämtliche Neuigkeiten gänzlich an mir vorbeigegangen. Doch wie Ihnen jeder Bühnenautor bestätigen wird, ist das eigentliche Schreiben des Stückes der einfachere und entspannendere Teil, und das wirklich harte Stück Arbeit besteht darin, daß die Komödie auch angenommen und auf die Bühne gebracht wird.

15. KAPITEL

Logischerweise mußte ich als erstes Philonides aufsuchen. Allerdings hatte er seit der Katastrophe auf Sizilien nichts mehr mit dem Theater und der Einstudierung von Chören zu tun gehabt – ob irgendeine tiefere Bedeutung dahintersteckte oder das Ganze bloß ein Zufall war, weiß ich nicht –, und als ich ihm erzählte, daß ich eine neue Komödie hätte, die ich auf den nächsten Festspielen aufzuführen beabsichtigte, schien er davon nichts wissen zu wollen. Er behauptete, er werde langsam alt (was nur allzusehr der Wahrheit entsprach) und sei an derartigen Dingen nicht mehr interessiert. Doch ich redete auf ihn ein und setzte ihm so lange zu, bis er sich schließlich – eher, um mich loszuwerden, als aus irgendeinem anderen Grund – einverstanden erklärte, sich das Stück anzuhören und einen Blick auf die Abschrift der Lesefassung zu werfen.

Von der Komödie war ich dermaßen überzeugt, daß ich nicht ein einziges Mal daran gezweifelt hatte, Philonides ganz und gar für mich zu gewinnen, wenn ich nur die Möglichkeit bekäme, sie ihm vorzutragen – und wie das Leben so spielt, lag ich damit richtig. Kaum hörte er den Auftritt des Chors, zappelte er mir schon im Netz; denn anders als die Leute, die versucht haben, ihn nachzuahmen, wußte er, daß er zu allererst das war, als was ihn seine Berufsbezeichnung auswies: ein Chorlehrer. Für ihn machte der Chor, genau wie für mich, den Kern eines Theaterstücks aus, und die Kostüme, die Tanzbewegungen, das Singen, das Sprechen der

Verse und die Gesamtwirkung waren sein Hauptanliegen und seine größte Liebe. Besonders zeichnete er sich darin aus, Menschen *als Masse* zu lenken und zu führen, und in Sparta hätte man ihn deshalb zum Heerführer gemacht. Da er so gut mit Chören umzugehen wußte, war er auch imstande, einzelne Schauspieler zu lenken und zu steuern: Wie pflegte Philonides selbst zu sagen: Wenn man einem ganzen Chor mit einer einzigen Standpauke die Tränen in die Augen treiben kann, dürfte es einem nicht die geringste Schwierigkeit bereiten, seinen Willen bei einem einzelnen Schauspieler durchzusetzen. Nun erkannte Philonides sofort, daß mein Chor der Demen bei richtiger Handhabung und geeigneter Kostümierung der aufsehenerregendste und wirkungsvollste Chor werden könnte, den er jemals auf der Bühne gesehen hatte, und diese Verlockung war für ihn zu groß. Bis zur letzten Minute wehrte er sich mit Händen und Füßen, aber schließlich gab er sich geschlagen und erklärte sich bereit, diesen Chor als seinen letzten und besten aller Zeiten einzustudieren.

Als nächstes mußte ich beim Archon vorsprechen, um einen Chor für die Dionysien zu beantragen, und ich muß gestehen, daß ich mir überhaupt nicht sicher war, diese Hürde überwinden zu können. Ohne Philonides als Rückhalt hätte ich keine Genehmigung erhalten, davon war ich überzeugt; aber auch so mußte ich Schreckliches durchstehen, bevor ich schließlich mein Ziel erreichte.

Zunächst einmal gab es das Problem, daß die Komödie von mir geschrieben worden war. Wie ich vor kurzem schon gesagt habe, warf mich die öffentliche Meinung aufgrund meiner Verteidigungsrede ohne große Bedenken mit den Oligarchen in einen Topf, und deshalb war es vom Archon nur allzu verständlich zu glauben, die Wahl eines Stücks von Eupolis käme einer Sympathiebekundung für die Oligarchen gleich. Andererseits sprach sich das Stück selbst offen für die Demokratie aus, und in dem damals herrschenden Klima galt derjenige, der auf die eine oder andere Weise für eine der beiden Seiten eindeutig Stellung bezog, als mutiger Mensch. In der Stadt herrschte der allgemeine Eindruck, daß die geheimnisvollen Anführer des geplanten oligarchischen Staatsstreichs – wer das sein sollte, wußte zwar niemand, aber von ihrer Existenz waren alle überzeugt – überall umhergingen und Listen von eingefleischten Demokraten erstellten, die am großen Tag der Befreiung hingerichtet werden sollten, und auf diesen Listen wollte verständlicherweise niemand stehen. Von daher war es vom Archon viel verlangt, ein Stück auszuwählen, das die Oligarchie anprangerte. Ich kann nur vermuten, daß er letztendlich zu dem Schluß gelangte, die mir unterstellten Sympathien für die Oligarchie und die in meiner Komödie deutlich ausgesprochenen demokratischen Ansichten glichen sich gegenseitig aus, und er sich durch die Unterstützung des Stücks nach beiden Seiten abgesichert fühlte.

Doch diese Faktoren waren nicht die einzigen, die gegen mich sprachen. Zunächst einmal war es eine Zeitlang her, seit ich das letzte Mal um einen Chor gebeten hatte, und solange ein Dichter nicht mit größter Regelmäßigkeit Werke vorlegt, wie es bei Aristophanes stets der Fall war, dauert es, gleichgültig, wie groß sein Ruf früher einmal gewesen war, nicht sehr lange, bis er entweder vergessen ist oder von irgendeinem vielversprechenden jungen Nachwuchstalent vom Thron gestoßen wird. Damals gab es gerade mehrere Männer, von denen man als der neuen Generation der Komödiendichter sprach, und beim Archon stapelten sich die Anträge für die Bereitstellung von Chören. Es genügt wohl, wenn ich an dieser Stelle einfüge, daß ich zum erstenmal gezwungen war, mich der Demütigung einer Reihe hinausgeschobener Entscheidungen zu unterwerfen, um schließlich als letzter der drei erfolgreichen Bewerber ausgewählt zu werden. Zum Schluß ging es sogar äußerst knapp aus, da der Archon den letzten Chor um Haaresbreite einem jungen Mann bewilligt hätte, von dem man bis heute nie wieder etwas gehört hat und der einen, wenn schon nicht sonderlich guten, zumindest vollkommen harmlosen Unsinn über Herakles und einen großen Kessel Linsensuppe zusammengeschrieben hatte.

Doch letzten Endes bekam ich den Chor bewilligt, und die nächste Schwierigkeit bestand in der Zusammenstellung einer Besetzung. Da mir der Chor als letztem und erst nach langer Verzögerung genehmigt worden war, hatten mir die anderen Dichter sämtliche guten Schauspieler vor der Nase weggeschnappt und mir nur noch die absoluten Nieten und jungen Schauspielschüler übriggelassen, denen buchstäblich alles von Grund auf neu beigebracht werden mußte. Zu allem Unglück hatte sich Philonides, der sich für das Vorhaben von Tag zu Tag mehr begeisterte, einige der verzwicktesten und schwierigsten Tanznummern und mimischen Glanzstücke einfallen lassen, die man jemals auf der attischen Bühne gesehen hatte. Da aber nicht mehr genug Zeit zum Proben war und uns nur eine unerfahrene und grundsätzlich unfähige Besetzung zur Verfügung stand, wollte ich diese Meisterstücke unbedingt vereinfachen, um dem Publikum am fraglichen Tag wenigstens irgend etwas zeigen zu können. Aber Philonides wollte nichts davon wissen; statt dessen setzte er es sich in den Kopf, mit jedem Darsteller und Chortänzer einzeln zu proben, als hätten die Betroffenen ihr Lebtag noch nie ein Theater auch nur von weitem gesehen. Das kostete natürlich gewaltige Mengen an Zeit, Geld und Nerven, deren gesamte Reserven schon bald sehr knapp geworden waren, woraufhin Philonides dazu überging, seine Wut und Enttäuschung an mir auszulassen, was ich als äußerst ungerecht empfand. Doch wie ich es von vornherein gewußt hatte, erreichte er am Ende tatsächlich das, was er sich vorgenommen hatte. Es gibt nichts, wozu Philonides einen Chor oder die mitwirkenden Schauspieler nicht bringen könnte, wenn er erst einmal wild dazu entschlossen ist. Hätte der Rat ihm einen Chor bewilligt und ihm aufgetragen, mit diesem Sparta zu plündern, ich glaube, Philonides hätte auch das geschafft, und zwar schneller als ursprünglich geplant.

Wie ich bereits vorhin erwähnt habe, stellte das Geld ein ganz erhebliches Problem dar. Es sah meinem Glück wieder einmal ganz ähnlich, daß ausgerechnet ein gewisser Promachos, der bekanntermaßen geizigste und humorloseste Mensch in ganz Athen, zu meinem Geldgeber berufen worden war. Schon der bloße Gedanke, zur Finanzierung einer Komödie herangezogen worden zu sein, war ihm zuwider, weil er die Komödie grundsätzlich und meine Stücke im besonderen mißbilligte. Hätte es sich um ein ganz durchschnittliches Stück gehandelt, wäre alles schon schwierig genug gewesen; aber da Philonides für seinen Chor nur das Beste vom Besten sowie neue und kostspielige Bühnenmechanismen für Spezialeffekte verlangte, erklärte Promachos bald, daß er bei mir zwölfhundert Drachmen hinterlegen werde und dieser Betrag alles sei, was man von ihm erwarten könne. Folglich bezahlte ich am Ende den Großteil der aufwendigen Dinge aus eigener Tasche, und diese außergewöhnliche Erfahrung behagte mir überhaupt nicht. Als es soweit war, nahm Promachos natürlich das ganze Verdienst für sich in Anspruch, wozu ein Geldgeber unter normalen Umständen durchaus berechtigt ist, und ließ eine prachtvolle Ehrenstatue errichten, auf der die Produktionskosten festgehalten wurden (zweitausend Drachmen). Welcher Anteil an diesem Betrag von mir geleistet worden war, verschwieg er selbstverständlich; ich glaube sogar, er ließ nicht einmal meinen Namen erwähnen.

Jedenfalls blieb mir wegen Promachos' Geiz und Philonides' regelmäßigen Wutausbrüchen nicht mehr viel Zeit, mir über andere Dinge den Kopf zu zerbrechen; zum Beispiel wußte ich nicht einmal mehr, ob das Stück wirklich so gut war, wie ich es mir einbildete. Dennoch gelang es mir, ein paar Stunden zu erübrigen, um mir über die Aktivitäten meines alten Waffengefährten Aristophanes, Sohn des Philippos, den Kopf zu zerbrechen. Schon seit dem Prozeß hatte ich ihn nicht mehr zu Gesicht bekommen, doch kaum war ich aus meinem Schlummer erwacht und hatte mich wieder an die Arbeit gemacht, hörte ich Gerüchte, daß er bitterböse auf mich sei, weil ich, nachdem er gegen mich ausgesagt hatte, freigesprochen worden war, was zwangsläufig seinem Ruf schadete. So habe er geschworen, sich an mir zu rächen, komme, was da wolle. Aus recht zuverlässiger Quelle erfuhr ich, daß er mit aller Macht den Archon zur Ablehnung meines Stücks zu überreden und obendrein Philonides davon abzubringen versucht hatte, die Einstudierung zu übernehmen. Ich gestehe, daß ich dieses Verhalten selbst von einem Mann, der in meiner Achtung tiefer als je zuvor gesunken war, höchst übertrieben fand. Trotzdem traute ich mich nicht, in irgendeiner Weise Vergeltung zu üben, da dadurch alles nur noch schlimmer hätte werden können. Ich weiß, ein Mann soll seinen Freunden helfen und seinen Feinden schaden, doch damals hatte ich einfach keine Lust dazu.

Darüber hinaus war mir zu Ohren gekommen, daß sich Aristophanes verstärkt mit den Oligarchen eingelassen hatte, und obwohl man zu jener Zeit derartige Gerüchte über jeden hören konnte, wenn man wollte, war ich doch geneigt, es in diesem Fall zu glauben. Das Wesentliche an dem Gerücht bestand darin, daß Aristophanes eng mit dem bekannten Heerführer Phrynichos befreundet sein sollte, was nach meinem Dafürhalten tatsächlich durch verschiedene Äußerungen in seinen Komödien bestätigt wurde. Außerdem bemühte sich Aristophanes angeblich nach besten Kräften, sich bei Peisandros einzuschmeicheln, dem zweiten Hauptträdelsführer; doch offenbar konnte Peisandros ihn beim besten Willen nicht gebrauchen und wollte anscheinend auch sonst nichts mit ihm zu tun haben. Das wiederum vermochte ich nur zu gut nachzuvollziehen, denn welche Charakterfehler Peisandros auch aufwies, ein gewisses Maß an gesundem Menschenverstand war ihm nicht abzusprechen, und der Sohn des Philippos wäre für jedes Vorhaben, dem er sich angeschlossen hätte, eindeutig ein Hindernis gewesen. Doch falls an dem Gerücht irgend etwas stimmte, dann schien es Aristophanes mit der oligarchischen Sache vollkommen ernst zu meinen und sich daran nicht nur aus Spaß und Übermut zu beteiligen. Er betrachtete sich selbst als Teil der maßgeblichen Gruppe, sah sich dort gemeinsam mit den Besten an der Spitze und wähnte sich wahrscheinlich schon bald in der Position, um einige alte Rechnungen begleichen zu können, wie zum Beispiel mit mir. Nun kann ich in aller Aufrichtigkeit behaupten, daß mir diese Aussicht keineswegs schlaflose Nächte bereitete; als einziges bereitete mir die Vorstellung Kopfzerbrechen, er beabsichtige irgend etwas Heimtückisches gegen meine Komödie. Wie Sie sich bestimmt erinnern, ist harmlose Sabotage offenbar unabdingbares Bestandteil des vermeintlichen Vergnügens, Dichter zu sein, doch in Athen herrschte damals allgemein ein derart vergiftetes Klima, daß man sich eher fragen mußte, zu welchen Schandtaten ein rachsüchtiger Mensch womöglich *nicht* in der Lage sei. Alles, was man tat, schien plötzlich weitaus gefährlicher zu sein als zuvor; so als wäre das athenische Schauspiel aus dem Ruder geraten und als hätten die Menschen eine sehr viel geringere Hemmschwelle als früher. Das traf in allen Bereichen zu, nicht nur im Theater; ich weiß wirklich nicht, wie ich Ihnen das beschreiben soll. Sie wissen selbst, wie unangenehm ein

Spiel, bei dem man einen Ball fangen muß, manchmal werden kann, wenn die Spieler die Beherrschung verlieren und sich gegenseitig mit dem Ball bewerfen; ja, ich glaube, in gewisser Beziehung war es genau so.

Natürlich waren Gewalt und andere drastische Verhaltensweisen nichts Neues; aber offenbar war aus der Politik und den übrigen Formen des öffentlichen Lebens in Athen die ganze Unbeschwertheit verschwunden, und ich glaube, das lag daran, daß wir nach der sizilianischen Katastrophe als Stadt fast gänzlich den Mut verloren hatten. Vor Sizilien waren wir alle sehr viel eher bereit gewesen, Risiken einzugehen und die Folgen zu tragen, wenn wir scheiterten – ich nehme an, weil wir im Innersten fest davon überzeugt waren, gar nicht scheitern zu können, so daß sich für uns sowieso keine Konsequenzen ergeben hätten. Doch jetzt schien das vormals junge und aufregende Athen alt und verbittert geworden zu sein, und bei der ewigen Suche nach dem Neuen handelte es sich nicht mehr so sehr um das Streben nach neuen Sensationen und frischen Angriffszielen, sondern vielmehr um eine Art verzweifelter Suche, weil offenbar nichts mehr klappen wollte. Natürlich war die ganze alte Kraft noch vorhanden, doch handelte es sich dabei eher um das wütende Aufbegehren des Verlierers, dem seine Niederlage bewußt ist, als um die von Ehrgeiz geprägte Energie des Entschlossenen. Beispielsweise bauten wir in Null Komma nichts eine neue Flotte auf und errangen mit ihr ein paar rasche Siege, die uns für eine Zeitlang in Hochstimmung versetzten und uns das Gefühl der Sicherheit schenkten. Doch gegen die Aufstände in den von uns abhängigen Städten konnten wir nichts ausrichten, und noch viel weniger gegen die spartanische Festung in Dekeleia an unserer Grenze, die uns ganz allmählich zermürbte. Der Gedanke an diese Festung versetzte mich in jene alten Zeiten zurück, von denen mein Großvater immer erzählte, in die Zeit also, bevor die

Perser kamen, und als die Athener schon bei dem Gedanken, daß Ägina immer noch nicht erobert war, nachts nicht ruhig schlafen konnten und Themistokles sie jeden Tag drängte, endlich diesen ›Schandfleck für den Piräus‹ auszulöschen. Für die Athener jener Tage wäre die Vorstellung einer spartanischen Festung auf attischem Boden unerträglich gewesen, aber wir waren offenbar imstande, diesen Gedanken in den hintersten Winkel des Kopfs zu verbannen und mit etwas anderem fortzufahren. In der Zwischenzeit dachten wir zur Ablenkung immer lauter über innere Angelegenheiten nach, einschließlich der Verfassung; und diese Grübelei übte einen eindeutig schlechten Einfluß auf uns aus. Daher die allgemeine Verbitterung, die ich beschrieben habe. Die typischen athenischen Eigenschaften waren natürlich noch alle vorhanden – die Energie, die Liebe zu den Worten und dem Neuen und die ziellose Grausamkeit –, doch glichen sie unseren Kriegsschiffen, die die Syrakuser aufgebracht hatten: Zwar gehörten sie uns noch, aber sie wurden gegen uns eingesetzt, um uns zu schaden.

Vermutlich war das für die Aufführung solch einer hochpolitischen Komödie wie der meinen nicht gerade die beste Zeit; aber ich hatte sie nun einmal geschrieben, sie war gerade aktuell, und ich wollte sie unbedingt auf der Bühne sehen. Allerdings steckte noch mehr dahinter; vermutlich weil ich seit meiner Verteidigungsrede vor Gericht viel mehr als gewöhnlich über diese Dinge nachgedacht hatte. Verstehen Sie, was ich meine? Zu der Zeit, als diese Erzählung begann, hätte sich der Durchschnittsathener nicht mehr Gedanken über die Demokratie als über den Himmel gemacht; die Demokratie war einfach da, und daß sich etwas daran ändern könnte, war schier ein Ding der Unmöglichkeit. Mag sein, daß ich, seit ich zum Nachdenken über derartige Fragen alt genug gewesen war, die Demokratie nie besonders geschätzt habe, aber sie gehörte einfach nicht zu jenen Dingen, gegen die man mit berechtigter Hoffnung etwas auszurichten vermocht hätte; wenn man mit seiner Familie nicht gut auskommt, kann man ja auch nicht damit rechnen, aus ihr ausscheiden und sich einer anderen anschließen zu können. Es ist unmöglich, sich bewußt von seiner Heimatstadt zu trennen; man kann aus der Heimatstadt verbannt werden, doch handelt es sich dabei um eine äußerst drastische Maßnahme, die in vieler Hinsicht genauso grausam oder sogar noch grausamer ist, als hingerichtet zu werden. Nein, wenn mit der Staatsform von Athen irgend etwas Bedeutendes geschah, konnte selbst mich nichts davon abhalten, meine Meinung zu sagen.

Als die Zeit der Festspiele allmählich näher rückte, wurde immer fieberhafter geprobt; Philonides brüllte, die Schauspieler konnten ihren Text immer noch nicht, und die Tuchwalker färbten aus Versehen einen ganzen Stoß Kostüme purpurn statt rot. Der wilden Eile im Theater selbst schien die hektische Betriebsamkeit davor zu entsprechen, so daß ich beides nach so vielen Jahren in meiner Erinnerung nicht mehr auseinanderhalten kann. Das Wort ›Betriebsamkeit‹ habe ich übrigens absichtlich gewählt; zwar ereignete sich nichts Wesentliches, aber von einer Unzahl von Menschen wurde ein riesiger Kraftaufwand betrieben, und wenn auf so engem Raum eine derartige Energie und Körperwärme entwickelt werden, muß aller Wahrscheinlichkeit nach früher oder später irgend etwas kaputtgehen oder zumindest schmelzen. Zwar war die Lage in der momentanen Kriegsphase nicht weniger aufregend, aber uns in der Stadt kam sie eher wie eine Randerscheinung vor und war in unseren Augen nur wenig mehr als eine Quelle neuer und dankbarer Streitfragen: Wie würden die Oligarchen auf dieses und jenes reagieren, und was sollte man aus den Entwicklungen in Persien am besten machen? Das war sehr kurzsichtig von uns, denn wir schwebten in großer Gefahr, die Herrschaft über die produktivsten der von uns abhängigen Staaten zu verlieren. Die Spartaner dachten nämlich allmählich nicht mehr wie homerische Helden, sondern wie vernünftige und einsichtige Menschen und kamen einem gegen uns gerichteten Pakt immer näher, den sie mit dem größten aller Feinde, dem Großkönig von Persien, schließen wollten. Wäre ich von den Vorbereitungen für die Komödie nicht so in Anspruch genommen worden, könnte ich hier für noch nicht geborene Generationen eine Menge interessanter Fakten über die paar wirklich spannenden Monate vor den Dionysien im März aufzeichnen, doch hatte ich damals nur eine ungenaue Vorstellung von den Ereignissen außerhalb der Stadt und im Krieg, und wenn ich Ihnen davon einen ausführlichen Bericht geben sollte, müßte ich hauptsächlich auf Gerüchte zurückgreifen, und zwar auf athenische Gerüchte. Aber falls es Sie tröstet, kann ich Ihnen statt dessen ein wenig über die Dionysien in jenem Jahr erzählen.

Das vorwiegende – oder alleinige – Gesprächsthema waren die außergewöhnlichen Stücke, die Euripides darbieten wollte. Er selbst hielt sich bezüglich des Inhalts die ganze Zeit sehr bedeckt, was den wilden Spekulationen nur neue Nahrung gab. Denn zumindest eins der Stücke sollte (angeblich) unsere gesamte Auffassung von der Tragödie, von den Göttern und so ziemlich allem revolutionieren, was unser Leben ausmachte. Wie wir wußten, handelte eins der Stücke von Helena, und Euripides hatte auf sein altes Steckenpferd zurückgegriffen, auf die Geschichte im Stesichoros, nach der Helena nie nach Troja fuhr, sondern nach Ägypten weggezaubert wurde, während für Paris nur ein aus Wolken geformtes Ebenbild blieb. Damit warf er eine unermeßliche metaphysische Frage auf, auf die es keine unmittelbar einleuchtende Antwort gab. Ein zweites Stück drehte sich angeblich um Andromeda und behandelte den Stoff in ungefähr der gleichen

Weise wie das erste; und beide Stücke sollten ein glückliches Ende haben und in vielerlei Hinsicht der Komödie näherstehen als der Tragödie. Nun vertrete ich die Lehrmeinung, daß viele von Euripides' Tragödien unfreiwillige Komödien sind, und konnte es deshalb kaum erwarten, endlich zu sehen, was passieren würde, wenn sich Euripides bemühte, bewußt komisch zu sein, und rechnete deshalb fest damit, schon vor dem Auftritt des Chors nur tränenüberströmte Gesichter im Publikum zu sehen. Mehrere Komödiendichter, darunter Aristophanes, bemühten sich verzweifelt, Vorausexemplare dieser Stücke in die Finger zu bekommen, indem sie die Sklaven des Archons bestachen oder die Schauspieler betrunken machten, um auf diese Weise einiges von dem Stoff in ihren nächsten Komödien als parodistische Bruchstücke einarbeiten zu können. Selbst ich verspürte einen gewissen Zorn darüber, daß Euripides nicht den Anstand besaß, seine grotesken Possen rechtzeitig genug aufzuführen, damit ich sie noch in meinem Meisterwerk verwenden konnte, zumal ich mich gezwungen gesehen hatte, noch einmal über den *Telephos* herzuziehen, was ich als das einzige Manko an meiner Komödie empfand.

Natürlich sind Sie mit diesen beiden Furunkeln am Hintern der Tragödie – namentlich mit Euripides' *Helena* und *Andromeda* – bestens vertraut und wundern sich, was die ganze Aufregung damals sollte. Doch wenn Sie sich das über die damaligen Umstände Erzählte vor Augen halten, gab es in diesen Stücken einige Merkwürdigkeiten, besonders in der *Helena*. Beispielsweise werden in der *Helena* zumeist ohne jegliche Rechtfertigung durch die Handlung oder die Rollentexte endlose Loblieder auf die Spartaner gesungen. Wenn es in Euripides' Absicht lag, das Publikum zu schockieren, hatte er damit zweifellos Erfolg, und etliche Leute von durchschnittlicher Intelligenz waren davon sogar tief beeindruckt. Zudem kommt diese außergewöhnliche Zeile vor, in der es heißt, daß selbst die am weitesten gereisten Menschen den Unterschied zwischen wahren und falschen Göttern sowie halbgöttlichen und halbmenschlichen Dingen nicht erkennen können. Wenn ein Mann für schwerverständliche Tiefgründigkeit bekannt ist, wie es bei Euripides der Fall ist, kann er sich offenbar erlauben, einfach alles zu sagen, und das Publikum wird stets seine ganze Kraft aufbieten, um etwas ganz Wunderbares hineinzudeuten; und an Idioten, die Euripides' Unfug als hochintelligente Anmerkung zu den zerschlagenen Statuen und der Expedition nach Sizilien verstanden, herrschte wahrhaftig kein Mangel. Ich erinnere mich sogar daran, daß mir etwa eine Woche nach den Festspielen ein Barbier beim Bartstutzen den ganze Unsinn in allen Einzelheiten erklärte und ich mit ihm nicht diskutieren konnte, da ich Angst hatte, das Kinn zu heftig zu bewegen und die Kehle durchgeschnitten zu bekommen. Aufgrund meiner Zwangslage tat ich damals so, als wäre ich von seinen Ausführungen vollkommen überzeugt; aber leider kann ich mich nach der langen Zeit an kein einziges Wort mehr erinnern.

Wegen der Aufregung um Euripides, der politischen Ereignisse und des Kriegs war niemand mehr besonders begierig, im voraus herauszufinden, was Eupolis in jenem Jahr auf die Bühne bringen wollte; wie ich hörte, war man sogar allgemein der Ansicht, Eupolis habe seine besten Jahre hinter sich und seit dem *Marikas* nichts Nennenswertes mehr geschrieben; er sollte sich lieber in stiller Dankbarkeit zur Ruhe setzen und einem der Nachwuchsdichter eine Chance geben. Dieses Gerede machte mich nur entschlossener, allen zu zeigen, daß ich immer noch etwas zu sagen hatte, und bei den Proben ging ich den Beteiligten immer häufiger auf die Nerven, und das ausgerechnet zu dem Zeitpunkt, als Philonides und die Schauspieler endlich einen – wenn auch unsicheren – Waffenstillstand geschlossen hatten. Durch meine Einmischung, die hauptsächlich aus völlig unsinnigen Forderungen bestand (beispielsweise, daß die Chorauftritte noch aufsehenerregender gestaltet werden oder die Schauspieler komplette neue Reden in weniger als einer Woche vor Beginn der Festspiele auswendig lernen müßten), hätten wir um Haaresbreite gar kein Stück mehr zum Aufführen gehabt. Aber Philonides setzte sich gegen alle Widrigkeiten durch, und gerade als ich alles hinschmeißen wollte, hielten wir eine letzte Probe ab, auf der buchstäblich alles klappte. Ich weiß noch, wie ich mich nach diesem Schlußdurchlauf auf dem Heimweg befand und geradewegs an meinem Haus vorbeilief, weil ich in Gedanken Solons Rede durchging und noch nicht fertig damit war, als ich die Tür erreichte.

Schließlich kam der Zeitpunkt der offiziellen Voraufführung, zwei Tage vor Beginn der eigentlichen Festspiele. Damals führten wir das noch ein wenig anders durch: Die Dichter, Geldgeber, Chöre und Schauspieler gingen kostümiert, aber ohne Masken zum Odeion (meine Gefühle beim Wiedersehen mit diesem Gebäude können Sie sich ja vorstellen), und die Dichter mußten auf ein Podium steigen und den Titel ihres Theaterstücks zusammen mit einer kurzen Zusammenfassung der Handlung verkünden. Natürlich verriet nie jemand, worum es in seinem Stück wirklich ging – das wäre ein folgenschwerer Fehler gewesen –, und setzte statt dessen eine Art delphisches Orakel zusammen, um das Interesse zu schüren. An dieser Phase des Verfahrens hatte ich mein Lebtag keinen Gefallen gefunden, weil ich nie großes Zutrauen zu meiner Fähigkeit gehabt habe, meine Stimme zum Tragen zu bringen. Doch nach dem Prozeß in demselben Gebäude kannte ich die Akustik im Odeion ganz genau, und es war mir ein ausgesprochenes Vergnügen, auf derselben Tribüne zu stehen, auf der ich die Verteidigungsrede gehalten hatte, und meine Komödie anzusagen. Für mich war es ein willkommener Anlaß, meinen Trotz zu verkünden und zu betonen, daß ich ein recht ordentliches Stück geschrieben hatte. Ich war gerade schön in Fahrt und fand bei den Zuhörern sehr gute Aufnahme, als auf einmal eine Gruppe Männer im hinteren Teil der Halle zu schreien begann und mich mit Oliven bewarf. Ich erkannte sie als einige von Aristophanes' üblichen Anhängern, die er dafür bezahlte, bei seinen Komödien zu klatschen und ›Zugabe!‹ zu rufen (ein paar von ihnen arbeiten schon seit fünfzehn Jahren mit Aristophanes zusammen und waren in Athen genauso bekannt wie die Darsteller selbst). Doch was sich hier abspielte, ging nach meinem Empfinden ein bißchen zu weit. Für einen Dichter ist es ja nichts Ungewöhnliches, während der Aufführung eines Stücks für kleine Tumulte zu sorgen, wie ich Ihnen, wenn ich mich nicht irre, schon irgendwo erzählt habe; und ich erinnere mich mit großem Vergnügen an den Tag, als Kratinos seine Anhänger dazu aufgefordert hatte, bei einem von Euripides' frühen Versuchen Krach zu schlagen. Wie er nämlich gehört hatte, enthielt Euripides' Stück eine Lobrede auf das Geld, und er ließ seine Leute damals aus moralischen Gründen dagegen protestieren, mit dem Erfolg, daß der Tragödiendichter von seinem Sitz aufsprang, auf die Bühne stürmte und die Störenfriede eindringlich bat, sich den Rest des Stücks anzuhören, um zu sehen, welch böses Ende die ins Geld verliebten Figuren nähmen. Aber eine Störung bei der Voraufführung zu veranstalten, war etwas vollkommen Neues; und schlimmer wurde alles noch dadurch, daß Aristophanes irgendwie herausgefunden hatte, wie die Handlung und die besten Szenen meiner Komödie aussehen sollten. Folglich hatte er seine Helfer angewiesen, diese geheimen Informationen aus vollem Hals auszuposaunen. Philonides mußte jedoch etwas Derartiges vermutet haben (obwohl er es nicht für angebracht gehalten hatte, mir seinen Verdacht mitzuteilen), denn er hatte eine eigene Bande angeheuert. Diese Männer sprangen nun auf und schrien, daß Aristophanes der oligarchischen Verschwörung angehöre und auf die Spitze des alten Turms im Töpferviertel gebracht und von dort hinuntergestoßen werden müsse. Aristophanes' List stellte sich schließlich selbst ein Bein, weil der von Philonides inszenierte Tumult weit mehr Gelächter erntete und der Sohn des Philippos solche Angst bekam, daß er nach Hause rannte und sich für den Rest des Tages unter dem Bett versteckte.

Die Lose waren gezogen: Meine Komödie sollte am zweiten Tag, im Anschluß an Euripides' Tragödien, aufgeführt werden. Ob ich das gut fand, darüber war ich mit mir selbst nicht einig. Einerseits konnte man sicher sein, daß die Zuschauer im Theater so dicht wie Breitlinge im Faß zusammengedrängt säßen, andererseits könnte das Publikum über die Tragödien so aufgebracht sein, daß man meine Komödie praktisch nicht mehr beachten würde. So etwas hatte ich schon oft miterlebt: Wenn der Komödienchor auf der Bühne erscheint, unterhält sich das Publikum noch immer über die Tragödie, und das zumeist in voller Lautstärke. Dadurch bekommt keiner die Anfangsrede mit und hat dann nicht die leiseste Ahnung, worum es in dem Stück eigentlich geht. Letztendlich kam ich aber zu dem Schluß, daß mein Aufführungstermin alles in allem eine gute Sache sei. Niemand, nicht einmal ein Ausländer, würde die Anfangsszene meines Stücks übersehen können, in der Athena auf dem Bühnenmechanismus vom Olymp herabschwebt.

Am ersten Tag der Festspiele war ich schon lange vor Sonnenaufgang wach, und Phaidra und ich befanden uns unter den ersten Menschen auf den Straßen, die auf den Vorbeizug der Prozession warteten. Nicht einmal die eigenartige Atmosphäre, die in der Stadt herrschte, konnte den Eröffnungstag der Dionysien verderben. Heute ist alles anders, doch damals gab es auf der ganzen Welt nichts Vergleichbares. Ich bitte Sie, sich zu gedulden, während ich den Umzug beschreibe – und sei es nur mir zum Gefallen, wenn Sie so wollen. Er gehörte nämlich voll und ganz zur besten Seite von Athens Charakter, und nach den ganzen schrecklichen Dingen, die ich über die Stadt geschrieben habe, halte ich es nur für angemessen, ihr die Möglichkeit zu geben, auch einmal in einem etwas besseren Licht gesehen zu werden.

Kurz nach Tagesanbruch wurden sämtliche Gefangenen – bis auf die gefährlichen – unter Aufsicht aus den Gefängnissen geführt, um der Prozession zuzusehen, und die Mädchen, die man zum Tragen der Körbe ausgesucht hatte, nutzten die noch verbleibende Zeit, um überall ihre neuen Kleider zu zeigen, bis sie ihre Plätze einnehmen mußten. Die Prozession fing fast immer mit Verspätung an; doch sobald der Zug auftauchte, erklärte ihn ein jeder alle Jahre wieder zum eindeutig besten aller Zeiten. Zuerst kam stets die Statue des Gottes vorbei, gefolgt von den Korbträgerinnen und den jungen Männern, die man dazu ausgewählt hatte, satirische Lieder zu singen und jeder Berühmtheit, die sie in der Menschenmenge erkannten, vulgäre Beleidigungen an den Kopf zu werfen – weil die Stadt nunmehr unter Aufsicht von Dionysos stand und man allen Sterblichen, so bedeutend diese auch sein mochten, diese Tatsache bewußt machen mußte. Meistens gelang kurz darauf einem der Opfertiere – für gewöhnlich einem riesigen wilden Bullen – zu entkommen und den einen oder anderen in der Masse der Zuschauer mit den Hörnern aufzuspießen, und obendrein gab es Schlägereien und Diebstähle und Menschen, die in Ohnmacht fielen und niedergetrampelt wurden, und alle die Zutaten eines gelungenen und schönen Tages unter freiem Himmel.

Nun folgte der feierliche und recht langweilige Teil, in dem die Dithyramben von Massenchören gesungen wurden und jeder ernst und andächtig auszusehen versuchte und sein möglichstes tat, nicht an den falschen Stellen zu husten. Ich habe zwar keine Ahnung, warum das so ist, aber selbst der fähigste Dichter bringt, sobald er zum Verfassen einer Dithyrambe aufgefordert wird, nur den schwülstigsten zwanzigminütigen Kitsch hervor, den man je im Leben gehört hat – also nur solche Verse, die ohne das geringste Zögern ausgepfiffen werden würden, baute man sie in ein Theaterstück ein. Aber da es sich um die Dithyrambe handelt, die ja irgendwie heilig und somit unantastbar ist, tut das gesamte Publikum so, als genösse es die herrlichste Dichtung seit Hesiod, und niemand sagt ein Wort oder wirft auch nur mit einem Kiefernzapfen. Doch wenn schließlich alles vorüber ist, sind alle äußerst erleichtert, und dann kann der eigentliche Spaß beginnen.

Als erstes wird das Schwein abgestochen, begleitet von dem üblichen Blut und Quieken, was den Kindern immer besonders gefällt; dann werden die Trankopfer ausgeschenkt, während die meisten Zuschauer vor den Wurstverkäufern Schlange stehen und miteinander über die diesjährige Ernte plaudern. Doch zur Prozession befinden sie sich alle wieder auf ihren Sitzen, wenn die jungen Männer die Krüge mit Silber vorbeitragen, das nach Abzug aller städtischen Ausgaben von dem Tribut übriggeblieben ist (häufig wirkte das natürlich ein wenig lächerlich, da die Stadt zu dieser Zeit praktisch bankrott war, doch wurde der Umzug durchgeführt wie eh und je), und darauf folgte die feierliche Überreichung der Rüstungen an die Söhne der Männer, die in jenem Jahr im Kampf gefallen waren. Wie Sie sich denken können, artete dieser Teil der Feierlichkeiten leicht in offene Peinlichkeit aus. Bei den Dionysien nach Sizilien waren zum Beispiel nicht genügend Rüstungen vorhanden, und deshalb mußten die jungen Empfänger hinten um das Podium herumlaufen und die Rüstung, mit der man sie gerade so rührend beschenkt hatte, an den nächsten Anwärter weitergeben. Ich glaube, zum Schluß hatte zwar jeder eine Rüstung erhalten, denn das ist eine sehr ernste Angelegenheit, und nicht einmal die Politiker würden im Traum an Betrug denken, aber einige der jungen Männer mußten sich mehrere Jahre gedulden, und selbst dann gab es noch Klagen, daß ein paar Rüstungen nicht paßten oder gebraucht von jenen Leuten gekauft worden waren, die nach den Schlachten über die Felder ziehen und die Gefallenen ausplündern.

Schließlich wurden aus den versiegelten Kesseln, die man während der Prozession von der Akropolis heruntergetragen hatte, die Namen der Preisrichter für die Theaterstücke gezogen, und Sie können sich bestimmt vorstellen, wie die Geldgeber der Theaterstücke bei der Namensverkündung in gespannter Erwartung dasaßen, weil sie hofften, die richtigen Leute bestochen zu haben.

Dann folgte eine Pause, während der stets alle aufstanden und nach draußen liefen, um noch mehr Würste oder Wein oder Äpfel oder Gegenstände zum Werfen zu kaufen. Draußen hatten sich zumeist Schlangen von zu spät gekommenen Ausländern gebildet, die Karten zu kaufen versuchten, während die athenischen Bürger, die gerade aus den entlegeneren Teilen Attikas eingetroffen waren, mit sarkastischen Bemerkungen an ihnen vorbei hineinschlenderten. Hatte der Lärm von fünfzehntausend plappernden und schmatzenden Menschen seinen geradezu unerträglichen Höhepunkt erreicht, erschallte die Trompete, woraufhin jedesmal der wildeste Ansturm auf die Sitzplätze einsetzte, ähnlich den Fußsoldaten, deren Linie unter den von den Seiten und von hinten geführten Angriffen der Reiterei auseinanderbricht. Nun konnte man das wenig erbauliche Schauspiel verfolgen, wie praktisch jeder einzelne Bürger unserer großen Demokratie seinen Sitznachbarn beschuldigte, ihm den Platz oder das Kissen weggenommen zu haben oder auf seinem Hut zu sitzen oder ihm die Sicht auf die Bühne zu versperren. Mitten in dieses Durcheinander hinein fuhr das laute Pfeifen der Flöten, und sobald der erste Schauspieler der Festspiele die Bühne betrat, um seinen Prolog zu sprechen, wurden sofort sämtliche Gegenbeschuldigungen eingestellt. Diese Stille dauerte im allgemeinen nur gerade so lange, daß sich der Schauspieler vorstellen und den Schauplatz des Stücks bekanntgeben konnte; denn kaum hatten die Zuschauer begriffen, daß es sich wieder einmal nur um eine Variation der Rückkehr des Orestes handelte, setzten sie den Streit mit ihren Sitznachbarn an der Stelle fort, an der sie ihn abgebrochen hatten. Ich glaube, das ist der Grund, warum Tragödien einen Prolog haben; eine andere Rechtfertigung kann ich dafür nicht finden.

So also sah zu meiner Zeit der Eröffnungstag der Großen Dionysien aus. Jetzt werden Sie mir vorhalten, daß er heute noch genauso aussehe und ich mit meiner Schilderung nur Ihre Zeit vergeudet hätte, und ob das nicht ganz einem senilen alten Mann entspräche. Doch ich muß Sie bitten, darüber noch einmal nachzudenken. Läuft in der heutigen Zeit nicht alles sehr viel ruhiger und bewußt literarischer ab? Vergessen Sie nicht, wir haben diese großen Tragödien – die Sie heute genauso wie Homer schätzen, weil man Ihnen in Ihrer Jugend gesagt hat, sie seien gut – damals zum erstenmal gesehen und wußten noch nicht, daß sie gut sein würden, als wir unsere Plätze im Theater einnahmen. Bedenken Sie aber auch, daß die meisten nichts taugten; die guten sind diejenigen, die Sie gelesen haben. Außerdem machen sich heutzutage viele Menschen nicht einmal mehr die Mühe, die Festspiele zu besuchen. Damals hingegen handelte es sich wirklich um die einzige Zeit des Jahres, zu der alle Bewohner Attikas, denen es nur irgendwie gelungen war, drei oder vier Tage zu erübrigen, an einem Ort zusammenkamen. Sie alle waren fest davon überzeugt, absolut jedes Wort zu verstehen und in ihrem Urteil genauso treffsicher wie der Nebenmann zu sein, denn schließlich herrschte in Athen Demokratie. Das ist mittlerweile sicherlich ganz anders; zwar gibt es heute Leute, die etwas von dramatischer Dichtung verstehen, und einige von denen wissen sogar, was ihnen gefällt, aber viele behaupten auch, Theaterstücke überhaupt nicht zu mögen, und halten sie schlichtweg für langweilig.

Ich weiß, was Sie jetzt denken, und Sie haben recht: Ich klinge allmählich wie ein alter Mann. Ich glaube, daran ist das Schreiben an diesem Buch schuld. Bevor ich mit diesem nutzlosen Unterfangen begann, hatte ich nicht viele Gedanken an die alten Zeiten verschwendet – ich gehöre nicht zu jenen Menschen, die sich ständig mit der Vergangenheit befassen –, und bis zu einem gewissen Grad habe ich die meiste Zeit über laut nachgedacht, während mir Dinge in den Sinn gekommen sind, die ich mir nie zuvor klargemacht hatte. Was die Wahrnehmung zeitlicher Abläufe betrifft, sind wir Athener nicht sehr beschlagen. So brachte beispielsweise Aristophanes immer wieder Chöre auf die Bühne, in denen Männer in der heutigen Zeit dargestellt wurden, die aber, bis auf die letzten paar überlebenden Veteranen, allesamt bei Marathon längst gefallen und begraben waren, was allerdings niemandem im Theater merkwürdig vorzukommen schien. Man glaubte trotzdem, viele der Marathonkämpfer seien noch immer am Leben, und deshalb hat sich nie jemand die Mühe gemacht, Überlebende der Schlacht aufzuspüren und sie selbst über das Geschehen zu befragen und ihre Berichte festzuhalten, um die Wahrheit niemals in Vergessenheit geraten zu lassen. Dann traten Männer wie der berühmte Herodot auf den Plan, und sie schrieben Bücher und hielten Vorträge, und plötzlich war niemand mehr da, der hätte sagen können, ob sie die Wahrheit getroffen hatten oder nicht. Wahrscheinlich ist das auch der Grund, warum ich dieses Buch geschrieben habe – das und natürlich das Geld, das mir Dexitheos angeboten hat, sowie die Aussicht, den Winter über etwas zu tun zu haben. Du meine Güte, jetzt fange ich wirklich an abzuschweifen, oder? Ich sollte lieber mit der Erzählung fortfahren, bevor ich den Bezug zur Wirklichkeit noch völlig verliere.

Daß ich ausgelost wurde, meinen Chor nach Euripides' Tragödien am zweiten Tag auf die Bühne zu schicken, und mit mir selbst uneinig war, ob ich das gut oder schlecht fand, habe ich Ihnen ja bereits erzählt. Den Eröffnungstag hielt ich wie ein kleines Kind durch, das gespannt darauf wartet, das erstemal mit auf den Marktplatz gehen zu dürfen, und von den Tragödien bekam ich kaum etwas mit. Die Komödie am ersten Tag war ganz entsetzlich; sie gehörte zu einer der ersten dieser jämmerlichen Alltagspossen, die heutzutage so beliebt sind. Sie handelte von einem jungen Mann, der das Mädchen von nebenan heiraten will, aber aus irgendeinem unglaubwürdigen Grund nicht kann, und enthielt kaum einen Witz über die Politiker oder den Krieg, während die Chorlieder überhaupt nichts mit der Handlung zu tun hatten und anscheinend nachträglich hinzugefügt worden waren. Ich konnte die Komödie einfach nicht ausstehen und empfand es als sehr bedrückend, mitbekommen zu müssen, wie sehr sie vom Publikum beklatscht wurde. Wenn die Zuhörer einer schlechten Komödie Beifall spenden, fasse ich das als persönliche Beleidigung auf, es sei denn, es handelt sich dabei um eine von meinen. Als diese Travestie endlich ihr zähes Ende gefunden hatte, begab ich mich schnurstracks nach Hause, anstatt wie sonst im Theater zu bleiben, mich mit Leuten zu unterhalten, die ich seit dem vorigen Jahr nicht mehr gesehen hatte, und mich ganz allgemein zu freuen, dabeisein zu dürfen. Später schaute Philonides vorbei, um in letzter Minute noch einige Punkte mit mir durchzugehen; allerdings eher aus Höflichkeit als aus irgendeinem anderen Grund. Er hatte alles fest im Griff, ganz wie ein persischer Satrap, und benötigte von mir keine Hilfe. Ich wollte von ihm wissen, ob er davon gehörte habe, daß Aristophanes weitere Gemeinheiten gegen mich plane, woraufhin er mir einen höchst eigenartigen Blick zuwarf und entgegnete, daß sich Aristophanes für mich allmählich zu einer Art Zwangsvorstellung entwickle, und deshalb sprach ich nicht weiter davon. Ich aß früh zu Abend und begab mich gleich danach zu Bett, aber schlafen konnte ich natürlich nicht. Mehr als bei allen anderen Stücken, die ich vorher geschrieben hatte, wünschte ich mir, daß diese Komödie den ersten Platz belegen würde, und ich glaube, in diesem Augenblick wußte ich, daß sie im Falle eines Sieges meine letzte Komödie sein würde und ich danach mit dem Theater fertig wäre. Ich habe keine Ahnung, warum. Auch heute noch nicht.

Kaum deutete sich der Morgen an, begab ich mich gut zwei Stunden vor Sonnenaufgang zu Philonides' Haus, wo ich allerdings feststellen mußte, daß er noch im Bett lag und über meinen frühzeitigen Besuch alles andere als erfreut war. Er fühlte sich ganz allgemein niedergeschlagen – das war nur allzu verständlich, wenn man bedenkt, daß er just an diesem Tag seinen fünfundsiebzigsten Geburtstag beging –, aber nach einer heißen Tasse Wein mit Honig und Käse sowie einem Happen Brot hastete er bald umher wie ein Achtzehnjähriger, und nach und nach trudelten auch die Chorführer und die Schauspieler ein.

Diesen Morgen werde ich mein Leben lang nicht vergessen. Als erstes erschienen die Chorführer, und sie strotzten vor Kraft und Begeisterung. Dann kamen die beiden Nebendarsteller herein, die zwar einen Kater hatten, aber ansonsten wohlauf waren. Vom Hauptdarsteller fehlte allerdings jede Spur. Nun war der betreffende Mann, ein gewisser Philocharmos, wegen seines ständigen Zuspätkommens zu allen möglichen Anlässen berüchtigt, deshalb machten wir uns zunächst keine Sorgen. Doch als nur noch eine Stunde Zeit bis zum Beginn der ersten Tragödie blieb und Philocharmos immer noch nicht aufgetaucht war, sandte Philonides Boten auf die Suche nach ihm aus, und wir saßen da, starrten uns gegenseitig an und fragten uns, was in aller Welt passiert sein konnte. Philonides war mittlerweile äußerst aufgeregt und vertrieb sich die Zeit damit, uns in allen Einzelheiten zu beschreiben, was er mit Philocharmos anstellen werde, sobald er ihn in die Finger bekomme. Doch tief im Innern wußte ich bereits, was mit ihm passiert war, und deshalb war ich, als einer von Philonides' Boten hereingestürmt kam und erzählte, was mit Philocharmos tatsächlich geschehen war, nicht im mindesten überrascht.

Philocharmos (berichtete der Bote) befinde sich auf dem Marktplatz. Er sei mit Wein, verpanscht mit Mohnaufguß, abgefüllt worden und jetzt hoffnungslos betrunken, und es bestehe nicht die geringste Aussicht, ihn bis zum heutigen Nachmittag wieder nüchtern zu bekommen. Wie der Bote weiterhin erzählte, habe er ein paar Männer getroffen, die unseren Hauptdarsteller am vorhergehenden Abend bei einem Umtrunk mit einem rothaarigen und einem großen Mann mit Sommersprossen beobachtet hätten, und mehr brauchten wir nicht zu hören. Diese beiden Kerle waren die Anführer von Aristophanes' bezahlten Beifallklatschern – dieselben Männer, die die Störung während der Voraufführung veranstaltet hatten. Warum Philocharmos sie nicht erkannt hatte, bleibt Zeus' Geheimnis. Ich glaube allerdings, daß er sie sehr wohl erkannte und bei dieser Gelegenheit eine ansehnliche Summe Silbergeld den Besitzer wechselte.

Das schien es also gewesen zu sein: Wir hatten keinen Hauptdarsteller mehr und somit auch kein Theaterstück. Wenigstens die Hälfte der Verse im Stück wurde vom Hauptdarsteller gesprochen, was zu meiner Zeit in der Komödie üblich war. Philonides bekam fast einen Herzanfall, zumal es eigentlich seine Aufgabe gewesen wäre, sicherzustellen, daß so etwas nicht passieren konnte. Aber ich kann ihm nichts vorwerfen; bei den Leuten, die man normalerweise im Auge behalten muß, handelt es sich um die Komödiendichter, die mit einem gemeinsam an den jeweiligen Festspielen teilnehmen, und nicht um irgend jemanden, der gar nicht am Wettkampf teilnimmt, und ich bin mir sicher, Philonides hatte alle denkbaren Vorsichtsmaßnahmen gegen Sabotageversuche seitens meiner beiden direkten Mitkonkurrenten getroffen. Es war ihm gar nicht in den Sinn gekommen, daß Aristophanes seinen persönlichen Groll gegen mich so weit treiben könnte.

Auch etwa eine halbe Stunde vor Beginn der ersten Tragödie hatten wir noch immer keinen Plan; ich war dafür, zum Archon zu gehen und ihm von dem Vorfall zu berichten, damit er für einen Ersatz sorgen könnte.

Doch Philonides wollte nichts davon wissen. Er blickte mich einfach an und sagte: »Ich lasse mir doch meine beste Arbeit nicht auf diese Weise über den Haufen werfen. Einer von uns beiden muß die Rolle übernehmen.«

Ich blickte ihn entsetzt an. »Du spinnst wohl«, entrüstete ich mich. »Ich habe von der Schauspielerei nicht die geringste Ahnung.«

»Ich weiß«, entgegnete er mit ruhiger Stimme. »Außerdem hast du eine grundverkehrte Stimme und bewegst dich wie ein Ochsenkarren, an dem ein Rad fehlt. Und du bist zu klein. Nein, du kannst die Rolle auf keinen Fall spielen. In tausend Jahren nicht.«

Wir blickten uns gegenseitig in die Augen. Seit vielen Jahren kannten wir uns. Philonides war der erste Mensch gewesen, mit dem ich am Tag meiner Rückkehr aus Sizilien gesprochen hatte. Wenn ich in Athen einen einzigen Freund besaß, dann Philonides. Außerdem war er sehr wohl imstande, selbst Thespis höchstpersönlich an die Wand zu spielen; er verfügte über eine herrliche Stimme, über ein großartiges Gefühl für zeitliche Abläufe und über eine Autorität, bei der sich die Zuschauer in den Sitzen aufrichten und aufmerksam sein würden. Die Sache hatte jedoch einen Haken: Philonides hatte furchtbare Angst, vor Publikum zu sprechen.

Einst hatte er mir davon erzählt, wie er ein einziges Mal vor einer großen Zuhörerschaft hatte sprechen müssen. Es handelte sich um einen völlig belanglosen Prozeß, bei dem es um einen kleinen Betrag ging, den ihm ein Nachbar schuldete, und nachdem sich Philonides lange den Kopf zerbrochen und die Sache hinausgeschoben hatte, brachte er die Angelegenheit schließlich vor Gericht. Er schrieb eine glänzende Rede, die er selbst halten wollte, und lernte sie perfekt auswendig. Dann probte er sie vierzehn Tage lang ununterbrochen vom Sonnenaufgang an bis zum Einbruch der Dunkelheit. Er besuchte das Gericht, um sich an die dortige Atmosphäre zu gewöhnen, holte Rat von erfahrenen Prozeßführenden ein und las sogar einige Bücher zu diesem Thema. Doch als der Tag kam und die Wasseruhr zu laufen begann, verschlug es ihm die Sprache. Seinen gewaltigen Bemühungen zum Trotz brachte er kein einziges Wort hervor, so daß er den Prozeß praktisch durch (geistiges) Nichterscheinen vor Gericht verlor. Dennoch handelte es sich um denselben Mann, der imstande war, die aufsässigsten Chöre zurechtzuweisen, Berufsschauspielern die Tränen in die Augen zu treiben und Autoren zum Umschreiben ihrer besten Reden umzustimmen, und das alles durch die bloße Macht seiner Persönlichkeit. Und nun bat ich ihn, bei den Großen Dionysien im Dionysostheater vor vielleicht achtzehntausend Menschen zum erstenmal in seinem Leben auf die Bühne zu treten und die Hauptrolle in einer Komödie zu spielen.

Schweigend saßen wir da und beobachteten uns dabei gegenseitig wie zwei streunende Hunde auf dem Markt, die sich um einen Brocken Fleischabfall streiten, wobei uns lediglich bewußt war, daß an diesem Nachmittag einer von uns beiden die Hauptrolle in einer Komödie würde spielen müssen.

»Weißt du«, sagte Philonides nach sehr langem Schweigen, »wenn du dich ein bißchen gerader hältst und ganz langsam sprichst, könnte es klappen.«

Mit frostigem Lächeln entgegnete ich: »Schauspielen soll ja etwas ganz anderes sein, als Reden vor Gericht zu halten. Vor allem hast du das Publikum auf deiner Seite, und wenn du die Anfangsnervosität erst einmal abgelegt hast, macht es dir wahrscheinlich sogar Spaß.«

Als hätte ich nie einen Ton von mir gegeben, ging Philonides überhaupt nicht auf mich ein – dafür besaß er eine Begabung, die er beim Umgang mit Schauspielern äußerst wirkungsvoll einsetzte –, als er fortfuhr: »Immerhin ist es noch nicht so lange her, daß die Verfasser die Hauptrolle häufig selbst gespielt haben. Vor dem Krieg war das etwas ganz Normales. Aischylos hat das immer so gemacht.«

»Gerade Aischylos war es, der dem ein Ende bereitete, indem er den zweiten Hauptdarsteller einführte«, korrigierte ich Philonides. »Ich erinnere mich, einmal von jemandem gehört zu haben, daß Aischylos beim Betreten der Bühne jedesmal mit einem furchtbaren Ausschlag auf dem ganzen Gesicht erschienen sein soll. Er brauchte eine besonders gefütterte Maske.«

Nun probierte es Philonides auf andere Weise. »Für euch Theaterdichter muß es doch furchtbar ärgerlich sein«, sagte er mit süßlichem Lächeln, »wenn die Zuschauer nach dem Stück herauskommen und sich ausschließlich darüber unterhalten, wie gut Soundso den Helden dargestellt hat, wobei sie den Dichter mit keinem einzigen Wort erwähnen, als ob der Schauspieler seine Rolle aus dem Stegreif gespielt hätte. Und daß du hinter der Maske gesteckt hast, werden sie nie erfahren; sie werden glauben, es habe sich um Philocharmos gehandelt. Verbockst du es, bekommt er die Schuld, legst du eine echte Glanzleistung hin, kannst du am Ende die Maske abnehmen, damit jeder sieht, daß du es gewesen bist.«

»Keine Angst, die Komödie ist gut, und die lasse ich mir von keinem Dummkopf wie mir verderben«, stellte ich entschieden klar. »Finden wir uns doch mit den Tatsachen ab: Ich könnte nicht einmal die Anfangsszene überstehen, ohne etwas fallen zu lassen oder vom Bühnenrand zu stürzen. Zudem gibt es noch die Stelle, wo der Chor vor mir tanzt; ich bin so klein, daß mich das Publikum gar nicht sähe, nicht einmal dann, wenn ich Kothurne trüge.«

»Du bist einfach ein Feigling!« schimpfte Philonides verzweifelt. Er war schweißgebadet, selbst auf den Handrücken stand ihm der Schweiß, und seine Augen waren weit aufgerissen.

»Ja«, pflichtete ich ihm bei. »Genau wie du. Also, wer von uns beiden macht sich nun zum Gespött der Öffentlichkeit?«

»Ich muß an meinen Ruf denken.«

»Wieso? Du hast doch eben selbst gesagt, daß die Zuschauer einen unter der Maske niemals erkennen werden«, erinnerte ich ihn.

»Irgend jemand erkennt bestimmt meine Stimme«, protestierte er in fast hysterischem Ton. »Bei den vielen Leuten, die ich im Laufe der letzten Jahre angeschrien habe.«

»Meine Stimme ist viel unverwechselbarer als deine«, gab ich zu bedenken. »Und nicht annähernd so gut«, fügte ich rasch hinzu. »Du beklagst dich doch immer, daß kein Schauspieler den Text richtig sprechen kann. Jetzt hast du die Gelegenheit, ihnen zu zeigen, wie man das macht.«

»Schließlich habe ich mich zur Ruhe gesetzt. Oder hast du das schon vergessen?«

»Dann hast du ja nichts zu verlieren, oder?«

Philonides schüttelte energisch den Kopf, bis ich überzeugt war, er werde ihm jeden Augenblick von den Schultern fallen. »Nein, nein«, widersprach er heftig, »ich werde die Rolle auf keinen Fall übernehmen, und das ist endgültig. Es ist deine Komödie; wenn du sie retten willst, mußt du das schon selbst machen.«

»Hör mal, ich würde das Stück nicht retten, sondern zerstören. Nein, es liegt klar auf der Hand, mir bleibt nur eine Möglichkeit, wenn du die Rolle nicht übernehmen willst. Ich muß zum Archon gehen und ihm mitteilen, daß aufgrund deiner Unachtsamkeit und Nachlässigkeit heute nachmittag leider keine Komödienaufführung stattfinden kann. Dann werde ich an dem Stück noch ein bißchen herumschreiben und es in einem anderen Jahr aufführen, vielleicht unter einem anderen Namen. Dein Ruf als Theatermann wird natürlich ruiniert sein – wenn nämlich erst einmal alle davon erfahren haben, was mit dem Hauptdarsteller passiert ist, wirst *du* nie wieder arbeiten können. Andererseits spielt das für dich keine Rolle mehr, weil du dich ja, wie du eben schon sagtest, zur Ruhe gesetzt hast.«

Ich stand auf, um zu gehen; und ich hatte sogar meinen Stock genommen und war schon bis zur Tür gekommen, bevor mich Philonides zurückrief.

»Wenn du dem Archon auch nur einen Ton davon erzählst, dann bringe ich dich um, das verspreche ich dir«, drohte er mir. »Es ist dein entzückender Intimfeind gewesen, der uns das eingebrockt hat.«

»Ich habe anscheinend keine große Wahl«, erwiderte ich. »Betrachte es doch mal folgendermaßen: Wenn ich als Schauspieler, der angeblich mit dir die Rolle einstudiert hat, auf die Bühne gehe und die Sache verpatze, wem wird man dann wohl die Schuld geben? Nicht mir, dem Dichter. Man wird den Chorlehrer verantwortlich machen. ›Diesmal hat er aber wirklich nachgelassen‹, werden alle sagen. ›Der hat seine besten Jahre hinter sich, genau wie ich es dir prophezeit habe; der hätte sich lieber schon vor Jahren zur Ruhe setzen sollen.‹ Aber wenn du die Rolle spielst, mußt du wenigstens nur dich selbst dafür verantwortlich machen. Komm schon, Philonides. Wenn einige von diesen Verlierern, die sich selbst als Schauspieler bezeichnen, das können, dann kannst du das schon lange, gar kein Problem.«

Ich glaube, es war der letzte Satz, der ihn schließlich umstimmte, denn im Grunde verachtete Philonides alle Schauspieler. Ohne ein Wort zu sagen, saß er scheinbar eine Ewigkeit lang da; dann gab er ganz plötzlich einen Laut wie ein zerplatzender Weinschlauch von sich und warf mir sämtliche Schimpfnamen an den Kopf, die unsere Sprache zur Verfügung hat. Einer davon lautete, wie ich mich erinnere, Erpresser, und auch mehrere Varianten zum Thema Feigheit waren dabei. Jedenfalls verstand ich diese Schimpftirade als Bestätigung, daß er die Rolle übernehmen werde.

»Aber unter einer Bedingung«, sagte er, als er sich einigermaßen beruhigt hatte. »Wir werden den Rest des Tages damit verbringen, die Komödie noch einmal Zeile für Zeile durchzugehen, und zwar in vollständiger Besetzung, mit Kostümen, einfach mit allem, bis ich die Rolle mit geschlossenen Augen spielen kann – denn nur mit geschlossenen Augen werde ich das wahrscheinlich durchstehen. In Ordnung?«

»In Ordnung.«

»Und wenn das alles vorbei ist«, fuhr er fort, »mußt du mir versprechen, Aristophanes an den Armen festzuhalten, während ich ihm jeden einzelnen Knochen im Leib breche. Einverstanden?«

»Es wird mir ein Vergnügen sein.«

Er stand mit einem Blick auf, als hätte ihm irgendein herzloser Mensch einen Marmorblock auf den Rücken geschnallt. »Das ist ja heute ein wirklich reizender Geburtstag geworden«, seufzte er. »Na schön, jetzt werden wir den Chor zusammentrommeln, und dann fangen wir an.«

Und deshalb bekam ich nie die berühmt-berüchtigten Experimentierstücke von Euripides zu sehen, die seitdem so bekannt geworden sind; während diese ein größtenteils unvorbereitetes Publikum schockierten, hörte ich auf einem großen Hof hinter dem Speicher eines freundlichen Kornhändlers in der Nähe der Pnyx zum fünften oder sechsten Mal Philonides' große Rede ab, wobei der äußerst entrüstete Chor in erbärmlicher Weise vor- und wieder zurückstampfte und mit nichts anderem beschäftigt zu sein schien, als auszurechnen, welche Summe er mir für die Überstunden und das Versäumen der Tragödien in Rechnung stellen könnte. Eins muß ich Philonides jedoch zugute halten: Obwohl er sich alle sechs oder sieben Zeilen unterbrach, um mich mit neuen Schimpfwörtern zu belegen, die ihm gerade eingefallen waren, schlug er kein einziges Mal vor, auch nur ein Wort aus dem Stück zu streichen, um sich auf diese Weise selbst das Leben zu erleichtern, noch nahm er an den Bewegungsabläufen und Tanzschritten, die er mit solch unbekümmerter Begeisterung ausgearbeitet hatte, eine einzige Änderung vor. Und jedesmal, wenn er seine Rede beendet hatte und sich umdrehen konnte, um nachzusehen, ob eins der Chormitglieder auch nur um Haaresbreite neben dem ihm zugewiesenen Platz stand, fiel er über den Betreffenden her wie ein Löwe, der eine Ziege verschlingt. Wenn er sich in seinem hohen Alter schon der Lächerlichkeit preisgeben müsse, sagte er, dann könnten wenigstens alle anderen versuchen, es ausnahmsweise einmal richtig zu machen, und jedem, der die Aufführung an diesem Nachmittag verpatze, werde dasselbe wie Aristophanes widerfahren, vielleicht sogar Schlimmeres. Nach sechs Durchläufen des Stücks mit Höchstgeschwindigkeit verkündete Philonides schließlich, jetzt besser denn je vorbereitet zu sein, und alles, was er nun brauche, sei ein sehr starkes alkoholisches Getränk.

Dieser Absicht stand ich vollkommen ablehnend gegenüber, doch Philonides beachtete mich nicht und schickte einen Sklaven zur Weinhandlung, um ihm einen Krug vom stärksten attischen Wein zu bringen, der aufzutreiben war. Der Sklave stürmte wie ein aufgeschreckter Hase los und kehrte mit einem von Spinnweben bedeckten Krug zurück, der mit dem zweifachen Kreidekreuz markiert war, was normalerweise ›unverkäuflich‹ bedeutete; deshalb dachte ich mir, daß der Sklave irgendwo hingegangen sein mußte, wo Philonides' Ruf als ›Mann, der einiges vertragen kann‹, gebührend respektiert wurde. Daraufhin machte sich der Sklave wieder auf den Weg, um etwas Wasser zum Mischen zu besorgen, doch das war nur Zeitverschwendung. Philonides durchstieß einfach mit dem Daumen den Wachsverschluß, setzte den Krug an den Mund und schüttete sich den Inhalt hinein. Zwar begoß er sich dabei den Chiton von oben bis unten mit Wein, aber eine ziemliche Menge landete in seinem Mund, und er schluckte immer weiter, bis ich mir ganz sicher war, er müsse gleich platzen. Dann setzte er den Krug ab, wischte sich mit dem Handrücken über die Lippen und strahlte übers ganze Gesicht.

»Schön«, sagte er. »Bringt mich zum Theater. Einer nimmt den Krug mit, vielleicht brauche ich ihn noch mal.«

Wir packten die Kostüme ein, zählten den Chor durch, um uns zu vergewissern, daß niemand fehlte, und machten uns zum Theater auf. Als wir eintrafen, mußten wir feststellen, daß wir fast zu spät gekommen wären; der Chor aus der *Helena* ging gerade unter ziemlich unregelmäßigem Beifall ab, und die Zuschauer unterhielten sich bereits außerst lautstark über das zuvor Gesehene. Ich eilte zu dem für mich als Teilnehmer reservierten Platz hinüber (wegen der Stücke von Euripides war das Theater voller, als ich es je zuvor erlebt hatte), vertrieb gewaltsam den Ausländer und seine drei kleinen Kinder, die ihn in meiner Abwesenheit in Beschlag genommen hatten, und setzte mich, um zu verschnaufen. Nur eine Reihe vor mir entdeckte ich Aristophanes, den Sohn des Philippos, der mich anstarrte, als hätte ich wenigstens zwei zusätzliche Köpfe. Ich winkte ihm zu, lächelte und brachte Dionysos ein kurzes Gebet dar. *Wenn du mich heil und unversehrt aus dieser Klemme befreist*, betete ich, *dann werde ich mich höchstwahrscheinlich für immer vom Theater zurückziehen und nie wieder deine Geduld auf die Probe stellen*. Da, als ob mir der Gott geantwortet hätte, spürte ich auf einmal etwas unter den Füßen – es war eine zerbrochene Weinflasche, die mir zu einem glücklichen Einfall verhalf. Ich bückte mich, hob eine der Tonscherben auf und nahm die Spange von meinem Umhang ab. Mit ihrer Spitze kratzte ich nun ein paar Worte in die Scherbe und bat meinen Nachbarn, sie nach vorn an Aristophanes weiterzugeben. Was ich geschrieben habe, weiß ich nicht mehr genau, aber es zeigte Wirkung; denn kaum hatte der Sohn des Philippos die Nachricht gelesen, ließ er den Apfel fallen, von dem er gerade gegessen hatte, warf mir einen von purem Haß erfüllten Blick zu und verließ schleunigst das Theater. Wenn ich es mir recht überlege, glaube ich, etwas des Inhalts geschrieben zu haben, daß ich kurz vor meinem Aufbruch von zu Hause ein paar Sklaven und Freunde zu seinem Haus hinübergeschickt hätte, damit sie es in Brand setzten, und er, wenn er sich beeile, vielleicht noch rechtzeitig hinkomme, um sie davon abzuhalten. Nun belegte der Ausländer mit den Kindern Aristophanes' Platz, und da er nicht reserviert war, konnte ihn Aristophanes nach der Rückkehr von seinem vergeblichen Gang nicht wieder in Anspruch nehmen. Das wiederum bedeutete, daß er das wenige, was er von meiner Komödie schließlich noch zu sehen bekäme, von ganz hinten zu verfolgen hätte, wobei er mitten unter den Sklaven und den vielen Betrunkenen stehen müßte.

Philonides' mußte erst nach Verlauf eines gut Teils der ersten Szene auf die Bühne; wenn er also immer noch den Weinkrug bei sich hatte, blieb ihm noch eine Menge Zeit, sich hoffnungslos zu betrinken. Obwohl ich auf meinen Anfangsdialog ungemein stolz war, konnte ich es nicht ertragen zuzusehen, und wenn das Publikum überhaupt gelacht hat, habe ich nichts davon mitbekommen. Und dabei gibt es für mich keine lieblichere Empfindung als den Klang von Menschen, die im Theater über meine Verse lachen; wenn ich diesen Wohlklang höre, kann ich an nichts anderes mehr denken, und daraus können Sie selbst ersehen, wie aufgeregt ich wohl war. Doch Philonides' Stichwort hörte ich laut und deutlich, und ich öffnete die Augen und starrte auf die Bühnentür, durch die er auftreten sollte. Gerade mal so lange, wie eine Olive braucht, um vom Baum auf den Boden zu fallen, war nichts von ihm zu sehen, und in diesem kurzen Zeitraum malte ich mir vor meinem geistigen Auge zwei Bilder von ihm aus: eins, auf dem er, vor sich hin plappernd wie ein Schwachkopf, neben dem leeren Weinkrug auf dem Boden lag, und ein zweites, wie er hinter dem gemalten Bühnenhintergrund kauerte und sich weigerte, sich auch nur ein Stück von der Stelle zu rühren, während ihn die Sklaven mit Tritten und Schimpfwörtern traktierten. Doch dann schritt Philonides, der wie König Theseus höchstpersönlich aussah, auf die Bühne, und die Zuschauer verstummten. Für den Bruchteil einer Sekunde schien er zu zögern, aber dann legte er mit der Eröffnungsrede los, die mit zu dem Besten gehört, was ich jemals geschrieben habe. Wie eine Quelle aus einem gespaltenen Stein sprudelte seine Stimme von der Bühne empor und ließ ihn doppelt so groß erscheinen, wie er in Wirklichkeit war, und eine Zeitlang war das Publikum viel zu überwältigt, um lachen zu können. Dann brach der erste umwerfende Witz wie eine Meereswoge bei heftigem Sturm über die Zuschauer herein, und das donnernde Gelächter brachte die Erde zum Beben. Für mich war das wie die erste Luft in der Lunge eines Erstickenden. Mit jeder einzelnen Pore sog ich das Lachen in mich auf und hielt es im Innern fest. Auch bei Philonides bewirkte es offenbar etwas. Nur einen Augenblick lang schien er erschrocken zu sein, als sei ihm plötzlich bewußt geworden, daß er sich nicht allein im Theater befand. Dann war es, als hätte er die ganze gewaltige Klangfülle des Theaters in sich aufgenommen und verdaut, alles in der Zeit, die es dauert, einen Finger zu rühren, denn den Rest der Rede trug er donnernd wie ein Gott vor, der eine Prophezeiung verkündet. Nie habe ich ein Publikum gesehen, dem ein Schauspieler dermaßen zusagte wie Philonides, und nie einen Schauspieler, der auf ein solch gutes Publikum so herrlich reagierte. Die Zuschauer klatschten und jubelten und pfiffen und schrien, und Philonides wurde immer besser. Es war eine lange Rede, seine Eröffnungsrede, doch bei seinem Vortrag schien die Zeit stehenzubleiben.

In anderen Worten: Das Stück schlug ein. Als der Chor auf die Bühne kam, hätte man eine Feder fallen hören können, während sämtliche Zuschauer zweimal hinsahen, um sich zu vergewissern, ob ihnen die Augen nicht einen Streich spielten. Dann schienen sie durchzudrehen, und es setzte ein solches Stampfen der Füße ein, daß die Spartaner in Dekeleia geglaubt haben mußten, ein riesiges Heer bewege sich auf sie zu, um sie einfach niederzutrampeln. Doch es war gar nicht der Lärm, der mich so beeindruckte, sondern die Stille beim Vortrag der großen Reden. Normalerweise gibt es immer einen Verrückten oder Betrunkenen, der bei den Reden spricht oder singt, aber dieses Mal war das anders. Abgesehen von gelegentlichem Gelächter oder Jubel herrschte Totenstille, und man hörte die Stiefelabsätze der Schauspieler auf der Bühne knirschen. Zwar habe ich zu meinen Zeiten lauteren Beifall für ein Theaterstück und lauteres Lachen über einen Witz gehört, aber mein Lebtag keine derart andächtige Stille. Denn die Zuschauer lachten nicht nur, sie hörten obendrein zu, und das machte mich glücklicher, als ich mich jemals in meinem Leben gefühlt hatte.

Von dem, was nach der Aufführung oder im weiteren Verlauf der Festspiele passierte, weiß ich nichts mehr; ganz zu schweigen von dem Geschehen bei der Siegesfeier, nachdem mir die zwölf Preisrichter einstimmig den ersten Preis zuerkannt hatten. Wie ich gehört habe, sollen Philonides und ich vollkommen betrunken und lauthals die Reden aus dem Stück vortragend durch die ganze Stadt gezogen sein. Wo wir auch hinkamen, traten die Menschen aus den Häusern und jubelten uns zu, und zum Schluß wurden wir in tiefem Schlaf auf den Schultern wildfremder Leute nach Hause getragen. Ich erinnere mich nur noch daran, hinterher mit einem mörderischen Kater aufgewacht zu sein und mir geschworen zu haben, nie wieder einen derartigen Zustand erleben zu wollen. Diesen Schwur habe ich nicht gebrochen, und ich habe auch mein Versprechen Dionysos gegenüber gehalten, nie wieder eine Komödie zu schreiben. Nach den *Demen* schien das auch gar keinen Sinn mehr zu haben, da ich einen solch großen Triumph nicht noch einmal hätte wiederholen können. Etwa drei Jahre später faßte ich trotzdem den Entschluß, ein neues Stück zu schreiben, aber die Sätze wollten nicht fließen, und nach den ersten paar Reden gab ich es wieder auf. Das Verlangen, Komödien zu schreiben, hatte ich nicht mehr, und es ist auch nie zurückgekehrt. Kurz nach den Festspielen hatte sich die Lage in Athen natürlich dermaßen verändert, daß ich selbst dann nichts geschrieben hätte, wenn ich dazu imstande gewesen wäre. Alles in allem war es deshalb völlig richtig gewesen, meine letzte Komödie zum damaligen Zeitpunkt geschrieben zu haben, zumal Philonides seine Nerven fest genug in den Griff bekommen hatte, um die Hauptrolle zu spielen.

Kurz bevor er nur wenige Jahre darauf starb, fragte ich ihn, wie er den Auftritt angesichts seines Widerwillens eigentlich geschafft habe. Ich wollte von ihm wissen, ob er den Rest des Weines getrunken hatte oder ob ihn seine innere Stimme ermahnt hatte, standhaft zu bleiben. Nichts von beidem treffe zu, antwortete er. Kurz vor seinem Stichwort sei ihm sogar solch eine panische Angst in die Glieder gefahren, daß er schon angefangen habe, Maske und Stiefel abzulegen. Aber dann (erzählte er) glaubte er, einen großen Mann mit einem schwarzen Bart hinter sich stehen zu sehen, der ihn mit solch abgrundtiefer Verachtung angeblickt habe, daß er sich die Maske vor lauter Scham wieder aufgesetzt habe. Als er sich dann erneut umgeschaut habe, sei der Mann verschwunden gewesen. Philonides schwor Stein und Bein, daß der Mann nirgendwo hingegangen sein könne und sich einfach in Luft aufgelöst haben müsse. Nun litt Philonides zu dieser Zeit schon sehr stark an dem Fieber, durch das er schließlich hinweggerafft wurde, insofern kann es sein, daß er kurz vor seinem Tod nur noch phantasiert hat. Vielleicht handelte es sich auch um eine Halluzination, die damals bei ihm durch die Angst und den Restalkohol hervorgerufen worden war. Aber auf jeden Fall entspricht es absolut der Wahrheit, daß es hinter der Bühne des Dionysostheaters nur sehr wenige Winkel gibt, in denen jemand verschwinden kann, so daß Philonides letztendlich vielleicht doch die Wahrheit gesagt hat.

16. KAPITEL

Gegen Ende April des darauffolgenden Jahrs wurde die Demokratie gestürzt. Es war eine recht friedliche Art des Weltuntergangs; vierhundert führende Oligarchen hielten außerhalb der Stadt auf dem Kolonos eine Versammlung ab und marschierten dann ein, warfen den Rat mit Hilfe einer Bande Halbwüchsiger (die das Ganze wahrscheinlich als Trinkgelage mißverstanden) aus dem Rathaus und verkündeten, es habe eine Rückkehr zur ›väterlichen Verfassung‹ stattgefunden. Theoretisch bedeutete das eine Beschränkung des Stimmrechts auf fünftausend Bürger, die das erforderliche Vermögen nachweisen konnten, doch da diese fünftausend anständigen und aufrichtigen Bürger nie benannt wurden und niemand die leiseste Ahnung hatte, um wen es sich dabei handelte, hieß das zweifellos nicht viel. Das Wesentliche an den Umständen, wie sie sich im Laufe der nächsten paar Tage herausstellten, war die Tatsache, daß jetzt vierhundert Männer die Alleinherrschaft über Athen ausübten, die ihr Mandat von etlichen Banden kräftiger, wortkarger Männer mit Knüppeln und Schwertern erhielten. Die Anführer des Staatsstreichs waren Peisandros, Phrynichos, der Politiker Theramenes sowie Antiphon, ein Mann, der (genau wie mein alter Freund Python) Gerichtsreden schrieb. Abgesehen von den üblichen Morden an einigen allgemein unbeliebten Personen stellten die Oligarchen kaum etwas an, wogegen ein vernünftiger Mensch hätte Einwände erheben können, wenigstens anfangs nicht; aber das war auch gar nicht der springende Punkt.

Zu der Zeit befand sich das athenische Hauptheer gerade auf Samos. Als die Soldaten von den Vorgängen hörten, sprachen sich alle dafür aus, umgehend nach Hause zu fahren und die Oligarchen auf der Stelle zu ermorden. Doch bevor sie zum Ablegen bereit waren, wer tauchte da auf? Niemand anderes als der berühmte Alkibiades, der sich am Hofe des persischen Satrapen, Tissaphernes' des Prächtigen, durchgeschlagen und nur auf die passende Gelegenheit gewartet hatte, seine Rückkehr in angemessenem Stil zu inszenieren. Er lief mit einem hübsch verzierten persischen Segelschiff ein, hielt ein oder zwei Reden, überredete das Heer, sich nicht vom Fleck zu rühren, und schickte den Oligarchen einen blutrünstigen Brief, in dem er von ihnen verlangte, die Namen der geheimnisvollen fünftausend anständigen und aufrichtigen Bürger zu veröffentlichen, die der doppelte Anker des Staatsschiffes sein sollten. Wie es so geht, erhielt das Heer auf Samos nie eine Namensliste, aber der Botendienst war in jenen Tagen aufgrund der jahreszeitlich bedingten Winde und der großen Ruderblattknappheit für seine Langsamkeit berüchtigt, und nach einer Weile vergaßen die Soldaten die Liste völlig und konzentrierten ihre gesamten Kräfte darauf, ihren wiedereingesetzten verlorenen Führer zu verhätscheln.

In der Zwischenzeit arbeiteten die Oligarchen auf Hochtouren, um dem Krieg auf irgendeine Art ein Ende zu bereiten und so für ihre neue Regierungsform die Unterstützung der Spartaner und der Perser zu gewinnen. Um zu beweisen, daß sie eigentlich etwas ganz anderes vorhatten, machten sie sich daran, die Einfahrt in den Piräus zu befestigen. Dadurch ließ sich natürlich niemand täuschen; selbst die Unbedarftesten unter uns erkannten, daß die wahre Absicht der Oligarchen darin lag, die Stadt von der Getreideversorgung abschneiden zu können. Doch sahen wir uns nicht imstande, dagegen etwas zu unternehmen, und deshalb ließen wir es einfach geschehen. In der Stadt herrschte ein wunderbares Gefühl der Hilflosigkeit, ein Gefühl, das noch keiner von uns zuvor erlebt hatte. Die Dinge ereigneten sich einfach, und wir waren in keiner Weise in der Lage, uns einzumischen, sondern sahen nur untätig zu und warteten ab, was als nächstes geschah; und da das einstweilen nichts mit uns zu tun hatte, war es nicht unser Problem. Vermutlich handelte es sich um eine Art vorübergehender Euphorie, allerdings fürchte ich, daß die meisten nicht begriffen, was wirklich vor sich ging – wir hielten das Ganze für eine sonderbare Form von Ferien und glaubten, daß bald alles vorüber sei und wir dann wieder Demokraten sein könnten.

Selbstverständlich endete die Herrschaft der Vierhundert genauso schnell und mühelos, wie sie begonnen hatte. Phrynichos wurde eines Morgens auf dem Weg zum Marktplatz erstochen, wo er Fisch hatte kaufen wollen, die Männer, die den Piräus befestigten, verstanden dies als Aufforderung zu einem allgemeinen Ausstand und Aufstand in einem, und die Oligarchen boten auf den Straßen ihre bewaffneten Helfer auf. Doch bevor es zu ernsthaften Kämpfen kommen konnte, tauchte vor dem Piräus die spartanische Flotte auf, anscheinend in der Absicht, einzulaufen und die Stadt zu stürmen. Das war offensichtlich kein Zufall; die Oligarchen mußten etwa eine Woche vorher geahnt haben, daß sie die Macht nicht ohne Unterstützung von außen würden halten können, und hatten die Spartaner vermutlich um Hilfe gebeten. Kaum hatte die Nachricht von dem spartanischen Angriff die Stadt erreicht, bemannten die bewaffneten Helfer der Oligarchen die Mauern und ließen unsere Flotte auslaufen, woraufhin sich die Spartaner zurückzogen und wir ihnen nachsetzten. Wie es der Zufall so wollte, wurde unsere Flotte vor Euböa übel in die Mangel genommen, aber das waren Auslandsnachrichten und scherte anscheinend niemanden. Man interessierte sich viel mehr für die Lage zu Hause, die sich jetzt ausgesprochen aufregend gestaltete. Denn nachdem sich die Spartaner entfernt hatten, hielt man auf der Pnyx nach guter alter Sitte (und somit gesetzwidrigerweise) eine Volksversammlung ab, setzte die vierhundert Oligarchen formell ab und verurteilte den gerissenen Rechtsgelehrten Antiphon zum Tode. Und das war's dann anscheinend auch. Somit wäre alles wieder beim alten, und wir möchten uns für möglicherweise entstandene Unannehmlichkeiten entschuldigen.

Falsch. Die Volksversammlung stimmte nicht für die Wiederherstellung der Demokratie; sie stimmte für Alkibiades. In gewisser Hinsicht war das ein weiser Schritt, weil Alkibiades unser Heer auf Samos in der Hand hatte und niemand, nicht einmal der Hingebungsvollste unter allen Erfahrungssuchenden, einen wirklich ausgewachsenen Bürgerkrieg erleben wollte, in dem Alkibiades die Stadt erstürmt und sich selbst zum König Alkibiades dem Ersten gesalbt hätte. Folglich stimmte die Volksversammlung für seine sofortige Rückkehr nach Athen und – ob Sie es glauben oder nicht – die Einführung der Herrschaft der fünftausend anständigen und aufrichtigen Bürger, was der Forderung von Alkibiades entsprach, als er sich zum Heer auf Samos begeben hatte.

Alkibiades war verständlicherweise leicht verwirrt und blieb mit seinem Heer und seiner Flotte (zu diesem Zeitpunkt gehörten sie eindeutig ihm, nicht uns) vorsichtshalber im Ausland, während wir uns offenbar in dem ernsten Glauben, Seine Herrlichkeit wünsche die Herrschaft der Anständigen und Aufrichtigen, daranmachten, dies zu ermöglichen. Wir ernannten tatsächlich fünftausend Bürger (am Ende kamen wir auf etwa sechstausendfünfhundert, aber so ist Athen nun mal) und warteten geduldig auf Anweisungen. Und erst das – und nicht der große und geheimnisvolle *Staatsstreich* – war das Ende der Demokratie in Athen. Damals gaben die Menschen in erster Linie dem verhaßten Theramenes die Schuld – der sich mit einer Geschwindigkeit und Gewandtheit aus seiner Verwicklung in den *Staatsstreich* herauswand, die ihm allgemeine Bewunderung einbrachte, und sich selbst zu Alkibiades' Stellvertreter auf Erden ernannte –, doch glaube ich nicht, daß seine Rolle bei den Ereignissen von besonderer Bedeutung war. Meiner ehrlichen Überzeugung nach war den Athenern unterbewußt klar, daß sie die Demokratie nicht mehr wollten. Da sie aber nicht wußten, wonach sie sich statt dessen sehnen sollten, erhoben sie Alkibiades zum Gott und überließen die Lösung aller Schwierigkeiten ihm. Alkibiades reagierte darauf freundlicherweise in wahrhaft gottgleicher Manier, indem er sich auf die Anrufung hin den Athenern nicht zeigte und auch ihre Gebete nicht erhörte, woraufhin alle zumindest vorerst glücklich und zufrieden waren. Man wandte die Aufmerksamkeit von der Politik ab, interessierte sich allmählich wieder für den Krieg und stellte fest, daß er uns vollkommen aus der Hand geglitten war und wir kurz davor standen, ihn zu verlieren.

So endete die größte und vollkommenste Demokratie, die die Welt je gekannt hat, das Ideal, dem nachzueifern sich noch ungeborene Generationen vergeblich bemühen werden. Eigentlich war das noch nicht alles; die Demokratie wurde nämlich vor Kriegsende unter dem schrecklichsten Aderlaß, den Athen je erlebt hat, für kurze Zeit wiederhergestellt, bis die Spartaner sie endgültig beseitigten, als sie schließlich die Stadt übernahmen. Doch das Ungeheuer, das Kleophon und seine Mördergesellen damals schufen, sah dem Wesen der alten Demokratie eigentlich in nichts ähnlich; es hatte mit dem komplizierten, ursprünglich von Solon in die Welt gesetzten Organismus genausoviel zu tun wie meine Parodien mit den Tragödien von Euripides. Und an das, was danach geschah, möchte ich lieber gar nicht erst denken, weil mir allein schon von der Vorstellung schlecht wird. Hier endet meine Erzählung.

Deshalb werde ich jetzt nur noch ein paar Lücken schließen, und dann machen wir Schluß. Zum Beispiel die Frage, ob es Philonides und mir jemals gelungen ist, Aristophanes umzubringen, weil er unseren Hauptdarsteller betrunken gemacht hatte, oder ob es sich dabei auch wieder nur um ein leeres Versprechen handelte. Nun, nachdem wir nach der Siegesfeier unseren Kater ausgeschlafen und die Gewalt über die Glieder wiedererlangt hatten, mußten wir feststellen, daß sich unser Groll gegen den Sohn des Philippos einigermaßen gelegt hatte. Schließlich war mir nicht nur der Preis für die beste Komödie verliehen worden, sondern Philonides auch noch der für den besten Darsteller (zwar hatte es darum etwas Ärger gegeben, weil Philonides nicht offiziell angemeldet worden war, doch konnten diese Unstimmigkeiten bereinigt werden, so daß man ihm den Preis zu guter Letzt doch noch bewilligte), und dieses Glück hatten wir, wenn auch auf Umwegen, letztendlich Aristophanes zu verdanken. Deshalb erließen wir ihm fürs erste die Schläge und kamen zu dem weisen Entschluß, uns bei Gelegenheit eine subtilere Strafe für ihn auszudenken. Aber dazu sind wir dann einfach nicht gekommen, und vermutlich ist die ganze Geschichte deshalb irgendwann eingeschlafen, so wie eine alte Hypothek erlischt, wenn man nicht rechtzeitig seine Forderungen einklagt. Später, während der ganzen Unannehmlichkeiten des darauffolgenden Jahres, als mit jeder Äußerung von Widerstand gegen die neue Obrigkeit unmittelbare Gefahr für Leib und Leben verbunden war, vollbrachte Aristophanes ein paar wirklich große und mutige Taten, so daß wir ihm beinahe alles andere vergaben.

Kurz nach dem eigentlichen *Staatsstreich,* als das

Klima in Athen höchst unerfreulich wurde und mehrere freimütige Menschen auf offener Straße ermordet worden waren, sprach man allen Ernstes davon, die Aufführungen der Komödien ausfallen zu lassen, weil politische Stellungnahmen unerwünscht waren. Doch Aristophanes marschierte geradewegs in das Büro des Archons (den gab es immer noch, obwohl er mit einem richtigen Archon etwa so viel gemein hatte wie ich mit Zeus) und verlangte, sowohl für die Lenäen als auch für die Großen Dionysien einen Chor bewilligt zu bekommen. Da er in oligarchischen Kreisen immer noch ein gewisses Maß an Ansehen genoß und es ärgerlich gewesen wäre, eine solch relativ bekannte Persönlichkeit umbringen zu lassen, stimmte der Archon zu, und allein aus diesem Grund konnten die Lenäen und die Dionysien überhaupt stattfinden. Auch die Komödien, die Aristophanes in jenem Jahr schrieb, waren fraglos geschickt gemacht, obwohl ich nicht behaupten möchte, daß sie gut waren.

Wie er völlig richtig erkannt hatte, war jede Form von ungeschminkter Kritik unmöglich, und deshalb konzentrierte er sich allein auf diesen Sachverhalt und rückte mit einer recht treffenden Antwort darauf heraus. Damals erzählte man sich überall in Athen den Witz, das oligarchische Experiment sei so übertrieben, daß, falls es fehlschlagen sollte, die einzige logische Weiterentwicklung sei, die Herrschaft über den Staat den Frauen zu übergeben, da das nur ein klein wenig exzentrischer sei als die Herrschaft des Antiphon. Aristophanes griff diesen Scherz auf und benutzte ihn als Grundstein für seine beiden Komödien, die er jedoch notdürftig tarnte; die eine als Literaturkritik, die andere als allgemeinen Friedensappell. Doch in beiden Komödien übernehmen die Frauen einen Teil der Staatsaufgaben, und ihre Verhaltensweisen ähnelten auffallend der Art, wie sich die Oligarchen aufführten. In dem einen Stück erobern die Frauen sogar die Akropolis, wie es der berühmte Kylon einige hundert Jahre zuvor getan hatte, als er eine Tyrannei zu errichten versuchte. Zudem enthalten die beiden Komödien alle möglichen Arten versteckter Anspielungen – auf willkürlich von der Polizei verhaftete Bürger; auf geheime Verschwörungen und Verhandlungen mit dem Feind, um den Krieg um jeden Preis zu beenden; auf marionettenhafte Beamte und auf den vorhergehenden *Staatsstreich* der sogenannten Weißfüße, die Leipsydrion einnahmen. Unter den herrschenden Umständen war das zwar recht unverblümt, aber die Oligarchen wollten oder konnten nichts dagegen unternehmen. Sie taten so, als nähmen sie die beiden Stücke für bare Münze, und ließen Aristophanes seinen kurzen Augenblick des Ruhms. Da der Staatsstreich weiter wie geplant verlief, glaube ich nicht, daß die Aussage der beiden Stücke von den meisten Menschen wirklich verstanden worden war, und wenn doch, ließen sie es sich jedenfalls kaum anmerken.

Nichtsdestotrotz handelte es sich dabei immerhin um eine Geste des Sohns des Philippos, was wieder einmal zeigt, daß tief im Innern in jedem von uns etwas Gutes steckt. Doch falls Sie jetzt hoffen, Aristophanes werde sich am Ende als netter Kerl herausstellen, muß ich Sie leider enttäuschen. Kurz nach dem *Staatsstreich* legte er seine kleine Meinungsverschiedenheit mit den Oligarchen bei, und als die Vierhundert abgesetzt wurden, war er untröstlich. Dafür einigte er sich jedoch bald mit den Männern, die hinter den Fünftausend standen, und kaum hatten diese ihre Variante einer Minderheitsregierung eingeführt, schmeichelte er sich sofort bei den richtigen Leuten ein und wurde sogar kurzfristig zu einem recht wichtigen Mann. In diesem knappen Zeitraum unternahm er gleich mehrere Vorstöße, mich in Schwierigkeiten zu bringen; beispielsweise versuchte er vergeblich, mich mit der Begründung von der Bürgerliste streichen zu lassen, daß meine Ururgroßmutter in einem kleinen Dorf auf der falschen Seite von Troizen geboren sei, und zwar zu einer Zeit, als das Dorf genaugenommen noch nicht zu Attika gehört habe; es gelang ihm hingegen, mir die Kosten für die Ausrüstung einer Triere und die Aufführung eines Theaterstücks aufzuhalsen, beides im selben Jahr, indem er es so hinstellte, als ob ich mich dafür freiwillig gemeldet hätte; regelmäßig streute er das Gerücht aus, ich sei ein Freund von Theramenes, sobald dieser gerade in Ungnade gefallen war, oder ich reiße schmutzige Witze über seine Frau, wenn Theramenes wieder einmal gut angeschrieben war; und er stahl mir große Teile aus einer Komödie, die ich etwa sieben Jahre zuvor geschrieben, aber wieder verworfen hatte, nachdem mein Dienstjunge von ihm bestochen worden war, die einzige noch vorhandene Abschrift aus der großen Zedernholztruhe in meinem Innenraum zu entwenden.

Als die Fünftausend von Kleophons aufgehetztem Haufen abgesetzt wurden, kam Aristophanes nur knapp mit dem Leben davon und mußte sich eine Zeitlang verstecken. Verschiedene seiner Freunde gewährten ihm für eine Weile Unterschlupf, doch es gibt nur wenige Menschen, die seine Gesellschaft länger als eine Woche ertragen können, und darüber hinaus war die Belohnung für seine Gefangennahme äußerst verlockend; soweit ich mich erinnere, betrug sie eine Zeitlang knapp vier Drachmen pro Pfund Lebendgewicht, bis die Herrschenden das Interesse an ihm verloren. Jedenfalls mußte Aristophanes damals feststellen, daß es keine Zuflucht für ihn gab. Deshalb kam er zu mir, und das zu einer Zeit, als mir tausend Drachmen nicht im geringsten geschadet hätten.

Wie ich mich erinnere, war es Mitternacht, und ich kehrte gerade per Pferd vom Land zurück, weil Phaidra krank war. Ich hatte vor Müdigkeit die Augen nicht mehr aufhalten können und war noch in den Reitstiefeln vor der Feuerstelle in tiefen Schlaf gefallen. Phaidra schlief im Innenraum; sie hatte hohes Fieber und hatte zwei Tage lang kein Auge zugetan. Da ertönte plötzlich dieses dämonische Hämmern an der Tür, und ich schreckte so jäh aus dem Schlaf, als hätte jemand einen Fleischspieß durch die Sitzfläche des Stuhls gestoßen.

Wie Sie sich sicherlich vorstellen können, schlotterten mir vor Angst die Knie; wenn man es in jenen Tagen mitten in der Nacht an der Haustür klopfen hörte, war man stets auf das Schlimmste eingestellt. Nichts hätte ich weniger gewollt, als daß Phaidra aufgeweckt wurde, deshalb rappelte ich mich hoch und öffnete die Tür, wenn auch nur einen Spaltbreit.

Zuerst erkannte ich den Sohn des Philippos überhaupt nicht – er hatte sich den Bart gefärbt und das Haar nach vorn über die Stirnglatze gekämmt. Doch als er mit seinem nicht unbeträchtlichen Körpergewicht gegen die Tür drückte und sie aufstemmte, wußte ich, wen ich vor mir hatte, und war alles andere als erfreut. Zwar wollte ich irgend etwas sagen, doch ließ mir Aristophanes erst gar nicht die Gelegenheit dazu. Er schob sich an mir vorbei ins Haus hinein und warf die Tür hinter sich zu.

»Du meine Güte, was soll das eigentlich, mich eine halbe Stunde lang vor der Haustür warten zu lassen?« fuhr er mich an. »Siehst du nicht, daß ich in Gefahr bin?«

Ich befand mich noch immer im Halbschlaf und konnte ihm nicht ganz folgen. »Gefahr?« murmelte ich, den Mund voll fettiger Wolle, mit der ich anscheinend aufgewacht war. »Wovon redest du eigentlich?«

»Die sind hinter mir her, davon rede ich«, antwortete er, woraufhin er erst einmal einen kräftigen Schluck Wein direkt von der Schöpfkelle nahm. »Dieser Scheißkerl Euxenos hat mich verraten und verkauft. Ich konnte gerade noch rechtzeitig abhauen.«

»Du meinst, jemand versucht dich zu töten?« fragte ich.

»Du kapierst aber auch alles«, erwiderte der Sohn des Philippos. »Also, wo kann ich mich am besten verstecken? Vielleicht hat mich jemand ins Haus gehen sehen, weil du so unglaublich lange gebraucht hast, um die Tür aufzumachen.«

»Willst du damit sagen, daß dieses Haus wahrscheinlich durchsucht werden wird?« erkundigte ich mich entsetzt. »Meine Frau liegt da drinnen krank im Bett, die darf nicht gestört werden.«

»Um sich darum Sorgen zu machen, ist es jetzt zu spät«, entgegnete der Sohn des Philippos. »Daran hättest du denken sollen, bevor du dich entschlossen hast, diese verdammte Tür zu öffnen.«

Ich überlegte rasch; aber alles, was mir einfiel, waren diese Geschichten über betrogene Ehemänner, in denen die Frau ihren Liebhaber unter oder in irgend etwas versteckt, wenn ihr Mann unerwartet zurückkehrt. Zufällig hatte Aristophanes in einer seiner letzten Komödien mit einer Handvoll dieser alten Kamellen eine Lücke geschlossen, und weiter konnte mein halbwacher Verstand nicht denken.

»Menschenskinder, entscheide dich endlich, sonst sind wir beide tot!« drängte Aristophanes zornig, während ich krampfhaft nachdachte. »Willst du etwa, daß die mich erwischen, oder was?«

Ich schwöre Ihnen, bis dahin war mir noch gar nicht in den Sinn gekommen, daß sich mir hier eine Gelegenheit bot, mit dem Sohn des Philippos für ein Leben voller Bosheit und Verleumdung abzurechnen, ohne daß mich jemand dafür jemals zur Verantwortung gezogen hätte. Schließlich wäre es nicht meine Schuld, wenn es Kleophons Schlägern beliebte, einen Dichter umzubringen, zumal Aristophanes nicht das probate Mittel angewandt hatte, um sich unter meinen Schutz zu stellen; nämlich mit den Händen meine Knie zu umklammern und sich als demütiger Bittsteller zu erweisen. Er hatte an mich überhaupt keine Ansprüche zu stellen, und außerdem ist es die Pflicht eines anständigen Mannes, seinen Feinden zu schaden, wie es uns die Philosophen immer lehren. Aber dann fiel mir wieder einmal ein, daß Aristophanes von Dionysos höchstpersönlich unter meinen Schutz gestellt worden war, und deshalb sagte ich ihm ziemlich lustlos, daß es neben dem Waschkessel in der Küche einen Schlupfwinkel gebe, der gerade groß genug sei, um einem Menschen als Versteck zu dienen. Dabei handelte es sich um ein großes offenes Faß, in dem wir sämtliche Abfälle sowie den Inhalt der Nachttöpfe sammelten, bis der Karren zum Abholen kam, und da dieser seit einer Woche nicht mehr dagewesen war, hatte sich im Faß ein kräftiger Haufen an Substanzen angesammelt, in denen er sich verstecken konnte. Natürlich protestierte er heftig, und ich war versucht, ihn an das Olivenfaß in Sizilien zu erinnern; doch besann ich mich lieber eines Besseren, und zu guter Letzt kroch er in das Faß, während ich ihn mit einer schönen dicken Kotschicht bedeckte. Als ich damit fertig war, war es nach meinem Dafürhalten darunter hübsch gemütlich – wenn man sich erst einmal an den Geruch gewöhnt hatte.

Etwa zehn Minuten später klopfte es zum zweitenmal laut an der Tür, und ich ging hin, um zu öffnen. Diesmal war ich nicht schnell genug, um zu verhindern, daß Phaidra aufgeweckt wurde, und sie kam zur Tür des Innenraums und fragte verschlafen, was los sei.

»Frag mich nicht«, antwortete ich, während ich den Riegel zurückschob. »Sei ein braves Mädchen, und geh wieder ins Bett.«

Draußen vor der Tür standen fünf oder sechs Männer mit gezückten Schwertern, und sie waren nicht gerade in der besten Stimmung. Ich kannte keinen von ihnen; ich glaube, es handelte sich um Ausländer. Auf jeden Fall verlangten sie zu wissen, wo sich Aristophanes, der Sohn des Philippos, aufhalte, woraufhin ich ihnen entgegnete, daß ich das nicht wisse.

»Verarsch uns nicht!« warnte mich der Anführer, ein großer kräftiger Mann mit grauem Haar. »Vor nicht mal einer halben Stunde ist er beim Betreten dieses Hauses beobachtet worden. Also, wo hast du ihn versteckt?«

Phaidra brach in lautes Lachen aus, und die Männer wollten von ihr wissen, was daran so lustig sei.

»Ihr Deppen, wißt ihr denn nicht, wessen Haus das hier ist?« antwortete sie. »Eupolis ist der schlimmste Feind, den Aristophanes auf der Welt hat. Ihr glaubt doch wohl nicht allen Ernstes, daß er diesem Mistkerl Unterschlupf gewähren würde, nach allem, was er seiner Familie angetan hat, oder?«

Der Anführer warf ihr einen finsteren Blick zu. »Halt die Klappe, du Schlampe!« schnauzte er sie an. »Wir werden dieses Haus von oben bis unten durchsuchen, und wenn wir ihn hier finden, werdet ihr beide sterben. Ist das klar?«

»Sucht nur«, entgegnete Phaidra. »Ich verspreche euch, daß ihr ihn nicht finden werdet.«

Also suchten sie. Sie richteten im Innenraum ein heilloses Durcheinander an, schlitzten die Matratzen auf, verteilten den Inhalt der Truhen über den ganzen Boden und rissen alles von den Dachsparren herunter. Das restliche Haus plünderten sie dermaßen gründlich aus, daß man hätte glauben können, es hätte sich bei ihnen um italische Seeräuber gehandelt. Dann durchsuchten sie den gesamten Hof und den Stall und hätten beinahe sogar das Pferd aufgeschnitten, um nachzusehen, ob sich Aristophanes unter dem Fell versteckt hatte wie einst Odysseus in der Höhle des Kyklopen. Doch aus irgendeinem Grund leerten sie das Abfallfaß nicht aus, sondern begnügten sich damit, mehrmals mit meinem Speer hineinzustechen.

Als sie fertig waren, fragte Phaidra: »Zufrieden?«

»Na schön, ihr habt gewonnen«, gab sich der Grauhaarige geschlagen. »Ihr habt noch mal Glück gehabt, mehr auch nicht. Und denkt daran, von jetzt an werden wir euch im Auge behalten. Ein falscher Schritt, und ihr seid tot. Kapiert?«

Nachdem sie gegangen waren, wartete ich noch eine Stunde, bevor ich Aristophanes unter den Abfällen hervorholte. Einer der Speerstöße war durch seinen Umhang gegangen und hatte seine Brust nur um Haaresbreite verfehlt, trotzdem sah der Sohn des Eupolis ziemlich mitgenommen aus und wirkte recht betrübt. Allerdings nicht annähernd so betrübt wie Phaidra, die mich anstarrte, als wäre ich verrückt geworden.

»Du Einfaltspinsel!« fauchte sie mich an. »Was wolltest du damit bloß erreichen? Wegen dir wären wir alle fast umgebracht worden!«

»Tut mir leid«, murmelte ich. »Vorhin fand ich die Idee gar nicht so schlecht.«

Phaidra schüttelte mehrmals in abgrundtiefer Verachtung den Kopf, rannte zurück ins Bett und ließ mich allein mit einem übelriechenden Komödiendichter und dem Problem zurück, mit ihm irgend etwas anzufangen. Ihn zu füttern, schien mir in diesem Augenblick die beste Idee zu sein, weil er mit vollem Mund nicht so eindrucksvoll würde jammern können. Während er aß, hielt ich mir die Finger unter die Nase, um zumindest einen Teil des Geruchs von mir fernzuhalten, und versuchte dabei angestrengt, mir wenigstens eine einzige zündende Idee einfallen zu lassen.

Der beste Gedanke war folgender: Einleuchtenderweise würde das Haus etwa einen Tag lang beobachtet werden, und für Aristophanes wäre es ein Ding der Unmöglichkeit, einfach aus der Haustür zu spazieren und sich leise davonzustehlen. Folglich mußte ich ihn in oder unter etwas hinausschmuggeln. Das Problem war nur, womit? Da fiel mein Auge auf den riesigen baktrischen Teppich, der an der Wand hing, und mir kam eine Idee. Am Morgen nach einer vollkommen schlaflosen Nacht schob ich gleich als erstes die Pferde zwischen die Deichseln des Karrens und führte sie um das Haus herum zur Vorderseite. Dann trugen meine Sklaven den fest aufgerollten und mit Binsenschnüren zusammengebundenen Teppich hinaus. Wir beförderten den Teppich auf den Karren, wobei wir versuchten, nicht zu zeigen, daß er schwerer war, als er sein sollte, und ich nahm die Zügel und fuhr langsam in Richtung Land davon. Rückblickend war das ein dämlicher Einfall; wäre das Haus von irgend jemandem beobachtet worden, hätte er sich nämlich sofort gefragt, warum ich plötzlich diesen Drang verspürte, Hausrat zu transportieren, und einen gründlichen Blick in den Teppich geworfen. Da ich mich aber unbemerkt davonstehlen konnte, hatte ich eine schön ruhige Fahrt nach Pallene; die sizilianische Reiterei, mit deren Auftauchen ich hinter jeder Straßenbiegung rechnete, erschien in Wirklichkeit nie. Schließlich luden wir den Teppich vom Karren in mein Haus, schnitten die Schnüre durch und rollten den fest schlafenden Sohn des Philippos heraus. Von Pallene machte er sich, glaube ich, in die Berge auf und verbrachte dort etwa einen Monat, wobei er so tat, als wäre er ein Schäfer auf dem Parnes. Ich hätte mir gewünscht, Aristophanes als Schäfer zu sehen. Das hätte mich für alle Schwierigkeiten entschädigt, in die er mich gebracht hatte.

Als ich in die Stadt zurückkehrte, stellte ich fest, daß Phaidras Fieber viel schlimmer geworden war, und da wußte ich, daß sie sterben würde. Doch ließ sie sich damit lange Zeit, und ich glaube, das waren die schlimmsten Wochen meines Lebens. Plötzlich wurde mir klar, daß ich mir Phaidra hatte entgehen lassen wie eine einmalige Gelegenheit. Sie wissen, wie das ist: Da gibt es etwas, das man immer tun will, beispielsweise sich etwas zu essen einpacken, in die Berge rings um Phyle steigen und sich dort die wild wachsenden Blumen ansehen, aber man schiebt es ständig hinaus, und wenn man endlich in die Berge kommt, ist bereits alles verwelkt und vertrocknet, und man verzehrt schweigend das mitgebrachte Essen und macht sich traurig auf den Heimweg. Ich hatte nie die Zeit gefunden, meine Frau richtig kennenzulernen, und als ich gezwungen war, damit anzufangen, war es zu spät. Die halbe Zeit befand sie sich im Delirium und sagte viele Dinge, die sie, wie ich hoffe, nicht meinte; und wenn sie wieder bei klarem Bewußtsein war, äußerte sie das genaue Gegenteil und versicherte mir immer wieder, daß ich unter den gegebenen Umständen ein guter Ehemann gewesen sei und sie ein besseres Leben gehabt habe, als sie mit allem Recht habe erwarten dürfen. Nach einer Zeitlang konnte ich es nicht mehr ertragen, und tief im Innern wollte ich, daß sie starb, um dem Elend ein Ende zu machen. Doch die Vorstellung, daß sie am nächsten oder vielleicht übernächsten Tag nicht mehr da wäre, war für mich unerträglich, und ich traktierte sie unaufhörlich mit Ärzten und Wundermitteln, obwohl sie doch nichts anderes wollte, als in Ruhe gelassen zu werden. Schließlich bat sie mich, sie nicht mehr zu quälen, und daraufhin gab ich auf und versuchte, mich mit der Lage abzufinden. Dennoch blieb ich Tag und Nacht bei ihr, weil wir beide Angst hatten, daß sie, wenn ich kurz aus dem Haus ginge, bei meiner Rückkehr tot sein könnte. Aber selbst so ließ ich sie im Stich. Phaidra hatte gerade einen furchtbaren Fieberanfall überstanden und schien friedlich zu schlafen, und ich war so müde, daß ich auf dem Stuhl neben ihr einnickte – mehr als zehn Minuten kann mein Schlummer nicht gedauert haben, doch beim Aufwachen wußte ich sofort, daß sie gestorben war. Eine Zeitlang ließ ich die Augen geschlossen, und als ich sie aufschlug, dachte ich, sie schlafe nur, und ich hätte mir alles eingebildet. Aber Phaidra war wirklich tot, und kaum hatte ich mich davon vergewissert, fing ich wie eine dieser schrecklichen alten Frauen, die sich ihren Lebensunterhalt in der Stadt als hauptberufliche Klageweiber verdienen, zu schluchzen und zu wehklagen an, bis mir einer der Sklaven einen Becher Wein mit einem Schuß Mohnaufguß reichte – den gleichen Trank, den Aristophanes' Männer meinem Hauptdarsteller Philocharmos gegeben hatten. Danach, so erzählte man mir später, schnappte ich für etwa einen Tag völlig über – dieser Stümper hatte zuviel Mohnaufguß in den Wein geschüttet und hätte mich beinahe auch umgebracht –, aber ich erinnere mich an nichts. Ich entsinne mich nur noch, mit grauenhaften Kopfschmerzen und der Gewißheit aufgewacht zu sein, daß Phaidra tot war.

Ich beerdigte sie in Pallene neben dem Grab meines Vaters, wo ich einst selbst begraben sein werde, und ließ vom besten Steinmetz in ganz Athen eine von diesen verzierten Grabstelen mit einem Vers darauf aufstellen. Als Dichter hätte ich natürlich eine richtig schöne Grabinschrift verfassen sollen, und zunächst dachte ich auch, das sei mir gelungen. Doch als ich sie auf dem Stein sah, kam sie mir einfach albern vor. Also ließ ich sie wieder herausmeißeln und durch eine einfache Inschrift ersetzen, aus der lediglich Phaidras Name, der ihres Vaters und ihr Demos hervorging. Mit zunehmendem Alter vermisse ich sie immer mehr, und bedenkt man, daß ich, will ich mir selbst gegenüber ehrlich sein, zugeben muß, sie gar nicht so gut gekannt zu haben, dann ist das schon seltsam. Aber vielleicht ist das gerade die Erklärung dafür, wer weiß? Ich glaube, zuweilen vergesse ich, wie sie wirklich war, und bringe sie mit den legendären Heldinnen wie Penelope oder Laodameia durcheinander, den Musterbeispielen für eine vollkommene Ehefrau. Zwar war Phaidra, selbst unter Aufbietung aller Phantasie, keineswegs vollkommen gewesen, aber ich hätte bereitwillig alle meine Festspielpreise, sogar den für die *Demen*, hergegeben, wenn ich sie dafür ein kleines bißchen besser gekannt hätte.

Nun habe ich also alle guten oder interessanten Gestalten in diesem Buch überlebt, und Sie bleiben mit mir allein zurück. Falls Sie die unsterbliche Faszination, die ich auf mich selbst ausübe, nicht teilen sollten, schlage ich Ihnen vor, den nächsten Abschnitt zu überspringen und oben auf der letzten Rolle weiterzulesen.

In Delphi oder bei einem der anderen großen Orakel bin ich nie gewesen, und darum habe ich auch nie andere Einblicke in meine Zukunft erhalten als diejenigen, die mir, wie ich Ihnen ausführlich erzählt habe, der Gott Dionysos gewährt hat. Doch als ich heute morgen auf den Marktplatz ging, um Fisch zu kaufen, versuchte man mir anderthalb Drachmen für eine halbe Mine Anschovis zu berechnen; und als ich mich über die Unverschämtheit des Preises beschwerte, erklärte der Fischhändler, Anschovis würden wegen des Krieges immer teurer, und er gehe mit aller Zuversicht davon aus, Ende nächsten Monats zwei Drachmen pro halber Mine verlangen zu können. Habe ich gar nicht erwähnt, daß wir uns erneut im Krieg befinden? Wir haben tatsächlich Krieg, und zwar wieder mit Sparta, aber er ist nicht mehr so wie der große Peloponnesische Krieg; vielmehr wie ein Kampf zwischen zwei uralten Männern, also eher komisch als gewalttätig.

Zwei Drachmen für eine halbe Mine; welch ein Preis für Anschovis! Wenn ich mein Leben so im Rückblick betrachte, fühle ich mich fast so wie die drei Männer aus einer kleinen Stadt irgendwo an der Küste des Schwarzen Meers, die unentwegt von einem Besuch in Athen träumten. Von Beruf waren sie Steinmetze, und von jedem Haus, Standbild und Grabmal, das sie errichteten, legten sie ein paar Obolen für die Kosten der Reise in die Stadt der violetten Krone beiseite. Nachdem sie etwa zwanzig Jahre lang auf diese Weise gespart hatten, war genügend Geld zusammengekommen, so daß sie die Überfahrt auf einem Weizenschiff bezahlen konnten. Während der ganzen Fahrt, vorbei an Byzantion und an der Küste der Thrakischen Chersones entlang, unterhielten sie sich darüber, was sie alles besichtigen wollten: die Tempel, das Theater, die neun Brunnen, die großen Staatsgebäude, die Propyläen, das Erechtheion. Schließlich gingen sie im Hafen von Piräus von Bord und wanderten an den Langen Mauern entlang – das alles muß sich vor Kriegsende abgespielt haben, als die Langen Mauern von Lysander, dem spartanischen Heerführer, niedergerissen wurden – in die Stadt hinein. Allerdings hatten die drei keine Ahnung, wie die großen Monumente, zu deren Besichtigung sie so weit gereist waren, eigentlich aussahen. Jedesmal, wenn sie nun an einem Marmorbau vorbeikamen, wandte sich einer von ihnen den beiden anderen zu und sagte: »Das muß das Erechtheion sein.« Und die anderen beiden nickten aufgeregt, und dann standen die drei einen Augenblick lang da und nahmen die ganze Pracht in sich auf. Daraufhin gingen sie weiter und gelangten zu einem weiteren prächtigen Gebäude; und nun stellte ein anderer von ihnen fest: »Nein, das muß das Erechtheion sein.« Dann dachten sie noch einmal über alles nach, was sie von Athen gehört hatten, und kamen überein, daß das Bauwerk vor ihnen tatsächlich das Erechtheion war, und das, an dem sie vorhin vorbeigekommen waren, Solons Rathaus gewesen sein mußte. Als nächstes fanden sie sich vor einer noch eindrucksvolleren Baulichkeit wieder (gleich gehen mir die Bezeichnungen für den Begriff ›Gebäude‹ aus, und dann wird diese Erzählung zum Erliegen kommen) und sahen sich zum Eingeständnis gezwungen, daß dies das Erechtheion sein mußte. Nachdem sie die ganze Stadt durchstreift und alles gesehen hatten, was größer und beeindruckender als ein Wasserspeicher war, blickten sie sich eine Zeitlang schweigend an. Dann sagte der Älteste: »Das Erechtheion haben wir nun auf alle Fälle gesehen. Also laßt uns etwas essen gehen.«

Sie haben mich bestimmt verstanden. Alles, was ich gesehen und getan habe, schien mir im gleichen Moment das Entscheidende in meinem Leben zu sein; und dann ist mir etwas anderes widerfahren, das mich veranlaßt hat, noch einmal darüber nachzudenken. Dieser Umstand hat mir die Abfassung einer logisch zusammenhängenden Geschichte meiner Zeit ziemlich erschwert. Wenn ich Ihnen also überhaupt einen Rat geben kann, den ich mühsam fein gemahlen habe wie Mehl zwischen den sich drehenden Mühlsteinen der verstreichenden Jahre, dann lautet der: gleich etwas essen zu gehen und die Stadtbesichtigung auf später zu verschieben. Mit anderen Worten: Seien Sie nicht das, was ich immer gewesen bin – nämlich nur ein Beobachter, da Sie sonst wie ich bei Phaidras Tod feststellen müssen, daß Sie Ihr ganzes Leben lang in die falsche Richtung geblickt haben. Das war das einzige, was ich in meinem Leben bedauert habe und in dem ich keine Komik finden konnte. Über alles andere habe ich auf die ein oder andere Art gelacht.

Bevor ich ihn vergesse, noch einen letzten Witz. Nach Kriegsende wurde der berühmte Sokrates zusammen mit vielen besseren Menschen hingerichtet. Er wurde unter eindeutig falscher Anklage vor Gericht gebracht, da sein eigentliches Verbrechen darin bestand, Alkibiades lange Zeit im Halten raffinierter Reden unterrichtet zu haben; und bei seiner Verhandlung erinnerte er sich an mich und versuchte, eine komische Verteidigungsrede zu halten, so wie ich es einst getan hatte. Doch diesmal ging es nicht gut aus, und zu seiner großen Überraschung wurde er zum Tode verurteilt und hingerichtet. Ich weiß noch, wie ich ihn im Gefängnis besuchte, während er auf seine Hinrichtung wartete, und der arme Narr immer noch glaubte, begnadigt zu werden, bis zum allerletzten Moment, als sie ihm den Schierlingsbecher reichten. Nach seinem Tod ist er groß in Mode gekommen, und die Leute haben sich darangemacht, diese ellenlangen einseitigen Gespräche niederzuschreiben, die Sokrates mit allen Menschen zu führen pflegte, die sich nicht rechtzeitig verdrücken konnten. Die Bevölkerung Athens ist nämlich hinsichtlich des Kriegs und seiner berühmten Zeitgenossen von einer eigenartigen Nostalgie erfaßt worden. Kaum war Euripides in Makedonien gestorben, wohin er vor Kleophons Männern geflohen war, als man auch schon mit der Wiederaufführung seiner Tragödien im Theater anfing. Von meinen Werken brachte man natürlich keins erneut auf die Bühne, aber ich bin ja auch noch am Leben.

Mein Sohn ist für mich im großen und ganzen eine maßlose Enttäuschung gewesen, denn er hat damit begonnen, epische Dichtungen zu schreiben, und das wird zu nichts Gutem führen. Andererseits hat er ein nettes Mädchen geheiratet, mit dem er zwei Söhne hat, und wenn ich sterbe, erbt er einen großen und gut gepflegten Besitz, um den er sich vermutlich sogar kümmern wird. Die Anlagen zum guten Bauern hat er, auch wenn er von den Musen nicht gerade geküßt worden ist. Den Witz hat er weder von mir noch von seiner Mutter geerbt, was wahrscheinlich ein Segen ist. Dafür sieht er jedoch wie Phaidra aus und hat ein wenig von meinem Geschick im Umgang mit Worten mitbekommen. Als er klein war, wollte er Soldat werden. Aus Angst, den gleichen Fehler ein zweites Mal zu begehen, achtete ich darauf, ihn sehr gut kennenzulernen, doch alles in allem habe ich damit nur meine Zeit vergeudet. Männer wie ihn habe ich zu Hunderten gekannt, und sie haben mich nie sonderlich interessiert.

Und Athen steht mehr oder weniger immer noch und wird wahrscheinlich auch in tausend Jahren noch existieren; aber heutzutage ist es eine unbedeutende Stadt, nicht viel mehr als der Marktflecken für den gebirgigen und unfruchtbaren griechischen Landstrich namens Attika. Die wichtigste Stadt auf der Welt ist mittlerweile wahrscheinlich Theben, woher die meisten Aale und fast sämtliche Hohlköpfe stammen; und wenn das keine Ironie des Schicksals ist, dann weiß ich es auch nicht. Ein guter Witz ist das auf jeden Fall, und dies ist der geeignete Zeitpunkt, um zu sterben.